J.R. Ward vit dans le sud des États-Unis avec son mari. Diplômée de droit, elle a travaillé dans le milieu de la santé à Boston et a été chef de service dans un des plus grands centres médicaux du pays. Elle a toujours été passionnée d'écriture et son idée du paradis ressemble à une journée passée devant son ordinateur en compagnie de son chien avec une cafetière pleine toujours à portée de main. Sa série *La Confrérie de la dague noire* connaît un succès phénoménal dans le monde entier.

Du même auteur, chez Milady :

La Confrérie de la dague noire :
1. *L'Amant ténébreux*
2. *L'Amant éternel*
3. *L'Amant furieux*
4. *L'Amant révélé*

www.milady.fr

J.R. Ward

L'Amant révélé

La Confrérie de la dague noire – 4

Traduit de l'anglais (États-Unis) par Élisabeth Luc

Milady

Milady est un label des éditions Bragelonne

ISBN : 978-2-8112-0399-3

Photographie de couverture : © iStockphoto / Renzo
Illustration de couverture : Anne-Claire Payet

Bragelonne – Milady
60-62, rue d'Hauteville – 75010 Paris

E-mail : info@milady.fr
Site Internet : www.milady.fr

Je te dédie ce roman
À toi, le dur à cuire, qui m'as bien eue.
Puis il y eut ce regard...
Et cet amour fou.

J'adresse toute ma gratitude aux lecteurs de la *Confrérie de la dague noire*, avec un salut tout particulier aux Cellies, les fans de la Confrérie.

Mes sincères remerciements à : Karen Solem, Kara Cesare, Claire Zion, Kara Welsh.

Merci à Cap'n Bunny, alias the Pink Beast, sans oublier PythAngie the Pitbull Mod.
Plus sérieusement, à Dorine et Angie qui prennent grand soin de moi.

Merci à la bande des quatre : bisous à tous. Je ne sais pas ce que je ferais sans vous.

Merci à DLB. N'oublie pas que ta maman t'aime et t'aimera toujours.
À NTM : ce que je préfère, tu sais où, c'est... toi.
J'ai tellement de chance de te connaître !

Comme toujours, merci à mon comité exécutif : Sue Grafton, docteur Jessica Andersen, Betsey Vaughan.
Tout mon respect à l'incomparable Suzanne Brockmann.

À mon Bateau, à ma famille et à mes confrères écrivains.

Chapitre premier

— Et si je te disais que j'ai un fantasme ?

Butch O'Neal posa son verre de scotch et observa la blonde qui venait de s'adresser à lui. Entièrement vêtue de cuir blanc verni, elle avait un look d'enfer, dans le décor du carré VIP du *Zero Sum*. Un mélange de poupée Barbie et de Barbarella. Une professionnelle du club, peut-être ? Difficile à dire. Le Révérend ne proposait que le meilleur, mais elle était peut-être modèle pour *FHM* ou *Maxim*.

Elle posa les mains sur la table en marbre et se pencha vers lui. Elle avait des seins parfaits, ce qu'on pouvait s'offrir de mieux sur le marché, et un sourire radieux qui promettait mille gâteries, prodiguées à genoux. Payante ou pas, cette fille recevait de la vitamine D en quantité et elle aimait ça.

— Alors, chéri ? reprit-elle par-dessus la musique techno un peu psychédélique. Ça te dirait de réaliser mon rêve ?

Il lui décocha un sourire froid. Elle allait rendre des gens heureux ce soir, ça, il voulait bien le croire. Sans doute même suffisamment pour remplir un bus, mais il n'avait pas l'intention de faire partie du lot.

— Désolé, tu vas devoir aller chercher ton rêve ailleurs.

Son absence totale de réaction lui confirma qu'il s'agissait bien d'une professionnelle. Avec un sourire inexpressif, elle ondula vers la table suivante et se livra au même manège.

Butch vida d'une traite le fond de Lagavulin qui restait dans son verre, la tête penchée en arrière. Puis il fit signe à la serveuse.

Sans se déplacer, elle lui signifia d'un hochement de tête qu'elle allait lui chercher la même chose au bar.

Il était presque 3 heures du matin. Les deux autres membres du trio allaient rappliquer dans une demi-heure. Viszs et Rhage étaient partis à la chasse aux éradiqueurs, ces salauds sans âme qui tuaient les vampires. Mais ils rentreraient sans doute bredouilles. Pendant les mois de janvier et février, la guerre secrète que se livraient les vampires et la Société des éradiqueurs s'était calmée et les massacres étaient rares. C'était une bonne nouvelle pour la population civile de l'espèce, et un souci pour la Confrérie de la dague noire.

— Salut, flic, fit tout bas une voix masculine, juste derrière Butch.

Butch sourit. C'était un son qui évoquait toujours chez lui ce brouillard nocturne qui dissimule ce qui va vous tuer. Heureusement, il aimait le côté sombre.

— Bonsoir, Révérend, répondit-il sans se retourner.

— Je me doutais que tu allais la rembarrer.

— Tu lis dans les pensées ?

— Ça m'arrive.

Butch regarda par-dessus son épaule. Le Révérend se tenait dans l'ombre. Ses yeux améthyste brillaient sous sa crête iroquoise au ras du crâne. Il portait un beau costume noir de chez Valentino. Butch possédait le même.

Toutefois, le Révérend avait payé son complet en laine avec ses propres deniers. Le Révérend, alias Vhengeance, le frère de Bella, la *shellane* de Z., possédait le *Zero Sum* et prélevait sa part sur tout ce qui tombait. À la fin de chaque nuit, grâce à la dépravation en vente dans le club, sa tirelire contenait en billets la quantité de papier équivalente à toute une forêt.

— Elle était pas pour toi, celle-là, déclara le Révérend. (Il s'installa à la table en tout lissant sa cravate Versace nouée à la perfection.) Et je sais pourquoi tu as refusé.

— Ah oui ?

— T'aimes pas les blondes.

Il ne les aimait plus, en effet.

— C'était pas mon genre, voilà tout.

— Je sais ce que tu veux.

Son énième whisky à peine sur la table, Butch le but d'une traite.

— Vraiment ?

— C'est mon boulot, assura le Révérend. Fais-moi confiance.

— Ne le prends pas mal, mais dans ce cas précis je préfère pas.

— Écoute, flic, reprit le Révérend en se penchant vers lui. Je vais t'aider quand même.

Il sentait divinement bon. Certes, Cool Water, de Davidoff, était un grand classique du parfum. On ne pouvait pas se tromper. Butch posa une main sur son épaule massive.

— Y a que les barmans qui m'intéressent, mon pote. Les bons Samaritains me filent des boutons.

— Parfois, ça ne peut marcher qu'avec son contraire.

— Alors on n'a pas de bol, répondit Butch en désignant les corps à demi nus qui se trémoussaient, chargés d'ecstasy et de cocaïne. Ils ont tous la même tête, ici.

Étrangement, le *Zero Sum* avait toujours été un mystère pour lui, au cours de ses années passées dans la police de Caldwell. Tout le monde savait que le club était un rendez-vous de la drogue et du sexe, mais aucun flic n'avait réussi à obtenir un mandat de perquisition. Cela dit, il suffisait d'y entrer n'importe quel soir de la semaine pour constater des dizaines d'infractions à la loi, pour la plupart commises en duo.

Depuis qu'il fréquentait la Confrérie, Butch savait pourquoi. Le Révérend était très doué quand il s'agissait de modifier la perception qu'avaient les gens des événements et des circonstances. En tant que vampire, il pouvait effacer la mémoire de n'importe quel humain, manipuler les caméras de sécurité, se dématérialiser à volonté… Sa boîte et lui étaient une cible mouvante immobile.

— Dis-moi, déclara Butch, comment as-tu réussi à cacher ton petit boulot de nuit à ta famille d'aristocrates ?

Le Révérend esquissa un sourire qui dévoila la pointe de ses canines.

— Dis-moi, comment un humain a-t-il pu se lier à ce point avec la Confrérie ?

Butch leva son verre en guise de salut.

— Parfois, le destin nous mène sur des chemins tordus.

— C'est bien vrai, ça, humain. Tellement vrai…

En entendant le portable de Butch sonner, le Révérend se leva.

— Je te fais envoyer quelque chose, promit-il.

— À moins que ce soit un whisky, j'en veux pas, mon vieux.

— Tu vas changer d'avis.

— Ça m'étonnerait, affirma Butch en ouvrant son Motorola Razr. Qu'est-ce qui se passe, V. ? T'es où ?

Viszs soufflait comme un bœuf, et avec le bruit du vent derrière lui, c'était une vraie cacophonie. Il était manifestement pressé.

— Putain, flic, on a des problèmes.

Butch eut une poussée d'adrénaline qui l'enflamma.

— T'es où ? demanda-t-il.

— En banlieue, sur une affaire. Ces putains de tueurs commencent à chasser les civils jusque dans leur maison.

— J'arrive…, dit Butch en se levant d'un bond.

— Pas question ! Tu ne bouges pas. Je t'appelais juste pour que tu ne nous croies pas morts si on n'arrivait pas. À plus.

Sur ces mots, il coupa la communication.

Butch se cala dans son siège. À la table voisine, un groupe éclata de rire. Quelque plaisanterie venait de déclencher une hilarité générale qui s'éleva comme une clameur.

Butch baissa les yeux vers son verre. Six mois plus tôt, il n'avait rien dans la vie. Pas de femme. Pas de famille proche. Pour ainsi dire pas de maison. Et son boulot de flic à la brigade criminelle le bouffait. Il s'était fait virer pour brutalités policières. À la suite d'un étrange enchaînement d'événements, il s'était joint à la Confrérie. Puis il avait rencontré la seule femme qui l'ait impressionné au point de le rendre débile. Et il avait subi un relooking complet.

Au moins, ce relooking faisait partie des bonnes choses qui lui restaient.

Le changement avait masqué la réalité pendant un moment. Ces derniers temps, toutefois, il avait remarqué que malgré tout ce qui s'était passé, il en était toujours au même point : pas plus vivant que quand il croupissait dans son ancienne vie. Toujours décalé, comme en dehors des choses.

Tout en sirotant son whisky, il songea à Marissa et imagina ses longs cheveux blonds qui lui arrivaient à la taille, sa peau claire, ses yeux bleu pâle. Ses canines.

Ouais, finies les blondes. Il ne pouvait plus fréquenter sexuellement, même de loin, une créature de ce type.

Au diable les teintures Clairol. Aucune femme de ce club ou de la surface de la Terre n'arriverait jamais à la cheville de Marissa. Elle avait été pure comme le cristal, fuyant la lumière, et près d'elle, la vie était plus belle, plus vive, colorée par sa grâce.

Merde. Quel crétin il était !

Mais elle était si adorable... Pendant le peu de temps où elle avait semblé attirée par lui, il avait espéré qu'ils arriveraient à faire quelque chose ensemble. Puis elle avait disparu, ce qui prouvait qu'elle était intelligente. Il n'avait pas grand-chose à offrir à une femelle comme elle, et pas parce qu'il n'était qu'un humain. Il naviguait entre deux eaux, à la lisière de la Confrérie, incapable de lutter dans ses rangs à cause de ce qu'il était, mais incapable aussi de retourner dans le monde des humains parce qu'il en savait trop. Et le seul moyen de sortir de ce *no man's land* était de se retrouver à la morgue.

Il était bon pour s'inscrire sur un site de rencontre style eDarling, non ?

Dans un nouvel élan d'allégresse, le groupe voisin se laissa aller à l'hilarité. Butch regarda dans sa direction. Au milieu de l'assemblée se tenait un petit blond vêtu d'un costume élégant. Il avait l'air d'un gamin, mais c'était un client régulier du carré VIP depuis un mois, et il distribuait les dollars à tours de bras.

Manifestement, ce type compensait un physique difficile en ouvrant son portefeuille. Encore un pour qui le billet vert valait de l'or.

Butch termina son whisky et appela la serveuse, puis il regarda le fond de son verre. Merde. Après quatre doubles, il ne se sentait pas du tout bourré. Il commençait vraiment à bien tenir l'alcool. De toute évidence, il était passé dans la catégorie des buveurs chevronnés : finie, la deuxième division.

Cette prise de conscience ne le troubla guère. Il avait cessé de patauger. À présent, il sombrait.

Il était vraiment mal, ce soir.

— Le Révérend dit que tu as besoin de compagnie.

— Non merci, répondit Butch sans prendre la peine de regarder la nouvelle venue.

— Tu veux pas jeter un petit coup d'œil, d'abord ?

— Dis à ton patron que j'apprécie son…

Butch leva les yeux et demeura sans voix.

Il reconnut aussitôt la jeune femme. La responsable de la sécurité du *Zero Sum* n'était-elle pas inoubliable ? Un mètre quatre-vingts, décontractée, des cheveux d'un noir de jais coupés court, des yeux du gris sombre d'un canon de revolver. Avec la brute qui vivait avec elle, elle commençait à se faire le torse d'une athlète, tout en muscles et en veines, sans un gramme de graisse. Elle donnait l'impression de pouvoir briser des os et d'aimer ça. Il observa distraitement ses mains aux longs doigts puissants. Du genre qui pouvait faire mal.

Seigneur… il aimerait bien qu'elle lui fasse mal. Ce soir, il aimerait bien souffrir à l'extérieur, pour changer.

La femme esquissa un sourire, comme si elle devinait ses pensées. Il aperçut ses canines. Ah… Ce n'était donc pas une femme. C'était une femelle. Une vampire.

Le Révérend avait raison, le salaud. Celle-ci ferait l'affaire, car elle était tout ce que Marissa n'était pas. Et parce qu'elle était du genre à pratiquer le sexe sans engagement. Butch n'avait connu que ça durant toute sa vie d'adulte. Et elle représentait le genre de douleur qu'il recherchait inconsciemment.

Elle secoua la tête lorsqu'il glissa une main dans la poche de son costume Ralph Lauren Black Label.

— Je ne fais pas ça pour l'argent. Jamais. Considère ça comme un service rendu à un ami.

— Je ne te connais pas, moi.

— Je ne parlais pas de toi.

Butch regarda derrière elle. Vhengeance les observait de loin. Il esquissa un sourire plein d'autosatisfaction et disparut dans son bureau.

— C'est un très bon ami à moi, murmura la femelle.

— Ah bon ? Quel est ton nom ?

— Sans importance, répondit-elle en tendant la main. Allez, viens, Butch, alias Brian O'Neal. Viens avec moi, histoire d'oublier un moment ce qui provoque tes envies de Lagavulin. Je te promets que tes pulsions d'autodestruction seront encore là quand tu reviendras.

Bon sang, ce qu'elle savait de lui ne l'enchantait vraiment pas.

— Et si tu me disais d'abord comment tu t'appelles ?

— Ce soir, tu peux m'appeler Compassion. Qu'est-ce que tu en dis ?

Il la toisa des canines aux bottes. Elle portait un pantalon de cuir. Pas étonnant.

— Tu as deux facettes, Compassion ?

Elle éclata d'un rire grave et sensuel.

— Non, et je ne suis pas transsexuelle non plus. Le sexe fort n'est pas toujours celui qu'on croit.

Il plongea dans son regard d'acier. Puis il se tourna vers les toilettes privées. Seigneur... C'était si familier. Un petit coup vite fait avec une inconnue, l'union sans engagement de deux corps. Du sexe « à emporter », le seul qu'il ait jamais connu, sauf qu'il n'avait pas souvenir d'avoir déjà ressenti ce genre de désespoir malsain.

Peu importait. Allait-il vraiment rester seul jusqu'à ce que la cirrhose l'emporte, uniquement parce qu'une femme qu'il ne méritait pas ne voulait pas de lui ?

Butch baissa les yeux vers son pantalon. Son corps était partant, c'était déjà ça.

Il se leva, le cœur aussi froid qu'un trottoir en hiver.

—Allons-y, dit-il.

Dans une superbe harmonie de violons, l'orchestre de chambre entonna une valse. Marissa observa la foule scintillante de la salle de bal. Tout autour d'elle, mâles et femelles se trouvaient, se prenaient la main... Des corps se rencontraient, des regards se croisaient. Des dizaines d'odeurs d'union différentes se mélangeaient et emplissaient l'air d'une riche saveur épicée.

Elle inspira par la bouche pour ne pas trop sentir cette odeur.

Toutefois, à quoi bon s'échapper ? N'était-ce pas ainsi que les choses se passaient ? Si l'aristocratie se targuait de détenir les bonnes manières, la *glymera* était, après tout, toujours assujettie aux vérités biologiques de l'espèce : quand les mâles s'accouplaient, ils portaient ensuite une odeur. Quand les femelles acceptaient leur partenaire, leur peau prenait elle aussi une senteur sombre dont elles étaient fières.

Du moins Marissa supposait que c'était de la fierté.

Des cent vingt-cinq vampires présents dans la salle de bal de son frère, elle était la seule femelle sans partenaire. Il y avait un certain nombre de mâles seuls, mais jamais ils ne l'inviteraient à danser. Ces *princeps* préféraient éviter la valse ou mener leur mère et leurs sœurs sur la piste de danse, plutôt que s'approcher d'elle.

Non, elle serait à jamais indésirable. Tandis qu'un couple tournoyait devant elle, elle baissa les yeux par politesse. Il ne fallait surtout pas qu'ils trébuchent en cherchant à fuir son regard.

Tandis que sa peau se desséchait, elle ne savait pas vraiment pourquoi son statut de spectatrice rejetée lui semblait particulièrement lourd à porter ce soir-là. Pour l'amour du ciel, aucun membre de la *glymera* n'avait croisé son regard depuis quatre cents ans et elle s'y était habituée. D'abord, elle avait été la *shellane* non désirée du Roi aveugle. Désormais, elle était son ex-*shellane*, répudiée au profit de sa chère reine de sang-mêlé.

Peut-être en avait-elle assez d'être marginale.

Les mains tremblantes, les lèvres pincées, elle souleva le bas de sa lourde robe et se dirigea vers la somptueuse entrée voûtée de la salle de bal. Son salut se trouvait juste à l'extérieur. Elle poussa la porte du salon des maîtresses en priant. Un parfum de freesia l'enveloppa. Dans cette étreinte invisible, elle ne trouva que… le silence.

La Vierge scribe soit louée.

Sa tension se dissipa un peu lorsqu'elle entra et balaya les lieux du regard. Elle avait toujours considéré cette salle de bains du manoir de son frère comme un vestiaire de luxe pour débutantes. Décoré d'un motif chatoyant de la Russie des tsars, le salon comptait dix coiffeuses assorties, équipées chacune de tout ce dont une femelle pouvait avoir besoin pour parfaire son apparence. Au fond du salon se trouvaient les cabines de toilettes privées, décorées d'après des œufs de Fabergé de la vaste collection de son frère.

Parfaitement féminin, parfaitement adorable.

Au milieu de tout cela, elle avait envie de hurler.

Elle se mordit la lèvre et se pencha pour vérifier sa coiffure dans un miroir. L'épaisse crinière blonde qui lui arrivait aux reins était relevée avec une précision minutieuse au-dessus de sa tête en un chignon parfait. Même au bout de plusieurs heures, il tenait toujours. Les perles que sa *doggen* avait enfilées sur ses mèches n'avaient pas bougé depuis son arrivée au bal.

Cela dit, en restant en retrait, elle n'avait guère eu l'occasion d'abîmer sa coiffure à la Marie-Antoinette.

Mais son collier était de nouveau de travers. Elle en remit les différentes rangées en place de façon que la perle la plus basse, une tahitienne de vingt-trois millimètres, tombe dans la vallée du peu de seins qu'elle avait.

Sa robe gris colombe était un modèle original de Balmain qu'elle avait acheté à Manhattan dans les années 1940. Elle était chaussée de Stuart Weitzman toutes neuves, même si personne ne les voyait sous sa longue robe qui traînait par terre. Comme d'habitude, sa parure de bijoux était signée Tiffany. Quand son père avait découvert le grand Louis Comfort, à la fin du XIXe siècle, la famille était devenue une fidèle cliente et l'était restée.

C'était l'apanage de l'aristocratie, non ? La constance, la qualité en toutes choses, et considérer tout changement ou défaut d'un œil farouchement réprobateur…

Elle se redressa et recula jusqu'à voir le reflet de toute sa personne. L'image qu'elle renvoyait d'elle-même était paradoxale : une perfection toute féminine, une beauté improbable qui semblait sculptée et non innée. Grande et mince, elle avait un corps tout en lignes délicates, et un visage absolument sublime : une harmonie parfaite des lèvres, des yeux, des pommettes et du nez, sous une peau d'albâtre. Ses iris étaient d'un bleu argenté. Le sang qui coulait dans ses veines était un des plus purs de son espèce.

Pourtant, elle n'était qu'une femelle abandonnée. Délaissée. Indésirable, défaillante. La vierge vieille fille que même un guerrier de sang pur tel que Kolher n'avait pu supporter sexuellement ne serait-ce qu'*une fois*, histoire de la débarrasser de son pucelage. Et à cause de cette répulsion, elle était toujours sans partenaire, même si elle avait côtoyé Kolher pendant ce qui semblait une éternité. Il fallait avoir été prise pour être considérée comme une *shellane*.

Leur séparation avait été une surprise sans l'être vraiment, pour qui que ce soit. Kolher avait eu beau déclarer qu'elle l'avait quitté, la *glymera* connaissait la vérité. Marissa était restée intacte pendant des siècles, sans jamais porter son odeur d'union, sans jamais passer une journée seule avec lui. De plus, quelle femelle aurait quitté Kolher de son plein gré ? Il était le Roi aveugle, le dernier vampire de pure race de la planète, un grand guerrier, membre de la Confrérie de la dague noire. Il n'y avait personne au-dessus de lui.

L'aristocratie en avait conclu que quelque chose n'allait pas chez elle. Qu'elle avait forcément quelque vice sans doute caché sous ses vêtements, probablement de nature sexuelle. Pour quelle autre raison un guerrier de sang pur n'aurait-il eu aucune pulsion érotique pour elle ?

Elle prit une profonde inspiration. Puis une autre. Et une autre, encore.

Le parfum de fleurs fraîchement coupées envahit ses narines et enfla, remplaçant l'air… jusqu'à ce que seule cette senteur emplisse ses poumons. Sa gorge se serra, comme pour résister à cet assaut. Elle tira sur son collier. Il était si étroit, autour de son cou… Et si lourd… comme si quelqu'un l'étranglait. Elle ouvrit la bouche pour respirer, en vain. Elle avait les poumons chargés de cette puanteur florale qui les encombrait, les enveloppait… elle suffoquait, se noyait, même si elle n'était pas dans l'eau…

Elle marcha jusqu'à la porte d'un pas incertain. Mais elle ne pouvait pas affronter ces couples de danseurs qui se définissaient en la rejetant. Non, elle ne pouvait pas se montrer à eux… Ils verraient combien elle était bouleversée. Ils verraient combien c'était dur pour elle. Et ils la mépriseraient davantage.

Elle parcourut du regard le salon des maîtresses, passant rapidement sur chaque élément, rebondissant sur les miroirs. Elle tenta frénétiquement de… Que faire ? Où pouvait-elle…

aller ? Sa chambre, à l'étage. Il fallait qu'elle… Seigneur… Elle n'arrivait plus à respirer. Elle allait mourir là, tout de suite, la gorge serrée comme dans un poing…

Havers… Son frère… Il fallait qu'elle l'atteigne. Il était médecin… il viendrait à son secours. Mais sa fête d'anniversaire serait gâchée. *Gâchée*… à cause d'elle. Elle aurait tout gâché… Tout serait sa faute… Toute la honte qu'elle portait était sa faute… Dieu merci, ses parents étaient morts depuis des siècles et ne l'avaient pas vue… telle qu'elle était vraiment.

Elle allait vomir. C'était sûr, elle allait vomir.

Les mains tremblantes, les jambes en coton, elle se précipita vers un cabinet de toilette et s'y enferma. Avant d'atteindre la cuvette, elle s'accrocha au lavabo et ouvrit le robinet pour couvrir le bruit de ses haut-le-cœur, au cas où quelqu'un entrerait. Enfin, elle s'écroula à genoux devant la cuvette en porcelaine.

Elle fut secouée de hoquets, d'éructations et de violentes nausées, mais ne cracha que de l'air. La sueur perla sur son front, sous ses aisselles et entre ses seins. Prise de vertige, la bouche grande ouverte, elle lutta pour trouver son souffle. Elle pensa à la mort, à l'absence d'une main secourable, à la fête d'anniversaire de son frère qu'elle risquait de gâcher, à l'idée d'être un objet de haine… Un bourdonnement d'abeilles résonnait dans sa tête… c'étaient des abeilles qui piquaient… dont le venin provoquait la mort… ses pensées étaient comme ces insectes…

Marissa se mit à pleurer, non pas parce qu'elle croyait qu'elle allait mourir, mais parce qu'elle savait que cela ne se produirait pas.

Seigneur, ses crises de panique étaient violentes, depuis quelques mois. Une angoisse dénuée de toute forme concrète la harcelait sans relâche. Et chaque fois qu'elle craquait, c'était pour elle une révélation nouvelle et horrible.

Se soutenant la tête d'une main, elle redoubla de sanglots, le visage ruisselant de larmes qui tombaient sur les perles et diamants qu'elle portait au cou. Elle était tellement seule…

Prisonnière d'un cauchemar superbe, riche et sophistiqué, où les pères fouettards portaient un smoking et où des vautours aux ailes de soie et de satin fondaient sur elle pour lui arracher les yeux.

Prenant une profonde inspiration, elle tenta de maîtriser son souffle. *Doucement... Doucement. Tout va bien... Tu as déjà fait cela.*

Au bout d'un moment, elle examina la cuvette des toilettes. Elle semblait en or massif, et les larmes de Marissa faisaient scintiller la surface de l'eau comme si le soleil y brillait. Brusquement, elle prit conscience que le carrelage était dur sous ses genoux. Et que son corset lui meurtrissait la cage thoracique. Et qu'elle avait la peau moite.

Elle releva la tête et regarda autour d'elle. C'était incroyable. Elle avait choisi son cabinet favori pour craquer, celui qui était décoré d'après l'œuf de Fabergé au muguet. Penchée sur sa cuvette, elle était entourée de murs d'un rose poudré, ornés de feuilles de vigne vert vif et de petites fleurs blanches peintes à la main. Le sol, la coiffeuse et la vasque étaient en marbre rose veiné de blanc et de crème, avec des appliques en or.

Très joli. Le cadre idéal pour une crise d'angoisse, en fait. Cela dit, ces derniers temps, la panique allait avec tout, non ? Comme le noir.

Marissa se releva, ferma le robinet et s'écroula dans le petit fauteuil couvert de soie dans un coin de la pièce. Sa robe s'arrangea d'elle-même tout autour d'elle, comme un animal qui s'étire une fois la crise passée.

Elle se regarda dans la glace. Elle avait le visage bouffi, le nez rouge. Son maquillage était fichu et ses cheveux en désordre.

Voilà de quoi elle avait l'air, à l'intérieur. Pas étonnant que la *glymera* la méprise. Elle devait savoir ce qu'elle était vraiment.

Seigneur... C'était peut-être pour cela que Butch n'avait pas voulu d'elle...

Oh non! Il ne fallait pas qu'elle pense à lui, surtout en cet instant. Elle devait à tout prix se ressaisir avant de filer dans sa chambre. Certes, se cacher n'était pas très joli, mais elle ne l'était pas non plus.

Au moment où elle levait les mains vers ses cheveux, elle entendit la porte extérieure s'ouvrir. La musique de chambre s'engouffra un instant dans le salon, puis fut de nouveau étouffée dès que la porte se fut refermée.

Génial. À présent elle était prise au piège. Mais peut-être qu'il s'agissait d'une femme seule, et qu'ainsi Marissa n'avait pas à redouter d'entendre une conversation.

— Je n'arrive pas à croire que j'en ai renversé sur mon châle, Sanima.

D'accord. Désormais Marissa n'était plus seulement lâche, elle était aussi l'oreille indiscrète qui écoute aux portes.

— Cela se voit à peine, répondit Sanima. Mais tu peux remercier la Vierge de l'avoir remarqué la première. Entrons ensemble pour passer un peu d'eau dessus.

Marissa se concentra. *Ne t'occupe pas d'elles. Remets de l'ordre dans ta coiffure. Et pour l'amour de la Vierge, fais quelque chose de ce mascara. Tu as l'air d'un raton laveur.*

Elle prit un linge et l'humecta pendant que les deux femelles entraient dans une petite pièce en face. De toute évidence, elles avaient laissé la porte ouverte, car leurs voix n'étaient absolument pas étouffées.

— Et si quelqu'un l'avait vu?

— Chut… Enlève ton châle… Oh, Seigneur! Ton cou!

Elle émit un petit rire.

La plus jeune se mit à murmurer, en pleine extase:

— C'est Marius. Depuis notre union du mois dernier, il est…

Elles gloussèrent en chœur.

— Il vient te voir souvent dans la journée? demanda Sanima sur le ton de la confidence, ravie.

— Oh, oui. Quand il m'a dit qu'il voulait que nos chambres communiquent, je ne savais pas pourquoi. Maintenant, j'ai compris. Il est… insatiable. Et il… il ne cherche pas seulement à boire.

Marissa s'interrompit, son linge posé sous un œil. Elle n'avait connu qu'une seule fois la faim d'un mâle. Un seul baiser… dont elle gardait précieusement le souvenir. Elle entrerait dans sa tombe vierge, et ce bref contact buccal serait tout ce qu'elle aurait jamais obtenu sur le plan sexuel.

Butch O'Neal. Butch l'avait embrassée avec… *Stop !*

Elle entreprit de se débarbouiller l'autre moitié du visage.

— Comme c'est merveilleux d'être une toute jeune accouplée ! Mais il ne faut pas que quelqu'un voie ces marques. Ta peau est souillée.

— C'est pourquoi je me suis précipitée ici. Imagine si quelqu'un m'avait dit d'ôter mon châle à cause du vin que j'ai renversé dessus…

Elle s'exprimait avec l'effroi que l'on réserve généralement aux incidents impliquant un couteau.

Mais connaissant la *glymera*, Marissa ne comprenait que trop bien qu'elle ne veuille pas attirer l'attention.

Elle posa son gant et entreprit de se recoiffer… en renonçant à ne pas penser à Butch.

Marissa aurait tout donné pour avoir à cacher des marques de morsure à la *glymera*… Elle aurait aimé garder le délicieux secret que, sous ses robes civilisées, son corps avait connu des ébats violents. Et elle aurait aimé porter l'odeur de son union sur sa peau en la soulignant, comme le faisaient les femelles, d'un parfum admirablement complémentaire.

Mais rien de tout cela ne lui arriverait. D'abord les humains ne s'unissaient pas, d'après ce qu'elle avait entendu dire. Et même s'ils le faisaient, Butch O'Neal était parti sans se retourner, la dernière fois qu'elle l'avait vu, donc il ne s'intéressait plus à elle.

Sans doute avait-il entendu parler de ses défauts. Étant proche de la Confrérie, il devait savoir un tas de choses sur elle.

— Il y a quelqu'un ? demanda vivement Sanima.

Marissa se maudit d'avoir soupiré trop fort. Elle ouvrit la porte, oubliant sa coiffure et son maquillage. Les deux femelles baissèrent les yeux lorsqu'elle apparut, ce qui valait mieux, en l'occurrence, car son chignon était fichu.

— N'ayez crainte. Je ne dirai rien, murmura-t-elle.

On ne parlait jamais de sexe en public. Ni en privé, d'ailleurs.

Les deux autres firent une révérence, sans un mot, tandis que Marissa prenait congé.

Dès qu'elle eut quitté le salon, elle sentit d'autres regards changer de direction, tous ces yeux se détourner d'elle… Surtout ceux des mâles seuls qui fumaient le cigare dans un coin.

Juste avant qu'elle tourne le dos au bal, elle croisa le regard fixe de Havers, dans la foule. Il hocha la tête et sourit tristement, comme s'il savait qu'elle était incapable de rester une seconde de plus.

Très cher frère, songea-t-elle. Il l'avait toujours soutenue, n'avait jamais exprimé la moindre honte de ce qu'elle était devenue. Elle l'aimait car ils avaient les mêmes parents, mais surtout pour sa loyauté indéfectible.

Avec un ultime regard pour la *glymera* dans toute sa splendeur, Marissa gagna sa chambre. Elle prit une douche rapide et enfila une robe longue plus simple et des chaussures plates, puis elle descendit les marches situées à l'arrière du manoir.

Elle pouvait gérer le fait que personne ne la touche ou ne veuille d'elle. Si tel était le destin que lui avait infligé la Vierge scribe, qu'il en soit ainsi. Il y avait des existences bien plus pénibles. Se lamenter sur ce qu'elle n'avait pas, par rapport à tout ce qu'elle avait, était ennuyeux et égoïste.

Ce qu'elle ne supportait pas, c'était de ne servir à rien. Dieu merci, elle avait son poste au Conseil des *princeps*, un siège qui lui revenait de droit de par sa lignée. Mais il existait un autre moyen de laisser une trace positive dans son monde.

Elle entra un code pour ouvrir la porte en acier. Elle enviait les couples qui dansaient à l'autre extrémité du manoir, et les envierait sans doute toujours. Sauf que tel n'était pas son destin.

Elle avait un autre chemin à suivre.

Chapitre 2

Butch quitta le *Zero Sum* à 3 h 45. Son Escalade était garée derrière l'établissement, mais il partit dans la direction opposée. Il avait besoin de respirer. C'était fou ce qu'il avait besoin d'air.

En ce milieu du mois de mars, c'était encore l'hiver dans le nord de l'État de New York, et il gelait à pierre fendre. Formant de la buée à chaque souffle, Butch descendit une Trade Street déserte. Ce froid et cette solitude lui convenaient à merveille. Il avait beau sortir d'un club bondé d'une foule en sueur, il avait chaud et se sentait oppressé.

Les talons de ses Ferragamo battaient le pavé, foulant le sel et le sable sur une étroite bande de béton, entre les monticules de neige sale. Des rythmes de basses étouffés s'échappaient des autres bars de la rue, même si l'heure de la fermeture était proche.

En arrivant à la hauteur du *McGrider's*, Butch releva son col et accéléra le pas. Il évitait cette boîte de blues : les flics y traînaient souvent et il n'avait pas envie de les voir. Ses anciens collègues de la police de Caldwell savaient simplement qu'il avait disparu de la circulation, et Butch préférait qu'il en soit ainsi.

Plus loin, il y avait le *Screamer's*, qui passait du rap hardcore, transformant tout le bâtiment en un ampli géant. Il s'arrêta en arrivant à l'extrémité du club et observa la ruelle le long de la bâtisse.

C'était là que tout avait commencé. Son étrange voyage dans le monde des vampires avait débuté à cet endroit précis, en juillet. Butch enquêtait sur les lieux d'une explosion de voiture, une BMW réduite en poussière. Un homme en cendres, pas de preuves matérielles à part quelques étoiles de jet d'arts martiaux. C'était un travail de professionnel, un attentat porteur d'un message. Peu de temps après, on avait retrouvé dans les ruelles des cadavres de prostituées, égorgés, chargés à bloc d'héroïne, entourés d'autres armes d'arts martiaux.

Son équipier José De la Cruz et lui avaient conclu que l'explosion était un règlement de comptes entre proxénètes et que les femmes assassinées avaient servi à assouvir une vengeance. Cependant, Butch n'avait pas tardé à découvrir le fin mot de l'histoire. Audazs, un membre de la Confrérie de la dague noire, avait été éliminé par les éradiqueurs, les ennemis de son espèce. Et ces derniers assassinaient les prostituées pour attirer les vampires civils, les capturer et les interroger.

Bon sang, jamais il n'aurait imaginé, à l'époque, que les vampires existaient. Et encore moins qu'ils conduisaient des BMW à 90 000 dollars. Ou qu'ils avaient des ennemis si bien organisés.

Butch parcourut la ruelle vers le point précis où la 650i s'était volatilisée. Il restait encore une trace noire circulaire provoquée par la chaleur de la bombe. Butch effleura les briques froides.

C'était là que tout avait commencé…

Une bourrasque de vent s'éleva et s'insinua sous son manteau de fin cachemire, jusqu'à l'élégant costume qu'il portait en dessous. Il baissa la main et examina sa tenue : pardessus Missoni à environ 5 000 balles, dessous un complet RL Black Label, à environ 3 000… Ses chaussures faisaient pâle figure : à peine 700 balles. Des boutons de manchette de chez Cartier, qui tapaient direct dans la dizaine de mille, une montre Patek Philippe, 25 000 balles…

Quant aux deux Glock 40 mm qu'il portait sous ses aisselles, ils valaient 2 000 balles pièce.

Donc il en avait pour… Seigneur, environ 48 000 balles de marchandises de luxe et d'armes. Et ce n'était même pas la partie émergée de l'iceberg, pour sa garde-robe : il en possédait en effet deux armoires pleines au complexe… Et tout ça sans débourser un sou de sa poche. La Confrérie avait tout financé.

Bordel… Il portait des vêtements qui ne lui appartenaient pas. Il vivait dans une maison, mangeait, regardait un écran plasma… Et rien n'était à lui. Il buvait du scotch qu'il ne payait pas. Il roulait dans une belle voiture qui n'était pas à lui. Quand l'action se faisait rare, les frères le gardaient en réserve.

Il entendit un bruit de pas à l'extrémité de la ruelle, qui se rapprocha. Et ils étaient plusieurs.

Butch se tapit dans l'ombre et déboutonna son manteau et sa veste pour avoir accès à ses armes, au besoin. Il n'avait aucune intention de se mêler des affaires de quelqu'un d'autre, mais il n'était non plus homme à détourner les yeux si un innocent se faisait maltraiter.

Le flic qui sommeillait en lui n'était sans doute pas complètement mort.

La ruelle étant en cul-de-sac, ces athlètes allaient forcément le croiser. Espérant ne pas se retrouver au milieu d'une fusillade, il se cacha derrière une benne et attendit la suite des événements.

Un jeune type passa en trombe, l'air terrorisé, secoué de tremblements de panique, puis… les deux malfrats qui le poursuivaient avaient les cheveux pâles. De vraies armoires à glace, et ils sentaient le talc.

Des éradiqueurs aux trousses d'un civil.

Butch saisit l'un de ses Glocks et appela V. sur son portable, avant de partir en courant. Il tomba sur la boîte vocale et fourra son Razr dans sa poche.

Lorsqu'il reprit le fil de l'action, le trio se trouvait à l'extrémité de la ruelle, ce qui ne présageait rien de bon. À présent que les tueurs avaient acculé le civil, ils se la jouaient cool, ils avançaient, reculaient, souriants et espiègles. Le malheureux tremblait, le blanc de ses yeux incroyablement écarquillés luisant dans le noir.

Butch pointa son arme vers eux.

— Hé, les blondinets ! Mettez les mains en l'air !

Les éradiqueurs se tournèrent vers lui. Bon sang, il eut l'impression d'être un cerf pris dans les phares d'un Peterbilt. Ces salauds de morts-vivants étaient dotés d'une force pure rehaussée par une froide logique… Un mélange redoutable, surtout en double.

— C'est pas tes oignons, rétorqua celui de gauche.

— C'est ce que mon coloc n'arrête pas de me répéter. Dommage parce que, tu vois, j'ai du mal à respecter les consignes.

Il devait au moins accorder cela aux éradiqueurs : ils étaient intelligents. L'un d'eux était focalisé sur lui, tandis que l'autre s'occupait du civil, qui semblait bien trop terrorisé pour se dématérialiser.

Ça va vite dégénérer en prise d'otage, songea Butch.

— Tu ferais mieux de te casser, suggéra le type de droite. Dans ton intérêt.

— Probable, mais ce ne serait pas le sien, répliqua Butch en désignant le civil d'un signe de tête.

Une brise glaciale s'engouffra dans la ruelle, balayant des feuilles de journaux et des sacs en plastique vides. Le nez de Butch se mit à le démanger. Il secoua la tête. Il détestait cette odeur.

— Ce talc… Comment vous faites pour supporter ça, vous, les éradiqueurs ? demanda-t-il

Les yeux pâles des tueurs le toisèrent comme s'ils n'arrivaient pas à déterminer comment il connaissait ce mot. Puis ils passèrent tous deux à l'action. L'éradiqueur le plus proche du civil s'empara du vampire et le plaqua contre son torse. C'était parti pour la prise d'otage… Au même moment, l'autre bondit sur Butch à la vitesse de l'éclair.

Butch n'aimait pas se faire malmener. Il dirigea calmement le canon de son Glock et tira une balle droit dans la poitrine de cette pourriture. Dès que le projectile le pénétra, le tueur poussa un hurlement strident digne d'un cri de guerre, avant de s'écrouler à terre comme un sac de sable, inerte.

Ce n'était pas une réaction normale de la part d'un éradiqueur qui se faisait tirer dessus. En général ils parvenaient à repousser les balles, mais, grâce à la Confrérie, Butch avait placé des munitions spéciales dans son chargeur.

— Qu'est-ce qui se…, souffla l'autre éradiqueur.

— Surprise, enfoiré ! J'ai des balles un peu particulières.

L'éradiqueur recouvra ses esprits et souleva le vampire de terre. Lui passant un bras autour de la taille, il s'en servit comme d'un bouclier.

Butch pointa son arme sur eux. *Nom de Dieu. Pas de tir. Surtout pas de tir.*

— Lâche-le ! ordonna-t-il.

Un canon surgit de sous l'aisselle du civil.

Butch bondit vers l'entrée d'un immeuble au moment précis où la première balle ricochait sur l'asphalte. Lorsqu'il s'y abrita, un second tir lui traversa la jambe.

Meeeerde. Bienvenue dans la fusillade ! Il avait l'impression d'avoir un tisonnier chauffé à blanc enfoncé dans la cuisse. Le renfoncement dans lequel il s'était glissé lui offrait à peu près autant de protection qu'un réverbère. L'éradiqueur se mit dans une position de tir plus avantageuse.

Butch saisit une bouteille vide de Coors et la projeta dans la ruelle. Tandis que l'éradiqueur tournait la tête par-dessus l'épaule du civil pour voir d'où provenait ce bruit, Butch tira quatre coups de feu, traçant un demi-cercle parfait autour des deux combattants. Comme il s'y attendait, le vampire céda à la panique et commença à s'agiter. Alors qu'il se libérait de l'emprise du tueur, Butch tira une balle dans l'épaule de l'éradiqueur. Cette ordure fut repoussée et tomba face contre terre.

Joli tir. Hélas, le mort-vivant bougeait encore, et il n'allait pas tarder à se relever. Ces balles spéciales étaient excellentes, mais l'effet d'étourdissement ne durait pas. Il valait mieux frapper en pleine poitrine que dans le bras.

Et qu'est-ce qu'il récoltait à présent ? Encore des problèmes.

Désormais libre, le vampire civil avait recouvré son souffle et hurlait comme un putois.

Butch claudiqua vers lui en maugréant contre sa douleur. Nom de Dieu, ce type faisait un tel raffut qu'il risquait d'ameuter tous les flics de la région jusqu'à Manhattan.

Butch se dressa face à lui, rivant ses yeux dans les siens.

— Arrête de gueuler comme ça, d'accord ? Écoute ! Ferme-la, et tout de suite !

Le vampire se mit à bredouiller et à hoqueter comme le moteur d'une voiture qui tombe en panne d'essence.

— Bien, reprit Butch. J'ai deux choses à te demander. D'abord, je veux que tu te calmes pour pouvoir te dématérialiser. Tu comprends ce que je te dis ? Respire profondément, en douceur. C'est ça. Bien. Maintenant, couvre-toi les yeux. Allez, vas-y.

— Comment savez-vous…

— Je ne t'ai pas demandé de parler. Ferme les yeux et couvre-les. Et respire. Tout va bien se passer à condition que tu t'éloignes de cette ruelle.

L'homme obéit, les mains tremblantes. Butch se dirigea vers le second tueur, qui gisait à plat ventre sur le trottoir. Un filet de sang noir coulait de son épaule et il gémissait doucement.

Butch attrapa l'éradiqueur par les cheveux et souleva sa tête de l'asphalte. Posant le canon de son Glock sur la base de son crâne, il appuya sur la détente. La moitié supérieure de son visage explosa tandis que ses membres s'agitaient dans tous les sens. Enfin, il s'immobilisa.

Mais le boulot n'était pas terminé. Les deux tueurs devaient être poignardés dans la poitrine pour mourir vraiment. Et Butch ne possédait aucun objet vif et tranchant sur lui.

Il sortit de nouveau son portable pour appeler V. tout en retournant le tueur du pied. Sonnerie au bout du fil. Butch fouilla les poches de l'éradiqueur. Il en sortit un BlackBerry, un portefeuille et…

— Bordel, marmonna-t-il.

Le tueur avait activé son téléphone, de toute évidence pour appeler à l'aide. Sur la ligne, il entendait un souffle court et un bruissement de vêtements : manifestement, les renforts étaient en route, et sans traîner.

Butch observa le vampire tandis que la sonnerie s'éternisait au bout du fil.

— Alors, comment ça va ? Tu as bonne mine. Tu as vraiment l'air calme et posé.

V., décroche, nom de Dieu, V…

Le vampire baissa les mains. Ses yeux se posèrent sur le tueur, dont le front explosé avait éclaboussé le mur de briques, à droite.

— Oh… Mon Dieu…

Butch se releva et se plaça de manière à lui cacher la scène.

— N'y pense pas, dit-il.

— Et vous… Vous êtes touché, répondit le civil en tendant la main.

— Ouais, mais ne t'en fais pas pour moi. Il faut que tu te détendes et que tu files d'ici, mon vieux.

Et vite, bordel.

Juste au moment où la voix de V. se faisait entendre, un bruit de bottes résonna dans la ruelle. Butch fourra son téléphone dans sa poche et sortit le chargeur vide de son Glock pour en insérer un autre.

— Dématérialise-toi. Dématérialise-toi tout de suite !

— Mais… mais…

— Tout de suite, bordel ! Dégage de là ou tu rentreras chez toi dans un cercueil !

— Pourquoi vous faites ça ? Vous n'êtes qu'un humain…

— J'en ai marre d'entendre ça. Allez, *dégage* !

Le vampire ferma les yeux, souffla un mot dans la langue ancienne, puis disparut.

Tandis que le bruit assourdissant des pas des tueurs s'amplifiait, Butch chercha un abri. Sa chaussure gauche était imbibée de son propre sang. La petite entrée d'immeuble était la seule solution. Jurant de plus belle, il se plaqua dans l'embrasure et observa le danger qui venait vers lui.

— Oh, merde...

Dieu du ciel... Ils étaient six.

Viszs savait ce qui allait se passer, et il ne tenait pas à être impliqué. Tandis qu'un éclair d'un blanc éclatant illuminait la nuit comme en plein jour, il fit volte-face, plantant ses grosses bottes dans le sol. Il n'eut aucune raison de regarder en arrière lorsque l'intense grondement bestial transperça la nuit. V. avait l'habitude : Rhage s'était transformé, la bête était lâchée et les éradiqueurs qu'ils avaient affrontés allaient lui servir de repas. La routine, en quelque sorte... Mis à part l'endroit où ils se trouvaient actuellement : le terrain de football du lycée de Caldwell.

Allez, les Bulldogs ! Allez !

V. bondit sur les gradins et les escalada jusqu'au sommet de la tribune des supporters de Caldwell. En contrebas, sur la ligne des cinquante yards, la bête s'empara d'un éradiqueur et le projeta en l'air avant de rattraper le mort-vivant entre ses dents.

Viszs scruta les alentours. La lune n'éclairait pas la scène, ce qui était une bonne chose, mais il y avait peut-être vingt-cinq habitations autour du lycée. Les occupants humains de ces logements à deux niveaux, ranches ou maisons du XVIIIe siècle, venaient d'être réveillés par un flamboiement digne d'une explosion nucléaire.

V. jura et ôta vivement le gant doublé de plomb de sa main droite. Dès qu'il tendit le bras, la lueur au cœur de sa paume maudite éclaira les tatouages dessinés de chaque côté, du bout de ses doigts à ses poignets. Les yeux rivés sur le terrain, V. se concentra sur les battements de son cœur. Il sentit le sang pulser dans ses veines et s'adapta aux pulsations. Les pulsations, les pulsations...

De véritables déferlantes surgirent de sa paume, telles des ondes de chaleur jaillissant de l'asphalte. Quelques rares lampes s'allumèrent sous les porches, plusieurs portes s'ouvrirent. Des pères de famille passèrent la tête hors de leur château. Les *brhumes* prirent le relais : le spectacle et les sons du combat sur le terrain disparurent derrière un masque de normalité.

Depuis les gradins, V. fit appel à sa vision nocturne pour observer les humains qui scrutaient les lieux et s'adressaient des signes. Voyant que personne ne souriait ou haussait les épaules, V. put imaginer leurs conversations.

Hé, Bob, t'as vu ça, toi aussi ?

Ouais, Gary. Une lueur éblouissante. Et gigantesque.

On appelle les flics ?

Tout à l'air normal.

Ouais, c'est bizarre. Dis donc, tu es libre, samedi, avec Marilyn et les gosses ? On pourrait aller se baigner, et manger une pizza ensuite…

Bonne idée. J'en parle à Sue. Salut.

Salut.

Tandis que les portes se refermaient et que ces hommes se dirigeaient sans doute vers le frigo pour grignoter un morceau, Viszs maintint le masque de normalité.

La bête ne fut pas longue. Elle ne laissa pas grand-chose en pâture. Quand il eut terminé, le dragon à écailles scruta les alentours. Lorsqu'il repéra V., un grognement s'éleva jusqu'aux gradins, qui se mua en grommellement.

— Tu as fini, mon grand ? lança V. de son perchoir. Ces poteaux feraient d'excellents cure-dents, tu sais.

Nouveau grommellement. Puis la créature s'allongea et Rhage apparut à sa place, nu, sur le sol imbibé de noir. Dès que le changement fut terminé, V. descendit des gradins et traversa le terrain en courant.

— Mon frère ? grogna Rhage en frémissant dans la neige.

— Ouais Hollywood, c'est moi. Je vais te ramener auprès de Mary.

— C'était pire, avant.

— Tant mieux.

V. ôta vivement sa veste en cuir et l'étala sur le torse de Rhage, puis il sortit son portable de sa poche : deux appels en absence, de Butch, qu'il rappela aussitôt. N'obtenant pas de réponse, V. appela la Fosse et tomba sur le répondeur.

Bon sang... Fhurie se trouvait chez Havers pour faire rajuster sa prothèse. Kolher ne pouvait pas conduire à cause de sa cécité. Personne n'avait vu Tohrment depuis des mois. Ne restait plus que Zadiste.

Cela faisait cent ans qu'il avait affaire à ce type, aussi eut-il du mal à ne pas jurer tandis qu'il passait l'appel. Z. n'avait rien d'une bouée de sauvetage, loin de là. Il était plutôt de la trempe des requins. Mais V. n'avait pas le choix. Le frère s'était au moins un peu amélioré depuis qu'il s'était accouplé.

— Ouais, répondit-on sèchement.

— Hollywood a de nouveau fait ressortir le Godzilla qui était en lui. J'ai besoin d'une voiture.

— Où es-tu ?

— Sur Weston Road. Le terrain de foot du lycée de Caldwell.

— Je suis là dans dix minutes. Vous êtes blessés ?

— Non, on est tous les deux sains et saufs.

— C'est bon. Tenez le coup.

À la fin de la communication, V. observa son téléphone. L'idée qu'il puisse compter sur ce redoutable enfoiré le dépassait. Impossible de prévoir une chose pareille... Enfin, il ne prévoyait plus grand-chose de toute façon.

V. posa sa main valide sur l'épaule de Rhage et leva les yeux vers le ciel. Un univers infini et inconnu le dominait, les dominait tous, et pour la première fois, son immensité le terrifia. Cela dit, c'était la première fois de sa vie qu'il volait sans filet.

Ses visions avaient disparu. Ces flashs de l'avenir, ces prévisions débiles et envahissantes de ce qui se préparait, ces images sans date qui le mettaient sur les nerfs depuis aussi loin qu'il se souvienne, avaient tout bonnement disparu. De même que les intrusions des pensées des autres.

Il avait toujours voulu être seul dans sa tête. Ironie du sort : il trouvait ce silence assourdissant.

— V. ? Tout va bien ?

Il baissa les yeux vers Rhage. La beauté blonde si parfaite du frère était encore aveuglante, malgré le sang d'éradiqueur qui maculait son visage.

— La voiture ne va pas tarder. On va te ramener à ta Mary.

Rhage se mit à marmonner. V. le laissa faire. Le pauvre… Les malédictions, ce n'était jamais bon.

Dix minutes plus tard, Zadiste arrêta la BMW de son jumeau Fhurie sur le terrain de football, non sans défoncer un remblai de neige sale en train de fondre. En voyant la M5 rouler dans la neige, V. songea qu'ils allaient souiller le cuir du siège arrière, mais Fritz, en majordome extraordinaire, était capable d'ôter les taches comme personne.

Zadiste descendit de voiture et la contourna par l'avant. Après un siècle à s'affamer, en partie par choix, il accusait désormais au bas mot cent quarante-trois kilos sur la balance, pour un mètre quatre-vingt-treize. Sur son visage, la balafre était bien visible, ainsi que ses mains tatouées d'esclave. Mais grâce à Bella, sa *shellane*, ses yeux n'étaient plus de sombres gouffres de haine. En général.

Sans un mot, ils entraînèrent Rhage vers la voiture et déposèrent son imposante carcasse sur le siège arrière.

— On rentre à la maison ? fit Z. en s'installant au volant.

— Oui, mais je dois d'abord dégager les lieux.

Ce qui signifiait utiliser sa main pour nettoyer le sang d'éradiqueur qui avait giclé partout.

— Tu veux que j'attende ?

— Non. Ramène-le à la maison. Mary voudra le voir sans tarder.

Zadiste scruta les alentours avec un léger mouvement de tête.

— J'attends, dit-il.

— Z., c'est bon. Je ne resterai pas seul ici très longtemps.

Sa lèvre difforme se tordit en un rictus.

— Si tu n'es pas au complexe quand j'arrive là-bas, je viens te chercher.

La voiture démarra en trombe dans la boue et la neige.

Seigneur, Z. était vraiment un sacré renfort.

Dix minutes plus tard, V. se dématérialisa près du complexe, juste au moment où Zadiste arrivait avec Rhage. Tandis que Z. emmenait Hollywood à l'intérieur, Viszs observa les voitures garées dans la cour. Où diable se trouvait l'Escalade ? Butch devrait être rentré.

V. prit son portable et appela son ami. Dans la boîte vocale, il déclara :

— Hé, mon vieux, je suis rentré à la maison. Tu es où, flic ?

Ils s'appelaient tout le temps, V. savait que Butch ne tarderait pas à répondre. Peut-être était-il en galante compagnie, pour la première fois depuis une éternité. Il était grand temps que ce pauvre enfoiré se débarrasse de son obsession pour Marissa et trouve un peu de défoulement sexuel.

Et à propos de défoulement… V. jaugea le ciel. Il estima qu'il lui restait environ une heure et demie avant le lever du jour. Et il avait les nerfs à fleur de peau. Ce soir, il se passait quelque chose, il le sentait dans l'air. Hélas, depuis que ses visions avaient disparu, il ne savait pas ce que c'était. Et cette ardoise vide le rendait fou.

Il reprit son portable. Quand les sonneries cessèrent, il n'attendit pas de « allô » :

— Tu vas te préparer pour moi. Tu porteras ce que je t'ai acheté. Tu auras les cheveux attachés et le cou dégagé.

Il attendit les trois mots qui comptaient, et ils vinrent sans tarder.

— Oui, mon *lhige*, répondit une voix féminine.

V. raccrocha et se dématérialisa.

Chapitre 3

Les affaires marchaient bien pour le *Zero Sum*, ces derniers temps, songea Vhengeance en examinant les chiffres. Le cash circulait à fond. Les paris sportifs étaient en hausse et la fréquentation aussi. Bon sang, il possédait le club depuis combien de temps, déjà ? Cinq ans ? Six ans ? Et il lui rapportait enfin assez pour lui permettre de souffler un peu.

C'était un moyen méprisable de gagner de l'argent, certes : sexe, drogue, alcool, paris… Mais il devait entretenir sa *mahmen* et, jusqu'à récemment, sa sœur Bella. Sans parler des frais de chantage à couvrir.

Il fallait parfois payer très cher pour garder ses secrets.

En entendant quelqu'un ouvrir la porte de son bureau, Vhengeance leva les yeux. Sa responsable de la sécurité apparut. Il sentit sur elle l'odeur persistante d'O'Neal et esquissa un sourire : il adorait avoir raison.

— Merci de t'être occupée de Butch.

Les yeux gris de Xhex soutinrent son regard, comme toujours.

— Je ne l'aurais pas fait si je ne l'avais pas voulu.

— Et je ne te l'aurais pas demandé si je n'en avais pas eu la certitude. Bon, où on en est ?

Elle s'assit en face de lui. Son corps était puissant et ferme comme le marbre sur lequel il était appuyé.

— Un rapport sexuel non consenti dans les toilettes pour hommes de l'entresol. Je m'en suis occupée. La femme porte plainte.

— Le type tenait encore debout après que tu lui as réglé son compte ?

— Oui, mais il portait de nouvelles boucles d'oreilles, si tu vois ce que je veux dire. J'ai aussi trouvé deux mineurs dans la salle et je les ai fichus dehors. Et l'un des videurs touchait des pots-de-vin, alors je l'ai viré.

— Autre chose ?

— On a encore eu une overdose.

— Merde. Mais pas avec notre produit, au moins ?

— Non. Une merde de l'extérieur.

Elle sortit un petit sachet en plastique de la poche arrière de son pantalon de cuir et le jeta sur le bureau.

— J'ai réussi à choper ça avant l'arrivée des secours médicaux. J'engage du personnel en extra pour gérer la situation.

— Bien. Si tu trouves cet individu, tu me l'amènes tout de suite. Je tiens à m'en occuper personnellement.

— D'accord.

— C'est tout ?

Dans le silence qui suivit, Xhex se pencha en avant et croisa les doigts. Son corps était tout en muscles et en angles, sauf ses petits seins, ronds et fermes. Elle était délicieusement androgyne, et en même temps une vraie femme, d'après ce qu'il avait entendu dire.

Ce flic devrait s'estimer heureux, songea-t-il. Xhex ne pratiquait pas si souvent le sexe, et seulement quand elle jugeait que l'homme en valait la peine.

Et elle n'avait pas l'habitude de perdre son temps. En général.

— Xhex, je t'écoute.

— J'aimerais savoir quelque chose.

Vhengeance s'adossa dans son fauteuil.

— Ça va m'énerver ? demanda-t-il.

— Ouais. Tu cherches une partenaire ?

Les yeux de Vhengeance se teintèrent de violet. Il baissa la tête et la regarda par en dessous.

— Qui a dit que j'en cherchais une ? Je veux un nom.

— Simple déduction. Ce n'est pas un ragot. D'après l'historique de ton GPS, ta Bentley a passé beaucoup de temps du côté de chez Havers, récemment. Il se trouve que je sais que Marissa est libre. Elle est belle. Compliquée. Mais tu n'as jamais beaucoup apprécié la *glymera*. Tu penses t'unir à elle ?

— Absolument pas, mentit-il.

— Tant mieux, reprit Xhex en posant sur lui un regard indiquant qu'elle devinait la vérité. Car il faudrait être fou pour tenter le coup. Elle serait vite au courant pour toi, et je ne parle pas de ce qui se passe ici. Elle est membre du Conseil des *princeps*, pour l'amour du ciel ! Si elle apprenait que tu es *symphathe*, ce serait compromettant pour nous deux.

Vhengeance se leva et prit sa canne.

— La Confrérie est déjà au courant pour moi.

— Comment ? souffla Xhex.

Il songea à cette petite histoire de lèvre et de canine qu'il avait partagée avec le frère Fhurie et décida de la jouer profil bas.

— Ils sont au courant, c'est tout. Et maintenant que ma sœur est unie avec un frère, je fais partie de cette maudite famille. Alors même si le Conseil des *princeps* le découvrait, ces guerriers me maintiendraient à distance.

Dommage que son maître chanteur ne soit pas affecté par les comportements des Normaux. Il était en train de découvrir que les *symphathes* faisaient de très mauvais ennemis. Pas étonnant que son espèce soit détestée de tous.

— Tu en es certain ? s'enquit Xhex.

— Bella en mourrait si j'étais envoyé dans une de ces colonies. Tu crois que son *hellren* tolérerait qu'elle soit contrariée de la sorte ? D'autant plus qu'elle est enceinte. Z. est un enfoiré de première, un méchant, mais il est très protecteur envers elle. Alors, oui, j'en suis certain.

— Elle n'a jamais rien deviné à ton sujet ?

— Non.

Si Zadiste était au courant, il ne le dirait pas à sa compagne. Jamais il ne mettrait Bella dans une telle position. D'après la loi, quiconque apprenait l'existence d'un *symphathe* devait le signaler sous peine de poursuites.

Vhengeance contourna son bureau en s'appuyant sur sa canne, puisqu'il était seul avec Xhex. La dopamine qu'il s'injectait régulièrement contrôlait le plus gros de ses pulsions de *symphathe* et lui permettait de passer pour un Normal. Il ignorait comment Xhex gérait la situation, et il valait peut-être mieux qu'il ne le sache pas. Privé du sens du toucher, il devait utiliser une canne pour ne pas tomber. Après tout, la perception des distances ne permettait pas de faire grand-chose quand on ne sentait ni ses pieds ni ses jambes.

— Ne t'en fais pas, dit-il, personne ne sait ce que nous sommes, et ça ne changera pas.

Les yeux gris se rivèrent sur lui.

— Tu la nourris.

Ce n'était pas une question.

— Tu nourris Marissa ? insista-t-elle.

— Ce sont mes affaires, pas les tiennes, répondit-il.

Elle se leva d'un bond.

— Nom de Dieu ! On s'était mis d'accord ! Il y a vingt-cinq ans, quand j'ai eu mon petit problème, on s'était mis d'accord. Pas de partenaires ! On ne se nourrit pas avec les Normaux. Qu'est-ce que tu fous ?

— Je contrôle la situation. Cette conversation est terminée, conclut-il en consultant sa montre. Tu sais quoi, c'est l'heure de la fermeture et tu as besoin de faire une pause. Les Maures fermeront la maison.

Elle le foudroya du regard.

— Je ne partirai pas tant que le boulot ne sera pas terminé…

— Je te dis de rentrer chez toi, et je ne cherche pas à être gentil. À demain soir.

— Sauf ton respect, Vhengeance, va te faire foutre.

Elle se dirigea vers la porte avec une démarche de tueuse, ce qu'elle était. En la regardant s'éloigner, Vhengeance se rappela que sa mission dans la boîte n'était rien par rapport à ce dont elle était capable.

— Xhex, dit-il, on s'est peut-être trompés, à propos de l'union.

Elle le regarda comme s'il était totalement stupide.

— Tu te shootes deux fois par jour. Tu crois que Marissa ne va pas finir par s'en rendre compte ? Et le fait que tu doives aller voir son frère, le bon docteur, pour obtenir ce neuromédiateur dont tu as besoin ? De plus, que dirait une aristocrate comme Marissa de… ça ? (Elle balaya le bureau d'un geste.) On ne s'est pas trompés. Tu oublies simplement les raisons de tout ça.

Elle referma doucement la porte derrière elle. Vhengeance baissa les yeux vers son corps inerte. Il imagina Marissa, si pure et belle, si différente des autres femelles de son entourage, si différente de Xhex… dont il se nourrissait.

Il voulait Marissa. Il était presque amoureux d'elle, et l'homme qui était en lui voulait prendre ce qui lui revenait, même si ses médicaments le rendaient impuissant. Sauf qu'il ne ferait sûrement pas de mal à quelqu'un qu'il aimait, même si son côté le plus sombre était de sortie. Si ?

Il pensa à elle, vêtue de ces superbes robes de haute couture, si bien habillée, si raffinée, si… propre. La *glymera* se méprenait à son sujet. Elle n'était pas défaillante, elle était parfaite.

Il sourit. Son corps s'embrasa d'un feu que seuls des orgasmes violents pouvaient éteindre. La période du mois approchait. Elle n'allait pas tarder à l'appeler. Oui, elle aurait bientôt besoin de lui. Comme le sang de Vhengeance était dilué, elle devait boire à une fréquence avantageuse. Et la dernière fois remontait à presque trois semaines.

Elle l'appellerait. C'était une question de jours. Et il était impatient de la servir.

V. regagna le complexe de la Confrérie avec quelques minutes d'avance. Il se matérialisa juste devant la grille d'entrée. Il avait espéré que ces activités sexuelles le calmeraient, mais non, il était toujours à cran.

Il traversa le vestibule du Trou et se désarma en chemin, très tendu, désireux de prendre une douche pour se débarrasser de cette odeur de femme. Il aurait dû avoir faim. Au lieu de cela, il avait envie de vodka.

— Butch, mon vieux ! appela-t-il.

Silence.

V. longea le couloir vers la chambre du policier.

— Tu dors ?

Il poussa la porte. Le lit géant était vide. Le flic était peut-être monté dans le bâtiment principal.

V. traversa la Fosse au pas de course et passa la tête dans le vestibule. En balayant du regard les voitures garées dans la cour, il sentit son cœur s'emballer. Pas d'Escalade. Butch n'était donc pas là…

À l'est apparaissaient les premières lueurs de l'aube, qui lui firent mal aux yeux. Il regagna la maison et s'installa devant ses ordinateurs. En entrant les coordonnées de l'Escalade, il constata que le 4x4 était garé derrière le *Zero Sum*.

C'était une bonne chose. Au moins, Butch n'avait pas percuté un arbre…

V. se figea. Un terrible pressentiment l'envahit, une suée soudaine, presque une démangeaison, et il porta lentement la main à la poche arrière de son pantalon de cuir. Il ouvrit son Razr pour consulter sa boîte vocale. Le premier message était un appel raccroché provenant de Butch.

Au deuxième message, les volets métalliques du Trou commencèrent à se fermer pour la journée.

V. fronça les sourcils. Seul un sifflement provenait de la boîte vocale, puis un énorme fracas lui fit écarter l'appareil de son oreille.

Puis ce fut la voix forte et dure de Butch :

— *Dématérialise-toi. Dématérialise-toi tout de suite !*

— *Mais… mais…*, fit un homme apeuré.

— *Tout de suite, bordel ! Dégage de là…*

Des coups sourds.

— *Pourquoi vous faites ça ? Vous n'êtes qu'un humain…*

— *J'en ai marre d'entendre ça. Allez, dégage !*

Il y eut le tintement métallique d'une arme que l'on charge.

— *Oh, merde…*, fit la voix de Butch.

Puis ce fut l'enfer : tirs, cris, coups.

V. se leva si vivement qu'il renversa sa chaise. Puis il se rendit compte qu'il était emprisonné à l'intérieur, car il faisait jour.

Chapitre 4

En revenant à lui, Butch songea d'abord qu'il fallait fermer ce maudit robinet. Ce goutte à goutte était vraiment pénible.

Puis il souleva une paupière et se rendit compte qu'il était lui-même la source de ce supplice chinois. Il avait été tabassé, et il pissait le sang.

La journée avait été interminable et très mauvaise. Combien d'heures avait duré son interrogatoire ? Douze, peut-être ? Une éternité, plutôt.

Il voulut prendre une profonde inspiration, mais il avait plusieurs côtes cassées, alors il préféra l'hypoxie à une souffrance supplémentaire. Bon sang, son ravisseur lui avait infligé un tel traitement que tout son corps lui faisait un mal de chien. Mais au moins, l'éradiqueur avait refermé sa plaie par balle.

Rien que pour prolonger l'interrogatoire.

Le seul aspect positif de ce cauchemar, c'était qu'il n'avait absolument rien craché sur la Confrérie. Pas un mot. Même quand le tueur s'était attaqué à ses ongles et à son entrejambe. Butch allait bientôt mourir, mais il pourrait au moins se présenter à la porte du paradis avec la conscience tranquille : il n'était pas un mouchard.

Ou alors était-il mort et déjà en enfer ? C'était donc ça ? Avec les conneries qu'il avait faites sur Terre, comment ne pas se retrouver chez le diable ? Mais dans ce cas, son tortionnaire aurait des cornes, non ? Comme les démons ?

Bon, d'accord, il se croyait dans un dessin animé, là.

Il ouvrit les yeux plus grands, car il était temps de distinguer la réalité des délires qui le tourmentaient. Il eut la sensation que c'était sans doute son ultime accès de conscience. Autant en profiter au mieux.

Il voyait flou. Ses mains… ses pieds… enchaînés. Et il gisait encore sur une surface dure, une table. La pièce était… sombre. Une odeur de terre indiquait qu'il se trouvait sans doute dans une cave… Une ampoule nue… Ouais, la parfaite panoplie du tortionnaire. Il se détourna de l'étalage d'objets tranchants avec un frisson d'effroi.

C'est quoi, ce bruit? Un grondement vague qui s'amplifiait.

Dès qu'il se tut, une porte s'ouvrit à l'étage.

—Maître, fit une voix étouffée d'homme.

Quelqu'un lui répondit doucement, mais ses paroles étaient indistinctes. Puis il y eut une conversation, et un bruit de pas qui firent tomber de la poussière par les lattes du plancher. Enfin, une autre porte s'ouvrit en grinçant. Les marches qui se trouvaient près de Butch se mirent à craquer.

Butch eut soudain des sueurs froides et ferma les paupières, mais pas totalement, pour observer ce qui venait vers lui.

Le premier individu était l'éradiqueur qui l'avait tabassé, le type de l'académie des arts martiaux de Caldwell de l'été précédent. Il s'appelait Joseph Xavier, si Butch avait bonne mémoire. L'autre était enveloppé de la tête aux pieds d'un peignoir blanc étincelant, et avait le visage et les mains couverts. Un moine ou un prêtre, apparemment.

Sauf que ce n'était pas un homme de Dieu qui se cachait là-dessous. Tandis que Butch jaugeait cette personne, il ressentit une telle répulsion qu'il en eut le souffle coupé. Ce que dissimulait cette longue robe était une concentration du Mal, du genre qui motivait les tueurs en série, les violeurs et les assassins, ainsi que ceux qui aiment tabasser leurs enfants: la haine et la malveillance incarnées.

La peur de Butch monta en flèche. Il pouvait encaisser des coups. La douleur était dure, mais il existait une limite définissable au-delà de laquelle le cœur cessait de battre. Ce qui se cachait sous cette robe, en revanche, détenait les mystères de souffrances inouïes. Comment Butch le savait-il ? Tout son corps se rebellait, son instinct lui hurlait de s'enfuir, de se sauver… par pitié.

Une prière lui vint soudain et envahit son esprit. *L'Éternel est mon berger, je ne manquerai de…*

La capuche se tourna vers Butch en pivotant comme la tête d'une chouette.

Butch referma vivement les yeux et se hâta de terminer sa prière, le psaume XXIII. Vite… il devait mettre des mots dans son esprit. *Il me fait reposer dans de verts pâturages ; il me dirige près des eaux paisibles… Il restaure mon âme ; il me conduit dans les sentiers de la justice, à cause de son nom…*

— Cet homme est-il le bon ? s'enquit la voix qui résonna dans toute la cave.

Butch s'interrompit et perdit le rythme. Cette voix était vibrante et enrichie d'un écho : cette effrayante distorsion donnait l'impression d'être dans un film de science-fiction.

— Il avait les balles de la Confrérie dans son arme.

Reviens à ton psaume, et plus vite, songea Butch. *Quand je marche dans la vallée de l'ombre de la mort, je ne crains aucun mal…*

— Je sais que tu es réveillé, humain, résonna la voix à l'oreille de Butch. Regarde-moi et découvre le maître de ton ravisseur.

Butch ouvrit les yeux et tourna la tête. La gorge nouée, il déglutit nerveusement. Le visage penché sur lui n'était que noirceur intense, comme une ombre qui aurait pris vie.

L'Oméga.

Le Mal émit un petit rire.

— Donc tu sais qui je suis. (Il se redressa.) T'a-t-il donné quelque chose, grand éradiqueur ?

— Je n'ai pas terminé.

— Cela veut dire non. À en juger par son état, tu l'as pourtant bien travaillé : il est à l'agonie. Oui. Je sens la mort venir à lui, toute proche…

L'Oméga se pencha de nouveau et huma l'air au-dessus de Butch.

— Oui… Il lui reste une heure, peut-être moins, reprit-il.

— Il tiendra aussi longtemps que je le voudrai.

— Non.

L'Oméga se mit à tourner autour de la table. Butch le suivit des yeux. Sa terreur monta peu à peu, mue par la force centrifuge des pas de l'Oméga. Il tournait, tournait… Butch tremblait si fort qu'il claquait des dents.

Ses convulsions cessèrent à la seconde où l'Oméga s'arrêta à l'extrémité de la table. Il leva ses mains sombres et ôta sa capuche blanche. Au-dessus de lui, l'ampoule nue se mit à clignoter comme si la silhouette noire y puisait de la lumière.

— Tu le laisses partir, dit l'Oméga d'une voix qui semblait portée par le flux et le reflux de l'air, telle une vague. Tu l'abandonnes dans les bois. Tu dis aux autres de rester à distance de lui.

Quoi ? songea Butch.

— Quoi ? répondit le grand éradiqueur.

— L'un des points faibles de la Confrérie est sa loyauté à toute épreuve, non ? Oui, une fidélité telle qu'elle en est paralysante. Les frères ne lâchent jamais les leurs. C'est leur côté animal.

L'Oméga tendit la main.

— Un couteau, s'il te plaît. J'ai bien envie de le rendre utile, cet humain.

— Vous venez de dire qu'il allait mourir.

— Mais je vais lui insuffler un peu de vie. Et lui offrir un cadeau. *Couteau.*

Ébahi, Butch vit un couteau de chasse de vingt centimètres passer sous ses yeux.

L'Oméga posa une main sur la table, plaça la lame au bout de l'un de ses doigts et l'enfonça dans la chair. Il y eut un bruit sec de carotte qu'on tranche.

L'Oméga se pencha ensuite vers Butch.

— Voyons… Où se cacher, où se cacher…

Il brandit l'arme au-dessus de l'abdomen de Butch, qui se mit à hurler. Il criait encore quand la lame incisa la peau de son ventre de façon superficielle. Puis l'Oméga ramassa sa phalange noire.

Butch se débattit comme un beau diable, malgré ses entraves. Il écarquilla les yeux d'effroi au point d'en être aveuglé.

L'Oméga inséra alors sa phalange tranchée dans le ventre de Butch, puis il se pencha pour souffler sur la plaie fraîche, qui se referma aussitôt et cicatrisa. Butch sentit la phalange se décomposer et le Mal remuer en lui. Il leva la tête. Autour de sa cicatrice, sa peau commençait déjà à virer au gris.

Des larmes lui montèrent aux yeux et coulèrent le long de ses joues meurtries.

— Relâche-le.

Le grand éradiqueur s'affaira sur les chaînes. Quand il les eut retirées, Butch se rendit compte qu'il ne pouvait plus bouger : il était paralysé.

— Je l'emmène, annonça l'Oméga. Il survivra et trouvera son chemin vers la Confrérie.

— Ils vous sentiront.

— Peut-être, mais ils le prendront.

— Il leur dira.

— Non, parce qu'il ne se souviendra pas de moi, assura l'Oméga en se penchant vers Butch. Tu ne te souviendras de rien.

Leurs regards se croisèrent. Butch perçut une affinité entre eux, il sentit un lien, une similitude. Il pleura pour cette violation de sa personne, mais surtout pour la Confrérie. Les frères allaient l'accueillir, ils essaieraient de l'aider de leur mieux…

Et aussi sûr que le Mal était en lui, il finirait par les trahir.

Mais peut-être Viszs ou les frères ne le trouveraient-ils pas… Comment le trouveraient-ils ? Et sans vêtements, il allait sûrement mourir de froid en peu de temps.

L'Oméga tendit la main et essuya les larmes qui coulaient sur la joue de Butch. Elles scintillèrent d'un éclat irisé sur ses doigts noirs translucides. Butch voulut alors récupérer ce qui provenait de lui. Mais il n'en était pas question. Portant la main à sa bouche, le Mal lécha… suça… savourant la douleur et la peur de Butch.

Le désespoir troubla la mémoire de Butch, mais la foi qu'il croyait avoir abandonnée cracha une autre phrase du psaume : *Oui, le bonheur et la grâce m'accompagneront tous les jours de ma vie et j'habiterai dans la maison de l'Éternel.*

Mais ce n'était plus possible, désormais, si ? Le Mal était en lui, sous sa peau.

L'Oméga sourit, même si Butch ignorait comment il pouvait le savoir vu que l'Oméga n'avait pas de visage.

— Dommage que nous n'ayons pas plus de temps, car tu es dans un triste état. Mais nous aurons d'autres occasions, à l'avenir. Ce que je revendique finit toujours par me revenir. Dors, maintenant.

Et Butch s'éteignit comme une lampe.

— Viszs, réponds à ma question, bordel !

V. détourna les yeux de son roi au moment où la vieille horloge se mit à sonner dans un coin du bureau pour s'arrêter au quatrième coup. Il était donc 16 heures. Les membres de la Confrérie avaient passé toute la journée au centre de commandement de Kolher, à traîner dans un salon Louis XIV d'une élégance ridicule, inondant de leur colère l'atmosphère délicate des lieux.

— Viszs, grommela Kolher, j'attends. Comment sauras-tu où trouver le flic ? Et pourquoi n'en parles-tu que maintenant ?

Parce qu'il savait que cela allait poser problème, et qu'ils avaient déjà leur lot d'emmerdes.

Tandis qu'il réfléchissait à ce qu'il pouvait dire, V. observa ses frères. Fhurie était assis sur le canapé en soie bleu pâle, devant la cheminée. Sous son imposante carcasse, le siège semblait minuscule. Ses cheveux multicolores lui tombaient désormais sous le menton. Z. se tenait derrière son jumeau, appuyé contre le linteau de cheminée. Enragé, il avait de nouveau les yeux noirs. Près de la porte, le beau visage de Rhage affichait une expression mauvaise. Ses épaules tressautaient comme si la bête au fond de lui était tout aussi furieuse.

Enfin, il y avait Kolher. Derrière un bureau élégant, le Roi aveugle était menaçant, avec ses traits cruels et durs, ses yeux défaillants cachés derrière ses lunettes noires. Ses avant-bras puissants, dont l'intérieur était marqué des tatouages indiquant sa lignée de sang pur, reposaient sur un buvard gaufré d'or.

L'absence de Tohr au sein du groupe était une blessure pour tous.

— V. ? Réponds à la question ou bien je te cogne jusqu'à ce que tu parles !

— Je sais comment le trouver, c'est tout.

— Qu'est-ce que tu nous caches ?

V. se dirigea vers le bar et se servit deux doigts de vodka qu'il avala d'une rasade. Il déglutit à plusieurs reprises, puis cracha le morceau :

— Je l'ai nourri.

Ce fut la stupeur dans la pièce. Incrédule, Kolher se leva. V. se servit un autre verre.

— Tu as fait *quoi* ? hurla-t-il.

— Je lui ai fait boire mon sang.

— Viszs…

Kolher contourna son bureau, martelant le sol de ses grosses bottes. Le roi se plaça face à lui, à quelques centimètres de son visage.

— C'est un homme, un humain ! À quoi tu pensais, bordel ?

Encore un peu de vodka. C'était vraiment le moment d'en reprendre.

V. vida son verre et s'en servit un troisième.

— Puisque mon sang est en lui, je peux le retrouver, voilà pourquoi je l'ai nourri. J'avais vu… ce que j'étais supposé voir. Alors je l'ai fait, et je recommencerais, si c'était à refaire.

Kolher s'écarta de lui et se mit à arpenter la pièce, les poings serrés. Tandis que le chef évacuait sa rage, le reste de la Confrérie observait la scène avec curiosité.

— J'ai fait ce que je devais faire, insista sèchement V. en vidant son verre.

Kolher s'arrêta devant une haute porte-fenêtre. Les volets étaient fermés pour la journée. Pas un rai de lumière ne filtrait au travers.

— A-t-il bu à ta veine ?

— Non.

Quelques frères se raclèrent la gorge, comme pour l'inciter à être honnête.

V. jura et se resservit.

— Pour l'amour du ciel, ce n'est pas ce que vous croyez ! Je lui en ai donné dans un verre. Il ignorait ce qu'il était en train de boire.

— Merde, V., marmonna Kolher, tu aurais pu le tuer en un instant…

— C'était il y a trois mois. Il s'en est sorti, il n'y a aucun mal…

La voix de Kolher fendit l'air comme un éclair.

— Tu as violé la loi ! Nourrir un *humain* ? Seigneur ! Qu'est-ce que je vais faire, maintenant ?

— Tu veux me livrer à la Vierge scribe ? J'irai volontiers. Mais je tiens à être clair : d'abord, je retrouve Butch et je le ramène à la maison, mort ou vif.

Kolher releva ses lunettes de soleil et se frotta les yeux, habitude qu'il avait prise récemment quand il avait commencé à en avoir assez de ses obligations de roi.

— S'il a été interrogé, il a pu parler. Nous pourrions être compromis.

V. observa son verre et secoua lentement la tête.

— Il mourrait plutôt que de nous trahir, je te le garantis.

Il avala la vodka et sentit l'alcool couler dans sa gorge.

— Il est comme ça, mon ami.

Chapitre 5

Vhengeance n'avait pas du tout paru étonné quand elle l'avait appelé, songea Marissa. Certes, il avait toujours eu une capacité presque surnaturelle à lire en elle.

Drapée dans sa cape noire, elle sortit par la porte de service de la vaste demeure de son frère. La nuit venait de tomber. Elle frissonna, non pas de froid, mais à cause de ce terrible cauchemar qu'elle avait fait au cours de la journée. Elle volait au-dessus d'un étang gelé, bordé de pins à l'une de ses extrémités. En dépassant un bosquet circulaire, elle avait ralenti et regardé en bas. Sur le sol enneigé, elle avait vu… Butch, recroquevillé sur lui-même et ensanglanté.

L'envie d'alerter la Confrérie la hantait autant que ces images. Cependant elle se sentirait ridicule quand les guerriers rappelleraient, agacés, pour l'informer que tout allait parfaitement bien. Ils croiraient sans doute qu'elle harcelait Butch. Sauf que… Seigneur, le voir saigner ainsi dans la neige… Cette image de lui, impuissant, en position fœtale, l'obsédait.

Ce n'était qu'un cauchemar. Rien qu'un cauchemar…

Fermant les yeux, elle s'efforça de se calmer et se dématérialisa pour reprendre forme au centre-ville, sur la terrasse d'un appartement situé vers le trentième étage. Dès qu'elle prit forme, Vhengeance ouvrit l'une des six portes vitrées coulissantes.

— Tu es contrariée, dit-il aussitôt, l'air intrigué.

Elle afficha un sourire crispé et s'approcha de lui.

— Tu sais bien que je suis toujours un peu mal à l'aise.

Il pointa vers elle sa canne gravée d'or.

— Non, il y a autre chose, insista-t-il.

Bon Dieu, nul autre que lui n'était à ce point capable de percevoir ses moindres émotions.

— Ça va aller, assura-t-elle.

Il la prit par le bras et la fit entrer. Une chaleur tropicale l'enveloppa. Vhengeance mettait toujours le chauffage à fond. Il garda son long manteau en zibeline jusqu'à ce qu'ils atteignent le divan. Comment diable supportait-il une telle fournaise ? Il semblait adorer ça.

Il referma la baie vitrée.

— Marissa, je veux savoir ce qui se passe.

— Rien, vraiment.

Elle ôta sa cape d'un mouvement souple et la posa sur le dossier d'un fauteuil chromé en cuir. Trois côtés du loft étaient vitrés. La vue s'étendait sur les deux tiers de Caldwell, offrant les lumières de la ville, la courbe sombre de l'Hudson sous les étoiles… Contrairement à ce paysage scintillant, le décor de la pièce était minimaliste, très élégant, tout en ébène et crème. Comme Vhengeance, avec sa crête noire, sa peau dorée et ses vêtements parfaitement coupés.

En d'autres circonstances, Marissa aurait adoré ce loft.

Les yeux violets de Vhengeance parurent sceptiques tandis qu'il s'appuyait sur sa canne pour venir vers elle. C'était un homme imposant, bâti comme un frère, dominateur, avec un beau visage dur.

— Ne me mens pas.

Elle esquissa un sourire. Les hommes de sa trempe avaient tendance à se montrer très protecteurs. Même s'ils n'étaient pas compagnons, elle ne s'étonnait guère qu'il soit disposé à traquer quelqu'un pour elle.

— J'ai fait un cauchemar, ce matin, et je n'arrive pas à m'en débarrasser, c'est tout.

Alors qu'il l'observait, elle eut la très étrange sensation qu'il passait au crible ses émotions, comme s'il examinait ce qui les reliait.

— Donne-moi la main.

Elle obéit sans hésiter. Il respectait toujours les règles de la *glymera* et ne l'avait pas encore saluée comme le voulait l'usage. Quand leurs paumes se touchèrent, il n'effleura pas ses doigts de ses lèvres, mais posa le pouce sur son poignet et exerça une légère pression. Puis il appuya plus fort. Soudain, comme s'il avait ouvert une vanne, la peur et l'angoisse de Marissa dévalèrent le long de son bras, comme attirées par ce point de contact.

— Vhengeance ? murmura-t-elle.

Dès qu'il la relâcha, les émotions revinrent à la charge, explosant comme un geyser.

— Tu ne pourras pas être avec moi, cette nuit.

Elle rougit et frotta la parcelle de peau qu'il avait touchée.

— Bien sûr que si. C'est… le bon moment.

Pour commencer le rituel, elle s'approcha du divan en cuir noir qu'ils utilisaient toujours. Vhengeance la rejoignit après quelques instants et ôta son manteau en zibeline. Il étala la fourrure pour qu'ils puissent s'y allonger. Puis il déboutonna la veste de son costume noir pour l'enlever à son tour. Sa fine chemise en soie d'une blancheur étincelante s'ouvrit sous ses doigts, révélant un torse imberbe et puissant. Ses pectoraux étaient ornés de tatouages, deux étoiles à cinq branches dessinées à l'encre rouge, et son ventre plat présentait d'autres motifs.

Ses muscles saillirent quand il s'installa confortablement sur le canapé. Levant les yeux vers Marissa, il la dévora d'un brillant regard améthyste. Il tendit la main et lui fit signe d'approcher :

— Viens ici, *tahlly*. J'ai ce qu'il te faut.

Elle releva le bas de sa robe et se glissa entre ses jambes. Vhengeance tenait à ce qu'elle se nourrisse à sa gorge, mais au cours des trois fois où ils l'avaient fait, il n'avait jamais ressenti d'excitation sexuelle. C'était pour elle à la fois un soulagement et un rappel : Kolher n'avait jamais eu d'érection non plus quand il était près d'elle.

En observant la beauté virile à la peau si lisse de Vhengeance, le manque d'appétit que ressentait Marissa depuis quelques jours s'envola. Elle posa les mains à plat sur ses pectoraux et se cambra au-dessus de lui. Elle le regarda fermer les yeux, pencher la tête sur le côté, puis lui caresser les bras. Un doux gémissement s'échappa de ses lèvres, ce qu'il faisait toujours juste avant qu'elle frappe. En d'autres circonstances, elle aurait mis ça sur le compte de l'anticipation, mais elle savait que ce n'était pas le cas. Son corps demeurait flasque, et Marissa ne pouvait pas croire qu'il appréciait à ce point d'être utilisé.

Elle ouvrit la bouche. Ses canines s'étirèrent de sa mâchoire supérieure, puis elle se pencha vers Vhengeance pour…

L'image de Butch gisant dans la neige la pétrifia. Elle dut secouer la tête pour se concentrer de nouveau sur la gorge de Vhengeance et sa propre soif.

Bois, se dit-elle. *Prends ce qu'il te propose.*

Elle essaya encore, mais s'interrompit dès qu'elle eut posé la bouche sur son cou. Frustrée, elle ferma les yeux. Vhengeance la prit par le menton.

— Qui est-ce, *tahlly* ? demanda-t-il en caressant de son pouce sa lèvre inférieure. Qui est cet homme que tu aimes et qui ne veut pas te nourrir ? Si tu refuses de me le dire, je le prendrai très mal.

— Oh, Vhengeance… Tu ne le connais pas.

— C'est un imbécile.

— Non. C'est moi, l'imbécile.

D'un mouvement d'une vivacité inattendue, Vhengeance attira Marissa vers sa bouche. Elle fut tellement surprise qu'elle retint son souffle. Dans un élan sensuel, il glissa sa langue en elle. Il l'embrassa de façon experte, par petites pénétrations caressantes et fluides. Elle ne ressentit aucun désir mais devina quel genre d'amant Vhengeance devait être : dominant, puissant… Absolu.

Il ne résista pas lorsqu'elle le repoussa.

Il s'écarta, ses yeux améthyste luisant d'un superbe éclat pourpre qui se déversa en elle. Elle ne sentait aucune érection contre sa hanche, mais son grand corps musclé frémissait : ce mâle avait le sexe dans la tête et dans le sang. Et il avait envie de la pénétrer.

— Tu sembles tellement surprise, dit-il d'une voix traînante.

Elle l'était, compte tenu du regard que portaient sur elle la plupart des hommes.

— C'était inattendu. D'autant plus que je ne te croyais pas capable…

— Je suis capable de m'accoupler avec une femme, assura-t-il, les paupières tombantes, presque effrayant pendant un instant. Dans certaines circonstances…

Surgie de nulle part, une image choquante apparut à l'esprit de Marissa : elle était nue, couchée sur un lit recouvert d'un manteau en zibeline. Nu et très excité, Vhengeance lui écartait les jambes de ses hanches. Elle avait sur la face interne d'une cuisse la trace d'une morsure, comme s'il avait bu à sa veine.

Elle reprit son souffle et se couvrit les yeux. Enfin, la vision se dissipa.

— Désolé, *tahlly*, murmura-t-il. Je crains que mes fantasmes soient assez élaborés. Mais ne t'inquiète pas, ils peuvent très bien rester dans ma tête.

— Seigneur, Vhengeance, je ne pouvais pas deviner. Peut-être que si les choses étaient différentes…

— D'accord. (Il la dévisagea, puis secoua la tête.) Je tiens absolument à rencontrer ton homme.

— C'est justement le problème. Il n'est pas mon homme.

— Alors, je le répète, c'est un imbécile, commenta Vhengeance en lui caressant les cheveux. Et affamée comme tu es, nous aurons du mal à recommencer, *tahlly*. Ton cœur ne le permettra pas ce soir.

Elle s'écarta de lui et se leva, puis elle observa les lumières de la ville par la fenêtre. Où Butch pouvait-il se trouver ?

Que faisait-il ? Elle se retourna vers Vhengeance et se demanda pourquoi il ne l'attirait pas. Il avait la beauté d'un guerrier, et toutes ses qualités : puissance, richesse du sang, force, surtout ainsi, avec ce corps massif alangui sur le divan et la zibeline, les jambes tendues dans une posture ouvertement sexuelle.

— Si seulement j'avais envie de toi, Vhengeance…

Il se mit à rire.

— C'est drôle, je comprends très bien ce que tu veux dire.

V. traversa le vestibule du manoir pour sortir dans la cour. À l'abri de l'imposante bâtisse en pierre, il projeta son esprit dans la nuit en quête d'un signal.

— N'agis pas seul, grogna Rhage à son oreille. Tu trouves l'endroit où ils le retiennent et tu nous appelles.

Comme V. ne répondait pas, il le saisit par le collet et le secoua comme une poupée de chiffon, en dépit de son corps ferme et élancé.

Rhage approcha son visage implacable du sien.

— Viszs, tu m'entends ?

— C'est bon, d'accord, maugréa-t-il en le repoussant.

Il se rendit compte qu'ils n'étaient pas seuls. Les autres membres de la Confrérie attendaient, armés et furieux, tels des canons prêts à faire feu. Sauf que… parmi toute cette agressivité, ils l'observaient tous d'un œil inquiet. Cette sollicitude le rendait fou, alors il se détourna.

V. reprit le contrôle de son esprit et scruta la nuit, cherchant le petit écho de lui-même qui était en Butch. Pénétrant les ténèbres, il fouilla les champs et les montagnes, les lacs gelés, les cascades…

Oh, non.

Butch était vivant. Tout juste. Et il se trouvait… au nord-est. À une vingtaine de kilomètres.

Tandis que V. sortait son Glock, une main de fer le saisit par le bras. Rhage était de retour, et il en voulait.

— Tu ne t'attaques *pas* à ces éradiqueurs seul.

— J'ai compris.

— Jure-le-moi ! rétorqua sèchement Rhage, comme s'il savait pertinemment que V. songeait à s'en prendre à quiconque détenait Butch et à n'appeler des renforts que pour faire le ménage, ensuite.

Après tout, c'était une affaire personnelle, et pas seulement un simple épisode de la guerre entre les vampires et la Société des éradiqueurs. Ces salauds de morts-vivants lui avaient pris son… Enfin, il ne savait pas exactement ce que Butch était au juste pour lui, mais il n'avait rien ressenti d'aussi profond depuis longtemps.

— Viszs…

— Je vous appellerai quand je serai prêt, d'accord, promit V. en se dématérialisant pour échapper à l'emprise de son frère.

Dans un tourbillon de molécules, il s'évapora en direction de la campagne de Caldwell, vers un bosquet d'arbres, au-delà d'un étang encore gelé. Il triangula sa réapparition à une centaine de mètres du signal qu'il recevait de Butch et apparut accroupi, prêt à en découdre.

C'était une bonne idée parce que, bon sang, il sentait des éradiqueurs partout…

V. fronça les sourcils et retint son souffle. Il décrivit lentement un demi-cercle, les yeux et les oreilles en alerte au lieu de se fier à ses instincts. Il n'y avait pas d'éradiqueurs dans les environs. Il n'y avait *rien*, d'ailleurs, pas même une cabane ou un pavillon de chasse.

Soudain, il frémit. Non, il y avait bien quelque chose, dans ces bois… quelque chose d'important, un véritable concentré de malveillance, un Mal qui l'angoissa.

L'Oméga.

Il tourna la tête en direction de cette immonde fusion. Aussitôt, une bourrasque de vent froid lui fouetta le visage, comme si la nature le chassait dans la direction opposée.

Merde. Il fallait absolument sortir son colocataire de là.

V. courut vers ce qu'il percevait de Butch, foulant la neige ferme de ses grosses bottes. Au-dessus de lui, la pleine lune luisait intensément à la lisière d'un ciel sans nuage, mais la présence du Mal était tellement forte que V. aurait pu suivre sa piste les yeux bandés. Bordel, Butch se trouvait tout près de cette noirceur…

Au bout d'une cinquantaine de mètres, V. aperçut des coyotes. Ils tournaient en rond autour de quelque proie couchée sur le sol. Ils grognaient non pas de faim, mais de peur, comme si la meute était en danger.

Ils étaient tellement concentrés sur l'objet de leur curiosité qu'ils ne remarquèrent même pas l'approche de V. Il leva son arme au-dessus de sa tête et tira deux fois pour les disperser. Les coyotes détalèrent et…

V. s'arrêta net. En découvrant enfin ce qui gisait à terre, il sentit sa gorge se serrer, et sa bouche s'assécher.

Butch était allongé dans la neige, sur le flanc, nu, roué de coups, couvert de sang, le visage tuméfié. Il avait un pansement sur la cuisse, mais du sang filtrait au travers. Toutefois, ce n'était pas là toute l'horreur de la scène : le flic était environné par le Mal… Totalement environné… Merde, c'était donc lui cette noirceur, cette trace malsaine que V. avait perçue.

Oh, douce Vierge de l'Estompe…

Viszs scruta rapidement les environs, puis il s'agenouilla et posa délicatement sa main gantée sur son ami. Une douleur remonta le long de son bras. Son instinct lui dit de s'écarter, car ce qu'il venait de toucher devait être évité à tout prix. Le Mal.

— Butch, c'est moi. Butch ?

Le flic gémit et remua légèrement. Une lueur d'espoir s'épanouit sur son visage meurtri, comme s'il avait levé la tête vers le soleil. Puis cette expression disparut.

Seigneur, ses paupières étaient fermées par des larmes gelées. Il avait pleuré, et par un tel froid…

— Ne t'en fais pas, flic, je vais…

Faire quoi ? Cet homme allait crever là. Bon sang, qu'est-ce qui lui était arrivé ? Il était envahi par les ténèbres.

Butch ouvrit la bouche. Les sons rauques qui s'en échappèrent auraient pu être des mots, mais ils ne voulaient rien dire.

— Flic, ne dis rien. Je vais m'occuper de toi…

Butch secoua la tête et se remit à bouger. Avec une faiblesse pathétique, il tendit les bras et gratta le sol, comme pour extraire son corps brisé de la neige et s'éloigner de V.

— Butch, c'est moi…

— Non…

Le flic devint frénétique et tenta de ramper de plus belle.

— Je suis contaminé… Je sais pas comment… Contaminé… Tu ne peux pas… me prendre. Je sais pas pourquoi…

V. le rabroua d'une voix forte et cassante :

— Butch ! Arrête !

Le flic se calma. Était-ce par obéissance ou parce qu'il n'avait plus de force ? Difficile à dire.

— Bordel, qu'est-ce qu'ils t'ont fait, mon vieux ?

V. sortit une couverture de survie de sa veste et en enveloppa son ami.

— Je suis contaminé.

Butch roula péniblement sur le dos et repoussa la couverture argentée. Sa main meurtrie tomba sur son ventre.

— Contaminé…

— Qu'est-ce que tu…

Il y avait un cercle noir de la taille d'un poing sur le ventre du policier, une sorte d'ecchymose aux contours bien définis. En son centre, V. crut déceler… une cicatrice chirurgicale.

— Merde.

Ils avaient placé quelque chose en lui.

— Tue-moi, implora Butch d'une voix rauque. Tue-moi tout de suite. Je suis contaminé. Y a quelque chose… qui pousse en moi.

V. se redressa et saisit Butch par les cheveux. Maîtrisant de son mieux ses émotions, il mit son esprit en branle et pria pour qu'une overdose de matière grise vienne à sa rescousse. Quelques instants plus tard, il arriva à une conclusion radicale mais logique qui lui permit de se concentrer et de se calmer. D'une main parfaitement sûre, il sortit l'une de ses dagues noires et se pencha vers son ami.

Il fallait faire sortir cette chose qui n'avait pas sa place en lui. Et comme c'était le Mal, l'extraction devait avoir lieu sur place, en terrain neutre, et non à la maison ou à la clinique de Havers. De plus, la mort rôdait autour du policier. Plus vite il serait décontaminé, mieux cela vaudrait.

— Butch, mon vieux, je veux que tu respires très fort, et que tu ne bouges plus. Je vais…

— Fais attention, guerrier.

Accroupi, V. fit volte-face. Juste derrière lui, la Vierge scribe planait au-dessus du sol. Comme toujours, elle n'était que puissance, ses robes noires immobiles dans le vent, le visage dissimulé, la voix forte dans l'air nocturne.

Viszs ouvrit la bouche, mais elle lui coupa la parole :

— Avant que tu franchisses tes limites en posant des questions, je t'informe tout de suite que non, je ne peux pas t'aider. C'est une affaire dont je dois rester à l'écart. Toutefois, je te dirai ceci : tu ferais bien de dévoiler la malédiction que tu détestes. En manipulant ce qu'il y a en lui, tu te rapprocheras de la mort comme jamais. Et toi seul peux l'enlever. (Elle esquissa un sourire, comme si elle lisait ses pensées.) Oui, c'est en partie la raison pour laquelle tu as rêvé de lui. Mais il y a une autre explication, que tu trouveras peut-être avec le temps.

— Va-t-il survivre ?

— Mets-toi à l'œuvre, guerrier, ordonna-t-elle d'un ton dur. Tu progresseras davantage vers son sauvetage en agissant, au lieu de m'offenser.

V. se pencha vers Butch et agit rapidement, plaçant le couteau sur le ventre du policier. Un gémissement s'éleva de ses lèvres fendillées. Un trou béant s'ouvrit.

— Oh, Seigneur…

Il y avait une chose noire nichée dans la chair.

La voix de la Vierge scribe était plus proche, à présent, comme si elle se trouvait juste derrière lui.

— Dénude ta main, guerrier, et hâte-toi. Le Mal se propage rapidement.

V. rengaina sa dague dans son fourreau de poitrine et ôta vivement son gant. Il tendit la main et s'arrêta.

— Attendez, je ne peux toucher personne.

— L'infection protégera l'humain. Vas-y maintenant, guerrier, et au moment du contact, visualise la lueur blanche de ta paume tout autour de toi, comme si la lumière était ta peau.

Viszs avança sa main tout en s'imaginant entouré d'une incandescence pure et lumineuse. Dès qu'il entra en contact avec la noirceur, son corps fut secoué de tremblements. Cette chose inconnue, quelle qu'elle soit, se désintégra dans un sifflement, avec un claquement. Mais bon sang, il se sentait tellement malade…

— Respire, dit la Vierge scribe. Respire le temps que ça durera.

Viszs chancela et s'appuya au sol, la tête penchée en avant, nauséeux.

— Je crois que je vais…

Effectivement. Tandis qu'il vomissait tripes et boyaux, il sentit qu'on le soulevait par les bras. La Vierge scribe le soutint le temps de sa nausée. Quand ce fut terminé, V. s'écroula contre elle. L'espace d'un instant, il eut même l'impression qu'elle lui caressait les cheveux.

Puis, comme par enchantement, son téléphone portable apparut dans sa bonne main, et la voix de la Vierge scribe résonna fort dans son oreille.

— Pars, maintenant, et emmène cet humain. Sois assuré que les racines du Mal se trouvent dans son âme, et non dans son corps. Et tu dois rapporter la jarre de l'un de tes ennemis. Rapporte-la à cet endroit et manipule-la. Fais-le sans délai.

V. acquiesça. Un conseil offert par la Vierge scribe n'était pas de ceux que l'on néglige.

— Guerrier, garde bien ton bouclier de lumière autour de cet humain. Sers-toi de ta main pour le soigner. Il peut encore mourir, sauf si assez de lumière pénètre son corps et son cœur.

V. sentit sa force s'estomper sous l'effet d'une nouvelle nausée. Il géra les répercussions de son contact avec cette chose en se disant que, s'il se sentait si mal, il n'osait imaginer ce qu'endurait Butch.

Quand son téléphone se mit à sonner, il se rendit compte qu'il s'était couché sur le dos dans la neige et restait ainsi depuis un bon moment.

— Allô ? fit-il, groggy.

— *Où es-tu ? Qu'est-ce qui se passe ?* tonna la voix grave de Rhage, à son grand soulagement.

— Je l'ai ! Je l'ai… (V. considéra la masse ensanglantée qu'était son ami.) Putain, j'ai besoin de renforts. Merde, Rhage… (V. porta la main à ses yeux et se mit à trembler.) Rhage, ce qu'ils lui ont fait…

La voix de son frère s'adoucit immédiatement, comme s'il savait que V. partait en vrille.

— Bon, calme-toi. Dis-moi où tu es.

— Dans les bois… Je sais pas, moi…

Seigneur, il avait le cerveau totalement embrumé.

— Tu peux me localiser grâce au GPS ? reprit V.

En arrière-plan, une voix, sans doute celle de Fhurie, s'écria :

— Je le tiens !

— C'est bon, V., on t'a repéré. On arrive…

— Non ! L'endroit est contaminé.

Rhage commença à exiger des explications, mais V. l'interrompit :

— Une voiture, il nous faut une voiture. Je vais devoir l'emporter loin d'ici. Personne d'autre ne doit venir.

Un long silence s'installa.

— Très bien. Prends la direction du nord, mon frère. Au bout de presque un kilomètre, tu croiseras la route 22. C'est là qu'on t'attendra.

— Appelle… (Il dut se racler la gorge et s'essuyer les yeux.) Appelle Havers. Dis-lui qu'on lui amène une urgence. Et qu'on aura besoin de mettre Butch en quarantaine.

— Seigneur… Qu'est-ce qu'ils lui ont fait ?

— Grouille-toi, Rhage… Attends ! Apporte une jarre d'éradiqueur.

— Pourquoi ?

— Pas le temps de t'expliquer. Veille simplement à en prendre une.

V. glissa le téléphone dans sa poche et enfila son gant sur sa main luisante, puis il s'approcha de Butch. Après s'être assuré que la couverture de survie était en place, il prit le policier dans ses bras et souleva sa masse inerte. Butch gémit de douleur.

— Le trajet ne va pas être de tout repos, déclara V., mais il faut que je te sorte de là.

V. fronça les sourcils en examinant le sol. Butch ne saignait presque plus, mais il ne manquerait pas de laisser des traces de pas dans la neige… Un éradiqueur passant par là risquait de les surprendre en pleine fuite.

Soudain de gros nuages menaçants apparurent et il se mit à neiger dru.

La Vierge scribe connaissait sacrément bien son affaire…

En se mettant en route dans ce qui était presque un blizzard, V. s'imagina une lueur blanche de protection autour de lui et de l'homme qu'il portait dans ses bras.

— Tu es venue !

Marissa sourit en refermant la porte de la chambre d'hôpital, rouge cerise et dépourvue de fenêtre. Sur le lit gisait une frêle petite fille de sept ans. À ses côtés, paraissant à peine plus grande mais bien plus vulnérable, se tenait sa mère.

— Hier soir, je t'ai promis de revenir te voir, non ?

L'enfant afficha un large sourire. Elle avait perdu une dent de lait.

— Tu es venue, et tu es tellement belle !

— Toi aussi, répondit Marissa en s'asseyant au bord du lit pour prendre la main de l'enfant. Comment vas-tu ?

— *Mahmen* et moi, on a regardé *Dora l'exploratrice*.

La mère esquissa un sourire, mais son visage ordinaire et son regard demeurèrent impassibles. Depuis l'admission de sa fille, trois jours plus tôt, elle semblait être sous pilote automatique. Cependant, elle sursautait chaque fois que quelqu'un entrait dans la pièce.

— *Mahmen* dit qu'on ne pourra pas rester ici encore longtemps. C'est vrai ?

La mère ouvrit la bouche, mais Marissa prit la parole :

— Ne t'inquiète pas de devoir partir. Il faut d'abord soigner ta jambe.

Il ne s'agissait pas de civiles fortunées. Sans doute n'avaient-elles pas les moyens de financer ces soins, mais Havers n'avait jamais refusé de patients et il n'allait pas les mettre à la porte.

— *Mahmen* dit que ma jambe va mal. C'est vrai ?

— Cela ne va pas durer, assura Marissa en baissant les yeux vers les couvertures.

Havers s'apprêtait à opérer la fracture ouverte. Il fallait espérer qu'elle se remette convenablement.

— *Mahmen* dit que je vais passer une heure dans la salle verte. Est-ce que ça doit durer aussi longtemps ?

— Mon frère ne t'y gardera que le temps nécessaire.

Havers voulait remplacer son tibia par une prothèse en titane, ce qui valait mieux qu'une amputation, même si c'était une épreuve douloureuse. La fillette devrait subir plusieurs interventions au fil de sa croissance. À en juger par le regard las de sa mère, celle-ci comprenait que ce n'était que le début.

— Je n'ai pas peur, assura la fillette en serrant contre elle son tigre en peluche usé. Mastimon vient avec moi. L'infirmière m'a promis qu'il pourrait venir.

— Mastimon te protégera. Il est féroce, comme tous les tigres.

— Je lui ai dit de ne dévorer personne.

— Tu as bien fait, répondit Marissa en sortant un écrin en cuir de la poche de sa robe rose pâle. J'ai quelque chose pour toi.

— Un cadeau ?

— Oui.

Marissa tourna l'écrin vers l'enfant et en souleva le couvercle. Il contenait une plaque en or de la taille d'une soucoupe. Le précieux objet brillait d'un éclat lumineux, étincelant comme un miroir.

— C'est beau ! s'exclama l'enfant.

— C'est ma plaque de vœux, expliqua Marissa en retournant l'objet. Tu vois, il y a mon initiale au dos.

La fillette scruta l'objet.

— Oui. Regarde ! Il y a une lettre comme dans mon nom.

— J'ai fait graver ton initiale. J'aimerais te l'offrir.

La mère retint son souffle. De toute évidence, elle connaissait la valeur d'une telle quantité d'or.

— Vraiment ? demanda l'enfant.

— Tends les mains.

Marissa déposa la plaque dans ses paumes.

— Oh, c'est lourd !

— Tu sais comment fonctionne une plaque de vœux ?

La petite secoua négativement la tête. Marissa sortit un petit parchemin et un stylo-plume.

— Fais un vœu et je le noterai. Pendant ton sommeil, la Vierge scribe viendra et le lira.

— Si elle n'accorde pas le vœu, ça veut dire qu'on est méchant ?

— Oh, non. Cela signifie simplement qu'elle a prévu quelque chose de mieux pour toi. Alors, que souhaites-tu obtenir ? Il peut s'agir de n'importe quoi. Une glace à ton réveil, un autre épisode de Dora…

La fillette se concentra.

— Je veux que ma *mahmen* arrête de pleurer. Elle fait semblant que tout va bien, mais depuis que j'ai… que je suis tombée dans l'escalier, elle est triste.

Marissa sentit sa gorge se nouer. Elle savait pertinemment que ce n'était pas ainsi que l'enfant s'était fracturé la jambe.

— C'est très bien. Je le note.

Traçant les caractères complexes de la langue ancienne, elle écrivit à l'encre rouge : *Si ce n'est pas trop demander, je souhaite que ma* mahmen *soit heureuse.*

— Voilà ? Cela te convient ?

— C'est parfait !

— Maintenant, on plie la feuille et on la laisse. La Vierge scribe te répondra peut-être pendant que tu seras dans la salle d'opé… la salle verte.

L'enfant serra son tigre en peluche contre elle.

— Ça me plairait.

Une infirmière entra. Aussitôt, Marissa se leva. Elle se sentit brusquement prise d'un besoin presque violent de protéger l'enfant, de la défendre contre ce qui était arrivé chez elle et ce qui était sur le point de se dérouler au bloc opératoire.

Elle se tourna vers la mère.

— Tout va bien se passer, assura-t-elle.

Elle posa une main sur l'épaule frêle de la mère, qui frémit avant de serrer fortement la main de Marissa dans la sienne.

— J'espère qu'il ne peut pas entrer ici, implora la femme à voix basse. S'il nous retrouve, il nous tuera…

— Personne ne peut entrer dans l'ascenseur sans s'identifier face à une caméra, murmura Marissa. Vous êtes toutes les deux en sécurité, je vous le jure.

La mère hocha la tête, puis Marissa se retira pour laisser l'infirmière préparer l'enfant pour l'anesthésie.

Elle s'appuya contre le mur du couloir, prise d'un nouvel accès de rage. Ces deux êtres innocents portaient le fardeau d'un homme violent, et cela suffisait à lui donner envie d'apprendre à manier une arme à feu.

Seigneur, comment pourrait-elle laisser cette femme et sa fille dans la nature ? Cet *hellren* les retrouverait dès leur sortie de la clinique. Si la plupart des hommes tenaient leurs compagnes en haute estime, il y avait toujours eu, au sein de cette espèce, une minorité de brutes. La violence domestique était une réalité qui n'était pas belle à voir.

En entendant le claquement d'une porte, à sa gauche, elle releva la tête. Plongé dans le dossier d'un patient, Havers longeait le couloir. C'était étrange… Ses chaussures étaient couvertes de petites housses en plastique jaune, comme celles qui accompagnaient les combinaisons de protection chimique.

— Serais-tu encore allé au labo, cher frère ? demanda-t-elle.

Il leva vivement les yeux de son dossier et releva ses lunettes à monture en écaille de tortue. Son nœud papillon rouge vif était de travers.

— Pardon ?

Elle désigna ses pieds d'un signe, en souriant.

— Le labo…

— Ah… Oui, j'en viens.

Il se pencha pour ôter ses protège-chaussures qu'il froissa dans sa main.

— Marissa, rends-moi service, retourne à la maison. J'ai convié les *menheurs* du Conseil des *princeps* ainsi que sept autres membres à dîner lundi prochain. Le menu doit être parfait. J'en parlerais bien à Karolyn moi-même, mais on m'attend au bloc.

— Bien sûr.

Marissa fronça les sourcils, car son frère était figé comme une statue.

— Tout va bien ? s'enquit-elle.

— Oui, merci. Vas-y… s'il te plaît, vas-y tout de suite.

Elle fut tentée de lui tirer les vers du nez, mais elle ne voulait pas l'empêcher d'opérer la fillette. Alors elle l'embrassa, rajusta son nœud papillon, et s'éloigna. Devant la porte à double battant qui menait à la réception, quelque chose l'incita à jeter un coup d'œil en arrière.

Les traits tirés, l'air tendu, Havers était en train de jeter ce qu'il portait aux pieds dans la corbeille réservée aux déchets dangereux. Il prit une profonde inspiration, comme pour se ressaisir, puis poussa la porte du service de chirurgie.

Voilà donc de quoi il s'agissait, songea-t-elle. Il était contrarié d'opérer l'enfant. Comment lui en vouloir ?

Marissa tourna les talons… Puis elle entendit un bruit de bottes.

Elle se figea. Un seul genre d'homme pouvait faire un tel vacarme en se déplaçant.

Elle fit volte-face et aperçut Viszs qui fonçait tête baissée, suivi de Fhurie et Rhage, tout aussi menaçants. Tous trois étaient armés jusqu'aux dents, épuisés. Les vêtements en cuir de Viszs étaient maculés de sang. Mais que fabriquaient-ils dans le labo de Havers ? Car ils ne pouvaient venir que du labo.

Les frères ne remarquèrent sa présence qu'au dernier moment, manquant de peu de la bousculer. Ils s'arrêtèrent et détournèrent vite les yeux, sans doute parce que Marissa avait été répudiée par Kolher.

Par la Vierge, ils avaient vraiment une sale tête, vus de près. Ils étaient visiblement souffrants, sans être malades, ce qui n'avait aucun sens.

— Puis-je faire quelque chose pour vous ? demanda-t-elle.

— Tout va bien, assura Viszs d'un ton dur. Pardon…

Son rêve… Butch gisant dans la neige…

— Quelqu'un est blessé ? C'est… Butch ?

Viszs l'écarta de son chemin et passa devant elle, puis il ouvrit la porte de la réception. Les deux autres adressèrent à Marissa un sourire crispé avant d'emboîter le pas à Viszs.

Marissa les suivit à distance, en les épiant tandis qu'ils passaient devant le bureau des infirmières. Pendant qu'ils attendaient l'ascenseur, Rhage posa une main sur l'épaule de Viszs, qui sembla frémir.

Cet échange déclencha en elle un signal d'alarme. Dès que les portes de l'ascenseur se furent refermées, Marissa gagna l'aile de la clinique d'où les trois frères étaient arrivés. Elle se hâta devant le vaste labo fortement éclairé, puis passa la tête dans les six plus anciennes chambres. Elles étaient inoccupées.

Qu'est-ce qui avait amené les frères à la clinique ? Voulaient-ils simplement parler à Havers ?

Se fiant à son instinct, elle se rendit à la réception pour consulter les admissions sur un écran d'ordinateur. Pas de trace des frères ou de Butch, ce qui ne signifiait pas grand-chose : les guerriers n'étaient jamais inscrits dans le système. Sans doute en serait-il de même pour Butch. Marissa cherchait en fait combien de lits étaient occupés, sur les trente-cinq dont disposait la clinique.

Elle nota le nombre de patients et effectua une rapide tournée d'inspection. Tout était normal. Butch n'avait pas été admis, à moins qu'il se trouve dans l'une des autres chambres du bâtiment principal, là où l'on installait les VIP.

Marissa souleva le bas de sa robe et se dirigea vers l'escalier du fond.

Même s'il n'avait pas froid, Butch se recroquevilla sur lui-même. En levant les genoux assez haut, il parviendrait peut-être à soulager un peu la douleur qui lui tenaillait le ventre.

Ouais, bon… Son stratagème n'eut aucun effet sur le tisonnier qui lui transperçait les entrailles.

Il ouvrit péniblement ses paupières bouffies, les cligna, puis il souffla et parvint aux conclusions suivantes : il n'était pas mort. Il se trouvait à l'hôpital. Et on lui injectait dans le bras une merde qui le maintenait sans doute en vie.

En roulant prudemment sur lui-même, il fit une autre découverte : son corps avait servi de punching-ball. Ah, et il avait quelque chose de pourri dans le ventre, comme s'il avait mangé du rosbif avarié.

Que diable lui était-il arrivé ?

Seules quelques bribes de souvenirs lui revenaient : Viszs l'avait trouvé dans les bois… Son instinct lui hurlait que son ami devait absolument le laisser crever sur place… Puis il avait senti un couteau, et… il y avait eu quelque chose dans la main luisante de V., celle qu'il avait utilisée pour extraire cet immonde morceau de…

Ce simple souvenir l'obligea à se coucher sur le côté et lui donna un haut-le-cœur. Il avait eu le Mal dans son ventre. Le Mal pur, une horreur sombre qui s'était diffusée en lui.

De ses mains tremblantes, il saisit sa blouse d'hôpital et la souleva.

— Oh… Seigneur…

Il avait une tache sur le ventre, comme une marque de brûlure. Il se fraya désespérément un chemin dans les méandres de son cerveau embrumé, cherchant comment cette marque était arrivée là, et de quoi il s'agissait. Hélas, il ne trouva que le néant.

Comme l'enquêteur qu'il avait été, il examina la scène de crime, en l'occurrence son propre corps. Il leva d'abord une main. Ses ongles étaient dans un triste état, comme si on y avait glissé une lime ou des petits clous en dessous. Une profonde inspiration lui indiqua qu'il avait des côtes fêlées. À en juger par ses yeux enflés, son visage avait été martelé d'une pluie de coups de poing.

Il avait été torturé. Et récemment.

Fouillant de nouveau son esprit en quête de souvenirs, il tenta de retourner vers le dernier endroit où il s'était trouvé.

Le *Zero Sum*. Le *Zero Sum* avec… Oh, non, cette femme. Dans les toilettes. Il l'avait baisée brutalement, ça avait été du sexe sans importance. Puis, il était sorti et… Les éradiqueurs. Il s'était battu avec ces éradiqueurs. Il avait pris une balle et ensuite…

Ses souvenirs s'arrêtaient là. Au-delà de ce stade, son raisonnement sombrait dans un gouffre de… dans le néant.

Avait-il craché le morceau, sur la Confrérie ? Les avait-il trahis ? Avait-il donné ses proches ? Ses êtres chers ?

Et que diable avait-on infligé à son ventre ? Il avait l'impression d'avoir de la fange dans les veines à cause de ce qui s'était niché en lui.

Il se détendit et respira pendant un moment par la bouche, mais cela ne lui suffit pas pour trouver la paix.

Comme si son cerveau refusait de lâcher prise, ou voulait faire du zèle, des visions resurgirent au hasard, venant d'un lointain passé. Les anniversaires avec son père qui le foudroyait du regard, sa mère angoissée qui fumait comme un pompier. Les Noëls où ses frères et sœurs recevaient des cadeaux et pas lui…

Les nuits chaudes de juillet qu'aucun ventilateur ne parvenait à rafraîchir, la canicule qui conduisait son père vers la bière fraîche. Les pintes de Pabst Blue Ribbon qui l'incitaient à tabasser Butch.

Tels des visiteurs inopportuns, des souvenirs auxquels il n'avait pas pensé depuis des années lui revinrent. Il revit ses frères et sœurs, heureux, jouant dans l'herbe en criant. Comme il avait souhaité s'ébattre avec eux, au lieu de rester à l'écart, en éternel marginal !

Ensuite… *Oh non, pas ce souvenir-là…*

Trop tard. Il se retrouva à l'âge de douze ans, tout gringalet et hirsute, sur le trottoir, devant la maison des O'Neal dans une rue du sud de Boston. C'était un bel après-midi d'automne. Sa sœur Janie était montée dans une Chevette Chevrolet rouge avec des rayures arc-en-ciel sur les côtés. Il revit dans les moindres détails Janie lui faire signe derrière la vitre, à l'arrière de la voiture qui démarrait.

La porte du cauchemar étant ouverte, plus moyen d'arrêter le film d'épouvante. Ce soir-là des policiers avaient sonné à la porte. Ils avaient parlé à sa mère, qui avait craqué. Les flics l'avaient interrogé parce qu'il était la dernière personne à avoir vu Janie en vie. Il leur avait raconté qu'il n'avait pas reconnu les garçons et qu'il avait voulu demander à sa sœur de ne pas monter à bord.

Mais surtout, il revit les yeux de sa mère, brûlant d'une telle souffrance qu'elle n'avait plus de larmes.

Puis Butch fit un bond de plus de vingt ans. Bon sang... Depuis combien de temps n'avait-il pas vu ou parlé à l'un de ses parents ? Ou à son frère et ses sœurs ? Cinq ans ? Probablement. Sa famille avait été tellement soulagée quand il était parti, et quand il avait commencé à ne plus venir aux fêtes de fin d'année.

Autour de la table de Noël, tout le monde faisait partie intégrante de la famille O'Neal, sauf Butch. Il avait fini par ne plus jamais retourner chez lui, ne leur laissant qu'un numéro de téléphone où le joindre, un numéro qu'ils ne composaient d'ailleurs jamais.

Donc s'il mourait, ils n'en sauraient rien. Viszs connaissait sans doute tous les détails du clan de Butch, jusqu'aux numéros de sécurité sociale et de compte bancaire. Pourtant, Butch ne lui en avait jamais parlé. La Confrérie appellerait-elle ? Que diraient-ils ?

Butch examina sa blessure. Il y avait de fortes chances qu'il reparte de cette chambre les pieds devant. Son corps ressemblait beaucoup à ceux qu'il avait vus à la brigade criminelle, ceux sur lesquels il enquêtait dans les bois. Eh bien voilà. C'est là qu'on l'avait retrouvé. Abandonné. Utilisé. Laissé pour mort.

Un peu comme Janie.

Exactement comme Janie.

Fermant les yeux, il se laissa dériver sur un océan de douleur. Dans sa souffrance, il eut une vision de Marissa le soir où il l'avait rencontrée. L'image était si vivace qu'il sentait presque son parfum marin. Il distinguait parfaitement chaque détail : la fine robe jaune qu'elle portait… Ses cheveux qui descendaient en cascade sur ses épaules… Le salon aux tons citron dans lequel ils se trouvaient.

Pour lui, Marissa était une femme inoubliable, celle qu'il n'avait jamais eue et qu'il n'aurait jamais, mais qui le touchait pourtant au plus profond de lui-même.

Il était tellement crevé…

Il ouvrit les yeux et passa à l'action avant même de savoir ce qu'il fabriquait : il tendit la main vers son avant-bras et arracha sa perfusion. Il lui fut plus facile d'extraire l'aiguille de sa veine qu'il ne le pensait. Il avait tellement mal partout que manipuler une simple aiguille n'était qu'une goutte d'eau dans l'océan.

S'il en avait eu la force, il serait parti à la recherche de quelque chose d'un peu plus corsé, histoire d'en finir au plus vite. Mais le temps serait l'arme dont il allait se servir, car c'était la seule dont il disposait. Il se sentait si mal que ce ne serait pas long. Il entendait presque ses organes cracher leur ultime souffle de vie.

Il ferma les yeux et lâcha prise, entendant à peine les alarmes qui se déclenchaient sur les appareils situés à la tête de son lit. De nature combative, il s'étonnait lui-même de baisser les bras aussi facilement. Une vague d'épuisement le submergea. D'instinct, il sut que ce n'était pas une fatigue normale mais l'approche de la mort. Il se réjouit qu'elle vienne si vite.

Enfin libre, il s'imagina à l'extrémité d'un long couloir éblouissant, au bout duquel se trouvait une porte. Marissa se tenait devant. En lui souriant, elle le fit entrer dans une chambre blanche inondée de lumière.

Son âme s'apaisa lorsqu'il respira profondément et avança. Il aurait aimé croire qu'il se rendait au paradis, malgré tout ce qu'il avait fait. C'était logique.

Mais ce ne serait pas le paradis sans elle.

Chapitre 6

Sur le parking de la clinique, Viszs regardait Rhage et Fhurie s'éloigner à bord de la Mercedes noire. Ils partaient récupérer le portable de Butch dans la ruelle, derrière le *Screamer's*, puis l'Escalade garée derrière le *Zero Sum*, avant de rentrer à la maison.

Il allait sans dire que V. ne retournerait pas sur le terrain ce soir-là. Il restait dans son corps des vestiges du Mal qu'il avait manipulé, et qui l'affaiblissaient. Mais c'était surtout le spectacle de Butch tabassé, à l'agonie, qui le bouleversait. Il avait la sensation que quelque chose en lui était sorti de son axe et qu'une vanne s'était ouverte, laissant échapper des morceaux de lui-même.

En fait, cela faisait un moment qu'il avait cette impression. Depuis que ses visions l'avaient quitté. Toutefois, le film d'épouvante qu'avait été cette nuit ne faisait qu'empirer son état.

Un peu d'intimité. Il avait besoin d'être seul, mais il ne supportait pas l'idée de regagner la Fosse. Le silence qui y régnait, la place vide de Butch sur le canapé, l'impression de manque, tout cela lui serait intolérable.

Alors il se rendit dans son lieu secret. Il se matérialisa sur la terrasse de son loft, au trentième étage du Commodore. Un vent bienfaisant agitait ses vêtements. Enfin, il ressentait autre chose que ce gouffre béant dans sa poitrine…

Il gagna le bord de la terrasse. Les bras posés sur la rambarde, il regarda vers la rue en contrebas du gratte-ciel : des voitures passaient, des gens entraient dans le hall. Quelqu'un paya un chauffeur de taxi. Des choses normales. Tout était tellement normal…

Et lui, il était là, en train de crever.

Butch n'allait pas s'en tirer. L'Oméga était en lui. C'était l'unique explication de ce qu'il avait subi. Et il avait beau avoir extrait le Mal, l'infection demeurait mortelle. Il était trop tard.

V. se passa les mains sur le visage. Que diable allait-il faire sans cet enfoiré de Butch, ce gros malin, cette grande gueule qui buvait trop de scotch ? Il parvenait à arrondir les angles, le salaud, sans doute parce qu'il était rugueux comme du papier de verre. Il avait tendance à tout gratter à rebrousse-poil, au point qu'il finissait par tout lisser.

V. se détourna du précipice de près de trois cents mètres au-dessus du trottoir. Il se dirigea vers une porte, sortit une clé en or de sa poche et la glissa dans la serrure. Le loft était son espace à lui, un lieu réservé à ses… activités privées. Et le parfum de la femme qu'il avait possédée la veille flottait encore dans la pénombre.

Sur sa seule volonté, les chandelles s'enflammèrent. Murs, sols et plafonds étaient noirs, une absence de couleur qui absorbait la lumière, l'engloutissait, l'avalait. Le seul véritable meuble était un lit géant couvert de draps en satin noir, mais V. ne passait guère de temps sur le matelas.

Il appréciait surtout son chevalet de torture, avec sa surface dure et ses entraves. Il se servait également des accessoires suspendus à côté : lanières de cuir, verges, bâillons boule, colliers à pointes, fouets, sans oublier les masques, bien sûr. Il fallait que les femmes restent anonymes, qu'il leur couvre le visage tandis qu'il ligotait leur corps. Il ne voulait pas voir en elles autre chose que les instruments de ses pratiques déviantes.

Il était pervers, sexuellement, et il le savait, mais après avoir expérimenté un tas de choses, il avait fini par trouver ce qui fonctionnait le mieux pour lui. Par chance, certaines femmes aimaient ce qu'il leur faisait, elles en avaient envie autant qu'il recherchait le plaisir de les dominer, qu'elles soient seules ou à deux.

Sauf que… Ce soir-là, tandis qu'il contemplait ses accessoires, sa perversion lui donna la sensation d'être sale. Peut-être parce qu'il ne venait en ce lieu que quand il était prêt à passer à l'acte, et que donc il ne l'avait jamais considéré ainsi, en ayant les idées claires.

La sonnerie de son portable le fit sursauter. Lorsqu'il découvrit l'identité de son correspondant, il prit la communication. C'était Havers.

— Il est mort ?

La voix de Havers exprimait une sensibilité toute professionnelle de médecin, ce qui suggérait que la vie de Butch ne tenait qu'à un fil.

— Il y a eu un problème, monsieur. Il a arraché sa perfusion et ses constantes ont plongé. On l'a récupéré, mais je ne sais pas combien de temps il tiendra.

— Tu peux l'immobiliser ?

— C'est ce que je fais, mais il faut te préparer. Ce n'est qu'un humain…

— Non, il est plus que cela !

— Oh… Bien sûr, je ne voulais pas…

— Merde ! Écoute, je reviens. Je tiens à être avec lui.

— Je préférerais que non. Il s'agite chaque fois que quelqu'un entre dans la chambre, ce qui n'arrange rien. Pour l'heure, il est aussi stable que possible et je fais en sorte qu'il souffre le moins possible.

— Je ne veux pas qu'il meure seul.

Un silence pesant s'installa.

— Monsieur, nous mourons tous seuls. Même si tu te trouvais avec lui dans la chambre, il partirait quand même vers l'Estompe… seul. Il doit rester au calme pour que son organisme décide s'il va revivre ou non. Nous faisons tout notre possible.

V. se passa une main sur le visage. D'une petite voix qu'il ne reconnut pas lui-même, il déclara :

— Je ne… je ne veux pas le perdre. Je… je ne sais pas ce que je ferais s'il… (V. toussota.) Et merde…

— Je veillerai sur lui comme sur mon enfant. Accorde-lui une journée pour qu'il tente de se stabiliser.

— Je viendrai demain, à la nuit tombée. Et appelle-moi si son état se dégrade.

V. raccrocha et regarda fixement une chandelle. Au-dessus de la tige en cire noire, une petite flamme prise au piège vacillait dans les courants d'air.

Cette flamme le fit réfléchir. Sa lueur jaune vif était… Elle rappelait la couleur des cheveux blonds, non ?

Il reprit son portable. Havers avait tort de ne lui accorder aucune visite. Tout dépendait du visiteur.

En composant le numéro, il déplorait déjà la seule solution qui s'offrait à lui. Ce qu'il faisait n'était sans doute pas juste. Il risquait de surcroît d'engendrer un tas de problèmes. Mais quand son meilleur ami a un pied dans la tombe, certaines choses n'ont plus la moindre importance.

— Maîtresse ?

Marissa leva les yeux du bureau de son frère. Le plan de table du souper des *princeps* était posé devant elle, mais elle avait du mal à se concentrer sur sa tâche. La fouille de la clinique et de la maison n'avait rien donné. Or son instinct lui hurlait que quelque chose n'allait pas.

Elle adressa un sourire forcé à la *doggen* qui se tenait sur le seuil.

— Oui, Karolyn ?

La domestique s'inclina.

— Un appel pour vous. Sur la ligne 1.

— Merci. (La *doggen* pencha la tête et prit congé tandis que Marissa décrochait.) Allô ?

— Il est dans la chambre située juste à côté du labo de ton frère.

— Viszs ? s'exclama-t-elle en se levant d'un bond. Qu'est-ce… ?

— Franchis la porte portant l'inscription INTENDANCE. Sur la droite, il y a un panneau. Pousse-le. Assure-toi d'avoir enfilé une combinaison de protection avant d'aller le voir...

Butch... Seigneur, *Butch*...

— Qu'est-ce... ?

— Tu m'entends ? Tu mets une combinaison et tu la gardes.

— Qu'est-ce qui s'est...

— Un accident de voiture. File. Vite. Il est mourant.

Marissa lâcha le combiné et quitta en trombe le bureau de Havers. Dans le couloir, elle faillit bousculer Karolyn.

— Maîtresse ? Qu'est-ce qui ne va pas ?

Marissa traversa à la hâte la salle à manger et se précipita dans la cuisine. En atteignant l'escalier de service, elle perdit l'une de ses chaussures à talons hauts. Elle ôta l'autre et continua à descendre. Au pied des marches, elle composa le code de sécurité menant à l'entrée de service de la clinique et surgit dans la salle d'attente des urgences.

Des infirmières l'interpellèrent, mais elle n'y fit pas attention et courut vers le labo. Elle trouva la porte de l'intendance et l'ouvrit avec fracas.

Pantelante, elle scruta les alentours et... rien. Des seaux, des serpillières... Pourtant, Viszs avait dit...

Stop. Il y avait une légère trace sur le sol, un petit motif d'usure suggérant des ouvertures et fermetures répétées de porte. En déplaçant balais et lavettes, elle découvrit un panneau. Elle l'ouvrit avec ses ongles et fronça aussitôt les sourcils. C'était une sorte de salle de monitoring faiblement éclairée, équipée d'ordinateurs et d'écrans de surveillance médicale dernier cri. Elle se pencha vers la lueur bleutée d'un écran et vit un lit sur lequel un homme était couché, bras écartés, criblé de tuyaux et de fils. *Butch.*

Elle passa en trombe devant les combinaisons jaunes de protection et autres masques accrochés près de la porte pour entrer dans la chambre. Le verrouillage hermétique se déclencha avec un sifflement.

— Par la Vierge de l'Estompe…, souffla-t-elle en portant la main à sa gorge.

Il était bel et bien mourant. Elle le sentait. Mais il y avait autre chose, un élément effrayant qui mit en alerte son instinct de survie, comme si elle était confrontée à un agresseur armé d'un fusil. Son corps lui hurlait de s'enfuir, de sortir de là, de sauver sa peau.

Mais son cœur l'incitait à s'asseoir au bord du lit.

— Oh… Mon Dieu…

Sa chemise d'hôpital ne couvrait ni ses bras ni ses jambes. Il semblait meurtri de la tête aux pieds. Quant à son visage… il était complètement tuméfié.

Butch émit un gémissement guttural. Elle tendit une main vers la sienne. Oh non, là aussi. Il avait le bout des doigts enflé, la peau violacée… Il avait perdu plusieurs ongles.

Marissa avait envie de le toucher, mais elle ne trouvait pas une parcelle de peau intacte.

— Butch ?

En entendant sa voix, son corps tressauta et il ouvrit les yeux. Enfin, un œil.

Lorsqu'il la reconnut, l'ombre d'un sourire apparut sur ses lèvres.

— Tu es de retour. Je… je viens de te voir, sur le seuil.

Sa voix était faible, un vague écho métallique de ses intonations graves habituelles.

— Je t'ai vue… puis je t'ai perdue… Mais tu es là…

Elle s'assit doucement au bord du lit. Avec quelle infirmière la confondait-il donc ?

— Butch…

— Où est… passée ta robe jaune ? balbutia-t-il, les lèvres remuant à peine, comme s'il avait la mâchoire fracturée. Tu étais si belle… dans cette robe jaune…

Manifestement, une infirmière. Ces combinaisons accrochées près de la porte étaient jau… Flûte ! Elle n'en avait pas enfilé. Bonté divine ! Si son système immunitaire était affaibli, le patient avait besoin d'être protégé.

— Butch, je vais sortir chercher une…

— Non ! Ne me laisse pas… Ne pars pas…

Il se mit à remuer les mains, malgré les entraves de cuir qui craquèrent.

— Je t'en prie… ne me quitte pas…

— Ce n'est rien. Je reviens tout de suite.

— Non… femme que j'aime… robe jaune… Ne me quitte pas…

Ne sachant que faire, elle posa délicatement une main sur sa joue.

— Je ne te quitterai pas.

Il tourna sa tête meurtrie. Ses lèvres boursouflées effleurèrent sa peau tandis qu'il murmurait :

— Promets-le-moi.

— Je…

La porte hermétique s'ouvrit avec un sifflement. Marissa regarda par-dessus son épaule.

Havers surgit dans la chambre comme si on l'y avait poussé. À travers le masque jaune qu'il portait, son effroi était flagrant.

— Marissa ! hurla-t-il.

Il vacilla dans sa combinaison, la voix étouffée, frénétique.

— Par la Vierge de l'Estompe ! Qu'est-ce que tu… Tu devrais porter une combinaison !

Butch s'agita de plus belle sur son lit. Elle caressa doucement son avant-bras.

— Chut… Je suis là. (Voyant qu'il se calmait un peu, elle ajouta :) Je vais en enfiler une, maintenant…

— Tu ne te rends pas compte ! Mon Dieu !

Havers fut secoué de tremblements.

— C'est trop tard ! Tu es peut-être contaminée.

— Contaminée ? demanda-t-elle en observant Butch.

— Tu as bien dû le sentir en entrant ici !

Havers l'inonda d'un flot de paroles que Marissa n'entendit pas.

Tandis que son frère poursuivait son discours, elle retrouva le sens des priorités, les pièces du puzzle se mirent en place dans son esprit. Peu lui importait que Butch ne la reconnaisse pas. Si cette méprise lui permettait de rester en vie et de lutter, c'était le plus important.

— Marissa, tu m'entends ? Tu es contamin…

Elle le regarda par-dessus son épaule.

— Eh bien, puisque je suis contaminée, je peux rester avec lui, non ?

Chapitre 7

John Matthew se mit en position de combat face à sa cible et resserra son emprise sur sa lame. À l'extrémité de la salle, après un océan de tapis bleus, trois sacs d'entraînement étaient suspendus aux gradins. Il se concentra. Dans son esprit, le sac du milieu se transforma en éradiqueur. John imagina les cheveux blancs et les yeux pâles, le teint cireux qui hantait ses rêves, et il se mit à courir, foulant l'épaisse surface en plastique de ses pieds nus.

Son petit corps n'était ni fort ni rapide, mais il avait une volonté de fer. Et au cours de l'année à venir, le reste de sa personne gagnerait en force l'équivalent de la puissance de sa haine.

Il brûlait d'impatience d'effectuer sa transition.

Levant sa lame au-dessus de sa tête, il ouvrit la bouche pour lancer un cri de guerre. Rien ne sortit, car il était muet, mais il s'imagina qu'il faisait un terrible vacarme.

À ses yeux, les éradiqueurs avaient tué ses parents. Tohr et Wellsie l'avaient recueilli et lui avaient dit ce qu'il était vraiment. Ils lui avaient donné le seul amour qu'il ait jamais reçu. Quand ces salauds de tueurs avaient assassiné Wellsie et que Tohr avait disparu, John était resté seul avec sa soif de vengeance. Il voulait les venger, eux ainsi que toutes les vies innocentes qui avaient été perdues en janvier.

John aborda le sac de front, le bras levé. Au dernier moment, il se mit en boule, roula sur les tapis puis bondit en brandissant son arme, et frappa le sac par en dessous. S'il s'était agi d'un véritable combat, le couteau aurait pénétré le ventre de l'éradiqueur. En profondeur.

Il tourna le manche.

Puis il se remit sur ses pieds et fit volte-face, imaginant le mort-vivant à genoux, se tenant le ventre. Il frappa alors le sac d'en haut. Il se voyait enfonçant sa lame dans la nuque du…

— John ?

Il se retourna, pantelant.

La femme qui s'approchait de lui le fit trembler, et pas seulement parce qu'elle l'avait pris par surprise. Il s'agissait de Beth Randall, reine de sang-mêlé. Cette femelle était aussi sa sœur, s'il fallait en croire les résultats des tests sanguins. Étrangement, en sa présence, l'esprit de John devenait un peu vague et son cerveau s'embrumait. Au moins il ne perdait plus connaissance, ce qui avait été sa première réaction lorsqu'il l'avait rencontrée.

Beth foula à son tour les tapis. C'était une femme svelte, élancée, vêtue d'un jean et d'un pull blanc à col cheminée. Tous deux avaient les cheveux du même brun. À mesure qu'elle s'approchait, il sentit l'odeur de Kolher sur elle, un parfum sombre spécifique à son *hellren*. John la soupçonnait d'être ainsi marquée après un rapport sexuel, car l'odeur était toujours plus intense au moment du Premier Repas, quand Beth descendait de leur chambre.

— John, tu veux bien nous rejoindre à la maison pour le souper, ce soir ?

— *Je dois rester ici pour m'entraîner*, répondit-il dans la langue des signes. Tous les résidents de la maison avaient appris à communiquer ainsi. Cette concession à sa faiblesse, à son absence de voix, agaçait John. Il aurait préféré qu'ils n'aient aucune charité à lui accorder. Il aurait préféré être normal.

— Nous aimerions te voir. Et tu passes tellement de temps ici.

— *L'entraînement, c'est important.*

Elle observa le couteau qu'il avait à la main.

— D'autres choses aussi sont importantes.

Puis ses yeux bleu foncé balayèrent la salle, comme si elle cherchait un argument susceptible de le convaincre…

— Je t'en prie, John, nous… Je m'inquiète pour toi.

À une époque, trois mois auparavant, il aurait adoré qu'elle lui tienne ces propos. Il aurait aimé les entendre de la part de n'importe qui, d'ailleurs. Mais désormais il ne voulait plus de sa sollicitude. Il voulait qu'elle s'efface de son chemin.

Lorsqu'il secoua négativement la tête, elle poussa un long soupir.

— Très bien. Je laisserai encore à manger dans le bureau, d'accord ? S'il te plaît… mange.

Il inclina la tête. En voyant Beth lever une main vers lui, il recula. Sans un mot de plus, elle tourna les talons et s'éloigna sur les tapis bleus.

Dès que la porte se fut refermée derrière elle, John trottina vers l'extrémité du gymnase et s'accroupit pour reprendre sa course. Quand il s'élança de nouveau, il brandit haut son arme, les membres mus par une haine indicible.

M. X passa à l'action à midi. Il entra dans le garage de ce qui lui servait de maison et monta à bord de la voiture banalisée qui lui permettait de passer inaperçu dans la circulation humaine de Caldwell.

Cette mission ne le motivait guère, mais quand le maître donnait un ordre au grand éradiqueur, celui-ci obéissait. C'était ça ou se bourrer la gueule. M. X avait déjà essayé et il n'avait pas du tout apprécié. L'idée de se faire virer par l'Oméga était à peu près aussi plaisante que celle de manger une salade de fils barbelés.

M. X n'en revenait toujours pas d'être de retour sur cette maudite planète, et dans le même rôle. Apparemment, le maître s'était lassé de sa collection de grands éradiqueurs et voulait faire le ménage. M. X ayant manifestement été le meilleur du lot au cours des cinquante ou soixante dernières années, il l'avait appelé à reprendre du service.

Il avait resurgi de l'enfer.

Donc aujourd'hui, il allait travailler. En introduisant la clé de contact, il entendit toussoter le moteur anémique de la Town & Country. Totalement amorphe, il n'avait plus rien du meneur qu'il avait été. Mais il était difficile de se motiver dans une situation dont tout le monde sortait perdant. L'Oméga allait s'énerver une fois de plus et se défouler sur son second. C'était inévitable.

Sous le soleil radieux de ce milieu de journée, M. X quitta le quartier pimpant. Il passa devant des maisons dignes d'un jeu de Monopoly. Construites à la fin des années 1990 par le même architecte, elles déclinaient toutes les variantes bon marché du foyer mignonnet : porches plus ou moins couverts de mousse, volets en plastique, décorations de saison, Pâques, en l'occurrence.

Une cachette idéale pour un éradiqueur que ce repaire de mères au foyer épuisées et de pères cadres moyens surmenés.

M. X prit Lily Lane vers la route 22 et s'arrêta au panneau « stop » donnant sur la grande route. Il localisa par GPS le lieu situé dans les bois où l'Oméga lui avait demandé de se rendre. Il se trouvait à douze minutes, ce qui était une bonne chose. Le maître était très impatient, désireux de voir si son cheval de Troie humain avait été efficace. Il voulait savoir si la Confrérie avait embarqué son camarade.

M. X pensa à ce type. Il était certain qu'ils s'étaient déjà rencontrés. Tout en se demandant où et quand, il se dit que cela n'avait plus d'importance, désormais. Et cela n'avait pas plus compté quand M. X avait travaillé au corps ce petit salaud récalcitrant.

Putain qu'il était coriace ! Pas un mot sur la Confrérie n'avait franchi ses lèvres, quoi qu'il ait pu lui infliger. M. X en avait été impressionné. Un type de sa trempe aurait été un atout précieux s'ils avaient réussi à le rallier à leur cause.

À moins que ce soit déjà le cas. Cet humain était peut-être des leurs, désormais.

Un peu plus tard, M. X gara la Town & Country sur une aire de stationnement de la route 22 et s'enfonça dans les bois. La nuit précédente, une de ces tempêtes de neige déchaînées du mois de mars avait recouvert les pins, leur donnant l'air d'être équipés des protections rembourrées de joueurs de football américain. C'était assez joli, en fait, quand on était branché nature.

Plus il avançait dans les sous-bois, moins il avait besoin du GPS, parce qu'il sentait l'essence du maître aussi bien que si l'Oméga s'était trouvé devant lui. Les frères n'avaient peut-être pas récupéré l'humain…

Tiens, tiens…

En arrivant dans une clairière, M. X remarqua un cercle brûlé sur le sol. La chaleur avait été telle que la neige avait fondu, formant de la boue. Il décela les contours du brasier sur la terre de nouveau gelée. Des relents de la présence de l'Oméga persistaient tout autour, comme la puanteur des ordures s'attarde bien après le passage du camion-benne en été.

Il respira par le nez. Oui, il y avait une touche humaine dans ce mélange.

Bordel, ils l'avaient tué. La Confrérie avait exterminé cet humain. Intéressant. Mais… pourquoi l'Oméga ignorait-il que cet homme était mort ? Peut-être n'y en avait-il pas assez en lui pour le rappeler vers le maître.

L'Oméga n'allait pas apprécier son rapport. Il était allergique à l'échec : cela le rendait chatouilleux, ce qui ne réservait rien de bon aux grands éradiqueurs.

M. X s'agenouilla sur le sol brûlé et envia l'humain. Il avait de la chance, le salaud. Quand un éradiqueur passait l'arme à gauche, ce qui l'attendait de l'autre côté n'était qu'une horreur sans fin, un océan d'épouvante qui valait mille fois la vision chrétienne de l'enfer : une fois éliminés, les tueurs retournaient dans les veines de l'Oméga, tournant en rond dans le bourbier d'autres éradiqueurs morts. Ils devenaient le sang du maître que l'on recevait en soi en étant coopté dans la Société. Et ces tueurs reconstitués étaient promis à un froid glacial sans fin, à la faim et à une pression infinie, car ils demeuraient conscients pour l'éternité.

M. X frémit. Athée dans la vie, il n'avait jamais vu la mort comme autre chose qu'une longue sieste. À présent, en tant qu'éradiqueur, il savait exactement quel sort le guettait quand le maître perdrait patience et le « licencierait » de nouveau.

Pourtant, il y avait de l'espoir. M. X avait trouvé une faille, à condition que les pièces s'assemblent correctement.

Par un coup de chance, il avait peut-être trouvé un moyen de quitter le monde de l'Oméga.

Chapitre 8

Butch mit trois longues journées de folie à se réveiller. Il émergea de son coma comme une bouée remonte à la surface, surgissant des profondeurs du néant pour s'agiter sur l'océan de la réalité, des visions et des sons. Finalement, il remit suffisamment d'ordre dans ses idées pour comprendre qu'il observait un mur blanc, droit devant lui, et qu'il entendait un léger bip.

Une chambre d'hôpital. Bon. Au moins, ses entraves aux chevilles et aux poignets avaient disparu.

Juste pour le plaisir, il roula sur le dos et souleva la tête et les épaules. Il resta dans cette position car il aimait cette sensation de vertige. Elle l'empêchait de se refaire dans la tête le catalogue de toutes ses différentes souffrances.

Il avait fait des rêves à la fois bizarres et merveilleux. Marissa était à son chevet, veillant sur lui. Elle lui caressait le bras, les cheveux, le visage. Elle lui murmurait de rester avec elle. C'était sa voix qui avait permis à Butch de rester dans son corps, qui l'avait empêché de rejoindre la lumière blanche que n'importe quel crétin ayant vu *Poltergeist* assimilait à l'au-delà. Il s'était accroché pour elle, et à en juger par les battements forts et réguliers de son cœur, il allait s'en sortir.

Sauf que, bien sûr, les rêves n'étaient qu'une illusion. Elle n'était pas là, et il se retrouvait dans son enveloppe charnelle jusqu'à ce que le prochain mauvais coup le fasse tomber.

Nom de Dieu, c'était bien sa veine d'avoir continué à respirer.

Il observa son intraveineuse, la poche du cathéter. Puis il regarda en direction de ce qui semblait être un cabinet de toilette. Une douche. Seigneur, il aurait tout donné pour prendre une douche.

En se redressant, il se rendit compte que ce qu'il était sur le point de faire était sans doute une très mauvaise idée. Il suspendit la poche à côté de ses médicaments d'intraveineuse, et se dit que, au moins, ses vertiges s'étaient presque arrêtés.

Il respira profondément plusieurs fois, puis saisit la perche de l'intraveineuse pour s'en servir de canne.

Ses pieds touchèrent le sol froid et il pesa de tout son poids sur ses jambes.

Ses genoux plièrent aussitôt.

En retombant sur le lit, il comprit qu'il n'atteindrait pas le cabinet de toilette. Ayant perdu tout espoir d'eau chaude, il tourna la tête et scruta la douche avec convoitise.

Butch eut soudain l'impression de recevoir un coup à l'arrière de la tête.

Marissa dormait à même le sol dans un coin de la chambre, recroquevillée sur le côté, la tête posée sur un oreiller. Sa superbe robe en mousseline bleu pâle couvrait ses jambes. Ses cheveux formaient une cascade de boucles blond clair, un spectacle romantique digne d'un roman médiéval.

Bordel, elle était vraiment là. Elle l'avait bien sauvé!

Son corps trouva la force de se lever pour fouler le sol de la chambre. Il voulut s'agenouiller, mais il savait qu'il resterait certainement cloué par terre, alors il décida de rester debout près d'elle.

Que faisait-elle là? Aux dernières nouvelles, elle ne voulait pas entendre parler de lui. Bordel, elle avait refusé de le voir, quand il était venu en septembre dans l'espoir de… tout.

—Marissa? dit-il d'une voix brisée, ce qui le contraignit à se racler la gorge. Marissa, réveille-toi.

Elle ouvrit les paupières, puis se redressa vivement. Ses yeux bleu pâle, couleur d'océan limpide, plongèrent dans les siens.

— Tu vas tomber !

Au moment où il vacillait et basculait en arrière, elle bondit et le rattrapa de justesse. En dépit de sa corpulence modeste, elle supporta aisément son poids, ce qui rappela à Butch qu'elle n'était pas une femme humaine et qu'elle était certainement plus forte que lui. Elle l'aida à se recoucher et remonta sur lui les couvertures. Le fait qu'il soit faible comme un enfant et qu'elle le traite comme tel le blessait dans son orgueil.

— Qu'est-ce que tu fais là ? lui demanda-t-il d'un ton sec, tant il était gêné.

En voyant qu'elle évitait son regard, il comprit qu'elle était aussi mal à l'aise que lui.

— Viszs m'a appris que tu étais blessé.

Ah, c'était donc V. qui l'avait incitée à jouer les mère Teresa. Ce salaud savait qu'il était transi d'amour pour elle et que le son de sa voix parviendrait à le sortir du coma. Mais elle se retrouvait dans une situation sacrément délicate : elle était un canot de sauvetage malgré elle.

Butch s'installa en grommelant. Sa fierté en prenait un coup.

— Comment te sens-tu ? demanda Marissa.

— Mieux.

Tout était relatif. Mais il aurait tout aussi bien pu avoir été traîné sous un bus sur des kilomètres, ce n'était rien par rapport à ce que lui avait infligé l'éradiqueur.

— Donc tu n'as pas à rester, ajouta-t-il.

Elle ôta la main du drap et prit une lente inspiration. Son souffle soulevait ses seins sous sa robe élégante. Elle s'enveloppa de ses bras, formant de son corps un *s* gracieux.

Butch tourna la tête, honteux qu'une partie de lui ait envie de profiter de la pitié de Marissa pour la garder avec lui.

— Marissa, tu peux partir, maintenant, tu sais.

— En fait, non, je ne peux pas.

— Pourquoi pas ? s'enquit-il en fronçant les sourcils.

Elle blêmit, puis redressa la tête.

— Tu es sous…

Il y eut un sifflement et un personnage vêtu d'une combinaison jaune et équipé d'un masque respiratoire entra dans la chambre. Il y avait derrière le plastique le visage d'une femme aux traits indistincts.

Butch posa sur Marissa un regard plein d'effroi.

— Bordel, pourquoi tu ne portes pas ces protections, toi ?

Il ignorait de quel type d'infection il souffrait, mais si c'était assez grave pour que le personnel soignant enfile ces combinaisons, ce devait être mortel.

Marissa se crispa, ce qui donna à Butch l'impression d'être une ordure.

— Je… je n'en porte pas, c'est tout.

— Monsieur ? fit gentiment l'infirmière. J'aimerais faire un prélèvement sanguin, si vous le voulez bien.

Il tendit son bras tout en foudroyant Marissa du regard.

— Tu étais censée en porter une en entrant ici, n'est-ce pas ? *N'est-ce pas ?*

— Oui.

— Nom de Dieu ! s'exclama-t-il. Pourquoi n'as-tu pas…

Lorsque l'infirmière lui enfonça l'aiguille dans la veine, Butch sentit ses forces l'abandonner, comme si elle venait de crever le ballon de son énergie.

Il fut pris d'un vertige. Sa tête retomba sur l'oreiller, mais il était toujours énervé.

— Tu devrais porter une combinaison.

Pour toute réponse, Marissa se contenta d'arpenter la pièce.

Il observa en silence le tube appuyé contre sa veine. L'infirmière le remplaça par un autre, vide. Son sang paraissait plus foncé que de coutume. Bien plus foncé…

— Bordel… qu'est-ce qui sort de moi, là ?

— Ça s'est beaucoup amélioré, répondit l'infirmière en souriant derrière son masque.

— De quelle couleur il était avant ? marmonna Butch, se disant que son sang ressemblait à de la boue.

Quand elle eut terminé, l'infirmière lui glissa un thermomètre sous la langue et vérifia les appareils à la tête du lit.

— Je vais vous apporter à manger.

— Elle a mangé ? marmonna-t-il.

— Fermez la bouche.

Dès qu'un bip retentit, elle ôta le thermomètre d'entre ses lèvres.

— C'est bien mieux. Bon, qu'est-ce qui vous ferait plaisir ?

Il pensa à Marissa qui risquait sa vie par culpabilité.

— Qu'elle sorte d'ici, répondit-il.

En entendant ces paroles, Marissa cessa de faire les cent pas. S'appuyant dos au mur, elle baissa les yeux et eut la surprise de constater que sa robe lui allait toujours aussi bien. Pourtant, elle se sentait toute petite. Inconséquente. Comme si elle avait rapetissé de moitié.

L'infirmière se retira. Les yeux noisette de Butch envoyaient des éclairs.

— Combien de temps tu dois rester ?

— Jusqu'à ce que Havers m'autorise à partir.

— Tu es malade ?

Elle secoua négativement la tête.

— Je suis soigné pour quoi ?

— Les blessures de ton accident de voiture. Elles étaient très graves.

— Un accident de voiture ? répéta-t-il, troublé, avant de désigner la perfusion, histoire de détourner la conversation. Qu'est-ce qu'il y a, là-dedans ?

Elle croisa les bras sur sa poitrine et énuméra les antibiotiques, nutriments, antalgiques et autres anticoagulants qu'on lui administrait.

— Et Viszs vient aussi donner un coup de main.

Elle pensa au frère et à ses yeux de diamant si désarmants, aux tatouages de ses tempes… et à son antipathie manifeste pour elle. Il était le seul à entrer dans la chambre sans protection. Il passait deux fois par jour, au début et à la fin de chaque nuit.

— V. est venu me voir ?

— Il place sa main au-dessus de ton ventre. Ça te soulage.

La première fois que le guerrier avait repoussé les couvertures et remonté la chemise d'hôpital de Butch, Marissa était restée sans voix face au spectacle de son intimité et à l'autorité du frère. Puis elle était restée muette pour une autre raison. La blessure au ventre de Butch était effrayante. Et Viszs l'avait effrayée, lui aussi. Il avait ôté le gant qu'elle l'avait toujours vu porter, révélant une main brillante et entièrement tatouée.

Elle avait eu une peur bleue de se qui allait se passer, mais Viszs s'était contenté de laisser planer sa main à une dizaine de centimètres au-dessus du ventre de Butch. Même dans le coma, Butch avait poussé un long soupir de soulagement.

Ensuite, Viszs avait remis la chemise en place, remonté les couvertures, et il s'était tourné vers Marissa. Il lui avait ordonné de fermer les yeux. Elle avait obéi malgré la peur qu'il lui inspirait. Presque aussitôt, une paix intense l'avait enveloppée, comme si elle baignait dans une lumière blanche et apaisante. Il lui faisait cela chaque fois avant de partir. Elle savait que c'était une façon de la protéger. Elle ne comprenait pourtant pas pourquoi, puisqu'il la détestait.

Elle se concentra de nouveau sur Butch et réfléchit à ses blessures.

— Tu n'as pas eu d'accident de voiture, n'est-ce pas ?

— Je suis crevé, répondit-il en fermant les yeux.

Ainsi congédiée, elle s'assit sur le sol nu et enroula les bras autour de ses jambes repliées. Havers avait souhaité lui procurer un lit d'appoint ou un fauteuil confortable, mais elle redoutait que si les constantes de Butch chutaient encore, ils ne puissent pas faire entrer l'équipement nécessaire assez vite dans la chambre. Son frère ne l'avait pas contredite.

Au terme de Dieu savait combien de jours de cette pratique, elle avait le dos raide et les paupières lourdes. Pourtant elle n'avait pas ressenti la fatigue tandis qu'elle luttait pour maintenir Butch en vie. Elle n'avait pas vu le temps passer. Quand on lui apportait un repas, quand une infirmière ou Havers se présentaient, elle était toujours surprise. De même qu'à l'arrivée de Viszs…

Pour l'instant, elle n'était pas malade. Enfin, elle s'était sentie mal avant la première visite de Viszs, mais depuis qu'il avait commencé ses manipulations, elle se portait bien.

Marissa leva les yeux vers le lit. Elle se demandait encore pourquoi Viszs l'avait fait venir dans cette chambre. La main du guerrier se rendait certainement plus utile qu'elle.

Tandis que les appareils émettaient un bip régulier, une soufflerie se déclencha au plafond. Marissa observa le corps inerte de Butch et rougit en pensant à ce qu'il y avait sous les couvertures.

Désormais, elle connaissait la moindre parcelle de son corps.

Il avait la peau lisse et un tatouage à l'encre noire au creux des reins : une série de traits, par groupes de quatre, barrés d'une diagonale. Il y en avait vingt-cinq, si elle avait bien compté. Certains étaient délavés, comme s'ils remontaient à de nombreuses années. Que représentaient-ils ?

Elle avait été étonnée de découvrir sur son torse qu'une toison brune couvrait ses pectoraux. Elle savait pourtant que les humains n'étaient pas glabres comme les membres de son espèce. Butch n'avait pas le torse très velu, cependant, et ses poils ne formaient plus qu'une ligne sous son nombril.

Ensuite… Elle avait honte, mais elle avait examiné son sexe masculin. Entre ses jambes, les poils étaient sombres et fournis.

Une épaisse tige de chair presque aussi large que le poignet de Marissa pendait sur des bourses lourdes et imposantes.

C'était la première fois qu'elle voyait un homme entièrement dévêtu. Les nus des œuvres d'art n'avaient rien à voir avec la réalité. Butch était superbe, fascinant, même.

Elle leva la tête vers le plafond. Devait-elle s'en vouloir d'avoir violé son intimité ? Était-ce mal que son propre corps réagisse à ce souvenir ?

Seigneur, dans combien de temps pourrait-elle sortir d'ici ?

Elle palpa distraitement le fin tissu de sa robe et se pencha pour observer la mousseline bleu pâle. Cette magnifique création de Narciso Rodriguez devrait être d'un grand confort, mais son corset qu'elle portait toujours, comme il convenait, commençait à lui faire un mal de chien. Elle tenait à être belle pour Butch, même s'il s'en moquait, et pas seulement parce qu'il était malade. Il n'était plus attiré par elle, voilà tout. Et il ne voulait plus de sa présence à ses côtés.

Qu'importe. Elle continuerait à s'apprêter quand on lui fournirait des vêtements propres.

Hélas, tout ce qu'elle portait dans cette chambre devait être incinéré. Quel dommage de brûler toutes ces robes !

Chapitre 9

L'enfoiré aux cheveux pâles est de retour, songea Van Dean en regardant derrière la lourde clôture.

Cela faisait trois semaines d'affilée que ce type assistait aux combats clandestins de Caldwell. Il détonnait dans la foule en délire groupée autour du ring, même si Van ne savait pas vraiment pourquoi.

En sentant un genou heurter son flanc, il se reconcentra sur ce qu'il faisait. Il brandit son poing nu et frappa son adversaire au visage. Du sang gicla de son nez fracassé, formant une éclaboussure rouge sur le tapis, juste avant que le type s'y écroule.

Bien campé sur ses jambes, Van baissa les yeux sur son adversaire. Des gouttes de sa sueur tombèrent sur les abdominaux de l'homme à terre. Il n'y avait pas d'arbitre pour empêcher Van de le tabasser davantage, aucune règle pour lui interdire de lui donner des coups de pied dans les reins jusqu'à ce que ce salaud soit bon pour la dialyse. Et il suffisait d'un battement de paupière de la part de cette carpette humaine pour que Van se lâche.

Donner la mort à mains nues, voilà ce que souhaitait la part spéciale qu'il avait en lui, voilà ce qu'elle brûlait de faire. Van avait toujours été différent, pas seulement de ses adversaires mais de tous ceux qu'il rencontrait. Son âme n'était pas juste celle d'un combattant, mais celle d'un guerrier digne de l'armée romaine. Il aurait aimé vivre à l'époque où l'on éviscérait tout adversaire qui tombait le premier… Où l'on se rendait chez lui pour violer sa femme et massacrer ses enfants. Et où, ensuite, on pillait la maison et l'on brûlait tout avant de partir.

Hélas, il vivait ici et maintenant, et une nouvelle complication était apparue. L'enveloppe charnelle qui recélait cette part spécifique de lui-même commençait à lui peser. Il avait très mal à l'épaule et aux genoux, même s'il veillait à n'en rien montrer, que ce soit sur le ring ou en dehors.

Tendant le bras sur le côté, il entendit un claquement et réprima une grimace de douleur. Pendant ce temps, la cinquantaine de spectateurs hurlait et secouait la barrière de sécurité haute d'environ trois mètres. Putain, ses fans l'adoraient. Ils l'appelaient par son nom. Ils voulaient en voir davantage.

Mais ils n'avaient strictement rien à voir avec cette partie de lui-même.

Au milieu de cette foule en délire, il croisa le regard appuyé de l'homme aux cheveux pâles. Ce type avait vraiment un regard de taré. Un regard plat, sans la moindre étincelle de vie. Et il ne criait pas.

Peu importait.

Van poussa son adversaire de son pied nu. Le type grogna mais n'ouvrit pas les yeux. Fin de partie.

Les spectateurs se mirent à hurler de joie comme des singes.

Van gagna la lisière du ring et fit basculer sa carcasse de cent kilos par-dessus la barrière. En le voyant atterrir, la foule cria plus fort mais recula. Celui qui s'était dressé sur son chemin la semaine précédente avait fini par cracher une dent.

L'« arène » se trouvait dans un parking souterrain désaffecté. Le propriétaire de ce terrain vague bétonné organisait les rencontres. En toute discrétion, bien sûr. Van et ses adversaires n'étaient rien de plus que les équivalents humains de coqs de combat. Mais c'était bien payé et il n'y avait pas encore eu de descente, même si c'était toujours un risque. Entre le sang et les paris, les flics de Caldwell n'auraient pas su où donner de la tête. C'était donc une sorte de club privé, et quiconque parlait se faisait jeter. Littéralement. Le propriétaire avait une bande de videurs qui réglaient les embrouilles.

Van se dirigea vers le caissier, récupéra ses cinq cents dollars et sa veste, puis il s'éloigna vers son camion. Son débardeur Hanes était maculé de sang, mais il s'en moquait. Il était plus inquiet pour ses articulations endolories et cette maudite épaule gauche.

Merde. Chaque semaine il devait puiser davantage en lui pour satisfaire cette part spéciale et mettre ces hommes à terre. Mais il commençait à avoir fait son temps. Dans ce monde-là, on passait au dentier au bout de trente-neuf combats.

— Pourquoi tu as arrêté ?

Parvenu à hauteur de son véhicule, Van vit un reflet dans le pare-brise. Il ne fut guère surpris de constater que l'homme aux cheveux pâles l'avait suivi.

— Je parle pas aux fans, mon vieux.

— Je ne suis pas un fan.

Leurs regards se croisèrent longuement sur la vitre du pare-brise.

— Alors pourquoi tu viens si souvent voir mes combats ?

— Parce que j'ai une proposition à te faire.

— Je veux pas d'un manager.

— Je ne suis pas manager non plus.

Van regarda par-dessus son épaule. Le type était imposant et avait tout d'un combattant : épaules redressées, bras ballants. Des mains énormes, du genre à former des poings gros comme des boules de bowling.

C'était donc ça…

— Si tu veux monter sur le ring avec moi, tu peux voir ça là-bas, dit-il en désignant le caissier.

— Ce n'est pas ça non plus.

Van fit volte-face. Inutile de tourner autour du pot plus longtemps.

— Alors qu'est-ce que tu veux ?

— D'abord, il faut que je sache pourquoi tu t'es arrêté.

— Il était KO.

— Bon, répondit le type, visiblement contrarié.

— Tu sais quoi ? Tu commences à me courir.
— Très bien. Je cherche un homme qui correspond à ton profil.
Voilà qui réduisait le champ des possibilités. Un nez cassé sur un visage régulier, une coupe militaire. Rien de bien folichon.
— Il y a un tas de types qui ont la même gueule que moi.
Enfin, à part la main droite…
— Dis-moi, reprit le type, tu as été opéré de l'appendicite ?
Van plissa les yeux et remit les clés du camion dans sa poche.
— Tu as deux possibilités, à toi de choisir. Tu t'en vas et je monte en bagnole, ou bien tu continues à parler et les coups vont tomber. Qu'est-ce que tu prends ?
L'homme pâle s'approcha. Bordel, il dégageait une odeur bizarre. Comme… du talc pour bébé ?
— Ne me menace pas, mon gars, prévint-il à voix basse, visiblement prêt à en découdre.
Tiens, tiens… pas possible. Un vrai concurrent.
Van approcha davantage son visage.
— Alors viens-en au fait, bordel.
— Appendicite ?
— Oui.
L'homme sourit et recula.
— Un boulot, ça te dirait ?
— J'en ai déjà un. Et j'ai les combats, aussi.
— Un boulot dans le bâtiment. Et tabasser des inconnus pour de l'argent.
— Deux boulots honnêtes. Ça fait combien de temps que tu fouines dans mes affaires ?
— Assez longtemps, répondit-il en tendant la main. Joseph Xavier.
Van ne lui serra pas la main.
— Ça ne m'intéresse pas de te rencontrer, Joe.
— Pour toi, c'est monsieur Xavier, fiston. Et tu accepteras certainement d'écouter une simple proposition.

Van pencha la tête sur le côté.

— Tu sais quoi, je suis comme une pute, moi. J'aime bien me faire payer par des branleurs. Alors si tu me filais un billet de cent, Joe, je pourrais étudier ta proposition.

L'homme se contenta de l'observer. Van ressentit une peur incongrue. Quelque chose n'allait vraiment pas, chez ce type.

Le salaud s'exprima d'une voix encore plus basse.

— D'abord appelle-moi comme il faut, fiston.

Pas de problème. Pour cent dollars, il était disposé à parler, même à un taré comme lui.

— Xavier.

— *Monsieur* Xavier, corrigea celui-ci avec un sourire carnassier de prédateur qui n'exprimait aucune joie. Dis-le, fiston.

Par quelque impulsion inexpliquée, Van ouvrit la bouche.

Juste avant de prononcer les mots, il eut un souvenir subit de ses seize ans, lorsqu'il avait plongé dans l'Hudson. En plein vol, il avait vu l'énorme rocher immergé qu'il allait percuter, et compris qu'il ne pouvait pas modifier sa trajectoire. Sa tête avait heurté la pierre comme si le choc était prédestiné, comme s'il avait une corde invisible autour du cou et que le rocher l'avait attiré vers lui. Mais cela n'avait pas été une mauvaise chose, du moins pas immédiatement. Juste après l'impact, il y avait eu un moment de calme, un doux flottement, comme si le destin s'était accompli. Il avait su d'instinct que cette sensation était un prélude à la mort.

Étrangement, il ressentait en cet instant le même trouble, et la même impression que cet homme à la peau d'albâtre était comme la mort : inévitable, déjà écrit. Et il ne venait rien que pour lui.

— Monsieur Xavier, murmura-t-il.

Quand le billet de cent dollars apparut devant lui, il tendit une main à quatre doigts et s'en empara.

Toutefois, il aurait écouté gratuitement.

Des heures plus tard, Butch se retourna. Sa première pensée fut de chercher Marissa.

Il la trouva assise dans le coin de la chambre, un livre ouvert à côté d'elle. Pourtant elle ne lisait pas. Elle regardait fixement les dalles blanches du sol, effleurant d'un long doigt parfait leur motif tacheté.

Elle semblait terriblement triste, et si belle que Butch en eut les larmes aux yeux. Seigneur, la simple pensée qu'il puisse la contaminer, la mettre en danger de quelque façon que ce soit, lui donnait envie de se trancher la gorge.

— Si seulement tu n'étais pas entrée ici, déclara-t-il d'une voix rauque.

En la voyant réagir, il regretta de ne pas avoir mieux choisi ses mots.

— Enfin, je voulais dire…

— Je sais ce que tu voulais dire, interrompit-elle d'un ton sec. Tu as faim ?

— Oui, répondit-il en tentant de se redresser. Mais ce que je voudrais surtout, c'est prendre une douche.

Elle se leva avec une telle grâce qu'elle lui fit penser à une nappe de brouillard qui se dissipe. Il retint son souffle en la voyant s'approcher. Bon sang, sa robe bleu pâle était exactement de la même couleur que ses yeux.

— Je vais t'aider à aller dans la salle de bains.

— Non. J'y arriverai.

Elle croisa les bras.

— Si tu essaies d'y aller tout seul, tu vas tomber et te faire mal.

— Appelle une infirmière, alors. Je ne veux pas que tu me touches.

Elle le dévisagea un long moment, puis elle cligna les yeux une fois. Deux fois.

— Tu veux bien m'excuser un instant ? reprit-elle d'un ton neutre. Je dois aller aux toilettes. Tu peux appeler l'infirmière en appuyant sur le bouton rouge de la télécommande.

Elle se rendit au cabinet de toilette. Il entendit couler de l'eau.

Butch allait prendre la télécommande quand il s'arrêta en constatant que le bruit du lavabo filtrait toujours à travers la porte. Il était continu : il ne s'agissait pas de celui d'une personne qui se lave les mains ou remplit un verre.

Cela se prolongea encore et encore.

Butch se redressa avec un grommellement et se leva en s'accrochant à la perche de sa perfusion, qui se plia sous son poids. Puis il chemina péniblement vers la porte de la salle de bains. Il posa l'oreille sur le panneau de bois, mais n'entendit que l'écoulement de l'eau.

Pour une raison inconnue, il frappa doucement. Puis recommença. Après une troisième tentative, il tourna la poignée, au risque de les mettre tous les deux dans l'embarras s'il la surprenait aux toilettes.

Marissa était bien sur la cuvette, mais le couvercle de la lunette était baissé.

Et elle pleurait à chaudes larmes, secouée de tremblements.

— Oh… Seigneur, Marissa.

Elle poussa un cri strident, comme s'il était la dernière personne au monde qu'elle ait envie de voir.

— Va-t'en !

Il entra et tomba à genoux devant elle.

— Marissa…

Elle se prit le visage dans les mains.

— J'aimerais avoir un peu d'intimité, si cela ne t'ennuie pas trop, lança-t-elle.

Il ferma le robinet. Le lavabo se vida dans un gargouillis. Les hoquets de Marissa n'étaient plus couverts par le bruit d'eau qui coule.

— Ça va aller, assura-t-il. Tu vas bientôt sortir. Tu vas sortir…

— Tais-toi ! s'écria-t-elle, baissant les mains pour le foudroyer du regard. Retourne te coucher et appelle l'infirmière si ce n'est pas déjà fait.

Il s'assit sur ses talons, faible mais déterminé.

— Je suis désolé que tu te sois trouvée enfermée ici avec moi.

— Tu parles!

— Marissa…, fit-il, les sourcils froncés.

Le bruit du système d'ouverture de la chambre l'interrompit.

— Flic? fit la voix de V., qui ne portait manifestement pas de masque.

— Attends! répondit Butch, qui ne souhaitait pas imposer un spectateur de plus à Marissa.

— Où tu es, flic? Quelque chose ne va pas?

Butch voulut se lever. Vraiment. Mais quand il saisit la perche de sa perfusion, son corps céda, mou comme du caoutchouc. Marissa tenta de l'attraper, mais il glissa et s'écroula sur le sol de la salle de bains. Sa joue heurta le joint des toilettes. Il entendit vaguement Marissa parler avec animation. Puis il aperçut le bouc de V. dans sa ligne de mire.

Butch observa son coloc… Puis sa vision se troubla, tant il était heureux de le revoir, ce salaud. Le visage de Viszs n'avait pas changé: son bouc brun impeccable, les mêmes tatouages sur ses tempes, ses iris brillants comme des diamants. Tout cela lui était si familier… Un foyer, une famille, le tout dans un emballage de vampire.

Toutefois, Butch ne versa pas de larme. Il était déjà assez impuissant comme ça, à côté d'une cuvette de toilettes. Fondre en larmes aurait été le bouquet, la honte absolue.

Il cligna les yeux avec force.

— Où est ta combinaison, bordel? Tu sais, ce truc jaune.

V. sourit, les yeux un peu plus brillants, comme s'il avait la gorge nouée.

— Ne t'en fais pas, je suis couvert. Alors, on dirait que tu es de retour pour de bon?

— Et je suis dans une forme olympique.

— C'est vrai?

— Absolument. J'envisage de me lancer dans la plomberie. Je voulais voir comment cette salle de bains était conçue. Excellent boulot. Tu devrais jeter un coup d'œil.

— Et si je te portais jusqu'à ton lit ?

— Je veux examiner la tuyauterie.

V. esquissa un sourire narquois plein d'affection et de respect.

— Laisse-moi au moins t'aider à te lever, proposa-t-il.

— Non, je peux le faire.

Avec un grognement, Butch esquissa un mouvement vertical, mais il retomba vite sur le carrelage. Lever la tête était presque trop dur pour lui. S'ils lui accordaient assez de temps, une semaine, dix jours, peut-être…

— Allez, viens, flic. Arrête et laisse-moi t'aider.

Soudain trop fatigué pour lutter, Butch devint totalement inerte, sous le regard intense de Marissa. Pouvait-il avoir l'air plus faible ? Merde. Au moins, il n'y avait pas le moindre souffle d'air sur ses fesses, ce qui indiquait que la chemise d'hôpital était restée fermée. Dieu merci.

Les bras puissants de V. le soulevèrent sans peine. Butch refusa toutefois de poser la tête sur l'épaule de son ami, même s'il avait toutes les peines du monde à la maintenir droite. De retour sur son lit, il fut parcouru de frissons. La chambre se mit à tourner autour de lui.

Avant que V. se redresse, Butch le saisit par le bras et murmura :

— Il faut que je te parle. En privé.

— Qu'est-ce qui se passe ? demanda V., tout aussi doucement.

Butch se tourna vers Marissa, qui traînait dans son coin. En rougissant, elle regarda en direction de la salle de bains, puis ramassa deux grands sacs en papier.

— Je crois que je vais prendre une douche. Vous voulez bien m'excuser ?

Elle disparut dans le cabinet de toilette sans attendre de réponse.

Dès qu'elle eut refermé la porte, V. s'assit au bord du lit.

— Je t'écoute.

— Quel genre de danger court-elle ?

— Je me suis occupé d'elle et, au bout de trois jours, elle semble aller bien. Elle pourra sans doute bientôt partir. Nous sommes pratiquement convaincus que tu ne l'as pas contaminée.

— À quoi a-t-elle été exposée ? À quoi *je* l'ai exposée ?

— Tu sais que tu étais aux mains des éradiqueurs, n'est-ce pas ?

Butch leva une main tuméfiée.

— Et moi qui croyais sortir d'un rendez-vous chez Elizabeth Arden, railla-t-il.

— Gros malin. Tu y as passé à peu près une journée…

Soudain, Butch empoigna le bras de V.

— Je n'ai rien dit. Ils m'en ont fait baver, mais je n'ai pas craché un seul mot sur la Confrérie. Je le *jure.*

V. posa sa main sur celle de Butch dans un geste d'apaisement.

— Je sais, mon vieux. Tu es incapable de faire une chose pareille.

— Tant mieux.

Il le relâcha. V. observa le bout des doigts de Butch, comme s'il imaginait ce qu'ils avaient subi.

— De quoi te souviens-tu ?

— Seulement des sensations. La douleur et la… la terreur. La peur. La fierté… C'est ça qui m'a fait tenir sans parler. C'est grâce à ça qu'ils ne m'ont pas fait craquer.

V. opina et sortit de sa poche une cigarette roulée à la main. Juste avant de l'allumer, il regarda la bouteille d'oxygène, jura et rempocha la cigarette.

— Écoute, mon vieux, il faut que je te demande… Tu es bien, dans ta tête ? Je veux dire… Subir une telle épreuve, parfois…

— Ça va. J'ai toujours été trop crétin pour souffrir d'un syndrome post-traumatique et de toutes ces conneries. En plus, je n'ai pas vraiment de souvenirs de ce qui m'est arrivé une fois à terre. Tant que Marissa peut sortir d'ici sans dommage, ça va.

Il ressentit une démangeaison sur sa barbe naissante et se gratta, puis il baissa le bras vers son abdomen. Il songea alors à sa blessure noire.

— Tu as une idée de ce qu'ils m'ont fait ?

V. secoua la tête. Butch jura. Son ami était un véritable Google à lui tout seul, alors qu'il ne sache pas était mauvais signe.

— Mais je reste sur le coup, flic. Je trouverai une réponse, c'est promis. (Le frère désigna le ventre de Butch.) Alors, de quoi ça a l'air ?

— J'en sais rien. J'étais trop occupé à être dans le coma pour me soucier de mes abdos.

— Je peux ?

Butch haussa les épaules et rabattit les couvertures. V. souleva la chemise et tous deux examinèrent la blessure. Tout autour de la plaie, la peau avait un aspect étrange, grisâtre et ridé.

— Ça te fait mal ? s'enquit V.

— Un mal de chien. C'est… froid. Comme si j'avais de la neige carbonique dans le bide.

— Tu permets que je fasse quelque chose ?

— Quoi ?

— Juste un petit soin que je t'administre.

— D'accord.

Toutefois, lorsque V. leva la main qu'il utilisait pour le boulot et entreprit d'ôter son gant, Butch eut un mouvement de recul.

— Qu'est-ce que tu comptes fabriquer avec ça ?

— Fais-moi confiance, d'accord ?

Butch éclata de rire.

— La dernière fois que tu m'as dit ça, je me suis retrouvé avec un cocktail de vampire, tu te souviens ?

— Je t'ai sauvé la peau. C'est comme ça que je t'ai retrouvé. Voilà donc la raison de tout ça…

— Bon, alors vas-y, approche un peu ta main.

Butch grimaça quand même en voyant cette chose luisante.

— Détends-toi, flic. Ça ne fera pas mal.

— Je t'ai vu faire cramer une maison avec ça.

— Tu marques un point. Mais ce n'est pas mon bouton de démarrage d'incendie, cette fois.

V. fit planer sa main tatouée et brillante au-dessus de la blessure. Butch émit un grognement de soulagement, comme si l'on avait versé de l'eau chaude dans la plaie puis sur lui, pour le laver tout entier.

Butch roula les yeux.

— Oh… Bon sang… Ça fait tellement de bien…

Il se détendit, puis se mit à flotter, libéré de toute souffrance, pour dériver vers un état de transe. Il se laissa totalement aller.

Il sentait pleinement le soin, comme si son corps était en train de se régénérer à grande vitesse. Au fil des secondes, des minutes, le temps devint infini. Des journées entières de repos, de bons repas et de paix allaient et venaient, le faisant miraculeusement passer de son état de blessé à celui d'un homme en pleine forme.

Marissa pencha la tête en arrière sous le jet de la douche. L'eau cascadait sur son corps. Elle se sentait secouée, les nerfs à fleur de peau, surtout après avoir vu Viszs porter Butch vers son lit. Ils étaient si proches, tous les deux… Leur attachement réciproque se lisait dans leurs yeux.

Au bout d'un long moment, elle s'essuya enfin grossièrement et se sécha les cheveux. En prenant des sous-vêtements propres, elle observa son corset. Pas question d'enfiler cet engin de torture. Elle le remit dans son sac, incapable pour l'instant de supporter le fer sur sa cage thoracique.

Le contact de sa robe couleur pêche sur ses seins nus lui parut étrange, mais elle en avait assez de cet inconfort. Du moins pendant un petit moment. D'ailleurs, qui s'en rendrait compte ?

Elle plia la robe Rodriguez bleu pâle et la glissa dans un sac à déchets toxiques avec ses sous-vêtements. Elle prit enfin son courage à deux mains et ouvrit la porte pour regagner la chambre.

Butch était étendu sur le lit, sa chemise remontée sur sa poitrine et le drap à la hauteur des hanches. La main luisante de Viszs planait à moins de dix centimètres de la blessure noircie.

Elle se sentait de trop dans le silence complice qui régnait entre les deux hommes. Mais elle n'avait nulle part où aller.

— Il dort, grommela V.

Elle se racla la gorge, mais ne trouva rien à dire. Au bout d'un long moment, elle finit par murmurer :

— Dis-moi… Sa famille est au courant de ce qui est arrivé ?

— Oui. Toute la Confrérie est au courant.

— Non, je voulais dire… sa famille humaine.

— Ils ne comptent pas.

— Mais ne devraient-ils pas…

V. leva les yeux, l'air agacé, les yeux brillants mais durs, presque méchants. Pour une raison inconnue, elle prit alors conscience qu'il était armé jusqu'aux dents, avec ses dagues noires croisées sur son torse puissant.

Cela dit, son expression implacable était assortie à ses armes.

— La « famille » de Butch ne veut pas de lui, expliqua V. d'une voix stridente, comme si cela ne la regardait pas et qu'il cherchait simplement à la faire taire. Donc elle ne compte pas. À présent, viens par ici. Il a besoin que tu restes près de lui.

La contradiction entre le visage du frère et son ordre de s'approcher troubla Marissa. Tout comme cette main qui était d'un grand secours.

— Il ne veut certainement pas de moi. Il n'a pas besoin de moi, murmura-t-elle.

Pourquoi diable V. l'avait-il appelée, trois nuits plus tôt ?

— Il s'inquiète pour toi. C'est pour ça qu'il veut que tu partes.

— C'est faux, guerrier, répondit-elle en rougissant.

— Je ne me trompe jamais.

Ses iris blancs ourlés de bleu marine se posèrent furtivement sur elle, si froids qu'elle recula d'un pas, mais V. secoua la tête.

— Allons, viens le toucher… Qu'il te sente. Il a besoin de savoir que tu es là.

Elle fronça les sourcils. Ce frère devait être fou. Elle gagna pourtant l'extrémité du lit et caressa les cheveux de Butch. Il tourna son visage vers elle dès qu'il sentit son contact.

— Tu vois ? fit Viszs en examinant la blessure. Il a grand besoin de toi.

Si seulement c'était le cas, songea-t-elle.

— Tu le penses vraiment ? demanda-t-il.

Elle se crispa.

— Je t'en prie, ne lis pas mes pensées. C'est impoli.

— Je ne l'ai pas fait. Tu as parlé à voix haute.

— Oh. Pardon, répondit-elle, enlevant la main des cheveux de Butch.

Ils se turent, tous deux concentrés sur Butch. Puis Viszs reprit la parole, d'un ton dur :

— Pourquoi le refuses-tu, Marissa ? Quand il est venu te voir l'automne dernier, pourquoi l'avoir repoussé ?

— Il n'est jamais venu me voir, dit-elle, les sourcils froncés.

— Si.

— Comment ?

— Tu as très bien entendu ce que j'ai dit.

Leurs regards se croisèrent. Viszs avait beau lui faire une peur bleue, il n'avait rien d'un menteur.

— Quand ? Quand donc est-il venu me voir ?

— Il a attendu quelques semaines après que Kolher a été blessé. Ensuite, il s'est rendu chez toi. À son retour, il a déclaré que tu avais refusé de descendre le voir. C'était vraiment dur de ta part, femelle. Tu savais ce qu'il ressentait pour toi, mais tu l'as repoussé par l'intermédiaire d'un domestique. Ce n'est pas très joli.

— Non… Je n'ai jamais fait cela… Il n'est pas venu… Personne ne m'a dit…

— Allons, je t'en prie !

—Ne me parle pas sur ce ton, guerrier !

Les yeux de Viszs se posèrent vivement sur elle, mais elle était trop contrariée pour se soucier de ce qu'il était.

—À la fin de l'été dernier j'étais alitée à cause d'une mauvaise grippe, parce que j'avais trop nourri Kolher avant de travailler à la clinique. N'ayant pas de nouvelles de Butch, j'ai cru qu'il avait changé d'avis, pour nous deux. Je… je n'ai jamais eu beaucoup de chance, en amour. J'ai mis un moment avant de trouver le courage de le contacter. Quand je l'ai fait, il y a trois mois, dans cette clinique, il a établi clairement qu'il ne souhaitait pas me voir. Alors, je t'en prie, ne me reproche pas quelque chose que je n'ai *pas* fait.

Un long silence s'installa, puis Viszs surprit Marissa lorsqu'il esquissa un sourire.

—Tiens donc…

Rougissante, elle observa Butch et se remit à lui caresser les cheveux.

—Je te le jure. Si j'avais su que c'était lui, je me serais traînée hors de mon lit pour ouvrir la porte en personne.

—Tant mieux, femelle, murmura Viszs. Tant mieux.

Dans le silence qui suivit, elle réfléchit aux événements de l'été précédent. Sa grippe n'avait pas été l'unique raison de sa convalescence. Elle avait été anéantie par l'attentat de son frère contre Kolher, par le fait que Havers, toujours calme et posé, soit allé jusqu'à indiquer à un éradiqueur où se trouvait le roi. Certes, Havers l'avait fait pour obtenir sa revhanche après sa répudiation. Mais cela ne justifiait en rien ses actes.

Par la Vierge de l'Estompe, Butch avait tenté de la voir. Pourquoi n'en avait-elle jamais rien su ?

—J'ignorais que tu étais venu, murmura-t-elle en lui caressant les cheveux.

Viszs écarta sa main et remonta les couvertures.

—Ferme les yeux, Marissa. C'est ton tour.

Elle leva la tête.

— Je ne savais pas…

— Je te crois. Allez, ferme les yeux.

Quand il l'eut soignée, V. se dirigea vers la porte en roulant des épaules.

Devant la porte hermétique, il regarda en arrière.

— Ne crois pas que je suis l'unique facteur de sa guérison. Tu es sa lumière, Marissa. Ne l'oublie jamais. (Il plissa les yeux.) Mais rappelle-toi aussi ceci : si tu lui fais du mal délibérément, je te considérerai comme mon ennemie.

John Matthew était assis dans une salle de cours qui semblait tout droit surgie du lycée de Caldwell. Sept longues tables de travail faisaient face au tableau noir. Toutes étaient occupées par deux apprentis, sauf une.

John était seul au fond, comme au lycée. La différence entre cette salle et l'école, toutefois, était qu'il prenait des notes avec soin et regardait droit devant lui, comme si le tableau courait le marathon dans *Die Hard*.

Cela dit, la géométrie n'était pas un sujet étudié en ces lieux.

Cet après-midi-là, Zadiste se tenait à l'avant de la salle, à faire les cent pas. Il parlait de la composition chimique des explosifs de type C4. Le frère portait l'un de ses pulls à col cheminée noirs et un ample pantalon en nylon noir. Avec cette balafre qui lui barrait le visage, il avait tout l'air d'avoir fait ce que l'on disait de lui : tué des femmes, éliminé des éradiqueurs… Il avait même agressé ses frères sans raison.

Mais étrangement, c'était un sacré bon prof.

— Pour ce qui est des détonateurs, déclara-t-il, personnellement, je préfère les dispositifs à distance.

John tourna la page de son cahier. Z. dessina un mécanisme en trois dimensions, une sorte de boîtier doté de circuits enchevêtrés. Les schémas du frère étaient si détaillés et réalistes qu'on avait l'impression de pouvoir les toucher du doigt.

John consultait sa montre à chaque moment creux. Plus qu'un quart d'heure, et il serait temps de prendre une collation avant de se rendre au gymnase. Il brûlait d'impatience.

Quand il avait commencé à prendre des cours, il avait détesté le mélange des arts martiaux lors des entraînements. À présent, il adorait ça. Il était toujours le dernier de sa classe pour ce qui était des compétences techniques. Mais récemment, il avait largement compensé ses lacunes par la rage. Son agressivité lui avait valu un repositionnement dans le groupe.

Ses camarades l'avaient raillé au début des cours, trois mois plus tôt. Ils l'accusaient de faire le lèche-bottes avec les frères. Ils se moquaient de lui à cause de sa tache de naissance parce qu'elle ressemblait à la marque en forme d'étoile de la Confrérie. Désormais, les autres se montraient prudents en sa présence. Enfin, tous sauf Flhéau, qui le tourmentait encore, le cherchait, le rabaissait.

Mais John s'en moquait. Il se trouvait peut-être dans ce cours avec les autres apprentis, il vivait peut-être dans le complexe avec les frères, il avait peut-être un lien avec la Confrérie par le sang de son père, mais depuis qu'il avait perdu Tohr et Wellsie, il était libre de ses mouvements. Il n'était attaché à personne.

De sorte que les autres individus présents dans la salle n'étaient rien pour lui.

Il posa les yeux sur la nuque de Flhéau. Ses longs cheveux blonds en queue-de-cheval tombaient sur sa veste de grand couturier. Comment John savait-il que c'était un vêtement de marque ? Flhéau annonçait toujours à la cantonade ce qu'il portait en entrant dans la salle de cours.

Ce soir-là, il avait aussi déclaré que sa nouvelle montre était une création de Jacob Arabo.

John plissa les yeux, impatient de se mesurer à lui au gymnase. Comme s'il avait senti son regard, Flhéau se retourna. Le diamant qu'il portait à l'oreille se mit à scintiller. Il esquissa un rictus mauvais, puis il pinça les lèvres et envoya un baiser à John.

— John ? fit la voix de Zadiste d'un ton dur. Je te prie de faire preuve d'un peu de respect.

John rougit et regarda droit devant lui. Zadiste poursuivit en tapotant le tableau de son index.

— Quand un tel mécanisme est activé, il est relié à divers détonateurs, fonctionnant généralement par fréquence sonore. On peut le déclencher depuis un téléphone portable ou un ordinateur, ou utiliser un signal radio.

Zadiste se remit à dessiner en faisant grincer sa craie.

— Voici un autre type de détonateur, expliqua-t-il en reculant d'un pas. Il est caractéristique des voitures piégées. On relie le boîtier au système électrique de la voiture. Ensuite il suffit de démarrer le véhicule, et boum !

John crispa les doigts sur son stylo et cligna des yeux, pris d'un vertige.

L'apprenti roux du nom de Blaylock demanda :

— Elle explose juste après le démarrage ?

— Au bout de quelques secondes. Notez également que, les fils de la voiture ayant été déplacés, le conducteur tourne la clé et n'entend qu'une série de cliquetis.

Le cerveau de John se mit à clignoter furieusement.

De la pluie... une pluie noire sur le pare-brise de la voiture.

Une main tenant une clé, qui se tend vers le tableau de bord.

Un moteur qui ne prend pas. La peur d'avoir perdu quelqu'un. Puis une lumière vive...

John tomba de sa chaise et heurta le sol, mais il ignorait qu'il avait une crise. Trop occupé à hurler dans sa tête, il ne ressentait rien physiquement.

Quelqu'un était perdu ! Quelqu'un... est resté derrière. Il avait laissé quelqu'un derrière.

Chapitre 10

Aux premières lueurs de l'aube, les rideaux métalliques s'abaissèrent tout autour de la salle de billard de la grande maison. Viszs mordit dans son sandwich au rôti de bœuf. Il avait un goût de papier mâché, mais la qualité des ingrédients n'était pas à mettre en cause.

Au doux son des boules de billard, il leva les yeux. Beth, la reine, se redressa.

— Bien joué, commenta Rhage en s'appuyant contre un mur de soie.

— Je me suis bien entraînée.

Elle contourna la table pour préparer son coup suivant. En se penchant de nouveau, la queue dans sa main gauche, elle fit scintiller le Rubis des ténèbres qu'elle portait à son majeur.

V. s'essuya la bouche sur sa serviette en papier.

— Elle va encore te battre, Hollywood.

— C'est probable.

Mais elle n'en eut pas l'occasion. Kolher surgit dans la pièce, manifestement de mauvaise humeur. Ses longs cheveux noirs, qui tombaient presque jusqu'à ses fesses habillées de cuir, voletèrent dans son dos puissant.

Beth posa sa queue.

— Comment va John ?

— Comment le savoir ? rétorqua Kolher en l'embrassant sur les lèvres, puis sur les veines de chaque côté de son cou. Il refuse d'aller voir Havers ou de s'approcher de la clinique. Ce gosse est endormi dans le bureau de Tohr, à l'heure qu'il est. Il est épuisé.

— Qu'est-ce qui a déclenché la crise, cette fois ?

— Z. donnait un cours sur les explosifs. Le petit est tombé dans les pommes. Il s'est retrouvé par terre, comme la première fois qu'il t'a vue.

Beth prit Kolher par la taille et se blottit contre son *hellren*. Leurs cheveux noirs se mêlèrent, ceux raides de Kolher, et les siens, bouclés. Grands dieux, ceux du roi étaient si longs ! On racontait que Beth aimait ça et qu'il les avait laissés pousser pour elle.

V. s'essuya de nouveau les lèvres. *Étrange comme les mâles font ce genre de choses.*

Beth secoua la tête.

— Si seulement John venait habiter à la maison avec nous. Dormir dans un fauteuil, dans le bureau… Il passe tellement de temps tout seul qu'il ne mange plus assez. Mary dit qu'il ne veut pas parler de ce qui s'est passé avec Tohr et Wellsie. Il refuse tout bonnement de se confier.

— Je me moque de savoir de quoi il parle, du moment qu'il va voir le médecin, bordel ! (Kolher tourna ses lunettes de soleil vers V.) Et comment va notre autre patient ? Bon sang, j'ai l'impression qu'il nous faudrait un médecin à demeure.

V. sortit un second sandwich du sac provenant du traiteur.

— Le flic se remet. Je pense qu'il sortira de la clinique dans un jour ou deux.

— Je veux savoir ce qu'on lui a fait, nom de Dieu. La Vierge scribe ne me donne rien, sur ce coup-là. Elle est muette comme une carpe.

— J'ai commencé les recherches hier. Les *Chroniques*, dans un premier temps.

Il s'agissait des dix-huit volumes en langue ancienne de l'histoire des vampires. Dans le genre soporifique… C'était aussi passionnant que l'inventaire d'une quincaillerie.

— Si je ne trouve rien, il me reste d'autres pistes à suivre. Des condensés de tradition orale notés par écrit, ce genre de conneries. En vingt mille ans de présence sur la planète, il serait invraisemblable qu'il ne soit jamais rien arrivé de tel. Je compte passer la journée à travailler dessus.

Comme d'habitude, il ne dormirait pas. Cela faisait plus d'une semaine qu'il n'avait pas fermé l'œil, et il n'y avait aucune raison de penser que les choses allaient changer cet après-midi-là.

Dieu du ciel… Ces huit journées de veille nuisaient à son activité cérébrale. S'il ne se mettait pas en état de rêve régulièrement, la psychose risquait de s'installer et de détraquer les circuits. Il était étonnant qu'il n'ait pas déjà perdu la boule.

— V. ? fit le roi.

— Pardon ? Quoi ?

— Tu vas bien ?

Viszs prit une bouchée de son sandwich.

— Ouais, ça va. C'est bon.

Une dizaine d'heures plus tard, à la nuit tombée, Van Dean arrêta son camion sous un érable, dans une jolie petite rue proprette.

Cette situation ne lui plaisait pas.

La maison qui se dressait au-delà de la pelouse bien tondue n'inspirait pas de méfiance, de prime abord. Une construction vaguement ancienne dans un quartier banal. Le problème, c'était le nombre de voitures garées dans l'allée : quatre.

Or on lui avait dit qu'il serait en tête à tête avec Xavier.

Van examina les lieux depuis son véhicule. Les volets étaient clos. Seules deux lumières étaient allumées à l'intérieur. Celle du porche était éteinte.

Toutefois, l'enjeu était de taille. En acceptant ce boulot, il pourrait arrêter cette merde de maçonnerie et moins maltraiter son corps. Et il gagnerait le double de ce qu'il se faisait. Il pourrait ainsi mettre de l'argent de côté en prévision du moment où il ne pourrait plus se battre.

Il descendit et se dirigea vers la maison. L'affreux paillasson orné d'un motif de lierre sur lequel il planta ses bottes foutait vraiment les jetons.

La porte s'ouvrit avant même qu'il sonne. Xavier se tenait sur le seuil, pâle et l'air imposant.

— Tu es en retard.

— Tu avais dit qu'on serait en tête à tête.

— Tu as peur de ne pas pouvoir gérer d'autres personnes ?

— Tout dépend du genre de personnes.

Xavier s'écarta.

— Tu n'as qu'à entrer pour le découvrir.

Van resta sur le paillasson.

— Au fait, j'ai dit à mon frère que je venais ici. Il a l'adresse.

— Quel frère ? L'aîné ou le cadet ? demanda Xavier en souriant face aux yeux rétrécis de Van. Oui, nous sommes au courant. Nous avons les adresses, comme tu dis.

Van glissa une main dans la poche de sa parka. Le 9 mm se nicha dans sa paume comme si c'était sa place attitrée.

Le fric. Pense au fric.

Au bout d'un moment, il déclara :

— Alors, on s'y met ou bien on reste à jacasser dans les courants d'air ?

— Ce n'est pas moi qui suis du mauvais côté de la porte, fiston.

Van entra sans quitter Xavier des yeux. Il faisait froid à l'intérieur, comme si le chauffage était au minimum ou que la maison était à l'abandon, ce que suggérait l'absence de mobilier.

Van se raidit en voyant Xavier mettre la main dans sa poche. Il en sortit une arme à part entière : dix billets de cent dollars flambant neufs.

— Marché conclu ? demanda-t-il.

Van scruta les alentours. Puis il empocha l'argent.

— D'accord.

— Tant mieux. Tu commences ce soir.

Xavier tourna les talons et se dirigea vers le fond de la maison. Van le suivit, sur ses gardes, surtout lorsqu'ils descendirent au sous-sol. Au bas des marches, il découvrit six autres Xavier. Les six hommes étaient grands, les cheveux pâles, et sentaient la poudre.

— On dirait que tu as quelques frères, toi aussi, commenta Van d'un ton désinvolte.

— Ce ne sont pas des frères. Et n'emploie pas ce terme ici, répondit Xavier en regardant ses acolytes. Ce seront tes apprentis.

Agissant seul, mais sous la surveillance d'une infirmière en combinaison, Butch se remit au lit après s'être douché pour la première fois et rasé de frais. On lui avait retiré le cathéter et la perfusion, et il avait réussi à avaler un bon repas. Il avait aussi dormi comme un loir pendant onze des douze dernières heures.

Bon sang… Il commençait à se sentir de nouveau humain, et la vitesse à laquelle il se remettait était un vrai miracle.

— C'est très bien, monsieur, déclara l'infirmière.

— Je suis bon pour les Jeux olympiques, répondit-il en relevant les couvertures.

Après le départ de l'infirmière, il regarda Marissa. Elle était assise sur le lit d'appoint qu'il avait tenu à lui faire obtenir, la tête penchée sur un ouvrage d'aiguille. Depuis qu'il s'était réveillé, une heure plus tôt, elle avait un comportement un peu étrange. Elle semblait sur le point de dire quelque chose, sans y parvenir.

Le regard de Butch passa de la couronne brillante de sa tête à ses mains délicates, puis à la robe couleur pêche qui débordait de son lit de fortune… Il reporta son attention sur le haut de la robe. De délicats petits boutons descendaient sur tout le devant. Il y en avait bien une centaine.

Troublé, Butch remua les jambes. Il se surprit à se demander combien de temps il mettrait à les dégrafer un à un…

Son corps réagit et le sang afflua entre ses jambes, provoquant une érection puissante.

Eh bien, il allait vraiment mieux.

Et il était vraiment un enfoiré.

Il se détourna de Marissa et ferma les yeux.

Le problème, avec les paupières baissées, c'était qu'il se voyait en train de l'embrasser sur le balcon de Audazs, l'été précédent. Merde. Le souvenir était aussi vivace que s'il le voyait en photo. Il était assis et elle se trouvait entre ses jambes. Il avait glissé la langue dans sa bouche. La chaise s'était brisée, et ils s'étaient retrouvés à terre.

— Butch ?

Il rouvrit les yeux et se redressa vivement. Marissa se tenait juste devant lui, son visage à la hauteur du sien. Pris de panique, il vérifia que les couvertures dissimulaient bien ce qui se passait entre ses jambes.

— Oui ? bredouilla-t-il d'une voix tellement brisée qu'il dut s'y reprendre à deux fois.

Seigneur, il avait toujours eu la voix un peu cassée, mais s'il y avait une chose qui l'éraillait davantage, c'était la pensée de se retrouver nu. Surtout avec elle.

Alors qu'elle le dévisageait, il redouta qu'elle voie jusqu'au plus profond de lui, là où son obsession pour elle était la plus intense.

— Marissa, je crois que je devrais dormir, maintenant. Tu sais, le repos, tout ça.

— Viszs m'a dit que tu étais venu me voir, après l'accident de Kolher.

Butch referma les yeux. Sa première pensée fut de sortir ses fesses de ce lit pour aller filer une bonne trempe à son ami. Nom de Dieu, V…

— Personne ne me l'a jamais dit, reprit-elle.

Il la regarda d'un air perplexe et elle secoua la tête.

— J'ignorais que tu étais passé jusqu'à ce que Viszs me l'apprenne hier soir. Qui t'a reçu, quand tu es venu ? Que s'est-il passé ?

Elle n'avait jamais su ?

— Euh… C'est une *doggen* qui m'a ouvert. Elle est montée, puis elle est revenue me dire que tu ne recevais pas et que tu m'appellerais. Comme tu ne m'as jamais appelé… Je n'allais pas te harceler, quand même.

Bon, OK, il l'avait un peu harcelée. Elle n'en avait jamais rien su, Dieu merci. À moins, bien sûr, que V., ce bavard impénitent, ait craché le morceau là aussi. *Le salaud.*

— Butch, je suis tombée malade et j'ai eu besoin de temps pour me ressaisir. Mais je voulais te voir. C'est pourquoi je t'ai demandé de venir me retrouver quand je t'ai croisé en décembre. Face à ton refus, j'ai cru… Enfin, que tu ne t'intéressais plus à moi.

Elle voulait le voir ? Avait-il bien entendu ?

— Butch, je voulais te voir.

Oui, c'était bien ce qu'elle avait dit. Deux fois.

Eh bien, il y avait de quoi requinquer un homme.

— Merde, souffla-t-il en croisant son regard. Peux-tu imaginer combien de fois je suis passé devant ta maison ?

— Ah bon ?

— Presque tous les soirs. J'étais lamentable.

Et il l'était encore.

— Mais tu voulais que je quitte cette chambre. Tu étais furieux de m'avoir trouvée là.

— J'étais emmerd… enfin, en colère parce que tu ne portais pas de combinaison. Et je croyais que tu étais enfermée là contre ton gré.

D'une main tremblante, il s'empara d'une boucle de ses cheveux. Seigneur, ils étaient si doux…

— Viszs sait se montrer très persuasif, reprit-il. Et je ne voulais pas que ta compassion ou ta pitié t'oblige à te trouver là où tu ne voulais pas être.

— Je voulais être ici. Je le veux encore, assura-t-elle en serrant sa main dans la sienne.

Un silence incrédule et émerveillé s'installa. Butch s'efforça de remettre dans l'ordre les événements des six derniers mois, de se reconnecter à cette réalité qu'ils avaient ratée. Il désirait Marissa. Marissa le désirait. Était-ce possible ?

Cela semblait vrai et c'était bon. C'était…

Il lâcha des paroles imprudentes, désespérées :

— Je suis pathétique quand il s'agit de toi, Marissa. Totalement lamentable, bord… euh, quand ça te concerne.

Elle riva sur lui ses yeux bleu pâle.

— Moi… aussi. Pour toi.

Butch ne se rendait même pas compte qu'il faisait un grand mouvement vers l'avant. Sans crier gare, sa bouche se retrouva sur celle de Marissa. Lorsqu'elle retint son souffle, il s'écarta.

— Désolé…

— Non, non… J'ai été surprise, c'est tout, répondit-elle en observant ses lèvres. Je veux que tu…

— D'accord, dit-il en se penchant pour effleurer sa bouche d'un baiser. Approche…

Il l'attira sur le lit, jusqu'à ce qu'elle soit allongée sur lui. Elle était légère comme une plume et il adorait ça, d'autant plus qu'il était entouré de ses cheveux blonds. Il prit son visage à deux mains et la dévisagea.

Elle entrouvrit les lèvres et lui adressa un sourire, rien qu'à lui. Il aperçut alors l'extrémité de ses canines. Seigneur, il fallait absolument qu'il la pénètre d'une façon ou d'une autre. Il se redressa et insinua sa langue en elle. Elle gémit en le sentant lécher l'intérieur de sa bouche. En l'embrassant plus profondément, il enfouit les doigts dans ses cheveux puis la prit par la nuque. Il écarta les jambes pour lui permettre de se glisser entre elles, intensifiant la pression sur son membre durci et brûlant de désir.

Une question vint soudain à l'esprit de Butch. Mais il n'avait pas le droit de la poser. Cela le troubla, lui fit perdre le rythme, à tel point qu'il s'écarta d'elle.

— Butch, que se passe-t-il ?

Il caressa sa bouche avec son pouce. Avait-elle eu un homme ? Au cours des neuf mois écoulés depuis leur baiser, avait-elle pris un amant ? Plus d'un, peut-être ?

— Butch ?

— Rien, répondit-il, soudain saisi d'un instinct de possession.

Il s'empara de nouveau de sa bouche et l'embrassa avec une ardeur qui n'était pas légitime. Il glissa une main dans le creux de ses reins pour la plaquer contre son sexe dur. Un besoin intense de la revendiquer comme sienne le saisit. Il voulait que chaque mâle sache qu'elle lui appartenait. C'était de la folie.

Soudain, elle recula. Elle renifla l'air et parut troublée.

— Les humains s'accouplent-ils ?

— Euh… Nous avons des émotions, bien sûr.

— Non, je parle de s'unir.

Elle enfouit son visage dans son cou et le respira, puis elle frotta son nez contre sa peau.

Il la saisit par les hanches, se demandant jusqu'où cela irait. Il n'était pas certain d'avoir assez de force pour un rapport sexuel, même s'il était en érection. Et il ne voulait présumer de rien. Mais doux Jésus, il la désirait comme un fou.

— J'aime ton odeur, Butch.

— C'est sans doute le savon dont je viens de me servir.

En sentant les canines errer le long de son cou, il gémit.

Oh… Non… ne t'arrête pas…

Chapitre 11

En entrant dans la clinique, Viszs se dirigea droit vers la chambre stérile. Personne au bureau des infirmières ne lui demanda de comptes, et il parcourut le couloir en trombe. Le personnel médical s'écarta de lui-même sur son passage.

Bien joué. Il était armé jusqu'aux dents et passablement énervé.

La journée n'avait guère été productive. Il n'avait rien trouvé dans les *Chroniques* qui s'approche de ce qui avait été infligé à Butch. Rien non plus dans les traditions orales. Pire encore, il percevait certaines choses de l'avenir, des bribes de destins se mettant en place, mais il ne pouvait rien voir de ce que lui soufflait son instinct. C'était comme regarder une pièce de théâtre avec le rideau baissé. De temps à autre, le velours s'agitait, lorsque quelqu'un l'effleurait, ou il percevait des voix indistinctes, ou l'éclairage filtrait sous les pompons du rideau. Seulement il n'avait rien de précis. Ses cellules grises étaient impuissantes.

Il passa devant le laboratoire de Havers puis entra dans le local d'intendance. En franchissant la porte dérobée, il trouva l'antichambre déserte. Ordinateurs et moniteurs montaient la garde tout seuls.

V. s'arrêta net.

Sur l'écran le plus proche, il vit Marissa sur le lit, allongée sur le corps de Butch. Le flic la serrait dans ses bras, les genoux écartés pour qu'elle puisse se nicher contre lui, tandis que leurs corps ondulaient en rythme. V. ne distinguait pas leurs visages, mais il était manifeste qu'ils étaient bouche contre bouche, langue contre langue.

V. se frotta le menton. Sous ses armes et le cuir de ses vêtements, il eut soudain très chaud. Bon sang... Butch glissait lentement sa main le long du dos de Marissa, puis dans sa crinière blonde pour lui caresser la nuque.

Très excité, il se montrait néanmoins extrêmement doux avec elle. D'une grande tendresse...

V. songea au rapport sexuel qu'il avait eu le soir où son frère avait été enlevé. Rien de doux là-dedans. Ce que recherchaient d'ailleurs les deux partenaires.

Butch fit rouler sa compagne pour la chevaucher. Sa chemise s'ouvrit, révélant son dos musclé et son bassin puissant. Son tatouage se tordit tandis qu'il s'agitait entre les cuisses de sa partenaire, cherchant sa place. Il frotta son membre durci contre elle, pendant que les longues mains élégantes de Marissa se faufilaient vers les fesses nues de Butch.

Lorsqu'elle le griffa, Butch releva la tête, sans doute pour laisser échapper un gémissement.

Bon sang, V. avait l'impression de l'entendre... Oui... Il pouvait l'entendre. Surgi de nulle part, un désir étrange l'envahit. *Merde.* Que désirait-il vraiment, dans ce scénario ?

Butch laissa retomber sa tête dans le cou de Marissa et entama des mouvements de reins. Son dos ondula, ses larges épaules se levèrent et s'abaissèrent en rythme. V. ferma brièvement les yeux, puis les garda grands ouverts.

Marissa se cambra, se souleva, la bouche ouverte. Seigneur, quel spectacle elle offrait sous son homme, les cheveux éparpillés sur l'oreiller ou emmêlés autour des biceps de Butch... Dans sa passion, avec cette robe pêche, elle ressemblait au lever du soleil, à une aube, une promesse de chaleur. Et Butch s'épanouissait dans ce qu'il avait la chance de toucher.

En entendant la porte de l'antichambre s'ouvrir, V. fit volte-face, masquant le moniteur de son corps.

Havers posa le dossier médical de Butch sur une étagère et prit une combinaison de protection.

— Bonsoir, monsieur. Tu viens le chauffer encore un peu ?

— Ouais… (La voix de V. se brisa. Il dut se racler la gorge.) Mais le moment est mal choisi.

Havers s'interrompit, combinaison en main.

— Il se repose ?

Au contraire, songea V.

— Oui. Alors il vaut mieux qu'on le laisse tranquille, dans l'immédiat.

Le médecin arqua les sourcils derrière ses lunettes en écaille de tortue.

— Pardon ? fit-il.

V. prit le dossier et le lui rendit sans ménagement, puis il saisit la combinaison et la raccrocha à sa place.

— Plus tard, docteur.

— Je… Je dois l'examiner. Je pense qu'il est prêt à sortir…

— C'est formidable, mais nous partons.

Havers voulut protester. Las de cette conversation, V. prit le médecin par l'épaule et le regarda droit dans les yeux pour obtenir satisfaction.

— Oui, murmura Havers. Plus tard. D… Demain, peut-être ?

— Demain, ça ira.

En raccompagnant le frère de Marissa dans le couloir, V. ne parvenait pas à chasser de son esprit les images qu'il avait vues sur l'écran. Jamais il n'aurait dû regarder.

Jamais il n'aurait dû… vouloir.

Marissa était en feu.

Butch… oh, Butch. Il était si lourd, sur son corps, et si fort qu'elle devait écarter les jambes sous sa robe pour l'accueillir. Et ses mouvements… Le rythme de ses hanches la rendait folle.

Lorsqu'il interrompit enfin leur baiser, sa respiration était erratique. Ses yeux noisette exprimaient le désir brûlant d'un homme affamé de sexe. Elle aurait pu se sentir submergée parce qu'elle ignorait ce qu'elle faisait. Au contraire, elle avait un sentiment de toute puissance.

— Butch ? fit-elle dans le silence qui s'éternisait.

Elle ignorait toutefois ce qu'elle lui demandait vraiment.

— Oh… mon amour…

Il glissa la main de son cou à sa clavicule dans une douce caresse. Il s'arrêta sur le haut de sa robe, lui demandant tacitement la permission de la déshabiller.

Ce qui la refroidit aussitôt. Elle supposait avoir des seins de taille moyenne, mais elle n'avait jamais pu comparer avec ceux d'autres femmes. Et elle ne pourrait plus supporter le regard dégoûté que certains mâles de son espèce avaient posé sur elle. Pas sur le visage de Butch, surtout si elle était nue. Cette répulsion avait été suffisamment difficile à endurer, habillée, de la part de mâles dont elle n'avait que faire…

— Tout va bien, assura Butch, en ôtant sa main. Je ne veux pas te brusquer.

Il l'embrassa tendrement et roula sur le côté, entraînant le drap sur ses hanches. Il s'allongea sur le dos et se couvrit les yeux de son bras, le souffle court, comme s'il venait de courir.

Marissa baissa les yeux vers le haut de sa robe. Elle serrait le tissu si fort que les jointures de ses doigts étaient blanches.

— Butch ?

Il baissa le bras et tourna la tête vers elle. Son visage était encore tuméfié par endroits et il avait toujours un œil au beurre noir. Il avait eu le nez fracturé, mais pas récemment. Elle le trouva pourtant très beau.

— Quoi, mon amour ?

— As-tu… As-tu eu beaucoup de maîtresses ?

Il fronça les sourcils et respira profondément, comme s'il n'avait pas envie de lui répondre.

— Oui… Ouais, j'en ai eu.

En l'imaginant en train d'embrasser d'autres femmes, de les dévêtir, de s'unir à elles, Marissa se sentit oppressée. La grande majorité de ses partenaires n'étaient sans doute pas des vierges innocentes.

Seigneur, elle avait envie de vomir.

— Raison de plus pour qu'on arrête, déclara-t-il.

— Comment cela ?

— Je ne dis pas que je serais allé aussi loin, mais si oui j'aurais eu besoin d'un préservatif.

Au moins, elle savait ce qu'était un préservatif.

— Mais pourquoi ? Je ne suis pas fertile.

Le long silence ne lui disait rien qui vaille, pas plus que la façon qu'il avait de jurer dans sa barbe.

— Je n'ai pas toujours fait attention, ajouta-t-il.

— À quoi ?

— Au sexe. J'ai eu… de nombreux rapports avec des personnes qui n'étaient pas forcément clean. Et sans me protéger.

Le rouge lui monta aux joues, comme s'il avait honte de lui-même.

— Donc il faudrait que je mette un préservatif avec toi. Je n'ai aucune idée de ce que je trimbale comme infection.

— Pourquoi n'as-tu pas été plus prudent ?

— Je m'en fous… enfin…

Il prit une mèche de ses cheveux entre ses doigts, puis embrassa ses lèvres et ajouta dans un souffle :

— À présent, je regrette de ne pas être puceau.

— Je ne peux pas attraper les virus humains.

— Je n'ai pas connu que des humaines, Marissa.

Cela la refroidit totalement cette fois. Pour une raison inconnue, s'il s'unissait avec des femelles de sa propre espèce, des femmes, ça lui semblait différent. Mais avec une autre vampire ?

— Qui ? demanda-t-elle, la gorge serrée.

— Je ne pense pas que tu la connaisses, répondit-il en lâchant sa mèche de cheveux pour se couvrir de nouveau le visage de son bras. Nom de Dieu, si seulement je pouvais revenir en arrière, effacer un tas de choses et recommencer…

Oh, non…

— C'est arrivé récemment, n'est-ce pas ?

— Oui.

— Tu… Tu l'aimes ?

Perplexe, il la dévisagea.

— Mais non ! Je ne la connaissais même pas… Et merde… C'est encore pire, non ?

— Tu l'as emmenée dans ton lit ? Tu as dormi avec elle ensuite ?

Pourquoi diable lui posait-elle ces questions ? Pourquoi remuer le couteau dans la plaie ?

— Non, c'était dans un club.

Le choc de Marissa se lut sur son visage, car il se maudit de plus belle.

— Marissa, ma vie n'est pas très jolie. La façon dont tu m'as connu, avec la Confrérie, avec mes fringues de marque… Je n'ai pas toujours vécu ainsi. Et ce n'est pas réellement ce que je suis maintenant.

— Qui es-tu, alors ?

— Personne que tu veuilles connaître. Même si j'étais un vampire, nos chemins ne se croiseraient jamais. Je suis du genre col bleu. (Elle eut l'air déconcertée.) D'une classe sociale inférieure, précisa-t-il.

Il s'exprimait d'un ton neutre, comme s'il déclinait son identité ou indiquait sa taille.

— Je ne te considère pas comme faisant partie d'une classe inférieure, Butch.

— Comme je te l'ai dit, tu ne me connais pas vraiment.

— Quand je suis allongée tout près de toi, quand je sens ton odeur, quand j'entends ta voix, je sais tout ce qui compte. (Elle le toisa.) Tu es le mâle à qui j'ai envie de m'unir. Voilà qui tu es.

Soudain, la peau de Butch dégagea une odeur sombre et épicée. S'il avait été un vampire, elle aurait dit qu'il s'agissait de sa marque d'union. Elle la respira et en ressentit toute la force.

Elle dégrafa le premier petit bouton de sa robe de ses doigts tremblants. Il saisit aussitôt ses deux mains dans la sienne.

— Ne te force pas, Marissa. Il y a des choses que je souhaite obtenir de toi, mais je ne suis pas pressé.

— Mais j'en ai envie. Je veux être avec toi.

Elle le repoussa et entreprit de déboutonner sa robe. Elle tremblait si fort qu'elle n'alla pas très loin.

— Je crois que tu vas devoir t'en charger, admit-elle.

— Tu es sûre ? souffla-t-il d'une voix sensuelle.

— Oui.

Il hésita, mais elle désigna le haut de sa robe :

— S'il te plaît. Enlève-moi ça.

Il dégrafa lentement chaque bouton de nacre avec des gestes sûrs, malgré ses doigts meurtris. La robe s'ouvrit peu à peu. En l'absence de corset, il vit un *v* de chair apparaître.

Quand il parvint au dernier bouton, elle se mit à trembler de tout son corps.

— Marissa, tu n'es pas d'accord…

— C'est que… Aucun mâle ne m'a jamais vue ainsi.

Butch se figea.

— Tu es encore…

— Vierge, énonça-t-elle, même si elle détestait ce mot.

Ce fut au tour de Butch de frissonner. Son odeur sombre s'intensifia.

— Cela n'aurait eu aucune importance si tu ne l'avais pas été. Je tiens à ce que tu le saches.

Elle esquissa un sourire.

— Je le sais. À présent, veux-tu…

Il leva les mains vers elle.

— Sois gentil, c'est tout ce que je te demande, d'accord ? murmura-t-elle.

Butch fronça les sourcils.

— Je vais aimer ce que je vais voir parce que c'est toi, assura-t-il.

Voyant qu'elle évitait son regard, il se pencha vers elle.

— Marissa, tu es superbe, à mes yeux.

Furieuse contre elle-même, elle empoigna sa robe et dénuda ses seins. Les paupières baissées, elle avait du mal à respirer.

— Marissa, tu es belle.

Elle rouvrit les yeux et se prépara mentalement. Mais Butch ne regardait pas ce qu'elle lui révélait.

— Tu ne m'as pas encore regardée, n'est-ce pas ?

— Ce n'est pas nécessaire.

Les yeux de Marissa s'embuèrent de larmes.

— Je t'en prie… Regarde-moi.

En posant les yeux sur ses seins, il retint son souffle et serra les dents. Bon sang, elle savait que quelque chose n'allait pas.

— Seigneur, tu es parfaite, murmura-t-il en s'humectant les lèvres. Je peux te toucher ?

Abasourdie, elle hocha vivement la tête en signe d'acquiescement. Il glissa la main sous la robe et la remonta sur ses côtes pour venir caresser par en dessous son sein aussi doux qu'une brise. Elle se dressa à ce contact puis s'apaisa. Il effleura le téton de son pouce.

Alors elle se cambra malgré elle.

— Tu es… tellement parfaite, répéta-t-il d'une voix rauque. Tu m'aveugles.

Butch se pencha pour poser ses lèvres sur la poitrine de sa compagne, puis il déposa de multiples baisers en remontant vers son sein, qui se dressa immédiatement, appelant… la bouche de Butch. *Oh, oui… sa bouche…*

Il plongea dans son regard et prit le mamelon entre ses lèvres pour l'aspirer l'espace d'un battement de cœur, avant de le relâcher et de souffler dessus. Marissa sentit une onde de chaleur enfler entre ses cuisses.

— Ça va ? demanda-t-il. Tu veux bien ?

— Je ne savais pas… qu'on pouvait ressentir cela.

— Ah non ? fit-il en effleurant de nouveau le mamelon de ses lèvres. Tu as déjà touché cet endroit merveilleux, non ? Jamais ?

Elle était incapable d'émettre la moindre pensée.

— Les femelles de ma catégorie… On nous apprend que ces… choses ne se font pas. Sauf en compagnie d'un partenaire, et encore…

Mais qu'est-ce qu'ils racontaient là ?

— Ah… Eh bien, je suis là, maintenant, non ? dit-il en léchant le téton. Oui, je suis là. Donne-moi ta main, Marissa. (Il lui embrassa la paume.) Je vais te montrer à quoi ressemble la sensation de la perfection.

Il lui prit l'index, le porta à sa bouche et le suça, puis le relâcha pour le poser sur le téton dressé. Il s'en servit pour tracer des cercles tout autour, la caressant de sa propre main.

Elle rejeta la tête en arrière, sans pour autant le quitter des yeux.

— C'est tellement…

— Doux et ferme à la fois ?

Il couvrit son mamelon et son doigt de sa bouche, dans un contact chaud et humide.

— C'est bon ?

— Oui… Par la Vierge de l'Estompe, *oui*…

Il lui titilla l'autre, puis pétrit le sein tout entier. Butch était tellement impressionnant… Sa chemise glissa sur ses épaules. Ses bras puissants étaient crispés tant il s'efforçait de ne pas l'écraser sous son poids. Il changea de sein, effleurant de ses cheveux bruns sa peau pâle et soyeuse.

Noyé dans cette chaleur et cette effervescence grandissantes, elle ne remarqua pas que le bas de sa robe remontait peu à peu sur ses cuisses.

Elle se raidit soudain.

— Tu veux bien que j'aille un peu plus loin ? murmura-t-il contre sa poitrine. Si je te promets d'arrêter dès que tu me le demanderas…

— Euh… Oui.

Il prit un genou dans sa paume. Elle tressaillit, mais oublia toute appréhension dès qu'il se remit à caresser son sein. Il traça des cercles lents avec sa main, de plus en plus haut, puis il s'insinua entre ses cuisses…

Soudain, elle sentit quelque chose s'écouler de son corps. Prise de panique, elle serra les jambes et repoussa Butch.

— Que se passe-t-il, bébé ?

— J'ai senti quelque chose, bredouilla-t-elle en rougissant. C'est… différent.

— Où ça ? Là ? demanda-t-il en caressant l'intérieur de sa cuisse.

Elle acquiesça. Il esquissa un sourire sensuel.

— Vraiment ? fit-il en l'embrassant, s'attardant sur ses lèvres. Dis-moi… (Elle rougit de plus belle, mais il poursuivit ses caresses.) En quoi est-ce différent ?

— Je suis…

Elle ne parvint pas à le dire.

— Tu es mouillée ? souffla-t-il à son oreille.

Elle acquiesça encore. Il ne put réprimer un gémissement guttural.

— C'est une bonne chose, de mouiller. Je veux que tu mouilles.

— Ah bon ? Pourquoi ?

D'un geste assuré, il toucha son entrejambe, par-dessus le tissu de sa petite culotte. Ils sursautèrent tous deux.

— Oh…, geignit-il, posant la tête sur son épaule. Tu es avec moi, en ce moment. Tu *es* avec moi…

Le sexe dressé de Butch palpitait tandis qu'il gardait la main sur le satin humide de l'entrejambe de Marissa. Il savait que s'il écartait la petite culotte, il plongerait avec délices dans les replis exquis, mais il ne voulait pas rompre la magie de cet instant.

Il replia les doigts et se mit à masser le sommet de sa fente avec la base de sa paume pour lui procurer les meilleures sensations. Elle retint son souffle et leva les hanches pour épouser le rythme sensuel. Ça le rendit naturellement ivre de désir. Pour ne pas perdre le contrôle de lui-même, il ondula du bassin pour plaquer son sexe gonflé contre le matelas.

— Butch… J'ai envie… de quelque chose… Je…

— Bébé, tu as déjà…

Bien sûr qu'elle ne s'était jamais fait plaisir toute seule ! Elle ignorait quelles sensations ses mamelons pouvaient lui procurer.

— Quoi ?

— Ce n'est pas grave.

Il leva la main et caressa la petite culotte du bout des doigts.

— Je vais m'occuper de toi, fais-moi confiance, Marissa.

Il l'embrassa sur la bouche avec gourmandise, au point qu'elle oublia tout. Enfin, il insinua sa main sous le fin tissu qui couvrait sa féminité…

— Oh… *bordel*…, souffla-t-il, espérant qu'elle soit trop étourdie pour l'entendre jurer.

Elle voulut se dérober.

— Qu'est-ce qui ne va pas chez moi ? demanda-t-elle.

— Doucement, doucement, fit-il en l'emprisonnant de sa jambe.

Il redouta un instant d'avoir joui, tant la sensation qui avait parcouru son sexe était intense.

— Il n'y a rien qui cloche, chez toi, mon amour. C'est juste que tu es… Oh Seigneur, tu es si ouverte…

Il glissa les doigts dans ses replis si lisses… Si doux. Si brûlants.

Il commençait à se perdre dans cette chair humide quand il perçut le trouble de Marissa malgré la torpeur.

— Tu es glabre, dit-il.

— C'est mal ?

— C'est superbe ! répondit-il en riant. Ça m'excite.

L'exciter ? C'était explosif, même. Il n'avait qu'une envie : ramper sous cette robe et venir lécher Marissa, la sucer, l'engloutir, mais c'était aller trop loin, pour l'heure.

Merde, il était vraiment primitif, mais l'idée d'être le seul à avoir posé la main là était terriblement érotique.

— Ça te plaît ? demanda-t-il en accélérant légèrement le rythme.

— Oh… Butch…

Elle se cambra furieusement sur le lit, la tête rejetée en arrière, le cou décrivant une délicieuse courbe. Il observa sa gorge et fut pris d'une pulsion étrange : il eut envie de la mordre. Il ouvrit la bouche comme s'il s'apprêtait à la dévorer.

Dans un juron, il chassa cette idée troublante.

— Butch… J'ai mal.

— Je sais, bébé, je vais m'en occuper.

Il prit un mamelon dans sa bouche et intensifia ses caresses, en veillant à ne pas la pénétrer pour ne pas la compromettre.

Il céda le premier. Le frottement, le contact, le parfum… il fut submergé d'une onde sensuelle. Soudain, il se rendit compte qu'il allait et venait sur le matelas en suivant la cadence de ses doigts. N'y tenant plus, il laissa tomber sa tête entre ses seins. Il fallait qu'il cesse ce massage de sa queue et qu'il s'occupe de Marissa.

Il l'observa. Elle avait les yeux écarquillés, un peu apeurés. Elle était au bord de l'extase et en était bouleversée.

— Tout va bien, mon amour, assura-t-il sans cesser de la caresser entre les cuisses.

— Qu'est-ce qui m'arrive ?

— Tu es sur le point de jouir, susurra-t-il à son oreille. Laisse-toi aller. Je suis là. Je te tiens. Accroche-toi à moi.

Elle crispa les doigts sur ses bras et le griffa jusqu'au sang. Il sourit de la perfection de cet instant.

Elle se cambra de plus belle.

— *Butch…*

— C'est ça, viens à moi…

— Je ne peux pas… Je ne peux pas…

Elle agitait la tête, tiraillée entre les désirs de son corps et son esprit qui peinait à assimiler ces instants. S'il ne réagissait pas sans tarder, elle allait perdre son élan.

Sans réfléchir ni savoir en quoi ce serait utile, il enfouit le visage dans le creux de son cou et la mordit juste au-dessus de la jugulaire. Cela suffit à tout déclencher. Elle hurla son nom, prise de convulsions. Ses hanches s'agitèrent et son corps tout entier se tordit. Avec un bonheur intense, il l'accompagna dans les spasmes de son orgasme sans cesser de lui parler, même s'il ignorait ce qu'il pouvait bien lui raconter.

Quand elle redescendit, il releva la tête. Il aperçut entre ses lèvres les pointes de ses canines et fut pris d'une impulsion irrépressible. Il glissa la langue dans sa bouche et lécha les dents acérées et rugueuses… Il les voulait contre sa peau… Il eut envie qu'elle le boive, qu'elle emplisse son ventre, qu'elle se nourrisse de lui.

Il s'obligea à cesser, mais cet éloignement lui laissa une impression de vide. Il était tendu par ses désirs inassouvis qui n'étaient pas tous de nature sexuelle. Il avait besoin… qu'elle lui fasse des choses, des choses qu'il ne comprenait pas.

Elle rouvrit les yeux.

— Je ne savais pas… que c'était comme ça…

— Tu as aimé ?

Le sourire de Marissa suffit à lui faire oublier son propre nom.

— Oh, oui.

Il l'embrassa tendrement, puis remit de l'ordre dans les plis de sa robe. Il la reboutonna, comme s'il remballait le cadeau qu'était son corps. Il l'enlaça et l'installa confortablement contre lui. Elle sombrait déjà dans le sommeil, pour le plus grand plaisir de Butch qui la contemplait. Il n'y avait rien de plus parfait que de veiller sur son repos.

Pourtant, pour une raison inconnue, il regrettait de ne pas avoir une arme.

—Je n'arrive pas à garder les yeux ouverts, dit-elle.

—N'essaie pas.

Il lui caressa les cheveux et se dit que tout allait pour le mieux dans le meilleur des mondes, même s'il se retrouvait avec les couilles endolories par la frustration dans une dizaine de minutes.

Butch O'Neal, songea-t-il, *tu as trouvé ta femme.*

Chapitre 12

— Il ressemble beaucoup à son grand-père.

Joyce O'Neal Rafferty se pencha sur le berceau pour remonter la couverture sur son fils de trois mois. Elle en avait assez de ce débat qui faisait rage depuis sa naissance : il était clair que l'enfant ressemblait au père de Joyce.

— Non, c'est à toi qu'il ressemble, répondit-elle.

Elle sentit les bras de son mari autour de sa taille et la jeune femme réprima son envie de le repousser. Les kilos pris durant sa grossesse ne semblaient pas le déranger, alors que pour elle, c'était une angoisse permanente.

Espérant détourner son attention, elle déclara :

— Donc, pour dimanche prochain, tu as le choix. Soit tu t'occupes de Sean tout seul, soit tu vas chercher ma mère. Que comptes-tu faire ?

Il relâcha son étreinte.

— Pourquoi ton père ne peut-il pas aller la chercher à la maison de retraite ?

— Tu connais papa. Il n'est pas très à l'aise avec elle, surtout dans la voiture. Elle risque de s'agiter. Il s'emportera contre elle… Résultat, il y aura des embrouilles au baptême.

Mike poussa un soupir.

— Je crois que tu devrais gérer ta mère. Sean et moi, on s'en sortira très bien tous les deux. Une de tes sœurs pourra peut-être nous accompagner…

— Oui. Colleen, peut-être.

Ils se turent un instant et regardèrent Sean respirer.

— Et lui, tu vas l'inviter ? demanda enfin Mike.

Joyce réprima un juron. Dans la famille O'Neal, il n'y avait qu'un seul « lui » : Brian. Butch. « Lui ». Des six enfants qu'avaient eus Eddie et Odell O'Neal, deux étaient perdus : Janie, assassinée, et Butch, qui avait quasiment disparu après le lycée. Si pour la première ç'avait été une malédiction, pour le second c'était plutôt une bénédiction.

— Il ne viendra pas.

— Tu devrais quand même l'inviter.

— S'il vient, ma mère sera perturbée.

Dans sa démence galopante, Odell croyait parfois que Butch était mort et que c'était la raison de son absence. Sinon elle inventait des histoires délirantes sur lui : il briguait le poste de maire de New York, ou faisait des études de médecine, ou il n'était pas vraiment le fils de son père et cela expliquait pourquoi Eddie ne le supportait pas... N'importe quoi. Les deux premières versions pour des raisons évidentes, et la troisième parce que, s'il était exact qu'Eddie n'avait jamais apprécié Butch, ce n'était pas parce que c'était un bâtard. Eddie n'avait jamais apprécié aucun de ses enfants, en réalité.

— Tu devrais l'inviter quand même, Joyce. Il s'agit de sa famille.

— Pas vraiment.

La dernière fois qu'elle avait parlé à son frère, c'était... Pour son mariage, cinq ans plus tôt ? Et personne d'autre ne l'avait vu depuis ou n'avait eu beaucoup de nouvelles. On racontait que son père avait reçu un message de Butch en... août ? Oui, à la fin de l'été. Il avait fourni un numéro où le joindre, mais rien de plus.

Sean émit un petit soupir par le nez.

— Joyce ?

— Allons ! Il ne viendra pas si je l'invite.

— Alors tu auras l'avantage de l'avoir convié, sans avoir à t'occuper de lui. À moins qu'il te fasse une surprise...

— Mike, je ne l'appellerai pas. On n'a pas besoin d'un nouveau drame dans la famille.

Comme si la maladie d'Alzheimer de sa mère ne suffisait pas… Elle consulta ostensiblement sa montre.

— C'est l'heure des *Experts*, non ?

Déterminée, elle entraîna son mari hors de la chambre. Tous ces problèmes ne le regardaient pas.

Marissa ignorait quelle heure il était au juste, mais elle avait dormi longtemps. En ouvrant les yeux, elle sourit. Butch était détendu, blotti dans son dos, une cuisse entre ses jambes, une main sur son sein, le visage enfoui dans son cou.

Elle roula lentement sur le côté pour lui faire face et balaya son corps d'un regard. Le drap qu'il avait remonté sur lui avait glissé. Sous la fine chemise d'hôpital, elle constata un renflement sur son ventre. Une érection. Il était excité.

— Qu'est-ce que tu regardes, mon amour ? gémit-il d'une voix rauque, presque rocailleuse.

Elle sursauta et leva les yeux vers son visage.

— Tu étais réveillé ?

— Je n'ai pas dormi. Je t'ai veillée pendant des heures. (Il remit le drap en place et sourit.) Tu vas bien ?

— Oui.

— Tu veux marquer une pause ?

— Butch…

Comment lui poser la question ?

— Les mâles font ce que tu m'as fait faire, n'est-ce pas ? Je veux dire… hier soir, quand tu me touchais…

Il rougit et tira sur le drap.

— Oui, avoua-t-il. Mais tu n'as pas à te soucier de ça.

— Pourquoi ?

— Ne t'en fais pas, c'est tout.

— Je peux te regarder ? demanda-t-elle en désignant ses hanches. Là, en bas ?

— Tu le veux vraiment ? fit-il en toussotant.

— Oui. Oh oui… Je veux te toucher là.

— Tu risques d'être choquée par ce qui va se passer, marmonna-t-il en étouffant un juron.

— J'étais choquée quand tu as mis la main entre mes jambes. C'est choquant de la même manière ? Dans le bon sens du terme ?

— Oui, admit-il en bougeant un peu les hanches. Seigneur… Marissa…

— Je veux te voir tout nu, insista-t-elle en se mettant à genoux pour attraper la chemise d'hôpital. Et je veux te déshabiller.

Il prit fermement ses mains dans les siennes.

— Je… Euh, Marissa, as-tu la moindre idée de ce qui se passe quand un homme jouit ? Parce que c'est ce qui va se produire, si tu commences à me branler. Et très rapidement…

— Je veux le découvrir. Avec toi.

Il ferma les yeux et respira profondément.

— Dieu du ciel…

Il se redressa et se pencha pour qu'elle puisse faire glisser la chemise le long de ses bras. Puis il se laissa retomber contre le matelas, son corps enfin révélé : le cou puissant planté sur de larges épaules… les pectoraux parsemés de poils… le ventre musclé et…

Marissa tira sur le drap. Seigneur, son sexe était…

— Il est tellement… énorme.

Butch éclata de rire.

— Tes commentaires sont adorables.

— Je l'ai vu quand il était… J'ignorais qu'il deviendrait…

Elle ne parvenait pas à arracher les yeux de ce membre dressé contre son ventre. Il était de la couleur de ses lèvres et d'une beauté ravageuse, avec son sommet courbe, délicatement ourlé, et sa tige épaisse d'un arrondi parfait. Et les deux poids jumeaux, si lourds, si fiers et virils.

Les humains étaient peut-être plus imposants que les mâles de son espèce.

— Comment aimes-tu qu'on te touche ?

— N'importe comment, du moment que c'est toi.

— Non, montre-moi.

Il ferma les yeux un moment et respira profondément. Quand il souleva les paupières, sa bouche s'ouvrit malgré lui. Il glissa lentement la main le long de ses pectoraux et de son ventre. En plaçant une jambe sur le côté, il prit son sexe dans sa paume, les doigts crispés sur sa chair rose. Sa grosse main virile suffisait à la contenir. Il se caressa de haut en bas d'un mouvement lent et fluide.

— Quelque chose comme ça, expliqua-t-il d'une voix rauque, en continuant. Seigneur, quand je te regarde… Je pourrais jouir tout de suite.

— Non.

Elle écarta le bras de Butch. Aussitôt, son membre durci rebondit vers son ventre.

— Je veux te faire jouir, reprit-elle.

Dès qu'elle s'en empara, il gémit de plaisir et se mit à onduler de tout son corps.

Son sexe était brûlant, dur et doux à la fois, si large qu'elle parvenait à peine à en faire le tour.

D'abord hésitante, Marissa suivit son exemple et effectua un va-et-vient, fascinée par cette peau satinée qui glissait ainsi sur le noyau dur de son être.

Elle s'interrompit en le voyant serrer les dents.

— C'est bien, comme ça ?

— Oui… Oh… Encore…

Butch se crispa davantage. Les veines de son cou se gonflèrent. Marissa prit alors son sexe entre ses deux paumes et synchronisa leurs mouvements. Bouche bée, Butch roula les yeux en arrière, la peau moite de sueur.

— C'est bien, comme ça ? demanda-t-elle.

— Je vais jouir, répondit-il, les dents serrées, le souffle court.

Soudain, il s'empara des mains de Marissa pour les immobiliser.

— Attends ! Pas encore…

Son membre palpitait furieusement entre leurs mains jointes. Une petite goutte apparut à la pointe de son gland.

Butch retint son souffle.

— Fais durer, fais-moi languir, Marissa. Plus longtemps tu me feras brûler, meilleure sera la fin.

Se fiant à ses gémissements et à ses spasmes, elle découvrit toute la gamme de ses réactions sensuelles. Devinant qu'il était proche de l'extase, elle apprit à le maintenir au bord du précipice.

Il y avait du pouvoir à prendre dans le sexe et, en cet instant, c'était elle qui menait la danse. Butch était exposé, vulnérable... comme elle l'était la veille. *Elle adorait cette sensation.*

— Je t'en prie... mon amour...

Elle aimait ses halètements rauques, les veines gonflées de son cou, elle adorait cette puissance qu'elle avait lorsqu'elle tenait son sexe entre ses mains.

Ce qui l'incita à la réflexion. Elle relâcha la verge pour s'intéresser à ses testicules, qu'elle prit dans une main. Réprimant un juron, Butch crispa les doigts sur le drap, jusqu'à faire blanchir ses jointures.

Marissa poursuivit ses attentions sensuelles. Butch fut bientôt pris de soubresauts et se mit à trembler, trempé de sueur. Elle se pencha pour poser ses lèvres sur les siennes. Il la but avidement, puis il la prit par la nuque et la maintint contre lui en gémissant, sans cesser de l'embrasser avec ardeur.

— Maintenant ? fit-elle contre sa bouche.

— *Maintenant.*

Elle reprit son sexe dans sa paume pour effectuer des mouvements de plus en plus rapides. Le visage de Butch se tordit en un superbe masque de souffrance. Son corps se raidit violemment.

— *Marissa...*

Il saisit la chemise d'hôpital et la releva sur ses hanches, se protégeant du regard de Marissa. Puis elle le sentit tressauter. Une substance chaude et épaisse jaillit par à-coups du sexe de

Butch et coula sur sa main. Elle sut d'instinct qu'elle devait garder le rythme jusqu'à ce qu'il ait terminé.

Il rouvrit enfin des yeux embrumés. Il semblait repu et plein d'adoration.

— Je ne veux pas te lâcher, dit-elle.

— Alors ne me lâche pas. Jamais.

Après avoir été de marbre, son membre commença à ramollir. Marissa embrassa Butch et ôta la main de sous sa chemise. Curieuse, elle observa ce qui était sorti de lui.

— J'ignorais que c'était noir, murmura-t-elle, un sourire au coin des lèvres.

Butch fut saisi d'effroi.

— *Oh, Seigneur… non!*

Havers longea le couloir en direction de la chambre stérile.

En chemin, il prit des nouvelles de la petite qu'il avait opérée quelques jours plus tôt. Elle se remettait bien, mais l'idée de la renvoyer dehors avec sa mère inquiétait le médecin. Cet *hellren* était violent et elles risquaient fort de revenir à la clinique sous peu. Mais que faire ? Il ne pouvait pas les garder indéfiniment. Il avait besoin de ce lit.

En passant devant son laboratoire, il fit signe à une infirmière qui analysait un prélèvement. Devant la porte de « l'intendance », Havers hésita.

Il détestait savoir Marissa enfermée en compagnie de cet humain.

Toutefois, le plus important était qu'elle n'avait pas été contaminée. D'après les examens qu'ils avaient effectués la veille, elle se portait à merveille. Son imprudence n'allait manifestement pas lui coûter la vie.

Quant à l'humain, il rentrait chez lui. Sa dernière prise de sang avait révélé des résultats presque normaux et il recouvrait des forces à une vitesse impressionnante. Il était grand temps qu'il s'éloigne de Marissa. Havers avait déjà appelé la Confrérie pour qu'on vienne le chercher.

Butch O'Neal était dangereux, et pas seulement à cause de la contamination : cet humain voulait Marissa. Son désir se lisait dans son regard, et c'était inacceptable.

Havers secoua la tête en se rappelant qu'il avait essayé de les séparer, l'automne précédent. D'abord, il avait cru que Marissa allait assécher l'humain, ce qui aurait été une bonne chose. Mais durant sa maladie, il devint évident qu'elle se languissait de lui. Havers avait dû intervenir.

Il avait certes espéré qu'elle trouve un véritable compagnon, mais pas un inférieur, et surtout pas une brute d'humain. Il lui fallait un être digne d'elle, ce qui ne risquait pas de lui arriver dans un avenir proche, au vu de l'opinion que la *glymera* avait d'elle.

Mais peut-être… La façon dont Vhengeance la regardait n'avait pas échappé au médecin. Cette association fonctionnerait peut-être. Il était issu d'une excellente lignée des deux côtés. Il était un peu… dur, peut-être, mais c'était un partenaire acceptable aux yeux de la société.

Peut-être devrait-il les encourager à se fréquenter ? Après tout, elle était vierge, aussi immaculée que le jour de sa naissance. De plus, Vhengeance avait de l'argent. Il était très riche, même si nul ne savait comment ni pourquoi. Plus important encore, il demeurait indifférent aux opinions de la *glymera*.

Oui, songea Havers. Une excellente association. La meilleure que Marissa puisse espérer.

Quelque peu soulagé, il poussa la porte du réduit. Cet humain n'allait pas tarder à quitter la clinique, et personne ne saurait que ces deux-là avaient passé plusieurs jours enfermés ensemble dans une chambre. Son personnel était d'une discrétion à toute épreuve.

Bordel, il n'osait imaginer ce que la *glymera* infligerait à Marissa en apprenant qu'elle avait eu de tels contacts avec un homme. Sa réputation déjà ternie ne saurait endurer de nouvelles controverses et franchement, Havers ne s'en sentait pas la force, lui non plus. Les déboires de sa sœur l'avaient épuisé.

Il l'aimait, mais il était au bout du rouleau.

Marissa n'avait aucune idée de ce qui incitait Butch à l'entraîner sans ménagement vers la salle de bains.

— Butch ! Qu'est-ce que tu fais ? lui demanda-t-elle.

Il ouvrit le robinet, força Marissa à placer les mains sous l'eau et saisit une savonnette. Tandis qu'il la nettoyait, elle lut sur son visage un sentiment de panique. Il avait les lèvres pincées.

— *Qu'est-ce qui se passe, ici, bordel ?*

Marissa et Butch firent volte-face. Havers se tenait sur le seuil, sans combinaison de protection. Jamais sa sœur ne l'avait vu aussi furieux.

— Havers…

Il l'interrompit en bondissant vers elle pour l'extraire de la salle de bains.

— Arrête… Aïe ! Havers, tu me fais mal !

Ensuite, tout se déroula à la vitesse de l'éclair.

Havers parut se… volatiliser. Un moment il l'attirait, malgré ses protestations, et l'instant d'après, sans crier gare, Butch le plaquait face contre le mur.

— Je me fous complètement que tu sois son frère, maugréa-t-il d'une voix traînante. Ne la traite plus jamais comme ça, tu m'entends ? *Jamais.*

Il exerça une pression de son avant-bras sur la nuque de Havers pour souligner ses propos.

— Butch, lâche-le…

— C'est clair ? grogna-t-il.

Le souffle coupé, le médecin acquiesça. Butch le relâcha et retourna vers son lit. Il enroula calmement un drap autour de sa taille, comme si de rien n'était.

De son côté, Havers vacilla et dut se raccrocher au bord du lit en rajustant ses lunettes, ivre de colère.

— Je veux que tu sortes de cette chambre ! ordonna-t-il à Marissa en la foudroyant du regard, *maintenant.*

— Non.

— Comment ? répondit son frère, abasourdi.

— Je reste avec Butch.

— Il n'en est pas question !

Elle déclara dans la langue ancienne :

— S'il voulait bien de moi, je resterais à ses côtés en tant que *shellane.*

Ces propos firent à Havers l'effet d'une gifle. Il était à la fois choqué et dégoûté.

— Je te l'interdirais. Tu n'as donc aucune noblesse ?

Butch l'empêcha de répondre.

— Tu devrais t'en aller, Marissa.

Le frère et la sœur le dévisagèrent.

— Butch ? demanda-t-elle.

Le visage implacable qu'elle adorait s'adoucit un instant, puis se fit plus grave.

— S'il te laisse sortir, tu devrais y aller.

Et ne jamais revenir, ajouta-t-il d'un regard.

Le cœur battant à tout rompre, elle se tourna vers le médecin.

— Laisse-nous. (Havers secoua la tête, alors elle se mit à crier.) *Sors d'ici !*

Parfois, l'hystérie féminine accomplissait des miracles, comme en cet instant. Butch garda le silence et Havers parut désemparé.

Il observa Butch, les yeux rétrécis sous ses paupières :

— La Confrérie va venir te chercher, humain. Je les ai appelés pour les informer que tu pouvais sortir.

Havers jeta son dossier médical sur le lit, comme s'il laissait tout tomber.

— Et ne remets plus jamais les pieds ici, tu m'entends ? ajouta-t-il.

Tandis que son frère se retirait, Marissa regarda Butch. Il prit la parole avant qu'elle puisse prononcer un mot :

— Chérie, je t'en prie, il faut que tu comprennes. Il y a encore quelque chose en moi.

— Je n'ai pas peur de toi.

— Moi si.

Elle croisa les bras.

— Que se passera-t-il si je pars maintenant ? Entre nous, je veux dire.

Mauvaise question, songea-t-elle alors que le silence s'installait entre eux.

— Butch…

— J'ai besoin de savoir ce qu'ils m'ont fait, expliqua-t-il en posant les doigts sur la plaie noirâtre près de son nombril. Je dois déterminer ce qu'il y a à l'intérieur de moi. Je veux être avec toi, mais pas dans cet état. Pas tel que je suis en ce moment.

— Cela fait quatre jours que je te côtoie et je vais bien. Pourquoi arrêter…

— Pars, Marissa, insista-t-il d'une voix triste et préoccupée, comme l'était son regard. Dès que possible, je viendrai te retrouver.

Tu parles, songea-t-elle.

Par la Vierge de l'Estompe, c'était comme si Kolher remettait ça. Attendre, toujours attendre, pendant qu'un mâle avait mieux à faire ailleurs.

Elle avait déjà enduré trois cents ans avec une impatience qui ne reposait pas sur grand-chose.

— Je n'attendrai pas, murmura-t-elle, avant d'ajouter, plus fort cette fois, je n'attendrai plus. Pas même toi. J'ai déjà vécu presque la moitié de ma vie, et je l'ai gâchée à attendre qu'un homme vienne à moi. Je n'en peux plus… en dépit de… mes sentiments pour toi.

— Moi aussi je tiens à toi. C'est pourquoi je te demande de partir. Je te protège.

— Tu me… « protèges », répéta-t-elle en le toisant.

Elle savait pertinemment que Butch n'avait réussi à la séparer de Havers que parce qu'il l'avait pris par surprise. Et parce que le mâle en question était un civil. Si son frère avait été un combattant, il aurait maîtrisé Butch sans la moindre difficulté.

— Tu me *protèges* ? Nom de Dieu, je suis capable de te soulever d'une seule main, Butch ! Il n'y a rien que tu puisses faire mieux que moi sur le plan physique. Alors ne t'occupe pas de moi.

Ce n'était naturellement pas la chose à dire.

Butch détourna les yeux et croisa les bras sur son torse, les lèvres pincées.

Bonté divine…

— Butch, je ne voulais pas dire que tu es faible…

— Je te remercie de m'avoir rappelé quelque chose.

Oh, non…

— Quoi ?

Il esquissa un sourire tendu et effrayant.

— Je me trouve au bas de l'échelle, autant sur le plan social que sur le plan de l'évolution. (Il désigna la porte.) Alors… Pars, et tout de suite. Tu as parfaitement raison. Ne m'attends pas.

Elle tendit la main vers lui, mais son regard glacial la retint. Merde… Elle avait tout foiré.

Non, se dit-elle. Il n'y avait rien à foirer, puisqu'il voulait la tenir à l'écart des aspects les plus sinistres de sa vie. Il allait s'en aller pour ne revenir qu'à un moment indéterminé, sans doute jamais.

Sur le pas de la porte, Marissa ne put s'empêcher de lui adresser un dernier regard.

Cette image de lui, un drap autour de la taille, le torse nu, le corps meurtri… Elle allait bientôt souhaiter l'oublier.

Elle quitta la chambre, dont la porte hermétique se referma avec un sifflement.

Bordel de merde, songea Butch en s'écroulant à terre. Voilà ce qu'on devait ressentir quand on se faisait dépecer vivant.

Il regardait dans le vague en se frottant la joue, complètement paumé, même s'il savait parfaitement dans quelle chambre il se trouvait, seul avec les vestiges du Mal en lui.

— Butch, mon pote…

Il releva vivement la tête. Viszs se tenait sur le seuil, en tenue de combat. Il avait tout d'une machine à poignarder gainée de cuir. Avec son sac Valentino qui se balançait dans sa main gantée, il semblait tout aussi incongru et cinglé qu'un majordome armé d'un AK-47.

— Putain, Havers doit être dingue de te laisser sortir. Tu as vraiment une sale gueule.

— J'ai passé une mauvaise journée, c'est tout.

Et il y en aurait beaucoup d'autres, alors autant s'y habituer tout de suite.

— Où est Marissa ?

— Elle est partie.

— Partie ?

— Ne m'oblige pas à le répéter.

— Oh. Merde, lança Viszs avec un profond soupir, avant de poser son sac sur le lit. Bon, je t'ai apporté des fringues et un nouveau portable…

— Il est toujours en moi. Je peux le sentir. Je… J'en sens le goût.

V. lui jeta un regard furtif. Puis il s'approcha et tendit la main.

— Pour le reste, tu te remets vite.

Butch saisit la main de son ami qui l'aida à se lever.

— Peut-être que si je sors d'ici, on trouvera une solution ensemble. À moins que tu aies découvert…

— Je n'ai rien, interrompit V. Mais je garde espoir.

— C'est déjà ça.

Butch ouvrit le sac, ôta son drap et enfila un caleçon. Puis il glissa ses jambes dans un pantalon noir et ses bras dans les manches d'une chemise en soie.

Revêtir une tenue civile lui donnait l'impression d'être un imposteur parce que, en vérité, il était un patient, un monstre, un cauchemar. Seigneur... Qu'est-ce qui était donc sorti de lui au moment de l'orgasme ? Et Marissa... Au moins, il lui avait lavé les mains aussi vite que possible.

— Tes résultats sont bons, commenta V. en consultant le dossier abandonné par Havers. Tout semble redevenu normal.

— J'ai éjaculé il y a environ dix minutes et c'était noir. Donc tout n'est pas normal.

Cette déclaration enjouée fut accueillie par un long silence. V. aurait sans doute été moins abasourdi s'il lui avait défoncé la gueule.

— Bordel, marmonna Butch en enfilant ses mocassins Gucci, avant de saisir sa veste en cachemire noir. Allez, on y va.

En se dirigeant vers la porte de la chambre, Butch jeta un dernier regard vers le lit. Les draps étaient encore froissés de ses ébats avec Marissa.

Il jura de plus belle et gagna la salle de surveillance, puis V. le mena dans le réduit réservé à l'intendance. Ils longèrent un couloir, passèrent devant un labo, avant de pénétrer enfin dans la clinique à proprement parler. Il regarda dans chaque chambre. Soudain, il s'arrêta net.

Marissa était assise au bord d'un lit d'hôpital, sa robe pêche déployée en corolle autour d'elle. Elle tenait la main d'une fillette tout en parlant doucement, sous le regard d'une femelle plus âgée, sans doute la mère de la petite, debout dans le coin de la pièce.

Ce fut la mère qui leva les yeux vers lui. En voyant les deux amis, elle eut un mouvement de recul, ramena son pull bouloché sur elle et baissa la tête.

Butch poursuivit son chemin, la gorge nouée.

— V. ? fit-il tandis qu'ils attendaient l'ascenseur.

— Oui ?

— Même si tu n'as rien de concret, tu as bien une idée de ce qu'on m'a fait, non ?

Aucun des deux n'osait regarder l'autre.

— Peut-être, mais on n'est pas seuls ici.

Un tintement électronique retentit et les portes s'ouvrirent. Butch et Viszs gardèrent le silence.

Lorsqu'ils émergèrent dans la grande maison, durant la nuit, Butch déclara :

— J'ai eu le sang noir pendant un moment, tu sais.

— Ils ont noté dans ton dossier que la couleur était redevenue normale.

Butch saisit V. par le bras et le fit pivoter vers lui.

— Je suis partiellement un éradiqueur, désormais ?

Voilà. C'était dit. Sa pire crainte, la raison qui l'incitait à fuir Marissa, l'enfer avec lequel il allait devoir apprendre à vivre…

— Non, répondit V. en le regardant droit dans les yeux.

— Comment tu peux le savoir ?

— C'est une conclusion que je rejette en bloc.

Butch le relâcha.

— Se mettre la tête dans le sable est dangereux, vampire. Je suis peut-être ton ennemi, à l'heure qu'il est.

— Arrête tes conneries !

— Viszs, je pourrais…

V. l'attrapa par les revers de sa veste et le plaqua contre lui. Le frère tremblait de la tête aux pieds. Ses yeux luisaient comme des cristaux dans la nuit.

— *Tu n'es pas mon ennemi.*

Très énervé, Butch agrippa les larges épaules de V., serrant le cuir de sa veste dans ses poings.

— *Comment peut-on en être sûrs ?*

V. dévoila ses canines et siffla en fronçant ses épais sourcils bruns. Butch résista à cette agression, espérant, priant pour qu'ils en décousent. Il avait envie de cogner et d'encaisser des coups. Il voulait qu'ils soient couverts de sang.

Ils restèrent ainsi un long moment, les muscles saillants, la peau moite, sur le point de craquer.

Puis la voix de Viszs s'éleva entre eux, dans un souffle rauque et désespéré :

— Tu es mon seul ami. Tu ne seras jamais mon ennemi.

Lequel fut le premier à étreindre l'autre ? Difficile à dire, mais toute envie de se tabasser s'envola pour faire place au lien puissant qui les unissait. Ils restèrent longuement serrés l'un contre l'autre, dans le vent froid. Quand ils se séparèrent enfin, ils étaient mal à l'aise et gênés.

Ils se raclèrent la gorge, puis V. alluma une cigarette.

— Tu n'es pas un éradiqueur, flic, déclara-t-il en soufflant la fumée. Dans ce cas, on t'aurait arraché le cœur. Le tien bat encore.

— Le boulot n'a peut-être pas été terminé. Ils ont été interrompus…

— Je ne peux pas te répondre. J'ai parcouru les archives de l'espèce en quête d'un détail, n'importe lequel… Ça n'a rien donné la première fois, alors je me tape de nouveau les *Chroniques*. Bordel, j'ai même enquêté dans le monde humain pour trouver des données obscures sur Internet. (Il souffla une bouffée de fumée turque.) Je trouverai, quel que soit le moyen.

— Tu as essayé de voir ce qui allait se passer ?

— Tu veux dire, l'avenir ?

— Oui.

— Bien sûr.

V. jeta son mégot qu'il écrasa de sa botte, puis il se pencha pour le ramasser et le glisser dans sa poche.

— Mais je n'obtiens toujours rien, reprit-il. Merde… J'ai besoin de boire un coup.

— Moi aussi. On va au *Zero Sum* ?

— Tu es sûr d'être en état ?

— Pas du tout.

— D'accord. Va pour le *Zero Sum*.

Ils se dirigèrent vers l'Escalade. Butch s'installa sur le siège passager. Il boucla sa ceinture et posa la main sur son ventre, qui lui faisait un mal de chien parce qu'il avait bougé. Mais cette douleur n'avait aucune importance. Plus rien ne semblait avoir d'importance, d'ailleurs.

Ils venaient de démarrer quand V. déclara :

— Au fait, tu as reçu un coup de fil sur la ligne générale. Tard hier soir. Un dénommé Mikey Rafferty.

Butch fronça les sourcils. Pourquoi l'un de ses beaux-frères l'appellerait-il ? Surtout celui-là. De tous ses frères et sœurs, Joyce était celle qui l'aimait le moins, ce qui en disait long, compte tenu de l'antipathie qu'il inspirait déjà aux autres. Son père avait-il enfin eu la crise cardiaque qui le guettait depuis tant d'années ?

— Qu'est-ce qu'il a dit ?

— Il fait baptiser son gosse. Il voulait savoir si ça te disait d'y aller. C'est dimanche.

Butch regarda par la vitre. Encore un bébé. Enfin, c'était le premier pour Joyce, mais son neveu n°… Combien, déjà ? 7 ? Non… 8.

Tandis qu'ils roulaient en silence en direction du centre-ville, les phares des autres véhicules allaient et venaient. Les maisons défilèrent, puis les boutiques et les immeubles de bureaux du début du siècle. Butch songea à tous ces gens qui vivaient et respiraient à Caldwell.

— T'as jamais voulu avoir des gosses, V. ?

— Non. Ça m'intéresse pas.

— Moi si, avant.

— Et plus maintenant ?

— Ça n'arrivera plus, mais c'est pas grave. Le monde ne manque pas d'O'Neal. Y en a même un paquet.

Un quart d'heure plus tard, ils se garèrent derrière le *Zero Sum*. Butch eut du mal à sortir de l'Escalade. La familiarité des lieux le troublait… La voiture, son ami, ce club… Tout était resté pareil, mais lui, il avait changé.

Frustré, nerveux, il sortit une casquette des Red Sox de la boîte à gants. Il la mit sur sa tête et ouvrit la portière en se disant qu'il sombrait dans le mélo et que tout était normal.

Il se figea dès qu'il posa un pied à terre.

— Butch ? Qu'est-ce que tu as, mon vieux ?

C'était la question à un million. Son corps semblait s'être transformé en une sorte de diapason. L'air vibrait d'énergie tout autour de lui… Il était attiré…

Il tourna les talons et descendit vivement la 10e Rue. Il devait trouver ce que c'était, cet aimant, ce signal familier.

— Butch ? Où tu vas, flic ?

V. saisit son bras, mais Butch se dégagea d'un geste sec. Il se mit à courir, comme s'il était attaché au bout d'une corde et qu'on le tirait.

Il sentait vaguement que Viszs trottait à côté de lui. Il parlait comme s'il avait reçu un appel sur son portable.

— Rhage ? J'ai un problème, là. 10e Rue. Non, c'est Butch.

Butch accéléra, faisant voler sa veste en cachemire derrière lui. Quand la carrure impressionnante de Rhage se matérialisa sur son chemin, surgie de nulle part, il tenta de la contourner.

Rhage lui bloqua la route.

— Butch, où tu vas, comme ça ?

Le frère voulut l'attraper, mais Butch le repoussa si fort qu'il fut projeté contre un mur en briques.

— Ne me touche pas !

Deux cents mètres plus tard, il comprit ce qui l'appelait : trois éradiqueurs qui émergeaient d'une ruelle.

Butch s'arrêta. Les tueurs s'arrêtèrent. Il y eut un immonde moment de communion. Lorsqu'il reconnut en eux ce qu'il portait en lui, Butch eut les larmes aux yeux.

— Tu es une nouvelle recrue ? demanda l'un d'eux.

— Naturellement, fit l'autre. Et tu as raté l'appel, ce soir, crétin.

Non… Non… Oh, mon Dieu…

D'un mouvement synchrone, les trois tueurs regardèrent derrière lui, sans doute vers V. et Rhage qui venaient d'apparaître au détour de la ruelle. Les éradiqueurs se préparèrent à frapper. Ils se mirent en position de combat et levèrent les mains.

Butch fit un pas vers le trio. Puis un autre.

— Butch…, fit la voix douloureuse de Viszs, derrière lui. Bon sang, *non*…

Chapitre 13

Le petit corps de John remua, puis le jeune homme referma les yeux. Calé dans l'affreux fauteuil vert foncé tout déglingué, il humait l'odeur de Tohr à chaque inspiration. Véritable cauchemar de la déco, ce siège était l'objet favori du frère. Wellsie, elle, l'avait déclaré « *seatus non grata* » et exilé dans le bureau du centre d'entraînement. Tohr y avait passé des heures à s'occuper des tâches administratives, pendant que John étudiait.

John dormait dedans depuis les meurtres.

Énervé, il se tortilla de plus belle et posa les jambes sur un bras du siège. Sa tête et ses épaules se retrouvèrent nichées dans la partie supérieure du dossier. Il ferma les yeux, priant pour que vienne le repos. Hélas, son sang bouillonnait dans ses veines et un tas de problèmes pas vraiment définis lui donnaient le tournis.

Les cours étaient terminés depuis deux heures, bordel, et il s'était entraîné bien après le départ des autres apprentis. Et il ne dormait pas bien depuis une semaine. Il devrait tomber comme une masse.

Peut-être était-il encore tourmenté à cause de Flhéau. Ce fils de pute lui avait pris la tête parce qu'il était tombé dans les pommes devant toute la classe, la veille. John le détestait, ce connard arrogant, friqué et irascible…

— Ouvre les yeux, mon garçon. Je sais que tu es réveillé.

John sursauta tellement qu'il faillit tomber par terre. En se redressant, il vit Zadiste sur le seuil du bureau, vêtu de son éternel pull moulant à col cheminée et d'un ample pantalon de jogging.

Le guerrier affichait une expression aussi ferme que son corps.

— Écoute-moi bien, parce que je ne vais pas le répéter.

Pressentant ce qui allait se passer, John agrippa les bras de son fauteuil.

— Tu ne veux pas aller voir Havers ? Très bien. Mais arrête de déconner. Tu sautes des repas, on dirait que tu n'as pas fermé l'œil depuis des nuits et ton attitude commence sérieusement à me gonfler.

Rien à voir avec les réunions de parents d'élèves habituelles. Et John acceptait mal cette critique, tant la frustration l'oppressait.

Z. désigna de l'index l'autre côté de la pièce.

— Tu vas lâcher Flhéau, c'est clair ? Laisse-le tranquille, ce connard ! Et dorénavant tu prendras tes repas à la maison.

John fronça les sourcils, puis il prit son calepin pour être certain de bien se faire comprendre de Z.

— Te fatigue pas à me répondre, mon gars. Je m'en fous.

John commençait à se sentir vraiment énervé mais Z. sourit, révélant des canines monstrueuses.

— Et tu me connais assez pour savoir qu'il vaut mieux ne pas trop me chauffer, reprit-il.

John détourna la tête. Le frère pouvait le casser en deux sans le moindre effort, ce qui provoquait chez le jeune homme bien du ressentiment.

— Alors c'est d'accord ? Tu arrêtes avec Flhéau ? Ne m'oblige pas à intervenir entre vous deux. Vous n'aimerez ça ni l'un ni l'autre. Hoche la tête si tu as compris.

John obéit de mauvaise grâce, furieux et épuisé.

Ravalant sa colère, il soupira et se frotta les yeux. Toute sa vie, il avait été tellement calme… voire réservé. Pourquoi démarrait-il au quart de tour ces derniers temps ?

— La transition est proche, voilà ce qui t'arrive.

John releva doucement la tête. Avait-il bien entendu ?

— *C'est vrai ?* signa-t-il.

— Oui. C'est pourquoi il est impératif que tu apprennes à te contrôler. Si tu mènes à bien ta transition, tu arriveras de l'autre côté avec un corps capable d'exploits qui te laisseront sur le cul. Je te parle de force physique, là. Du genre brutal. Du genre qui peut tuer. Tu penses avoir des problèmes, en ce moment ? Attends un peu d'affronter la suite ! Tu dois apprendre à te maîtriser maintenant.

Zadiste tourna les talons, puis s'arrêta et regarda par-dessus son épaule. Un rai de lumière tomba sur la balafre qui barrait son visage et déformait sa lèvre supérieure.

— Encore un détail. Tu as besoin de quelqu'un à qui parler ? À propos de… tes emmerdes ?

C'est ça, songea John. Jamais il ne retournerait chez Havers pour voir ce thérapeute.

C'était la raison pour laquelle il refusait de se faire examiner. La dernière fois qu'il avait eu affaire au médecin de l'espèce, celui-ci lui avait fait du chantage pour lui imposer une séance de thérapie, et John n'avait aucune intention de revivre cette heure chez le docteur Phil. Avec tous ces récents événements, il ne tenait pas à se replonger dans son passé. Il faudrait vraiment qu'il se vide de son sang pour remettre les pieds dans cette maudite clinique.

— John ? Tu veux parler à quelqu'un ?

Z. parut perplexe en le voyant secouer la tête.

— Comme tu veux. Mais j'espère que tu as bien compris pour Flhéau.

John baissa la tête et acquiesça.

— Tant mieux. À présent, ramène tes fesses. Fritz t'a préparé un repas et je vais te regarder manger. Tu finiras ton assiette. Tu dois prendre des forces pour la transition.

Butch s'approcha des tueurs, lesquels n'avaient absolument pas peur de lui. Ils semblaient au contraire agacés, comme s'il ne faisait pas son boulot.

— Derrière toi, connard, dit celui du milieu. Ta cible est derrière toi. Deux frères.

Lisant d'instinct leur empreinte, Butch contourna les éradiqueurs. Il sentit que le plus grand avait été introduit au cours de l'année qui venait de s'écouler, car il portait encore des traces humaines en lui. Butch ignorait toutefois comment il savait ça. Les deux autres étaient bien plus anciens dans la Société, et s'il en avait la certitude, ce n'était pas uniquement à cause de leurs cheveux et de leur peau plus pâles.

Une fois derrière les trois éradiqueurs, il s'arrêta pour observer V. et Rhage… Qui donnaient l'impression d'être en train de regarder un ami cher mourir dans leurs bras.

Butch savait exactement quand les éradiqueurs allaient passer à l'attaque. Il s'avança avec eux. Au moment où Rhage et V. se mettaient en position de combat, Butch saisit le tueur du milieu par le collet et le projeta à terre.

L'éradiqueur se mit à crier. Butch lui sauta dessus. Il savait pourtant qu'il n'avait pas assez de force pour se battre. Naturellement, son adversaire le repoussa sans peine et s'assit sur lui pour l'étrangler. Ce salaud était puissant, brutal et énervé : un sumo qui aurait la rage.

Butch lutta pour ne pas se faire arracher la tête. Il perçut un vague jet de lumière et un claquement. Puis un autre. De toute évidence, V. et Rhage avaient fait le ménage. Butch les entendit rappliquer. Dieu merci.

Sauf que ce fut le merdier au moment où ils arrivèrent.

Butch plongea dans le regard du mort-vivant pour la première fois et un élément s'enclencha, les enveloppant comme si une barre de fer encerclait leurs corps. Le tueur se figea. Butch ressentit une envie irrépressible de… Il ignorait quoi. Mais son instinct lui dicta d'ouvrir la bouche pour respirer.

C'est alors que commença l'inhalation. Sans savoir ce qu'il faisait, il remplit ses poumons d'une énorme bouffée d'air.

— Non…, murmura le tueur en tremblant.

Quelque chose passa entre leurs bouches, un nuage noir qui jaillit de l'éradiqueur pour se laisser attirer en Butch.

Le lien fut rompu par une attaque brutale venue d'en haut. Viszs empoigna le tueur et le dégagea pour le projeter tête la première contre un mur. Avant que ce salaud puisse se ressaisir, V. se jeta sur lui, armé de sa lame noire.

La lueur et les étincelles s'atténuèrent. Les bras de Butch retombèrent sur l'asphalte, inertes. Puis il roula sur le côté et se recroquevilla sur lui-même en se tenant le ventre, qui lui faisait un mal de chien. Il était surtout très nauséeux, effet pénible de son combat alors qu'il était au plus mal.

Une paire de grosses bottes apparut dans son champ de vision, mais il ne supportait pas de lever les yeux pour voir l'un des frères. Que diable avait-il fait ? Que s'était-il donc passé ? Il savait simplement qu'il y avait une filiation entre lui et les éradiqueurs.

— Tu vas bien ? demanda V. d'une voix très faible.

Butch ferma les yeux et secoua la tête.

— Je crois qu'il vaut mieux… que tu me sortes de là. Et surtout, ne me ramène pas à la maison.

Viszs déverrouilla son loft et porta Butch à l'intérieur avec l'aide de Rhage. Ils avaient logiquement emprunté le monte-charge à l'arrière du bâtiment. Le flic constituait un poids mort et semblait plus lourd qu'il l'était vraiment, comme si les lois de la gravité étaient plus fortes pour lui.

Lorsqu'ils couchèrent Butch sur le lit, il se tourna sur le côté et remonta les genoux sur sa poitrine.

Un long silence s'installa. Butch semblait inconscient.

Rhage se mit à faire les cent pas pour chasser son angoisse. Cet incident avait mis V. dans tous ses états. Il alluma une cigarette et aspira fortement.

Hollywood se racla la gorge.

— Donc, V… C'est ici que tu viens avec les femelles…

Le frère manipula les chaînes scellées au mur noir.

— Bien sûr, on a entendu des histoires. Je suppose qu'elles sont toutes vraies.

— Peu importe, répondit V. en allant se servir un grand verre de vodka au bar. Il faut frapper les maisons de ces éradiqueurs ce soir.

Rhage désigna le lit.

— Et lui ?

Ô miracle, le flic leva la tête.

— Je ne vais nulle part dans l'immédiat, vous pouvez me croire, bredouilla-t-il.

V. observa son ami d'un œil inquisiteur. Le visage de Butch, Irlandais bon teint qui d'ordinaire rougissait au moindre effort, était pâle comme un linge. Et il sentait… il dégageait une odeur doucereuse. Du talc.

Seigneur. La proximité de ces tueurs avait apparemment fait ressortir autre chose, la part de l'Oméga qui était en lui.

— V. ? fit la voix douce de Rhage, toute proche. Tu veux rester ici ? Ou le ramener voir Havers, peut-être ?

— Ça va, grogna Butch.

Un mensonge à tous les niveaux, songea V.

Il but sa vodka d'une traite et se tourna vers Rhage.

— Je t'accompagne. Flic, on va revenir et je t'apporterai à manger, d'accord ?

— Non. Pas de bouffe. Et ne reviens pas ce soir. Enferme-moi pour que je ne puisse pas sortir et laisse-moi.

Merde.

— Flic, si tu te pends dans la salle de bains, je te garantis que je te tue de nouveau de mes mains, c'est compris ?

Il ouvrit des yeux noisette un peu embrumés.

— J'ai davantage envie de savoir ce qu'on m'a fait que de me foutre en l'air. Alors pas d'angoisse.

Butch referma les yeux. Au bout d'un moment, Viszs et Rhage sortirent sur le balcon. V. ferma les portes à clé, plus soucieux d'enfermer Butch à l'intérieur que de le protéger.

— Où on va ? demanda-t-il à Rhage.

En général, c'était pourtant lui qui prenait des décisions.

— Le premier portefeuille donne une adresse : 459 Wichita Street, appartement C4.

— C'est parti.

Chapitre 14

En ouvrant la porte de sa chambre, Marissa eut l'impression d'être une intruse sous son propre toit. Une étrangère effacée, au cœur brisé.

Elle balaya vaguement la pièce du regard. Pourtant, c'était une bien jolie pièce toute blanche… Un grand lit à baldaquin, un petit salon, des commodes et des tables de chevet anciennes. Tout était si féminin, à part les tableaux accrochés aux murs. Sa collection de gravures d'Albrecht Dürer détonait dans le décor. Ces traits stricts et durs seyaient davantage à un regard masculin et auraient été plus à leur place dans une chambre d'homme.

Mais ces images lui parlaient.

Elle se pencha pour observer l'une de ces gravures en songeant furtivement que Havers les avaient toujours réprouvées. Selon lui, les peintures de Maxfield Parrish, pleines de romantisme et de rêve, convenaient mieux à une *princeps* femelle.

Ils n'avaient jamais eu les mêmes goûts artistiques, de toute façon. Enfin, son frère lui avait quand même acheté ces gravures parce qu'elles lui plaisaient.

Se forçant à agir, elle ferma la porte et alla prendre une douche. Il lui restait peu de temps avant la réunion régulière du Conseil des *princeps*. Et Havers aimait arriver en avance.

En se glissant sous le jet d'eau, elle se dit que la vie était bien étrange. Enfermée avec Butch dans cette chambre stérile, elle avait oublié le Conseil et la *glymera*… et le reste. À présent il était parti, et tout était redevenu normal.

Elle fut frappée par l'aspect tragique de ce retour.

Après avoir séché ses cheveux, elle enfila une robe Yves Saint-Laurent, un modèle authentique des années 1960, puis se dirigea vers son coffret à bijoux. Elle sélectionna une superbe parure en diamants. Les pierres étaient lourdes et froides sur son cou et les boucles d'oreilles pesaient sur ses lobes. Le bracelet évoquait une entrave à son poignet. En examinant les joyaux étincelants, elle se dit que les femelles de l'aristocratie n'étaient en fait que des mannequins voués à exhiber la fortune familiale.

Surtout lors des réunions du Conseil des *princeps*.

Elle redoutait de croiser Havers en descendant, mais mieux valait en finir, après tout. Son frère n'était pas dans son bureau. Elle se dirigea donc vers la cuisine. Peut-être était-il allé grignoter un morceau avant de partir. En entrant dans l'office, elle vit Karolyn franchir la porte menant au sous-sol. La *doggen* portait une imposante pile de cartons repliés.

— Attendez, je vais vous aider, proposa Marissa en se précipitant vers elle.

— Non, merci… maîtresse, répondit la domestique en rougissant.

Elle détourna les yeux mais il en était toujours ainsi avec les *doggen*. Ils détestaient recevoir de l'aide de ceux qu'ils servaient.

Marissa sourit aimablement.

— Vous emballez sans doute les livres de la bibliothèque avant les travaux de peinture. Au fait, je suis en retard, mais nous devons parler du menu du souper de demain soir.

Karolyn s'inclina.

— Veuillez me pardonner, mais le maître m'a indiqué que la réception avec le *menheur* des *princeps* était annulée.

— Quand vous a-t-il dit cela ?

— À l'instant, avant de partir pour le Conseil.

— Il est déjà parti ?

Il pensait peut-être qu'elle voudrait se reposer.

— Dans ce cas, reprit-elle, je ferais mieux de me hâter. Karolyn, vous allez bien ? Vous semblez souffrante.

La *doggen* s'inclina si profondément que ses cartons frôlèrent le sol.

— Je me porte bien, maîtresse. Merci.

Marissa quitta rapidement la maison et se dématérialisa vers la demeure de style Tudor de l'actuel *menheur* des *princeps.* Tout en frappant à la porte, elle espérait que Havers se serait calmé. Elle comprenait sa colère, au vu de la scène à laquelle il avait assisté, mais il n'avait pas à se faire le moindre souci. Butch ne faisait pas partie de sa vie, après tout.

Seigneur ! Elle avait envie de vomir chaque fois qu'elle y pensait.

Un *doggen* l'introduisit dans la bibliothèque. Aucun des dix-neuf membres assis à la table cirée ne parut remarquer sa présence lorsqu'elle entra dans la pièce. Ce n'était pas inhabituel. La différence, c'était que son frère n'avait pas levé les yeux. Il ne lui avait même pas réservé une place à sa droite. Pas plus qu'il ne vint l'aider à s'asseoir.

Havers était toujours en colère. Très en colère.

Eh bien tant pis. Elle lui parlerait après la réunion et l'apaiserait, le rassurerait. Mais c'était dur, car elle avait plutôt besoin de son soutien en cet instant.

Elle s'installa à l'extrémité de la table, au milieu de trois chaises vides. Le dernier mâle se présenta pour la réunion. Il se figea en constatant que les deux seules places libres se trouvaient de chaque côté de Marissa. Dans un silence pesant, un *doggen* apporta une autre chaise au *princeps*, qui put alors s'asseoir ailleurs.

Le *menheur*, un mâle distingué aux cheveux pâles, issu d'une grande lignée, feuilleta quelques papiers et tapota la table de son stylo en or. Puis il s'éclaircit la voix.

— La séance est ouverte. Vous avez tous reçu l'ordre du jour. Un membre du Conseil a rédigé un appel éloquent destiné au roi. Nous devrions, selon moi, le considérer sans tarder.

Il prit une feuille de papier blanc cassé et lut :

— À la lumière du meurtre brutal de la *princeps* Wellesandra, compagne de Tohrment, guerrier de la dague noire et fils de Nhuisance, et fille de sang du *princeps* Relhique ; à la lumière de l'enlèvement de la *princeps* Bella, compagne de Zadiste, guerrier de la dague noire et fils d'Ahgonie, et fille de sang du *princeps* Sacchage, sœur de sang du *princeps* Vhengeance ; à la lumière des nombreux mâles de la *glymera* fauchés en pleine jeunesse par la Société des éradiqueurs, il est manifeste que la menace à laquelle l'espèce est confrontée s'est dernièrement amplifiée. C'est pourquoi ce membre du Conseil souhaite respectueusement rétablir la pratique de la *rehclusion* obligatoire pour toutes les femelles non accouplées de l'aristocratie, de sorte que les lignées de l'espèce soient préservées. De plus, comme il est du devoir de ce Conseil de sauvegarder tous les membres de l'espèce, ce membre requiert avec respect que cette *rehclusion* soit étendue à toutes les classes sociales. (Le *menheur* leva les yeux.) Comme le veut le règlement du Conseil des *princeps*, nous allons maintenant débattre de cette proposition.

Un signal d'alarme retentit dans la tête de Marissa, qui parcourut la salle du regard. Six des vingt et un membres présents étaient des femelles, mais elle était la seule à être concernée par cette mesure. Elle avait été la *shellane* de Kolher, mais il ne l'avait jamais possédée, de sorte qu'elle demeurait sans compagnon.

Un consensus en faveur de cette mesure se répandit dans la salle. Marissa observa son frère. Havers aurait désormais un contrôle absolu sur elle. C'était bien joué…

Elle ne pourrait quitter la maison sans sa permission s'il devenait son *ghardien*. Elle ne pourrait plus demeurer au Conseil s'il n'était pas d'accord. Elle ne pourrait plus aller nulle part ni faire quoi que ce soit parce qu'elle lui appartiendrait corps et âme. Elle serait à sa merci.

Et il n'y avait aucun espoir que Kolher rejette la recommandation si le Conseil des *princeps* l'approuvait. Au vu de la situation avec les éradiqueurs, un veto ne serait pas rationnel.

Nul ne pouvait renverser légalement Kolher, mais toute faille dans son autorité mènerait à une guerre civile, ce dont l'espèce n'avait nullement besoin.

Heureusement Vhengeance était absent : ils ne pourraient rien faire ce soir. Les vénérables règles de procédure du Conseil des *princeps* exigeaient que seuls les représentants des six familles d'origine votent. En revanche, tout le Conseil devait être présent pour qu'une motion passe. Même si toutes les lignées se trouvaient autour de la table, aucune décision ne serait prise sans Vhengeance.

Tandis que le Conseil débattait avec animation, Marissa secoua la tête. Comment Havers avait-il pu ouvrir ce panier de crabes ? Et tout cela sans raison, car elle et Butch O'Neal n'étaient… rien. Bon sang, il fallait qu'elle parle à son frère pour obtenir les détails de cette proposition ridicule. Certes, Wellesandra avait été tuée, ce qui était tragique au-delà des mots, mais enfermer toutes les femelles constituait un dramatique retour en arrière.

Vers les heures sombres où les femelles demeuraient totalement invisibles et n'étaient que des objets.

Avec une clairvoyance glaciale, elle revit la mère et l'enfant à la jambe cassée, à la clinique. Oui, cette mesure n'était pas seulement répressive, mais dangereuse quand un mauvais *hellren* dirigeait un foyer. Légalement, nul n'avait de recours contre le *ghardien* d'une femelle *rehcluse*. Il avait sur elle tous les droits.

Au sous-sol d'une autre maison, dans un autre quartier de Caldwell, un sifflet entre les lèvres, Van Dean traquait les mouvements des hommes aux cheveux pâles qui lui faisaient face. Les six « étudiants » étaient alignés, genoux pliés, poings brandis. Ils frappaient dans le vide à une vitesse impressionnante, alternant gauche et droite en faisant pivoter leurs épaules. L'atmosphère était chargée de sueur, mais Van ne s'en rendait même plus compte.

Il siffla deux fois. Dans un ensemble parfait, les six firent mine d'attraper à deux mains la tête d'un homme comme un ballon de basket. Puis ils donnèrent un coup de genou en avant à plusieurs reprises. Ils changèrent de jambe dès que Van siffla.

Il avait peine à l'admettre, parce que cela signifiait qu'il avait fait son temps, mais former des hommes au combat était bien plus facile que de lutter au corps à corps sur un ring. Et il appréciait ce moment de répit.

Et il était de toute évidence bon pédagogue. Ces membres de bandes apprenaient vite et frappaient fort, mais il avait du travail.

Et il s'agissait bien de membres de gangs. Ils s'habillaient de la même façon, se teignaient les cheveux de la même couleur, portaient les mêmes armes. Leur motivation était moins évidente. Ces garçons étaient concentrés comme des militaires. Les malfrats des rues, eux, masquaient leurs conneries sous la bravade et les balles. S'il n'avait pas été au courant, Van aurait pu croire qu'ils étaient agents du gouvernement. Il y en avait des escadrons entiers. Ils avaient un équipement de pointe et ils étaient très forts. Et ils étaient nombreux. Il n'était là que depuis une semaine, et il donnait cinq cours par jour, chaque fois à des garçons différents. Bordel, ce n'était que son deuxième cours avec ce groupe-ci.

Mais pourquoi les fédéraux feraient-ils appel à un type comme lui pour leur formation ?

Il siffla longuement pour les interrompre.

— C'est tout pour ce soir.

Les hommes rompirent les rangs et se dirigèrent sans un mot vers leurs sacs. Ils ne communiquaient pas entre eux. Ils n'avaient pas ces attitudes machistes qu'avaient en général les hommes quand ils étaient en bande.

Tandis qu'ils sortaient un à un, Van se dirigea vers son propre sac et prit sa bouteille d'eau. Tout en buvant, il se dit qu'il devait encore traverser la ville. Il avait un combat dans une heure. Pas le temps de manger, mais il n'avait pas tellement faim, de toute façon.

Il enfila son coupe-vent et gravit les marches en courant. Puis il fit rapidement le tour de la maison. Elle était vide. Pas un meuble. Rien à bouffer. Que dalle. Tous les autres sites étaient exactement pareils. Des carcasses de maison qui, de l'extérieur, semblaient normales et proprettes.

Putain, c'était bizarre.

Il sortit par-devant et vérifia qu'il avait bien fermé la porte à clé avant de regagner son camion. Ils se réunissaient chaque jour dans un lieu différent et il avait l'impression qu'il en serait toujours ainsi. Tous les jours, à 7 heures du matin, il recevait un appel précisant une adresse. Il ne bougeait plus une fois arrivé là-bas. Les hommes défilaient. Les cours de divers arts martiaux duraient deux heures. Son emploi du temps était réglé comme du papier à musique.

C'était peut-être des paramilitaires un peu cinglés.

— Bonsoir, fiston.

Van se figea et regarda par-dessus le capot de son véhicule. Xavier était appuyé contre un monospace de l'autre côté de la rue, aussi détendu que les mamans qui sont généralement au volant de ce genre de véhicule.

— Qu'est-ce qui se passe ? s'enquit Van.

— Tu t'en sors bien avec les gars, répondit Xavier avec un sourire aussi neutre que ses yeux pâles.

— Merci. J'allais partir.

— Pas encore.

Van sentit ses poils se dresser en voyant Xavier s'écarter de la voiture pour traverser la rue.

— Fiston, je me suis dit que tu voudrais peut-être t'impliquer davantage avec nous.

S'impliquer davantage ?

— Le crime ne m'intéresse pas. Désolé.

— Qu'est-ce qui te fait croire que nos activités sont criminelles ?

— Allons, Xavier…

Il détestait qu'on ne l'appelle pas *monsieur* Xavier, de sorte que Van éprouvait un malin plaisir à le faire.

— J'ai déjà été en taule. On s'y ennuie ferme, reprit-il.

— Oui, je sais, cette histoire de braquage de voitures... Je parie que ton frère faisait la gueule. Oh, je ne parlais pas de celui avec qui tu braquais, mais de l'honnête citoyen de la famille. Le mec clean. Richard, c'est ça ?

Van fronça les sourcils.

— Je vais te dire un truc, laisse ma famille en dehors de tout ça, d'accord ? Je ne dirai pas un mot à la police sur ces maisons que vous utilisez. Les flics adoreraient venir y déjeuner le dimanche, j'en suis certain. Faudrait pas trop insister pour qu'ils rappliquent.

Xavier prit une expression distante. *Touché*, songea Van.

Mais l'autre se contenta d'un sourire.

— Moi aussi, je vais te dire un truc : je peux te donner quelque chose que personne d'autre ne peut te donner.

— Ah ouais ?

— Absolument.

Van secoua la tête, peu impressionné.

— Il est pas un peu tôt pour m'intégrer ? Et si je n'étais pas fiable ?

— Tu le seras.

— Ta confiance en moi est foutrement touchante, mais la réponse est non. Désolé.

Il s'attendait que l'autre insiste. Il n'obtint qu'un hochement de tête.

— À ta guise, conclut Xavier en retournant vers son break.

Bizarre, songea Van en s'installant au volant. Ces types étaient vraiment bizarres.

Mais au moins, ils payaient à l'heure. Et bien.

Viszs prit forme sur la pelouse d'un immeuble bien entretenu de l'autre côté de la ville. Rhage se trouvait juste derrière lui. Il apparut en chair et en os dans l'ombre.

Merde, songea V., regrettant de ne pas avoir pris le temps d'en griller une avant de venir. Il avait besoin d'une cigarette. Il avait besoin… de quelque chose.

— V., mon frère, ça va ?

— Ouais. Impeccable. Allez, on y va.

Après un petit effort mental sur le système de verrouillage, ils franchirent le seuil. À l'intérieur flottait une odeur de désodorisant, un parfum artificiel d'orange qui encombrait les narines.

Ils firent l'impasse sur l'ascenseur, qui était occupé, pour se diriger vers l'escalier. Arrivés au premier étage, ils passèrent devant les appartements C1, C2 et C3. V. avait la main sur son Glock, sous sa veste, mais il avait l'impression que le pire ennemi qu'ils puissent rencontrer serait une caméra de surveillance. Tout était bien mignon et étincelait comme un sou neuf : bouquets de fleurs artificielles accrochés aux portes, paillassons ornés d'un cœur ou de lierre… Des cadres représentant des couchers de soleil aux tons roses et orangés alternaient avec des chiots ébouriffés ou d'innocents chatons.

— Putain, la déco immonde, marmonna Rhage. On se croirait dans un magasin de cartes de vœux…

— C'est encore pire que ça.

V. s'arrêta devant l'appartement C4 et déverrouilla la porte sur sa volonté.

— Qu'est-ce que vous faites ?

V. et Rhage firent volte-face.

Bordel de merde, c'était une de ces maudites Craquantes de la série télévisée des années 1980 : un mètre vingt les bras levés et une tignasse blanche et frisée sur la tête. La vieille dame était affublée d'une robe de chambre matelassée façon patchwork, comme si elle portait un édredon.

Le problème, c'était qu'elle avait des yeux de pitbull.

— Je vous ai posé une question, jeunes gens !

Rhage prit les choses en main, ce qui était préférable parce qu'il avait plus de charisme.

— Madame, nous rendons juste visite à un ami.

— Vous connaissez le petit-fils de Dottie ?

— Eh bien, oui, madame.

— Ouais, vous avez bien le genre. (Ce qui n'était manifestement pas un compliment.) Au fait, je trouve qu'il devrait déménager. Dottie est morte il y a quatre mois et il n'a pas sa place ici.

Et vous non plus, ajoutèrent ses yeux.

— Oh, il va partir, promit Rhage avec un sourire aimable, mais les lèvres pincées. Il déménage. Dès ce soir.

— Si vous voulez bien m'excuser, je reviens tout de suite, intervint V.

Rhage le foudroya d'un regard signifiant : ne me laisse surtout pas dans cette galère. Viszs entra et referma la porte au nez de son frère. Si Rhage ne parvenait pas à gérer la mamie, il n'avait qu'à lui voler ses souvenirs, mais il ne le ferait qu'en dernier recours. Les personnes âgées ne réagissaient pas toujours très bien à l'effacement, car leur cerveau n'était plus assez résistant pour tolérer l'invasion.

Donc Hollywood et la voisine de Dottie allaient faire connaissance pendant que V. examinait les lieux.

Il balaya le couloir des alentours avec un petit rire moqueur. Ça sentait l'éradiqueur à plein nez. Une odeur écœurante. Comme celle que dégageait Butch.

Merde. Ne pense pas à ça.

Il s'efforça de se concentrer sur l'appartement. Contrairement à la plupart des repaires d'éradiqueurs, celui-ci était meublé, mais manifestement par son occupant précédent. Grand-mère Dottie était branchée bouquets de fleurs, napperons et figurines de chats. Elle allait très bien avec l'immeuble.

Il y avait de fortes chances que les éradiqueurs aient appris son décès dans le journal et aient usurpé son identité. Bordel, c'était peut-être même son petit-fils qui squattait les lieux après avoir été intégré au sein de la Société.

V. alla faire un tour dans la cuisine. Naturellement, il n'y avait rien à manger ni dans les placards ni au réfrigérateur. En se dirigeant vers l'autre extrémité du logement, il s'étonna que les tueurs ne cachent pas leur adresse. La plupart mouraient sous leur véritable identité. Là encore ils voulaient encourager les conflits…

Tiens, tiens.

V. s'approcha d'un secrétaire rose et blanc où se trouvait un Dell Inspiron 8 600 allumé. Il passa le doigt sur la souris et fouina un peu. Des dossiers cryptés. Tout était blindé à mort par un mot de passe. Blablabla…

Si les éradiqueurs accueillaient volontiers les gens chez eux, ils étaient très secrets avec leur matériel. La plupart des tueurs avaient un ordi à la maison, et la Société des éradiqueurs avait recours aux mêmes protections et méthodes d'encodage que V. au complexe. En gros, leur merde était impénétrable.

Heureusement que le mot « impénétrable » ne faisait pas partie de son vocabulaire.

Il referma le Dell et débrancha la prise, puis il empocha le fil d'alimentation. Il remonta la fermeture de son blouson et plaça l'ordinateur contre son torse. Il poursuivit sa visite de l'appartement. La chambre à coucher était une véritable explosion de chintz, de fleurs et de dentelles, sur le lit, aux fenêtres et sur les murs.

Elle était là. Sur une petite table de chevet, près d'un téléphone, d'un exemplaire vieux de quatre mois de *Sélection du Reader's Digest* et d'une colonie de flacons orange de médicaments : une jarre en céramique de la taille d'une canette.

Il appela Rhage sur son portable.

— Je sors, annonça-t-il dès que son frère prit la communication. J'ai un PC et la jarre.

Il raccrocha, saisit le récipient en céramique et le serra contre l'ordinateur. Puis il se dématérialisa vers la Fosse. Comme c'était pratique que les humains ne tapissent pas leurs murs d'acier…

Chapitre 15

En regardant Van s'éloigner, M. X comprit que sa question était venue trop tôt. Il aurait dû attendre que Van soit un peu plus accro au pouvoir qu'il possédait quand il formait les tueurs.

Mais le temps passait.

Il ne s'inquiétait guère de voir la brèche se refermer. La prophétie n'avait rien dit sur ce genre de chose. Mais l'Oméga était vraiment contrarié la dernière fois que M. X l'avait quitté. Il n'avait pas bien pris du tout que l'humain contaminé ait été embarqué par les frères, dans cette clairière. L'enjeu grimpait, et pas en faveur d'X.

Il ressentit soudain une chaleur au milieu de sa poitrine, puis un battement à l'ancien emplacement de son cœur. Cette pulsation régulière le fit jurer. Quand on parle du loup… Le maître l'appelait.

M. X monta à bord du monospace et démarra le moteur. Il roula pendant sept minutes à travers la ville, en direction d'une ferme délabrée sur un terrain miteux, dans un quartier pourri. Les lieux empestaient encore le labo clandestin de méthadone qu'ils avaient été jusqu'à ce que l'ancien propriétaire soit abattu par un associé en affaires. Grâce aux relents toxiques ambiants, la Société avait acquis la baraque pour une bouchée de pain.

M. X stationna le véhicule dans le garage et attendit que la porte se referme en grinçant avant de sortir. Après avoir éteint l'alarme qu'il avait installée, il se dirigea vers la chambre du fond.

Sa peau de plus en plus irritée le démangeait sur tout le corps. Plus il mettrait de temps à répondre au maître, pire ce serait. Jusqu'à ce que l'envie de se gratter le rende fou.

Il s'agenouilla et baissa la tête. Il n'avait aucune envie de s'approcher de l'Oméga. Le maître avait un instinct très affûté et M. X aspirait désormais à ses propres objectifs, qui n'étaient plus ceux de la Société. Le problème, c'était que quand le grand éradiqueur était convoqué, il venait. Ça marchait comme ça.

Le silence atteignit Viszs dès qu'il entra au Trou, et il détestait ça. Par chance, après quinze minutes d'efforts pour pénétrer l'ordinateur portable de l'éradiqueur, quelqu'un frappa à la porte. Il jeta un coup d'œil vers un écran et la déverrouilla mentalement.

Rhage apparut la bouche pleine, une main dans un sachet en plastique.

— Alors, tu t'en sors avec ce bijou de chez Dell ?

— Qu'est-ce que tu manges ?

— La dernière part de gâteau aux bananes et aux noix de Mme Woolly. C'est délicieux. Tu en veux ?

V. leva les yeux au ciel et se remit au travail.

— Non, mais tu peux me rapporter une bouteille de Goose et un verre de la cuisine.

— Pas de problème.

Rhage s'exécuta, puis s'appuya contre le mur.

— Alors, tu as trouvé quelque chose là-dedans ? s'enquit-il.

— Pas encore.

Dans le silence pesant, V. comprit qu'il ne venait pas seulement s'enquérir de ses recherches.

— Écoute, mon frère…, dit Rhage.

— Je ne suis pas d'humeur très bavarde en ce moment, tu sais.

— Je sais. C'est pour ça qu'ils m'ont demandé de venir.

V. le regarda par-dessus l'écran.

— Qui ça ? demanda-t-il alors qu'il le savait très bien.

— La Confrérie se fait du souci pour toi. Tu es vraiment renfermé, V. Tu es à cran, ne dis pas le contraire. Tout le monde l'a remarqué.

— Donc Kolher t'a chargé de jouer les psys ?

— C'est un ordre direct. Mais je venais te voir, de toute façon.

— Je vais bien, assura V. en se frottant les yeux.

— Si tu ne vas pas bien, ce n'est pas un drame.

Vraiment ?

— Si ça ne t'ennuie pas, je vais continuer à travailler sur ce PC.

— On te verra au Dernier Repas ?

— Oui. Bien sûr.

Enfin peut-être. V. s'activa sur la souris et parcourut les fichiers du système. Dans le reflet de l'écran, il remarqua vaguement que son œil droit, le plus proche de ses tatouages, clignotait comme s'il avait un court-circuit.

Rhage frappa de ses deux poings massifs sur la table et se pencha vers lui.

— Tu t'amèneras, sinon je viendrai te chercher.

Viszs foudroya son frère du regard, mais Rhage ne sourcilla pas, le dominant de toute sa hauteur et sa beauté ravageuse.

Il était donc décidé à le défier… *Qu'il aille se faire foutre*, songea V.

Avant de perdre le duel. Quelques instants plus tard, il baissa la tête vers l'ordinateur portable en faisant mine de vérifier quelque chose.

— Lâche-moi un peu, d'accord ? Butch est mon coloc, alors je me fais de la bile pour lui, mais y a rien de grave…

— Fhurie nous a dit que tes visions se faisaient rares.

— Bordel ! tonna V. en se levant d'un bond.

Il écarta Rhage sans ménagement et se mit à arpenter la pièce.

— L'enculé ! Il ne pouvait pas la fermer ?

— Si ça peut te consoler, Kolher ne lui a pas vraiment laissé le choix.

— Le roi lui a tiré les vers du nez à coups de poings ?

—Allons, V. Quand j'ai pété les plombs, tu étais là pour moi. Je te dois la même chose.

—Ouais, c'est vrai.

—Parce que c'est toi.

—Bingo, mon pote.

V. n'arrivait pas à en parler. Lui qui maîtrisait seize langues ne trouvait pas les mots pour exprimer sa peur intense de l'avenir, celui de Butch, le sien, celui de toute l'espèce. Si ses visions du futur l'avaient toujours contrarié, elles lui procuraient également un étrange réconfort. Même s'il n'appréciait pas ce qui s'annonçait, au moins il n'avait jamais de mauvaise surprise.

V. sursauta quand Rhage posa une main sur son épaule.

—Le dîner, Viszs. Tu viens ou bien je t'y traîne par la peau des fesses, c'est pigé ?

—Ouais, d'accord. Maintenant, casse-toi.

Dès que Rhage se fut retiré, V. revint à son PC et se rassit. Mais au lieu de retourner au pays de l'informatique, il appela le portable de Butch.

—*Salut, V.*, fit la voix rocailleuse du flic.

—Salut, répondit V. en coinçant l'appareil entre son oreille et son épaule pour se servir une vodka.

Il entendit un bruissement sur la ligne, comme si Butch se retournait dans son lit ou enlevait sa veste.

Le silence s'installa.

Puis V. ne put s'empêcher de demander :

—Tu voulais être avec eux ? Tu penses que ta place est parmi les éradiqueurs ?

—*J'en sais rien*, admit-il avec un long soupir. *Je ne tiens pas à les affronter. Je les ai reconnus, ces salauds. Je les ai sentis. Mais en regardant ce tueur dans les yeux, j'ai eu envie de l'anéantir.*

V. leva son verre. L'alcool lui brûla délicieusement la gorge.

—Tu te sens comment ?

—*J'ai moins chaud. Je suis crevé, comme si j'étais diminué.* (Encore un silence.) *C'est de ça que tu as rêvé ? Au début, quand tu m'as dit que j'étais supposé rejoindre la Confrérie... Tu as rêvé de moi et de l'Oméga ?*

— Non. J'ai vu autre chose.

Mais avec tout ce qui se passait, il ne voyait pas comment ce qui lui avait été montré pouvait se produire, il ne voyait rien à bien des égards : dans sa vision il était nu et Butch était enroulé autour de lui. Tous deux volaient haut dans le ciel, enlacés dans le vent froid.

Seigneur, il était *dérangé, dérangé et pervers.*

— Écoute, je viendrai au coucher du soleil pour une petite manipulation.

— *Tant mieux. Ça fait toujours du bien*, répondit Butch. (Il se racla la gorge.) *V., je ne peux pas rester là à attendre que ça se calme. Je veux passer à l'offensive. Et si pour changer on ramassait quelques éradiqueurs, histoire de les travailler un peu pour les faire parler ?*

— Ça, c'est hardcore, flic.

— *Regarde un peu ce qu'ils m'ont fait ! J'en ai rien à foutre de cette putain de convention de Genève.*

— Laisse-moi d'abord en discuter avec Kolher.

— *Fais vite.*

— Aujourd'hui.

— *D'accord.* (Nouveau silence.) *Alors... Tu as la télé, ici ?*

— Il y a un écran plat au mur, à gauche du lit. La télécommande est... Je ne sais pas où elle est. En général, je ne... Enfin, je ne pense pas à regarder la télé quand je viens ici.

— *V., mon pote, c'est quoi ce plan ?*

— La déco parle d'elle-même, non ?

Le flic émit un petit rire.

— *Je suppose que c'est l'endroit qu'évoquait Fhurie.*

— Qu'est-ce qu'il a raconté ? Et quand ?

— *Que tu avais des goûts sexuels un peu bizarres.*

V. eut soudain une vision de Butch couché sur Marissa. Son corps viril se soulevait en rythme tandis que Marissa lui agrippait les fesses de ses mains superbes.

Puis il vit la tête de Butch se redresser et entendit un gémissement rauque et sensuel s'échapper des lèvres de son ami.

Dégoûté de lui-même, V. éclusa une vodka puis s'en servit une autre.

— Ma vie sexuelle, c'est perso, Butch. De même que mes… goûts un peu particuliers.

— *J'ai compris. C'est tes oignons. Mais j'ai une question à te poser.*

— Laquelle ?

— *Ces femelles qui t'attachent, elles te vernissent les ongles des pieds, et tout ? Elles te maquillent ?* (En entendant V. s'esclaffer, il poursuivit.) *Attends ! Elles te chatouillent sous les bras avec une plume, c'est ça ?*

— Enfoiré !

— *Hé, simple curiosité, rien de plus !* protesta Butch en recouvrant son sérieux. *Tu leur fais mal ? Je veux dire…*

Encore un peu de vodka.

— Tout est question de consentement, et je ne franchis jamais les limites.

— *Tant mieux. Ça fout un peu les jetons à un catho comme moi… Mais après tout, si c'est ton truc…*

V. fit tournoyer l'alcool dans son verre.

— Flic, je peux te poser une question ?

— *C'est de bonne guerre.*

— Tu l'aimes ?

Au bout d'un moment, Butch marmonna :

— *Ouais. Ça me tue, mais oui.*

V. posa le doigt sur la souris pour empêcher l'ordinateur de se mettre en veille.

— Quel effet ça fait ?

Butch laissa échapper un grommellement, comme s'il cherchait une autre position, mais était raide comme une planche.

— *Bordel, c'est pas le moment.*

V. joua avec la flèche, la faisant dessiner des cercles sur l'écran.

— Tu sais, j'aime bien que tu sois avec elle. Vous allez bien ensemble, à mes yeux.

— *Si on oublie le fait que je suis un humain prolo et peut-être partiellement éradiqueur, je dirais que je suis d'accord avec toi.*

— Tu n'es pas en train de devenir un…

— *J'ai pris un peu de ce tueur en moi, ce soir. En inhalant. Je crois que c'est pour ça que je dégageais cette odeur après. Pas parce qu'on s'était battus, mais parce qu'une partie du Mal était… est encore en moi.*

V. jura, espérant que ce ne soit pas le cas.

— On va résoudre cette énigme, flic. Je ne te laisserai pas dans le noir.

Ils raccrochèrent quelques instants plus tard. V. considéra l'écran de l'ordinateur tout en agitant la flèche. Il poursuivit ces mouvements de l'index jusqu'à ce qu'il soit totalement indifférent au temps qu'il était en train de perdre.

Il étira les bras au-dessus de sa tête. Le curseur se trouvait sur « corbeille de recyclage ». Recyclage… *Traiter de façon à réutiliser.*

C'était quoi, cette histoire d'inhalation de Butch ? En y réfléchissant bien, quand il avait arraché cet éradiqueur du flic, il avait eu conscience de rompre une sorte de lien entre eux.

Agité, il prit son verre et sa bouteille et se dirigea vers un canapé. Il s'assit et but encore un coup, tout en observant la pinte de Lag posée sur la table basse.

V. se pencha et s'empara du scotch. Il déboucha la bouteille et en avala une gorgée. Puis il en versa dans son verre de vodka et mélangea les deux alcools. Les paupières lourdes, il examina le cocktail qui tournoyait. Privés de leur essence pure, vodka et scotch n'en étaient que plus forts, ensemble.

V. porta le breuvage à ses lèvres et rejeta la tête en arrière pour tout avaler d'une traite. Puis il se détendit sur le canapé.

Il était épuisé… Tellement crevé, bordel…

Le sommeil s'abattit sur lui de plein fouet, mais son repos fut de courte durée. Le Rêve, comme il l'appelait, l'assaillit quelques minutes plus tard avec sa violence coutumière. Il se réveilla en hurlant, avec l'impression que quelqu'un voulait lui écarter les côtes. Son cœur s'arrêta, puis repartit de plus belle. Il se mit à transpirer à grosses gouttes.

Il ouvrit sa chemise et observa son corps.

Tout était à sa place. Aucune plaie béante visible. Sauf que les sensations demeuraient, cette pression atroce lorsqu'on reçoit une balle, le pressentiment que la mort venait le chercher.

Il haleta, se disant que c'en était fini de son sommeil.

Abandonnant son mélange de vodka et de scotch, il retourna à son bureau, déterminé à faire cracher le morceau à cet ordinateur portable.

Marissa était complètement vidée à l'issue du Conseil des *princeps*. Rien de plus normal à l'approche de l'aube. Le débat avait fait rage sur la motion de *rehclusion*. Pas de propos négatifs, car la discussion était centrée sur la menace que représentaient les éradiqueurs. Manifestement, non seulement le vote serait favorable, mais si Kolher ne faisait pas de déclaration, le Conseil y verrait une preuve que le roi ne s'engageait guère pour son espèce.

Ce pour quoi ses détracteurs seraient prêts à donner leur vie. Kolher avait refusé le trône pendant trois cents ans, et cela laissait un goût amer dans la bouche de certains aristocrates.

Désireuse de partir, Marissa patienta longuement près de la porte de la bibliothèque. Hélas, Havers ne cessait de bavarder avec les uns ou les autres. Elle finit par sortir et se dématérialisa vers la maison, prête à faire le siège devant la chambre de son frère pour lui parler.

En arrivant devant l'entrée de la vaste demeure, elle n'appela pas Karolyn comme elle en avait coutume, et monta directement dans sa chambre.

— Oh... Mon Dieu..., souffla-t-elle en ouvrant la porte.

Sa chambre était... une ville fantôme.

Dans son dressing ouvert et vide, il ne restait pas un cintre. Son lit était défait, ses oreillers avaient disparu, ainsi que draps et couvertures. Les tableaux étaient décrochés. Et des cartons étaient entassés contre le mur, à côté de tous les bagages Louis Vuitton qu'elle possédait.

— Qu'est-ce…

Sa voix s'éteignit au moment où elle entra dans la salle de bains, dont les placards avaient été dépouillés.

Lorsqu'elle ressortit, Havers l'attendait près du lit.

— Qu'est-ce que c'est que ça ? demanda-t-elle en balayant la pièce d'un geste.

— Il faut que tu quittes cette maison.

Dans un premier temps, elle resta abasourdie.

— Mais je suis chez moi, ici !

Il prit son portefeuille et en sortit une épaisse liasse de billets qu'il étala sur le bureau.

— Prends cet argent et pars.

— Tout ça à cause de Butch ? demanda-t-elle. Et comment comptes-tu procéder, avec cette proposition de *rehclusion* que tu as présentée au Conseil ? Les *ghardiens* doivent rester auprès de leurs…

— Je n'ai pas proposé cette motion. Quant à cet humain… (Il secoua la tête.) Ta vie t'appartient. Te voir en compagnie de ce mâle nu, sur le point d'entamer un rapport sexuel… (Sa voix se brisa. Il se racla la gorge.) File. Mène ta vie comme bon te semble. Mais je refuse de te regarder te détruire.

— Havers, c'est ridicule…

— Je ne peux pas te protéger contre toi-même.

— Havers, Butch n'est pas…

— J'ai mis la vie du roi en péril pour obtenir ta *revhanche* ! lança-t-il d'une voix tonitruante. Et voilà que je te trouve en compagnie d'un mâle humain ! Je… Je ne peux pas te garder auprès de moi. Je me méfie de cette colère que tu éveilles en moi. Elle déclenche des actes d'une telle violence ! Elle… (Il frémit et se détourna.) J'ai dit aux *doggen* de te déposer où tu le souhaiterais. Mais ils reviendront ici ensuite. Tu devras t'en trouver d'autres.

Marissa en demeura bouche bée.

— Je reste membre du Conseil des *princeps*. Tu devras me voir ici.

— Non. Rien ne m'oblige à poser de nouveau les yeux sur toi. Tu penses rester au sein du Conseil, mais j'en doute fort. Kolher n'aura aucune raison de refuser la motion de *rehclusion*. Tu seras sans compagnon et je ne ferai pas office de *ghardien* pour toi, donc tu n'auras personne pour t'accorder la permission de te montrer. Même ta lignée ne peut se placer au-dessus de la loi.

Marissa en resta muette. Dieu du ciel… elle se retrouverait marginale. Elle ne serait plus… personne.

— Comment peux-tu me faire une chose pareille ?

Il regarda par-dessus son épaule.

— Je suis las de moi-même, las de combattre mon envie de te défendre contre tes choix…

— Mes choix ! Quels choix a une femelle, dans l'aristocratie ! Je n'ai pas le choix !

— C'est faux. Tu aurais pu être une vraie compagne pour Kolher.

— Il ne voulait pas de moi ! Tu le savais, tu l'as vu de tes propres yeux ! Voilà pourquoi tu voulais le tuer !

— Mais quand j'y réfléchis à présent, je me demande… Pourquoi ne ressentait-il rien pour toi ? Tu n'as peut-être pas fait assez d'efforts pour susciter son intérêt. (Marissa ressentait une fureur indicible, vite attisée par les propos de son frère.) Quant au choix, tu aurais pu rester hors de la chambre d'hôpital de cet humain. Tu as choisi d'y entrer, et tu as choisi de… Tu aurais pu… ne pas coucher avec lui.

— C'est donc cela ? Pour l'amour du ciel, je suis toujours vierge !

— Tu mens, maintenant.

Ces trois mots la frappèrent de plein fouet. Tandis qu'elle se calmait, elle y vit plus clair. Elle vit pour la première fois le véritable visage de son frère : un esprit brillant, dévoué à ses patients, si tendre envers sa *shellane* décédée… et totalement rigide. Un scientifique ordonné qui aimait les règles, le prévisible, et avait une vision précise de la vie.

Et il était manifestement prêt à sauvegarder cette conception du monde au prix de son avenir… de son bonheur… de sa personne.

— Tu as parfaitement raison, dit-elle avec un calme étrange. Il faut que je parte.

Elle observa les cartons pleins des vêtements qu'elle avait portés et de tout ce qu'elle avait acheté, puis elle regarda de nouveau son frère. Il semblait lui aussi évaluer la vie qu'elle avait menée grâce à ces cartons.

— Je te laisse les Dürer, bien sûr, déclara-t-il.

— Bien sûr, murmura-t-elle. Au revoir, mon frère.

— Pour toi je serai Havers, désormais. Plus ton frère. Plus jamais.

Il baissa la tête et quitta la pièce.

Dans le silence qui suivit, elle eut envie de s'écrouler sur son lit et de pleurer à chaudes larmes. Mais elle n'en avait pas le temps. Il ne restait qu'une heure à peine avant le lever du soleil.

Par la Vierge, où aller ?

Chapitre 16

En rentrant de son entrevue avec l'Oméga de l'autre côté, M. X avait des brûlures d'estomac. Normal : il avait pris un de ces savons…

Le maître était énervé pour plusieurs raisons. Il voulait davantage d'éradiqueurs, plus de vampires saignés à blanc, plus de progrès, plus… plus… toujours plus. Mais quoi qu'on lui donne, il n'était jamais satisfait. C'était peut-être sa malédiction.

Peu importe. L'échec de M. X était à l'ordre du jour, l'équation mathématique de sa destruction tracée soigneusement à la craie avec le temps pour inconnue. Quand l'Oméga craquerait-il et rappellerait M. X pour l'éternité ?

Il fallait qu'il progresse plus rapidement avec Van. Ce type devait faire partie des leurs sans tarder.

M. X alluma son ordinateur portable Dell. Assis près d'une trace marron de sang séché, il afficha les *Manuscrits* et trouva le passage concerné. Les vers de la prophétie l'apaisèrent :

Il y en aura un qui portera la fin devant le maître,
Un combattant des temps modernes, trouvé dans la septième année du XXIe siècle.
On le reconnaîtra par les nombres qu'il porte sur lui :
Comme la boussole qu'il voit par perception mentale
Il n'a que quatre points à droite.
Il possède trois vies,
Deux entailles sur le devant,
Avec son unique œil noir, dans un puits il naîtra et mourra.

M. X s'adossa au mur, fit craquer son cou et scruta les alentours. Les relents nauséabonds du labo clandestin, la saleté des lieux, l'atmosphère de méfaits accomplis sans remords étaient comme une fête où il ne voulait pas se trouver, mais dont il ne pouvait pas partir. Tout comme la Société des éradiqueurs.

Sauf qu'il s'en sortirait. Du moins avait-il repéré la sortie des éradiqueurs.

Bordel, c'était si bizarre, la façon dont il avait trouvé Van Dean. X s'était rendu aux derniers combats pour trouver de nouvelles recrues. Van s'était tout de suite détaché du lot. Il avait quelque chose de particulier qui l'élevait bien au-dessus de ses adversaires. En le voyant se mouvoir, ce premier soir, M. X avait cru remarquer un nouveau membre de choix pour la Société… Jusqu'à ce qu'il s'aperçoive qu'il lui manquait un doigt.

Il rechignait à intégrer quelqu'un qui possédait un défaut physique.

Mais plus il voyait Van combattre, plus il lui semblait évident que le petit doigt manquant n'était pas du tout un problème. Puis quelques jours plus tard, il avait vu le tatouage. Van se battait toujours en tee-shirt, mais celui-ci était remonté sur ses pectoraux. Dans le dos, un œil était gravé à l'encre noire entre ses omoplates.

C'était le détail qui avait incité M. X à lire les *Manuscrits*. La prophétie était enfouie dans le texte du manuel de la Société des éradiqueurs, un paragraphe presque oublié parmi les règles de conduite. Par chance, lorsque M. X était devenu grand éradiqueur, il avait lu les passages avec suffisamment d'attention pour se les rappeler.

Comme dans le reste des *Manuscrits*, traduits dans les années 1930, les formules étaient abstraites. Quand on avait un doigt en moins à la main droite, on n'avait que quatre points, non ? Les « trois vies » étaient l'enfance, l'âge adulte et la vie dans la

Société. Et d'après la foule des spectateurs des combats, Van était de la région, natif de Caldwell, qu'on surnommait « le puits ».

Mais ce n'était pas tout. Cet homme avait un instinct très exacerbé. Il suffisait de le regarder, dans ce ring de fortune entouré de grillage, pour comprendre que les quatre points cardinaux ne constituaient qu'une partie de ce qu'il sentait. Il avait un talent rare pour anticiper les mouvements de ses adversaires. Ce don le distinguait des autres.

Le problème, toutefois, c'était cette opération de l'appendicite. Le terme d'entaille pouvait être interprété de plusieurs façons, mais il était plausible qu'il désigne une cicatrice. Tout le monde avait un nombril, mais quand on avait été opéré de l'appendicite, on avait deux marques sur le devant, non ?

De plus, l'année correspondait.

M. X prit son portable et appela l'un de ses subordonnés.

Il avait besoin de Van Dean, ce combattant des temps modernes, ce salaud à quatre doigts, plus que de tous ceux qu'il avait croisés dans sa vie. Ou après sa mort.

Marissa porta une main à sa gorge et pencha la tête en arrière en se matérialisant devant l'austère demeure grise. Seigneur… Toute cette pierre qui s'élevait de terre, des carrières entières dépouillées pour réunir tout cela. Et tant de petits carreaux aux fenêtres, dont les vitres en losange rappelaient des barreaux. Et il y avait ce mur de soutènement haut de sept mètres qui ceignait la cour et le parc. Et les caméras de sécurité. Et la grille.

Tant de sécurité. Tant de froideur…

L'endroit était exactement tel qu'elle s'y attendait : une forteresse, et non pas un foyer. Et il était ceint d'une protection que l'on appelait *brhume* dans la langue ancienne. Ainsi, sauf si l'on devait s'y trouver, le cerveau ne parvenait pas à analyser suffisamment les lieux pour permettre de s'y déplacer normalement. Seigneur, si elle avait réussi à rejoindre le complexe de la Confrérie, c'était uniquement parce que Kolher se trouvait à l'intérieur. Au bout de trois cents ans à vivre de son sang pur, il était tellement en elle qu'elle pouvait le retrouver n'importe où. Même derrière une *brhume.*

Face à la montagne qui se dressait devant elle, elle ressentit des picotements sur sa nuque, comme si quelqu'un l'épiait. Elle regarda par-dessus son épaule. À l'est, les premières lueurs du jour gagnaient du terrain et lui brûlaient les yeux. Elle allait presque manquer de temps.

La main toujours sur sa gorge, la jeune femme s'approcha d'une double porte massive en cuivre. Il n'y avait ni sonnette ni heurtoir. Elle tenta alors de la pousser. La porte s'ouvrit, ce qui fut un choc pour elle, jusqu'à ce qu'elle se retrouve dans le vestibule. C'était donc là que l'on passait au contrôle…

Elle plaça son visage devant une caméra et attendit. Une alarme avait dû se déclencher quand elle avait poussé la porte. Quelqu'un allait venir la faire entrer… ou la chasser. Auquel cas, elle se trouverait en danger de mort.

Vhengeance était la seule autre personne vers qui elle pouvait se tourner, mais il était compliqué. Sa *mahmen* était conseillère spirituelle de la *glymera* et serait certainement très offensée par la présence de Marissa.

Elle lissa ses cheveux avec une prière à la Vierge scribe. Peut-être avait-elle joué la mauvaise carte. Elle s'était dit que Kolher ne la renverrait pas alors qu'on était si proche de l'aube. Après tout ce qu'elle avait enduré avec lui, il pouvait lui accorder le refuge le temps d'une journée. Et il était un mâle d'honneur.

Au moins Butch ne vivait pas avec les frères, pour autant qu'elle sache. Il avait séjourné ailleurs au cours de l'été. C'était sans doute encore le cas. Du moins l'espérait-elle.

Les lourdes portes de bois s'ouvrirent. Fritz, le majordome, parut fort surpris de la voir.

— Madame ? dit le vieux *doggen* en s'inclinant. Êtes-vous… attendue ?

— Non, répondit-elle, sachant qu'elle était sans doute la dernière personne qu'ils pensaient voir. Je... euh...

— Fritz, qui est-ce ? demanda une voix féminine.

Marissa entendit un bruit de pas. Elle joignit les mains et baissa la tête.

Seigneur. Beth, la reine. Elle aurait préféré voir Kolher en premier. Elle ne pouvait qu'en conclure qu'elle allait échouer.

Mais sa majesté lui permettrait sûrement de téléphoner à Vhengeance. Seigneur, aurait-elle même le temps de composer le numéro ?

Les portes s'ouvrirent davantage.

— Qui est... ? *Marissa ?*

Cette dernière garda la tête baissée et fit la révérence comme le voulait la coutume.

— Ma reine.

— Fritz, laissez-nous, je vous prie.

Un instant plus tard, Beth reprit :

— Voulez-vous entrer ?

Marissa hésita, puis elle franchit le seuil. Elle se sentit alors entourée de couleur et de chaleur. C'était incroyable. Mais elle ne pouvait pas lever la tête pour tout voir.

— Comment nous avez-vous trouvés ? s'enquit Beth.

— Le sang de votre... *hellren* s'attarde en moi. Je suis venue lui demander une faveur. Serait-ce vous offenser que de m'entretenir avec Kolher ?

À sa grande stupeur, Beth lui prit la main.

— Que s'est-il passé ?

Elle leva les yeux vers la reine et en eut le souffle coupé. Beth était sincèrement inquiète, voire alarmée. Être accueillie avec chaleur était déjà désarmant, surtout de la part de cette femelle qui était en droit d'avoir envie de la jeter dehors.

— Marissa, parlez-moi.

Par où commencer ?

— Je suis… euh… J'ai besoin d'un endroit où séjourner. Je n'ai nulle part où aller. J'ai été chassée et je suis…

— Arrêtez. Pas si vite. Que s'est-il passé ?

Marissa prit une profonde inspiration et lui livra une version condensée de l'histoire, sans citer Butch. Les mots affluèrent comme un bourbier et jaillirent sur le sol carrelé étincelant, souillant la splendeur qu'elle foulait de ses pieds. La honte lui serrait la gorge.

— Vous allez vous installer ici, déclara Beth quand elle eut terminé son récit.

— Juste pour une nuit.

— Aussi longtemps que vous le souhaiterez, fit Beth en serrant la main sur la sienne. Aussi longtemps que vous le souhaiterez.

Marissa ferma les yeux en s'efforçant de ne pas craquer. Elle entendit au loin le bruit régulier de grosses bottes descendant des marches couvertes d'un tapis.

La voix grave de Kolher résonna dans le vestibule de trois étages.

— Qu'est-ce qui se passe ici, bordel ?

— Marissa s'installe chez nous.

L'intéressée fit une nouvelle révérence, privée de toute fierté, aussi vulnérable que si elle était nue. Ne rien avoir et compter sur la pitié des autres était une étrange forme de terreur.

— Marissa, regarde-moi.

Le ton dur de Kolher lui était familier. C'était celui qu'il avait toujours employé avec elle, et qui l'avait crispée pendant trois cents ans. Au désespoir, elle regarda la porte ouverte sur le vestibule, même si elle n'avait officiellement plus le temps de sortir.

Les panneaux de bois se refermèrent vivement par la volonté du roi.

— Marissa, parle.

— Recule, Kolher ! ordonna la reine. Elle en a déjà suffisamment enduré pour ce soir. Havers l'a mise à la porte.

— *Comment ?* Mais pourquoi ?

Beth lui relata brièvement les faits. Entendre son histoire énoncée par une tierce personne n'en était que plus humiliant pour Marissa. Son regard se troubla, mais elle lutta pour ne pas pleurer.

Elle perdit la bataille en entendant Kolher déclarer :

— Quel imbécile ! Bien sûr qu'elle reste ici.

Elle s'essuya les yeux d'une main tremblante, capturant ses larmes entre ses doigts pour les chasser.

— Marissa ? Regarde-moi.

Elle releva la tête. Seigneur, Kolher n'avait pas changé. Un visage trop cruel pour être vraiment séduisant, ses lunettes de soleil panoramiques qui le rendaient encore plus intimidant. Elle nota distraitement que ses cheveux étaient bien plus longs que quand elle l'avait connu. Ils lui tombaient dans le creux de reins.

— Je suis content que tu sois venue ici.

Elle s'éclaircit la voix.

— Je vous serais reconnaissante de m'accueillir ici quelque temps.

— Où sont tes affaires ?

— Elles sont dans des cartons, chez moi… chez mon frère, enfin, chez Havers. En rentrant du Conseil des *princeps*, j'ai trouvé tous mes effets emballés. Ils peuvent rester là-bas jusqu'à ce que j'aie trouvé…

— Fritz !

Le *doggen* arriva en courant.

— Va chez Havers, lui ordonna Kolher, et récupère les affaires de Marissa. Tu ferais bien de prendre la camionnette et une autre paire de bras.

Fritz s'inclina et prit congé avec une promptitude étonnante pour un *doggen* de son âge.

Marissa chercha ses mots :

— Je… Je…

— Je vais vous montrer votre chambre, déclara Beth. Vous tombez de fatigue.

La reine entraîna Marissa vers le somptueux escalier. Marissa regarda par-dessus son épaule en s'éloignant. Kolher affichait une expression implacable, la mâchoire crispée.

— Vous êtes sûr ? demanda-t-elle en s'arrêtant.

Il la foudroya davantage.

— Ton frère a vraiment le don de m'énerver.

— Je ne voudrais pas vous déranger…

Kolher ne releva pas ses paroles.

— Il s'agit de Butch, n'est-ce pas ? V. m'a dit que tu étais allée voir le flic et que tu l'avais sorti du coma. Laisse-moi deviner… Havers n'a pas apprécié tes contacts trop étroits avec cet humain, je me trompe ?

Marissa ne put que hocher la tête.

— Je le répète, ton frère me prend vraiment la tête. Butch est des nôtres, même s'il ne fait pas partie de la Confrérie. Quiconque s'occupe de lui s'occupe aussi de nous. Donc tu vas t'installer ici pour le reste de ta putain de vie naturelle.

Kolher gagna le pied des marches.

— Cet enfoiré de Havers. Quel connard ! Je vais aller voir V. pour l'informer que tu es là. Butch n'est pas dans le coin mais V. saura où le trouver.

— Oh, non… Ce n'est pas la peine…

Le roi ne s'arrêta pas, il n'eut même pas la moindre hésitation. Nul ne lui disait ce qu'il avait à faire. Même si c'était pour lui demander de ne pas s'inquiéter.

— Bien, murmura Beth, au moins Kolher n'est pas armé en ce moment.

— Je m'étonne qu'il soit aussi offusqué.

— Vous plaisantez ? Le comportement de Havens est affligeant. Vous mettre à la porte juste avant l'aube ? Enfin, venez vous installer.

Marissa hésitait encore.

— Vous m'accueillez avec tant de bonté. Comment pouvez-vous être si…

— Marissa, dit Beth en rivant sur elle ses yeux bleu marine. Vous avez sauvé l'homme que j'aime. Quand il a été blessé et que mon sang n'était pas assez fort, vous l'avez maintenu en vie en lui donnant votre poignet. Alors soyons claires : je ferais n'importe quoi pour vous.

À l'aube, la lumière du jour inonda le loft. Butch se réveilla excité, ses hanches allant et venant contre les draps de satin. Il était en nage, les nerfs à fleur de peau, son sexe palpitant en érection.

Groggy, troublé, il ne distinguait plus la réalité et ce qu'il espérait être vrai. Il baissa la main, défit sa ceinture et glissa la main dans son caleçon.

Des images de Marissa tournoyaient dans sa tête, en partie le fantasme dans lequel il s'était perdu avec bonheur et en partie les souvenirs de son contact. Sa main trouva le rythme. Il ne savait plus qui le caressait… Peut-être était-ce elle… Bordel, si seulement c'était elle…

Il ferma les yeux et se cambra en arrière. *Oh, oui… C'était si bon.*

Mais il se réveilla.

En se rendant compte de ce qu'il était en train de faire, il s'emporta contre lui-même et contre la situation en général. Il manipula son sexe avec brutalité jusqu'à ce qu'il éjacule en se maudissant. Il ne pouvait même pas appeler ça un orgasme. C'était plutôt comme si sa queue venait de cracher un juron.

Ivre d'angoisse, il se prépara au pire et regarda sa main.

Puis il soupira de soulagement : il y avait au moins une chose qui était redevenue normale.

Il ôta son pantalon et s'essuya sur son caleçon, puis il se rendit dans la salle de bains pour prendre une douche. Il ne pensait qu'à Marissa. Elle lui manquait cruellement. C'était une douleur, un besoin irrépressible qui lui rappelait lorsqu'il avait arrêté de fumer, l'année précédente.

Et merde. Il n'existait pas de patch pour ça.

Quand il émergea de la salle de bains, une serviette autour de la taille, son nouveau portable sonnait. Il fouilla parmi les oreillers et finit par le dénicher.

— Ouais, V. ? fit-il d'une voix rauque.

Il avait toujours une voix de merde le matin, et ce jour-là ne faisait pas exception. On aurait dit le bruit d'un moteur récalcitrant.

Cela faisait donc deux éléments normaux en sa faveur.

— *Marissa vient d'emménager.*

— Quoi ? s'exclama-t-il en s'écroulant sur le lit. Qu'est-ce que tu racontes, bordel ?

— *Havers l'a foutue à la porte.*

— À cause de moi ?

— *Oui.*

— Le salaud !

— *Elle est là, dans le complexe, alors ne t'en fais pas pour sa sécurité. Mais elle est sacrément secouée.*

Un long silence s'installa.

— *Flic ? T'es toujours là, mon pote ?*

— Oui.

Butch se laissa aller sur le matelas. Il avait tellement besoin d'aller la voir que les muscles de ses cuisses étaient agités de spasmes.

— *Comme je te le disais, elle va bien. Tu veux que je te l'amène, ce soir ?*

Butch posa une main sur ses yeux. L'idée que quelqu'un ait fait du mal à Marissa le rendait complètement dingue. Au point d'en devenir violent.

— *Butch ? Allô ?*

En se couchant dans le lit à baldaquin, Marissa remonta les couvertures jusqu'à son menton. Si seulement elle n'était pas nue… Le problème, c'était qu'elle n'avait aucun vêtement de rechange.

Certes, personne ne viendrait la déranger, mais cette nudité lui semblait… inconvenante. Scandaleuse. Même si personne n'en saurait jamais rien.

Elle observa les alentours. On lui avait attribué une chambre ravissante. Murs, rideaux, fauteuils, tout était décoré de toile de Jouy bleu pâle, avec un motif pastoral représentant une dame face à son prétendant agenouillé.

Ce n'était pas exactement ce qu'elle avait envie de voir. Le spectacle de ces deux amants français l'oppressait. Elle les entendait presque répéter à l'infini une scène qu'elle ne vivait pas avec Butch. Qu'elle ne vivrait jamais avec lui…

Pour résoudre le problème, elle éteignit la lumière et ferma les yeux. Cette version oculaire des boules Quies agit comme par miracle.

Par la Vierge, quel gâchis ! Et la situation risquait d'empirer, Dieu seul savait comment. Fritz et deux autres *doggen* étaient partis chez son frère, enfin chez Havers. Elle s'attendait presque à les voir revenir bredouilles. Havers avait peut-être préféré se débarrasser de ses affaires entre-temps, comme il s'était débarrassé d'elle…

Allongée dans le noir, elle réfléchit aux vestiges de sa vie, cherchant ce qui pouvait encore servir et ce qu'elle devait considérer comme perdu à jamais. Elle ne trouvait que des déchets déprimants, un mélange confus de mauvais souvenirs qui ne l'aidaient en rien. Elle n'avait absolument aucune idée de ce qu'elle voulait faire ni de l'endroit où elle voulait se rendre.

Et c'était logique, non ? Elle avait passé trois siècles à espérer qu'un mâle la remarque. Trois siècles à tenter de s'intégrer à la *glymera*. Trois siècles d'efforts désespérés pour être la sœur de quelqu'un, la fille de quelqu'un, la compagne de quelqu'un…

Ces attentes avaient été les lois physiques qui avaient régi sa vie, plus envahissantes et paralysantes que la gravité elle-même.

Où ces efforts l'avaient-ils menée ? Elle se retrouvait orpheline, célibataire, souillée.

Bon, sa règle n° 1 pour le reste de ses jours serait : ne plus chercher à se définir par le regard des autres. Elle n'avait peut-être pas la moindre idée de qui elle était, mais mieux valait être perdue et en quête que placée dans une case sociale par quelqu'un d'autre.

Le téléphone se mit à sonner sur la table de chevet. Elle sursauta. Au bout de cinq sonneries, elle décrocha, uniquement pour les faire taire.

— Allô ?

— *Madame ?* fit un *doggen. Vous avez un appel de notre maître Butch. Je vous le passe ?*

Oh, génial. Donc il était au courant.

— *Madame ?*

— Euh… Oui, d'accord.

— *Très bien. Je lui ai indiqué votre numéro direct. Ne quittez pas, je vous prie.*

Il y eut un cliquetis, puis une voix éraillée caractéristique se fit entendre.

— *Marissa ? Tu vas bien ?*

Pas vraiment, songea-t-elle, mais cela ne le regardait pas.

— Oui, merci. Beth et Kolher sont très charitables.

— *Écoute, je veux te voir.*

— Ah bon ? Puis-je en conclure que tous tes problèmes ont disparu comme par magie ? Tu dois être ravi d'être redevenu normal. Félicitations.

Il jura.

— *Je m'inquiète pour toi.*

— C'est gentil, mais…

— *Marissa…*

— Il ne faudrait pas me mettre en danger, si ?

— *Écoute, je…*

— Alors tu ferais mieux de rester à distance pour qu'il ne m'arrive aucun mal.

— *Bordel, Marissa ! On s'en fout, de tout ça !*

Elle ferma les yeux, furieuse contre le monde entier et contre son frère et elle-même. Et contre Butch parce qu'il s'emportait. Cette conversation était une grenade dégoupillée sur le point d'exploser.

— J'apprécie que tu prennes de mes nouvelles, fit-elle à voix basse, mais je vais bien.

— *Merde…*

— Oui, je pense que ce terme décrit parfaitement la situation. Au revoir, Butch.

En raccrochant, elle se rendit compte qu'elle tremblait de tous ses membres.

Le téléphone se remit aussitôt à sonner. Elle foudroya la table de chevet du regard. Elle se pencha pour arracher la prise d'un geste vif.

Elle se recoucha sous les couvertures et roula sur le côté. Jamais elle n'arriverait à s'endormir, mais elle ferma les yeux.

En fulminant dans le noir, elle parvint à une conclusion : même si elle était… dans la merde, pour reprendre la description éloquente de Butch, elle pouvait se dire qu'être en colère valait toujours mieux que d'être prise de panique.

Vingt minutes plus tard, sa casquette des Sox enfoncée sur la tête et muni de ses lunettes de soleil, Butch se dirigea vers une Honda Accord vert foncé de 2003. Il scruta les alentours. Personne. Il n'y avait pas de fenêtre donnant sur la ruelle. Pas de voitures sur la 9e Rue.

Il ramassa une pierre et brisa la vitre du côté conducteur. L'alarme retentit aussitôt. Il s'écarta de la voiture et se tapit dans l'ombre. Personne ne se précipita et le bruit se tut.

Il n'avait pas volé une voiture depuis ses seize ans, quand il était un délinquant dans le sud de Boston, mais il était de nouveau dans le coup, apparemment. Il s'approcha posément, ouvrit la portière et monta. Ensuite, tout se déroula de façon rapide et efficace, ce qui tendait à prouver qu'il n'avait pas perdu la main : il arracha le panneau situé sous le tableau de bord et mit les bons fils en contact. Vroum !

Butch ôta les débris de verre d'un coup de coude et démarra tranquillement. Il avait presque les genoux sous le menton. Il recula le siège au maximum. Puis il posa le bras à la fenêtre de façon décontractée, comme s'il profitait de l'air frais de ce début de printemps.

Il actionna le clignotant et s'arrêta net en arrivant au stop au bout de la ruelle. Quand on volait une voiture et qu'on n'avait pas ses papiers sur soi, respecter le code de la route à la lettre était essentiel.

Il tourna à gauche et descendit la 9ᵉ Rue, se sentant un peu coupable pour le type qu'il venait d'entuber royalement. Se faire piquer sa voiture était très pénible. Au premier feu rouge, il ouvrit la boîte à gants. La voiture appartenait à une certaine Sally Forrester, 1247 Barnstable Street.

Il se jura de lui rendre sa Honda dès que possible et de lui laisser quelques milliers de dollars en dédommagement de la vitre brisée.

À ce propos… Il se regarda dans le rétroviseur. Il avait vraiment une sale gueule. Mal rasé, tuméfié… Il redressa le rétroviseur avec un juron pour ne plus avoir cette horreur sous les yeux.

Hélas, il avait encore un aperçu très net de ce qui se passait.

Lui et sa tronche de punching-ball quittèrent la ville à bord de l'Accord de Sally Forrester. Il était un peu gêné, c'était une situation qu'il n'appréciait pas du tout. Il avait toujours vacillé entre le bien et le mal sans hésiter à contourner les règles à son avantage. Putain, il en avait tabassé des suspects, pour les faire parler. Il avait fermé les yeux à l'occasion pour obtenir un tuyau sur une affaire. Il avait pris de la drogue même après avoir intégré la police, du moins jusqu'à ce qu'il arrête la coke.

Les deux seules choses qu'il avait refusées en service, c'étaient les pots-de-vin et les faveurs sexuelles.

Ce qui faisait sans doute de lui un héros.

Et à présent ? Il poursuivait une femelle dont la vie était déjà un chaos. Histoire de s'ajouter aux emmerdes qui pleuvaient déjà sur elle.

Mais il ne pouvait pas s'en empêcher. Il avait rappelé Marissa à de nombreuses reprises, et il n'avait pas pu se retenir de prendre la route. Elle l'obsédait déjà. À présent, il était possédé. Il avait besoin de voir si elle allait bien et… Il se disait qu'il en profiterait pour s'expliquer un peu plus clairement.

Toutefois, il y avait un aspect positif. Il semblait vraiment normal à l'intérieur. Dans le repaire de V., il s'était fait une entaille dans le bras à l'aide d'un couteau parce que, en dépit des résultats de ses branlettes, il devait vérifier la couleur de son sang. Il était rouge, Dieu merci.

Il prit une profonde inspiration, puis fronça les sourcils. Il se pencha vers son biceps et renifla. Qu'est-ce que c'était encore que cette odeur ? Même avec le vent qui s'engouffrait dans la voiture et dans ses vêtements, il décelait encore quelque chose, et ce n'était pas cette merde de talc si écœurant qui avait fini par s'atténuer. Il dégageait autre chose.

Bordel. Ces derniers temps, son corps n'était qu'un désodorisant d'intérieur qui ne savait pas ce qu'il faisait. Mais au moins il aimait bien ce parfum épicé…

Ouah. Ce ne pouvait pas être… Non, ce n'était pas ça. Impossible.

Il sortit son portable et appela V.

— Attention, fit-il dès qu'il entendit le « Allô » de V. J'arrive.

Il y eut un souffle, comme si Viszs venait de se réveiller.

— *Ça ne m'étonne pas. Mais comment tu viens ?*

— Dans la Honda de Sally Forrester.

— Qui c'est, celle-là ?

— Aucune idée. J'ai volé la bagnole. Écoute, y a rien de bizarre. Enfin, rien du style éradiqueur. J'ai besoin de voir Marissa.

Un long silence s'installa.

— Je te ferai entrer par la grille. Bordel, ça fait soixante-dix ans que la brhume *maintient les tueurs à distance, alors ils ne risquent pas de te retrouver ici. Et je ne crois pas que tu viennes t'en prendre à nous. À moins que j'aie perdu la boule.*

— Évidemment que non.

Butch redressa sa casquette des Sox. Il sentit encore cette odeur quand son poignet passa devant son nez.

— Euh… V… Écoute, il m'arrive un truc un peu étrange quand même.

— Quoi ?

— Je sens l'eau de toilette pour homme.

— Tant mieux pour toi. Les femelles aiment ça.

— Viszs, je sens Obsession pour homme, seulement je n'en porte pas, tu saisis ?

V. ne dit rien, puis il reprit :

— Les humains ne se lient pas.

— Ah, vraiment. Tu veux expliquer ça à mon système nerveux et à mes glandes sudoripares ? Ils vont apprécier la nouvelle, j'en suis certain.

— Tu t'en es rendu compte après avoir passé du temps avec elle dans la chambre de la clinique ?

— C'est pire depuis, mais je crois que j'ai déjà dégagé un parfum semblable une fois.

— Quand ?

— Quand je l'ai vue monter en voiture avec un mâle.

— Il y a combien de temps ?

— Environ trois mois. J'ai sorti un Glock en voyant ça.

Silence.

— Butch, les humains ne se lient pas comme nous.

— Je sais.

Encore le silence.

— *Il y a des chances que tu aies été adopté ?*

— Non. Et il n'y a pas de canines dans la famille, si c'est à ça que tu penses. V., mon vieux, j'ai bu un peu de toi. Tu es certain que je ne suis pas devenu…

— *La génétique est le seul moyen de savoir. Cette histoire de morsure, c'est que des conneries, du folklore. Écoute, je te fais entrer par la grille et on discutera quand tu auras vu Marissa. Et fais gaffe. Kolher n'hésitera pas à travailler les éradiqueurs pour savoir ce qu'ils t'ont fait. Mais il ne veut pas que tu sois impliqué.*

Butch agrippa le volant.

— Merde. J'ai passé des heures à mériter le droit de me venger, V. J'ai versé mon *sang* pour avoir le droit de tabasser ces enfoirés et obtenir moi-même des réponses.

— *Kolher…*

— Est un type bien, mais c'est pas mon roi. Alors il peut oublier.

— *Il veut simplement te protéger.*

— Dis-lui que je n'ai pas besoin de ça.

V. lâcha quelques phrases amères dans la langue ancienne.

— *D'accord*, maugréa-t-il.

— Merci.

— *Encore un détail, flic. Marissa est invitée par la Confrérie. Si elle refuse de te voir, tu devras dégager, c'est compris ?*

— Si elle refuse de me voir, je partirai de moi-même. C'est juré.

Chapitre 17

En entendant frapper à sa porte, Marissa ouvrit les paupières et consulta son réveil. Dix heures du matin, et elle n'avait pas dormi. Seigneur, elle était épuisée.

Mais c'était peut-être Fritz qui lui apportait des nouvelles de ses affaires…

— Oui ?

La porte s'ouvrit et révéla une grande ombre sombre coiffée d'une casquette de base-ball.

Marissa se redressa en couvrant ses seins nus.

— Butch ?

— Salut, dit-il en ôtant sa casquette.

Il la froissa dans une main, tout en se frottant les cheveux de l'autre. Marissa alluma une chandelle.

— Qu'est-ce que tu fais là ? lui demanda-t-elle.

— Euh… Je voulais m'assurer en personne que tu allais bien. Surtout que ton téléphone… (Il haussa les sourcils comme s'il venait de remarquer la prise arrachée.) Enfin, il ne fonctionne pas. Je peux entrer une minute ?

Elle respira profondément. Elle ne sentait que lui. Son parfum lui envahit les narines et se propagea dans tout son corps.

Le salaud, songea-t-elle. *L'irrésistible salaud.*

— Marissa, je ne vais pas te déranger, c'est promis. Et je sais que tu es fâchée. Mais on peut discuter un peu, non ?

— D'accord, concéda-t-elle. Mais ne crois pas que cela va résoudre quoi que ce soit.

Dès qu'il fit un pas vers elle, Marissa comprit que c'était une mauvaise idée. S'il voulait bavarder, mieux valait qu'elle le rejoigne en bas. Après tout, il était très viril. Et elle était nue. Ils se retrouvaient… enfermés dans une chambre, tous les deux…

Bravo ! Bien joué, Marissa. La prochaine fois, elle n'avait qu'à sauter par la fenêtre.

Butch s'appuya contre la porte qu'il venait de refermer.

— D'abord, est-ce que tu es bien, ici ?

— Oui, répondit-elle, terriblement mal à l'aise. Butch…

— Je suis désolé de l'avoir jouée Humphrey Bogart, genre macho, reprit-il avec une grimace sur son visage tuméfié. Je ne te pense en rien incapable de te débrouiller toute seule. Mais je suis mort de trouille, et je ne supporte pas l'idée qu'on puisse te faire du mal.

Marissa le dévisagea. C'était atroce. S'il poursuivait sur cette voie, il était capable de l'émouvoir avec ses excuses contrites.

— Butch…

— Attends, je t'en prie… Écoute-moi jusqu'au bout. Ensuite, je m'en irai.

Il respira profondément sous son élégant manteau noir.

— Te tenir à l'écart de moi me semble le meilleur moyen d'assurer ta sécurité. Mais c'est parce que je suis dangereux, pas parce que je suis faible. Je sais que tu n'as pas besoin d'être protégée ou d'avoir une sorte de tuteur.

Un long silence s'installa entre eux, puis elle murmura :

— Prouve-le, Butch. Dis-moi ce qui s'est vraiment passé. Tu n'as pas eu d'accident de voiture, n'est-ce pas ?

Il se frotta les yeux.

— J'ai été agressé par des éradiqueurs. (Elle retint son souffle. Il poursuivit aussitôt.) Rien de grave, franchement…

Elle leva une main.

— Arrête. Raconte-moi tout ou rien du tout. Je ne veux pas d'une vérité partielle. Ce serait dégradant pour nous deux.

Il jura et se frotta de nouveau les yeux.

— Butch, parle ou sors d'ici.

— D'accord… d'accord…

Il fixa ses yeux noisette sur Marissa.

— D'après ce qu'on sait, j'ai été interrogé pendant douze heures.

Elle crispa les doigts sur le drap.

— Interrogé… Comment ?

— Je ne me rappelle pas grand-chose, mais au vu des dégâts, je dirais que c'était un interrogatoire classique.

— Classique ?

— Électrochocs, coups de poing, objets sous les ongles…

Il s'arrêta là, mais Marissa devinait que la liste était encore longue.

Elle sentit un goût de bile dans sa bouche.

— Oh… Mon Dieu…

— N'y pense pas. C'est terminé. La page est tournée.

Par la Vierge de l'Estompe… Comment pouvait-il affirmer une chose pareille ?

— Pourquoi… ?

Elle se racla la gorge. Elle avait voulu connaître toute l'histoire, alors il valait mieux lui prouver qu'elle était capable d'encaisser.

— Et la quarantaine ? s'enquit-elle.

— Ils ont introduit quelque chose en moi, répondit-il en déboutonnant sa chemise pour lui montrer sa plaie noire. V. m'a trouvé quasiment mort dans les bois et il a retiré ce que j'avais dans le ventre. Mais maintenant, je suis… comme lié aux éradiqueurs.

En la voyant se crisper, il lâcha sa chemise.

— Oui, les tueurs, Marissa. Ceux qui cherchent à exterminer ton espèce. Alors crois-moi, mon besoin de savoir la vérité n'est pas une lubie, une connerie du genre « je cherche mon moi profond ». Tes ennemis ont manipulé mon corps. Ils ont placé quelque chose à l'intérieur de moi.

— Es-tu… l'un d'eux ?

— Je ne veux pas l'être. Et je ne veux pas te faire de mal, ni à personne d'autre. Mais c'est là le problème. Il y a trop de choses que j'ignore.

— Butch, laisse-moi t'aider.

Il jura.

— Et si…

— Il n'y a pas de « et si », affirma-t-elle en respirant profondément. Je ne te mentirai pas : j'ai peur. Mais je refuse de te tourner le dos et tu es fou de chercher à m'y inciter.

Il secoua la tête, le regard plein de respect.

— Tu as toujours été aussi courageuse ?

— Non. Mais il semble que je le devienne, pour toi. Tu acceptes que je t'aide ?

— Je le voudrais bien. J'en ai besoin.

Mais il mit un certain temps avant de traverser la pièce.

— Je peux m'asseoir à côté de toi ?

Marissa acquiesça. En s'installant, il fit ployer le matelas sous son poids et le corps de Marissa glissa vers lui. Il l'admira longuement avant de lui prendre la main. Seigneur, sa paume était si large, si puissante…

Il se pencha et effleura ses doigts de ses lèvres, puis il se frotta la bouche.

— Je veux m'allonger près de toi. Pas pour coucher avec toi. Rien de tout ça. Juste pour…

— Oui.

Dès qu'il se leva, elle souleva le drap, mais il secoua la tête.

— Je reste au-dessus.

Il ôta son manteau et s'étendit près d'elle. Puis il l'attira contre lui et l'embrassa sur la tête.

— Tu sembles très fatiguée, déclara-t-il à la lueur de la chandelle.

— Je suis épuisée.

— Alors dors et laisse-moi veiller sur toi.

Elle se blottit contre son grand corps et soupira. C'était si bon de poser la tête sur son torse et de sentir sa chaleur, son parfum si proche. Il lui caressa doucement le dos. Elle s'endormit bientôt. Elle ne s'en rendit compte que lorsqu'elle se réveilla en sentant le mouvement du lit.

— Butch ?

— Il faut que je parle à Viszs, dit-il en lui embrassant le dos de la main. Repose-toi. Je n'aime pas te voir aussi pâle.

— Ne me paterne pas, prévint-elle en esquissant un sourire.

— Ce n'était qu'une suggestion, répondit-il avec un sourire en coin. Et si on se retrouvait avant le Premier Repas ? Je t'attendrai en bas, dans la bibliothèque.

Elle acquiesça. Il se pencha et passa un doigt sur sa joue. Puis il contempla ses lèvres. Aussitôt, son parfum s'intensifia.

Leurs regards se croisèrent.

En moins d'une seconde, le désir naquit dans les veines de Marissa, une sorte de brûlure, un besoin ardent. Elle porta inconsciemment les yeux de son visage à son cou. Ses canines se mirent à palpiter tandis que la réalité faisait place à un pur instinct. Elle avait envie de percer sa veine épaisse, de s'y nourrir, et elle voulait qu'il lui fasse l'amour pendant qu'elle buvait.

Un désir de sang.

Oh, seigneur. Voilà pourquoi elle était si fatiguée. Elle n'avait pas réussi à se nourrir de Vhengeance, l'autre soir. Puis il y avait eu l'hospitalisation de Butch, son départ, et cette histoire avec Havers.

Mais toutes ces raisons n'avaient guère d'importance, pour l'heure. Elle ne connaissait plus que sa faim.

Elle entrouvrit les lèvres et se pencha…

Que se passerait-il si elle se nourrissait de lui ?

Eh bien, c'était facile : elle le saignerait à blanc en cherchant à se satisfaire, car le sang humain était très pauvre. Elle le tuerait.

Mais ce serait si bon…

Elle fit taire son désir de sang et, par la force de sa volonté, glissa les bras sous le drap.

— À ce soir.

Butch se redressa, le regard vague, en posant les mains sur son bas-ventre, comme pour dissimuler une érection. Naturellement, elle n'en eut que plus envie de se jeter à son cou.

— Prends soin de toi, Marissa, fit-il à voix basse.

— Butch ? fit-elle alors qu'il se trouvait sur le seuil.

— Oui ?

— Je ne te considère pas comme un être faible.

Il parut intrigué, comme s'il se demandait pourquoi elle disait cela.

— Moi non plus. Dors bien, ma belle. À tout à l'heure.

Une fois seule, elle attendit que sa faim se dissipe, ce qui se produisit. Elle reprit espoir. Avec tout ce qui se passait en ce moment, elle aurait aimé mettre de côté sa soif. Se rapprocher de Vhengeance lui semblait être une mauvaise idée.

Chapitre 18

Van roulait vers le centre-ville tandis que la nuit tombait sur Caldwell. Après avoir quitté l'autoroute, il s'engagea sur une route d'accès peu praticable vers le fleuve, manœuvrant son camion parmi les ornières, sous le grand pont de la ville. Il s'arrêta sous un pilier sur lequel « F-8 » était peint à la bombe orange. Il descendit de son véhicule et scruta les alentours.

Au-dessus de lui, la circulation était intense : des semi-remorques roulaient dans un grondement de tonnerre au milieu des coups de klaxons. En contrebas, au niveau du fleuve, l'Hudson était presque aussi assourdissant que le trafic. Pour la première fois, la journée avait apporté la promesse d'une douceur printanière, et la fonte des neiges rendait le courant puissant.

Le flux gris sombre ressemblait à de l'asphalte liquide et sentait la terre.

Il observa les lieux, l'instinct en alerte. Putain, il ne faisait jamais bon se trouver seul sous un pont, surtout à la tombée de la nuit.

Merde, il n'aurait jamais dû venir. Il se tourna vers son véhicule.

Xavier surgit des ombres.

— Content que tu sois venu, fiston.

Van dissimula son étonnement. Ce type avait tout d'un fantôme.

— On ne pouvait pas faire ça au téléphone ?

C'était foireux, ça, songea-t-il, avant de reprendre :

— J'ai pas que ça à faire, moi, bordel.

— J'ai besoin de ton aide.

— Je t'ai dit que j'étais pas intéressé.

— C'est vrai, tu me l'as dit, fit Xavier en esquissant un sourire.

Van entendit un bruit de pneus crissant sur le gravier. Il se tourna vers la gauche. Le break Chrysler Town & Country dorée si banale s'arrêta juste à côté de lui.

Sans quitter Xavier des yeux, Van glissa la main dans sa poche et posa un doigt sur la détente de son 9 mm. S'ils cherchaient à le buter, il ne tomberait pas sans se battre.

— Il y a quelque chose pour toi à l'arrière, fiston. Vas-y, ouvre. (Il y eut un silence.) Tu as peur, Van ?

— Merde.

Il s'approcha, prêt à tirer. Mais en faisant coulisser la portière arrière, il recula d'un bond. Son frère Richard était ligoté à l'aide de fil de nylon, de l'adhésif sur la bouche et les yeux.

— Bordel, Rich...

Lorsqu'il tendit la main, il entendit quelqu'un armer un pistolet et il leva les yeux vers le conducteur du monospace. Le salaud aux cheveux clairs qui se trouvait au volant pointait sur lui ce qui ressemblait à un Smith & Wesson.

— J'aimerais que tu reconsidères ma proposition, déclara Xavier.

Au volant de la Honda de Sally Forrester, Butch jura en tournant à gauche à un feu rouge. Une voiture de la police de Caldwell était garée devant le *Stewart's*, à l'angle de Framingham et Hollis. Se balader dans une voiture volée avec 2 000 dollars en cash n'était pas la situation la plus rassurante.

Heureusement il avait des renforts. V. le talonnait avec l'Escalade, tandis qu'ils se dirigeaient vers l'adresse de Barnstable Street.

Neuf minutes trente plus tard, Butch trouva le petit paradis de Sally. Il éteignit les phares et laissa l'Accord s'arrêter doucement, puis il sépara les fils pour couper le moteur. La maison était plongée dans le noir. Il se rendit vers la porte d'entrée et glissa l'enveloppe de billets dans la boîte aux lettres. Puis il se hâta vers l'Escalade. Il ne se souciait pas d'être surpris dans cette rue tranquille. Si on lui posait des questions, V. se livrerait à un effacement mental.

Il se figea au moment de monter dans le 4 x 4, traversé par une sensation étrange.

Son corps se mit à vibrer sans raison apparente, comme s'il avait un portable en pleine poitrine.

La rue… la rue. Il fallait qu'il descende cette rue.

Oh non ! Des éradiqueurs.

— Qu'est-ce que tu as, flic ?

— Je les sens. Ils sont proches.

— On y va, alors.

Viszs quitta le volant. Ils fermèrent doucement les portières. V. enclencha l'alarme. Les phares clignotèrent avant de s'éteindre.

— Continue, flic. Voyons où ça nous mène.

Butch commença en marchant, puis se mit à trottiner.

Ils coururent ensemble dans l'ombre de ce quartier tranquille, demeurant hors de portée de la lumière des porches et des réverbères. Ils traversèrent un jardin et contournèrent une piscine avant de se faufiler devant un garage.

Le quartier se fit plus miteux. Des chiens aboyèrent. Une voiture passa, feux éteints, diffusant du rap. Ils longèrent une habitation abandonnée, puis un terrain vague. Ils atteignirent enfin une maison d'un étage, décrépie, datant des années 1970. Elle était entourée d'une clôture en bois de deux mètres cinquante.

— Ici, fit Butch en cherchant une porte.

— Je te fais la courte échelle, flic.

Butch saisit le haut de la clôture et leva une jambe. V. le projeta par-dessus comme s'il lançait le journal du matin. Butch atterrit en position accroupie.

Ils étaient là. Trois éradiqueurs. Deux d'entre eux traînaient un mâle par les bras hors de la maison.

Butch s'emporta aussitôt. Il était fou de rage à cause de ce qu'on lui avait fait et mort d'inquiétude pour Marissa. Emprisonné dans sa nature humaine. Et son agressivité se focalisa sur ces tueurs.

Mais V. se matérialisa à côté de lui et le saisit par l'épaule. Au moment où Butch se retournait pour lui dire d'aller se faire foutre, Viszs persifla :

— Tu peux les prendre, mais en silence. Il y a des yeux partout et sans Rhage, je dois me battre sur tous les fronts. Donc je ne peux pas déclencher de *brhume*. Cette fois, je ne pourrai rien masquer.

Butch regarda son ami et se rendit compte que c'était la première fois qu'il avait carte blanche pour se battre.

— Pourquoi tu me laisses faire maintenant ?

— On doit déterminer avec certitude de quel côté tu te trouves, répondit V. en sortant une dague. Et voilà comment on va le savoir. Alors je prends les deux qui sont avec le civil et tu te charges de l'autre.

Butch hocha la tête et se rua en avant. Il sentait un grondement intense entre ses oreilles, puis dans tout son corps. Il allait s'attaquer à l'éradiqueur sur le point d'entrer dans la maison. Celui-ci se retourna, comme s'il l'avait entendu s'approcher.

Ce salaud parut juste agacé tandis que Butch se précipitait vers lui.

— Il était temps que les renforts arrivent, commenta le tueur en tournant les talons. Il y a deux femelles là-dedans. La blonde est vraiment chaude, alors je la veux…

Butch lui sauta dessus par-derrière et effectua une torsion en lui maintenant la tête et les épaules. C'était comme monter un cheval de rodéo. Le tueur devint fou de rage et pivota pour tenter d'attraper Butch par les jambes et les bras. Comme il n'y arrivait pas, il se projeta contre la maison, si fort que le revêtement en aluminium se bossela.

Butch ne lâcha pas prise, son avant-bras plaqué sur l'œsophage de l'éradiqueur, son autre main lui tirant le poignet en arrière.

Il enroula les jambes autour des hanches de l'ennemi pour avoir une meilleure prise et croisa les chevilles. Puis il serra les cuisses.

Cela lui prit un moment, mais le mort-vivant finit par s'écrouler, terrassé par l'asphyxie et l'épuisement.

Sauf que le temps que les genoux de l'éradiqueur aient commencé à fléchir, Butch avait eu l'impression d'être une balle de flipper, tant il avait été fracassé contre le mur de la maison puis le chambranle de la porte. Il s'était aussi fait secouer dans l'espace réduit du hall. Son cerveau avait tournoyé dans son crâne et il avait les boyaux en compote. Mais jamais il n'aurait cédé, bordel. Plus il avait occupé l'éradiqueur, plus ces femelles avaient eu de chances de s'échapper…

Jusqu'à ce que, oh merde, il percute d'un coup. Tout s'était mis à tourner. Il avait été le premier à toucher terre. L'éradiqueur s'était écroulé sur lui.

Ce qui n'était pas la meilleure place, car Butch n'arrivait plus à respirer.

Il tendit une jambe contre le mur et s'extirpa de sous l'éradiqueur en s'appuyant sur son torse. Hélas, ce salaud se tordit lui aussi, et ils se mirent à rouler sur l'horrible tapis orange. Butch était à bout de forces.

Le tueur le retourna sans effort, de sorte qu'ils se trouvèrent face à face, puis il l'immobilisa d'une prise de soumission.

D'accord… Le moment était idéal pour une intervention de V.

Mais l'éradiqueur plongea ses yeux dans ceux de Butch et tout ralentit, ralentit, puis s'arrêta. Net.

Un autre genre d'étau unit leurs regards. Cette fois Butch menait la danse, même s'il se trouvait en dessous. L'éradiqueur était immobilisé et Butch suivit son instinct.

Il ouvrit donc la bouche et se mit à inspirer doucement.

Mais il n'avalait pas de l'air. Il avalait le tueur. Il l'absorbait, le consumait. Comme auparavant dans la ruelle, mais personne ne vint interrompre le processus. Butch aspira sans s'arrêter.

Une ombre noire fluide passa des yeux, du nez, de la bouche de l'éradiqueur, à l'intérieur de Butch.

Il eut l'impression d'être un ballon qui s'emplissait de brouillard, comme s'il endossait le manteau de l'ennemi.

Quand ce fut terminé, le corps du tueur se désintégra en cendres, fin nuage de particules grises qui tombèrent sur le visage de Butch, sa poitrine et ses jambes.

— Bordel de merde.

Au désespoir, Butch tourna la tête. V. était penché dans l'entrée, accroché au chambranle comme si la maison le maintenait debout.

— Bon sang.

Butch roula sur le côté. L'affreux tapis lui gratta la joue. Il était pris d'une violente nausée et sa gorge le brûlait comme s'il avait picolé du scotch pendant des heures. Pire encore, le Mal était de retour en lui et coulait dans ses veines.

En respirant par le nez, il sentit le talc et sut que c'était lui, et non une trace de l'éradiqueur.

— V..., souffla-t-il, qu'est-ce que je viens de faire ?

— J'en sais rien, flic. Je n'en ai aucune idée.

Vingt minutes plus tard, Viszs monta dans l'Escalade avec son ami et verrouilla les portières. Il composa un numéro sur son portable tout en observant Butch. Le flic semblait malade à crever sur le siège passager, comme s'il avait à la fois le mal de mer, un problème de décalage horaire et la grippe. Il empestait le talc qui semblait transpirer par tous ses pores.

Viszs démarra le 4x4 pendant que le téléphone sonnait. Il pensa à Butch en train d'aspirer l'éradiqueur. Pour reprendre une expression du flic : *Par la Vierge Marie, mère de Dieu.*

Cette aspiration était une sacrée arme. Mais les complications étaient nombreuses.

V. se tourna de nouveau vers lui. Il comprit qu'il cherchait à se rassurer lui-même en vérifiant que Butch ne le regardait pas à la façon d'un éradiqueur.

Merde.

— Kolher ? fit V. au téléphone. Écoute, je… Merde… Notre ami vient de consumer un éradiqueur. Non, pas Rhage. Butch. Oui. *Butch.* Comment ? Non, je l'ai vu… le consumer. Je ne sais pas comment, mais l'éradiqueur a été réduit en poussière. Non, pas de couteau. Il l'a respiré. Écoute, par simple précaution, je vais l'emmener chez moi pour qu'il dorme. Ensuite je rentre à la maison, d'accord ? Bien… Non, je n'ai aucune idée de la façon dont il s'y est pris. Mais je te fournirai tous les détails en arrivant au complexe. Oui. Bien. Oh, bon Dieu… Oui ! Je vais *bien*. Arrête de me demander ça. À plus tard.

Il raccrocha et jeta le téléphone sur le tableau de bord. La voix de Butch lui parvint, faible et rauque.

— Je suis content que tu me ramènes pas à la maison.

— Je préférerais ça, tu sais.

V. alluma une cigarette et aspira fortement. Il entrouvrit la vitre pour souffler la fumée.

— Flic, comment tu as su que tu étais capable de faire ça ?

— Je le savais pas, fit Butch en toussotant comme s'il avait la gorge irritée. Donne-moi une de tes dagues.

— Pourquoi ? demanda V., soupçonneux.

— Donne-la-moi, c'est tout.

Face à l'hésitation de V., Butch secoua tristement la tête.

— Je ne vais pas t'agresser, je le jure sur ma mère.

Ils arrivèrent à un feu rouge. V. déplaça sa ceinture de sécurité pour sortir l'une de ses dagues de son fourreau de poitrine. Il la tendit à Butch par la lame, puis regarda la route. Quand il se retourna vers son ami, celui-ci avait remonté sa manche et s'entaillait la face interne de l'avant-bras. Tous deux observèrent ce qui en sortit.

— Mon sang est de nouveau noir.

— Eh bien… Ce n'est pas étonnant.

— Je sens l'éradiqueur, aussi.

— Oui.

V. n'aimait pas du tout la façon dont Butch observait la dague.

— Et si tu me la rendais, mon pote ?

Butch obéit. V. essuya l'acier noir sur son pantalon de cuir avant de le rengainer.

Butch se prit le ventre.

— Je ne dois pas approcher Marissa dans cet état, d'accord ?

— Pas de problème. Je m'occupe de tout.

— V. ?

— Quoi ?

— Plutôt crever que de te faire du mal.

V. lui jeta un regard furtif. Le flic avait la mine grave, ses yeux noisette étaient sérieux. Ce n'était pas seulement une pensée qu'il venait d'exprimer, mais un serment : Butch O'Neal était prêt à se suicider si la situation devenait critique. Et il en était bien capable.

V. tira sur sa cigarette et s'efforça de ne pas s'attacher davantage à cet humain.

— J'espère qu'on n'en arrivera jamais là.

Mon Dieu, pourvu qu'on n'en arrive jamais là.

Chapitre 19

Marissa tournait en rond dans la bibliothèque de la Confrérie. Elle retourna pour la centième fois à la fenêtre qui donnait sur la terrasse et la piscine.

La journée avait dû être douce, car des parcelles de neige avaient fondu, révélant l'ardoise noire de la terrasse ou la terre brune de la pelouse.

Mais enfin qui se souciait du maudit paysage ?

Butch était parti après le Premier Repas, affirmant qu'il avait une rapide course à faire. Ce qui était parfait. Pas de problème. Sauf que cela faisait à présent deux heures.

Elle fit volte-face en entendant quelqu'un entrer dans la pièce.

—*Butch*… Ah, c'est toi…

Viszs se tenait sur le seuil, véritable guerrier implacable entouré d'extravagantes moulures à la feuille d'or.

Par la Vierge de l'Estompe… Il affichait une expression neutre, comme celle que l'on s'efforçait de montrer quand on avait une mauvaise nouvelle à annoncer.

—Dis-moi qu'il est en vie, implora-t-elle. Sauve-moi en me disant qu'il est en vie.

—Il l'est.

Elle sentit ses jambes se dérober et dut se retenir à un rayonnage.

—Mais il ne rentre pas, c'est ça ?

—Non.

Ils se toisèrent. Marissa remarqua vaguement qu'il portait une élégante chemise blanche avec son pantalon de cuir noir.

Une Turnbull & Asser. Elle en reconnaissait la coupe. Butch portait les mêmes.

Marissa enroula les bras autour de sa taille, submergée par la présence de V., même s'il se trouvait à l'autre extrémité de la pièce. Il semblait si dangereux, et pas à cause des tatouages de sa tempe ou de son bouc noir, ni de ce corps redoutable. Ce frère était glacial, et un être aussi détaché était capable de tout.

— Où est-il ?

— Il va bien.

— Alors pourquoi n'est-il pas là ?

— Le combat n'a pas duré longtemps.

Un… combat… Elle sentit ses genoux céder de nouveau en se rappelant Butch sur son lit d'hôpital, tuméfié et meurtri, presque mourant, contaminé par le Mal.

— Je veux le voir.

— Il n'est pas là.

— Il est chez mon frère ?

— Non.

— Et tu ne vas pas me dire où il se trouve, n'est-ce pas ?

— Il t'appellera bientôt.

— C'étaient les éradiqueurs ?

Viszs se contenta de la regarder. Le cœur de Marissa s'emballa. Elle ne supportait pas que Butch soit impliqué dans cette guerre. Avec ce qu'il avait déjà enduré…

— Nom de Dieu, dis-moi si c'étaient les éradiqueurs, espèce d'arrogant !

Elle n'obtint que le silence. Ce qui répondait bien sûr à sa question. Et suggérait que Viszs n'avait que faire de la contrarier.

Marissa leva le bas de sa robe et s'approcha de lui d'un pas déterminé. Elle dut redresser la tête pour le regarder dans les yeux. Seigneur, ces yeux de diamant dont les iris étaient ourlés de bleu nuit… si froids.

Elle fit de son mieux pour réprimer un frisson, mais il ne lui échappa pas.

Il le remarqua à ses épaules.

— Je te fais peur, Marissa ? Que pourrais-je te faire, d'après toi ?

Elle ne fit pas attention à sa question.

— Je ne veux pas que Butch se batte.

— Cela ne dépend pas de toi, répondit-il en haussant un sourcil.

— C'est trop dangereux pour lui.

— Après ce soir, je n'en suis plus si certain.

Le sourire implacable du frère la fit reculer d'un pas, mais la colère l'empêcha de battre en retraite.

— Tu te souviens de ce lit d'hôpital ? Tu as vu ce qu'ils lui ont fait, la dernière fois. Je croyais que tu tenais à lui.

— S'il s'avère qu'il est un atout, et s'il est partant, on se servira de lui.

— Je n'aime pas la Confrérie en ce moment, bredouilla-t-elle. Et toi non plus, je ne t'aime pas.

Elle voulut passer devant lui, mais il la saisit par le bras et l'attira vers lui, sans lui faire mal toutefois. Il la dévisagea, puis considéra son cou et parcourut son corps du regard.

C'est alors qu'elle vit le feu en lui. Une chaleur volcanique. Un enfer intérieur dissimulé sous cette maîtrise glaciale.

— Lâche-moi, murmura-t-elle, le cœur battant à tout rompre.

— Je ne suis pas surpris, répondit-il aussi silencieusement qu'un couteau que l'on pose sur une table.

— Par quoi ?

— Tu es une femelle de haut rang. Il est normal que tu ne m'apprécies pas. (Il plissa les paupières.) Tu sais, tu es vraiment la grande beauté de l'espèce.

— Non… Pas du tout.

— Mais si, fit Viszs, de plus en plus bas, au point qu'elle se demanda si elle l'entendait ou bien si c'était le fruit de son imagination. Butch est un choix avisé pour toi, femelle. Il s'occupera bien de toi, si tu le lui permets. Tu veux bien, Marissa ? Lui permettras-tu… de s'occuper de toi ?

Ces yeux l'hypnotisaient. Elle sentit le pouce de V. aller et venir sur son poignet. Les battements effrénés de son cœur ralentirent peu à peu.

— Réponds à ma question, Marissa.

Elle vacilla.

— Qu'est-ce… Qu'est-ce que tu m'as demandé ?

— Tu veux bien qu'il te prenne ? murmura V. à son oreille. Tu l'accueilleras en toi ?

— Oui…, souffla-t-elle, sachant qu'il parlait de sexe, mais trop séduite pour ne pas répondre. Je le prendrai en moi.

La main puissante relâcha son emprise, puis lui caressa le bras, remontant avec force et chaleur sur sa peau. Il observa ce qu'il faisait, le visage très concentré.

— Bien. C'est bien. Vous allez très bien ensemble, tous les deux. Un putain de spectacle.

Le mâle tourna les talons et quitta la pièce.

Désorientée, choquée, Marissa gagna la porte d'un pas hésitant. Viszs gravissait les marches de l'escalier, ses cuisses musclées se mouvant sans effort.

Il s'arrêta sans crier gare et se tourna vers elle. Elle porta une main tremblante à sa gorge.

Le sourire de Viszs était aussi sombre que ses yeux étaient pâles.

— Allons, Marissa… Tu croyais vraiment que j'allais t'embrasser ?

Elle en eut le souffle coupé. C'était exactement l'idée qui lui avait traversé l'esprit…

Viszs secoua la tête.

— Tu es la femelle de Butch et que tu finisses avec lui ou non, tu seras toujours sienne à mes yeux. (Il se remit en marche.) De plus, tu n'es pas mon genre. Tu as la peau trop douce.

V. entra dans le bureau de Kolher et referma la porte à double battant. Cette petite conversation avec Marissa avait été troublante à bien des égards. Cela faisait des semaines qu'il ne s'était pas insinué dans les pensées de quelqu'un, mais il avait clairement lu les siennes. À moins qu'il les ait devinées. C'était sans doute ça. À en juger par les yeux écarquillés de Marissa, elle était persuadée qu'il allait poser ses lèvres sur les siennes.

Faux. S'il l'avait regardée fixement, c'était parce qu'elle le fascinait, et non parce qu'elle l'attirait. Il voulait savoir ce qui en elle incitait Butch à lui faire l'amour avec tant de chaleur et de passion. Était-ce sa peau ? Ses os ? Sa beauté ? Comment y arrivait-elle ?

Comment parvenait-elle à emmener Butch en un lieu où le sexe était une communion ?

V. se frotta la poitrine, conscient de sa solitude profonde.

—Allô ? Mon frère ! railla Kolher en s'appuyant sur son élégant bureau de ses bras puissants. Tu viens faire ton rapport ou jouer les statues ?

—Oui… désolé, j'étais distrait.

Viszs se réveilla et relata le combat, surtout la dernière partie, quand il avait vu un éradiqueur disparaître grâce à son ami.

—Bon sang…, souffla Kolher.

V. se dirigea vers la cheminée et jeta son mégot dans les flammes.

—J'avais jamais rien vu de tel.

—Il va bien ?

—Aucune idée. Je le ferais bien examiner par Havers, mais il refuse de retourner à la clinique. À l'heure qu'il est, il est chez moi avec son portable. Il m'appellera en cas de problème et je trouverai une solution.

Kolher fronça les sourcils jusqu'à ce qu'ils disparaissent derrière ses lunettes de soleil panoramiques.

—Tu es vraiment certain que les éradiqueurs ne peuvent pas le localiser ?

— Certain. Dans les deux cas, c'est lui qui est allé vers eux. On dirait qu'il les renifle. Quand il s'approche, ils semblent le reconnaître, mais c'est toujours lui qui fait le premier pas.

Kolher baissa les yeux sur les piles de documents qui jonchaient son bureau.

— Ça me plaît pas qu'il soit là-bas tout seul. J'aime pas ça du tout.

Au bout d'un long silence, V. déclara :

— Je peux aller le chercher. Le ramener à la maison.

Kolher ôta ses lunettes de soleil et se frotta les yeux. La bague royale, un énorme diamant noir, étincelait à son majeur.

— On a des femelles ici, dont une est enceinte.

— Je le surveillerais. Je veillerais à ce qu'il reste au Trou. Il me suffira de bloquer le tunnel d'accès.

— Bordel, fit Kolher en remettant ses lunettes. Va le chercher. Ramène notre gars à la maison.

Pour Van, l'aspect le plus effrayant de son intégration dans la Société des éradiqueurs n'était pas la transition physique, ni l'Oméga ou la nature forcée du processus, même si c'était horrifiant. Non, c'était… Seigneur… savoir que tout ce Mal existait, se promenait en liberté et qu'il faisait des choses aux gens. Ouais, ça c'était un réveil difficile.

Mais ce n'était pas le plus effrayant.

Van se redressa avec un grommellement sur le matelas nu où il se trouvait depuis une éternité. Il examina son corps, tendit le bras sur le côté, puis le plia.

Non, le plus effrayant, ce fut que quand il cessa de vomir et réussit à reprendre son souffle, il ne savait plus très bien pourquoi il ne voulait pas entrer dans la Société au départ. La puissance était de retour dans son corps, le moteur vrombissant de ses vingt ans était de nouveau dans son garage. Grâce à l'Oméga, il redevenait tel qu'il avait été avant de devenir cette ombre délavée de lui-même. Certes, la méthode était un cauchemar de terreur et d'incrédulité. Mais le résultat... était sublime.

Il serra encore le biceps pour la simple sensation de ses muscles sur ses os et il adorait ça.

— Tu souris, dit Xavier en entrant dans la pièce.

Van leva la tête.

— Je me sens super bien. Vraiment... super bien.

Le regard de Xavier était distant.

— Il ne faut pas que ça te monte à la tête. Et écoute-moi bien : je veux que tu restes près de moi. Ne va jamais nulle part sans moi, c'est clair ?

— Oui, d'accord.

Van s'assit au bord du lit. Il était impatient de courir pour voir ce qu'il ressentait.

Lorsqu'il se leva, Xavier affichait une expression étrange. De la frustration ?

— Qu'est-ce qui ne va pas ? lui demanda Van.

— Ta transition était tellement... moyenne.

Moyenne ? Se faire arracher le cœur et échanger son sang contre ce qui ressemblait à du goudron n'avait rien de moyen, à ses yeux. Pour l'amour du ciel, Van n'en avait que faire de leurs histoires de découpage. Il se retrouvait dans un monde nouveau. Pour lui, c'était une renaissance.

— Désolé de te décevoir, marmonna-t-il.

— Tu ne me déçois pas. Pas encore, répondit Xavier en consultant sa montre. Habille-toi. On part dans cinq minutes.

Van se rendit dans la salle de bains, mais il se rendit compte qu'il n'avait pas besoin d'aller aux toilettes. Il n'avait ni faim ni soif, non plus.

D'accord, ça c'était bizarre. Il semblait anormal de ne pas accomplir sa routine matinale.

Il observa son reflet dans le miroir au-dessus du lavabo. S'il avait les mêmes traits, ses yeux avaient changé.

Saisi d'un malaise, il se frotta le visage de sa paume pour s'assurer qu'il était encore de chair et de sang. En palpant les os de son crâne sous la peau fine, il pensa à Richard.

Il était chez lui, avec sa femme et ses deux gosses. En sécurité, désormais.

Van n'aurait plus de contacts avec sa famille. Jamais. Mais la vie de son frère semblait un prix acceptable. Les pères, c'était important.

De plus, il avait beaucoup gagné à faire ce sacrifice. Sa partie spéciale était de nouveau en service.

— Tu es prêt à partir ? appela Xavier depuis le hall.

Van déglutit. Bon sang, ce dans quoi il était impliqué était bien plus sombre et profond qu'une simple vie de criminel. Il était un agent du Mal, désormais, non ?

Ce qui aurait dû l'inquiéter davantage.

Au contraire, il savourait cette puissance, il était prêt à la brandir.

— Ouais, j'arrive !

Van sourit au miroir, comme si quelque destin particulier venait de s'accomplir. Et il se trouvait exactement là où il avait besoin d'être.

Chapitre 20

Le soir suivant, Marissa sortait de la douche quand elle entendit les volets se relever pour la nuit.

Dieu qu'elle était fatiguée, mais la journée avait été chargée, très chargée.

Le côté positif, au moins, c'était que ses occupations la détournaient de son obsession pour Butch. Enfin, elles lui occupaient presque l'esprit. Bon, parfois elles l'empêchaient de penser à lui.

Le fait qu'il ait de nouveau été blessé par un éradiqueur n'était qu'une partie de ses préoccupations. Où était-il ? Qui s'occupait de lui ? Pas Havers, de toute évidente. Mais Butch avait-il quelqu'un d'autre ?

Avait-il passé la journée avec une autre femelle ? À se faire soigner par elle ?

Certes, Marissa lui avait parlé la veille, et il avait dit tout ce qu'il fallait. Il l'avait rassurée sur le fait qu'il allait bien. Il n'avait pas menti sur sa bagarre avec un éradiqueur, il avait été franc sur son souhait de ne pas la voir avant d'être plus stable. Et il avait conclu en lui donnant rendez-vous pour le Premier Repas.

Elle s'était dit que s'il était un peu guindé, c'était parce qu'il était bouleversé, et elle ne lui en voulait pas. Ce n'est qu'après avoir raccroché qu'elle s'était rendu compte de ce qu'elle n'avait pas pensé à lui demander.

Dégoûtée par ses propres doutes, elle se dirigea vers la trappe à linge et y jeta sa serviette. Elle eut un vertige en se redressant et dut s'accroupir pour ne pas perdre connaissance.

Si seulement ce besoin de se nourrir pouvait passer… Si seulement !

Marissa respira profondément, puis recouvra ses esprits. Elle se releva doucement et se pencha sur le lavabo pour se passer de l'eau froide sur le visage. Elle savait qu'elle devait aller voir Vhengeance, mais pas ce soir. Ce soir, elle avait besoin d'être avec Butch. Elle avait besoin de le voir de près pour s'assurer qu'il allait bien. Et elle devait lui parler. C'était lui, le plus important, pas son corps à elle.

Quand elle se sentit suffisamment d'aplomb, elle revêtit sa robe Yves Saint-Laurent bleu canard. Dieu, comme elle détestait la porter, désormais ! Elle l'associait à tant d'ondes négatives, comme si la scène qu'elle avait eue avec son frère avait laissé une mauvaise odeur sur le tissu.

Elle l'attendait, ce coup frappé à la porte, qui vint à 18 heures précises. Le vieux Fritz se tenait sur le seuil et s'inclina en souriant.

— Bonsoir, maîtresse.

— Bonsoir. Vous avez les papiers ?

— Comme vous le souhaitiez.

Elle prit le dossier qu'il lui tendait et s'approcha d'un secrétaire. Elle feuilleta les documents et signa plusieurs fois. En refermant le dossier, elle posa la main dessus.

— C'est si vite terminé.

— Nous avons de bons avocats, non ?

Elle prit une profonde inspiration et lui remit la procuration et les papiers de location. Puis elle alla chercher le bracelet de sa parure de diamants sur la table de chevet. Elle le portait encore en arrivant au complexe de la Confrérie. En donnant le bijou scintillant au *doggen*, elle eut une pensée furtive pour son père qui lui avait offert cette parure une centaine d'années plus tôt.

Jamais il n'aurait deviné à quoi il servirait. Que la Vierge scribe soit remerciée.

Le majordome fronça les sourcils.

— Le maître n'approuve pas.

— Je sais, mais Kolher s'est déjà montré trop gentil. (Les diamants étincelèrent au bout de ses doigts.) Fritz ? Prenez ce bracelet.

— Le maître n'approuve vraiment pas.

— Il n'est pas mon *ghardien*, que je sache. Il n'a donc pas son mot à dire.

— C'est le roi. Il a tous les droits.

Fritz prit néanmoins le bijou.

Le *doggen* tourna les talons, l'air affligé.

— Merci de m'avoir apporté certains de mes sous-vêtements et d'avoir nettoyé cette robe à sec. Vous êtes très prévenant.

Il s'illumina un peu, satisfait d'avoir bien travaillé.

— Souhaitez-vous que je sorte quelques robes de vos malles ?

Elle baissa les yeux vers son modèle Yves Saint-Laurent et secoua la tête.

— Je ne vais pas rester longtemps. Mieux vaut ne pas les déballer.

— À votre guise, maîtresse.

— Merci, Fritz.

Il marqua une pause.

— Sachez que j'ai disposé des roses fraîches dans la bibliothèque pour votre rendez-vous de ce soir avec notre maître Butch. Il m'a chargé de vous en procurer pour votre plaisir. Il a précisé qu'elles devaient être aussi belles et dorées que vos cheveux.

Marissa ferma les yeux.

— Merci, Fritz.

Butch rinça la lame de son rasoir et le tapota au bord du lavabo. Puis il éteignit le robinet. D'après ce qu'il voyait dans le miroir, ce rasage n'avait guère arrangé son apparence. En fait, cela n'avait fait que ressortir ses ecchymoses, qui commençaient à jaunir. Merde. Il voulait être à son avantage pour Marissa, surtout après le désastre de la nuit précédente.

En examinant son reflet dans la glace, il tripota l'une de ses incisives, celle qui était cassée. C'était chiant… S'il voulait avoir l'air d'être digne d'elle, il devrait recourir à la chirurgie esthétique et à la détox, sans parler d'une collection de casquettes.

Tant pis. Il avait d'autres soucis s'il voulait la voir dans dix minutes. Elle avait paru mal disposée, la veille au téléphone. Apparemment ils étaient de nouveau séparés. Mais au moins, elle acceptait de le voir.

Ce qui le menait à son gros souci. Il prit un couteau à légumes posé au bord du lavabo et tendit le bras. Puis il…

— Flic, tu vas te retrouver plein de trous si tu continues à faire ça.

Butch regarda dans la glace. Derrière lui, V. était appuyé au chambranle de la porte, un verre de Goose et une cigarette à la main. Une odeur de tabac turc flottait dans l'air, puissante et masculine.

— Allez, V., j'ai besoin d'être sûr. Je sais que ta main fait des merveilles, mais…

Il passa la lame sur sa peau, puis ferma les yeux, redoutant ce qui allait sortir.

— Il est rouge, Butch. Tu vas bien.

Il observa le filet écarlate.

— Mais comment en être sûr ? demanda-t-il.

— Premièrement, tu ne sens plus l'éradiqueur comme hier soir, fit V. en entrant dans la salle de bains. Deuxièmement…

Avant que Butch puisse réagir, V. lui empoigna l'avant-bras, se pencha et lécha la plaie pour la refermer en un clin d'œil.

Butch se dégagea vite de son emprise.

— Bordel, V. ! Et si mon sang était contaminé !

— Il n'a rien. Arrête…

Dans un soubresaut, Viszs eut le souffle coupé et s'écroula contre le mur, les yeux roulant en arrière, le corps tremblant.

— Nom de Dieu ! s'exclama Butch en tendant la main, saisi d'effroi.

V. maîtrisa la crise et but posément une gorgée d'alcool.

— Tu n'as rien, flic. Ton sang a un goût parfaitement normal. Enfin, pour un humain, ce qui n'est pas franchement ma tasse de thé, tu comprends ?

Butch recula et lui assena un coup de poing dans le bras. Le frère jura. Butch lui en donna un autre.

— Arrête ! gronda V. en se massant.

— Tu l'as bien mérité.

Butch passa devant lui et se dirigea vers son placard. Il remua brutalement les vêtements sur leurs cintres tout en cherchant ce qu'il allait mettre.

Puis il s'arrêta et ferma les yeux.

— Bordel, V. Hier soir, je saignais noir. Plus maintenant. Mon corps est devenu une sorte d'usine de traitement des éradiqueurs ou quoi ?

V. s'installa sur le matelas et s'appuya sur la tête de lit, posant son verre sur le cuir qui recouvrait sa cuisse.

— Possible. J'en sais rien.

Butch en avait marre d'être aussi paumé.

— Je croyais que tu savais tout.

— Tu es injuste, Butch.

— Merde, c'est vrai… Pardon.

— On peut laisser tomber les excuses. Je préfère te cogner, à la place.

Ils s'esclaffèrent. Butch se força à choisir un costume et finit par jeter un Zegna bleu-noir sur le lit, près de Viszs. Puis il chercha une cravate.

— J'ai vu l'Oméga, non ? Ce truc en moi faisait partie de lui. Il me l'a inséré lui-même.

— Oui, c'est ce que je pense.

Butch eut soudain envie d'aller à l'église et de prier pour son salut.

— Je ne redeviendrai jamais normal, n'est-ce pas ?

— Probablement pas.

Butch considéra sa collection de cravates de toutes les couleurs. Il n'avait que l'embarras du choix. Hésitant, il songea sans savoir pourquoi à sa famille, dans le sud de Boston.

À propos de normalité... Ils ne changeaient pas, eux non plus. Ils restaient les mêmes. Pour le clan O'Neal, il y avait eu un événement clé, une tragédie qui avait envoyé valser l'échiquier familial. En retombant, les pièces s'étaient engluées : depuis le viol et le meurtre de Janie quand elle avait quinze ans, tout le monde était resté à la même place. Et il était le marginal impardonnable.

Pour interrompre le cheminement de ses pensées, Butch prit une Ferragamo rouge sang sur son portant.

— Alors, qu'est-ce que tu as prévu ce soir, vampire ?

— Je suis censé être de repos.

— Tant mieux.

— Non, c'est mauvais. Tu sais combien je déteste ne pas me battre.

— Tu es trop tendu.

— Ah...

Butch regarda par-dessus son épaule.

— Dois-je te rappeler cet après-midi ?

— C'était rien, fit V. en baissant les yeux vers son verre.

— Tu t'es réveillé en hurlant si fort que j'ai cru que tu avais pris une balle. De quoi tu rêvais ?

— De rien.

— Ne me baratine pas, ça m'agace.

V. fit tournoyer sa vodka avant de la boire d'une traite.

— Ce n'était qu'un rêve.

— Arrête tes conneries, je te dis. Ça fait neuf mois que je vis avec toi, mon vieux. Tu ne fais aucun bruit quand tu dors.

— Peu importe.

Butch ôta sa serviette et enfila un boxer noir, puis il sortit une chemise blanche amidonnée de son placard.

— Tu devrais informer Kolher.

— Et si je ne l'informais pas ? suggéra V.

Butch mit sa chemise, la boutonna, puis saisit son pantalon à fines rayures.

— Je disais simplement…

— Laisse tomber, flic.

— Eh bien, t'es pas très bavard, toi. Écoute, si tu as envie de parler, je suis là, d'accord ?

— C'est pas demain la veille, mais merci quand même, répondit V. en se raclant la gorge. Au fait, je t'ai emprunté une chemise, hier soir.

— C'est cool. Ce qui m'énerve, c'est quand tu me piques mes chaussettes.

— Je ne voulais pas aller voir ta nana en tenue de combat. Et je n'ai rien d'autre.

— Elle m'a dit que tu lui avais parlé. Je crois qu'elle te trouve inquiétant.

— C'est normal, grommela V. de façon indistincte.

— Comment ? fit Butch en se tournant vers lui.

— Rien.

V. se leva du lit et se dirigea vers la porte.

— Écoute, je vais faire un tour dans mon autre logement, ce soir. Rester ici tout seul alors que tout le monde est au boulot me rend dingue. Si tu as besoin de moi, viens me chercher au loft.

— V. ?

Son ami se retourna vers lui.

— Merci.

— Pour quoi ?

— Tu le sais bien, répondit Butch en désignant son avant-bras.

— Je me suis dit que tu te sentirais mieux ainsi pour voir Marissa, fit-il en haussant les épaules.

John longea le tunnel souterrain. Le résonnement de ses pas lui faisait prendre conscience de sa solitude plus que toute autre chose.

Enfin, il était seul avec sa colère. Ce sentiment ne le quittait plus désormais, il lui collait à la peau. Il était impatient de commencer son cours ce soir-là, histoire de se défouler un peu. Il était agité, hyperactif, énervé.

Mais c'était peut-être en partie parce que, en se rendant dans la grande maison, il ne pouvait s'empêcher de penser à la première fois qu'il était venu par là avec Tohr. Il était tellement angoissé… Sa présence à ses côtés l'avait rassuré.

Putain d'anniversaire, songea amèrement John.

Cela faisait trois mois que tout s'était écroulé. Trois mois jour pour jour. Le meurtre de Wellsie, celui de Sarelle et la disparition de Tohr étaient survenus comme on tire des mauvaises cartes au tarot. Pan, pan et pan.

Ensuite, cela avait été un enfer d'un genre particulier. Pendant deux semaines après ces tragédies, John avait cru que Tohr reviendrait. Il avait attendu, espéré, prié… Mais rien. Pas un contact, pas un coup de fil, rien.

Tohr était mort. Il ne pouvait pas en être autrement.

En atteignant la volée de marches menant dans la grande maison, John eut toutes les peines du monde à franchir le passage dérobé donnant sur le vestibule. Manger l'intéressait si peu… Il n'avait envie de voir personne. Il ne voulait pas s'attabler. Mais Zadiste ne manquerait pas de venir le chercher. Ces derniers jours, le frère l'avait littéralement traîné dans la grande maison à chaque repas. Ce qui était embarrassant et les énervait tous les deux.

John se força à gravir les marches. Les couleurs aveuglantes du vestibule étaient un affront à ses sens, et non plus un ravissement pour ses yeux. Il se dirigea vers la salle à manger les yeux rivés au sol. En passant sous la grande arcade, il vit que la table était dressée, mais qu'il n'y avait encore aucun convive. Et il sentit des effluves d'agneau rôti, le plat favori de Kolher.

L'estomac de John se mit à gargouiller, mais il refusait de céder. Dernièrement, quelle que soit sa faim, la moindre nourriture, même les mets préparés spécialement pour l'avant-transition, lui donnait des crampes. Et il était censé manger davantage? Ouais, c'est ça...

Il tourna la tête en entendant des pas vifs et légers. Quelqu'un se hâtait le long du balcon, à l'étage.

Puis un rire lui parvint d'en haut. Un superbe rire féminin.

Il se pencha sous l'arcade pour observer le grand escalier.

Bella apparut essoufflée et souriante sur le palier, tenant sa robe de satin noir dans ses mains. Elle ralentit en haut des marches et regarda derrière elle, faisant voler son épaisse crinière sombre.

Alors retentirent au loin des pas grondants, tonitruants, telles des pierres heurtant le sol. Elle les guettait de toute évidence. Elle se remit à rire, leva sa robe un peu plus haut et descendit les marches. Ses pieds nus foulaient les marches comme si elle flottait. Elle parvint enfin sur le sol en mosaïque du vestibule et fit volte-face au moment où Zadiste apparaissait dans le couloir, à l'étage.

Le frère la repéra et se précipita sur le balcon. Il prit appui sur la rampe et sauta par-dessus pour s'envoler dans un plongeon parfait, à la seule différence qu'il ne se trouvait pas au-dessus de l'eau, mais de la pierre.

Dans un souffle muet, John appela à l'aide.

Au sommet de sa trajectoire, Zadiste se dématérialisa et reprit forme sept mètres devant Bella qui l'observa, radieuse.

Le cœur de John battait à tout rompre. Puis il s'emballa de plus belle pour une autre raison.

Bella sourit à son compagnon, le souffle court, les mains crispées sur sa robe, le regard suggestif. Zadiste répondit à son appel, de plus en plus imposant à mesure qu'il avançait. L'odeur d'union et le grognement sourd du frère envahirent l'atmosphère du vestibule. Il était bestial, en cet instant... et particulièrement sexuel.

— Tu aimes être poursuivie, *nalla*, dit Z. d'une voix grave et distordue.

Le sourire de Bella s'élargit tandis qu'elle reculait vers un coin.

— Peut-être…

— Alors cours encore un peu…

Ces paroles étaient si sombres que même John en capta la teneur érotique.

Bella se mit à courir autour de son compagnon et se précipita vers la salle de billard. Z. la traqua comme une proie, les yeux rivés sur la crinière et le corps gracieux de la femelle. Ses lèvres s'écartèrent pour révéler ses canines blanches qui s'allongèrent. Ce n'était pas là son unique réaction face à sa *shellane*.

Un membre en érection gros comme un tronc d'arbre tendait le cuir de son pantalon.

Z. décocha à John un regard furtif, puis il reprit sa course et disparut en grognant de plus en plus fort. Un rire joyeux s'éleva ensuite, un bruissement, le soupir d'une femelle, puis… plus rien.

Il l'avait rattrapée.

John s'appuya au mur pour retrouver un équilibre qu'il ne se rappelait pas avoir perdu. En pensant à ce qu'ils étaient en train de faire, il sentit son corps se détendre étrangement avec un léger picotement. Quelque chose se réveilla en lui.

Zadiste réapparut quelques instants plus tard. Il tenait Bella dans les bras, dont les cheveux bruns tombaient sur son épaule tandis qu'elle se laissait aller contre son corps puissant. Elle avait les yeux rivés sur le visage de son compagnon, qui regardait devant lui, et caressait son torse, un sourire au coin des lèvres.

Elle avait dans le cou une trace de morsure qui ne s'y trouvait pas auparavant. La satisfaction manifeste de Bella en admirant l'expression affamée de son *hellren* était fascinante. John comprit d'instinct que Zadiste allait terminer deux tâches, une fois à l'étage : copuler et se nourrir. Le frère se glisserait entre ses cuisses et boirait à sa veine, sans doute en même temps.

John avait très envie de ce genre de lien.

Mais son passé ? Même s'il réussissait sa transition, comment parviendrait-il à être à l'aise et sûr de lui en présence d'une femelle ? Les vrais mâles n'avaient pas subi les mêmes épreuves que lui, ils n'avaient pas été contraints à la soumission sous la menace d'un couteau.

Zadiste, par exemple. Il était si fort, si puissant… Les femelles aimaient ça, et non pas les gringalets comme lui. Et il n'y avait pas d'erreur possible. Même si le corps de John se développait, il resterait toujours un gringalet marqué à jamais par ce qu'on lui avait fait.

Il se détourna et s'approcha de la table de la salle à manger. Il s'assit seul parmi toute cette porcelaine, cette argenterie, ce cristal et ces chandelles.

Mais il décida qu'il était très bien tout seul.

La solitude était plus sûre.

Chapitre 21

Butch patienta dans la bibliothèque pendant que Fritz montait chercher Marissa. Ce *doggen* était vraiment dévoué. Butch lui avait demandé un service et le vieil homme s'était empressé d'accéder à sa demande, même si elle était inhabituelle.

Une brise océane envahit la pièce. Le corps de Butch réagit immédiatement et de façon très visible. En se retournant, il veilla à ce que les pans de sa veste soient bien en place.

Dieu qu'elle était belle, dans cette robe bleu canard…

— Salut, chérie !

— Bonjour, Butch, dit-elle d'une voix posée en se lissant les cheveux d'une main hésitante. Tu sembles… en forme.

— Oui, ça va.

Grâce à la paume guérisseuse de V., songea-t-il.

Le silence s'éternisa entre eux.

— Je peux te saluer comme il faut ? demanda-t-il enfin.

Elle acquiesça. Il alla donc lui prendre la main et se pencha pour l'embrasser. Sa peau était glaciale. Était-elle nerveuse ? Ou souffrante ?

Il fronça les sourcils.

— Marissa, tu veux t'asseoir un instant avant de descendre dîner ?

— S'il te plaît.

Il la mena vers un canapé en soie et remarqua qu'elle paraissait mal à l'aise. Elle rassembla le tissu de sa robe en s'asseyant près de lui.

Il tourna la tête de la jeune femme vers lui.

— Parle-moi.

Elle ne répondit pas tout de suite.

— Marissa, insista-t-il, quelque chose te tracasse, c'est ça ?

Il y eut un silence pesant.

— Je ne veux pas que tu te battes avec la Confrérie.

C'était donc cela…

— Marissa, hier soir ce n'était pas prévu. Je ne me bats jamais. Sincèrement.

— Mais V. m'a dit que si tu l'acceptais, ils allaient avoir recours à toi.

Ouahou. Première nouvelle. À sa connaissance, l'incident de la veille n'était qu'un test pour vérifier sa loyauté, et non pour l'amener sur le terrain de façon régulière.

— Écoute, les frères ont passé les neuf derniers mois à me tenir en dehors des combats. Je ne m'impliquerai pas avec les éradiqueurs. Ce n'est pas mon boulot.

Elle se détendit un peu.

— L'idée que tu puisses être blessé comme l'autre fois m'est insupportable.

— Ne t'en fais pas pour ça. La Confrérie fait ce qu'elle a à faire, mais je n'ai pas grand-chose à voir là-dedans. (Il glissa une mèche de ses cheveux derrière son oreille.) Tu voulais me parler d'autre chose, chérie ?

— J'ai une question à te poser.

— Tout ce que tu voudras.

— Je ne sais pas où tu habites.

— Ici. J'habite ici. (Devant son trouble, il désigna la porte ouverte de la bibliothèque.) Dans le pavillon de l'autre côté de la cour. Je vis avec V.

— Ah… Et où étais-tu, hier soir ?

— Là-bas. Je n'ai pas bougé.

Elle fronça les sourcils, puis balbutia :

— Tu as d'autres femelles ?

Comme si une autre pouvait lui arriver à la cheville !

— Non ! Pourquoi cette question ?

— Nous n'avons pas couché ensemble et tu es un mâle… avec des besoins manifestes. Même en cet instant ton corps a changé, il a durci, il pousse.

Merde. Il avait pourtant essayé de dissimuler son érection.

— Marissa…

— Tu as sans doute besoin d'être soulagé régulièrement. Ton corps est tellement *vighoureux*.

Voilà un mot qui ne présageait rien de bon.

— Comment ?

— Viril et puissant. Digne de pénétrer une femelle.

Butch ferma les yeux. Ce n'était pas le moment de penser à ça.

— Marissa, il n'y a que toi. Je n'ai personne d'autre. Comment le pourrais-je ?

— Les mâles de mon espèce peuvent prendre plus d'une compagne. J'ignore si les humains…

— Pas moi. Pas avec toi. Je ne m'imagine pas avec une autre femme. Et toi, tu te verrais avec un autre que moi ?

Dans l'hésitation qui suivit, Butch fut parcouru d'un frisson glacial qui remonta du creux de ses reins à la base de son crâne. Tandis qu'il perdait la tête, elle tripotait nerveusement sa robe extravagante. Merde, elle avait rougi.

— Je ne veux pas d'un autre que toi, déclara-t-elle.

— Qu'est-ce que tu me caches, Marissa ?

— Il y a quelqu'un que j'ai… fréquenté.

Butch se sentit partir en vrille, comme si ses neurones avaient explosé et que sa matière grise n'était plus irriguée.

— Comment ça, « fréquenté » ?

— Rien de sentimental, Butch, je te le jure. C'est un ami, mais c'est un mâle, et c'est pourquoi je t'en parle.

Elle posa une main sur la joue de Butch.

— C'est toi que je veux, ajouta-t-elle.

Plongeant dans son regard grave, il ne put douter de sa sincérité, mais il avait l'impression d'avoir été roué de coups.

C'était ridicule et mesquin et… Nom de Dieu… Il ne supportait pas qu'elle soit avec un autre…

Ressaisis-toi, O'Neal. Reviens sur terre, bordel. Et vite.

— C'est bien, dit-il. Je veux être le seul, pour toi. Le seul.

Chassant toutes ces conneries de jalouserie, il baisa sa main… Et fut aussitôt alarmé par ses tremblements.

Il serra ses doigts froids entre ses paumes.

— Pourquoi tu trembles ? Ça ne va pas ? Tu es souffrante ? Tu as besoin de voir un médecin ?

Elle repoussa ses inquiétudes sans sa grâce habituelle.

— Je peux m'en occuper. Ne t'en fais pas.

Tu parles ! Seigneur, elle était tellement vulnérable, avec ses pupilles dilatées, son manque de coordination dans ses mouvements. Malade. Résolument malade.

— Et si je te raccompagnais dans ta chambre, chérie ? Cela me tue de ne pas dîner avec toi, mais tu ne sembles pas en état de prendre un repas. Et je pourrai t'apporter à manger.

Marissa se voûta légèrement.

— J'espérais tellement… Oui, je crois que c'est préférable.

Elle se leva et chancela. Il la saisit par le bras et maudit Havers. Si elle avait besoin de soins, qui pouvait-elle consulter désormais ?

— Viens, chérie. Appuie-toi sur moi.

Il la mena lentement à l'étage. Ils passèrent devant la chambre de Rhage et Mary, puis celle de Fhurie, et poursuivirent jusqu'à la suite de Marissa.

Elle posa une main sur la poignée de porte en cuivre.

— Je suis désolée, Butch. Je voulais passer du temps avec toi, ce soir. Je pensais avoir plus de force.

— Permets-moi d'appeler un médecin.

Elle eut un regard vague et étrangement indifférent en le dévisageant.

— Je peux très bien gérer la situation toute seule. Et j'irai bientôt mieux.

— Nom de Dieu… En ce moment, j'ai envie de m'occuper de toi, comme tu l'as vu.

Elle sourit.

— Ce n'est pas nécessaire, souviens-toi.

— Ça compte, si je le fais uniquement pour me rassurer ?

— Oui.

Ils se toisèrent. Un flash traversa soudain la cervelle de moineau de Butch : il aimait cette femme. Il l'aimait à mourir.

Et il voulait qu'elle le sache.

Il lui caressa la joue de son pouce et se dit que son manque d'éloquence était une véritable honte. Il avait envie de dire quelque chose d'intelligent et de tendre, de trouver une introduction habile à la bombe atomique qu'il s'apprêtait à lâcher. Mais les mots ne venaient pas.

Alors il cracha le morceau avec son manque de tact coutumier :

— Je t'aime.

Marissa écarquilla les yeux.

Et merde. Trop fort, trop vite…

Elle se jeta à son cou et s'agrippa à lui, le visage blotti contre son torse. En l'enlaçant, bouillonnant de tout son corps, il entendit des voix au bout du couloir. Il ouvrit la porte et poussa Marissa dans la chambre, préférant un peu d'intimité.

En la conduisant vers le lit pour l'aider à s'allonger, il se répéta mentalement toutes sortes de paroles un peu mièvres, histoire d'être un minimum romantique. Mais avant qu'il puisse prononcer un mot, elle prit sa main et la serra si fort qu'elle faillit lui écraser les phalanges.

— Je t'aime aussi, Butch.

Il en oublia comment respirer.

Totalement abasourdi, il s'agenouilla près du lit et ne put s'empêcher de sourire.

— Et pourquoi tu ferais ça, chérie ? Je te croyais intelligente.

Elle émit un petit rire.

— Tu sais pourquoi.

— Tu as pitié de moi ?

— Parce que tu es un mâle valeureux.

Il se racla la gorge.

— Ce n'est pas vrai, dit-il.

— Comment peux-tu affirmer une chose pareille ?

Eh bien, voyons… Il s'était fait virer de la brigade criminelle pour avoir tabassé un suspect. Il n'avait pratiquement baisé que des putes et des paumées. Il avait abattu et tué des hommes. Sans oublier qu'il était un ancien accro à la coke et un actuel buveur invétéré de scotch. Sans parler de ses tendances suicidaires après le meurtre de sa sœur, tant d'années auparavant…

Ouais, il était bon pour la décharge.

Butch ouvrit la bouche pour cracher le morceau, mais il se ravisa.

Ferme ta gueule, O'Neal. Cette femme te dit qu'elle t'aime alors que tu ne la mérites pas. Ne gâche pas tout avec ton passé pourri. Repars de zéro avec elle.

Il caressa sa joue délicate.

— J'ai envie de t'embrasser. Tu veux bien ?

Elle hésita, ce qu'il comprenait fort bien. La dernière fois qu'ils avaient été ensemble, il avait craché cette substance horrible et son frère les avait pris sur le fait. Et elle paraissait vraiment fatiguée.

Il recula.

— Je suis désolé…

— Ce n'est pas que je ne veux pas être avec toi. Je le veux…

— Tu n'as pas à te justifier. Et je suis heureux d'être là, simplement, même si je ne peux pas… *te prendre*, acheva-t-il mentalement. Même si on ne… Enfin, tu sais, même si on ne fait pas l'amour.

— Je préfère m'abstenir parce que j'ai peur de te faire du mal.

Butch esquissa un sourire féroce. Il ne verrait aucun inconvénient à ce qu'elle lui lacère le dos à force de s'accrocher à lui.

— Ce n'est pas grave si j'ai mal.

— Ça l'est à mes yeux.

Il se leva.

— C'est gentil. Bon, je vais te monter à manger…

— Attends, fit-elle, les yeux brillant dans la pénombre. Oh, Butch… embrasse-moi.

Il se figea. Puis retomba à genoux.

— Je ferai attention, c'est promis.

Il se pencha et posa les lèvres sur les siennes. Dieu qu'elle était douce. Chaude. Il mourait d'envie d'elle, mais il ne voulait pas la brusquer.

Elle le saisit par les épaules.

— Encore !

Cherchant à ne pas perdre le contrôle de lui-même, il effleura de nouveau sa bouche puis tenta de s'écarter, mais elle l'en empêcha. Incapable de se retenir, il lécha sa lèvre inférieure. Elle ouvrit la bouche avec un soupir sensuel, et il dut s'insinuer en elle. Il ne pouvait pas refuser cette occasion de la pénétrer.

Tandis qu'elle s'efforçait de se rapprocher encore, il la plaqua sur le lit, son torse contre le sien. Ce n'était pas une si bonne idée. La façon dont les seins de Marissa absorbaient son poids déclencha un véritable incendie dans le corps de Butch, lui rappelant combien un homme pouvait être impatient quand sa femme était allongée.

— Chérie, je ferais mieux d'en rester là.

Quelques minutes de plus et elle serait sous lui, sa robe relevée sur ses hanches.

— Non, dit-elle en glissant les mains sous sa veste pour la lui ôter. Pas encore.

— Marissa, je commence à chauffer, et vite. Et tu ne te sens pas bien…

— Embrasse-moi, implora-t-elle en enfonçant les ongles dans ses épaules, provoquant une série de délicieux picotements à travers le tissu de son élégante chemise.

Il gémit et s'empara de sa bouche avec bien moins de précautions.

Là encore, ce fut une mauvaise idée. Plus il l'embrassait avec ardeur, plus elle lui répondait. Leurs langues se livraient à un duel sensuel. Butch brûlait de tout son corps de la prendre.

— Il faut que je te touche, souffla-t-il en montant sur le lit et en glissant ses jambes entre les siennes.

D'une main il la prit par la hanche et de l'autre remonta sur ses côtes pour atteindre un sein.

Bordel, il était au bord du précipice.

— Vas-y, murmura-t-elle contre sa bouche. Touche-moi.

Elle s'arc-bouta pour mieux s'offrir à lui. Il lui pétrit le sein à travers la soie de sa robe. Dans un souffle, elle posa une main sur la sienne pour la plaquer plus fort sur sa poitrine.

— Butch…

— Chérie… Laisse-moi te regarder… Je peux te voir ?

Il l'embrassa sans lui laisser le temps de répondre, mais il obtint son consentement dans les mouvements de sa langue. Il la fit asseoir et entreprit de déboutonner sa robe de ses mains maladroites. Le satin s'écarta comme par miracle.

Il y avait tant de couches de tissu… Sa peau… Il fallait qu'il atteigne sa peau…

Impatient, excité, fasciné, il fit glisser le haut de sa robe, puis les bretelles de sa camisole. La soie pâle se déploya en corolle autour de sa taille. Le corset blanc qu'il découvrit fut une surprise érotique qu'il palpa longuement pour en sentir les baleines et la structure, ainsi que la chaleur du corps en dessous. Il l'arracha presque, incapable de tenir plus longtemps.

Elle rejeta la tête en arrière lorsque ses seins apparurent enfin. Les courbes élégantes de son cou et de ses épaules s'offrirent à lui. Les yeux rivés sur son visage, Butch se pencha et prit un téton entre ses lèvres pour le titiller. Bon sang, il allait jouir, tant elle était divine. Il haletait, déjà ivre de désir alors qu'ils n'étaient pas encore dévêtus.

Mais elle était avec lui, tendue, brûlante, excitée, bougeant les jambes sous sa robe. Bon sang, il commençait à perdre le contrôle de la situation. Il était comme un moteur qui s'emballait, incapable de s'arrêter.

— Je peux te l'enlever ? demanda-t-il d'une voix qu'il ne reconnut pas lui-même. Cette robe… Et tout le reste ?

— Oui…, répondit-elle dans un gémissement rauque.

Hélas, la robe était complexe et il n'avait pas la patience de dégrafer tous ces boutons. Il finit par faire glisser le tissu et la culotte blanche très fine qu'elle portait en dessous le long de ses jambes fuselées. Puis il caressa la face interne de ses cuisses pour les écarter.

Voyant qu'elle se crispait, il s'arrêta.

— Si tu veux que j'arrête, ce n'est pas un problème. J'arrête tout de suite. Mais je veux simplement te caresser encore. Et peut-être… te regarder.

Elle fronça les sourcils. Il entreprit d'abaisser encore la robe.

— Tout va bien.

— Je ne refuse pas, dit-elle. C'est que… Et si tu me trouvais disgracieuse à cet endroit ?

Comment pouvait-elle avoir de telles appréhensions ?

— C'est impossible. Je sais déjà combien tu es parfaite. Je t'ai touchée, souviens-toi.

Elle prit une profonde inspiration.

— Marissa, j'ai adoré ton contact. Vraiment. Et je garde une image superbe de toi. Je tiens simplement à te voir.

Elle hocha la tête au bout d'un moment.

— D'accord… Vas-y.

Les yeux rivés sur les siens, il glissa la main entre ses cuisses et… Comme ses replis secrets étaient doux ! Si lisses et brûlants qu'il vacilla.

— Tu es très belle, à cet endroit, murmura-t-il à son oreille.

Elle se cambra sous ses caresses. Il avait les doigts légers, humides.

— Mmmm… oui… Je veux venir en toi. Je veux enfoncer ma… (Le mot « queue » lui parut bien trop grossier, mais c'était ce qu'il avait en tête.) Je veux entrer en toi, chérie. Là. Je veux être encerclé par tout ça, bien niché en toi. Alors crois-moi quand je te dis que tu es belle. Marissa, dis-moi ce que j'ai envie d'entendre.

— Oui…

Il poursuivit ses mouvements sensuels. Elle frémit.

— Oh oui…

— Tu voudras bien que je vienne en toi, un jour ?

— Oui…

— Tu veux que je te remplisse ?

— Oui…

— Tant mieux, parce que c'est ce que je veux moi aussi, souffla-t-il en lui mordillant le lobe de l'oreille. Je veux me perdre bien au fond de toi et je veux aussi que tu me frappes en jouissant. Mmm… Frotte-toi contre ma main, laisse-moi te sentir onduler pour moi. Oh… C'est bon. C'est… Masse-toi contre moi… Oh, oui…

Il valait mieux qu'il se taise, parce qu'il risquait d'exploser si elle continuait sur cette voie.

Et merde…

— Marissa, écarte les jambes pour moi. Écarte-les bien. Et sans arrêter de te frotter.

Elle obéit. Doucement, sans qu'elle le remarque, il s'écarta un peu pour admirer son corps. Derrière des mètres de soie bleu canard froissée, il découvrit ses cuisses nacrées et ouvertes. Marissa ondulait les hanches contre sa main. Il sentit son sexe palpiter de plus belle dans son pantalon.

Il s'abattit sur un sein en écartant davantage une cuisse. Puis il dégagea le tissu et ôta sa main. Sous son ventre plat et son nombril, au cœur de la peau laiteuse de son pubis, il découvrit la petite fente de son sexe.

Il se mit à trembler de tout son corps.

— Tu es parfaite…, murmura-t-il. Superbe…

Fasciné, il se déplaça pour mieux admirer le spectacle de cette chair rose, luisante et délicate. Il huma son parfum exquis qui l'enivra. Ce fut une explosion d'étincelles dans son cerveau.

— Oh… Seigneur…

— Qu'est-ce qui ne va pas ? demanda-t-elle en serrant les jambes.

— Rien, fit-il en posant les lèvres sur le haut de sa cuisse pour lui écarter de nouveau les jambes d'une caresse. Je n'ai jamais rien vu de plus beau.

Il n'y avait pas de mot suffisant pour décrire cette splendeur. Il s'humecta les lèvres. Sa langue brûlait de passer à l'action. Il déclara d'une voix lointaine :

— Chérie, si tu savais comme j'ai envie de te lécher…

— Me lécher ?

Il rougit presque face à tant d'innocence.

— Je… J'ai envie de t'embrasser.

Elle sourit en se redressant et prit son visage entre ses mains. Mais il secoua la tête quand elle voulut l'attirer vers lui.

— Pas sur la bouche, cette fois. (La voyant intriguée, il glissa la main entre ses cuisses.) Ici.

Elle écarquilla tellement les yeux qu'il se maudit.

Fais en sorte qu'elle se détende, O'Neal.

— Pourquoi… (Elle se racla la gorge.) Pourquoi veux-tu faire une chose pareille ?

Dieu du ciel, elle n'avait jamais entendu parler de… Enfin, rien de plus normal. Les aristocrates se limitaient sans doute à la position du missionnaire. Et s'ils connaissaient l'existence des pratiques bucco-génitales, ils n'en parlaient certainement pas à leurs filles. Pas étonnant qu'elle soit choquée.

— Pourquoi, Butch ?

— Euh… Parce que si je m'y prends bien, tu vas vraiment aimer ça. Et moi aussi.

Il observa son corps. Oui, il allait aimer ça. Il n'avait jamais eu à faire cela à une femme, auparavant. Mais avec elle, il en avait besoin. En s'imaginant lui faire l'amour avec la bouche, il durcissait de tout son corps.

— J'ai tellement envie de goûter ta saveur.

Elle se détendit un peu.

— Vas-y… doucement.

Bon sang, elle acceptait ! Il se mit à trembler.

— Promis, chérie. Et je vais te donner du plaisir.

Il descendit le long du matelas, restant à côté de Marissa pour qu'elle ne se sente pas agressée. Au moment où il se penchait vers elle, son corps fut pris de folie et il sentit une décharge dans ses reins comme avant un orgasme.

Il allait devoir agir lentement. Dans leur intérêt à tous les deux.

— J'aime ton odeur, Marissa.

Il embrassa son nombril, puis sa hanche, s'approchant peu à peu, de plus en plus bas… Il posa finalement ses lèvres fermées au sommet de la fente.

C'était exquis. Hélas, elle était complètement raide. Elle sursauta dès qu'il posa la main sur l'extérieur de sa cuisse.

Il s'écarta un peu et caressa son ventre de ses lèvres.

— J'ai beaucoup de chance, murmura-t-il.

— P… Pourquoi ?

— Que ressentirais-tu si quelqu'un t'accordait une telle confiance ? Si quelqu'un te confiait quelque chose d'aussi intime ?

Il souffla sur son nombril. Elle émit un petit rire, comme si ce souffle chaud la chatouillait.

— Je suis honoré, tu sais. Vraiment honoré.

Il prononça des paroles rassurantes et déposa de longs baisers sur sa peau, de plus en plus bas. Dès qu'elle fut prête, il enfouit sa main entre ses cuisses et les écarta de quelques centimètres pour lui permettre de s'insinuer. Il embrassa doucement sa fente, encore et encore. Jusqu'à ce que sa tension se dissipe.

Puis il ouvrit la bouche et la lécha. Le souffle coupé, elle se redressa.

— Butch… ?

Comme si elle s'assurait qu'il savait ce qu'il venait de faire.

— Je te l'avais bien dit, non ?

Il se pencha de nouveau et passa sa langue sur la chair rose.

— Ce n'est qu'une autre forme de baiser, chérie.

Elle rejeta la tête en arrière pendant qu'il répétait les mêmes mouvements. Ses mamelons se dressèrent et elle cambra le dos. Parfait. Exactement ce qu'il voulait. Sans se soucier de sa pudeur ou d'autres sentiments, elle savourait les caresses d'un homme qui l'aimait comme elle le méritait.

Il poursuivit ses attentions en souriant, s'insinuant de plus en plus loin en elle, jusqu'à goûter sa saveur profonde.

Butch roula les yeux et déglutit. Il n'avait jamais rien goûté de tel. L'océan, du melon mûr, du miel coulaient dans sa gorge, en un cocktail d'une telle perfection qu'il eut envie de pleurer. Il en voulait davantage, mais il devait se maîtriser avant de continuer. Il voulait la dévorer, et elle n'était pas prête.

Elle releva la tête lorsqu'il reprit son souffle.

— C'est fini ?

— Loin de là.

Comme il aimait ce regard vitreux, excité…

— Allonge-toi et laisse-toi faire, dit-il. Ça ne fait que commencer.

Elle se détendit un peu tandis qu'il contemplait ses replis secrets à la chair luisante. Quand il en aurait terminé, elle serait trempée. Il l'embrassa encore, puis la suça, appuyant bien la langue avant de la remonter lentement. Puis il effectua des mouvements latéraux plus appuyés qui la firent gémir. D'une main douce, il l'ouvrit davantage et se laissa enfin aller à une passion dévorante.

Elle se mit à trembler. Aussitôt, un signal d'alarme se déclencha dans la tête de Butch. Danger. La partie civilisée de lui-même l'avertit que la situation allait partir en vrille. Mais il ne parvenait pas à s'arrêter, surtout en la voyant agripper le drap et s'arc-bouter comme si elle était sur le point de jouir.

— C'est bon ?

Il titilla le sommet de la fente, le point le plus sensible.

— Et ça, tu aimes ? Tu aimes que je te lèche ? Ou bien tu préfères ça…

Il l'aspira en lui. Elle poussa un cri.

— Oh oui… J'ai les lèvres pleines de toi… Sens-les… Sens-moi…

Il prit sa main et la porta à ses lèvres, avant de lui lécher les doigts un à un. Elle l'observa, les yeux écarquillés, haletante, les tétons durcis. Il savait qu'il la poussait dans ses derniers retranchements. Mais elle était là avec lui.

Il lui mordit la paume.

— Dis-moi que tu le veux. Dis-moi que tu me veux.

— Je…

Elle ondulait sur le lit.

— *Dis-moi que tu me veux*, insista-t-il en la taquinant de façon plus appuyée, avec ses dents.

Merde, il ne savait même pas pourquoi il avait à ce point besoin de l'entendre de sa bouche…

— *Dis-le.*

— Je te veux, souffla-t-elle.

Surgi de nulle part, un désir avide et dangereux s'empara de lui et il perdit tout contrôle. Il la saisit par les cuisses avec un gémissement guttural et lui écarta les jambes avant de se jeter sur elle. Il la pénétra de sa langue avec ardeur, en rythme, sans vraiment entendre le bruit dans la chambre. Un grognement.

Lui ? C'était impossible. C'était le son d'un… animal.

Marissa avait d'abord été choquée par l'aspect carnassier de cet acte. Cette proximité inconvenante, sa vulnérabilité l'effrayaient. Mais très vite, tout cela n'avait plus eu la moindre importance. La langue chaude de Butch était si érotique qu'elle en supportait à peine la sensation humide. Et elle ne supportait pas l'idée qu'il puisse s'arrêter. Puis il s'était mis à la sucer, à l'engloutir, à dire des choses qui faisaient enfler son sexe jusqu'à un plaisir qui faisait presque mal.

Mais ce n'était rien comparé au moment où il s'était lâché. Il l'avait plaquée sur le lit avec bestialité et l'avait dévorée de sa bouche, de sa langue, avec un cri féroce, un grognement guttural…

Elle avait joui très fort. Jamais elle n'avait connu de sensation plus intense, plus bouleversante, plus belle que son corps cambré secoué de spasmes de plaisir…

Mais au sommet de la vague, cette énergie avait changé et s'était transformée.

Un désir de sang s'était glissé dans le courant sexuel, entraînant Marissa dans une spirale de faim. Son appétit transcenda sa nature civilisée pour ne laisser que son besoin de prendre le cou de Butch. Elle exposa ses canines, prête à le renverser sur le dos pour mordre sa jugulaire et boire avidement…

Elle allait le tuer.

Elle poussa un cri et se débattit.

— Seigneur… *Non*!

— Quoi?

Elle repoussa Butch par les épaules et se dégagea de son emprise. Puis elle tomba à côté du lit. Tandis qu'il tendait les bras vers elle, déconcerté, elle se rua sur le tapis vers un coin de la chambre, traînant derrière elle sa robe dont le haut pendait sur sa taille. Ne pouvant aller plus loin, elle se recroquevilla sur elle-même et resta là, prise de tremblements incontrôlables. La douleur enflait par vagues dans son ventre, toujours plus forte.

Pris de panique, Butch la rejoignit.

— Marissa?

— Non!

Il s'arrêta net, pâle et atterré.

— Je regrette tellement…

— *Il faut que tu partes…*, fit-elle au bord des larmes, d'une voix gutturale.

— Seigneur, je te demande pardon… Je regrette… Je ne voulais pas te faire peur.

Elle s'efforça de maîtriser sa respiration pour le rassurer, sans succès. Elle haletait et pleurait. Ses canines vibraient. Elle avait la gorge sèche. Et elle n'avait qu'une idée en tête : se ruer sur son torse, le plaquer à terre et lui mordre le cou.

Seigneur, comme il serait délicieux de le boire. Elle n'en aurait jamais assez.

Il voulut de nouveau s'approcher d'elle.

— Je ne pensais pas que ça irait aussi loin…

Elle se leva d'un bond, ouvrit la bouche et persifla :

— Va-t'en ! Pour l'amour du ciel, sors d'ici ! Sinon, je vais te faire du mal !

Elle se précipita dans la salle de bains et s'y enferma. En entendant la porte claquer, elle s'immobilisa sur le marbre et se vit dans le miroir. C'était affreux. Elle avait les cheveux emmêlés, la robe défaite. Ses longues canines blanches émergeaient de sa bouche.

Incontrôlable, indigne, *défaillante*.

Elle saisit le premier objet qu'elle trouva, un bougeoir en verre, et le projeta contre le miroir. En voyant son reflet se briser, elle regarda à travers ses larmes amères son visage s'écrouler en mille morceaux.

Chapitre 22

Butch se rua sur la porte de la salle de bains et actionna la poignée jusqu'à se meurtrir la paume. Il entendait Marissa sangloter de l'autre côté. Puis il y eut comme une explosion.

Affolé, il tenta de défoncer le panneau de bois d'un coup d'épaule.

— Marissa !

Il recommença, puis s'arrêta et dressa l'oreille. Rien. Une peur panique s'empara de lui.

— Marissa ?

— Va-t'en, fit-elle d'un ton désespéré qui lui donna envie de pleurer. Va-t'en…

Il posa les mains sur le bois qui les séparait.

— Je regrette… Pardonne-moi.

— Va-t'en. Je t'en prie, il faut absolument que tu partes.

— Marissa…

— *Je ne sortirai pas d'ici tant que tu ne seras pas parti, alors dehors !*

En plein cauchemar, il s'empara de sa veste et quitta la chambre d'un pas chaotique, les jambes en coton. Il s'écroula dans le couloir et se frappa la tête contre le mur.

Les yeux fermés, il ne voyait que Marissa, son corps tremblant recroquevillé dans un coin, sur la défensive, sa robe pendant de sa poitrine comme s'il la lui avait arrachée.

Bon sang. Elle était vierge, adorable, et il l'avait traitée comme une pute. Il l'avait poussée trop loin, trop fort, uniquement parce qu'il avait été incapable de se contrôler. Après tout, elle était peut-être brûlante, mais elle n'avait pas l'habitude des désirs d'un homme pendant un rapport sexuel. Ou de ce qui se passait quand l'instinct d'un homme prenait le dessus. Et bien que conscient de tout ça, il lui avait écarté les cuisses sur ce lit, et l'avait maintenue prisonnière pendant qu'il la baisait avec sa langue…

Butch se cogna de nouveau la tête contre le mur. Elle avait eu si peur ! Elle avait même montré ses canines, comme si elle cherchait à se protéger de lui.

Avec un juron, il descendit vivement les marches, cherchant à dépasser le mépris qu'il avait de lui-même, mais il n'irait jamais aussi loin et si vite.

Quelqu'un l'interpella lorsqu'il atteignit le vestibule :

— Butch ? Hé, Butch ! Ça va ?

Il sortit en trombe, monta dans l'Escalade et démarra. Il n'avait qu'une idée en tête : implorer le pardon de Marissa quitte à en perdre la voix. Hélas, il était pour l'heure la dernière personne sur la planète qu'elle avait envie de voir. Et il la comprenait fort bien.

Il conduisit le 4 x 4 vers le centre-ville, tout droit chez V.

Le temps de se garer et de prendre l'ascenseur, il était sur le point de craquer tant il était bouleversé. Il ouvrit la porte de V…

Merde !

À la lueur des chandelles, Viszs était penché, tête baissée, agitant ses hanches gainées de cuir, épaules et bras nus tendus sous l'effort. Sous lui, une femelle était attachée au chevalet par les chevilles et les poignets. Elle était habillée de cuir, à l'exception de la pointe de ses seins et de son sexe dans lequel V. s'agitait. Elle avait un masque sur le visage et un bâillon boule dans la bouche, mais Butch eut la certitude qu'elle était sur le point de jouir. Elle gémissait doucement, l'implorant de lui en donner davantage, même si des larmes coulaient sur le cuir de ses joues.

V. leva la tête du cou de la femelle, les yeux étincelants et les canines si étirées que… Disons qu'elle aurait sans doute besoin de points de suture.

— Je tombe mal, bredouilla Butch avant de s'éloigner précipitamment.

Il regagna la voiture comme dans un brouillard, ne sachant pas où aller. Il resta assis sur le siège du conducteur, la clé sur le tableau de bord, la main sur le levier de vitesse… à imaginer Viszs en train de boire.

Ces yeux luisants, ces longues canines, le sexe…

Butch se rappela soudain combien Marissa se souciait peu d'être malade. Sa voix résonna dans sa tête. *Je peux m'en charger.* Puis : *je ne veux pas te faire de mal.*

Et si Marissa avait besoin de se nourrir ? Et si c'était la raison pour laquelle elle l'avait viré de sa chambre ? C'était une vampire, après tout. Et ses superbes canines n'étaient certainement pas là pour la déco…

Il appuya son front sur le volant. Putain, c'était moche. À quoi bon chercher d'autres explications ? Mais pourquoi ne lui avait-elle pas demandé si elle pouvait prendre un peu de lui ? Il aurait accepté sans hésiter…

Cette simple perspective le fit bander comme un âne. Qu'elle puisse se nicher dans son cou pour sucer son sang à sa veine était plus excitant que tout ce qu'il avait connu auparavant. Il l'imagina nue, étalée sur son torse, le visage dans le creux de son épaule…

Attention, O'Neal. Ne te fais pas trop d'illusions.

Pourtant Marissa était excitée. Il l'avait senti. En fait, quand il était devenu plus brutal dans ses gestes, il avait même eu l'impression que ses replis étaient encore plus sucrés, plus humide. Mais pourquoi ne lui avait-elle pas simplement avoué ce qui n'allait pas ?

Peut-être ne voulait-elle pas boire à sa veine ? Peut-être pensait-elle qu'il ne le supporterait pas, parce qu'il était humain…

Il ne le supporterait sans doute pas, d'ailleurs, justement parce qu'il était humain.

Et merde. Il préférait mourir en la nourrissant que de tolérer qu'un autre s'occupe de sa femme. Imaginer la bouche de Marissa sur le cou d'un autre, ses seins plaqués contre le torse d'un autre, son parfum envahissant les narines d'un autre… qu'elle puisse avaler le sang d'un autre…

Elle est à moi.

L'idée lui transperça la tête sans crier gare. Il se rendit compte qu'il avait inconsciemment glissé la main sous sa veste pour la refermer sur la crosse de son Glock.

Il se mit en route pour le *Zero Sum*, sachant qu'il devait avant tout se calmer et remettre ses idées en place. Être mortellement jaloux d'un vampire mâle ne figurait vraiment pas sur la liste des choses à faire.

Il entendit son portable sonner dans sa poche.

— Ouais ? fit-il en prenant l'appel.

V. s'exprima à voix basse.

— *Désolé que tu aies assisté à ça. Je ne pensais pas que tu allais venir.*

— Dis-moi, V., qu'est-ce qui se passe quand un vampire ne se nourrit pas ?

Il y eut un silence.

— *Rien de bon,* répondit-il enfin. *On est fatigué, vraiment crevé. Et la faim, ça fait mal. Comme une intoxication alimentaire. Des vagues de douleur qui te transpercent les tripes. Si tu laisses les choses aller trop loin, tu te transformes en bête sauvage. Ça devient dangereux.*

— J'ai entendu des histoires sur Zadiste, avant qu'il soit avec Bella. Il vivait des humains, c'est ça ? Et je sais que ces femmes ne sont pas mortes. Je les voyais revenir au club quand il en avait terminé avec elles.

— *Tu penses à ta femelle, là ?*

— Oui.

— *Écoute, tu vas prendre un verre ?*

— Plus d'un.

— *Je te rejoins.*

Quand Butch arriva sur le parking du *Zero Sum*, V. l'attendait en fumant. Butch descendit de voiture et brancha l'alarme.

— Salut, flic.

— Salut, V.

Butch se racla la gorge en essayant de plus penser à son ami en train de boire et de faire l'amour. En vain. L'image de Viszs dominant cette femelle qu'il frappait de ses coups de boutoir le hantait.

Après un tel spectacle, il allait revoir sa définition du sexe hardcore.

V. tira sur sa cigarette, puis l'écrasa sur le talon de sa botte avant de glisser le mégot dans sa poche.

— Tu es prêt à entrer ?

— Oh oui !

Les videurs les firent passer devant tout le monde et les deux amis se frayèrent un chemin jusqu'au carré VIP parmi la foule en sueur qui s'agitait de façon lubrique. Au bout de quelques instants, sans qu'ils aient passé commande, une serveuse leur apporta un double Lagavulin et de la vodka.

Pendant que V. répondait à son portable, Butch regarda autour de lui. Soudain il jura et se crispa. Dans un coin, tapie dans l'ombre, il aperçut une femelle grande et musclée. La responsable de la sécurité de Vhengeance l'observait d'un regard brûlant, comme si elle avait envie de réitérer leurs ébats dans les toilettes.

Pas question.

Butch baissa les yeux vers son verre tandis que V. refermait son portable.

— C'était Fritz. Il y a un message de Marissa pour toi.

Butch releva vivement la tête.

— Qu'est-ce qu'elle dit ?

— Elle tient à te faire savoir qu'elle va bien, qu'elle a besoin de repos ce soir, mais qu'elle ira mieux demain. Elle ne veut pas que tu t'inquiètes et elle… enfin, elle t'aime. Tu n'as rien fait de mal en faisant ce que tu lui as fait. (Il se racla la gorge.) Dis donc, qu'est-ce que tu as fait ? À moins que je sois trop indiscret.

— C'est très, très indiscret, confirma Butch en vidant son verre d'une traite.

Il fit signe à la serveuse qui se présenta immédiatement.

Tandis qu'elle allait lui chercher à boire, il examina ses propres mains. Il sentait le regard de V. rivé sur lui.

— Butch, elle va avoir besoin de plus que ce que tu peux lui donner.

— Zadiste a survécu avec…

— Z. buvait à la veine de nombreux humains différents. Toi, tu es tout seul. Le problème, c'est que ton sang est trop faible, et elle va t'assécher en un rien de temps parce qu'elle devra boire trop souvent. (V. respira profondément.) Écoute, elle peut m'utiliser, si elle veut. Tu pourras même être présent pour savoir ce qui se passe. Le sexe n'est pas nécessaire.

Butch inclina la tête et se concentra sur la jugulaire de son ami, puis il imagina Marissa à son cou. Tous les deux enlacés.

— V., tu sais que je t'aime comme un frère, pas vrai ?

— Oui.

— Si jamais tu la nourris, je t'arrache la tête.

V. afficha un sourire affecté, puis il se dérida franchement, au point de devoir masquer ses canines de sa main gantée.

— J'ai rien dit, mon pote. De toute façon, c'est aussi bien. Je n'ai jamais laissé personne boire à ma veine.

— Jamais ? demanda Butch, interloqué.

— Non. Je suis puceau de la veine. Personnellement, je ne supporte pas l'idée qu'une femelle se nourrisse de moi.

— Pourquoi ?

— C'est pas mon truc. (Butch ouvrit la bouche, mais V. leva une main.) Ça suffit. Sache simplement que je suis là si tu changes d'avis et si tu veux m'utiliser.

Pas question, songea Butch. *Jamais.*

Il respira profondément et remercia le ciel pour le message de Marissa. Et il ne s'était pas trompé : elle l'avait chassé parce qu'elle avait besoin de se nourrir. Ça ne pouvait être que cela. Bordel, il mourait d'envie de retourner à la maison, mais il tenait à respecter la volonté de Marissa, à ne pas la harceler. Et la nuit prochaine, puisqu'il était question de sang… Eh bien, il avait quelque chose pour elle, non ?

Elle allait boire à sa veine.

Vhengeance arriva en même temps que la serveuse ramenant du scotch à la table. Son immense carcasse bloquait toute la vue de Butch, qui n'apercevait plus la responsable de la sécurité. Ce qui signifiait qu'il pouvait respirer…

— Mon personnel vous abreuve suffisamment ? s'enquit Vhengeance.

— Absolument, répondit Butch.

— Voilà ce que j'ai envie d'entendre, reprit le Révérend en s'attablant.

Ses yeux améthyste parcouraient le carré VIP. Il avait belle allure dans son costume et sa chemise en soie noirs, avec sa crête taillée nettement au milieu de son crâne.

— J'ai une nouvelle à vous annoncer, reprit-il.

— Tu vas te marier ? railla Butch en avalant la moitié de son whisky. Tu as déposé ta liste de mariage chez qui ? Chez Crate & Barrel ?

— Essaie plutôt Heckler & Koch, répondit le Révérend en ouvrant un pan de sa veste pour révéler le canon d'un 40 mm.

— Belle petite arme pour le tir au caniche, vampire.

— C'est…

V. intervint :

— Avec vous deux, j'ai l'impression de regarder un match de tennis, et les sports de raquette m'ennuient. C'est quoi, cette nouvelle ?

Vhengeance observa Butch.

— Il a un sens du contact phénoménal, tu ne trouves pas ?

— Essaie un peu de vivre avec lui.

Le Révérend eut un sourire affecté, puis il recouvra son sérieux. Ses lèvres remuèrent à peine lorsqu'il se mit à parler, et ses paroles ne portèrent pas très loin.

— Le Conseil des *princeps* s'est réuni avant-hier soir à propos d'une motion de *rehclusion* obligatoire de toutes les femelles sans compagnon. Le *menheur* veut soumettre le projet à Kolher dès que possible.

V. émit un sifflement.

— Un enfermement...

— Précisément. Ils utilisent l'enlèvement de ma sœur et la mort de Wellesandra comme justification, ce qui est plutôt fort. (Le Révérend croisa le regard de Viszs.) Tu passeras le mot à ton patron. La *glymera* en a marre de ces morts de civils dans toute la ville. Cette motion est leur sommation contre Kolher et ils y croient dur comme fer. Le *menheur* ne me lâche pas parce qu'ils ne peuvent voter que si tous les membres du Conseil sont présents, et que je n'y vais jamais. Je peux repousser la réunion autant que possible, mais pas éternellement.

Un portable se mit à sonner sous la veste du Révérend et il prit l'appel.

— Tiens, tiens, mais c'est Bella. Bonjour, ma chère sœur... (Ses yeux pétillèrent et il se détourna un peu.) *Tahlly?*

Butch fronça les sourcils. Il avait la nette impression que c'était une autre femelle qu'il avait au bout du fil, et non sa sœur : le corps de Vhengeance dégageait soudain une chaleur torride.

Quel genre de femme pouvait se frotter à quelqu'un comme Vhengeance ? Mais après tout, V. ne baisait-il pas, lui aussi ? Ce genre de femmes existait.

— Ne quitte pas, *tahlly*, fit Vhengeance en se levant. À plus tard, messieurs. Ce soir c'est ma tournée.

— Merci pour l'avertissement, dit V.

— Je suis vraiment un citoyen modèle, non ? railla Vhengeance en se dirigeant vers son bureau pour s'y enfermer.

Butch secoua la tête.

— Donc le Révérend a une poule…

— Je plains cette femelle, grommela V.

— C'est vrai, admit Butch, qui se tendit soudain.

Cette femelle dure à cuire coiffée comme un mec avait toujours les yeux rivés sur lui, dans l'ombre.

— Tu l'as baisée, flic ? s'enquit doucement V.

— Qui ? répondit-il en vidant son verre

— Tu sais parfaitement de qui je parle.

— C'est pas tes oignons, mon pote.

En attendant que Vhengeance la reprenne en ligne, Marissa se demandait où il pouvait se trouver. Elle percevait de la musique, des voix… Une fête, peut-être ?

Elle n'entendit soudain plus aucun bruit de fond, comme s'il avait fermé une porte.

— *Tahlly* ? Où es-tu ? Havers aurait-il vraiment brouillé ses lignes téléphoniques ?

— Je ne suis pas à la maison.

Silence.

— Tu es là où je pense ? Avec la Confrérie ? reprit-il.

— Comment le sais-tu ?

Il marmonna dans sa barbe.

— Il n'existe qu'un seul numéro sur terre que ce téléphone ne puisse localiser, et c'est celui d'où appelle ma sœur. Et maintenant c'est ton appel qui n'est pas identifiable. Qu'est-ce qui se passe, bordel ?

Elle édulcora son récit en affirmant que Havers et elle s'étaient disputés et qu'elle avait eu besoin d'un toit.

Vhengeance jura.

— Tu aurais dû m'appeler en premier. Je veux m'occuper de toi.

— C'est compliqué. Ta mère…

— Ne t'inquiète pas pour elle, ronronna Vhengeance. Viens t'installer chez moi, *tahlly*. Tu n'as qu'à te matérialiser dans le loft et je te ferai quérir.

— Non merci. Je ne resterai ici que le temps de trouver un autre logement.

— Un autre logement ? Qu'est-ce qui se passe ? Cette histoire avec ton frère, c'est *permanent* ?

— Je me débrouillerai. Écoute, Vhengeance, je… J'ai besoin de toi. J'aimerais essayer de nouveau de…

Elle porta une main à son visage, car elle s'en voulait de se servir de lui, mais elle n'avait pas le choix. Et Butch… Seigneur, Butch… Elle avait l'impression de le trahir. Mais il n'existait pas d'alternative, si ?

— Quand, *tahlly* ? grommela Vhengeance. Quand as-tu besoin de moi ?

— Maintenant.

— Va vite… Ah, merde, je dois voir le *menheur* des *princeps*. Et j'ai des bricoles à régler pour le boulot.

Elle crispa les doigts sur le combiné. L'attente serait douloureuse.

— Demain, alors ?

— À la nuit tombée. À moins que tu veuilles t'installer chez moi. On aurait… toute la journée.

— Je te verrai demain en début de soirée.

— Je suis impatient, *tahlly*.

Elle raccrocha puis s'allongea sur le lit, totalement épuisée. Son corps se distinguait à peine des draps, des couvertures et des oreillers. Elle n'était qu'un objet inanimé de plus sur le matelas.

Bon sang… Attendre jusqu'au lendemain était peut-être préférable. Elle pourrait se reposer, puis discuter avec Butch et lui expliquer ce qui se passait. Tant qu'elle n'était pas sexuellement chargée, elle devrait pouvoir se contrôler en sa présence, et c'était une conversation qui devait se dérouler en tête à tête. Si les humains amoureux ressemblaient un tant soit peu aux vampires mâles unis, Butch n'allait pas gérer le fait qu'elle avait besoin d'être également avec quelqu'un d'autre.

Avec un soupir, elle pensa à Vhengeance. Puis au Conseil des *princeps*, puis au sexe en général.

Seigneur, même si cette motion de *rehclusion* était désavouée par miracle, il n'existait en réalité aucun lieu sûr où les femelles puissent se réfugier quand elles se trouvaient en danger sous leur propre toit, si ? Avec la désintégration de la société vampire et les affrontements avec les éradiqueurs, il n'existait aucun service social pour son espèce. Aucun filet de sécurité. Personne pour aider les femelles et leurs petits si le *hellren* de la maison était violent. Ou si la famille chassait la femelle de chez elle...

Que lui serait-il arrivé si Beth et Kolher ne l'avaient pas recueillie ? Ou si elle n'avait pas Vhengeance ?

Elle aurait bien pu mourir.

Au centre d'entraînement du complexe, John fut le premier à regagner les vestiaires après la fin du cours. Il enfila rapidement sa tenue de sport et prit son *ji*, impatient de commencer l'entraînement au combat.

— Pourquoi cette hâte, John ? Oh, j'ai deviné : tu aimes prendre des raclées...

John regarda par-dessus son épaule. Flhéau ôtait une élégante chemise en soie devant un casier ouvert. Son torse n'était pas plus puissant que celui de John et ses bras tout aussi fins, mais il avait le regard brûlant d'un taureau.

John soutint son regard, tendu. Il n'attendait qu'une chose : que Flhéau ouvre la bouche de nouveau. Rien qu'un mot.

— Tu vas encore tomber dans les pommes, John ? Une vraie lopette...

Bingo.

John se rua sur lui, mais il n'alla pas très loin. Blaylock, le rouquin, le retint et tenta de désamorcer la bagarre. Mais Flhéau n'était pas entravé. Il brandit le poing et assena un crochet du droit si puissant que John valdingua dans les casiers métalliques.

Sonné, le souffle court, il tendit aveuglément le bras.

Blaylock s'empara de nouveau de lui.

— Nom de Dieu, Flhéau…

— Quoi ? Il m'a sauté dessus !

— C'est parce que tu l'as cherché.

— Qu'est-ce que tu dis ? rétorqua Flhéau en fulminant.

— Pas la peine de le faire chier comme ça.

Flhéau pointa le doigt vers Blaylock. Sa montre Jacob & Co étincela sous les lampes comme un clignotant à batterie.

— Fais gaffe, Blay. C'est pas une bonne idée de te faire mal voir de l'équipe. (Il agita la main et baissa son froc.) Ah, ça fait du bien. C'était comment, de ton côté, Johnny ?

John passa outre et se dégagea. La douleur du coup était encore vive. Pour une raison absurde, elle lui faisait penser au clignotant d'une voiture.

Oh, Seigneur… Était-il vraiment amoché ? Il se dirigea vers les lavabos et observa sa tronche dans le long miroir qui couvrait toute la longueur du mur. Génial. Son menton et sa lèvre commençaient déjà à enfler.

Blaylock apparut derrière lui avec une bouteille d'eau fraîche.

— Mets ça dessus.

John prit l'eau glacée et l'appliqua délicatement sur son visage. Puis il ferma les yeux pour ne plus se voir, ni le rouquin.

— Tu veux que je dise à Zadiste que tu ne t'entraîneras pas ce soir ?

John secoua négativement la tête.

— Tu es sûr ?

Sans lui répondre, John lui rendit sa bouteille d'eau et se dirigea vers le gymnase. Les autres le suivirent en formation serrée, foulant les tapis bleus avant de s'aligner à côté de lui.

Zadiste émergea de la salle des appareils. Il jeta un coup d'œil sur le visage de John et s'emporta.

— Tout le monde tend les mains, paumes vers le bas !

Il inspecta ses troupes et s'arrêta devant Flhéau.

— Sympa, les jointures de tes phalanges. Contre le mur !

Flhéau traversa le gymnase d'un pas lent, l'air satisfait d'être dispensé d'exercices.

Zadiste s'arrêta devant les mains de John.

— Retourne-les.

John obéit. Au terme d'un court silence, Zadiste prit John par le menton et le força à lever la tête.

— Tu vois double ?

John secoua la tête.

— Tu as mal au cœur ?

Idem.

— Ça te fait mal ? demanda Zadiste en lui appuyant légèrement sur le menton.

John grimaça, mais secoua la tête.

— Menteur. Mais c'était ce que je voulais entendre.

Z. s'écarta pour s'adresser à ses élèves.

— Vingt tours. Chaque fois que vous passerez devant votre camarade là-bas, vous ferez vingt pompes devant lui, comme dans la marine. Exécution !

Des grommellements se firent entendre.

— Vous croyez m'impressionner ? fit Z. en sifflant entre ses dents. Allez !

John démarra avec les autres, se disant que la nuit serait très longue. Au moins, Flhéau ne semblait plus si content de lui.

Quatre heures plus tard, John se rendit compte qu'il avait raison.

Ils étaient tous épuisés à la fin de la séance. Non seulement Z. les avait cloués aux tapis, mais il les avait gardés plus longtemps que de coutume. Ce maudit entraînement fut si pénible que même John n'eut pas l'énergie de continuer à s'entraîner ensuite. Il se rendit directement dans le bureau de Tohr et s'écroula sur le fauteuil sans même prendre une douche.

Recroquevillé sur lui-même, il décida de se reposer un instant. Ensuite, il irait se laver…

Quelqu'un ouvrit la porte.

— Tu vas bien ? lui demanda Zadiste.

John se contenta de hocher la tête.

— J'ai demandé le renvoi de Flhéau du programme.

John se redressa et secoua frénétiquement la tête.

— Peu importe, John. C'est la deuxième fois qu'il s'en prend à toi. Ou bien dois-je te rappeler l'histoire du nunchaku, il y a quelques mois ?

John s'en souvenait très bien. Mais merde…

Il avait trop de choses à dire en langage des signes pour que Z. puisse le suivre. Il prit donc son calepin et écrivit très clairement : *S'il est renvoyé, j'aurai l'air faible aux yeux des autres. Je veux les affronter un jour. Comment pourront-ils me faire confiance s'ils me prennent pour une mauviette ?*

Il tendit le calepin à Zadiste, qui le tint avec précaution dans ses grosses mains. Le frère baissa la tête et fronça les sourcils. Sa bouche difforme se tordit comme s'il énonçait chaque mot.

Quand il en eut terminé, il jeta le calepin sur le bureau.

— Je refuse que ce petit con te frappe. C'est hors de question. Mais tu as raison. Je vais lui imposer des sanctions sévères. S'il recommence une seule fois, je le vire.

Zadiste se dirigea vers le placard dissimulant le tunnel d'accès, puis il tourna la tête.

— Écoute bien, John. Je ne veux pas de bagarres pendant l'entraînement. Donc ne cherche pas ce salaud, même s'il le mérite. Joue-la profil bas et ne le touche pas. Fhurie et moi allons le garder à l'œil, d'accord ?

John se détourna. Il mourait d'envie de corriger Flhéau. Si seulement…

— John, c'est compris ? Pas de bagarres.

John acquiesça au bout d'un long moment.

Pourvu qu'il arrive à tenir parole.

Chapitre 23

Des heures et des heures plus tard, Butch avait tellement mal aux fesses qu'il avait l'impression d'avoir le cul collé au sol. Il avait passé toute la journée assis dans ce couloir devant la porte de la chambre de Marissa. Comme un chien.

Il ne pouvait toutefois pas dire qu'il avait perdu son temps, car il avait beaucoup réfléchi.

Et il avait passé un coup de fil opportun, quoique pénible. Il avait pris son courage à deux mains et appelé sa sœur Joyce.

Rien n'avait changé, à la maison. De toute évidence, sa famille restée dans le sud de Boston ne voulait toujours rien avoir à faire avec lui. Ce qui ne le dérangeait pas vraiment, parce qu'il en avait toujours été ainsi. Toutefois, il avait de la peine pour Marissa. Elle et son frère étaient très proches. Se faire mettre à la porte avait dû être une sacrée mauvaise surprise pour elle.

— Maître ?

— Salut, Fritz, fit-il en leva la tête.

— J'ai ce que vous m'avez demandé.

Le *doggen* s'inclina et lui tendit un pochon en velours noir.

— Je crois qu'elle répond à vos exigences. Dans le cas contraire, je peux trouver autre chose.

— Je suis sûr que ce sera parfait, assura Butch en saisissant le sachet qu'il ouvrit.

Il versa son contenu dans sa main : une croix en or massif qui mesurait plus de sept centimètres de long et cinq de large, plus épaisse que le doigt. Avec sa longue chaîne en or, elle était exactement ce qu'il voulait. Il la plaça autour de son cou avec satisfaction.

Son poids répondait exactement à ses attentes et constituait une protection tangible.

— Qu'en pensez-vous, maître ?

Butch sourit au visage ridé du *doggen*, tout en déboutonnant sa chemise blanche pour placer le pendentif en dessous. Il sentit la croix glisser sur sa peau pour se nicher juste sur son cœur.

— Il est parfait, comme je le pensais.

Fritz afficha un large sourire, s'inclina et prit congé au moment où la vieille pendule se mettait à sonner à l'autre bout du couloir. Un, deux… six coups.

Butch vit la porte de la chambre s'ouvrir.

Marissa apparut comme par miracle. Après des heures passées à penser à elle, il avait le regard embrumé. Il vit en elle un mirage né de son désespoir, sa robe la voilant à peine, ses cheveux formant une superbe auréole dorée et son visage un puits fascinant de beauté. Lorsqu'il leva les yeux, son cœur fit d'elle une icône de son enfance catholique, la Madone du salut et de l'amour… Et lui n'était que son serviteur indigne.

Il se leva péniblement. Sa colonne vertébrale craqua sous son poids.

— Marissa.

Et merde, ses émotions étaient bien réelles dans sa voix nouée de douleur, de tristesse et de regrets.

Elle tendit la main.

— J'étais sincère, dans mon message d'hier soir. J'ai adoré être avec toi. J'en ai adoré chaque seconde. Ce n'est pas pour cela que tu as dû t'en aller et je regrette de ne pas avoir pu m'expliquer davantage sur le moment. Butch, il faut que nous parlions.

— Ouais, je sais. Tu veux bien qu'on aille au bout du couloir, pour ça ?

Il ne voulait en aucun cas avoir un public. Mais quoi qu'elle ait à lui dire, elle préférait sans doute ne pas se trouver seule dans la chambre avec lui. Elle était très tendue.

Elle acquiesça, et ils s'éloignèrent vers le salon situé au bout du couloir. En chemin, il fut frappé par la faiblesse de Marissa. Elle avançait lentement, comme si elle ne sentait pas ses jambes. Et elle était terriblement pâle, presque transparente tant elle était apathique.

Dans la pièce aux tons pêche et jaune, elle s'éloigna de lui pour gagner la fenêtre.

Elle s'exprima dans un souffle :

— Butch, je ne sais pas comment te dire ça…

— Je sais ce qui se passe.

— Ah bon ?

— Oui.

Il se dirigea vers elle, les bras tendus.

— Tu ne sais donc pas que je ferais n'importe…

— Ne t'approche pas ! interrompit-elle en reculant. Tu dois rester à distance.

— Tu as besoin de te nourrir, n'est-ce pas ? fit-il en baissant les bras.

— Comment le sais-tu… ? demanda-t-elle, abasourdie.

— Tout va bien, chérie, assura-t-il avec l'esquisse d'un sourire. Tout va très bien. J'ai discuté avec V.

— Alors tu sais ce que je dois faire ? Et… Tu n'y vois pas d'inconvénient ?

Il secoua la tête.

— Je n'y vois aucun problème.

— Que la Vierge scribe soit louée !

Elle alla s'asseoir sur le canapé, comme si elle ne tenait plus debout.

— J'avais tellement peur que tu sois offensé, dit-elle. Ce sera très dur pour moi aussi, mais c'est le seul moyen sûr. Et je ne peux pas attendre plus longtemps. Il faut que je boive ce soir.

Elle tapota le canapé. Soulagé, il alla s'asseoir à côté d'elle et prit ses mains dans les siennes. Elles étaient glaciales…

— Je suis prêt, affirma-t-il avec impatience, brûlant de regagner sa chambre à coucher. Allons-y.

Une expression curieuse apparut sur le visage de Marissa.

— Tu veux regarder ?

— Regarder ? répéta-t-il, le souffle coupé.

— Euh… Je ne pense pas que ce soit une bonne idée.

Butch sentit ses entrailles se nouer lorsqu'il comprit le sens de ses paroles. Comme si quelqu'un venait d'éteindre plusieurs de ses organes.

— Comment cela, regarder ?

— Quand je serai avec le mâle qui me laisse boire à sa veine.

Marissa eut soudain un mouvement de recul. Il devait afficher une expression vraiment terrible.

Peut-être réagissait-elle au fait qu'il commençait à grogner.

— L'autre mâle, énonça-t-il lentement, comprenant enfin ce qui se passait. Celui que tu fréquentes, comme tu me l'as dit. Tu as bu à sa veine.

— Oui, confirma-t-elle.

— Souvent ? insista Butch en se levant d'un bond.

— Euh… quatre ou cinq fois.

— Et c'est un aristocrate, bien sûr.

— Eh bien, oui.

— Et il ferait un compagnon acceptable pour toi, n'est-ce pas ? Contrairement à un pauvre humain.

— N'est-ce pas ? insista-t-il.

— Butch, il n'y a aucun sentiment, je te le jure.

Ouais, peut-être de son côté à elle. Mais c'était vraiment dur d'imaginer qu'un mâle ne veuille pas coucher avec elle. Merde, il fallait être impuissant.

— Tu lui plais, c'est ça ? Réponds-moi, Marissa. Un brave au plasma de super héros… Il te veut, c'est ça ? *Hein ?*

Bon sang, d'où venait donc cette jalousie féroce ?

— Mais il sait que je ne ressens rien pour lui.

— Il t'a embrassée ?

Voyant qu'elle ne répondait pas, Butch se réjouit de ne pas connaître l'identité et l'adresse de ce type.

— Tu ne l'utiliseras plus. Je suis là.

— Butch, je ne peux pas me nourrir de toi. Je prendrais trop… Où vas-tu ?

Il traversa la pièce, ferma la porte à double battant et la verrouilla. En revenant vers elle, il jeta sa veste noire par terre et ouvrit sa chemise, dont les boutons volèrent. Il s'agenouilla devant Marissa et lui offrit sa gorge, s'offrit tout entier à elle.

— *Tu vas m'utiliser.*

Il y eut un long silence. Puis le parfum de Marissa, si propre, si exquis, s'intensifia et envahit la pièce. Elle se mit à trembler et ouvrit la bouche.

Butch eut une érection en la voyant sortir les canines.

— Oh… oui…, fit-il d'une voix rauque. Prends-moi. J'ai envie de te nourrir.

— *Non*, gémit-elle, des larmes au coin de ses yeux bleus.

Elle essaya de se lever, mais il se jeta sur elle et la prit par les épaules pour la maintenir sur le canapé. Il s'installa entre ses jambes, rapprochant leurs corps, se blottissant contre elle. Elle tremblait contre lui et voulut le repousser, mais il maintint le contact, le visage enfoui dans son cou pour lui titiller le lobe de l'oreille, l'embrassant le long de la mâchoire. Elle cessa rapidement de se débattre et saisit les pans de sa chemise pour l'attirer vers elle.

— C'est ça, chérie, grommela-t-il. Accroche-toi à moi. Fais-moi sentir ces canines s'enfoncer en moi. *Je les veux.*

Il la prit par la nuque et porta sa bouche à son cou. Un courant de pure puissance sexuelle explosa entre eux. Ils se mirent à haleter. Le souffle et les larmes de Marissa lui brûlaient la peau.

Puis elle parut recouvrer ses esprits. Elle lutta de toutes ses forces et il fit de son mieux pour la maintenir en place, au risque qu'ils se retrouvent tous deux couverts d'ecchymoses. Et même s'il allait perdre la bataille. En tant qu'humain il n'était pas de taille, même s'il pesait une bonne cinquantaine de kilos de plus qu'elle.

Mais elle céderait peut-être avant qu'il soit à court d'énergie.

—Marissa, je t'en prie, prends-moi, grogna-t-il d'une voix rauque et implorante.

—*Non*...

Il eut le cœur brisé en la voyant sangloter, mais il ne la relâcha pas. Il n'y arrivait pas.

—Prends ce qu'il y a en moi. Je sais que je ne suis pas assez bien, mais prends-moi quand même.

—Ne m'oblige pas à faire ça.

—Il le faut.

Bordel, il avait envie de pleurer avec elle.

—Butch...

Elle arc-bouta son corps dans la lutte. Leurs vêtements s'agitèrent au gré de leurs mouvements.

—Je ne peux pas me retenir... encore longtemps... lâche-moi... avant que je te fasse mal.

—*Jamais.*

Tout arriva très vite. Elle cria son prénom malgré elle, puis il ressentit une douleur fulgurante sur le côté de son cou.

Ses canines s'enfonçaient dans sa jugulaire.

—Oh... oui...

Il relâcha son emprise et la tint dans ses bras tandis qu'elle s'accrochait à son cou. Dès la première aspiration sensuelle, la première gorgée, il hurla son nom. Le plaisir l'engloutit tandis qu'elle adoptait un meilleur angle. Des étincelles se propagèrent dans tout son corps, comme s'il était en plein orgasme. C'était exactement ce qu'il lui fallait. Il avait besoin qu'elle se nourrisse de lui pour survivre.

Marissa rompit le contact et se dématérialisa. Elle disparut de ses bras.

Butch tomba tête la première dans le vide, là où elle s'était trouvée. Son visage heurta les coussins moelleux. Il se redressa tant bien que mal et fit volte-face.

— Marissa ! *Marissa !*

Il se rua vers la porte et actionna la serrure sans parvenir à l'ouvrir.

Il entendit sa voix brisée, désespérée, de l'autre côté :

— Je te tuerai… Dieu me pardonne, je te tuerai… Je te veux tellement…

Il frappa violemment la porte :

— Laisse-moi sortir !

— Je regrette… (Sa voix se brisa puis se raffermit. Sa résolution, plus que tout autre chose, effraya Butch.) Je viendrai à toi plus tard. Quand ce sera fait.

— Marissa, ne fais pas ça !

— *Je t'aime.*

Il martela le panneau de bois de ses poings.

— Je veux bien mourir ! Ne va pas le voir !

Quand la serrure céda enfin, il s'écroula dans le couloir puis se précipita vers l'escalier.

Le temps qu'il ouvre la porte d'entrée de la grande maison, elle avait disparu.

De l'autre côté de la ville, dans le garage souterrain où se tenaient les combats clandestins, Van entra dans le ring de fortune et se mit à sautiller. Le rythme de cet échauffement résonna sur le béton des murs, rompant le silence.

Il n'y avait pas foule ce soir-là : trois spectateurs en tout et pour tout. Mais Van était aussi exalté que devant une salle comble.

C'était lui qui avait suggéré ce local à M. X. Il leur avait montré comment s'introduire par effraction dans les lieux. Comme il connaissait le programme des combats, il était certain qu'il n'y aurait personne d'autre ce soir-là. Et il voulait connaître son moment de gloire, sa résurrection sur le ring et non dans un sous-sol anonyme.

Il tenta quelques coups de pied, très satisfait de sa puissance, puis il observa son adversaire. L'autre éradiqueur était tout aussi chaud que lui pour cet affrontement.

De l'autre côté du ring, Xavier lança :

— Tu n'arrêtes pas avant la fin, monsieur D. Et le coucher à terre ne constitue pas la « fin ». C'est clair ?

Van opina, déjà habitué à se faire appeler par son initiale.

— Bien, fit Xavier en tapant dans ses mains pour que le combat démarre.

Van et l'autre éradiqueur tournèrent en rond, mais Van n'avait aucune intention de s'attarder sur ces préliminaires. Il passa à l'offensive et frappa, acculant son adversaire dans les cordes. Le type encaissait les coups comme s'il s'agissait d'une pluie légère de printemps sur ses joues, puis il répliqua d'un méchant crochet du droit qui prit Van de biais et lui ouvrit la lèvre.

C'était douloureux mais il aimait cette souffrance qui le fortifiait et le stimulait. Van se tourna et décocha un coup de pied, une véritable bombe au bout d'une chaîne. Naturellement, l'éradiqueur s'écroula à terre. Van lui sauta dessus et lui immobilisa le bras en arrière d'une prise de soumission, tirant sur les articulations de l'épaule et du coude. Il pouvait tout déboîter d'un geste…

Le genou de l'éradiqueur vint lui frapper les couilles. En un clin d'œil, Van se retrouva en dessous. Une roulade, et ils se relevèrent.

Le combat se poursuivit sans répit ni pause. Ils échangeaient des coups sans faiblir. Cela tenait du miracle. Van avait l'impression de pouvoir lutter pendant des heures malgré ce qu'il encaissait. C'était comme s'il était équipé d'un moteur, d'une force motrice qui n'était pas abattue par l'épuisement ou la douleur, comme Van l'était naguère.

Quand vint enfin le tournant de la rencontre, l'élément décisif fut le… enfin, ce que Van avait de spécial. Les deux adversaires étaient de force égale, mais Van était maître dans l'art du combat et il entrevit sa chance de victoire. Il frappa l'autre dans le foie avec une violence qui aurait fait chier dans son froc n'importe quel autre combattant. Puis il le ramassa et le projeta au sol. Il chevaucha son corps et l'observa. Le sang de Van coulait de ses plaies et tombait en pluie sur le visage du type. Comme des larmes. Des larmes noires.

Cette couleur effraya un instant Van. L'autre éradiqueur profita de ce moment d'inattention pour le retourner sur le dos.

Ouais, ce ne serait pas pour cette fois. Van frappa du poing la tempe de son adversaire en dosant bien la puissance et la trajectoire pour l'abrutir. Il se dressa et le renversa, puis s'assit sur le torse du tueur et le martela de coups, lui fracassant le crâne jusqu'à le faire ramollir. Et il continua avec acharnement jusqu'à ce que la structure du visage cède à son tour, ne laissant qu'un sac mou en guise de tête. Son adversaire était bel et bien mort.

— Achève-le ! cria Xavier.

— Je viens de le faire, répondit Van, haletant.

— Non… Achève-le !

— Comment ?

— Tu devrais le savoir ! gronda Xavier dont les yeux pâles scintillaient d'exaspération. Il le faut !

Van ignorait comment ce type pouvait être plus mort que mort, mais il le saisit par les oreilles et lui tordit le cou jusqu'à le briser. Puis il se leva. Il n'avait plus de cœur, mais ses poumons le brûlaient et son corps était délicieusement lourd de fatigue… une apathie qui ne dura pas.

Il se mit à rire. Déjà, la force lui revenait, surgissant d'ailleurs, comme s'il avait mangé et dormi pendant des jours pour se remettre.

Les bottes de Xavier foulèrent le ring. Furieux, le grand éradiqueur se dirigea vers lui.

— Je t'ai dit de l'achever, bordel !

— Ouais, je sais.

Merde. Xavier venait de lui gâcher son triomphe.

— Tu crois qu'il va se lever, dans cet état ?

Tremblant de rage, Xavier sortit un couteau.

— *Je t'ai dit de l'achever.*

Van se tendit et se leva d'un bond. Mais Xavier se contenta de se pencher sur ce punching-ball d'éradiqueur pour le poignarder en pleine poitrine. Il y eut un éclair, puis… il disparut. Il ne restait que des taches noires sur le bitume du ring.

Van recula et heurta le grillage.

— Qu'est-ce que… ?

De l'autre côté, Xavier pointa son couteau vers le torse de Van.

— J'ai certaines attentes à ton encontre.

— Quoi… par exemple ?

— Tu dois être capable de faire ça. (Il désigna la trace de désintégration avec sa lame.) Tout seul.

— Alors donne-moi un couteau la prochaine fois.

Xavier secoua la tête. Une forme étrange de panique apparut sur son visage.

— Merde !

Il marcha de long en large et marmonna :

— Ça va prendre du temps. Allez, on s'en va.

— Et le sang ?

Putain, cette substance noire et visqueuse lui donnait soudain le tournis.

— On s'en fout !

Xavier ramassa le sac de l'éradiqueur et s'éloigna.

Van le suivit hors du parking. C'était vraiment chiant que M. X la joue ainsi. Il s'était bien battu et avait gagné, et il entendait savourer cette sensation.

Ils regagnèrent le monospace garé plusieurs rues plus loin dans un silence pesant. Tout en marchant, Van s'épongea le visage d'une serviette en s'efforçant de ne pas jurer. Xavier s'installa au volant.

— Où on va ? demanda Van en montant à son tour.

Xavier ne répondit pas et se contenta de démarrer. Van regarda par le pare-brise. Comment se débarrasser de ce type ? Ce ne serait sans doute pas facile.

En passant devant le chantier d'un gratte-ciel, il observa l'équipe de nuit. Sous des lampes électriques, les ouvriers grouillaient sur le bâtiment comme des fourmis. Il les envia, même s'il aurait détesté faire leur boulot.

S'il était encore des leurs, il n'aurait pas à supporter l'attitude de merde de M. X.

Sans savoir pourquoi, Van regarda sa main au petit doigt manquant, se rappelant comment c'était arrivé. C'était tellement con. Il était sur un chantier en train de débiter des planches. Pour aller plus vite, il avait décidé d'ôter les sécurités de la scie circulaire. Un instant d'inattention, et son auriculaire s'était envolé comme un rien. Il avait pissé le sang. L'engin et lui en étaient couverts jusqu'à détremper le sol. Du sang rouge, pas noir.

Van posa la main sur son torse et ne sentit aucun battement de cœur.

Un frisson d'angoisse le parcourut, comme si des araignées se glissaient sous son col. Il se tourna vers Xavier, son unique ressource.

— On est vivants ?

— Non.

— Mais ce type a été tué, pas vrai ? Alors on doit être vivants.

Xavier lui jeta un regard.

— On n'est pas vivants, crois-moi.

— Alors qu'est-ce qui lui est arrivé ?

L'épuisement surgit dans le regard pâle et mort de Xavier. Ses paupières tombantes lui donnaient l'air d'avoir un million d'années.

— Que lui est-il arrivé, monsieur X ?

Le grand éradiqueur ne répondit pas. Il se contenta de rouler.

CHAPITRE 24

Marissa se matérialisa sur la terrasse du loft de Vhengeance et faillit s'écrouler. Il ouvrit en grand la porte coulissante au moment où elle se ruait dessus.

— Marissa, nom de Dieu !

Il la prit dans ses bras et l'emmena à l'intérieur.

Elle agrippa son biceps, assoiffée de sang. Sa soif était si intense qu'elle était capable de le mordre tout de suite. Elle se dégagea de son étreinte pour ne pas lui arracher la gorge, mais il la retint et la fit pivoter vers lui.

— Viens ici tout de suite ! (Il la jeta presque sur le canapé.) Tu es sur le point de craquer.

Elle s'écroula sur les coussins. Il avait raison : son corps était totalement désaxé et elle avait le vertige. Ses mains et ses pieds étaient gourds. Elle avait le ventre désespérément vide et les canines vibrantes. Quant à sa gorge, elle était sèche comme en hiver et brûlante comme en plein mois d'août.

Quand il ôta sa cravate pour dégrafer les boutons de sa chemise, elle marmonna :

— Pas à ton cou. Je ne le supporte pas… pas ton…

— Il est trop tard pour le poignet. Tu n'en auras pas assez et on n'a pas le temps.

À cet instant, sa vision devint floue et elle perdit connaissance. Elle l'entendit jurer et il l'attira sur lui pour plaquer son visage contre son cou et…

L'instinct biologique prit le dessus. Elle le mordit si fort qu'elle sentit son grand corps tressauter. Elle le suça par pur instinct. Avec un grondement, la puissance de Vhengeance se déversa en elle pour se propager vers ses membres. Elle reprit vie.

Tandis qu'elle avalait goulûment, ses larmes coulaient, aussi épaisses que le sang du vampire.

Vhengeance tenait vaguement Marissa, maudissant la faim qui la tenaillait. Elle était si fragile, si délicate. Elle n'aurait jamais dû se retrouver dans un tel état de désespoir. Il caressa son dos frêle pour la calmer. Pendant qu'elle pleurait en silence, il s'énerva. Qu'avait donc ce mâle dont elle était éprise ? Comment pouvait-il la contraindre à venir trouver un autre mâle ?

Elle releva la tête dix minutes plus tard. Un filet de sang coulait de sa lèvre inférieure. Vhengeance eut toutes les peines du monde à ne pas la lécher.

Gracieuse et repue, le visage ruisselant de larmes, Marissa se laissa aller sur les coussins de cuir à l'autre extrémité du canapé, enroulant les bras autour d'elle-même. Elle ferma les yeux et il vit des couleurs lui venir aux joues.

Et ses cheveux… Si raffinés, si luxuriants, si parfait. Il eut envie d'être nu, sans son traitement médical, dur comme le marbre, et de laisser ces boucles blondes caresser tout son corps. Et s'il ne pouvait pas obtenir tout cela, il voulait au moins embrasser Marissa. Tout de suite.

Au lieu de cela, il prit son mouchoir dans sa veste et se pencha vers elle. Elle sursauta quand il tapota ses joues pleines de larmes, et elle lui prit le carré de coton des mains.

Il retourna à sa place.

— Marissa, viens t'installer avec moi. Je veux m'occuper de toi.

Dans le silence qui suivit, il songea à l'endroit où elle logeait. Le mâle qu'elle désirait devait lui aussi résider dans le complexe de la Confrérie.

— Tu es toujours amoureuse de Kolher, n'est-ce pas ?

— Quoi ? fit-elle en rouvrant vivement les yeux.

— Tu m'as dit que tu ne pouvais pas te nourrir du mâle que tu désires. Kolher est uni, désormais…

— Ce n'est pas lui.

— Fhurie, alors ? En tant que célibataire…

— Non, et je… Je ne veux pas en parler, si cela ne te dérange pas.

Elle examina le mouchoir.

— Vhengeance, j'aimerais être un peu seule. Je peux rester ici un moment ? Toute seule ?

Il n'avait pas coutume d'être congédié, surtout chez lui, mais il tenait à lui accorder un peu de répit.

— Reste aussi longtemps que tu voudras, *tahlly*. Mais ferme la porte coulissante en partant. Je remettrai l'alarme à distance après ton départ.

Il enfila sa veste, mais ne noua pas sa cravate. Il laissa son col ouvert parce qu'il avait la peau à vif. Les traces de dents étaient trop fraîches. Mais il s'en moquait.

— Tu es tellement gentil avec moi, dit-elle en regardant ses pieds.

— En fait, non.

— Comment peux-tu dire cela ? Tu n'exiges jamais rien en retour…

— Marissa, regarde-moi. *Regarde-moi !*

Par la Vierge de l'Estompe, qu'elle était belle ! Surtout depuis qu'elle avait son sang en elle.

— Ne te méprends pas. Je veux toujours faire de toi ma *shellane*. Je te veux nue dans mon lit. Je veux que ton ventre s'arrondisse en portant mon enfant. Je veux… Je te veux tout entière. Je ne fais pas cela par gentillesse. Je le fais pour que tu m'aies dans la peau. Parce que j'ai l'espoir qu'un jour, tu voudras bien de moi.

Elle écarquilla les yeux. Il se garda d'ajouter la suite. Inutile de lui révéler le fait que le *symphathe* en lui voulait s'insinuer dans sa tête et posséder la moindre de ses émotions. Ou bien lui avouer que le sexe avec lui serait… compliqué.

Ah, les joies de sa nature profonde et de son anormalité…

— Mais tu peux croire une chose, Marissa. Je ne franchirai jamais la limite si tu ne le souhaites pas.

De plus, Xhex avait sans doute raison. Il valait mieux que les sang-mêlé comme lui restent seuls. Même si les *symphathes* n'étaient pas victimes de discrimination et pouvaient vivre et s'unir comme les Normaux, ils ne devaient jamais se trouver avec un être qui serait sans défense face à leur côté sombre.

Il enfila son long manteau de zibeline.

— Ton mâle… il ferait bien de suivre le programme. Quel gâchis, pour une femelle de ta qualité.

Il prit sa canne et se dirigea vers la porte.

— En cas de besoin, appelle-moi.

Butch entra au *Zero Sum* et se dirigea vers la table de la Confrérie. Il ôta son imperméable Aquascutum. Il en avait pour un bon moment. Ce n'était pas nouveau. Bordel, il ne lui restait plus qu'à apporter son sac de couchage et s'installer sur place.

La serveuse lui apporta un scotch.

— Tu ne peux pas me laisser la bouteille, par hasard ? demanda-t-il.

— Désolée, c'est pas possible.

— D'accord, approche.

Il lui fit signe du doigt. Lorsqu'elle se pencha vers lui, il posa un billet de cent dollars sur son plateau.

— C'est pour toi. Je veux que tu veilles à ce que je ne me déshydrate pas.

— Pas de problème.

Seul à la table, Butch porta la main à son cou et effleura du bout des doigts ses traces de morsure. Il s'efforça de ne pas imaginer ce que Marissa faisait en cet instant à un autre. Un aristocrate. Un salaud de haut rang qui valait mieux que lui. Le platine face au nickel. Bon sang…

Il se répéta les paroles de V. comme un mantra : ce n'était pas forcément sexuel. C'était un besoin biologique. Elle n'avait pas le choix. Ce n'est pas forcément sexuel. Il espérait qu'en se répétant suffisamment cette litanie, ses émotions finiraient par se calmer et qu'il accepterait la nécessité de ce qu'elle faisait. Après tout, Marissa ne se montrait pas cruelle. Elle était aussi désemparée que lui...

Dans un flash puissant, il vit son corps nu et ne put s'empêcher d'imaginer les mains d'un autre sur ses seins, les lèvres d'un autre sur sa peau, un autre prenant sa virginité tandis qu'il la nourrissait, son corps ferme sur elle, en elle.

Et pendant ce temps-là, elle buvait... buvait, jusqu'à plus soif, jusqu'à satiété.

Un autre s'occupait d'elle.

Butch vida d'une traite son double scotch.

Bordel de merde. Il était sur le point de craquer. De s'écrouler, là, tout de suite, se vider de ses entrailles sur le sol, se laisser piétiner par des inconnus, parmi les serviettes en papier et les reçus de cartes de crédit.

La serveuse, Dieu la bénisse, revint avec un scotch.

En prenant son deuxième verre, il se fit la leçon : *O'Neal, ressaisis-toi et relève la tête. Il faut avoir confiance en elle. Jamais elle ne coucherait avec un autre. C'est impossible.*

Mais le sexe n'était qu'une partie du problème.

En buvant son scotch, il se rendit compte que le cauchemar avait une autre dimension. Elle devrait se nourrir régulièrement, non ? Ils allaient devoir faire ça encore et encore.

Merde. Il aurait aimé croire qu'il était assez fort, assez confiant pour gérer tout ça, mais il se montrait possessif et égoïste. Et la prochaine fois qu'elle boirait, ils en reviendraient au même point : elle dans les bras d'un autre, lui en train de picoler seul dans un club, au bord du suicide. Mais ce serait encore pire. Et la fois suivante, pire encore. Il l'aimait tant, si profondément, qu'il les détruirait tous les deux en peu de temps.

De plus, quel avenir avaient-ils ensemble ? Avec la quantité de scotch qu'il éclusait ces derniers temps, il ne restait sans doute qu'une dizaine d'années à son foie, alors que l'espèce de Marissa vivait pendant des siècles. Il ne serait qu'un détail dans sa longue vie, une ornière de sa route. Elle finirait par trouver un compagnon qui lui convienne, capable de lui donner ce dont elle avait besoin.

Quand la serveuse lui apporta son troisième double, il lui fit signe de rester à côté de lui. Il vida son verre et le lui rendit. Elle retourna au bar.

Vint le numéro 4. Le blondinet style racaille européenne et ses trois gorilles hélèrent la serveuse, deux tables plus loin.

Ce gosse semblait venir tous les soirs, et il avait sa place. Ou alors il était vraiment idiot.

— Hé ! lança le gosse. On a besoin d'être servis, ici. Active-toi !

— J'arrive, répondit la serveuse.

— Tout de suite, insista le connard. Pas tout à l'heure.

— Je ne serai pas longue, murmura-t-elle à Butch.

Elle se dirigea vers le gamin. Butch la vie se faire harceler copieusement. Quelle grande gueule ! Quel m'as-tu-vu ! Et ça ne risquait pas de s'arranger au fil de la nuit.

Cela dit, Butch non plus.

— Tu me sembles un peu agressif, Butch O'Neal.

Il ferma les yeux. Quand il les rouvrit, la femelle à la coiffure et au corps masculins se tenait encore devant lui.

— On va avoir des problèmes avec toi, ce soir, Butch O'Neal ?

Si seulement elle pouvait arrêter de prononcer son nom…

— Non, ça va.

Une lueur érotique apparut dans le regard de la femelle.

— Oh, je le sais. Mais soyons lucides. Tu vas poser problème, ce soir ?

— Non.

Elle l'observa longuement, puis esquissa un sourire.

— Bien… Je t'ai à l'œil. Ne l'oublie pas.

Chapitre 25

Joyce O'Neal Rafferty accueillit son mari à la porte avec un air furieux, le bébé dans les bras. Mike resta sur le paillasson. Il était visiblement crevé, après ses horaires doubles, mais elle n'en avait rien à faire.

— J'ai reçu un appel de mon frère, aujourd'hui. Butch. Tu lui as parlé du baptême, hein ?

Son mari embrassa Sean, mais ne tenta pas sa chance avec elle.

— Allons, chérie…

— Ça ne te regarde pas !

Mike referma la porte.

— Pourquoi vous le détestez tous à ce point ?

— Je refuse d'en parler avec toi.

Tandis qu'elle se détournait, il reprit :

— Il n'a pas tué ta sœur, Jo. Il avait douze ans, à l'époque. Que pouvait-il faire ?

Elle prit son fils sur son autre bras, mais ne se retourna pas vers Mike.

— Il n'est pas question de Janie. Butch a tourné le dos à la famille il y a des années. C'est son choix. Ça n'a rien à voir avec ce qui s'est passé.

— C'est peut-être vous qui lui avez tourné le dos.

Elle le foudroya du regard par-dessus son épaule.

— Pourquoi tu le défends ?

— C'est mon ami. Avant de te rencontrer et de t'épouser, j'étais son ami.

— Tu parles d'un ami ! C'était quand, la dernière fois que tu as eu de ses nouvelles ?

— Peu importe. Il était sympa avec moi.

— Tu as vraiment le cœur tendre, dit-elle en se dirigeant vers l'escalier. Je monte allaiter Sean. Tu trouveras de quoi dîner dans le frigo.

Joyce gravit les marches. En arrivant sur le palier, elle fusilla du regard le crucifix accroché au mur. Puis elle se rendit dans la chambre de Sean et s'assit dans le fauteuil à bascule à côté du berceau. Dès qu'elle posa son fils sur son sein, sa petite main lui pinça la peau. L'enfant avait le corps chaud et respirait la santé. Ses longs cils reposaient sur ses joues roses.

Joyce respira profondément à plusieurs reprises.

Merde. Elle s'en voulait d'avoir crié et de s'être détournée de la croix du Sauveur. Elle récita un « Je vous salue Marie » et tenta de se calmer en comptant les orteils parfaits de Sean.

Seigneur… S'il lui arrivait quoi que ce soit, elle en mourrait. Son cœur ne battrait plus jamais pareil. Comment sa mère avait-elle tenu le coup ? Comment avait-elle survécu à la perte d'un enfant ?

Et Odell en avait perdu deux, non ? D'abord Janie, puis Butch. Dieu merci, elle n'avait plus toute sa tête. Être soulagée de ces souvenirs devait être une bénédiction pour elle.

Joyce caressa les fins cheveux de Sean. Sa mère n'avait jamais pu dire au revoir à Janie. Le corps était trop abîmé pour un cercueil ouvert. En tant que père, Eddie O'Neal était allé reconnaître sa dépouille à la morgue.

Si seulement Butch avait réagi, lors de cet horrible après-midi d'automne. Si seulement il s'était précipité dans la maison pour dire à un adulte que Janie venait de partir… Ils auraient peut-être pu la sauver. Janie n'avait pas le droit de monter en voiture avec des garçons et tout le monde connaissait la règle. Butch la connaissait aussi. Si seulement…

Bordel, son mari avait raison. Toute la famille détestait Butch. Pas étonnant qu'il soit parti et qu'il ait pratiquement disparu.

Les lèvres de Sean se relâchèrent et sa petite main se détendit. Mais il se remit à la tâche et téta de plus belle.

À propos de disparition… Sa mère n'allait pas pouvoir dire adieu à Butch non plus. Ses moments de lucidité étaient tellement rares et espacés. Même si son fils venait à l'église ce dimanche, elle ne le reconnaîtrait sans doute pas.

Joyce entendit son mari gravir les marches d'un pas lent.

— Mike ? appela-t-elle.

L'homme qu'elle aimait et qu'elle avait épousé apparut sur le seuil. Il commençait à prendre de la brioche et perdait ses cheveux sur le dessus du crâne, alors qu'il n'avait que trente-sept ans. En l'observant, en cet instant, elle revit le jeune homme qu'il était. Le sportif du lycée. Le copain de son grand frère Butch. Le joueur de football vedette pour qui elle avait le béguin depuis des années.

— Oui ? fit-il.

— Excuse-moi de m'être énervée.

Il esquissa un sourire.

— C'est pas évident. Je comprends.

— Tu as raison. Butch aurait sans doute dû être invité. Mais je veux que ce jour de baptême soit pur, serein, tu comprends ? C'est un départ pour Sean, et je ne veux pas d'ombre au tableau. Butch… porte cette ombre partout où il va et tout le monde est tendu. Et avec la maladie de ma mère… Je ne veux pas gérer tout ça.

— Il a dit qu'il viendrait ?

— Non. Il…

Elle repensa à leur conversation. C'était drôle. Il avait la même voix. Son frère avait toujours eu une voix étrange, un peu rauque. Comme s'il avait un problème à la gorge, ou bien qu'il taisait trop de choses.

— Il a dit qu'il était content pour nous. Il te remercie de l'avoir appelé. Il espère que les parents vont bien.

Mike observa Sean qui venait de se rendormir.

— Butch ne sait pas que ta mère est malade, n'est-ce pas ?

— Non.

Au début, quand Odell avait seulement des trous de mémoire, Joyce et l'une de ses sœurs avaient décidé d'attendre de savoir ce qu'elle avait avant de prévenir Butch. Cela remontait à deux ans. Et ils savaient de quoi elle souffrait : la maladie d'Alzheimer.

Dieu seul savait combien de temps il restait à sa mère. La maladie progressait irrémédiablement.

— Je suis malhonnête de ne rien dire à Butch, dit-elle doucement. Hein ?

— Je t'aime, murmura Mike.

Elle sentit les larmes lui monter aux yeux en dévisageant le père de son enfant. Michael Rafferty était un homme bien. Un homme solide. Il n'aurait jamais la beauté de Hugh Jackman, la fortune de Bill Gates ou la puissance d'un roi d'Angleterre, mais il était à elle, à Sean, et cela lui suffisait amplement. Surtout les soirs comme celui-là, avec ce genre de conversation.

— Je t'aime aussi, dit-elle.

Viszs se matérialisa derrière le *Zero Sum* et longea la ruelle vers l'entrée du club. Il fut soulagé en voyant l'Escalade garée sur la 10e Rue. Fhurie avait dit que Butch avait quitté la grande maison en trombe, et qu'il semblait mécontent.

V. se dirigea droit vers le carré VIP du club. Mais il n'arriva pas à destination.

La femelle responsable de la sécurité s'interposa et lui barra la route de son corps tendu. Il la toisa rapidement, se demandant ce qu'il ressentirait à la ligoter. Sans doute lui laisserait-elle des cicatrices. Ce serait une façon assez amusante de passer une heure ou deux.

— Votre gars doit partir, dit-elle.

— Il est à notre table ?

— Oui, et vous feriez bien de le sortir d'ici, et vite.

— Qu'est-ce qu'il a fait de mal ?

— Rien, pour le moment.

Ils gagnèrent ensemble le carré VIP.

— Mais je ne voudrais pas qu'il en arrive là, reprit-elle. Et il est limite.

Ils se frayèrent un chemin dans la foule. V. contempla ses bras musclés et songea au poste qu'elle occupait au club. Hardcore, surtout pour une femelle. Pourquoi faisait-elle ça ?

— Vous frappez les mâles ? demanda-t-il.

— Parfois. Mais avec O'Neal, je préfère le sexe.

V. s'arrêta net.

— Il y a un problème ? s'enquit la femelle en regardant par-dessus son épaule.

— Quand avez-vous couché avec lui ?

Il sentait toutefois que c'était récent.

— La question, c'est de savoir quand je vais recommencer, répondit-elle en désignant le carré VIP. Mais ce ne sera pas ce soir. Allez le chercher et sortez-le de là.

V. plissa les paupières.

— Excusez-moi d'être à cheval sur les convenances, mais Butch est casé.

— Vraiment ? C'est pour ça qu'il vient ici presque tous les soirs pour se saouler ? Sa compagne doit être adorable.

— Ne vous approchez plus de lui.

L'expression de la femelle se durcit.

— Frère ou pas, vous n'avez pas à me dire ce que je dois faire.

V. se pencha vers elle et révéla ses canines.

— Je vous dis de rester à distance de lui.

L'espace d'un instant, il crut qu'ils allaient se battre. Il n'avait jamais lutté contre une femelle, mais celle-ci... Elle ne ressemblait pas aux autres femelles. Surtout quand elle regardait sa mâchoire comme si elle envisageait de lui décocher un uppercut.

— Vous voulez une chambre ou un ring de boxe, tous les deux ?

En se retournant, V. vit Vhengeance à un mètre de lui. Ses yeux améthyste luisaient dans la pénombre. Sous les spots, sa crête iroquoise était aussi sombre que son long manteau de zibeline.

— Il y a un problème ? s'enquit Vhengeance en les observant tour à tour.

Il ôta sa fourrure et la confia à un videur.

— Pas du tout, assura V. en regardant la femelle. Tout va bien, n'est-ce pas ?

— Ouais, fit-elle d'une voix traînante en croisant les bras. Rien.

V. croisa les videurs devant le cordon de velours et se rendit droit vers la table de la Confrérie. *Oh… non.*

Butch semblait complètement parti, et pas seulement à cause de l'alcool. Les traits tirés, les yeux mi-clos, la cravate de travers, la chemise en partie déboutonnée. Et il avait une trace de morsure dans le cou, qui avait un peu saigné sur le col de sa chemise.

Et il cherchait la bagarre en foudroyant des yeux une tablée de friqués. Merde, le flic semblait sur le point de leur sauter dessus, prêt à bondir.

— Hé, mon pote, fit V. en s'asseyant à côté de lui très lentement pour ne pas le brusquer. Qu'est-ce qui se passe ?

Butch vida son verre sans quitter les friqués des yeux.

— Ça va, V. ?

— Bien, bien. Alors, tu as bu combien de Lag ?

— Pas assez. Je me suis pas encore écroulé.

— Tu me racontes ce qui ne va pas ?

— Rien de particulier.

— Tu as été mordu, mon vieux.

La serveuse vint chercher son verre vide. Butch porta la main à ses traces de morsure.

— C'est seulement parce que je l'ai forcée. Et elle s'est arrêtée. Elle ne veut pas me prendre, vraiment pas. Alors elle est avec un autre, en ce moment.

— Merde.

— C'est à peu près l'ambiance. Pendant qu'on est là, ma femme est avec un autre. Un aristocrate, d'ailleurs. Je te l'avais dit ? Un mâle de mes deux est en train de toucher… enfin… Qui que ce soit, il est plus fort que moi. Il lui donne ce dont elle a besoin. Il la nourrit. Il…

Butch se tut.

— Et toi, comment ça va ? reprit-il.

— Je t'ai dit que boire n'impliquait pas forcément du sexe.

— Oh, je sais.

Le flic s'adossa en voyant arriver son verre.

— Tu veux de la Goose ? Non ? D'accord… Je bois pour nous deux.

Il vida la moitié du verre avant même que la serveuse ait tourné les talons.

— Ce n'est pas seulement le sexe. Je ne supporte pas l'idée qu'elle ait le sang d'un autre en elle. *Je* veux la nourrir. *Je* veux la maintenir en vie.

— C'est pas logique, mon vieux.

— Je m'en fous, de la logique, répondit-il en observant son scotch. Seigneur… On n'a pas déjà fait ça ?

— Pardon ?

— Je veux dire… On était là hier soir. On a bu la même chose, à la même table. Toujours pareil. J'ai l'impression d'être enfermé dans ce schéma et j'en ai marre. J'en ai ras-le-bol.

— Et si je te ramenais à la maison ?

— Je ne veux pas retourner au…

Butch se tut et se crispa. Puis il reposa doucement son verre.

V. se mit en alerte rouge. La dernière fois que le flic avait fait cette tête, il y avait des éradiqueurs aux alentours. Mais Viszs regarda autour de lui sans rien voir de spécial, à part le Révérend qui entrait dans le carré VIP pour se diriger vers son bureau.

— Butch, mon vieux ?

Butch se leva.

Puis il bougea si vite que V. n'eut pas le temps de le rattraper.

Chapitre 26

Ayant perdu tout contrôle sur son corps, Butch traversa vivement le carré VIP en direction de Vhengeance. Tout ce qu'il savait, c'était qu'il avait capté l'odeur de Marissa et qu'elle le conduisait vers le mâle à la crête iroquoise. Il se jeta sur lui comme sur son pire ennemi.

L'effet de surprise joua en sa faveur. Il renversa brutalement le Révérend qui lança un « Qu'est-ce qui se passe, bordel ? » en heurtant le sol. Il rameuta les videurs qui surgirent de toutes parts. Juste avant d'être écarté de Vhengeance, Butch ouvrit le col de sa chemise.

C'était bien ce qu'il pensait. Il avait des marques de morsure dans son cou.

— Non... Bordel, non...

Butch tenta de résister aux mains puissantes qui l'immobilisaient. Il se débattit comme un beau diable jusqu'à ce que quelqu'un apparaisse devant lui et lui assène un coup de poing en plein visage. Une douleur fulgurante explosa dans son œil gauche. La femelle responsable de la sécurité venait de le frapper.

Vhengeance planta sa canne sur le sol et se releva, un œil violacé.

— Dans mon bureau. *Tout de suite.*

S'ensuivit une conversation dont Butch ne saisit pas grand-chose. Il ne voyait qu'une chose : le mâle qui se tenait en face de lui et les preuves qu'il portait dans le cou. Il imagina son corps massif sous celui de Marissa. Puis elle se penchait sur sa gorge pour percer sa peau de ses canines...

Vhengeance l'avait satisfaite, à n'en pas douter.

— Pourquoi fallait-il que ce soit toi ? hurla Butch, entrant enfin dans le débat. *Je t'aime bien, moi, bordel.* Pourquoi fallait-il que ce soit *toi* ?

— Il est temps de partir, annonça V. en l'attrapant et en le maintenant par une prise au niveau de sa tête. Je te ramène à la maison.

— Pas tout de suite ! grogna Vhengeance. Il m'a plaqué à terre sous mon propre toit. Je veux savoir ce qui lui est passé par la tête, nom de Dieu. Tu vas devoir me fournir une très bonne raison de ne pas te déboîter les deux genoux, mon vieux.

— *Tu l'as nourrie !* déclara Butch d'une voix forte et claire.

Vhengeance tiqua et porta une main à son cou.

— Pardon ?

Butch se mit à grogner et se débattit de plus belle. Il avait l'impression d'être coupé en deux. Une moitié de lui avait encore un peu de jugeotte, et l'autre avait complètement pété les plombs. Laquelle l'emportait ?

— Marissa ! cracha-t-il. Tu l'as nourrie !

Vhengeance écarquilla les yeux.

— C'est donc toi ? C'est de toi qu'elle est amoureuse ?

— Oui !

Vhengeance en eut le souffle coupé. Puis il se passa la main sur le visage et referma son col pour dissimuler les traces.

— Bordel de merde ! (Il se détourna.) Viszs, dégage-le d'ici, qu'il puisse cuver. Seigneur, que le monde est petit !

Butch sentit ses jambes se dérober. Tout commençait à tourner autour de lui. Merde, il était bien plus bourré qu'il le pensait, et ce coup de poing ne lui avait pas fait du bien.

Avant de s'évanouir, il grommela :

— *Ça aurait dû être moi. Elle aurait dû m'utiliser...*

M. X gara le break dans une ruelle donnant sur Trade Street. La ville se préparait pour la nuit, les bars montaient la musique et se remplissaient de futurs ivrognes et drogués.

La chasse aux frères était ouverte.

M. X claqua la portière et ajusta ses armes, puis il regarda Van par-dessus le capot.

Bordel, il était encore terriblement déçu par sa performance sur le ring. Et il avait peur, aussi. Mais après tout, il allait falloir un moment pour que ses forces se regroupent. Aucun éradiqueur n'émergeait de son initiation en pleine possession de ses moyens, et il n'y avait aucune raison de penser que Van serait différent uniquement parce qu'il était désigné par la prophétie.

Mais quand même, c'était contrariant.

— Comment je saurai qui est un vampire ? s'enquit Van.

Ah, oui. Le boulot. X s'éclaircit la voix.

— Les civils te reconnaîtront à l'odeur. Et tu les remarqueras quand ils prendront peur. Quant aux frères, pas moyen de se tromper. Ils sont plus forts, plus agressifs que tout ce que tu as pu connaître et ils frappent les premiers. S'ils te voient, ils s'en prendront à toi.

Ils s'engagèrent sur Trade Street. La nuit était fraîche et humide, un temps qui avait toujours stimulé X avant la bagarre. Cette fois, il était concentré sur autre chose. Il devait être sur le terrain parce qu'il était le grand éradiqueur, mais il n'avait qu'un souci : les maintenir, lui et Van, du bon côté de la réalité jusqu'à ce que Van devienne vraiment ce qu'il devait être.

Ils allaient s'engager dans une ruelle quand M. X s'arrêta. Il tourna la tête pour regarder derrière eux. Puis de l'autre côté de la rue.

— Qu'est ce que…

— Silence, ordonna M. X en fermant les yeux, mettant son instinct en branle.

Il se calma, étudia les lieux et déploya ses capteurs mentaux dans la nuit.

L'Oméga était proche.

Il rouvrit les paupières en se disant que c'était des conneries. Le maître ne pouvait pas venir de ce côté sans le grand éradiqueur…

Pourtant le Mal était proche.

M. X pivota sur ses bottes de combat. Tandis qu'une voiture passait dans Trade Street, il observa le *Zero Sum*, le club techno. Le maître se trouvait à l'intérieur, c'était certain.

Et merde. Avait-il changé de grand éradiqueur ?

Non. M. X aurait été convoqué à la maison, dans ce cas. L'Oméga avait peut-être utilisé quelqu'un d'autre pour traverser ? Était-ce même possible ?

M. X traversa en courant dans la direction du club, un Van ignorant mais prêt à tout sur les talons.

La file devant le *Zero Sum* était peuplée d'humains aux tenues voyantes qui frissonnaient, fumaient ou téléphonaient. Il s'arrêta. Au fond… Le maître se trouvait dans le fond.

Viszs ouvrit l'issue de secours du *Zero Sum* d'un coup de hanche et porta Butch vers l'Escalade. Il déposa le flic sur le siège arrière comme un tapis roulé et pria pour que ce salaud ne se réveille pas agité.

V. s'installait au volant quand il sentit quelque chose approcher. Son instinct en éveil déclencha en lui une poussée d'adrénaline. Par nature et par vocation, les membres de la Confrérie ne cherchaient pas les conflits, mais son sixième sens lui dit de dégager Butch du club, et *tout de suite*.

Il démarra en trombe. Une fois à l'entrée de la ruelle, il vit deux hommes s'approcher du 4x4, dont l'un avait les cheveux pâles. Des éradiqueurs. Comment avaient-ils su où venir ?

V. mit les gaz et fonça. Dès qu'il eut la certitude qu'ils n'étaient pas suivis, il se tourna vers le flic. Toujours dans les pommes. Bon sang, cette responsable de la sécurité lui avait filé un sacré coup. Sans parler du scotch.

Butch ne broncha pas tout le temps que dura le trajet vers le complexe. En fait, ce ne fut qu'en le portant dans la Fosse pour l'allonger sur son lit que V. le vit ouvrir les yeux.

— J'ai la tête qui tourne.

— Pas étonnant.

— J'ai mal au visage.

— Attends de te voir, et tu comprendras pourquoi.

Butch ferma les yeux.

— Merci de m'avoir ramené à la maison.

Viszs allait l'aider à ôter son costume quand quelqu'un sonna à la porte.

Il se rendit en jurant à la grille d'entrée et consulta les écrans de sécurité sur son bureau. Il ne fut guère surpris de découvrir qui c'était, mais Butch n'était pas vraiment prêt pour passer en prime time.

V. gagna le vestibule et referma la porte avant d'ouvrir celle de l'extérieur. Marissa leva les yeux vers lui. Il émanait d'elle tristesse et inquiétude, et un parfum de roses séchées.

— J'ai vu arriver l'Escalade, déclara-t-elle doucement. Je sais qu'il est rentré. J'ai besoin de le voir.

— Pas ce soir. Reviens demain.

Son expression se durcit en une beauté de marbre.

— Je ne partirai que s'il m'ordonne de partir.

— Marissa…

Ses yeux envoyaient des éclairs.

— Je veux qu'il me le dise lui-même, guerrier.

V. perçut sa détermination et se dit qu'elle avait tout ce qu'il fallait, un peu comme cette chef de la sécurité si musclée du club, mais sans les poings.

Eh bien, c'était le jour des dures à cuire.

— Laisse-moi au moins le nettoyer un peu, dit-il en secouant la tête.

Le regard de Marissa laissa transparaître sa panique.

— Pourquoi ?

— Bordel, Marissa, qu'est-ce que tu croyais qu'il allait se passer, en te nourrissant de Vhengeance ?

— Comment sais-tu... ? bredouilla-t-elle, bouche bée.

— Butch s'en est pris à lui au club.

— Comment ? Il... Oh, mon Dieu. (Elle plissa soudain les yeux.) Tu ferais mieux de me laisser entrer. Tout de suite.

V. leva les bras.

— Et merde, maugréa-t-il en ouvrant la porte.

Chapitre 27

Le frère s'effaça lorsque Marissa passa devant lui d'un pas décidé, prouvant qu'il était aussi intelligent qu'il en avait la réputation.

Elle s'arrêta sur le seuil de la chambre de Butch. À la lueur de l'éclairage du couloir, elle le vit allongé sur le dos, sur son lit. Son costume était de travers et sa chemise maculée de sang. De même que son visage.

En s'approchant, elle porta la main à sa bouche.

— Par la Vierge de l'Estompe…

Il avait un œil boursouflé qui virait au noir, et une plaie sur l'arête du nez, d'où le saignement. Et il empestait le scotch.

La voix de Viszs semblait étonnamment douce depuis le pas de la porte.

— Tu ferais mieux de revenir demain. Il sera furieux en apprenant que tu l'as vu dans cet état.

— Qui lui a fait ça, au juste ? Et ne me dis pas que c'était une petite rixe de rien du tout ou je me mets à hurler.

— Il s'en est pris à Vhengeance. Et ce dernier a de nombreux videurs.

— Il doit s'agir de mâles imposants, fit-elle, abasourdie.

— En fait, c'est une femelle qui l'a cogné.

— Une femelle ?

À quoi bon se soucier des détails, après tout ?

— Apporte-moi quelques serviettes et de l'eau chaude et savonneuse, s'il te plaît, reprit-elle en ôtant les chaussures de Butch. Je veux le laver.

Quand V. se fut éloigné, elle dévêtit Butch, ne lui laissant que son boxer, et s'assit au bord du lit. Elle fut surprise par la grosse croix en or qu'il portait au cou. Elle n'y avait guère prêté attention lors de leurs ébats dans le salon, mais elle se demandait à présent d'où elle pouvait venir.

Elle examina la plaie noire de son ventre, qui n'avait évolué ni en bien ni en mal.

Quand V. revint avec une cuvette d'eau savonneuse et une pile de linges, elle déclara :

— Pose ça sur cette table, où je peux les atteindre, et laisse-nous, je te prie. Referme la porte en partant.

Il hésita, ce qui était logique. Nul ne donnait d'ordres à un membre de la Confrérie de la dague noire, où que ce soit et encore moins sous son toit. Mais elle était sur les nerfs, le cœur brisé, et elle se moquait totalement de ce qu'il pensait d'elle.

C'était sa règle de conduite n° 1.

V. obéit au terme d'un long silence et partit en refermant la porte. Marissa respira profondément et imbiba un linge. Butch grimaça et se mit à marmonner dès qu'elle le posa sur son visage.

— Je regrette, Butch… Mais c'est fini, maintenant.

Elle rinça le linge dans la cuvette et l'essora. Elle trouva le bruit des gouttes d'eau assourdissant.

— Et je te jure qu'il ne s'est rien passé entre nous, et qu'il m'a juste nourrie.

Elle lava son visage ensanglanté puis caressa ses cheveux humides. Il remua et tourna le visage vers elle, mais il était manifestement ivre mort.

— Tu veux bien me croire ? murmura-t-elle.

En tout cas, elle avait une preuve. Quand elle viendrait à lui encore vierge, il saurait qu'aucun autre mâle n'avait…

— Je sens son odeur sur toi.

Elle eut un mouvement de recul face à la dureté de son ton.

Butch rouvrit lentement les yeux. Ils semblaient noirs, et non noisette.

— Je sens son odeur partout sur toi, parce que tu n'as pas bu au poignet.

Comment réagir ? Les yeux rivés sur sa bouche, il poursuivit :

— J'ai vu les traces dans son cou. Et il portait ton odeur sur lui.

Elle tiqua quand Butch tendit la main, mais il se contenta de lui caresser la joue d'un index léger comme une plume.

— Combien de temps ça a pris ? demanda-t-il.

Elle resta silencieuse. Son instinct lui disait que moins Butch en savait, mieux cela vaudrait.

Il ôta sa main, les traits durs et las, impassibles.

— Je te crois… pour le sexe.

— Tu n'en donnes pourtant pas l'impression.

— Désolé, je suis un peu distrait. J'essaie de me convaincre que ce qui s'est passé ce soir m'est égal.

Elle observa ses propres mains.

— Moi aussi je me sens mal. J'ai pleuré tout le temps.

Butch retint son souffle, puis toute tension s'envola entre eux. Il se redressa et prit Marissa par les épaules.

— Seigneur… Chérie, je te demande pardon d'être tellement chi…

— Non, c'est moi qui suis désolée de devoir faire ça.

— Chut ! Ce n'est pas ta faute, Marissa, tu n'y es pour rien.

— C'est pourtant ce que je pense.

— C'est moi qui ne suis pas à la hauteur, pas toi.

Il glissa ses bras puissants et merveilleux autour d'elle et l'attira contre son torse nu. Elle s'accrocha à lui comme si sa vie en dépendait.

Il l'embrassa sur la tempe en murmurant :

— Ce n'est pas ta faute. Jamais. Et je regrette de ne pas mieux gérer la situation. Vraiment. Je ne comprends pas pourquoi c'est si dur pour moi.

Elle recula vivement, prise d'une frénésie qu'elle ne refoula pas.

— Butch, je veux que tu couches avec moi. Unissons-nous. Tout de suite.

— Oh… Marissa… J'adorerais ça, répondit-il en lui caressant tendrement les cheveux. Mais pas comme ça. Je suis saoul, et ta première fois doit être…

Elle l'interrompit d'un baiser. Elle dégusta sa saveur de scotch et de mâle tout en l'allongeant sur le lit. Il gémit lorsqu'elle glissa une main entre ses jambes. Son sexe durcit aussitôt sous sa paume.

— Je veux te sentir en moi, dit-elle vivement. Si ce n'est pas ton sang, que ce soit ton sexe, en moi, maintenant.

Elle l'embrassa encore. Marissa sut qu'il lui appartenait dès que sa langue s'insinua dans sa bouche. C'était si bon… Il la fit rouler sous lui et glissa la main de son cou à ses seins, puis ses lèvres suivirent le même chemin. Il eut un moment d'hésitation quand il s'attaqua au haut de sa robe, puis ses traits se durcirent de nouveau. Il empoigna la soie d'un geste féroce et l'arracha de son buste. Il ne s'arrêta pas à la taille, cette fois. Il déchira le tissu de ses mains jusqu'en bas de la robe.

— Enlève-la, ordonna-t-il.

Elle se débarrassa des vestiges de soie qui demeuraient sur ses épaules. Il la prit par les hanches pour saisir la robe qu'il jeta à l'autre extrémité de la chambre.

Le regard brûlant, il revint à elle et souleva ses dessous avant de lui écarter les cuisses.

— Ne porte plus jamais cette chose, exigea-t-il d'une voix rauque, en la contemplant.

Elle acquiesça. Sans attendre, il écarta le tissu de sa petite culotte et posa les lèvres sur sa fente. L'orgasme de Marissa fut comme un marquage au fer rouge. Il le prolongea jusqu'à ce qu'elle retombe, frémissante et repue.

Il referma ensuite doucement ses jambes. C'était elle qui venait de jouir, mais il était bien plus détendu lorsqu'il s'allongea sur son corps. Nageant dans une douce torpeur, elle ne résista pas lorsqu'il la dénuda totalement avant d'enlever son boxer.

En admirant la taille de son membre, elle comprit ce qui l'attendait et fut prise d'une sourde appréhension. Mais elle était trop heureuse pour s'en soucier vraiment.

Il n'était qu'une bête virile sur le lit, le sexe dur et épais, prêt à pénétrer Marissa. Elle écarta de nouveau les cuisses, mais il s'allongea à son côté, et non sur elle.

Il progressa lentement, l'embrassant longtemps avec tendresse, tandis que sa main ferme et douce montait vers ses seins avec mille précautions. Haletante, elle l'agrippa par les épaules, savourant ses muscles saillants sous sa peau chaude. Il lui caressa les hanches, les cuisses…

Puis il glissa sa main entre ses jambes, tendrement et sans se presser, et insinua un doigt en elle. Il s'interrompit dès que la jeune femme, troublée, commença à froncer les sourcils et à reculer les hanches.

— Tu sais à quoi t'attendre ? demanda-t-il à voix basse contre ses seins.

— Euh… Oui, je crois.

Mais elle songea à l'ampleur de son érection. Comment diable son sexe allait-il entrer en elle ?

— Je me montrerai aussi doux que possible, mais… tu vas avoir un peu mal. J'espérais que, peut-être…

— Je sais que cela arrive.

Elle avait entendu dire qu'après une légère douleur venait une extase merveilleuse.

— Je suis prête, ajouta-t-elle.

Il ôta sa main et se coucha sur elle, se nichant entre ses cuisses.

Brusquement tout s'éclaircit : le contact de la peau brûlante de Butch, son poids, la puissance de ses muscles… Et l'oreiller sous sa tête, le matelas ; l'écartement de ses cuisses… Elle regarda le plafond. Des lumières se mirent à bouger au-dessus d'eux, comme si une voiture venait de se garer dans la cour.

Elle se tendit malgré elle. Même si c'était Butch et même si elle l'aimait, l'appréhension face à cette expérience si impressionnante la submergea. Trois cents ans à attendre, et c'était sur le point de se produire, ici et tout de suite...

Pour une raison stupide, les larmes affluèrent.

— Chérie, rien ne nous oblige à le faire, fit-il en essuyant ses larmes de ses pouces.

Il s'écarta d'elle.

— Je ne veux pas arrêter, fit-elle en le retenant par les reins. Non, Butch. Attends! Je veux le faire, vraiment.

Il ferma les yeux, puis il enfouit le visage dans son cou et l'enlaça. Roulant sur le côté, il l'attira contre son corps ferme. Ils restèrent longtemps ainsi. Elle sentait son sexe palpiter de désir contre sa hanche et commençait à se demander s'il allait faire quelque chose.

Au moment où elle allait lui poser la question, il se redressa et revint se placer entre ses cuisses.

Il l'embrassa avec ardeur et une telle fougue qu'elle s'embrasa. Elle se mit à onduler sous son corps, se frottant contre ses hanches pour se rapprocher encore...

Puis cela se produisit. Il se décala légèrement sur la gauche pour poser son membre lisse et dressé contre sa fente. Il effectua un long mouvement de bas en haut, puis une pression. Elle s'immobilisa et pensa à ce qu'il était sur le point de faire.

Butch déglutit, la peau moite de sueur, dont une goutte coula le long de son dos. La pression qu'elle ressentait entre ses jambes s'intensifia. Le souffle court, il gémit. Il recula soudain en la voyant grimacer.

— Qu'est-ce qui ne va pas? s'enquit-elle.

— Tu es très serrée.

— Et toi, très imposant.

Il éclata de rire.

— Tu dis des choses très gentilles, parfois, tu sais.

— Tu arrêtes?

— Pas à moins que tu me le demandes.

N'entendant aucun refus de sa part, il se raidit de plus belle et l'extrémité de son sexe retrouva l'entrée de ses replis. Il releva la tête et glissa une mèche de cheveux de Marissa derrière son oreille.

— Essaie de te relaxer, Marissa, ça sera plus facile pour toi.

Il entreprit un mouvement de balancier, ses hanches se glissant entre les siennes et se retirant dans un doux va-et-vient. Mais chaque fois qu'il appuyait légèrement, le corps de Marissa résistait.

— Ça va ? demanda-t-il les dents serrées.

Elle acquiesça en tremblant. Tout était si étrange, d'autant plus qu'ils ne progressaient guère…

Il la pénétra enfin d'un coup de reins jusqu'à sentir la barrière de chair déjà rencontrée par son doigt. Elle se crispa. Butch gémit et enfouit le visage dans l'oreiller.

Un peu gênée et surprise par ce contact, elle esquissa un sourire.

— Je… Je devrais peut-être te demander si tout va bien…

— Tu plaisantes ? Je suis sur le point d'exploser. (Il déglutit.) Mais je ne voudrais pas te faire mal.

— Alors passons vite cette étape.

Elle le sentit acquiescer.

— Je t'aime.

Il recula légèrement, puis s'avança d'un mouvement fluide.

Face à la douleur perçante, elle retint son souffle et poussa sur ses épaules pour l'empêcher de s'enfoncer plus loin. Elle se débattit d'instinct pour se dégager et maintenir une certaine distance entre eux.

Butch souleva son torse. Leurs ventres se frôlèrent tandis qu'ils haletaient. La croix en or se balançait entre eux. Marissa lâcha un juron : la pression qu'elle avait sentie n'avait été qu'une gêne passagère. Cette fois, c'était de la douleur.

Elle se sentait envahie par Butch, submergée. Ces bavardages de bonne femme qu'elle avait entendus sur les plaisirs du sexe, la magie de la première fois, l'aisance… Rien de tout cela ne se révélait exact, en ce qui la concernait.

La panique monta en elle. Et si elle était vraiment brisée, à l'intérieur ? Était-ce là le défaut que les mâles de la *glymera* avaient perçu en elle ? Et si…

— Marissa ?

… elle ne parvenait pas à le supporter ? Et si c'était chaque fois aussi douloureux ? Seigneur… Butch était très viril, très sexuel. Et s'il allait voir ailleurs…

— Marissa, regarde-moi.

Elle se força à poser les yeux sur son visage, mais elle ne parvenait à se concentrer que sur cette petite voix dans sa tête. Seigneur, elle n'était pas censée avoir si mal, si ? Elle était défaillante…

— Comment tu te sens ? demanda-t-il vivement. Parle-moi. Ne sois pas si réservée.

— Et si je ne le supportais pas ? bredouilla-t-elle.

Le visage de Butch n'exprima plus rien.

— J'imagine que peu de femmes apprécient leur première fois. Cette vision romantique de la défloration n'est qu'un mensonge.

À moins que non. Le problème venait peut-être d'elle…

Le mot « défaut » tournoyait dans la tête de Marissa.

— Marissa ?

— Je voulais que ce soit beau, dit-elle au désespoir.

Il y eut un silence horrible… durant lequel elle ne ressentit que la pression de son membre en érection dans son corps.

— Je regrette que tu sois déçue, mais pas très étonné.

Il commença à reculer, puis il y eut un changement. Son mouvement fit naître en elle une sorte de picotement qui la transperça.

— Attends ! s'exclama-t-elle en l'attrapant par les hanches. Ce n'est pas tout, n'est-ce pas ?

— Presque. Mais c'est plus invasif, ensuite.

— Oh… Mais tu n'as pas fini…

— Je n'en ai plus besoin.

Marissa se sentit étrangement vide lorsque le sexe dressé de Butch émergea d'elle. Il se souleva. Aussitôt, elle eut froid. Il remonta une couverture sur elle et son sexe effleura sa cuisse. Il était humide et commençait à perdre de sa raideur.

Il se coucha sur le dos près d'elle, les deux bras sur son visage.

Bon sang… quel gâchis. Elle avait recouvré son souffle et avait envie de lui demander de continuer, mais elle devinait sa réponse. Son attitude tendue exprimait son refus.

Couchée à son côté, elle avait l'impression qu'elle devait dire quelque chose.

— Butch…

— Je suis vraiment crevé, pas très cohérent. On va dormir, d'accord ?

Il roula sur le côté, s'appuya sur un oreiller et poussa un long soupir tremblant.

Chapitre 28

Marissa se réveilla plus tard, étonnée d'avoir trouvé le sommeil. Toutefois, se nourrir produisait chaque fois cet effet. Elle devait toujours se reposer après avoir bu.

Elle consulta les chiffres rouges du réveil à travers la pénombre. Plus que quatre heures avant l'aube, et les tâches qu'elle devait effectuer prenaient toute une nuit.

Elle regarda par-dessus son épaule. Butch était profondément endormi sur le dos, une main posée sur son torse nu. Ses paupières tressautaient de temps à autre. Avec sa barbe naissante et ses cheveux hirsutes, il semblait bien plus jeune, et même encore plus séduisant dans son genre.

Pourquoi cela n'avait-il pas mieux fonctionné entre eux ? Si seulement elle avait tenu un peu plus longtemps, il aurait eu plus de chances de réussir. Et à présent elle devait partir.

En émergeant de sous la couverture, elle sentit l'air frais sur sa peau. Elle ramassa doucement son jupon, son corset... Où était passée sa culotte ?

Soudain elle s'arrêta net et baissa les yeux avec surprise. Une substance chaude coulait à l'intérieur de sa cuisse : un filet de sang. Parce que Butch l'avait prise...

—Approche, dit-il.

Elle faillit lâcher ses vêtements.

—Je... j'ignorais que tu étais réveillé.

Il tendit la main. Dès qu'elle fut assez proche du lit, il enroula un bras autour de sa jambe et l'attira sur le matelas. Elle se retrouva en appui sur un genou. Il se tendit alors vers elle et elle retint son souffle en sentant sa langue sur l'intérieur de sa cuisse. D'une caresse tiède et humide, il s'insinua dans sa fente et lécha les vestiges de sa virginité.

Où diable avait-il appris cette pratique ? Elle ne pouvait pas imaginer que les humains en fassent autant aux femelles qu'ils défloraient.

Pour son espèce, en revanche, c'était un rituel sacré entre partenaires.

Flûte, elle avait envie de pleurer…

Butch la relâcha et s'allongea pour l'observer d'un œil impassible. Elle se sentait tellement vulnérable devant lui, même si elle serrait son jupon sur sa poitrine.

— Prends mon peignoir, lui proposa-t-il.

— Où est-il ?

— Dans le placard. Derrière la porte.

Elle se retourna. Le peignoir rouge foncé portait son parfum. Elle l'enfila maladroitement. La lourde soie traînait par terre et lui couvrait les pieds. La ceinture était assez longue pour faire quatre fois le tour de sa taille.

Marissa considéra sa robe déchirée.

— Laisse-la, fit Butch. Je m'en débarrasserai.

Elle acquiesça, puis se dirigea vers la porte de la chambre et posa la main sur la poignée.

Que pouvait-elle dire pour arranger la situation ? Elle avait l'impression d'avoir tout gâché : d'abord à cause de sa réalité biologique qui creusait un fossé entre eux, puis de son incompétence sexuelle révélée.

— Ce n'est rien, Marissa. Tu peux partir tranquille. Inutile de dire quoi que ce soit.

— Je te verrai au Premier Repas ? demanda-t-elle en baissant la tête.

— Oui… d'accord.

Elle se rendit du pavillon à la grande maison dans une sorte de transe. Quand un *doggen* ouvrit la porte intérieure du vestibule, elle souleva le bas du peignoir pour ne pas trébucher… Et se rappela qu'elle n'avait pas de vêtements de rechange.

Il était temps d'en parler à Fritz.

Elle trouva le majordome dans la cuisine et lui demanda où se trouvait le garage.

— Vous cherchez vos effets, maîtresse ? Puis-je vous en monter quelques-uns ?

— Je préfère les choisir moi-même.

En le voyant observer d'un œil anxieux une porte située à sa droite, elle s'en approcha.

— Je promets de vous appeler en cas de besoin.

Le *doggen* hocha la tête, visiblement mal à l'aise.

Elle s'arrêta net en entrant dans le garage. Où diable se trouvait-elle ? Il n'y avait pas une seule voiture garée dans l'un des six espaces. Il n'y avait pas de place pour des voitures. Seigneur… elle découvrit des caisses et des caisses… Des cercueils ? Qu'est-ce que c'était que tout cela ?

— Maîtresse, vos effets se trouvent par ici, fit la voix respectueuse mais ferme de Fritz derrière elle, comme si la présence de ces caisses en pin ne la regardait pas. Veuillez me suivre…

Il la conduisit vers ses quatre malles, ses valises et ses cartons.

— Vous êtes certaine de ne pas vouloir que je vous monte quelques robes ?

— Absolument.

Elle actionna les loquets de l'une de ses malles Vuitton.

— Voulez-vous… me laisser ? demanda-t-elle.

— Bien sûr, maîtresse.

Elle attendit d'avoir entendu la porte se refermer pour soulever le couvercle. Des robes apparurent, multicolores, chatoyantes, superbes. Elle se rappela les avoir portées lors de bals, de réunions du Conseil des *princeps*, de réceptions de son frère et…

Elle en eut la chair de poule.

Elle s'approcha de la malle suivante, puis de la suivante, puis de la dernière, puis elle recommença, encore et encore.

C'était ridicule. En quoi la robe qu'elle choisirait avait-elle de l'importance ? *Choisis-en une.*

Elle saisit… Non, elle la portait lorsqu'elle avait bu à la veine de Vhengeance pour la première fois. Et celle-ci ? Non… Elle la portait pour la fête d'anniversaire de son frère… Ou alors…

Marissa sentit la colère monter en elle. La fureur s'empara d'elle et l'embrasa, coulant dans ses veines. Elle empoigna des robes au hasard et les arracha de leurs cintres rembourrés. Elle en cherchait une qui ne ravive pas un souvenir de soumission, d'emprisonnement ou de vulnérabilité sous un élégant tissu. Désemparée, elle se dirigea vers une autre malle. D'autres robes volèrent. Elle arracha et déchira les riches étoffes…

Des larmes se mirent à ruisseler sur ses joues. Elle les chassa d'un geste impatient, jusqu'à ce qu'elle n'y voie plus rien et soit contrainte d'arrêter. Debout au milieu d'un arc-en-ciel de tissus, elle se frotta le visage et laissa retomber ses bras.

C'est alors qu'elle aperçut une porte dans un coin.

Et derrière ses panneaux vitrés il y avait… une pelouse.

Marissa observa la surface enneigée par endroits, puis elle se tourna vers la gauche : la tondeuse était garée près de la porte, à côté d'un bidon rouge. Elle découvrit également des outils pour désherber et des pots de ce qui ressemblait à de l'engrais, et enfin un barbecue à essence, avec une petite boîte posée sur le couvercle.

Elle revint aux centaines de milliers de dollars de robes haute couture.

Elle mit vingt bonnes minutes à sortir chaque robe dans le jardin, en prenant soin d'y joindre corsets et châles. Quand elle eut terminé, ses vêtements paraissaient fantomatiques au clair de lune, sombres vestiges d'une existence qu'elle ne retrouverait jamais, d'une vie de privilèges… de restrictions… et d'humiliations dorées.

Elle extirpa une ceinture de la pile et emporta la fine bande de satin rose pâle dans le garage. Elle saisit le bidon d'essence sans hésitation. Elle retourna auprès des satins et des soieries, les arrosa de cet accélérant fluide et incolore, se plaça contre le vent et sortit une allumette.

Elle enflamma la ceinture et la lança sur la pile de robes.

L'explosion fut plus violente qu'elle s'y attendait et la projeta en arrière. Une boule de flammes surgit, lui brûlant le visage.

Elle se mit à crier dans cet enfer orange et noir.

Allongé sur le dos, Butch regardait le plafond quand les alarmes se déclenchèrent. Il se leva d'un bond et enfila son boxer. Il se heurta à Viszs en sortant à la hâte dans le couloir. Ils se précipitèrent ensemble vers les ordinateurs.

— Bon Dieu ! hurla V., il y a le feu sur la pelouse !

Son sixième sens incita Butch à sortir sans tarder. Il courut pieds nus dans la cour, indifférent au froid ou aux pavés. Il passa par l'avant de la grande maison et se rua vers le garage. *Oh, merde !* Il distinguait un enfer orangé dans le jardin à travers les fenêtres.

Puis il entendit les cris.

Il franchit en trombe la porte du fond. Il fut aussitôt assailli par une chaleur intense et une odeur d'essence et de tissu brûlé. Et il se trouvait bien plus loin que la silhouette qui se tenait juste devant le brasier.

— *Marissa !*

Elle était tournée vers les flammes, la bouche grande ouverte. Son cri strident transperçait la nuit avec autant de force que l'incendie. En pleine démence, elle errait devant le brasier, avant de se mettre à courir.

Non ! Le peignoir ! Elle allait trébucher !

Le pire se produisit sous les yeux de Butch, effaré. Le long peignoir se prit dans ses jambes puis dans ses pieds. Elle bascula en avant, tête la première vers les flammes.

L'expression de Marissa exprima soudain la panique. Elle leva les bras. Puis tout se passa au ralenti. Butch se mit à courir, mais il semblait faire du surplace.

— *Non !* cria-t-il.

Kolher se matérialisa à côté d'elle juste avant qu'elle s'écroule dans le brasier et la souleva dans ses bras, lui sauvant la vie

Butch s'arrêta net, les jambes en coton. Il tomba à terre, asphyxié. À genoux, il observa Marissa, avachie contre Kolher.

— Heureusement que mon frère est arrivé à temps, marmonna V., tout proche.

Butch se releva en chancelant.

— Ça va ? s'enquit V. en tendant la main vers lui.

— Ouais, ça va.

Il regagna le garage d'un pas incertain et franchit les portes au hasard, prenant appui sur les murs. Où était-il ? Ah oui, dans la cuisine. Il regarda autour de lui sans rien voir… L'office du majordome. Il entra dans le réduit et s'adossa contre les étagères, s'enfermant avec les conserves, la farine et le sucre.

Il se mit à trembler de tout son corps, jusqu'à claquer des dents. Il agita les bras comme des ailes d'oiseau. Bordel, il ne voyait plus que Marissa en proie aux flammes, désespérée, à l'agonie…

S'il avait été seul à la secourir, si Kolher n'avait pas vu ce qui se passait et ne s'était pas matérialisé vers elle, elle serait morte.

Butch n'aurait pas été capable de la sauver.

Cette pensée le renvoya naturellement vers son passé. Avec une précision atroce, il revit sa sœur monter dans cette voiture, vingt-cinq ans plus tôt. Merde. Il n'avait pas non plus réussi à sauver Janie. Il n'avait pas réussi à l'extirper à temps de la Chevette.

Putain, si Kolher s'était trouvé dans les parages à l'époque, il aurait aussi sauvé sa sœur.

Butch se frotta les yeux. Sa vision floue devait être une conséquence de la fumée.

Une demi-heure plus tard, Marissa était assise dans le lit de sa chambre en toile de Jouy bleue, drapée dans sa honte. Bon sang, elle avait poussé un peu trop loin sa règle n° 1.

— Je suis mortifiée.

Sur le seuil, Kolher secoua la tête.

— Tu ne devrais pas.

— Pourtant, si.

Elle s'efforça en vain de lui sourire. Elle avait les traits tendus, la peau sèche après toute cette chaleur. Quant à ses cheveux… ils empestaient l'essence et la fumée. Tout comme le peignoir.

Elle aperçut Butch adossé au mur du couloir. Il n'avait pas prononcé un mot depuis son apparition, quelques minutes plus tôt, et il ne semblait pas disposé à entrer dans la chambre. Sans doute la prenait-il pour une folle. Après tout, elle en était persuadée elle-même.

— Je ne sais pas pourquoi j'ai fait ça.

— Tu es stressée, répondit Kolher, même si elle ne s'adressait pas à lui.

— Ce n'est pas une raison.

— Marissa, ne le prends pas mal, mais tout le monde s'en moque. Ce qui compte pour nous, c'est que tu sois saine et sauve. La pelouse, on s'en fout.

Elle se contenta de dévisager Butch, à tel point que le roi regarda par-dessus son épaule.

— Bon, je crois que je vais vous laisser tous les deux. Essaie de te reposer un peu, d'accord ?

Tandis que Kolher tournait les talons, Butch lui dit quelque chose qu'elle ne saisit pas. Le roi lui tapota la nuque en réponse, puis ils échangèrent quelques mots à voix basse.

Après le départ de Kolher, Butch s'avança enfin, mais resta sur le seuil.

— Ça va aller ?

— Oui… quand j'aurai pris une douche.

Et subi une lobotomie, songea-t-elle.

— D'accord. Je retourne au Trou.

— Butch… Je suis désolée d'avoir agi de la sorte. Mais j'ai… je ne trouvais pas une seule robe qui ne soit pas entachée par des souvenirs.

— Je comprends.

Ce n'était de toute évidence pas le cas. Il semblait totalement ahuri, comme s'il était déconnecté de tout. Surtout d'elle.

— Bon… prends soin de toi, Marissa.

Elle se leva d'un bond tandis qu'il reculait.

— Butch ?

— Ne t'inquiète de rien.

Qu'est-ce qu'il voulait dire ?

Elle voulut le suivre, mais Beth apparut à son tour, un paquet dans les mains.

— Euh… bonjour… Marissa, vous avez une minute ?

— Butch, ne t'en va pas.

Il salua Beth d'un signe de tête, puis regarda dans le couloir.

— J'ai besoin de me calmer un peu.

— Butch, reprit vivement Marissa, tu es en train de me dire adieu, c'est ça ?

Il lui adressa un sourire préoccupé.

— Tu seras toujours avec moi, mon amour.

Il s'éloigna à pas mesurés, comme si le sol était glissant.

Oh… Seigneur…

Beth se racla la gorge.

— Donc… Kolher m'a informé que vous aviez besoin de vêtements. Je vous ai apporté quelques affaires, si vous voulez bien les essayer.

Marissa avait tellement envie de rattraper Butch… Mais elle s'était suffisamment donnée en spectacle hier soir, et il semblait avoir besoin de prendre du recul par rapport à toute cette histoire. Elle savait très bien ce qu'il ressentait, sauf que pour elle il n'y avait pas d'échappatoire. Où qu'elle aille, c'était la même chose.

Elle regarda Beth, se disant que c'était sans doute la pire journée de sa vie.

— Kolher a précisé que j'avais mis le feu à toutes mes robes ?

— Euh… oui, il en a parlé.

— J'ai aussi laissé un cratère sur la pelouse. On dirait qu'un OVNI s'y est posé. Je n'arrive pas à croire qu'il ne m'en veuille pas.

La reine esquissa un sourire aimable.

— La seule chose qui le contrarie, c'est que vous ayez chargé Fritz de vendre ce bracelet.

— Je ne peux pas accepter que Kolher et vous me louiez un logement.

— Nous aimerions que vous restiez simplement ici.

— Ah… Non, vous avez déjà été si gentils… En fait, ce soir j'avais prévu… Enfin, avant d'être distraite par cette histoire d'essence et d'allumettes, j'allais me rendre dans mon nouveau logement pour visiter les lieux. Voir quels meubles j'aurais besoin d'acheter.

Ce qui signifiait « tout ».

Beth fronça les sourcils.

— À propos de cette location, Kolher veut que Viszs vérifie le système de sécurité avant votre installation. Il y a toutes les chances qu'il souhaite améliorer l'ensemble.

— Je ne pense pas qu'il soit nécessaire…

— Ce n'est pas négociable. N'essayez même pas. Kolher tient à ce que vous restiez ici au moins jusqu'à ce que ce soit fait. D'accord, Marissa ?

Elle pensa à l'enlèvement de Bella. L'indépendance était une bonne chose, mais à quoi bon se montrer stupide ?

— Oui… d'accord… Merci.

— Vous voulez essayer des vêtements ? demanda Beth en désignant ce qu'elle avait apporté. Je n'ai pas beaucoup de robes, mais Fritz peut vous en procurer.

— Vous savez quoi ? dit Marissa en examinant le jean que portait la reine, Je n'ai jamais porté de pantalon.

— J'en ai deux ici, si vous voulez…

Eh bien, c'était le soir des grandes premières : sexe, incendie volontaire, pantalon.

— Je crois que j'aimerais bien.

Mais Marissa fondit en larmes. Elle craqua complètement, à tel point qu'elle ne put que s'asseoir sur le lit en sanglotant.

Beth ferma la porte et vint s'agenouiller devant elle. Marissa s'essuya vivement les yeux. Quel cauchemar !

— Vous êtes une reine. Vous ne devriez pas vous comporter ainsi.

— En tant que reine, je fais ce que je veux, répondit Beth en posant ses vêtements. Qu'est-ce qui ne va pas ?

Eh bien il y avait toute une liste de choses.

— Marissa ?

— Je crois… que j'ai besoin de quelqu'un à qui parler.

— Je suis là. Je vous écoute.

Il y avait tant de choses à raconter. Mais un élément comptait par-dessus tout le reste.

— Je vous préviens, ma reine, qu'il s'agit d'un sujet inconvenant : le sexe. Il s'agit de… sexe.

Beth plia ses longues jambes en une posture de yoga.

— Allez-y.

Marissa ouvrit la bouche et la referma aussitôt pour la rouvrir.

— On m'a appris à ne pas évoquer ces sujets.

— Nous sommes seules dans cette chambre, fit Beth avec un sourire. Personne n'en saura rien.

Bon… Elle respira profondément.

— Eh bien… j'étais vierge. Jusqu'à ce soir.

— Ah… (Au bout d'un long silence, la reine poursuivit.) Et ?

— Je n'ai pas…

— Aimé ça ?

Marissa ne put lui répondre.

— Pour moi non plus, la première fois n'a pas été transcendante.

— Ah bon ? fit Marissa en se redressant.

— J'ai eu mal.

— Vous aussi ?

Beth acquiesça à la grande stupeur de Marissa, qui en fut un peu soulagée.

— Tout n'a pas été douloureux. Je veux dire... au début c'était... merveilleux. Butch me fait... Il est tellement... Il a une façon de me caresser qui me... Seigneur, je n'arrive pas à croire que je suis en train de vous raconter tout cela. Comment vous décrire ce que je ressens avec lui ?

Beth se mit à rire.

— Ce n'est rien. Je comprends.

— Vraiment ?

— Oh, oui ! assura la reine, dont les yeux bleu foncé pétillaient. Je sais parfaitement à quoi vous faites allusion.

Marissa sourit, puis reprit son récit.

— Quand le moment est venu de... Enfin, vous savez, quand c'est arrivé, Butch s'est montré très doux. J'avais envie d'aimer ça, sincèrement. J'ai simplement été dépassée et j'ai eu très mal. Je crois que quelque chose cloche à l'intérieur de moi.

— Rien ne cloche en vous, Marissa.

— Mais j'ai... vraiment eu mal. (Elle posa les bras sur son ventre.) Butch affirme que la plupart des femelles ont des difficultés au début. Mais je n'ai pas... Ce n'est certainement pas ce que dit la *glymera*.

— Ne le prenez pas mal, car vous êtes membre de l'aristocratie, mais à votre place je n'écouterais pas les propos de la *glymera*, quel que soit le sujet.

La reine avait sans doute raison.

— Comment avez-vous supporté la chose avec Kolher, quand vous avez... euh...

— Ma première fois n'était pas avec lui.

— Oh, fit Marissa en rougissant. Pardon, je ne voulais pas...

— Pas de problème. En fait, je n'aimais pas le sexe avant Kolher. J'avais connu deux hommes avant lui et... Enfin, je ne comprenais pas pourquoi on en faisait tout un plat. Mais franchement, même si Kolher avait été mon premier cela n'aurait pas été facile, étant donné la taille de son... (Ce fut au tour de la reine de s'empourprer.) Bref, vous comprenez. Le sexe est invasif, pour une femme. C'est érotique, merveilleux, mais ça n'en reste pas moins une agression. Il faut du temps pour s'y habituer. Pour certaines, la première fois est très douloureuse. Butch se montrera patient avec vous. Il...

— Il n'a pas fini. J'ai eu l'impression que... il ne pouvait pas.

— S'il vous a fait mal, je comprends qu'il ait voulu s'arrêter.

Marissa leva les bras au ciel.

— Si vous saviez comme j'ai honte ! avoua-t-elle. Tout s'est mélangé dans ma tête quand c'est arrivé... Tant de choses ont surgi dans mon esprit. Je voulais lui parler avant de partir, et je n'ai pas trouvé les mots. Mais je l'aime.

— Tant mieux. C'est bien, fit Beth en prenant ses mains dans les siennes. Et tout va bien se passer, je vous le promets. Vous n'avez qu'à réessayer. Maintenant que la douleur s'est estompée, vous n'aurez plus de problème.

Marissa plongea dans le regard bleu nuit de Beth. Jamais dans sa vie personne ne lui avait parlé franchement au sujet d'un problème qu'elle avait. En fait, elle n'avait jamais eu d'amie. Et elle avait l'impression que la reine était son amie. Son amie.

— Vous savez..., murmura-t-elle.

— Quoi ?

— Vous êtes très gentille. Je comprends pourquoi Kolher s'est uni à vous.

— Je vous le répète, je ferai tout mon possible pour vous aider.

— Vous avez déjà fait beaucoup. Ce soir... vous m'avez beaucoup aidée. (Marissa s'éclaircit la voix.) Puis-je... essayer un pantalon ?

— Naturellement !

Marissa alla chercher des sous-vêtements, prit une tenue et se rendit dans la salle de bains.

Elle en ressortit vêtue d'un jean slim noir et d'un pull à col cheminée. Elle ne put s'empêcher de se regarder. Elle semblait tellement plus menue sans tous ses dessous.

— Comment vous sentez-vous ? s'enquit Beth.

— C'est bizarre. Je me sens légère, à l'aise, répondit Marissa en déambulant pieds nus. Un peu comme si j'étais nue.

— Vous êtes plus mince que moi, alors il est un peu ample. Mais il vous va bien.

Marissa retourna dans la salle de bains et se contempla dans le miroir.

— Je crois que ça me plaît.

En regagnant la Fosse, Butch alla droit dans sa suite et prit une douche. Il évita d'allumer la lumière car il n'avait aucune envie de se voir ivre et dément. Il se glissa sous le jet même si c'était froid, dans l'espoir que l'eau glaciale le dégrise un peu.

Il se frictionna brutalement à l'aide d'une savonnette. En arrivant à ses parties intimes, il n'osa pas baisser les yeux. Il en fut incapable. Il savait ce qu'il était en train d'ôter de son corps et il avait la poitrine serrée en pensant au sang qui avait coulé sur les cuisses de Marissa.

Ce spectacle l'avait tué. Et il s'était ensuite étonné lui-même en faisant ce qu'il avait fait. Pourquoi diable avait-il posé la bouche sur elle et d'où cette idée avait-elle pu lui venir ? Il avait juste eu l'impression que c'était la chose à faire.

Merde... Il ne devait pas penser à ça.

Un shampoing rapide. Vite rincé. Et il sortit, sans prendre la peine de se sécher. Dégoulinant, il alla s'asseoir sur son lit. L'air était glacial sur sa peau mouillée, et ce froid lui semblait être un châtiment approprié. Il resta à regarder dans le vide, le menton dans la main. Avec le peu de lumière qui filtrait sous la porte, il distingua la pile de vêtements que Marissa lui avait ôtés, plus tôt. Puis sa robe, sur le sol.

Il reporta les yeux sur ses effets. Ce costume ne lui appartenait pas vraiment, de toute façon. Pas plus que la chemise, les chaussures ou les mocassins. Rien de ce qu'il portait n'était à lui.

Il consulta sa montre et l'enleva de son poignet. Elle tomba sur le tapis.

Il n'habitait pas chez lui, il ne dépensait pas son propre argent. Il n'avait pas de boulot, pas d'avenir. C'était un animal de compagnie entretenu, pas un homme. Et il avait beau aimer Marissa, il était évident que cela ne marcherait pas entre eux après ce qui venait de se passer sur la pelouse. Cette relation était destructrice, surtout pour elle. Elle était désemparée, elle s'en voulait de problèmes dont elle n'était pas responsable, elle souffrait, et tout ça à cause de lui. Nom de Dieu, elle méritait tellement mieux ! Elle méritait… Et merde. Elle méritait Vhengeance, cet aristocrate au sang riche. Il saurait s'occuper d'elle, lui donner ce dont elle avait besoin, la sortir, être son compagnon pendant des siècles.

Butch se leva et alla chercher son sac Gucci dans son armoire. Puis il se rendit compte qu'il ne voulait rien emporter de cette vie en partant.

Il jeta le sac, prit un jean et un sweat-shirt, et chaussa des baskets. Il trouva son vieux portefeuille et son trousseau de clés qu'il avait apportés en s'installant avec Viszs. En observant l'enchevêtrement métallique sur un simple anneau d'argent, il se rappela qu'il n'avait pas pris la peine de s'occuper de son appartement en septembre. Après tout ce temps, son propriétaire avait dû entrer de force pour dégager ses affaires. Tant mieux. Il ne voulait pas retourner là-bas, de toute façon.

Il sortit de la chambre en abandonnant ses clés, puis se rendit compte qu'il n'avait pas de véhicule. Il regarda ses chaussures. Apparemment, il allait devoir gagner la route 22 à pied, puis faire du stop.

Il n'avait aucun projet cohérent de ce qu'il allait faire ou de là où il voulait se rendre. Il savait seulement qu'il quittait les frères et Marissa, et c'était tout. Enfin, pour que ça marche, il devrait aussi quitter Caldwell. Peut-être partirait-il vers l'ouest.

Il fut soulagé de constater l'absence de V. en entrant dans le salon. Dire au revoir à son coloc était presque aussi dur que de quitter cette femme. Donc autant s'épargner les adieux.

Merde. Comment allait réagir la Confrérie à son départ ? Il savait beaucoup de choses sur eux. *Tant pis.* Il ne pouvait pas rester, et si cela signifiait qu'ils allaient devoir le tuer, au moins cela le délivrerait-il de sa souffrance.

Et pour ce que l'Oméga lui avait fait ? Eh bien il n'avait pas la moindre réponse au sujet des éradiqueurs. Mais au moins, il n'aurait plus à se soucier de faire du mal aux frères et à Marissa, car il n'envisageait pas de les revoir un jour.

Il avait la main sur la poignée de la porte du vestibule quand la voix de V. retentit derrière lui.

— Où tu vas, flic ?

Butch tourna la tête et vit Viszs surgir des ombres de la cuisine.

— V… je m'en vais.

Sans attendre de réaction, Butch secoua la tête.

— Si cela signifie que tu dois me tuer, fais-le et enterre-moi vite. Et ne le dis pas à Marissa.

— Pourquoi tu pars ?

— C'est mieux ainsi, même si je dois en mourir. Putain, tu me rendrais service en me liquidant. Je suis amoureux d'une femme que je ne peux pas vraiment avoir. Toi et la Confrérie, vous êtes mes seuls amis et je vous laisse tomber, vous aussi. Et qu'est-ce qui m'attends, bordel, dans le monde réel ? Rien. Je n'ai pas de boulot. Ma famille me prend pour un cinglé. L'avantage, c'est que je serai seul parmi les miens.

V. s'approcha, telle une grande ombre menaçante.

Merde, tout serait peut-être terminé dès ce soir, là, maintenant.

— Butch, mon pote, tu ne peux pas t'en aller. Je te l'ai dit dès le départ. Il n'y a pas moyen de partir.

— Alors comme je viens de le dire… liquide-moi. Prends un poignard et tue-moi. Mais que ce soit bien clair : je ne resterai pas ici en étranger une minute de plus.

Leurs regards se croisèrent. Butch ne se prépara même pas au pire. Il n'allait pas lutter. Il partirait gentiment vers un monde meilleur, porté par la main de son meilleur ami, après une mise à mort bien propre.

Il y avait des façons bien pires de partir. Et elles étaient nombreuses.

V. plissa les yeux.

— Il existe peut-être une solution, dit-il.

— Une… V., mon vieux, ce ne sont pas des canines en plastique qui vont tout régler.

— Tu me fais confiance ?

N'obtenant que le silence, il répéta :

— Butch, tu me fais confiance ?

— Oui.

— Alors accorde-moi une heure, flic. Je vais voir ce que je peux faire.

Chapitre 29

Butch erra autour du Trou en attendant le retour de V. Les minutes s'écoulèrent lentement. Finalement, incapable de dissiper sa torpeur et son vertige dus au scotch, il entra et alla s'allonger sur son lit. Il ferma les yeux, davantage pour fuir la lumière que dans l'espoir de trouver le sommeil.

Enveloppé par un silence absolu, il pensa à sa sœur Joyce et à son nourrisson. Il savait que le baptême avait lieu ce jour-là, dans la même église que celle où lui-même avait été arrosé. Là où tous les O'Neal se faisaient arroser.

Pour effacer le péché originel.

Il posa une main sur son ventre, sur cette plaie noire, et songea que le Mal était certainement revenu le chercher pour pénétrer à l'intérieur de son corps.

Il prit sa croix en or et la serra si fort qu'elle lui entra dans la peau. Il fallait qu'il retourne à l'église. Régulièrement.

Il agrippait toujours son crucifix quand l'épuisement l'emporta, chassant ses pensées pour les remplacer par un néant qui l'aurait soulagé s'il avait été conscient.

Il se réveilla un moment plus tard et regarda l'horloge. Il avait dormi deux heures d'affilée. Il en était à la phase de la gueule de bois. Sa tête n'était que douleur et ses yeux étaient hypersensibles à la lumière qui filtrait sous la porte. Il se retourna et s'étira jusqu'à faire craquer sa colonne vertébrale.

Un gémissement lugubre résonna dans le couloir.

— V. ? fit-il.

Encore un gémissement.

— Tu es là, V. ?

Puis il y eut un terrible fracas surgi de nulle part, la chute d'un objet lourd, des bruits d'étouffement, comme quand on souffre trop pour crier et qu'on est mort de peur. Butch se leva d'un bond et courut dans le salon.

— Bon Dieu !

Viszs s'était jeté du canapé et était tombé tête la première sur la table basse, au milieu des bouteilles et des verres. Il s'agitait dans tous les sens, les yeux fermés et la bouche ouverte sur un cri silencieux.

— Viszs, réveille-toi !

Butch empoigna ses bras puissants et se rendit compte que V. avait enlevé son gant. Cette horrible main luisait comme le soleil et brûlait le bois de la table et le cuir du canapé en y laissant des trous.

— Merde ! s'exclama Butch en sortant de la ligne de tir au moment où il allait être frappé.

Il ne put que crier le nom de Viszs pendant que le frère se débattait contre Dieu savait quel monstre qui le tenait. Enfin quelque chose se passa. Peut-être le son de la voix de Butch. Ou peut-être V. se frappa-t-il assez fort pour se réveiller.

Viszs ouvrit les yeux, haletant et tremblant, moite de sueur.

— Mon pote ? fit Butch en s'agenouillant pour poser une main sur son épaule.

V. eut un mouvement de recul, ce qui était bien l'aspect le plus effrayant.

— Hé, doucement, tu es à la maison, tu es en sécurité.

Le regard fixe de V., d'ordinaire si calme et si posé, était vitreux.

— Butch… Oh, c'est pas vrai… Butch… la mort. La mort… le sang, sur le devant de ma chemise. Une de mes chemises…

— D'accord, calme-toi. On va se détendre, mon vieux.

Butch prit V. par l'aisselle et le hissa sur le canapé. Le malheureux s'écroula sur les coussins de cuir comme une poupée de chiffon.

— Je vais te servir à boire.

Butch se dirigea vers la cuisine. Il prit un verre à peu près propre sur la paillasse et le rinça. Il l'apporta rempli d'eau fraîche à V., même si ce dernier aurait sans doute préféré de la Goose. Viszs était en train d'allumer une cigarette de ses mains aussi tremblantes que des drapeaux en plein vent.

— Tu veux quelque chose de plus corsé ? demanda Butch tandis qu'il saisissait le verre.

— Non. C'est bien. Merci, mon vieux.

Butch s'assit à l'extrémité du divan.

— V., je crois qu'il est temps de faire quelque chose pour cette histoire de cauchemar.

— Pas question, fit V. en tirant sur sa cigarette avant de cracher un épais nuage de fumée. De plus, j'ai de bonnes nouvelles. Enfin, plutôt.

Butch aurait préféré rester sur le terrain des rêves de V., mais c'était mal parti.

— Parle. Tu aurais dû me réveiller dès le début…

— J'ai essayé. Tu étais dans les vapes. Bref…

Encore un souffle, plus normal cette fois.

— Tu sais que je me suis renseigné sur ton passé, n'est-ce pas ?

— Je m'en doutais.

— Je devais savoir ce qu'il en était si tu étais amené à vivre avec moi… avec nous. J'ai retracé tes origines jusqu'en Irlande. Une sacrée bande de bouseux, tes ancêtres, flic.

Butch se figea.

— Tu as trouvé… autre chose ?

— Pas quand j'ai cherché il y a neuf mois. Et pas quand j'ai recommencé il y a une heure.

Pas de bol… Mais qu'est-ce qu'il croyait ? Il n'était pas vampire.

— Alors pourquoi tu m'en parles ?

— Tu es sûr de ne pas avoir d'histoires bizarres dans ta famille ? Surtout en Europe ? Du genre, une femelle de ta lignée qui se serait fait pincer une nuit par des lutins ? Ou une grossesse miraculeuse ? La fille de quelqu'un qui aurait disparu et serait revenue enceinte ?

En fait, il n'avait pas entendu beaucoup de souvenirs liés aux O'Neal. Jusqu'à ses douze ans, sa mère était fort occupée à élever six gosses en plus de son métier d'infirmière. Puis, après le meurtre de Janie, Odell était trop accablée pour transmettre des souvenirs familiaux. Et son père ? Bon… Il bossait de 9 heures à 17 heures à la compagnie du téléphone et enchaînait sur un travail de nuit en tant qu'agent de sécurité. Il n'avait pas vraiment le temps de papoter avec les gamins. Quand Eddie O'Neal était à la maison, il picolait ou dormait.

— Je ne suis au courant de rien.

— Eh bien voilà, Butch… (V. tira sur sa cigarette et souffla de la fumée.) Je veux voir si tu as l'un de nous en toi.

Ouah…

— Mais tu connais mon arbre généalogique. Et mes analyses de sang, à la clinique ou même durant le reste de ma vie, auraient montré quelque chose, non ?

— Pas forcément. Et j'ai un moyen très précis de le savoir. Ça s'appelle la régression ancestrale. (V. leva sa main luisante et crispa le poing.) Nom de Dieu, je déteste ça. Mais c'est comme ça qu'on le fait.

Butch observa la table basse brûlée.

— Tu vas me cramer comme du petit bois.

— Je pourrai adapter le processus à mon objectif. Je ne dis pas que ce sera une partie de plaisir pour toi, mais cela ne te tuera sans doute pas. Où je veux en venir ? Cette embrouille avec Marissa, le fait qu'elle ait bu et ta réaction ? Le fait que tu me dises que tu dégages une odeur en sa présence ? De plus, tu es assez agressif. Qui sait ce qu'on va trouver ?

Butch sentit une chaleur dans sa poitrine. Une lueur d'espoir.

— Et si j'ai un ancêtre vampire ?

— Alors on pourrait… (V. tira fortement sur sa cigarette.) On pourrait peut-être te convertir.

Bordel de merde…

— Je pensais que c'était impossible.

V. désigna une pile de volumes reliés en cuir posée près des ordinateurs.

— Il y a quelque chose dans les *Chroniques*. Si tu as un peu de notre sang en toi, on peut tenter le coup. C'est très risqué, mais on peut essayer.

Butch était plus que favorable à ce projet.

— Effectuons la régression. Tout de suite.

— Je ne peux pas. Même si tu as l'ADN, il nous faut le feu vert de la Vierge scribe avant de lancer la moindre transformation. Ce genre de truc ne se fait pas à la légère. Sans parler de ce que t'ont fait les éradiqueurs, et qui vient compliquer la situation. Si elle ne nous permet pas de le faire, peu importera que tu aies eu un ancêtre doté de canines. Et je ne veux pas t'imposer une régression ancestrale pour rien.

— On saura dans combien de temps ?

— Kolher m'a dit qu'il lui en parlerait ce soir.

— Seigneur, V., j'espère…

— Je veux que tu prennes le temps d'y réfléchir. La régression n'est pas une partie de plaisir. Ton cerveau va résister et d'après ce que je sais, tu vas en baver, côté douleur. Et tu veux peut-être aussi en discuter avec Marissa.

Butch pensa à elle.

— Oh, je m'en sortirai, ne t'en fais pas.

— Ne sois pas trop sûr de toi…

— Je ne le suis pas. Il faut que ça marche.

— Mais ça ne marchera peut-être pas, fit V. en étudiant l'extrémité de sa cigarette. Même si tu parviens de l'autre côté de la régression sans encombre, et si on trouve un parent vivant qui puisse nous aider à déclencher la transformation, tu peux mourir au milieu de la transition. Tu n'as qu'une faible chance de survivre.

— Je le ferai.

V. émit un petit rire.

— Je me demande si tu as vraiment des couilles ou si tu as juste envie d'en finir avec la vie.

— Ne sous-estime jamais la force de la haine de soi. C'est une sacrée motivation. De plus, on sait tous les deux que je n'ai pas vraiment d'autre option.

Leurs regards se croisèrent. Butch savait que V. pensait à la même chose que lui. Peu importaient les risques, cela valait toujours mieux que de se faire éliminer par V. à cause de son départ.

— Je vais voir Marissa tout de suite.

Butch s'arrêta au moment de franchir le seuil.

— Tu es sûr qu'on ne peut rien faire pour tes putains de cauchemars ?

— Tu as suffisamment de pain sur la planche.

— Je suis polyvalent, mon pote.

— Va voir ta femelle et ne t'en fais pas pour moi.

— Tu es vraiment chiant, tu sais.

— Dit le fusil d'assaut au Glock.

Butch jura et s'engouffra dans le tunnel en s'efforçant de ne pas trop s'exciter. Il monta à l'étage dès qu'il arriva dans la grande maison et passa devant le bureau de Kolher. Il frappa au chambranle, saisi d'une impulsion. Le roi l'invita à entrer. Butch y resta une dizaine de minutes avant de gagner la chambre de Marissa.

— Elle n'est pas là, fit une voix au moment où il allait frapper.

Il fit volte-face et vit Beth sortir du salon situé au bout du couloir, un vase de fleurs dans les mains.

— Où est Marissa ?

— Elle est partie visiter son nouveau logement avec Rhage.

— Quel nouveau logement ?

— Elle loue une maison, à une dizaine de kilomètres d'ici.

Merde. Elle déménageait. Et sans rien lui dire.

— C'est où, exactement ?

Beth lui fournit l'adresse et lui assura que la location était sûre. Sa première réaction fut de s'y précipiter, mais il chassa vite cette idée. Kolher allait consulter la Vierge scribe. Peut-être pourraient-ils en finir avec cette régression, et alors il aurait une bonne nouvelle à lui annoncer.

— Elle revient ce soir, n'est-ce pas ?

Si seulement elle lui avait parlé de ce déménagement…

— Absolument. Et Kolher va demander à Viszs de perfectionner le système de sécurité. Elle restera ici tant que les travaux ne seront pas terminés. (Beth fronça les sourcils.) Hé, tu n'as pas l'air en forme. Descends donc manger un morceau avec moi.

Il acquiesça, même s'il n'avait aucune idée de ce qu'elle venait de lui dire.

— Tu sais que je l'aime, n'est-ce pas ? bredouilla-t-il sans trop savoir pourquoi.

— Oui. Et elle t'aime aussi.

Alors pourquoi ne lui parlait-elle pas ?

Il fallait dire qu'il n'avait rien fait pour ça, dernièrement. Il avait pété les plombs en apprenant qu'elle buvait, il avait pris sa virginité en étant totalement ivre, et en plus il lui avait fait mal. Bon sang…

— Je n'ai pas faim, dit-il. Mais je te regarderai manger.

Au Trou, Viszs sortit de la douche et poussa un cri strident en bondissant en arrière, heurtant le mur couvert de marbre. Kolher se tenait dans la salle de bains, imposant mâle vêtu de cuir, de la taille d'une armoire à glace.

— Bon sang, Seigneur. Vas-y, fais peur à ton frère.

— Tu es un peu à cran, on dirait, V., répondit Kolher en lui tendant une serviette. Je reviens de chez la Vierge scribe.

V. s'immobilisa, la serviette sous le bras.

— Qu'est-ce qu'elle a dit ?

— Elle a refusé de me voir.

— Merde, mais pourquoi ? demanda V. en enroulant la serviette autour de sa taille.

— Une connerie de « roues qui tournent ». Qui sait ? J'ai été reçu par une Élue, expliqua Kolher, la mâchoire crispée de rage. Bref, j'y retourne demain soir. Je vais être franc : ça s'annonce mal.

Frustré, V. sentit sa paupière s'agiter.

— Merde.

— Comme tu dis.

Le silence s'installa.

— Pendant qu'on y est, si on parlait de toi ?

— De moi ?

— Tu es tendu comme un câble et tu clignes de l'œil.

— Oui, parce que tu viens de me coller la frousse, fit V. en écartant le roi pour regagner sa chambre.

Il enfila son gant.

— Écoute, Viszs… fit Kolher, appuyé sur le chambranle.

Non, pas question…

— Je vais bien.

— C'est ça. Alors voilà ce que je te propose : je te donne jusqu'à la fin de la semaine. Si tu n'as pas redressé la barre d'ici là, je te retire ton tour.

— *Comment ?*

— Les vacances. Les loisirs, la détente, tu connais, mon frère ?

— Tu as perdu la tête ? Tu te rends compte qu'on n'est plus que quatre, maintenant que Tohr est parti ? Tu ne peux pas te permettre…

— De te perdre. Ouais, je sais. Donc tu ne te feras pas tuer à cause de ce qui se passe dans ta tête. Ou de ce qui ne s'y passe pas, en l'occurrence.

— Écoute, on est tous à cran, avec…

— Butch est passé tout à l'heure. Il m'a parlé de ton cauchemar récurrent.

— Quel connard !

Il se promit de lui fracasser le crâne pour avoir craché le morceau.

— Il a bien fait de me le dire. Tu aurais dû m'en parler toi-même.

V. se dirigea vers son secrétaire où étaient posés son papier à cigarette et son tabac. Il en roula une rapidement, car il avait besoin de porter quelque chose à sa bouche pour ne pas jurer comme un charretier.

— Il faut te faire examiner, V.

— Par qui ? Havers ? Aucun scanner, aucune analyse ne me dira ce qui ne va pas, parce que ce n'est pas physiologique. Écoute, je vais me ressaisir. (Il regarda par-dessus son épaule et souffla :) C'est moi le futé, souviens-toi. Je vais trouver une solution.

Kolher baissa ses lunettes de soleil panoramiques. Ses yeux vert pâle brûlaient comme des néons.

— Tu as une semaine pour arranger ça, sinon j'en parlerai à la Vierge scribe. Maintenant, habille-toi vite. Il faut que je te dise autre chose à propos du flic.

Tandis que le roi s'éloignait vers le salon, V. tira sur sa cigarette puis chercha son cendrier des yeux. Bordel, il l'avait laissé au salon.

Il allait s'y rendre quand son regard se porta sur sa main. Amenant ce cauchemar ganté à sa bouche, il ôta le cuir avec ses dents et regarda la malédiction luisante.

Merde. Elle était de plus en plus lumineuse chaque jour.

Il appuya la cigarette allumée sur sa paume en retenant son souffle. La lueur blanche s'intensifia lorsque l'extrémité incandescente toucha sa peau, éclairant les avertissements tatoués jusqu'à les faire apparaître en trois dimensions.

La cigarette se consuma dans un éclair de lumière et la brûlure titilla ses terminaisons nerveuses. Il dispersa d'un souffle les cendres qui restaient et regarda le petit nuage s'envoler puis se désintégrer.

Marissa fit rapidement le tour du logement vide et revint à son point de départ dans le salon. C'était bien plus grand qu'elle l'imaginait, surtout si on comptait les six chambres avec salle de bains au sous-sol. Elle avait pris cette location parce que cela semblait plus petit que chez son frère, enfin chez Havers, mais la surface était importante. Cette demeure coloniale paraissait immense. Et particulièrement vide.

En s'imaginant dans les lieux, elle se rendit compte qu'elle n'avait jamais habité seule. Chez elle, il y avait toujours des domestiques, Havers, ses patients, le personnel médical. Et la grande maison de la Confrérie était tout aussi peuplée.

— Marissa ? fit Rhage derrière elle en foulant le sol de ses grosses bottes. Il est temps de partir.

— Je n'ai pas encore mesuré les pièces.

— Tu diras à Fritz de s'en charger.

Elle secoua la tête.

— C'est chez moi. Je veux le faire.

— Il reste demain soir. Mais maintenant il faut partir.

Elle balaya une dernière fois les lieux du regard, puis se dirigea vers la porte.

— D'accord. Demain.

Ils se dématérialisèrent vers la grande maison et entrèrent par le vestibule. Elle sentit des effluves de rôti de bœuf et entendit des conversations dans la salle à manger. Rhage lui sourit et commença à se désarmer, ôtant ses fourreaux de sa poitrine tout en appelant Mary.

— Salut.

Marissa fit volte-face. Butch se tenait dans l'ombre de la salle de billard, appuyé à la table, un petit verre en cristal à la main. Il portait un élégant costume et une cravate bleu pâle… Mais en le regardant, elle ne parvenait qu'à le voir nu au-dessus d'elle, en appui sur ses avant-bras.

Au moment où une onde de chaleur montait en elle, il détourna les yeux.

— Tu es différente, en pantalon.

— Quoi ? Ah, il appartient à Beth.

Il but une gorgée.

— Il paraît que tu as loué une maison.

— Oui. J'en reviens, justement…

— Beth m'a dit. Alors, combien de temps il te reste à passer ici ? Une semaine ? Moins ? Sans doute moins, non ?

— Probablement. J'allais t'en parler, mais je viens de la louer et avec tout le reste, je n'ai pas eu le temps. Je ne cherchais pas à te cacher quoi que ce soit.

Comme il ne répondait pas, elle ajouta :

— Butch ? Tu vas… Tout va bien, entre nous ?

— Oui, répondit-il en baissant les yeux vers son verre. Du moins, ça va aller mieux.

— Butch… Écoute, à propos de ce qui s'est passé…

— Tu sais que je me moque de l'incendie.

— Non, je voulais dire… dans ta chambre.

— Le sexe ?

Elle rougit et baissa les yeux.

— Je veux réessayer.

N'obtenant pas de réponse, elle releva la tête.

Les prunelles noisette de Butch étaient intenses.

— Tu sais ce que je veux ? Juste une fois… Je veux te suffire. Juste… une fois.

— Tu me…

Il écarta les bras et observa son propre corps.

— Pas comme ça, non. Mais je vais faire en sorte de te suffire. Je vais régler ce problème chez moi.

— Qu'est-ce que tu racontes ?

— Je peux t'accompagner au dîner ?

Il s'approcha et lui offrit son bras comme pour la distraire, mais elle ne le prit pas.

— Fais-moi confiance, Marissa.

Elle accepta son geste galant au bout d'un long moment. Au moins il ne la fuyait pas, ce à quoi elle s'était attendue après l'incendie.

— Hé, Butch, attends une minute, mon vieux!

Ils se retournèrent. Kolher surgit de la porte dérobée sous l'escalier, accompagné de Viszs.

— Bonsoir, Marissa, dit le roi. Flic, j'aimerais te parler un instant.

— Qu'est-ce qui se passe? demanda Butch en hochant la tête.

— Tu veux bien nous excuser, Marissa?

Les frères affichaient un air impassible et une posture détendue, mais elle n'était pas dupe une seconde. Toutefois elle n'allait pas s'incruster.

— Je t'attends à table, dit-elle à Butch.

Elle s'éloigna vers la salle à manger, mais se retourna vers les trois mâles. Viszs et Kolher dominaient Butch en lui parlant. Le flic haussa les sourcils d'un air étonné. Puis il acquiesça et croisa les bras, comme s'il était prêt à partir.

Marissa sentit une sourde appréhension la submerger. Des histoires de Confrérie. Elle s'en doutait.

Butch la rejoignit à table dix minutes plus tard.

— De quoi Kolher et V. voulaient-ils te parler?

Il déplia sa serviette en damassé et la posa sur ses genoux.

— Ils veulent que j'aille chez Tohr pour chercher des indices. Pour voir s'il est repassé ou s'il a laissé des traces sur l'endroit où il se trouve.

Ah…

— C'est… bien.

— C'était mon boulot pendant des années.

— C'est tout ce que tu auras à faire?

Il finit son scotch tandis qu'on posait une assiette devant lui.

— Ouais. Enfin… les frères vont commencer à patrouiller les zones rurales, alors ils m'ont demandé d'établir un itinéraire. J'irai le faire avec V. ce soir, à la nuit tombée.

Elle acquiesça, se disant que tout irait bien. Tant qu'il ne se battait pas. Tant qu'il ne…

— Marissa, qu'est-ce que tu as ?

— Je… euh, je ne veux pas que tu sois blessé, c'est tout. Je veux dire… tu es humain, et…

— Aujourd'hui je dois mener des recherches.

Eh bien… S'il ne venait pas de lui fermer la porte au nez… Et si elle insistait, elle ne ferait que lui donner l'impression qu'elle le considérait comme un être faible.

— Des recherches sur quoi ?

Il prit sa fourchette.

— Sur ce qui m'est arrivé. V. a déjà étudié les *Chroniques*, mais il dit que je devrais jeter un coup d'œil, moi aussi.

Elle se rendit compte qu'ils ne passeraient pas la journée à dormir ensemble, côte à côte dans son lit. À elle, ou à lui.

Elle but une gorgée d'eau. C'était incroyable comme on pouvait être assis à côté de quelqu'un et se sentir si loin de lui.

Chapitre 30

Le lendemain après-midi, John prit place dans la salle de classe, impatient de commencer. L'emploi du temps fonctionnait par cycles de trois jours de cours et un jour de repos. Il était prêt à se remettre au travail.

Tandis qu'il relisait ses notes sur les explosifs à base de plastique, les autres bavardaient en s'installant, le même brouhaha que de coutume… Puis ce fut le silence.

John leva les yeux. Il y avait un homme sur le seuil qui semblait vaciller, peut-être ivre. Qu'est-ce que… ?

John demeura bouche bée en observant son visage et ses cheveux roux. *Blaylock.* C'était… Blaylock, mais en mieux.

Le type baissa la tête et se dirigea vers le fond de la salle d'un pas incertain. En fait il traînait les pieds, comme s'il ne contrôlait pas très bien ses mouvements. Une fois assis, il glissa ses genoux sous la table, puis se voûta comme s'il cherchait à se faire tout petit.

Ouais, bonne chance, mon vieux ! Seigneur, il était… énorme.

Bordel, il avait effectué sa transition.

Zadiste entra à son tour dans la salle et referma la porte. Puis il regarda Blaylock. Après un rapide signe de tête, il commença son cours.

—Aujourd'hui, nous allons faire une introduction aux armes chimiques. Nous parlerons de gaz lacrymogènes, de gaz moutarde…

Le frère marqua une pause, puis il jura en se rendant compte que personne ne l'écoutait, car tous les regards étaient rivés sur Blaylock.

— Putain, Blaylock, tu veux leur raconter comment c'était ? On n'arrivera à rien tant que tu ne l'auras pas fait.

Blaylock s'empourpra et secoua négativement la tête, croisant les bras sur son torse.

— D'accord, les gars, par ici. (Ils se tournèrent tous vers Z.) Si vous voulez savoir comment c'est, je vais vous le dire.

John se concentra. Z. s'en tint à des explications générales, ne révélant rien sur lui-même. Mais il fournit de bonnes informations. Plus le frère parlait, plus le corps de John vibrait.

C'est ça, dit-il à son sang et ses os. *Prenez des notes et allons-y rapidement.*

Il était tellement impatient de devenir un homme.

Van descendit de la Town & Country et referma doucement la portière du passager. Puis il resta tapi dans l'ombre. Ce qu'il observait, une centaine de mètres plus loin, lui rappelait où il avait grandi : une maison délabrée à la toiture en papier goudron, avec une voiture pourrie garée à côté. La seule différence, c'était que celle-ci était perdue au milieu de nulle part, alors qu'il avait vécu dans un quartier plus proche du centre-ville. Mais c'était le même niveau de pauvreté.

Il scruta la zone. La première chose qu'il remarqua fut un bruit étrange qui transperçait la nuit. Une sorte de rythme, comme si quelqu'un coupait du bois. Non… c'était plus rapide. Quelqu'un frappait, sans doute à la porte du fond de la maison qui se trouvait devant lui.

— C'est notre cible pour ce soir, expliqua M. X aux deux autres éradiqueurs descendus de la voiture. La maison est sous surveillance de jour depuis une semaine. Pas d'activité après la nuit tombée, des barreaux aux fenêtres, des rideaux toujours tirés.

Le but est la capture, mais tuez si vous pensez qu'ils risquent d'échapper à…

M. X s'interrompit et fronça les sourcils en regardant les alentours. Van en fit autant et ne nota rien de bizarre.

Jusqu'à ce qu'une Escalade noire pénètre dans l'allée. Avec ses vitres teintées et ses chromes étincelants, elle valait sans doute plus cher que la maison. Qu'est-ce qu'elle fabriquait dans le coin ?

— Prenez vos armes, souffla M. X. Tout de suite.

Van sortit son tout nouveau 40 mm Smith & Wesson et sentit son poids dans sa main. Il se prépara au combat qui l'attendait, impatient d'en découdre.

Mais M. X le cloua sur place d'un regard implacable.

— Tu restes en retrait. Je ne veux pas que tu t'engages. Contente-toi d'observer.

Salaud, songea Van en passant une main dans ses cheveux bruns. *Espèce de salaud*.

— C'est clair ? dit M. X, le visage froid. Tu ne viens *pas*.

Van ne put que lui répondre d'un hochement de tête, puis il dut se détourner pour ne pas jurer à voix haute. Il regarda le 4x4 et le vit gagner le bout de l'impasse jalonnée d'ornières avant de s'arrêter.

De toute évidence, il s'agissait d'un genre de patrouille. Pas des flics, toutefois. Du moins pas des humains.

Le moteur de l'Escalade se tut et deux hommes en descendirent. L'un était de taille plutôt normale, enfin pour un défenseur de football américain. L'autre était carrément énorme.

Bordel… un frère. Ce ne pouvait être qu'un frère. Et Xavier avait raison. Il n'avait jamais rien vu de plus grand que ce vampire. Et il avait pourtant affronté son lot de géants sur le ring, en son temps.

Le frère disparut comme par enchantement. Pouf! volatilisé. Avant que Van puisse demander ce qui se passait, le compagnon du vampire tourna la tête et regarda droit vers M. X, même s'ils étaient cachés dans l'ombre.

— Oh, c'est pas vrai…, souffla Xavier. *Il est vivant.* Et le maître… est avec…

Le grand éradiqueur bondit en avant et s'approcha au clair de lune, en plein milieu de la rue.

Qu'est-ce qui lui prenait, bordel ?

Butch tremblait en regardant l'éradiqueur aux cheveux pâles émerger de la pénombre. C'était sans le moindre doute celui qui l'avait torturé. Butch n'avait aucun souvenir conscient de ces sévices, mais son corps se rappelait celui qui lui avait fait tant de mal. Son souvenir était gravé dans sa chair, que cette ordure avait déchirée et meurtrie.

La première impulsion de Butch fut de se ruer sur le grand éradiqueur, mais avant qu'il puisse esquisser le moindre geste, la situation empira encore.

Quelque part derrière la maison, une tronçonneuse démarra dans un grondement, puis se mit à faire un bruit strident. À cet instant précis, un autre éradiqueur aux cheveux pâles surgit, visant Butch de son arme.

Le semi-automatique tira une pluie de balles qui fusèrent près de sa tête. Butch prit son Glock et fit feu pour couvrir sa retraite derrière l'Escalade. Dès qu'il fut à l'abri, il répondit à cet accueil chaleureux en tirant copieusement. Son Glock heurtait sa paume tandis qu'il gardait ses organes vitaux hors de la ligne de tir. Il regarda à travers la vitre pare-balles en profitant d'une accalmie. Le tireur se trouvait derrière une vieille carcasse de voiture, sans doute en train de recharger son arme. Comme Butch.

Pourtant le premier tueur, le tortionnaire de Butch, n'avait pas encore armé. Debout au milieu de la rue, il observait Butch.

Comme si se manger des balles allait faire sa journée.

Brûlant d'envie de l'en cribler, Butch se pencha et appuya sur la détente, touchant le type en pleine poitrine. Le grand éradiqueur chancela en arrière avec un grognement, mais il ne tomba pas. Il semblait juste agacé, rejetant l'impact comme s'il ne s'agissait que d'une piqûre d'abeille.

Butch ne sut qu'en penser. Mais le moment était mal choisi pour se demander pourquoi ses balles sophistiquées ne ralentissaient pas cet éradiqueur-là. Brandissant son arme dans le vent, il tira de nouveau sur lui en rafale. L'éradiqueur finit par tomber sur le dos et s'étala comme une masse.

Un coup sec retentit derrière Butch, si fort qu'il crut à une détonation.

Il pivota en tenant son Glock à deux mains pour le garder bien droit. Oh, merde!

Une femelle portant son enfant dans les bras surgit de la maison, prise de panique. Et elle avait de bonnes raisons de filer. Sur ses talons, un mâle énorme à la mine patibulaire brandissait une tronçonneuse. Ce fou était sur le point de leur tomber dessus avec sa lame tournante, bien décidé à les tuer.

Butch leva le canon de son Glock de cinq centimètres et visa la tête du type avant d'appuyer sur la détente.

Au moment précis où Viszs apparut derrière le gars pour lui prendre la tronçonneuse.

— Merde! lança Butch en essayant de retenir son doigt, mais l'arme recula et la balle fusa.

Quelqu'un vint le saisir à la gorge. C'était le second éradiqueur, celui qui était armé, et qui avait bougé avec rapidité.

Butch fut déséquilibré et projeté sur le capot de l'Escalade. Dans le choc, il perdit son Glock qui rebondit sur le métal.

Bordel, songea-t-il. Il glissa la main dans la poche de son manteau et palpa son couteau à cran d'arrêt. Dieu soit loué, il se nicha dans sa paume naturellement. Il put dégager son bras. Au moment de brandir sa lame, il se tourna vers la gauche et poignarda dans les côtes l'éradiqueur qui l'immobilisait.

Ce dernier poussa un cri de douleur et relâcha son emprise.

Butch repoussa le torse qui pesait sur lui et se débarrassa de son adversaire. Celui-ci se trouva en l'air l'espace d'une seconde.

Butch décrivit un arc avec sa lame, lui tranchant la gorge et créant un geyser de sang noir.

Butch le fit tomber à terre et regagna la maison.

Viszs tenait bon contre le type à la tronçonneuse, évitant la lame vibrante tout en frappant. Pendant ce temps, la femelle à l'enfant courait comme une dératée dans la cour. Un autre éradiqueur aux cheveux pâles arrivait de la droite.

V. eut la présence d'esprit de crier :

— J'ai appelé Rhage !

— J'y vais, répondit Butch en s'éloignant.

Il courut, foulant le sol et levant les genoux, priant pour arriver à temps, pour être assez rapide… *Par pitié, rien que cette fois…*

Il intercepta l'éradiqueur d'un plaquage spectaculaire. Lorsqu'ils chutèrent, il cria à la femelle de courir encore.

Des coups de feu retentirent, mais il était trop à sa lutte pour s'en soucier. Ils roulèrent dans les plaques de neige, se martelant de coups de poing, le souffle court. S'ils continuaient ainsi, il allait perdre la bataille. Par désespoir ou par quelque instinct, il cessa de se battre et se laissa dominer par l'éradiqueur… Puis il croisa le regard du mort-vivant.

Ce lien, cette communion horrible, ce rapport étroit entre eux s'enracina à tel point qu'ils restèrent immobiles. Et Butch fut pris d'une envie de consumer.

Il ouvrit la bouche et se mit à aspirer.

Chapitre 31

Allongé au milieu de la rue, M. X pissait le sang. Il ne quittait pas des yeux l'humain contaminé censé être mort. Ce type connaissait son affaire, surtout quand il abattit un éradiqueur dans la cour, mais il serait vaincu. Ce qui se produisit. Le tueur le plaqua sur le dos pour le massacrer…

Mais tous deux s'immobilisèrent. La vapeur fut inversée, le rapport de force se brouilla. Le tueur était peut-être au-dessus, mais c'était l'humain qui menait la danse.

M. X se mit à haleter. Il se passait quelque chose, là-bas… quelque chose…

Puis un frère blond se matérialisa dans l'air léger, juste à côté d'eux. Le guerrier se pencha et arracha l'éradiqueur de l'humain, rompant le lien qui s'était établi entre eux.

Van surgit de l'ombre et bloqua toute vision à M. X.

— Ça te dirait de ficher le camp de là ?

C'était sans doute le plus raisonnable. Il était sur le point de s'évanouir.

— Ouais… Fais vite.

Il ramassa M. X et le porta vite vers la voiture. Sa tête penchait comme celle d'une poupée de chiffon. Il regarda le frère blond désintégrer l'autre éradiqueur, puis s'agenouiller pour examiner l'humain.

Putains de héros.

M. X laissa son regard partir dans le vague. Il remercia un Dieu auquel il ne croyait pas parce que Van Dean était une trop nouvelle recrue pour savoir que les éradiqueurs ne ramenaient pas leurs blessés à la maison. En général, un tueur blessé était abandonné sur place, soit pour que les frères le ramènent à l'Oméga, soit pour qu'il se décompose.

M. X sentit qu'on le plaçait dans le monospace, puis la voiture démarra. Couché sur le dos, il porta la main à son torse pour évaluer son état. Il se remettrait. Cela prendrait du temps, mais son corps n'était pas blessé au point de ne pas pouvoir se régénérer.

X fut projeté contre la portière quand Van prit un virage à gauche.

— Désolé, dit celui-là en l'entendant grogner de douleur.

— On s'en fout. Roule !

Le moteur vrombit de plus belle. M. X ferma les yeux. Putain, cet humain était vivant et respirait. Il avait un problème. Un gros problème. Que s'était-il passé ? Et pourquoi l'Oméga ignorait-il que cet humain vivait encore ? D'autant plus que ce type dégageait l'odeur de la présence du maître.

Merde, comment savoir pourquoi ? Le plus important, maintenant que X était informé que l'homme vivait toujours, était de savoir s'il devait le dire à l'Oméga. Cette nouvelle déclencherait-elle un autre changement de direction qui condamnerait X à jamais ? Il avait juré au maître que les frères avaient éliminé le type. Il aurait l'air d'un crétin s'il se révélait que c'était faux.

En tout cas, il était vivant et désormais de leur côté. Et il devait y rester jusqu'à ce que Van Dean soit en possession de toutes ses forces. Alors non… il ne ferait aucun rapport sur leur cheval de Troie humain.

Mais cet homme était une contrainte dangereuse qu'il faudrait éliminer dès que possible.

Butch gisait immobile dans la neige, cherchant son souffle, toujours absorbé dans ce qui se passait chaque fois qu'il s'approchait d'un éradiqueur.

Son estomac se noua. Où diable se trouvait Rhage ? Après avoir rompu le lien avec l'éradiqueur et tué ce salaud, Hollywood était parti dans les bois pour s'assurer qu'il n'y en avait pas d'autres dans les parages.

C'était donc sans doute une bonne idée de se lever et de se réarmer en cas de nouvelle agression.

Butch s'appuya sur ses bras et vit la mère et sa fille, de l'autre côté de la pelouse. Elles étaient recroquevillées contre une remise, étroitement enlacées. Merde… il les reconnaissait. Il les avait vues chez Havers, dans la chambre où Marissa était assise, le jour où il avait enfin quitté la pièce stérile.

Oui, c'étaient bien elles. La petite avait une jambe dans le plâtre.

Les pauvres, songea-t-il. Ainsi blotties l'une contre l'autre, elles ressemblaient à toutes les victimes qu'il avait croisées dans son boulot. Les caractéristiques du traumatisme transcendaient les barrières de l'espèce : les yeux écarquillés de la mère, sa peau pâle, ses illusions d'une vie heureuse brisées. C'était exactement ce qu'il voyait autrefois.

Il se leva et s'approcha lentement d'elles.

— Je suis… (Il faillit dire : inspecteur de police.) Je suis un ami. Je sais qui vous êtes et je vais m'occuper de vous.

La mère avait le visage enfoui dans les cheveux de l'enfant. Elle leva vers lui ses yeux aux pupilles dilatées.

Sans s'approcher plus, Butch désigna l'Escalade à voix basse.

— J'aimerais que vous montiez toutes les deux dans cette voiture. Je vous donne la clé pour que vous puissiez vous enfermer à l'intérieur et contrôler la situation. Je vais dire deux mots à mon partenaire, d'accord ? Ensuite, vous irez voir Havers.

Il attendit que la jeune femme l'ait toisé avec une attention qui lui était familière : allait-il lui faire mal ? Ou à son enfant ? se demandait-elle. Pouvait-elle accorder sa confiance à un être du sexe opposé ? Avait-elle d'autres possibilités ?

Elle se leva péniblement en serrant sa fille dans ses bras, puis tendit la main. Butch y déposa les clés de la voiture, sachant que V. en avait un autre trousseau, de sorte qu'ils pouvaient toujours monter dans l'Escalade s'ils le souhaitaient.

La jeune femme tourna les talons en un éclair et se mit à courir malgré le poids de sa fille. Butch les regarda s'éloigner. Le visage de cette petite fille allait le hanter pendant des nuits. Contrairement à sa mère, elle était très calme. Comme si ce type de violences était son quotidien.

Il retourna vers la maison avec un juron et se mit à crier :

— V., j'entre !

La voix de Viszs lui parvint de l'étage.

— Il n'y a personne d'autre là-dedans. Et je n'ai pas repéré la plaque d'immatriculation du véhicule qui est parti.

Butch examina le cadavre qui gisait sur le seuil. Un vampire mâle, d'environ trente-cinq ans. Enfin, ils semblaient tous avoir cet âge-là avant de vieillir.

Il poussa sa tête du pied. Elle pendait mollement sur son cou.

V. descendit vivement les marches.

— Il est toujours mort ?

— Ouais. Tu l'as eu. Merde, tu saignes dans le cou. Je t'ai touché ?

V. porta la main à sa gorge, puis observa le sang qui maculait ses doigts.

— J'en sais rien. On s'est affrontés à l'arrière de la maison et il m'a eu avec sa tronçonneuse, alors ça a pu arriver n'importe comment. Où est Rhage ?

— Bon, fit Hollywood en entrant. J'ai parcouru les bois. Rien à signaler. Qu'est-ce qui est arrivé à la mère et sa gosse ?

Butch désigna la porte d'entrée.

— Elles sont dans l'Escalade. Il faudrait les emmener à la clinique. La mère a des traces de coups récentes.

— Toi et moi on va les emmener, proposa V. Rhage, tu veux bien retourner auprès des jumeaux ?

— Bonne idée. Ils partent à la chasse en ville. Soyez prudents, vous deux.

Tandis que Rhage se dématérialisait, Butch demanda :

— Qu'est-ce que tu veux faire du cadavre ?

— On n'a qu'à le laisser derrière la maison. Le soleil va se lever dans quelques heures. Le problème sera réglé.

Ils ramassèrent le mâle et traversèrent la maison délabrée pour le déposer à côté d'une chaise longue cassée et pourrie.

Butch s'interrompit et observa la porte du fond défoncée.

— Donc ce type se pointe et fait un remake de *Massacre à la tronçonneuse* sur sa femme et sa fille. Pendant ce temps, les éradiqueurs surveillaient les lieux et par chance, ils ont choisi ce soir pour attaquer.

— Bingo.

— Tu en as souvent, des problèmes domestiques de ce type ?

— Dans l'Ancienne Contrée, oui, mais j'en ai rarement entendu parler ici.

— Peut-être qu'ils ne sont pas déclarés.

V. frotta son œil droit qui tressautait.

— Peut-être… ouais… Peut-être.

Ils franchirent ce qui restait de la porte et la barricadèrent du mieux qu'ils purent. En gagnant l'entrée de la maison, Butch vit une vieille peluche dans un coin du salon, comme si elle y était tombée. Il ramassa le tigre et fronça les sourcils : le jouet pesait une tonne.

Il le glissa sous son bras et prit son portable. Il passa deux rapides appels tandis que V. s'efforçait de fermer la porte d'entrée. Ils se dirigèrent enfin vers l'Escalade.

Butch s'approcha prudemment du siège du conducteur, les mains tendues tenant le tigre en peluche. Viszs contourna le capot d'un air détendu pour s'arrêter à un mètre du siège passager. Aucun des deux ne bougea.

Le vent soufflait du nord, froid et humide, réveillant les douleurs de Butch dues à la bagarre.

Au bout d'un moment, ils entendirent les portières de la voiture se déverrouiller.

John ne pouvait s'empêcher de regarder fixement Blaylock, surtout sous la douche. Il avait un corps impressionnant désormais, avec des muscles qui saillaient un peu partout, élargissant son dos, emplissant ses jambes et ses épaules, gonflant ses bras. Il mesurait bien quinze centimètres de plus et atteignait désormais un mètre quatre-vingt-dix.

Le problème, c'était qu'il n'avait pas l'air heureux. Il se mouvait maladroitement et restait tourné vers le mur en se lavant. À en juger par sa crispation, le savon qu'il utilisait l'irritait, à moins qu'il ait un problème de peau. Et il cherchait sans cesse à se placer sous le jet d'eau, mais reculait pour adapter la température.

— Tu es en train de tomber amoureux de lui ? Les frères vont être jaloux.

John foudroya Flhéau du regard. Ce dernier souriait en frictionnant son petit torse, son épaisse chaîne en diamant pleine de mousse.

— Hé, Blay, tu ferais bien de ne pas lâcher ta savonnette. Notre Johnny te mate les fesses, tu peux pas imaginer.

Blaylock négligea ces railleries.

— Hé, Blay, t'as entendu ? Ou bien tu rêves trop de voir Johnny à genoux ?

John se plaça devant Flhéau pour l'empêcher de voir Blaylock.

— Arrête ! Tu vas pas le protéger, quand même ! lança Flhéau en observant Blaylock. Blay n'a pas besoin de protection. C'est un graaaand monsieur, maintenant, pas vrai, Blay ? Dis-moi, si John veut te baiser, tu te laisseras faire ? Je parie que oui. Je parie que tu en meurs d'envie. Tous les deux, vous allez faire un beau…

John se rua sur Flhéau et le fit tomber sur le carrelage humide avant de le rouer de coups.

Il était comme sur pilote automatique. Il continua à marteler le visage du jeune homme encore et encore, mu par une vague de fureur, lorsque une rigole rouge vif coula sur le sol jusqu'à l'évacuation. John ne sentit pas tous ceux qui tentaient de le retenir par les épaules.

Il fut soudain soulevé de terre et séparé de Flhéau.

Il se débattit contre celui qui le tenait ainsi, il rua et griffa, même si le reste des élèves avaient reculé, pleins d'effroi.

John lutta, hurlant sans émettre un son tandis qu'on le sortait des douches, hors des vestiaires. Il longea le couloir et fut jeté sur les tapis bleus du gymnase. Il en eut le souffle coupé.

Il se contenta l'espace d'un instant d'observer les lampes du plafond, mais sa violence ressurgit quand il se rendit compte qu'on le plaquait au sol. Il montra les dents et mordit le poignet qui le retenait.

On le retourna soudain sur le ventre et il sentit un poids énorme dans son dos.

— Kolher ! Non !

Il n'assimila ce nom qu'en surface. La voix de la reine encore moins. John était au-delà de la colère. Il brûlait de façon incontrôlable en s'agitant dans tous les sens.

— Tu lui fais mal !

— Reste en dehors de ça, Beth ! rétorqua la voix dure du roi dans l'oreille de John. Tu as fini, fiston ? Ou bien tu as envie de mordre encore une fois ?

John rua de plus belle, bien qu'immobilisé et à bout de forces.

— Kolher, je t'en prie, laisse-le se relever…

— C'est entre lui et moi, *leelane*. Retourne plutôt au vestiaire t'occuper de l'autre moitié du problème. Il va falloir emmener le gosse qui est resté sur le carreau chez Havers.

Il entendit un juron, puis une porte qui se refermait.

La voix de Kolher retentit juste à côté de la tempe de John.

— Tu crois que tabasser un de ces types va faire de toi un homme ?

John voulut se soulager du fardeau qui pesait sur son dos. Peu lui importait que ce soit le roi. Tout ce qui comptait, tout ce qu'il ressentait, c'était la furie qui courait dans ses veines.

— Tu penses que faire saigner cet imbécile à la langue bien pendue te fera entrer dans la Confrérie ? Hein ?

John se débattit encore. Du moins jusqu'à ce qu'une grosse main se pose sur sa nuque pour lui plaquer le visage sur le tapis.

— J'ai pas besoin de malfrats, moi. J'ai besoin de soldats. Tu veux connaître la différence ? Un soldat réfléchit.

Il lui appuya sur la nuque, à tel point que John ne pouvait même plus cligner les yeux tant il était écrasé.

— Un soldat *réfléchit.*

La pression disparut soudain. John prit une profonde inspiration. L'air franchit l'obstacle de ses dents pour envahir sa gorge avec fracas.

Respirer, respirer encore.

— Debout.

Va te faire foutre, songea John tout en essayant de se redresser. Hélas, son corps débile et faible semblait cloué au sol. Pas moyen de se relever.

— *Debout.*

Va te faire foutre.

— Qu'est-ce que tu viens de me dire ?

John fut soulevé de terre par les aisselles et se retrouva en face du roi passablement énervé.

La peur s'abattit sur le jeune homme qui commença à prendre conscience de la gravité de son pétage de plombs.

Kolher montra des canines qui paraissaient plus longues que les jambes de John.

— Tu crois que je ne t'entends pas parce que tu ne parles pas ?

John agita un instant les pieds, puis il retomba à terre. Ses jambes se dérobèrent aussitôt, et il s'écroula sur le tapis.

Kolher l'observa avec mépris.

— Heureusement que Tohr n'est pas là en ce moment.

C'est injuste, eut envie de crier John. *C'est injuste.*

— Tu crois que Tohr aurait été impressionné par ce que tu viens de faire ?

John se leva, un peu vacillant, et foudroya Kolher du regard.

Ne prononce pas ce nom, mima-t-il de ses lèvres. *Ne prononce pas son nom.*

Une douleur fulgurante lui transperça les tempes. Puis il entendit dans sa tête la voix de Kolher énoncer le mot « Tohrment », le répéter encore et encore. Il se boucha les oreilles et recula en trébuchant.

Kolher le suivit en criant de plus en plus fort, dans une litanie obsédante et interminable. Puis John vit le visage, celui de Tohr, aussi clairement que s'il se tenait devant lui, ses yeux bleu marine, ses cheveux bruns coupés très courts, ses traits durs.

John ouvrit la bouche et se mit à hurler. Pas un son ne sortit, mais il continua jusqu'à fondre en larmes. Accablé par la souffrance, car le seul père qu'il ait jamais connu lui manquait, il se couvrit les yeux et se voûta. Il se recroquevilla sur lui-même et pleura à chaudes larmes.

Dès qu'il se replia, tout s'en alla. Son esprit se tut, sa vision se dissipa.

Deux bras puissants le soulevèrent.

John se remit à crier, mais de douleur cette fois, et non plus de rage. Ne pouvant pas faire autrement, il s'accrocha aux épaules massives de Kolher. Tout ce qu'il voulait, c'était ne plus souffrir… Il voulait que cette souffrance qu'il avait en lui s'en aille, cette chose qu'il s'efforçait d'enfouir au plus profond de lui. Ses émotions étaient à vif. Ces deuils et ces tragédies le laissaient meurtri de l'intérieur.

— Merde… (Kolher le berça doucement.) Tout va bien, fiston. Nom de Dieu…

Chapitre 32

Marissa descendit de la Mercedes puis se pencha de nouveau à l'intérieur.

— Vous voulez bien m'attendre, Fritz ? Je voudrais me rendre à la maison de location quand j'en aurai terminé ici.

— Bien sûr, maîtresse.

Elle se tourna et observa la porte de service de la clinique de Havers. Allait-il au moins la laisser entrer ?

— Marissa.

— Oh, Seigneur… Butch…, fit-elle en se retournant avant de se précipiter vers l'Escalade. Je suis tellement contente que tu m'aies appelée. Tu vas bien ? Et elles ?

— Oui. On est en train de les examiner.

— Et toi ?

— Ça va, vraiment. Je préfère attendre dehors, parce que… enfin tu vois.

Oui. Havers ne serait pas enchanté de sa présence. Sans doute n'apprécierait-il pas non plus pas sa venue à elle.

Marissa jeta un regard vers la porte de la clinique.

— La mère et l'enfant… Elles ne pourront pas rentrer chez elle après ça, n'est-ce pas ?

— Pas question. Les éradiqueurs connaissent la maison, alors ce n'est pas sûr. Et franchement, il n'y avait pas grand-chose là-bas, de toute façon.

— Et le *hellren* de la mère ?

— On… on s'est occupé de lui.

Seigneur, comment pouvait-elle se réjouir d'une mort ? Or c'était le cas, du moins jusqu'à ce qu'elle pense à Butch sur le terrain.

— Je t'aime, bredouilla-t-elle. Voilà pourquoi je ne veux pas que tu te battes. Si je te perdais, je n'aurais plus de raison de vivre.

Il écarquilla les yeux. Elle se rendit compte qu'elle n'avait pas parlé d'amour depuis une éternité. Mais elle était fidèle à sa règle n° 1. Elle avait détesté passer les heures du jour loin de lui, elle ne supportait pas cette distance entre eux, et en ce qui la concernait, elle refusait que les choses continuent ainsi.

Butch s'approcha d'elle et prit son visage entre ses mains.

— Bon sang… Marissa. Si tu savais ce que cela signifie pour moi de t'entendre dire ça. J'ai besoin de savoir ça, de le sentir.

Il l'embrassa tendrement, murmurant des mots d'amour contre sa bouche. Comme elle tremblait, il se montra attentionné. Un malaise planait encore entre eux, mais il n'avait pas d'importance en cet instant. Elle avait simplement besoin de renouer le contact avec lui.

Il s'écarta légèrement.

— Je vais entrer, dit-elle. Tu veux bien attendre ? J'aimerais te montrer ma nouvelle maison.

Il caressa légèrement sa joue de l'index. Son regard se fit plus triste.

— Oui, je t'attends, dit-il. Et j'adorerais voir où tu vas habiter.

— Je n'en ai pas pour très longtemps.

Elle l'embrassa encore et se dirigea vers la clinique. Elle se sentait comme une intruse, mais étonnamment, elle parvint à entrer sans difficulté. Cela ne signifiait pas pour autant que tout allait bien se passer. Elle se tripota nerveusement les cheveux dans l'ascenseur. Elle appréhendait de revoir Havers. Lui ferait-il une scène ?

Quand elle entra dans la zone d'attente, le personnel soignant savait exactement pourquoi elle était venue. On l'accompagna vers une chambre. Elle frappa à la porte, un peu crispée.

Havers était en train de parler à la fillette qui avait la jambe dans le plâtre. Dès qu'il leva les yeux, son expression se figea et il parut perdre le fil de ses propos. Il releva ses lunettes et se mit à toussoter.

— Tu es venue ! s'exclama l'enfant en voyant Marissa.

— Coucou ! répondit-elle en lui adressant un signe.

— Si vous voulez bien m'excuser, murmura Havers à la mère, je vais préparer vos documents de sortie. Mais comme je l'ai dit, rien ne presse.

Marissa observa son frère qui s'approchait d'elle. Allait-il enfin lui adresser la parole ou faire comme si elle n'était pas là ? Il observa le pantalon qu'elle portait et grimaça.

— Bonjour, Marissa.

— Bonjour, Havers.

— Tu as l'air… en forme.

Des propos aimables. Mais il voulait dire qu'elle avait changé et qu'il n'approuvait pas.

— Je vais bien.

— Tu veux bien m'excuser ?

Il partit sans attendre de réaction. Marissa sentit la colère monter en elle, mais elle ravala ses paroles désagréables. Elle alla s'asseoir au chevet de la fillette. Elle prit sa petite main dans la sienne et chercha quelque chose à dire, mais l'enfant prit la parole de sa voix chantante :

— Mon père est mort, énonça-t-elle d'un ton neutre. Ma *mahmen* a peur. Et on n'a nulle part où dormir si on sort d'ici.

Marissa ferma furtivement les yeux. Que la Vierge scribe soit louée. Elle avait au moins une solution pour l'un de ces problèmes.

Elle se tourna vers la mère.

— Je sais où vous pouvez aller. Et je vais vous y emmener bientôt.

La jeune femme secoua la tête.

— Nous n'avons pas d'argent…

— Mais je peux payer le loyer, dit la petite en serrant son tigre en peluche.

Elle défit la couture de son dos et plongea sa main à l'intérieur pour en sortir sa plaque de vœux.

— C'est de l'or, non ? reprit-elle. C'est comme de l'argent, n'est-ce pas ?

Marissa prit une profonde inspiration et s'efforça de ne pas pleurer.

— Non, c'est un cadeau que je t'ai fait, dit-elle. Et il n'y a pas de loyer à payer. J'ai une maison vide et j'ai besoin qu'elle se remplisse. (Elle regarda de nouveau la mère.) J'adorerais que vous veniez vivre chez moi dès que tout sera installé.

Quand John regagna enfin les vestiaires, une fois calmé, il s'y retrouva seul. Kolher était retourné dans la grande maison. Flhéau était à la clinique, et les autres étaient rentrés.

C'était une bonne chose. Dans le silence, il prit la plus longue douche de sa vie. Il resta sous le jet d'eau chaude qui coulait sur son corps. Il était fourbu. Mal.

Seigneur… Avait-il vraiment mordu le roi ? Tabassé un camarade ?

Il s'appuya contre le carrelage. Malgré l'abondance d'eau et de savon, rien ne parvenait à le laver. Il se sentait encore étrangement… sale. Cela dit, la disgrâce et la honte ne donnaient-elles pas l'impression d'être maculé de merde de porc ?

Avec un juron, il baissa les yeux vers son torse si peu musclé, son ventre creux, ses hanches pointues… Il passa sur son sexe totalement insignifiant et finit par ses petits pieds. Puis il y avait le carrelage et l'évacuation par laquelle le sang de Flhéau avait coulé.

Il aurait pu le tuer, comprit-il, tant il avait perdu le contrôle de lui-même.

— John ?

Il releva vivement la tête. Zadiste se tenait sur le seuil, la mine impassible.

—Quand tu auras fini, viens à la grande maison. On t'attend dans le bureau de Kolher.

John acquiesça et ferma le robinet. Il allait certainement se faire virer du programme d'entraînement à coups de pied aux fesses. Peut-être même de la maison. Et c'était normal. Mais où diable irait-il ?

Après le départ de Z., John se sécha et s'habilla, puis il se rendit dans le bureau de Tohr. Il dut baisser les yeux pour rejoindre l'entrée du tunnel. Il ne supportait pas les souvenirs de Tohrment, en cet instant. Pas un seul.

Il se retrouva dans le vestibule de la grande maison quelques minutes plus tard, à observer l'escalier majestueux. Très las, il gravit lentement les marches couvertes d'un tapis rouge. Sa fatigue s'intensifia quand il parvint à l'étage. La porte à double battant du bureau de Kolher était ouverte. Des voix lui parvenaient, celle du roi et d'autres également. Comme ils allaient tous lui manquer...

La première chose qu'il remarqua en entrant fut le fauteuil de Tohr. Cette monstruosité verte avait été transportée et se retrouvait à la gauche du trône. Bizarre.

John s'avança et attendit qu'on lui adresse la parole.

Kolher était penché sur un élégant petit bureau jonché de papiers. Il lisait à l'aide d'une loupe. De part et d'autre du roi, Z. et Fhurie regardaient le même plan que lui.

—C'est ici que nous avons trouvé le premier campement de torture, expliqua Fhurie en désignant une étendue verte. Et Butch était ici. Quant à moi, on m'a emmené ici.

—Les sites sont très éloignés les uns des autres, marmonna Kolher. Par des kilomètres.

—Ce qu'il nous faut, c'est un avion, dit Z. Des recherches aériennes seraient bien plus efficaces.

— C'est vrai, fit Kolher en secouant la tête. Mais il faudrait faire attention. Si on se rapproche trop du terrain, on aura les autorités aériennes sur le dos.

John s'approcha un peu du bureau et tendit le cou pour mieux voir.

Kolher poussa la vaste feuille de papier d'un geste souple, comme s'il avait fini de la consulter. Ou alors… il invitait John à jeter un coup d'œil. Mais au lieu de se préoccuper du plan, John observa l'avant-bras du roi. La trace de morsure sur son poignet le mortifia. Il recula.

Beth apparut en portant un coffret en cuir contenant des parchemins entourés de rubans.

— Bon, Kolher, si on faisait le point ? J'ai choisi ceux-ci en priorité.

Kolher se redressa tandis que Beth posait le coffret. Il prit le visage de la reine dans ses mains et l'embrassa sur la bouche, puis de chaque côté du cou.

— Merci, *leelane*. C'est le bon moment, en effet, mais on attend V. et Butch qui arrivent avec Marissa. Et merde, je t'ai dit que le Conseil des *princeps* avait eu une idée lumineuse ? La *rehclusion* obligatoire de toutes les femelles célibataires.

— Tu plaisantes !

— Ces imbéciles n'ont pas encore entériné le projet, mais d'après Vhengeance le vote ne va pas tarder.

Le roi observa Z. et Fhurie.

— Vous deux, vous allez vous occuper de cette histoire d'avion. On a quelqu'un qui sait piloter ?

Fhurie haussa les épaules.

— Moi je savais. Et on pourrait mettre V. sur le coup…

— Sur quel coup ? s'enquit Viszs en entrant dans le bureau.

Kolher regarda derrière les jumeaux.

— Cessna, tu connais, mon frère ?

— Sympa… on s'équipe en avions ?

Butch et Marissa se présentèrent derrière V., main dans la main.

John s'écarta et observa simplement la scène : la conversation entre Kolher et Beth, tandis que V., Butch et Marissa discutaient entre eux. Fhurie et Z. sortirent.

Le chaos. Un mouvement. Un but. Telle était la monarchie, la Confrérie au travail. John se sentait privilégié d'être là, pour le peu de temps qu'il lui restait avant qu'ils le jettent à la rue.

Peut-être oublieraient-ils sa présence ? Il chercha un endroit où s'asseoir et observa le fauteuil de Tohr. Restant en retrait, il alla s'asseoir dans le siège en cuir usé. De là, il voyait tout. Le bureau de Kolher et ce qui s'y trouvait, la porte, les allées et venues, chaque coin de la pièce.

John replia les jambes et se pencha en avant. Il écouta Beth et Kolher évoquer le Conseil des *princeps*. Ouah. Ils s'entendaient vraiment bien, tous les deux. Elle lui donnait d'excellents conseils et le roi en tenait compte.

Kolher approuva ses propos. Ses longs cheveux noirs tombèrent sur le bureau. Il les repoussa, puis ouvrit un tiroir pour en sortir un bloc-notes à spirale et un stylo. Il les tendit derrière lui vers John, sans le regarder.

Celui-ci les prit dans ses mains tremblantes.

— Eh bien, *leelane*, voilà ce qui se passe quand on a affaire à la *glymera*. Un tas d'embrouilles. (Kolher secoua la tête et regarda V., Butch et Marissa.) Alors, qu'est-ce que vous avez, tous les trois ?

John entendit à peine leur échange. Il était trop confus pour se concentrer. Et si les frères ne le chassaient pas, finalement…

Il entendit Marissa déclarer :

— Elles n'ont nulle part où aller, alors elles vont séjourner dans la maison que je viens de louer. Kolher, elles ont besoin d'aide à long terme, et je crains qu'il y en ait beaucoup d'autres dans le même cas. Des femelles que personne n'aide, soit parce que leurs compagnons ont été pris par les éradiqueurs, soit parce qu'ils sont morts naturellement. Ou encore, hélas, parce que leurs mâles les battent. J'aimerais qu'il y ait une sorte de programme…

—Oui, c'est nécessaire, mais il existe des milliers d'autres problèmes, fit Kolher en se frottant les yeux sous ses lunettes noires avant de la regarder de nouveau. Bon, je te charge de cela, Marissa. Trouve ce que les humains font pour leurs femmes. Détermine ce qu'il nous faut pour notre espèce. Dis-moi ce dont tu as besoin en termes d'argent, de personnel et de commodités. Ensuite, fais-le.

—Seigneur ? fit Marissa, bouche bée.

Beth hocha la tête.

—C'est une idée merveilleuse ! Vous savez, Mary était bénévole pour SOS suicide. Commencez par lui parler. Je crois qu'elle connaît très bien les services sociaux.

—Je… Oui, je le ferai.

Marissa se tourna vers Butch, qui lui adressa un lent sourire viril et plein de respect.

—Oui… d'accord.

Elle traversa la pièce, comme en transe, et s'arrêta sur le seuil.

—Seigneur, je n'ai jamais rien fait de tel. Certes, j'ai travaillé à la clinique, mais…

—Tu t'en sortiras très bien, Marissa. Un jour un ami m'a dit que l'on demande de l'aide quand on en a besoin, tu saisis ?

—Euh, oui. Merci.

—Tu as du pain sur la planche.

—Oui…

Elle fit la révérence, même si elle était en pantalon.

Kolher esquissa un sourire, puis se tourna vers Butch qui voulait emboîter le pas à la jeune femme.

—Hé, flic, V. et toi bossez ensemble, ce soir. Allez-y et revenez dans une heure.

Butch blêmit. Puis il hocha la tête et prit congé, V. sur les talons.

Kolher porta de nouveau son attention sur sa *shellane*. John griffonna sur son bloc et le tendit à Beth. Lorsqu'elle lut le message au roi, celui-ci pencha la tête.

— Vas-y, fiston. Et je sais que tu regrettes. J'accepte tes excuses. Mais dorénavant tu dormiras ici. Peu m'importe si c'est dans ce fauteuil ou dans un lit en bas dans le hall. Tu dors ici. (John acquiesça. Le roi reprit.) Encore un détail : toutes les nuits à 4 heures du matin, tu iras te promener avec Zadiste.

John émit un sifflement aigu.

— Pourquoi ? Parce que je te le dis. Toutes les nuits. Sinon tu quitteras le programme d'entraînement et cette maison. Pigé ? Siffle deux fois si tu me comprends et si tu es d'accord.

John obéit.

Puis il signa maladroitement « Merci » et s'en alla.

CHAPITRE 33

Trois quarts d'heure plus tard, Butch observait Marissa, Mary et John depuis le seuil de la cuisine. Le trio était penché sur un graphique décrivant les relations entre les services humains de l'État de New York. Mary expliquait à Marissa comment tout fonctionnait à l'aide d'un cas d'étude. John avait accepté de servir de cobaye.

Seigneur, ce gamin avait eu la vie dure. Né dans les toilettes d'une gare routière, recueilli par un agent d'entretien, il avait été placé dans un orphelinat catholique. Puis ce fut une famille d'accueil qui le laissa totalement tomber après la réduction drastique des allocations sociales. Et la situation était allée de mal en pis : après avoir arrêté l'école à seize ans, il avait fui le système, connu la galère en vivant grâce à un boulot d'aide-serveur, en ville. Il avait de la chance d'être en vie.

Et Marissa allait venir en aide à des jeunes comme lui.

Butch remarqua que sa voix changeait au fil de la discussion, qu'elle était plus grave et plus directe. Elle avait le regard plus assuré et ses questions étaient précises. Il pensa qu'avec une telle intelligence, elle allait faire un excellent travail.

Dieu comme il l'aimait… Et il voulait désespérément répondre à ses besoins. Être celui qu'elle méritait.

À cet instant précis, il entendit un bruit de pas et sentit le tabac turc de V.

— Kolher attend, flic.

Butch contempla encore un moment la femme qu'il aimait.

— On y va.

Marissa leva les yeux.

— Butch ? J'aimerais avoir ton avis sur une force de police, dit-elle en tapotant le schéma. Je vois un tas de scénarios où nous aurons besoin de l'intervention des forces de l'ordre. Kolher va devoir envisager la création d'une sorte de garde civile.

— Tout ce que tu voudras, chérie, répondit-il en gravant son visage dans sa mémoire. Accorde-moi quelques minutes, d'accord ?

Marissa acquiesça et lui adressa un sourire distrait avant de se remettre au travail.

Incapable de résister, il s'approcha pour effleurer son épaule. Dès qu'elle se redressa, il déposa un baiser sur ses lèvres.

— Je t'aime, murmura-t-il.

Elle écarquilla les yeux, ce qui incita Butch à l'embrasser encore avant de s'éloigner. Bon sang, pourvu que cette régression ancestrale révèle plus qu'une bande d'Irlandais bon teint.

Viszs et lui montèrent dans le bureau. L'élégante pièce était vide, à part Kolher, debout devant la cheminée, un bras appuyé sur le linteau. Le roi semblait en pleine réflexion devant les flammes.

— Seigneur ? fit V. C'est toujours le bon moment ?

— Oui, répondit Kolher en leur faisant signe d'entrer.

Son diamant noir scintilla sur son majeur.

— Fermez la porte.

— Tu veux bien que je fasse venir un peu de muscles ? demanda V. en désignant le couloir. Je veux que Rhage soit là pour tenir le flic.

— D'accord.

Viszs sortit. Kolher observa Butch avec une telle intensité que ses yeux étaient de véritables torches derrière ses lunettes noires.

— Je ne m'attendais pas à ce que la Vierge scribe nous laisse faire.

— Et c'est tant mieux.

Vraiment.

— Tu comprends à quoi tu t'engages ? Tu vas avoir un mal de chien et tu pourrais finir comme un légume de l'autre côté.

— V. m'a tout expliqué. Je suis prêt.

— Je vois ça, murmura Kolher d'un air approbateur. Tu es très motivé.

— Je n'ai pas le choix si je veux savoir. Alors à quoi bon se prendre la tête ? Ça ne sert à rien.

La porte à double battant émit un cliquetis en se refermant. Butch regarda par-là. Rhage avait les cheveux humides et portait un vieux jean élimé et une polaire noire, mais ni chaussures ni chaussettes. De façon absurde, Butch remarqua que même ses pieds étaient superbes. Pas d'orteils velus ni d'ongles abîmés pour Hollywood. Ce salaud était parfait de haut en bas.

— Bon sang, flic, tu vas vraiment faire ça ? demanda le frère.

Butch opina. Viszs s'approcha et entreprit d'ôter son gant.

— Il faut que tu enlèves ta chemise, mon vieux.

Butch se mit torse nu et jeta sa chemise Turnbull & Asser sur le canapé.

— Je peux garder ma croix ?

— Oui. Elle ne devrait pas fondre, pas beaucoup en tout cas.

V. glissa son gant dans sa poche arrière, puis détacha la ceinture qui lui ceignait les hanches et tendit la lanière de cuir à Rhage.

— Je veux que tu lui mettes ça dans la bouche et que tu la tiennes pour qu'il ne se casse pas les dents. Mais évite d'être en contact avec lui. De toute façon tu auras un coup de soleil, car tu es proche.

Rhage se plaça derrière lui, mais des coups frappés à la porte interrompirent le processus.

La voix de Marissa retentit à travers le panneau de bois.

— Butch ? Kolher ? (Elle frappa encore, plus fort.) Seigneur ? Il se passe quelque chose ?

Kolher interrogea Butch du regard.

— Je vais lui parler, dit celui-ci.

Kolher ouvrit la porte et Marissa surgit dans la pièce. Elle pâlit en voyant la main dépourvue de gant de Viszs et le torse nu de Butch.

—Qu'est-ce que vous lui faites ?

Butch s'avança vers elle.

—Nous allons découvrir si j'ai un peu de votre espèce en moi.

Elle demeura bouche bée, puis se tourna vivement vers Kolher.

—Ne les laissez pas faire ! Dites-leur qu'ils ne peuvent pas ! Dites-leur…

—C'est son choix, Marissa.

—Ça va le tuer !

—Marissa, intervint Butch, le risque en vaut la chandelle pour connaître la vérité.

Elle pivota vers lui et le foudroya du regard, lumineuse. Il y eut un silence. Puis elle le gifla.

—Voilà pour ne pas prendre soin de toi.

Sans attendre elle le gifla de nouveau, dans un claquement qui résonna jusqu'au plafond.

—Et voilà pour ne pas m'avoir dit ce que tu faisais.

Il ressentit une douleur à la joue, qui se propagea jusqu'aux battements de son cœur.

—Vous pouvez nous accorder une minute, les gars ? demanda-t-il doucement sans la quitter des yeux.

Les frères s'éclipsèrent. Butch voulut prendre les mains de Marissa dans les siennes, mais elle refusa et croisa les bras sur son torse.

—Marissa… C'est le seul moyen de voir.

—De voir quoi ?

—Il y a une chance que je puisse être celui dont tu as besoin…

—C'est-à-dire ? J'ai besoin que tu sois toi-même ! Et que tu sois vivant !

—Je ne vais pas en mourir.

— Ah bon ? Tu l'as déjà fait alors tu sais que c'est sans risque ? Je suis tellement *soulagée*.

— Il le faut.

— Mais tu…

— *Marissa*, coupa-t-il. Mets-toi à ma place ! Essaie un peu d'imaginer que tu m'aimes mais que je doive être avec quelqu'un d'autre, me nourrir de quelqu'un d'autre, et que tu ne puisses rien y faire, mois après mois, années après années. Tu imagines ce que cela fait de savoir que tu vas mourir le premier et laisser l'autre seul ? Tu veux être une citoyenne de seconde zone dans mon univers ?

— Tu es en train de me dire que tu préfères encore mourir que d'être avec moi ?

— Je t'ai dit que ce ne serait pas…

— Et ensuite ? Tu crois que je ne peux pas suivre ta logique ? Si tu découvres que tu as un ancêtre vampire, tu veux me faire croire que tu ne feras pas quelque chose de vraiment stupide ?

— Je t'aime trop…

— Nom de Dieu ! Si tu m'aimais, tu ne t'imposerais pas ça ! Si tu m'aimais… (Sa voix se brisa.) Si tu m'aimais…

Des larmes lui montèrent aux yeux. Elle se prit brusquement le visage dans les mains et se mit à trembler de tout son corps.

— Chérie… Tout va bien se passer. (Dieu merci, elle lui permit de la prendre dans ses bras.) Chérie…

— Je suis folle de rage contre toi, en ce moment, dit-elle contre son torse. Tu n'es qu'un crétin arrogant et orgueilleux qui me brise le cœur.

— Je suis un homme qui tient à s'occuper de sa femme.

— Je te l'ai dit… Un imbécile ! Et tu m'as promis de ne plus me protéger malgré moi.

— Je regrette vraiment. Je comptais te le dire quand ce serait terminé. Et j'ai une totale confiance en V. Je m'en sortirai.

Il se pencha pour lui essuyer les larmes de ses pouces.

— Je n'arrête pas de penser à l'avenir. J'ai trente-sept ans et j'ai mené une existence de buveur, de gros fumeur. Je peux mourir dans dix ans, qui sait ?

— Et si tu meurs maintenant, je serai privée de cette décennie. Je veux passer ces années avec toi.

— Mais moi je veux des siècles, des milliards d'années. Et je veux que tu cesses de te nourrir de… Vhengeance.

Elle ferma les yeux et secoua la tête.

— Je t'ai dit qu'il n'y avait rien de sentimental…

— De ton côté. Mais peux-tu affirmer honnêtement qu'il ne te désire pas ? (Il hocha la tête en voyant qu'elle ne répondait pas.) C'est bien ce que je pensais. Je ne lui en veux pas, mais je n'aime pas ça. Même si… Merde, tu devrais sans doute être avec quelqu'un comme lui. Quelqu'un de ta classe.

— Butch, je n'ai que faire de la *glymera*, à présent. J'ai tourné la page, et tu sais quoi ? C'est mieux ainsi. Je devrais remercier Havers de m'avoir contrainte à l'indépendance. Il m'a rendu service.

— Eh bien, ne le prends pas mal, mais j'ai toujours envie de lui casser la gueule.

Il la serra plus fort contre lui. Elle soupira.

— Que feront-ils si tu as un peu de l'espèce en toi ?

— On en parlera ensuite.

Non, fit elle en le repoussant. Ne m'exclue pas. Tu veux faire ça pour nous, n'est-ce pas ? Alors j'ai mon mot à dire, non ? On en discute tout de suite.

Il passa une main dans ses cheveux et ressembla son courage.

— Ils essaieront de déclencher le changement, expliqua-t-il.

— Comment ? dit-elle lentement.

— V. affirme qu'il peut faire ça.

— Mais *comment* ?

— Je n'en sais rien. On n'en est pas encore là.

Marissa le dévisagea longuement. Il comprit qu'elle comptait ses embrouilles. Au bout d'un moment, elle déclara :

— Tu as rompu ta promesse en me laissant en dehors de tout ça.

— Je… Oui, j'ai foiré, avoua-t-il en posant une main sur son cœur. Mais je te jure, Marissa, que j'allais venir te voir dès que j'aurais su s'il y avait une chance. Je n'ai jamais eu l'intention d'effectuer la transition sans t'en parler auparavant. Je te le jure.

— Je ne veux pas te perdre.

— Je ne veux pas que tu me perdes.

Tandis qu'elle regardait vers la porte, le silence s'intensifia jusqu'à en devenir palpable, l'enveloppant comme un brouillard froid.

— Si tu dois effectuer cette régression, je veux être présente dans la pièce.

Butch souffla longuement.

— Approche. J'ai besoin de te serrer dans mes bras.

Il l'attira contre lui et l'enlaça. Elle avait les épaules raides, mais elle enroula les bras autour de sa taille et se blottit contre lui.

— Butch ?

— Oui ?

— Je regrette de t'avoir giflé.

Il enfouit le visage dans son cou.

— Je l'avais mérité.

Il posa les lèvres sur sa peau et huma profondément son parfum, pour en imprégner non seulement ses poumons, mais aussi son sang. En s'écartant il observa la veine qui remontait le long de son cou et se dit : *Seigneur… Pourvu que je sois plus que je ne suis.*

— Finissons-en, déclara Marissa.

Il l'embrassa et fit rentrer Kolher, V. et Rhage.

— On le fait ? s'enquit Viszs.

— Oui.

Butch ferma la porte et s'approcha de la cheminée avec V.

Rhage se plaça derrière lui et mit la ceinture en place. Butch se tourna vers Marissa.

— Ça va aller, chérie. Je t'aime.

Il regarda ensuite Kolher. Comme si le roi avait lu ses pensées, il se posta à côté de Marissa, prêt à la rattraper ou à la retenir.

V. s'approcha tellement que leurs torses se frôlèrent. Il plaça avec précaution la croix en or dans le dos de Butch.

— Tu es prêt, flic ?

Butch opina et mordit la ceinture du mieux qu'il put. Puis il se prépara, tandis que V. levait le bras.

Mais lorsque la paume de son ami se posa sur son torse nu, il ne sentit qu'un poids chaud. Il fronça les sourcils. Que se passait-il ? C'était tout ? Il avait fait une peur bleue à Marissa pour rien ?

Agacé, il baissa les yeux.

Oh, c'était la mauvaise main.

— Je veux que tu te détendes, mon vieux, déclara V. en traçant avec sa main des cercles lents sur le cœur de Butch. Respire profondément. Plus tu seras calme, mieux ça vaudra pour toi.

Amusant choix de mots. C'était exactement ce qu'il avait dit à Marissa quand…

Il chassa cette pensée de peur de s'agiter et s'efforça de décrisper ses épaules. En vain.

— On va respirer tous les deux une minute, flic. C'est ça. Inspire, expire. Respire avec moi. C'est bien. On a tout notre temps.

Butch ferma les yeux et se concentra sur la sensation apaisante qui remontait dans sa poitrine. La chaleur, le mouvement circulaire.

— On y va, flic. C'est bien. C'est bon, non ? C'est froid…

Les rotations ralentirent, puis Butch respira plus facilement. Son cœur se mit à marquer des pauses, et l'intervalle entre les battements devint de plus en plus long. La voix de V., ses paroles traînantes et séductrices montaient à son cerveau et le mettaient en transe.

— OK, Butch, regarde-moi. Montre-moi tes yeux.

Butch leva ses paupières lourdes et vacilla tout en observant le visage de V.

Puis il se tendit. La pupille de l'œil droit de Viszs se dilatait, au point de n'être plus que du noir. Le blanc avait disparu avec l'iris. Qu'est-ce que… ?

— Non, tout va bien, Butch. Ne t'inquiète pas de ce que tu vois. Regarde à l'intérieur de moi. Allez, regarde en moi, Butch. Sens ma main sur ta poitrine. Bien… je veux que tu te penches vers moi… Laisse-toi aller… tombe… sur… moi…

Butch se concentra sur le noir, puis sur la paume qui glissait sur son cœur. Il vit du coin de l'œil la main luisante se lever, mais il était déjà trop loin pour s'en soucier. Il chancelait vers le chemin le plus merveilleux, le plus doux, un trajet dans l'air léger, il tombait vers Viszs…

Il plongeait dans le vide…

Dans les ténèbres…

M. X se réveilla et porta une main à sa poitrine pour sentir ses blessures. Il était satisfait de la vitesse à laquelle elles cicatrisaient, mais il était loin d'avoir retrouvé toutes ses forces.

Levant la tête avec précaution, il parcourut du regard ce qui avait été un foyer confortable pour une petite famille. Depuis que la Société des éradiqueurs occupait les lieux, il n'y avait plus que quatre murs, une moquette usée et des rideaux délavés.

Van surgit de la cuisine gaie mais vide et s'arrêta net.

— Tu es réveillé. Bon sang, j'ai cru que j'allais devoir creuser un trou dans le jardin.

M. X toussota.

— Donne-moi mon PC.

Van lui apporta l'ordinateur portable et M. X prit appui contre le mur. Il ouvrit ses documents, puis un fichier Word intitulé « Notes opérationnelles ». Il se rendit à « juillet » et parcourut les notes prises neuf mois plus tôt. Il y en avait une par jour, depuis la première fois qu'il avait été grand éradiqueur. À l'époque, ça comptait pour lui.

Il sentait la présence de Van tout en cherchant.

— On a un nouvel objectif, toi et moi, fit M. X distraitement.

— Ah ouais ?

— Cet humain qu'on a vu ce soir, on va le retrouver.

X s'arrêta sur les entrées du 17, mais il n'y dénicha pas ce qu'il cherchait.

— On va retrouver cet humain et l'éliminer. On le trouve, on l'élimine.

Ce type devait mourir pour que son erreur de jugement sur la situation soit effacée et que l'Oméga n'apprenne jamais que les frères n'avaient pas tué son cheval de Troie.

L'assassinat définitif de cet homme devait toutefois être le fait d'un autre éradiqueur. Après les événements de la soirée, M. X ne voulait prendre aucun risque. Il ne pouvait pas se permettre une blessure grave.

Juillet… Juillet… peut-être se trompait-il de mois. Mais il aurait juré que c'était à peu près à cette époque qu'un flic qui ressemblait à cet humain s'était présenté à l'Académie des arts martiaux de Caldwell, l'ancien QG de la Société. Ah oui. Tenir des archives était très utile. De même que le fait d'avoir demandé à voir l'insigne du type.

M. X prit la parole :

— Il s'appelle Brian O'Neal, matricule 852 de la police de Caldwell. Il habitait à la résidence Cornwell, mais je suis sûr qu'il a déménagé. Né dans une maternité de Boston, fils d'Edward et Odell O'Neal. (M. X se tourna vers Van et esquissa un sourire.) Tu veux parier que ses parents sont toujours à Boston ?

Chapitre 34

La pluie tombait sur le visage de Butch. Était-il dehors ? Certainement.

Bon sang… il devait avoir perdu connaissance après une sacrée cuite, parce qu'il était couché sur le dos, qu'il avait la tête en compote et même pas la force d'ouvrir les yeux.

Sans doute devrait-il rester allongé et attendre un moment. Oui, c'est ça… dormir encore un peu…

Mais cette pluie était pénible, à la fin. Elle le chatouillait en martelant ses joues et coulait dans son cou. Il leva un bras pour se couvrir le visage.

— Il revient à lui.

À qui appartenait cette voix grave ? À V. ? Oui. Et V. était son… coloc ? Quelque chose comme ça. Oui, son coloc. Il aimait beaucoup V.

— Butch ?

Une femme. Très effrayée.

— Butch ? Tu m'entends ?

Oh, il la connaissait vraiment. Elle était… l'amour de sa vie… *Marissa.*

Butch ouvrit lentement les yeux, mais il n'arrivait pas vraiment à distinguer la réalité de ses délires. Jusqu'à ce qu'il voie le visage de sa femelle.

Marissa était penchée sur lui. Il avait la tête posée sur ses genoux. Cette pluie qui tombait sur ses joues, c'étaient ses larmes. Et V… V. se tenait juste à côté d'elle, accroupi, les lèvres pincées et tendues au-dessus de son bouc.

Butch s'efforça de parler, mais il avait quelque chose dans la bouche. Dès qu'il tenta de l'extraire, Marissa l'aida.

— Non, pas encore, dit V. Je crois qu'il en a encore quelques-uns en lui.

Quelques quoi ?

Soudain, Butch entendit un piétinement.

En levant légèrement la tête, il eut la surprise de constater que c'était lui qui faisait ce bruit. Ses jambes étaient agitées de spasmes qui remontaient peu à peu depuis ses chaussures. Il tenta de lutter, mais la crise eut le dessus, envahissant ses hanches et son torse. Il remua les bras et heurta le sol de son dos.

Il flotta sur la vague du mieux qu'il put, s'efforçant de rester conscient jusqu'à ce que ce soit impossible.

Quand il revint à lui, il était étourdi.

— Celle-ci n'a pas duré aussi longtemps, commenta Marissa en lui caressant les cheveux. Butch, tu m'entends ?

Il acquiesça et voulut tendre un bras vers elle. Mais ses pieds se soulevèrent de plus belle et se remirent à danser à la Fred Astaire.

Encore trois crises de ce genre et on lui retira la ceinture de la bouche. Il se rendit compte à quel point il était ivre lorsqu'il voulut parler. Son cerveau réagissait à peine, tant il était épuisé. Sauf que… il n'avait pas souvenir d'avoir avalé la moindre goutte de scotch.

— Marissa, bredouilla-t-il en prenant sa main dans la sienne. Je ne veux pas te voir boire autant.

Non, ce n'était pas ce qu'il voulait dire.

— Euh… Tu ne veux pas… me vouloir boire…

Peu importe. Il était complètement à l'ouest.

V. esquissa un sourire, mais du genre que font les médecins face à un patient sur le point de vomir.

— Il va avoir besoin de quelque chose de sucré. Rhage, tu as une sucette ?

Butch vit un type blond d'une beauté ravageuse s'agenouiller.

— Je te connais, fit-il. Hé, mon pote.

— Salut, répondit Rhage en fouillant dans la poche de sa polaire pour en sortir la sucrerie demandée.

Il la déballa et la fourra dans la bouche de Butch qui gémit. Il n'avait jamais rien goûté d'aussi bon de toute sa vie. Du raisin, sucré. Mmm…

— Il refait une crise ? s'enquit Marissa.

— Je crois qu'il aime ça, murmura Rhage. Pas vrai, flic ?

Butch hocha la tête et faillit perdre sa sucette. Rhage saisit le bâton pour la maintenir en place.

Ils se montraient si prévenants… Marissa lui caressait les cheveux en lui tenant la main. Il sentait la paume chaude de V. sur sa jambe.

La capacité de raisonner et la mémoire récente lui revinrent brutalement, comme si son cerveau se déversait dans son crâne. Il n'était pas saoul. C'était la régression. La régression ancestrale. La main de V. sur sa poitrine. Les ténèbres.

— Qu'est-ce que ça a donné ? demanda-t-il, paniqué. V… Qu'est-ce que tu as trouvé ? Quel était…

Tout le monde retint son souffle autour de lui.

— Dieu merci, il est vraiment de retour, marmonna une voix.

À cet instant, deux grosses bottes au bout métallique arrivèrent de la droite. Butch riva les yeux sur elles, puis il remonta vers une paire de jambes gainées de cuir, et vers un corps énorme.

Kolher les dominait tous de sa hauteur.

Le roi ôta ses lunettes de soleil panoramiques, révélant ses yeux vert pâle, brillants et étincelants. Ils semblaient dépourvus de pupilles, de sorte qu'ils avaient la puissance de projecteurs.

Kolher sourit largement, montrant des canines d'une blancheur éclatante.

— Comment ça va… *cousin* ?

— Quoi ? bredouilla Butch en fronçant les sourcils.

— Tu as un peu de moi en toi, flic, dit Kolher en remettant ses lunettes. Je t'ai toujours trouvé royal. Je ne pensais pas que ça allait au-delà de ton côté chiant, c'est tout.

— Tu… tu es sérieux ?

Kolher hocha la tête.

— Tu es de ma lignée, Butch. Tu es des nôtres.

Butch sentit sa poitrine se serrer. Il se prépara à une autre crise. Les autres également : Rhage sortit la sucette de sa bouche et saisit la ceinture. Marissa et V. se crispèrent.

Mais ce fut un rire qui surgit de sa gorge. Une vague d'hilarité ridicule, à se plier en deux, hystérique.

Butch rit de bon cœur en embrassant la main de Marissa. Puis il rit encore.

Marissa sentit la satisfaction et l'excitation qui grondaient dans le corps de Butch lorsqu'il lâcha prise. Mais quand il posa sur elle un large sourire, elle ne put partager son bonheur.

Puis il recouvra son sérieux.

— Chérie, tout va bien se passer.

Viszs se leva.

— Et si on vous laissait seuls tous les deux, une minute ? suggéra-t-il.

— Merci, répondit-elle.

Butch s'assit dès que les frères furent sortis.

— C'est notre chance…

— Si je te le demandais, renoncerais-tu à la transition ?

Il se figea, comme s'il venait de nouveau de recevoir une gifle.

— Marissa…

— Tu renoncerais ?

— Pourquoi ne veux-tu pas que je sois avec toi ?

— Si, je le veux. Et je choisirai l'avenir qui s'offre désormais à nous plutôt que des siècles hypothétiques. Tu ne le comprends donc pas ?

Il poussa un long soupir, la mâchoire crispée.

— Si tu savais comme je t'aime.

Bon, de toute évidence, il n'appréciait guère cette logique.

— Butch, si je te le demandais, renoncerais-tu ?

Comme il ne répondait pas, elle se couvrit les yeux, même s'il ne lui restait plus de larmes.

— Je t'aime, répéta-t-il. Alors… oui, si tu me demandais de ne pas le faire, je renoncerais.

Elle baissa la main, le souffle court.

— Jure-le, maintenant.

— Sur ma mère.

— *Merci*… (Elle l'attira dans ses bras.) Oh, Seigneur, merci. Nous surmonterons le… problème de veine. Mary et Rhage ont réussi. Butch… Nous avons un bel avenir devant nous.

Ils se turent un instant, assis par terre. Puis il reprit soudain la parole, d'un ton bourru :

— J'ai trois sœurs et un frère.

— Pardon ?

— Je ne t'ai jamais parlé de ma famille. J'ai trois sœurs et un frère. Enfin, il y avait quatre filles, mais on en a perdu une.

— Ah.

Elle s'adossa au mur, se disant qu'il s'exprimait d'un ton bizarre.

Cette voix creuse lui donna la chair de poule.

— Mon plus ancien souvenir, c'est le jour où ma sœur Joyce est rentrée de l'hôpital, après sa naissance. Je voulais la voir, alors j'ai couru vers le berceau, mais mon père m'a repoussé pour que mon frère aîné et ma grande sœur puissent la regarder. J'ai heurté le mur. Mon père a porté mon frère pour qu'il puisse toucher le bébé. Je n'oublierai jamais le son de sa voix… (Butch changea d'accent, surtout sur les voyelles :) « C'est ta petite sœur, Teddy. Tu vas être gentil avec elle et t'en occuper. » Je me suis dit : et moi ? J'aimerais bien être gentil avec elle et m'en occuper. J'ai dit : « Papa, je veux aider, aussi. » Il ne m'a même pas regardé.

Marissa se rendit compte qu'elle serrait la main de Butch si fort qu'elle devait l'écraser, mais il ne semblait pas s'en rendre compte. Et elle ne parvenait pas à la lâcher.

— Ensuite, poursuivit-il, j'ai commencé à observer mon père et ma mère. Ils se comportaient différemment avec leurs autres enfants. Surtout le vendredi et le samedi soir. Mon père buvait et c'était moi qu'il venait chercher quand il avait besoin de cogner.

Marissa retint son souffle. Butch secoua la tête d'un air indifférent.

— Non, pas de problème. C'était aussi bien. Grâce à lui je sais encaisser les coups comme personne. Fais-moi confiance, ça m'a servi. Bref, un 4 juillet... J'ai presque douze ans... (Il se frotta le menton, sa barbe naissante commençait à gratter.) Donc c'était le 4 juillet et on faisait le repas de famille chez mon oncle, au Cap. Mon frère a piqué de la bière dans la glacière et avec ses copains, ils sont allés se planquer derrière le garage pour les ouvrir. Je me suis caché dans les buissons parce que je voulais être invité à la fête. Tu vois... j'espérais que mon frère... (Il se racla la gorge.) Quand mon père est arrivé, les autres garçons ont filé et mon frère a failli chier dans son froc. Mon père s'est contenté de rigoler. Il a dit à Teddy de ne jamais le dire à ma mère. Puis il m'a vu accroupi dans les buissons. Il est venu vers moi et m'a attrapé par la peau du cou. Il m'a frappé tellement fort que j'ai craché du sang.

Butch afficha un sourire dur pour montrer à Marissa sa dent cassée.

— Il m'a dit que c'était pour me punir d'être un espion et un cafeteur. Je lui ai juré que je ne faisais que regarder et que je ne dirais rien à personne. Il m'a cogné de plus belle en me traitant de pervers, cette fois. Mon frère... Mon frère s'est contenté de regarder, sans dire un mot. Et quand j'ai croisé ma mère, avec ma lèvre fendue et ma dent cassée, elle a serré plus fort ma petite sœur Joyce contre elle et s'est détournée.

Il secoua lentement la tête.

— À la maison, je suis allé me laver dans la salle de bains, puis je suis allé dans ma chambre. Je n'en avais rien à fiche, de Dieu, mais je me suis agenouillé, j'ai croisé les doigts et j'ai prié comme un bon catholique. J'ai prié pour que ce ne soit pas ma vraie famille. Par pitié, que ce ne soit pas ma vraie famille. Qu'il y ait un endroit, ailleurs, où je puisse aller…

Elle eut l'impression qu'il ne s'était pas rendu compte qu'il s'exprimait au présent et qu'il serrait la solide croix en or autour de son cou comme si sa vie en dépendait.

Un sourire apparut au coin de ses lèvres.

— Dieu devait savoir que j'avais des doutes sur lui, parce que ça n'a rien donné. Et cet automne-là, ma sœur Janie a été assassinée.

Marissa retint son souffle. Il pointa le doigt vers lui-même.

— C'est ça, le tatouage que j'ai dans le dos. Je compte les années depuis sa mort. Je suis le dernier à l'avoir vue vivante, avant qu'elle monte dans la voiture avec ces garçons qui l'ont… profanée derrière notre lycée.

Elle tendit la main vers lui.

— Butch, je suis…

— Non, laisse-moi terminer, d'accord ? Il faut que ça sorte. Toute cette merde, c'est comme un train. Quand il est parti, plus moyen de l'arrêter.

Il lâcha sa croix et passa la main dans ses cheveux.

— Après la disparition de Janie, ils ont retrouvé son corps, et mon père n'a plus jamais levé la main sur moi. Il refusait de s'approcher de moi. De me regarder. Il ne me parlait pas, non plus. Au bout d'un moment, ma mère est devenue dingue et on a dû l'interner à l'asile. C'est à cette époque que j'ai commencé à boire. J'ai traîné dans la rue, je me suis drogué, je me suis bagarré. La famille allait de travers. Je n'ai jamais compris le changement d'attitude de mon père. Il m'a tabassé pendant des années, puis… plus rien.

— Je suis contente qu'il ait arrêté de te frapper.

— Ça ne changeait rien pour moi. Attendre les coups était aussi dur que les torgnoles elles-mêmes. Et ne pas savoir pourquoi… Mais j'ai fini par savoir. À l'enterrement de vie de garçon de mon frère aîné. J'avais une vingtaine d'années, à l'époque, et j'avais quitté le sud de Boston pour venir ici, parce que je commençais à travailler dans la police de Caldwell. Bref, je suis retourné là-bas pour la fête. On était dans la maison d'un type, avec des stripteaseuses. Mon père enchaînait les bières. Moi je prenais des lignes de cocaïne en buvant du scotch. À la fin de la fête, j'avais perdu tout contrôle. J'avais pris beaucoup de coke. Putain, j'étais tellement défoncé, ce soir-là… Donc, mon père s'en allait. Quelqu'un le reconduisait. Soudain, j'ai eu besoin de lui parler, à ce salaud.

» J'ai fini par le courser dans la rue, mais il me calculait même pas. Alors je l'ai empoigné devant tous les autres. J'étais hors de moi. J'ai commencé à vider mon sac, à lui dire qu'il avait été un père de merde, que je m'étonnais qu'il ait arrêté de me cogner parce qu'il avait l'air d'aimer ça. J'ai poursuivi sur ma lancée, jusqu'à ce que mon vieux me regarde dans les yeux. Ça m'a arrêté net. Il y avait… de la terreur, dans son regard. Il avait peur de moi. Et puis il a dit : « Je t'ai foutu la paix parce que je voulais pas que tu tues un autre de mes gosses. » J'étais… « Qu'est-ce que tu racontes ? » Il s'est mis à pleurer et a crié : « C'est vrai, quoi ! Tu savais que c'était ma préférée… tu le savais, et c'est pour ça que tu l'as fait monter dans cette voiture avec ces types. Tu as fait ça et tu savais ce qui allait se passer. »

Butch secoua la tête.

— Tout le monde a entendu. Tous les gars, mon frère aîné aussi… Mon père pensait que j'avais fait assassiner ma sœur pour me venger de lui.

Marissa voulut l'enlacer, mais il la repoussa et prit une profonde inspiration.

— Je ne vais plus jamais les voir. Jamais. Aux dernières nouvelles, mes parents passaient chaque année un peu de temps en Floride, mais ils vivaient toujours dans la maison où j'ai grandi. Ma sœur Joyce, par exemple, qui vient de faire baptiser son bébé ? Si je suis au courant, c'est seulement parce que son mari m'a appelé. Il se sentait coupable.

» Donc voilà, Marissa. Toute ma vie, il m'a manqué quelque chose. J'ai toujours été différent des autres, pas seulement dans ma famille, mais aussi quand je faisais partie de la police de Caldwell. Je ne me suis jamais intégré nulle part… Jusqu'à ma rencontre avec la Confrérie. J'ai rencontré ton espèce… Bordel, maintenant je sais pourquoi. J'étais un étranger parmi les humains.

Il jura à voix basse.

— Si j'ai voulu ce changement, ce n'est pas seulement pour toi, mais aussi pour moi. Parce que je sentais que je pourrais alors être celui que je suis censé être. C'est vrai, j'ai vécu en marge durant toute ma vie. Je voulais savoir ce que c'était que de faire partie du lot.

Il se leva du sol d'un mouvement leste.

— C'est pourquoi je veux… je voulais faire ça. Il n'était pas seulement question de toi.

Il se dirigea vers une fenêtre et écarta les rideaux bleu pâle. Tandis qu'il observait la nuit, la lueur d'une lampe sur le bureau éclaira son visage, ses épaules, ses pectoraux. Et la croix en or qui reposait sur son cœur.

Il se languissait en regardant par la fenêtre. À tel point que ses yeux luisaient presque.

Elle pensa à lui, le soir où elle s'était nourrie de Vhengeance : attristé, blessé, paralysé par les conséquences de la biologie.

Butch haussa les épaules.

— Mais… tu sais, parfois on n'obtient pas ce qu'on veut. Alors on négocie et on avance. (Il regarda derrière elle.) Si tu ne veux pas que je le fasse, je ne le ferai pas.

Chapitre 35

Butch se détourna de Marissa pour scruter de nouveau la pénombre. Sur l'immense toile noire de la nuit, il vit des images de sa famille, un pêle-mêle qui lui fit monter les larmes aux yeux. Putain, c'était la première fois qu'il mettait des mots sur toute l'histoire. Jamais il n'aurait cru y parvenir.

Le tableau n'était pas très joli.

Raison de plus pour vouloir effectuer la transition, donner une nouvelle chance à la vie. Ce changement aurait été comme une renaissance. Un autre départ. Il aurait été quelqu'un d'autre, quelqu'un de… mieux, et de purifié. Une sorte de baptême du sang.

Comme il brûlait de remettre les compteurs à zéro ! Ces embrouilles avec sa famille, son comportement d'adulte, cette merde avec l'Oméga et les éradiqueurs…

Il grimaça en songeant combien il en avait été proche…

— Bon… Je vais dire à Kolher et aux autres que ce n'est pas…

— Butch, je…

Il l'interrompit en allant ouvrir la porte. Face au roi et à V., il sentit sa poitrine se serrer.

— Désolé, les gars. Changement de programme…

— Qu'allez-vous lui faire ? s'enquit Marissa d'une voix forte et dure.

Butch regarda par-dessus son épaule. De l'autre côté du bureau, elle semblait aussi triste qu'il l'était.

— Alors ? insista-t-elle. Qu'allez-vous lui faire ?

Kolher désigna sa gauche.

— Viszs, je te laisse répondre à cette question.

V. se montra factuel, direct, abominable.

Tout plan se concluant par « ensuite, on prie » promettait de ne pas être une promenade de santé.

— Et où le feriez-vous ? demanda-t-elle.

— Au centre d'entraînement, répondit V. La salle des appareils est dotée d'un espace réservé aux premiers secours et aux soins.

Il y eut un long silence durant lequel Butch dévisagea Marissa. Elle ne pouvait tout de même pas…

— D'accord, concéda-t-elle. D'accord. Quand le fait-on ?

— Chérie… ? fit Butch, les yeux écarquillés.

— Quand ? répéta-t-elle en soutenant le regard de Viszs.

— Demain soir. Ses chances seront meilleures s'il a un peu de temps pour se remettre de la régression.

— Demain soir, d'accord, dit Marissa en enserrant sa poitrine de ses bras.

V. hocha la tête et se tourna vers Butch.

— J'imagine que vous allez vouloir un peu d'intimité aujourd'hui, tous les deux. Je vais dormir ici, dans la grande maison. Vous serez seuls au Trou.

Butch était tellement abasourdi qu'il n'y comprenait plus rien.

— Marissa, tu…

— Oui, je suis sûre, et j'ai peur.

Elle passa devant lui en se dirigeant vers la porte.

— Maintenant, j'aimerais me rendre au pavillon, si tu n'y vois pas d'inconvénient.

Il prit sa chemise et lui emboîta le pas.

En marchant, il la prit par le bras… mais il avait l'impression que c'était elle qui menait la danse.

En arrivant au Trou, Butch ne parvint pas à jauger l'humeur de Marissa. Elle ne disait rien, mais elle avait traversé la cour d'un pas presque militaire, forte et concentrée.

— J'aimerais boire quelque chose, annonça-t-elle tandis qu'il fermait la porte.

— Pas de problème.

Ça, au moins, c'était dans ses compétences. À condition qu'il leur reste autre chose que de l'alcool fort. Il ouvrit le réfrigérateur dans la cuisine. Et merde… vieux emballages de fast-food, sachets de moutarde, un fond de bouteille de lait caillé.

— Je suis sûr qu'on a… euh… de l'eau.

— Non. Je veux boire un *verre.*

Il leva les yeux du compartiment à glace.

— Bon… On a du scotch ou de la vodka.

— J'essaierais bien un peu de vodka.

Il lui servit de la vodka avec des glaçons, tout en la regardant déambuler. Elle examina les ordinateurs de V., le baby-foot, l'écran plasma. Il s'approcha d'elle. Il avait envie de la prendre dans ses bras, mais il lui tendit simplement son verre.

Elle le porta à ses lèvres et pencha la tête en arrière pour avaler une longue gorgée… Puis elle se mit à tousser au point de pleurer. Tandis qu'elle s'étranglait, il l'entraîna vers le canapé et s'assit à côté d'elle.

— Marissa…

— Tais-toi.

D'accord… Il croisa les mains tandis qu'elle se battait contre sa vodka. Quand elle en eut absorbé un centimètre, elle posa son verre sur la table basse en grimaçant.

Elle se jeta sur lui si vite qu'il ne vit rien venir. Il observait ses mains croisées, et la seconde d'après il était renversé sur le canapé, Marissa à califourchon sur son corps… et elle insinua sa langue dans sa bouche.

Elle se sentait si bien… mais le cœur n'y était pas. Le désespoir, la colère et la peur ne constituaient pas l'ambiance idéale. S'ils continuaient ainsi, ils allaient se retrouver encore plus éloignés l'un de l'autre.

Il l'écarta de lui malgré les protestations de sa queue.

— Marissa…

— Fais-moi l'amour.

Il ferma les yeux. Lui aussi, il en avait envie. Toute la nuit. Mais pas comme ça.

Il respira profondément, cherchant les mots justes. Quand il souleva les paupières, elle avait enlevé son pull à col cheminée et s'attaquait à la fermeture d'un soutien-gorge noir, ce qui le rendit fou.

Il crispa les mains sur sa taille. Les bonnets de satin glissèrent sur ses seins et ses mamelons durcirent dans la fraîcheur. Butch se pencha vers elle, prêt à poser les lèvres sur la première partie de son corps qu'il rencontrerait. Puis il s'arrêta. Il ne pouvait pas la prendre comme ça. La tension était trop palpable entre eux.

Il retint les mains de Marissa qui voulaient défaire son pantalon.

— Non…

— Ne dis pas ça.

Il se redressa et l'écarta de lui.

— Je t'aime.

— Alors ne me retiens pas.

Il secoua la tête.

— Je ne veux pas le faire. Pas dans ces conditions.

Elle le dévisagea, incrédule. Puis elle dégagea les mains de son emprise et se détourna de lui.

— Marissa…

Elle repoussa vivement ses mains.

— Je n'arrive pas à y croire ! C'est la seule nuit que nous pouvons passer ensemble et tu dis non !

— Laisse-moi… Seigneur… Laisse-moi te serrer dans mes bras. Allons, Marissa…

Elle se frotta les yeux et eut un petit rire tragique.

— Je suis vouée à mourir vierge. Certes, techniquement, je ne le suis plus, mais…

— Je n'ai pas dit que je ne voulais pas de toi. (Elle le regarda, des larmes au coin des yeux.) C'est juste que… Avec toute cette colère… Ça risque de tout gâcher. Et je veux que ce moment soit spécial.

Peu importait à Butch s'il s'exprimait comme une midinette, c'était la vérité.

— Chérie, et si on allait simplement dans ma chambre pour s'allonger ensemble dans le noir ?

Il lui rendit son pull, dont elle se couvrit les seins.

— Si on doit passer la nuit à contempler le plafond, au moins faisons-le ensemble. Et s'il se passe quelque chose, ce ne sera pas dans un état de colère et de frustration, d'accord ?

Elle essuya ses larmes, enfila son pull et regarda la vodka qu'elle avait essayé de boire.

Butch se leva et lui tendit la main.

— Viens avec moi…

Au bout d'un long moment, elle prit sa main et se laissa entraîner vers la chambre. Une fois la porte refermée, ils se retrouvèrent dans le noir complet. Il alluma une lampe sur la commode. La faible lueur rappelait les braises d'une cheminée.

— Approche, dit-il en l'emmenant vers le lit.

Il s'allongea à côté d'elle, sur le flanc, tandis qu'elle était couchée sur le dos.

Il lissa les cheveux de Marissa sur son oreiller. Elle ferma les yeux et respira en tremblant. Sa tension se dissipa peu à peu.

— Tu as raison. Cela ne se serait pas bien passé.

— Ce n'est pas par manque de désir, répéta-t-il en l'embrassant sur l'épaule.

Elle tourna la tête vers sa main pour embrasser sa paume.

— Tu as peur ? demanda-t-elle. De ce qui t'attend demain ?

— Non.

Il ne s'inquiétait que pour elle. Il ne voulait pas qu'elle le regarde mourir. Pourvu qu'il n'en arrive pas là…

— Butch… à propos de ta famille humaine, tu veux qu'on les informe, si tu…

— Non. Inutile de leur dire quoi que ce soit. Et ne parle pas comme ça. Tout va bien se passer.

Mon Dieu, faites qu'elle ne me voie pas mourir.

— Mais ne voudraient-ils pas savoir ?

En le voyant secouer la tête, elle afficha une expression de tristesse.

— Les tiens devraient te pleurer, reprit-elle.

— La Confrérie me pleurera.

Elle en eut les larmes aux yeux. Il l'embrassa.

— Assez parlé de deuil. Ce n'est pas au programme. Oublie ça.

— Je…

— Chut ! Je ne veux pas parler de ça. On en reste là.

Il appuya la tête près de la sienne sans cesser de caresser ses superbes cheveux blonds. Lorsque son souffle se fit profond et régulier, il s'approcha doucement et la lova contre son torse nu, puis il ferma les yeux.

Il dut s'endormir à son tour, car il se réveilla un moment plus tard. Ce fut le meilleur des réveils.

Il l'embrassait dans le cou et sa main remontait sur son flanc en direction de son sein. Il avait posé une jambe sur les siennes et son sexe en érection palpitait contre la hanche de Marissa. Il recula en ravalant un juron, mais elle s'avança jusqu'à se coucher sur lui.

— Oh…, souffla-t-elle en ouvrant vivement les yeux.

Il prit son visage entre ses mains et repoussa ses cheveux en arrière. Leurs regards se croisèrent.

Il releva la tête de l'oreiller et l'embrassa sur la bouche. Une fois, deux fois… puis encore.

— Il se passe quelque chose ? murmura-t-elle.

— Oui. Je crois.

Il l'embrassa, puis insinua sa langue dans sa bouche en se frottant contre elle. Leurs corps commencèrent à se mouvoir en rythme, mimant l'acte sexuel, se fondant l'un contre l'autre.

Rien ne pressait. Il prit tout son temps pour la dévêtir. Dès qu'elle se retrouva nue, il recula pour l'admirer.

Bon sang… Tant de peau douce et féminine. Ses seins parfaits, ses mamelons dressés. Ses secrets. Et surtout, son visage : il n'exprimait aucune crainte, rien qu'une impatience sensuelle.

Ce qui signifiait qu'il allait terminer ce qui avait commencé entre eux. S'il y avait eu la moindre hésitation dans son regard, il se serait contenté de lui donner du plaisir et en serait resté là. Mais elle voulait la même chose que lui, et il était certain qu'il n'y aurait pas de douleur, cette fois-là.

Butch se leva et ôta ses mocassins Gucci qui tombèrent avec un bruit sourd. Les yeux écarquillés, elle le regarda défaire le bouton de son pantalon, puis sa braguette. Son boxer rejoignit le pantalon par terre, révélant son sexe dressé. Il se couvrit d'une main, tenant son membre contre son ventre, pour ne pas troubler Marissa.

Elle se blottit contre lui dès qu'il s'allongea.

— Oh, Seigneur…, gémit-il dès que leurs peaux se rencontrèrent.

— Tu es tout nu, murmura-t-elle contre son épaule.

— Toi aussi, répondit-il en souriant.

Elle se mit à caresser ses flancs. Il s'embrasa, surtout lorsqu'elle glissa un bras entre eux, vers son sexe qui palpita de plus belle au niveau de son bas-ventre, brûlant d'être touché, caressé, serré jusqu'à l'explosion.

Mais il la retint par le poignet.

— Marissa, j'aimerais que tu fasses quelque chose pour moi.

— Quoi ?

— Laisse-moi m'occuper de tout. Je veux que cette fois ne soit rien que pour toi.

Sans lui laisser le temps de protester, il s'empara de ses lèvres.

Butch fit preuve d'une douceur exquise et de beaucoup de retenue. Chaque geste était doux, mesuré, ses baisers tendres et langoureux. Avec la langue de son amant dans sa bouche, et sa main entre ses cuisses, Marissa devenait folle de désir, mais il n'en perdit pas pour autant le contrôle de lui-même.

Lorsqu'il se coucha sur elle et lui écarta les jambes, elle n'hésita pas une seconde. Son corps était prêt à l'accueillir en elle. Elle le savait car ses replis secrets étaient humides de désir sous ses doigts. Elle avait faim de lui.

Il se nicha confortablement contre elle et plaqua son sexe vibrant sur sa fente. Il se souleva légèrement et sa main guida son membre vers l'entrée de son vagin.

Puis, sans la quitter des yeux, il s'appuya sur ses avant-bras et entama le lent va-et-vient sensuel dont elle se souvenait. Marissa se détendit pour ne pas céder à la sourde appréhension qu'elle ressentait.

—Tu es si belle, gémit-il. Ça va?

Elle lui caressa les flancs, sentant les os sous sa peau.

—Oui.

Une pression, puis un recul, une pression, puis un recul. Il s'enfonçait un peu plus à chaque coup de reins. Elle ferma les yeux, savourant son corps sur elle, en elle. Cette fois, elle s'offrit davantage, épousa sa forme. Elle trouva ce frottement délicieux, et non plus effrayant. Elle s'arc-bouta instinctivement. Son mouvement de hanche unit leur pubis comme par enchantement.

Elle leva un instant la tête pour l'observer. Il était totalement en elle.

—Qu'est-ce que tu ressens? Tout va bien? souffla-t-il d'une voix brisée, tandis que ses muscles saillaient sous sa peau moite de sueur.

Son membre vibra de plus belle. Un plaisir intense venu du plus profond d'elle-même monta.

— Par la Vierge de l'Estompe, geignit-elle. Recommence. Je te sens, quand tu fais ça.

— J'ai une meilleure idée.

Il se recula, mais elle l'agrippa par les épaules pour l'empêcher de sortir.

— Non, n'arrête pas !

Il s'avança, la pénétrant de nouveau. Marissa roula les yeux et trembla, de plus en plus fort à chaque coup de boutoir.

— Oui…, fit-elle. C'est encore mieux.

Elle l'observa tandis qu'il allait et venait en elle, les muscles de son torse et de ses bras tendus. Ses abdominaux saillaient tandis qu'il ondulait des hanches sans fléchir.

— Oh… Butch…

Le voir, le toucher… Elle ferma les yeux pour mieux goûter ces plaisirs sensuels et se concentrer sur les moindres détails.

Elle ne s'attendait pas à tant d'érotisme. Les paupières baissées, elle entendait son souffle, le doux craquement du lit, le bruissement des draps tandis qu'il déplaçait son bras.

À chaque mouvement, elle brûlait davantage, tout comme lui. Bientôt, sa peau moite s'embrasa et il se mit à haleter.

— Marissa ?

— Oui, soupira-t-elle.

Elle sentit la main de Butch entre eux.

— Jouis pour moi, chérie. Je veux te sentir jouir comme ça…

Il commença par un contact furieux, sans cesser ses lents mouvements de reins. En quelques instants, un éclair explosa en elle et l'orgasme la frappa dans une série de spasmes.

— Oui…, gémit-il d'une voix rauque. Accroche-toi. C'est ça… Oh…

Quand elle retomba enfin, inerte, elle rouvrit les yeux, comme en transe. Il la contemplait avec respect et admiration, et une certaine inquiétude.

— Tu as aimé ?

— C'était merveilleux, dit-elle.

Il parut tellement soulagé qu'elle en eut de la peine. Puis elle prit conscience d'un détail.

— Mais… et toi ?

— J'aimerais finir en toi, avoua-t-il, la gorge nouée.

— Vas-y.

— Ce ne sera pas long, souffla-t-il.

Il se remit à onduler, tandis qu'elle savourait son contact sans bouger.

— Chérie… Ça va ? Tu ne bouges pas…

— Je veux savoir ce que tu vis.

— C'est le paradis, chuchota-t-il à son oreille. Avec toi, c'est le paradis.

Il se relâcha soudain et pesa de tout son poids sur elle. Puis il se mit à trembler. Elle écarta les jambes autant qu'elle put, agitant la tête sur l'oreiller au rythme de ses coups de reins. Dieu qu'il était puissant…

De ses mains possessives, elle lui caressa les épaules tendues, puis descendit dans le dos, vers le creux de ses reins. Elle savait à ses mouvements frénétiques et de plus en plus saccadés que le moment approchait. Il se raidit tout entier, incapable de se retenir.

Son souffle court balaya l'épaule de la jeune femme. Leurs sueurs se mêlèrent. Il crispa une main dans ses cheveux et lui fit presque mal, mais elle s'en moquait. Il releva la tête, les paupières closes, comme s'il subissait une délicieuse torture.

Puis il cessa de respirer. Les veines de son cou se gonflèrent tandis qu'il rejetait la tête en arrière. Il rugit de plaisir. Marissa sentit son membre palpiter au fond de son ventre. Un liquide chaud jaillit par jets du corps tremblant de Butch.

Il s'écroula enfin sur elle, pantelant, brûlant, secoué de soubresauts.

Elle enroula ses bras et ses jambes autour de lui, et le garda en elle en le berçant.

Comme il était beau… Comme tout cela était beau.

Chapitre 36

Marissa se réveilla au son des volets qui s'ouvraient pour la nuit. Des mains caressaient son ventre, ses seins, son cou. Couchée sur le côté, elle sentait Butch blotti dans son dos. Son corps musclé se balançait à un rythme sensuel.

Son sexe chaud et dressé cherchait à s'insinuer en elle, dans le pli de ses fesses. Elle tendit la main et la posa sur sa taille pour l'inviter à poursuivre. Il ne se fit pas prier. Il roula sans un mot sur son dos, la plaquant à plat ventre contre le lit. Elle éloigna les oreillers pour pouvoir respirer tandis qu'il lui écartait les jambes de ses genoux.

Elle gémit. Ce qui, de toute évidence, le réveilla.

Il se retira vivement comme s'il s'était brûlé.

— Marissa… Je… je ne voulais pas…

Lorsqu'il recula, elle se mit à genoux pour ne pas rompre le contact avec lui.

— N'arrête pas !

Il y eut un silence.

— Tu dois être irritée.

— Pas du tout. Reviens sur moi… S'il te plaît !

— Bon sang…, fit-il d'une voix rauque. J'espérais que tu voudrais recommencer. Et je ferai attention, c'est promis.

Ces paroles furent la première chose agréable de la soirée.

Il glissa une main puissante le long de son dos. Il effleura sa hanche de ses lèvres, puis ses reins, puis plus bas, vers la peau nacrée de ses fesses.

— Tu es si belle, ainsi. Je veux te prendre comme ça.

— Tu peux faire ça ? demanda-t-elle, le regard chargé d'intensité.

— Bien sûr. J'irai plus profond. Tu veux essayer ?

— Oui…

Il lui souleva les hanches et la mit à quatre pattes, faisant grincer le lit. Puis il se plaça derrière elle. En jetant un coup d'œil entre ses jambes, elle ne vit que les cuisses musclées de Butch, ses bourses lourdes et pendantes et son sexe dressé. Elle se sentit mouiller, comme si son corps savait exactement ce qui l'attendait.

Il plaqua son torse sur son dos, puis posa une main près de sa tête. Il plia le bras, faisant gonfler ses veines, et se pencha de côté pour poser son sexe sur la peau douce de sa fente. Il la titilla en caressant les contours de son sexe humide. Elle savait qu'il la regardait en le faisant.

Il se mit à trembler. Sans doute appréciait-il le spectacle.

— Marissa… Je veux te…

Il s'interrompit et ravala un juron indistinct.

— Quoi ?

Elle le regarda par-dessus son épaule.

Il posa sur elle un regard intense et brillant, celui qu'il adoptait quand les choses devenaient sérieuses sur le plan sexuel. Mais il y avait autre chose, un désir qui n'avait rien de charnel. Au lieu de s'expliquer, il s'appuya sur les deux mains, se plaça dans son dos et donna un coup de reins, mais sans la pénétrer. Retenant son souffle, elle regarda son membre se dresser entre ses jambes, atteignant presque son nombril.

Maintenant, elle savait pourquoi il aimait la regarder. Parce qu'elle aimait elle aussi le voir excité.

— Qu'est-ce que tu allais dire ? gémit-elle.

— Chérie…

Il avait le souffle chaud, dans son cou, et sa voix se fit exigeante.

— … Je ne peux pas te demander ça comme ça…

Il posa les lèvres sur son épaule, mordant sa peau. Elle poussa un cri et ses bras devinrent flasques, mais il la rattrapa avant qu'elle tombe sur le matelas, la retenant d'un bras entre les seins.

— Demande-moi…, souffla-t-elle.

— Je le ferais… si je pouvais arrêter ça… Mais… Oh…

Il recula, puis la pénétra aussi profondément qu'il l'avait promis. Sous ce puissant coup de reins, elle se cambra et hurla son nom. Il commença sur un rythme qui la rendit folle, mais sans brutalité, tout en retenue par rapport à ce qu'il était capable de faire.

Elle adorait cette sensation, cette plénitude, ce va-et-vient sensuel. Tout à coup, elle se rappela qu'ils allaient travailler sur son corps dans l'heure suivante.

Et si c'était leur dernière fois ?

Les larmes lui montèrent aux yeux et coulèrent sur ses cils, l'aveuglant. Butch les remarqua quand il la prit par le menton pour l'embrasser.

— N'y pense pas, murmura-t-il contre ses lèvres. Reste avec moi pour le moment. Reste avec moi.

Il voulait qu'elle s'en souvienne, qu'elle se souvienne de lui.

Il se retira, retourna Marissa et la reprit de face. Il lui caressa les joues et l'embrassa tout en lui faisant l'amour. Ils jouirent en même temps, avec un plaisir si intense qu'il fut incapable de tenir sa tête droite et qu'il la relâcha sur l'épaule de Marissa.

Il roula alors sur le côté et la serra dans ses bras. Elle écouta les battements frénétiques de son cœur, priant pour qu'il soit aussi robuste qu'il le semblait en cet instant.

— Qu'allais-tu me demander ? chuchota-t-elle.

— Veux-tu m'épouser ?

Elle releva la tête. Les yeux de Butch étaient sérieux. Sans doute pensait-il à la même chose qu'elle : pourquoi ne s'étaient-ils pas unis plus tôt ?

Elle ne prononça qu'un mot, dans un soupir :

— Oui…

Il l'embrassa tendrement.

— Je veux qu'on se marie selon les deux traditions : la tienne et dans une église catholique. Cela te convient ?

— Absolument, répondit-elle en touchant sa croix en or.

— Si seulement on avait le temps de…

La sonnerie du réveil retentit. Il l'éteignit d'un geste sec.

— Je crois qu'il est temps de se lever, annonça-t-elle en s'écartant de lui.

Elle n'alla pas très loin, car il l'attira de nouveau contre lui et glissa une main entre ses cuisses.

— Butch…

Il l'embrassa avec ardeur.

— Encore une fois pour toi, Marissa. Encore une fois, chuchota-t-il contre ses lèvres.

Le contact des doigts experts de Butch lui donna l'impression de se liquéfier. Elle fondit contre lui tandis qu'il prenait un mamelon dans sa bouche jusqu'à ce qu'elle perde tout contrôle. Haletante, brûlante, elle se cambra contre lui pour mieux s'offrir.

Une pression ardente monta avant d'exploser dans un torrent de feu. Il la fit monter jusqu'à l'orgasme avec amour. Elle atteignit le sommet de l'extase encore et encore, comme une pierre qui ricoche sur l'eau, heurtant la surface et volant de nouveau.

Pas une seconde il ne la quitta de ses yeux noisette qui la hanteraient pour le reste de ses jours.

Ce soir, il allait mourir. Elle le sut avec une certitude absolue.

Assis au fond de la salle de cours, John occupait sa place habituelle, tout seul dans un coin. L'entraînement commençait en général à 16 heures, mais Zadiste avait envoyé un e-mail annonçant que les cours débuteraient trois heures plus tard, ce soir-là. Ce qui lui convenait fort bien. John avait eu la chance de voir Kolher en action plus longtemps.

Tandis que l'horloge s'approchait de 19 heures, les autres élèves entrèrent. Blaylock fermait la marche. Il se mouvait encore lentement, mais il parlait plus facilement avec les autres, comme s'il s'habituait à lui-même. Il s'assit devant et parvint à caser ses jambes sous le pupitre.

Soudain, John se rendit compte qu'il manquait quelqu'un. Où était Flhéau ? Bon sang… Et s'il était mort ? Non. Quelqu'un aurait transmis la nouvelle.

Devant, Blaylock rit avec un autre élève, puis se pencha pour poser son sac à dos à terre. En se redressant, il croisa le regard de John.

Celui-ci rougit et se détourna.

— Hé, John, fit Blaylock, tu viens t'asseoir à côté de moi ?

Toute la classe se tut. John leva les yeux.

— On voit mieux, d'ici, insista Blaylock en désignant le tableau.

Le silence s'installa. Du genre où tout le monde entend une petite musique dans sa tête.

Ne sachant que faire, John prit ses affaires et remonta l'allée pour s'asseoir sur le siège vide. Les conversations reprirent aussitôt dans un bruissement de feuilles et de livres.

L'horloge sonna 19 heures. Toujours pas de Zadiste. Les bavardages s'intensifièrent dans la salle. Les élèves s'impatientaient vraiment.

John dessinait des cercles noirs sur une feuille blanche. Il se sentait mal à l'aise, se demandant ce qu'il faisait au premier rang. C'était peut-être une blague… Merde, il aurait dû rester au fond.

— Merci, dit doucement Blaylock. Merci de m'avoir défendu, hier.

Ouah. Ce n'était peut-être pas une blague, après tout.

John glissa discrètement son cahier vers Blaylock, puis il écrivit : *Je ne pensais pas aller si loin.*

— Je sais. Et tu n'auras pas à recommencer. Je veux dire… Je peux le gérer.

John observa ses camarades. *Je n'en doute pas*, écrivit-il.

À sa gauche, un garçon se mit à chantonner le thème de *Star Trek* pour une raison inconnue, suivi par d'autres. Quelqu'un imita la voix de William Shatner :

— Je ne sais pas… pourquoi je dois… parler comme ça, Spock…

Dans ce brouhaha, le bruit de grosses bottes se fit entendre dans le couloir. On aurait dit un bataillon. John fronça les sourcils et vit Kolher passer devant la salle. Suivi de Butch et Marissa. Puis Viszs.

Pourquoi faisaient-ils tous cette tête ?

Blaylock se racla la gorge.

— Alors, John, ça te dirait de sortir avec Vhif et moi, ce soir ? On va boire quelques bières chez moi, rien de spécial.

John tourna vivement la tête, cherchant à dissimuler sa surprise. C'était la première fois qu'on lui proposait de sortir après les cours.

Cool, nota-t-il tandis que Zadiste arrivait enfin et refermait la porte.

En ville, au poste de police de Caldwell, Van Dean sourit au policier qui se tenait devant lui, en veillant à afficher un air détaché.

— Je suis un vieil ami de Brian O'Neal.

L'inspecteur José De la Cruz, de la criminelle, le toisait d'un regard acéré.

— Quel est votre nom, dites-vous ?

— Bob. Bobby O'Connor. J'ai grandi dans le sud de Boston avec Brian. Il a déménagé, et moi aussi. Je suis revenu dans l'Est dernièrement et on m'a dit qu'il travaillait dans la police de Caldwell, alors je me suis dit que je ferais un saut. Mais quand j'appelle le numéro de la police, pas de Brian O'Neal. On n'arrête pas de me répéter qu'il ne travaille pas ici.

— Qu'est-ce qui vous fait croire que la réponse sera différente en vous présentant ici ?

— J'espérais que quelqu'un me dirait ce qui lui était arrivé. J'ai appelé ses parents, dans le sud de Boston. Son père m'a dit qu'il n'avait pas eu de nouvelles de Brian depuis longtemps, mais il savait au moins que son fils était toujours flic. Écoutez, je n'ai pas d'arrière-pensée en venant ici. Je veux juste des réponses.

De la Cruz but une longue gorgée de café noir.

— O'Neal est en disponibilité depuis juillet. Il n'est pas revenu.

— C'est tout ?

— Laissez-moi votre numéro de téléphone. Si quelque chose me revient, je vous appelle.

— Bien sûr.

De la Cruz nota le numéro bidon que Van lui donna.

— Merci. J'apprécierais un appel. Vous étiez son coéquipier, non ?

— Non, répondit De la Cruz en secouant la tête.

— Ah bon ? C'est pourtant ce que m'a dit le type du central.

De la Cruz prit un dossier sur un bureau jonché de papiers et l'ouvrit.

— C'est tout, dit-il.

— Pas de problème, fit Van avec un sourire. Merci encore, inspecteur.

Il avait presque franchi le seuil quand De la Cruz ajouta :

— Au fait, vous savez que vous avez tout faux ?

— Pardon ?

— Si vous étiez son ami, vous l'auriez appelé Butch. Maintenant, fichez le camp de mon bureau et priez pour que j'aie trop de boulot pour m'intéresser à vous.

Merde. Il avait foiré.

— Les noms ça change, inspecteur.

— Pas le sien. Au revoir, Bobby O'Connor. Ou qui que vous soyez.

Van s'en alla, se disant qu'il avait de la chance qu'on ne puisse pas se faire arrêter pour avoir posé des questions à propos de quelqu'un. Dans le cas contraire, De la Cruz lui aurait passé les menottes.

Ils n'étaient pas coéquipiers, tu parles ! Van avait lu un article parlant d'eux dans le *Caldwell Courier Journal*. Mais il était évident que si De la Cruz savait ce qu'était devenu Brian... Butch O'Neal, peu importe, Van ne risquait pas de lui soutirer des infos.

Van quitta vivement le poste de police. Sous une méchante bruine de mars, il courut jusqu'à son camion. Grâce à ses recherches, il avait une idée assez claire de ce qui était arrivé à O'Neal depuis neuf mois. Sa dernière adresse connue était un deux-pièces dans un bâtiment banal, à quelques rues de là. Le concierge avait dit qu'ils étaient entrés en voyant s'accumuler le courrier et les loyers impayés. L'appartement était meublé, mais il n'était pas habité depuis un bon moment. Le peu de nourriture qui restait avait pourri, le câble et le téléphone étaient coupés pour défaut de paiement. Comme si O'Neal était parti un matin, comme d'habitude, sans jamais revenir.

Parce qu'il avait basculé dans le monde des vampires.

Ce devait être un peu comme intégrer la Société des éradiqueurs, songea Van en démarrant le véhicule. Une fois qu'on y était, on coupait tout lien avec l'extérieur. Sans jamais se retourner.

Sauf que ce type se trouvait toujours à Caldwell.

Tôt ou tard, O'Neal allait se faire descendre, et Van voulait s'en charger. Le moment était venu pour un meurtre inaugural et cet ex-flic ferait aussi bien l'affaire que tout autre être doté d'un cœur battant.

Comme l'avait dit M. X : trouve ce gars et élimine-le.

Van fronça les sourcils en s'arrêtant à un stop, se disant que cet instinct meurtrier aurait dû le contrarier. Depuis qu'il avait été introduit dans la Société, il semblait avoir perdu de son... humanité. Et il en perdait chaque jour davantage. Son frère ne lui manquait même plus.

Cela aurait aussi dû le tourmenter, mais non.

Parce qu'il sentait un pouvoir sombre pousser en lui, remplir le vide laissé par le départ de son âme. Chaque jour, il devenait plus fort.

Chapitre 37

Butch foula les tapis bleu vif du gymnase en direction d'une porte en acier portant l'inscription « Salle des appareils ». Il suivait Kolher et V. en tenant la main froide de Marissa. Il voulait lui faire un petit laïus d'encouragement, mais elle était trop intelligente pour qu'il lui fasse le coup de « tout va bien se passer ». En réalité, nul ne savait ce qui allait se dérouler et tenter de la rassurer ne ferait que mettre davantage en lumière le risque qu'il était sur le point de prendre.

À l'extrémité de la salle, V. déverrouilla une porte blindée. Ils entrèrent dans une jungle d'appareils de musculation et d'armes sous clé, pour gagner l'espace réservé aux soins liés au sport. V. alluma les tubes au néon qui se mirent à bourdonner.

On se serait cru dans le décor d'un épisode d'*Urgences*, avec le carrelage blanc, la baie vitrée, les placards en inox pleins d'éprouvettes et de médicaments. Dans un coin, il y avait un bain à remous, une table de massage et un chariot de défibrillation. Mais Butch ne les remarqua pas vraiment. Il s'intéressait surtout au milieu de la pièce, là où le spectacle allait se dérouler : comme une scène de théâtre attendant Shakespeare, il y avait un chariot brancard au-dessus duquel était suspendue une sorte de lustre high-tech. En dessous… un système d'écoulement creusé dans le sol.

Il s'imagina sur cette table, sous ces lampes, et eut l'impression de se noyer.

Lorsque Kolher ferma la porte, Marissa déclara d'un ton neutre :

— Nous devrions faire ça à la clinique de Havers, dit-elle.

V. secoua la tête.

— Ne le prends pas mal, mais je n'emmènerai pas Butch chez ton frère pour une coupure au doigt. Et moins de personnes seront au courant, mieux cela vaudra.

Il alla vérifier que les freins du chariot étaient bien enclenchés.

— De plus, je suis un excellent soignant. Butch, déshabille-toi, qu'on y aille.

Butch se mit en boxer. Il avait la chair de poule.

— On peut mettre un peu de chauffage, dans cette chambre froide ?

— Oui, répondit V. en se dirigeant vers le mur. Il faut qu'il fasse chaud pour la première partie. Ensuite, je mettrai la clim à fond et tu me remercieras.

Butch s'allongea sur le brancard. Un sifflement d'air vint du plafond. Il tendit les bras vers Marissa. Elle ferma brièvement les yeux et s'approcha de lui. Il se réfugia dans la chaleur de son corps, la serrant fort contre lui. Elle pleurait doucement, en silence. Quand il voulut lui parler, elle se contenta de secouer la tête.

— Choisirais-tu de t'unir en ce jour ?

Tout le monde se retourna. Une petite silhouette en robe noire avait surgi dans un coin de la pièce. La Vierge scribe.

Le cœur de Butch s'emballa. Il ne l'avait vue qu'une seule fois, lors de la cérémonie d'union de Kolher et Beth. Elle n'avait pas changé : une présence à respecter et à craindre, le pouvoir en personne, une force de la nature.

Puis il se rendit compte de la question qu'elle avait posée.

— Oui, répondit-il. Marissa ?

Elle baissa les mains comme pour soulever le bas d'une robe qu'elle ne portait pas. Puis elle demeura bras ballants, mal à l'aise, mais fit une révérence pleine de grâce.

— Sans vouloir vous offenser, nous serions honorés au-delà des mots d'être unis par Votre Sainteté.

La Vierge scribe s'approcha. Son rire grave envahit la pièce. Elle posa sa main luisante sur la tête penchée de Marissa et dit :

— Tant de manières, mon enfant… Tu en as toujours eu d'excellentes. À présent relève-toi et pose les yeux sur moi.

Marissa obéit. Butch aurait juré entendre la Vierge scribe soupirer.

— Superbe. Absolument superbe. Tu es constituée de façon exquise.

Puis la Vierge scribe examina Butch. Elle avait le visage couvert d'un voile noir opaque, mais l'intensité de son regard provoqua des picotements sur sa peau. Comme s'il se trouvait sur la trajectoire d'un éclair sur le point de frapper.

— Quel est le nom de ton père, humain ?

— Eddie, enfin Edward O'Neal, mais, si cela ne vous ennuie pas, je préférerais ne pas l'impliquer, d'accord ?

Tous les autres se crispèrent.

— Détends-toi pour l'interrogatoire, flic, marmonna V. Relax…

— Et pourquoi donc, humain ? s'enquit la Vierge scribe.

Elle prononçait le mot « humain » comme elle aurait dit « tas de merde ».

— Il n'est rien pour moi, répondit Butch en haussant les épaules.

— Les humains sont-ils toujours aussi négligents envers leur lignée ?

— Mon père et moi n'avons rien à voir l'un vis-à-vis de l'autre, c'est tout.

— Donc les liens du sang ne signifient pas grand-chose à tes yeux ?

Non, songea Butch en se tournant vers Kolher. Les liens du sang signifiaient *tout*.

Butch reporta le regard vers la Vierge scribe.

— Vous imaginez-vous comme je suis soulagé… ?

Marissa hoqueta. V. s'avança et posa sa main gantée sur la bouche de Butch, le tirant vers lui pour persifler à son oreille :

— Tu veux te faire griller, mon vieux ? Pas de questions.

— Écarte-toi de lui, guerrier, lança la Vierge scribe. J'ai envie de l'entendre.

V. relâcha son emprise.

— Fais attention, prévint-il.

— Désolé, pour cette histoire de question, déclara Butch à la robe noire. Mais je… je suis heureux de savoir ce qui coule dans mes veines. Et franchement, si je meurs aujourd'hui, je serai content d'avoir su qui j'étais vraiment. (Il prit la main de Marissa.) Et qui j'aime. Si c'est là que la vie m'entraîne au bout de toutes ces années d'errance, je n'ai pas perdu mon temps.

Un long silence s'installa.

— Regrettes-tu d'abandonner ta famille humaine ? s'enquit la Vierge scribe.

— Non. Elle est ici, ma famille. Elle est avec moi en ce moment, et partout dans le complexe. Pourquoi aurais-je besoin d'autre chose ?

Les jurons qui se propagèrent dans la pièce lui rappelèrent qu'il avait posé une question.

— Euh… désolé.

Un petit rire féminin jaillit de sous la robe.

— Tu n'as pas froid aux yeux, humain.

— Certains appelleraient ça de la bêtise. (Kolher ouvrit la bouche, Butch se frotta le visage). Vous savez, je fais de mon mieux… pour être respectueux.

— Ta main, humain.

Il lui tendit la gauche, celle qui était libre.

— Paume vers le haut ! aboya Kolher.

Il retourna sa main.

— Dis-moi, humain, reprit la Vierge scribe. Si je te demandais la main par laquelle tu tiens cette femelle, me l'offrirais-tu ?

— Oui. Je la tiendrais simplement de l'autre main. (Elle rit de nouveau.) Vous savez, on croirait entendre le chant d'un oiseau, quand vous riez comme ça. C'est joli.

À sa gauche, Viszs se prit la tête dans les mains.

Le silence se prolongea.

Butch respira profondément.

— Je parie que j'avais pas le droit de dire ça.

La Vierge scribe dévoila lentement son visage.

Incroyable… Butch serra plus fort la main de Marissa face à ce spectacle.

— Vous êtes un ange…, murmura-t-il.

Des lèvres parfaites esquissèrent un sourire parfait :

— Non, je suis moi-même.

— Vous êtes belle.

— Je sais. (Son ton se fit plus autoritaire.) Ta paume droite, Butch O'Neal, descendant de Kolher, fils de Kolher.

Butch relâcha Marissa, qu'il reprit de la main gauche, puis il tendit le bras. Il tiqua au contact de la Vierge scribe. Elle contenait la force extraordinaire qu'elle avait en elle. Elle était capable de le réduire en poussière si l'envie l'en prenait.

La Vierge scribe se tourna vers Marissa.

— Mon enfant, donne-moi la tienne, à présent.

Aussitôt, un courant chaud envahit le cœur de Butch. Il crut d'abord que c'était à cause du système de chauffage de la pièce. Puis il se rendit compte que ce courant circulait sous sa peau.

— Ah oui, c'est une excellente union, décréta la Vierge scribe. Vous avez ma permission de vous unir aussi longtemps que possible. (Elle baissa les mains et regarda Kolher.) La présentation est terminée. S'il survit, tu te chargeras de la cérémonie dès que son état le permettra.

— Qu'il en soit ainsi, répondit le roi en s'inclinant.

— Maintenant, reprit-elle en s'adressant à Butch, voyons si tu es résistant.

— Attendez, fit-il en pensant à la *glymera*. Marissa est unie, désormais, n'est-ce pas ? Même si je meurs, elle aura eu un compagnon ?

— Il veut mourir, maugréa V. On a hérité d'un type qui veut mourir…

La Vierge scribe en fut abasourdie.

— Je devrais te tuer tout de suite.

— Je suis désolé, mais c'est important. Je ne veux pas qu'elle se retrouve *rehcluse*. Je veux qu'elle soit ma veuve et que personne d'autre ne régente sa vie.

— Humain, tu te montres d'une arrogance étonnante, rétorqua la Vierge scribe, qui sourit néanmoins. Et tu es sans remords, n'est-ce pas ?

— Je ne voulais pas être grossier, je le jure. J'ai simplement besoin de savoir qu'on s'occupera d'elle.

— As-tu fait usage de son corps ? L'as-tu faite tienne comme un mâle ?

— Oui.

Marissa s'empourpra. Butch l'attira vers son épaule.

— Et je l'ai fait… avec amour, précisa-t-il.

Il murmura quelques paroles apaisantes à Marissa, qui parurent émouvoir la Vierge scribe. Son ton se fit presque aimable.

— Dans ce cas elle sera, comme tu le dis, ta veuve, et ne sera pas visée par les mesures concernant les femelles célibataires.

Butch poussa un soupir de soulagement et caressa le dos de Marissa.

— Dieu soit loué.

— Tu sais, humain, si tu apprenais les bonnes manières, tu t'entendrais bien avec moi.

— Si je promets de faire des efforts sur ce point, m'aiderez-vous à survivre à ce qui m'attend ?

La Vierge scribe rejeta la tête en arrière et éclata de rire.

— Non, je ne t'aiderai pas. Mais il se trouve que je te souhaite le meilleur, humain. Je te souhaite le meilleur.

Soudain, elle foudroya du regard Kolher, qui souriait en secouant la tête.

— Ne va pas croire que ces libertés avec l'étiquette s'appliquent à tous ceux qui s'adressent à moi.

Kolher reprit son sérieux.

— Je suis parfaitement conscient des convenances, tout comme mes frères.

— Tant mieux.

Elle remit son voile en place sur sa tête sans s'aider de ses mains. Juste avant de couvrir de nouveau son visage, elle déclara :

— Vous voudrez amener la reine dans cette pièce avant de commencer.

La Vierge scribe disparut sur ces mots.

Viszs siffla et s'épongea le front de son avant-bras.

— Butch, mon vieux, tu as vraiment de la chance de lui avoir plu, tu sais.

Kolher composa un numéro sur son portable.

— Merde, j'ai bien cru qu'on allait te perdre avant même d'avoir commencé. Beth ? Ma *leelane*, tu veux bien venir au gymnase ?

Viszs saisit un chariot en inox et le fit rouler vers un placard. Il entreprit d'y poser des objets sous emballage stérile. Butch allongea les jambes et s'étira sur le brancard.

Il leva les yeux vers Marissa.

— Si les choses se passent mal, je t'attendrai dans l'Estompe, dit-il, non pas par conviction mais pour la rassurer.

Elle se pencha pour l'embrasser, puis laissa sa joue contre la sienne jusqu'à ce que V. se racle la gorge. Marissa recula et se mit à parler dans la langue ancienne, un flux de paroles désespérées, une prière qui tenait plus du souffle que de la parole.

V. fit rouler le chariot vers le brancard puis se rendit aux pieds de Butch. Il tenait un objet à la main, mais ne le montrait pas, prenant soin de toujours dissimuler son bras. Il y eut un tintement métallique. L'extrémité de la table se redressa. Dans la chaleur de la chambre, Butch sentit le sang lui monter à la tête.

— Tu es prêt ? s'enquit V.

Butch observa Marissa.

— J'ai l'impression que tout se passe si vite, soudain.

Beth ouvrit la porte et entra. Elle salua à voix basse et rejoignit Kolher qui l'enlaça.

Butch regarda de nouveau Marissa, dont les prières étaient de plus en plus rapides, jusqu'à devenir un flot de paroles incompréhensibles.

— Je t'aime, dit-il avant de se tourner vers V. Vas-y.

Viszs leva la main. Il tenait un scalpel. Avant que Butch puisse déceler son mouvement, la lame lui entailla profondément le poignet. Par deux fois. Le sang jaillit, d'un rouge vif et scintillant. Il eut la nausée en le voyant couler sur son bras.

V. pratiqua deux entailles brûlantes identiques sur l'autre poignet.

— Oh… Seigneur.

Le cœur de Butch s'emballa et son sang se mit à couler plus vite.

La peur le saisit. Il dut ouvrir la bouche pour pouvoir respirer.

Il entendit des voix au loin, sans parvenir à les repérer. La pièce semblait reculer. La réalité se transforma, il scruta le visage de Marissa, ses yeux bleu pâle et ses cheveux blond clair.

Il fit de son mieux pour maîtriser sa panique, pour ne pas lui faire peur.

— Ça va, assura-t-il. Ça va… Je vais bien…

Quelqu'un le saisit par les chevilles. Surpris, il sursauta, mais ce n'était que Kolher. Le roi le retint tandis que V. inclinait le brancard pour permettre un meilleur écoulement du sang. Puis Viszs fit le tour et ôta doucement les bras de Butch afin qu'ils pendent vers le sol, vers l'évacuation.

— V. ? demanda Butch. Ne pars pas, d'accord ?

— Jamais.

Viszs lissa les cheveux de son ami avec une telle tendresse qu'elle semblait déplacée de la part d'un mâle.

Étrangement, ce fut alors l'épouvante. Butch commença à se débattre par instinct de survie, mais V. le maintint en place par les épaules.

— Doucement, flic. On est tous là, avec toi. Essaie de te détendre…

Le temps s'écoulait. Le temps… le temps passait, non ? Les gens ne cessaient de lui parler, mais il ne parvenait à entendre que la voix tremblante de Marissa… Comme elle priait, il ne savait pas ce qu'elle disait.

Il leva la tête et voulut regarder ses poignets pour voir ce qui se passait, mais il ne les distinguait plus.

Il fut soudain pris de tremblements incontrôlables.

— J'ai f… froid.

V. acquiesça.

— Je sais. Beth, augmente le chauffage, s'il te plaît.

Désespéré, Butch observa Marissa.

— J'ai de plus en plus f… froid.

Elle cessa de prier.

— Tu sens ma main sur ton bras ? (Il acquiesça.) Tu sens comme elle est chaude ? Bien. Imagine qu'elle est sur tout ton corps. Je te tiens dans mes bras. Je te serre contre moi, tu es blotti contre moi.

Il sourit. L'idée lui plaisait.

Mais il se mit à cligner les paupières. Il la voyait de moins en moins, comme un film sur un écran, quand le projecteur fonctionne mal.

— Froid… Monte le chauffage.

Il sentait des picotements sur sa peau. Son ventre était lourd comme du plomb. Son cœur semblait clignoter dans sa poitrine, sans battre vraiment.

— Froid…

Il claqua des dents, à tel point que le bruit résonnait dans ses oreilles, puis il n'entendit plus rien.

— Je… t'aime.

Marissa vit le sang rouge vif de Butch former une flaque de plus en plus large autour de l'évacuation, jusqu'à ce que ses pieds baignent dedans. Oh, Seigneur… Il avait perdu toutes ses couleurs et sa peau était blanche comme un linge. Et il ne semblait plus respirer.

V. s'approcha, muni d'un stéthoscope qu'il posa sur la poitrine de Butch.

— Il est proche, maintenant. Beth, viens par ici. J'ai besoin de toi. (Il lui tendit son instrument.) Écoute son cœur. Quand tu n'entendras plus rien pendant au moins dix secondes, préviens-moi.

Il désigna l'horloge.

— Repère-toi avec la troisième aiguille. Marissa, viens lui tenir les chevilles. Kolher va bientôt commencer.

V. secoua la tête en la voyant hésiter.

— Il nous faut quelqu'un pour le maintenir sur la table. Kolher et moi avons du boulot. Tu seras toujours avec lui, tu pourras lui parler.

Elle embrassa Butch sur les lèvres et lui dit qu'elle l'aimait. Puis elle prit la place de Kolher et empêcha le corps pesant de glisser du brancard.

— Butch ? Je suis là, *nallum*. Tu me sens ? (Elle crispa les doigts sur la peau glacée de ses chevilles.) Je suis là, tout près.

Elle continua à lui parler avec douceur, malgré sa terreur quant à la suite du processus. Qui s'accentua quand Viszs approcha le chariot de réanimation.

— Tu es prêt, Kolher ? demanda le frère.

— Où veux-tu que je me mette ?

— Là, près de sa poitrine.

Viszs ouvrit un emballage stérile long et fin. L'aiguille mesurait au moins quinze centimètres et semblait aussi épaisse qu'un stylo.

— Le rythme cardiaque, ça donne quoi, Beth ?

— Il ralentit. Bon sang, il est très faible.

— Marissa ? Je vais te demander de te taire pour qu'elle m'entende mieux, d'accord ?

Marissa se tut et se remit à prier dans sa tête.

Au cours des minutes qui s'écoulèrent, ils formèrent comme un tableau figé autour de Butch. L'unique mouvement dans la pièce était celui de son sang qui coulait des poignets entaillés. Le « floc, floc » incessant donnait à Marissa envie de hurler.

— Il bat encore, murmura Beth.

— Voilà ce qui va se passer, dit V. en toisant le corps de Butch. Au signal de Beth, je vais redresser le brancard à la verticale. Pendant que je travaillerai sur Kolher, vous deux vous allez refermer les poignets de Butch. Chaque seconde compte. Il faut refermer ses plaies rapidement, c'est clair ?

Elles hochèrent la tête.

— Il ralentit, déclara Beth.

Ses yeux bleu foncé se rivèrent sur l'horloge et elle enfonça le stéthoscope dans ses oreilles.

— Il ralentit encore.

Les secondes s'écoulèrent soudain très lentement. Marissa se mit en pilote automatique, enfouissant sa peur panique sous une concentration intense surgie de nulle part.

Beth fronça les sourcils. Puis elle se pencha davantage, comme si cela pouvait l'aider.

— Maintenant !

V. redressa le brancard et Marissa se précipita sur un poignet, tandis que Beth s'occupait de l'autre. Pendant qu'elles refermaient les plaies en les suçant, V. enfonça sa grosse aiguille dans le creux du bras de Kolher.

— Tout le monde recule ! ordonna V. en la retirant de la veine du roi.

Il prit la seringue dans son poing et se pencha sur Butch. Il palpa vivement son sternum du bout des doigts, puis planta son aiguille en plein cœur.

Marissa vacilla en voyant le piston se baisser. Quelqu'un la rattrapa. C'était Kolher.

V. retira la seringue et la jeta sur le brancard. Puis il prit les palettes sur le chariot de réanimation. La machine se mit à bourdonner.

— On s'écarte ! cria V. avant de poser les tampons métalliques sur le torse de Butch.

Butch eut un sursaut. V. posa les doigts sur sa jugulaire.

— On s'écarte ! répéta-t-il en recommençant l'opération.

Marissa s'écroula dans les bras de Kolher en voyant Viszs jeter les appareils sur le chariot pour pincer les narines de Butch. Il souffla deux fois dans sa bouche. Puis il commença un massage cardiaque en grognant, les canines sorties comme si Butch l'énervait.

Celui-ci avait le teint gris.

— Trois… quatre… cinq.

V. continua à compter. Marissa se dégagea.

— Butch ! Butch, ne pars pas… Reste avec nous. Reste avec moi.

— Neuf… dix…

V. recula, souffla deux fois dans la bouche de Butch, puis posa un doigt sur sa gorge.

— Je t'en prie, Butch ! implora-t-elle.

V. prit son stéthoscope et chercha un pouls.

— Rien. *Merde.*

Chapitre 38

Deux minutes plus tard, Marissa saisit V. par l'épaule en le voyant arrêter le massage cardiaque.

— Tu ne peux pas laisser tomber !

— Ce n'est pas le cas. Donne-moi ton bras.

V. pratiqua une entaille sur son poignet.

— Place-le sur sa bouche. *Tout de suite.*

Marissa se précipita vers la tête de Butch, lui ouvrit la bouche et posa l'entaille dessus tandis que V. reprenait son massage cardiaque. Elle retint son souffle, priant pour que Butch commence à boire, pour qu'il absorbe un peu d'elle.

Mais non, il était mort. Butch était mort… *Butch était mort.*

Quelqu'un gémissait. Elle. C'était elle qui produisait ce son.

Viszs s'interrompit et prit le pouls de Butch. Puis il saisit son stéthoscope. Il posait le disque sur son torse quand Marissa crut voir sa poitrine se soulever. Ou peut-être pas…

— Butch ? fit-elle.

— J'ai quelque chose, annonça V. en déplaçant son instrument. Oui… J'ai quelque chose.

La cage thoracique de Butch se gonfla tandis qu'il aspirait par le nez. Puis Marissa sentit ses lèvres remuer sur son poignet.

Elle se repositionna pour lui offrir un meilleur accès à sa veine.

— Butch ?

Il inspira plus profondément et ôta sa bouche de sa veine pour respirer à pleins poumons. Il y eut une pause, puis un autre souffle. Encore plus profond.

— Butch ? Tu peux…

Il ouvrit les yeux. Marissa se sentit aussitôt glacée.

L'homme qu'elle aimait n'était pas dans ces yeux immobiles. Sa faim mise à part, son regard était vide.

Avec un rugissement, il lui saisit le bras si fort qu'elle en eut le souffle coupé. Sans lui laisser la possibilité de se dégager, il se mit à boire à grandes goulées féroces. Il remuait sur le brancard, dévorant son poignet, le regard fixe, bestial, soufflant par le nez tout en buvant avidement.

En plus de sa douleur, Marissa ressentit une peur abjecte et absolue.

Dis-moi que tu es toujours là, songea-t-elle. *Dis-moi que tu es toujours avec nous…*

Elle ne mit guère de temps à céder à un étourdissement.

— Il boit trop, commenta V., nerveux.

Avant qu'elle puisse réagir, elle perçut une odeur dans la pièce. Oui, une odeur d'union. Celle de Kolher. Mais pourquoi ressentirait-il le besoin d'établir son territoire sexuel ici et maintenant ?

Elle chancela. La main ferme de Viszs lui empoigna le bras.

— Marissa, tu as terminé.

Mais Butch était affamé, insatiable.

— Non ! *Non…*

— Je prends le relais.

Marissa jeta un coup d'œil à Beth, puis elle se concentra sur Kolher. Auprès de sa *shellane*, il avait les traits tirés, le corps tendu, prêt à se battre.

— Marissa ? Puis-je le nourrir ? s'enquit Beth.

Elle observa la reine. Seigneur, c'étaient ces mêmes mots qui avaient été prononcés en juillet, quand le corps de Kolher oscillait entre la vie et la mort, et qu'il avait eu besoin de la veine de Marissa…

— Alors, Marissa ?

Elle hocha faiblement la tête. Kolher se mit à grogner, montrant ses canines qui s'allongèrent pour devenir des lames blanches.

La situation était périlleuse. Un mâle uni ne partageait pas. Jamais. En fait, il était capable de se battre à mort pour empêcher un autre mâle d'approcher sa femelle quand il s'agissait de se nourrir.

Beth leva les yeux vers son *hellren*. Avant qu'elle puisse prononcer un mot, Kolher cracha :

— V., ramène tes fesses et retiens-moi.

En s'approchant du roi, Viszs regretta l'absence de Rhage.

Merde. C'était une mauvaise idée. Un vampire mâle de sang pur, en couple, était sur le point de regarder sa *shellane* nourrir quelqu'un d'autre. Bordel, quand la Vierge scribe avait suggéré que Beth soit présente, V. avait cru qu'elle pensait à la cérémonie, et non à sa veine. Mais quel choix avaient-ils ? Butch risquait d'assécher Marissa sans être rassasié pour autant, et il n'y avait pas une autre femelle dans la maison qui puisse faire l'affaire : Mary était toujours humaine et Bella était enceinte.

De plus, ce ne serait pas plus facile avec Rhage ou Z. Il leur faudrait une sacrée dose de tranquillisants pour la bête, quant à Z… *merde.*

Beth caressa le visage de son *hellren.*

— Tu ne devrais peut-être pas regarder.

Kolher la saisit par le cou et l'embrassa avec ardeur. Puis il prit son poignet et ouvrit la veine d'un geste vif.

— Vas-y tout de suite.

Il la repoussa, puis se plaqua contre le mur.

— Viszs, tu ferais bien de me retenir, bordel. Sinon, ça va dégénérer.

Le corps imposant de Kolher tremblait de rage, les muscles saillants, la peau moite de sueur. Derrière ses lunettes de soleil panoramiques, ses yeux étincelaient d'une lueur féroce et éclatante.

V. se rua sur son roi qui résista aussitôt. Seigneur, autant essayer de retenir un taureau.

— Et si tu… partais ? grogna V. en luttant pour immobiliser Kolher.

— Il faudrait que… je passe devant eux… pour gagner la porte… Pas question.

V. tourna la tête vers le brancard.

Marissa allait s'écrouler si elle ne se détachait pas de Butch. Et le flic allait résister comme un beau diable si on le privait de cette source de sang.

— Beth ! cria V. en luttant contre Kolher. Pince le nez du flic très fort et tiens-lui le front. C'est le seul moyen de libérer Marissa.

Beth saisit le nez de Butch qui émit un son inhumain, comme s'il savait ce qui allait se passer. Son corps se raidit sur le brancard, prêt à en découdre avec quiconque voulait lui voler sa nourriture.

Pourvu qu'il ne s'en prenne pas à Beth, songea V. Kolher était si chaud qu'il était bien capable de se dégager et de tuer Butch. *Pourvu…*

Les femelles se montrèrent efficaces. Marissa détacha son poignet et retint Butch par les épaules, le clouant sur le brancard pendant que Beth posait son poignet sur sa bouche. En recevant cette nouvelle veine, il but avidement comme un bébé en gémissant de plaisir.

Ce qui déclencha la fureur de Kolher.

Le roi se rua vers le brancard en entraînant V. dans son sillage.

— Marissa ! lança Viszs en attrapant le roi par la taille. J'ai besoin d'aide !

Elle observa Kolher… et se montra à la hauteur. Oh oui, elle était à la hauteur.

Elle avait manifestement envie de se trouver à côté de Butch. Elle se jeta pourtant contre Kolher sur le point d'exploser. Le roi recula sous l'impact. V. se repositionna, la tête un peu tordue mais les bras bien placés : l'un des deux enroulé autour du cou du roi, l'autre autour de sa taille. Pour faire bonne mesure, V. enroula une jambe autour des cuisses de Kolher. Si le roi bondissait en avant, il trébucherait.

Au même moment, Marissa en fit autant. Elle mêla ses jambes à celles de Kolher et plaqua un bras sur son torse.

Merde… Son poignet saignait abondamment.

— Marissa… Approche ton bras…, souffla V., les muscles tendus.

— Marissa…

Elle ne parut pas l'entendre, trop occupée à regarder ce qui se passait sur le brancard.

— Marissa, tu te vides de ton sang. Donne-moi ton poignet, bordel !

Elle déplaça le coude et baissa le bras, mais elle n'était pas concentrée sur elle-même.

Jusqu'à ce que V. pose les lèvres sur sa peau. Elle retint son souffle et baissa les yeux.

Leurs regards se croisèrent. Celui de Marissa était vide.

— C'est pour t'empêcher de saigner, dit-il contre son poignet.

Butch émit un son et elle se tourna aussitôt vers lui.

Le temps s'arrêta soudain pour V., malgré le poids qu'il retenait. Il observa le profil parfait de Marissa en léchant son poignet meurtri pour refermer la plaie, soulageant la douleur, entamant la guérison. Fasciné par quelque chose qu'il refusait de nommer, il passa encore et encore la langue sur sa peau, goûtant à la fois le sang de Marissa… et la bouche de Butch.

Viszs continua à lécher bien plus longtemps que nécessaire, quand il se dit qu'il devait cesser, car il était déjà allé trop loin. Il allait perdre le contrôle de Kolher s'il ne se ressaisissait pas. Il observa Butch et posa les lèvres sur la peau de Marissa comme s'il s'agissait de la bouche de Butch, pour l'embrasser.

Il eut la sensation étrange qu'il disait au revoir à son coloc.

Butch se réveilla au cœur d'un tourbillon. Une tornade.

Tout son corps grondait. Quelque chose faisait saillir le moindre de ses muscles. Il était… en train de boire. C'était si bon qu'il en avait les larmes aux yeux. Un breuvage épais et délicieux sur sa langue, un vin sombre. Au fil des gorgées, il se dit qu'il avait déjà goûté une boisson similaire. Pas ce grand cru, mais…

Il faillit perdre connaissance en rouvrant vivement les yeux.

Bordel, il était vivant, et passé de l'autre côté et…

Attends, ce n'était pas Marissa. Des cheveux noirs pendaient au-dessus de son visage.

Il ôta sa bouche.

— *Marissa ?*

En l'entendant répondre, il regarda en direction de sa voix, mais il eut un mouvement de recul.

Pas possible… Ce n'était pas exactement ce qu'il s'attendait à voir. Et ce n'était pas non plus une entrée géniale dans sa nouvelle vie. Loin de là.

Kolher semblait surgi d'un film d'horreur, un vampire énorme et furieux, un monstre aux canines dénudées, aux yeux luisants, qui voulait sa peau.

La bonne nouvelle, c'était que Viszs et Marissa le retenaient. La mauvaise nouvelle, c'était qu'ils semblaient sur le point de perdre le contrôle de la situation.

Butch observa Beth qui suçait une entaille à son poignet.

Merde…

Il avait bu à sa veine, non ?

Merde…

Il laissa sa tête retomber sur le brancard. Kolher allait le tuer, c'était certain. Dès qu'ils le lâcheraient, le roi le réduirait en bouillie.

Butch évalua en jurant la distance qui le séparait de la porte tandis que Beth s'approchait du trio.

— Kolher ? fit-elle avant d'ajouter en baissant le ton : tenez-le bien.

Butch se tourna sur le côté et croisa le regard de Marissa en priant pour ne pas mourir. Il était impatient de s'approcher de sa femme, mais la situation devait être gérée avec précaution.

— Kolher ? répéta Beth.

L'instinct de Kolher était tellement en éveil qu'elle dut lui parler pendant un bon moment pour qu'il se concentre sur elle et non plus sur Butch.

— C'est fini, d'accord ? (Elle lui caressa le visage.) C'est fait, c'est terminé.

Avec une plainte de désespoir, Kolher posa ses lèvres sur la paume de Beth, puis il ferma les yeux, ivre de douleur.

— Dis-leur… Dis-leur de me relâcher doucement. Beth… Beth, je vais m'en prendre à toi. Je ne peux pas… l'éviter. Mais ce sera mieux que de le tuer.

— Oui… bien mieux, confirma Butch.

Beth recula et se prépara.

— Lâchez-le.

Ce fut comme s'ils lâchaient un tigre. Marissa se baissa et s'éloigna pendant que Kolher repoussait Viszs avec une telle force que le frère heurta un placard de plein fouet.

D'un geste synchrone, le roi s'approcha de Beth et la mordit à la gorge. Elle retint son souffle et tomba en arrière, en pleine extase. Kolher pivota et foudroya Butch d'un regard meurtrier. Il était évident que le roi buvait désormais non pas pour se nourrir mais pour marquer son territoire. Son odeur envahit la pièce comme un avertissement brutal. Dès qu'il eut l'impression d'avoir exprimé son message, il souleva sa *shellane* dans ses bras et partit. Inutile de se demander où il allait : s'enfermer dans la première pièce venue pour la faire sienne.

Butch tendit la main vers Marissa. Elle vint à lui comme une bouée vers un naufragé : une chaleur lumineuse, la promesse d'un avenir qui vaille la peine, une bénédiction aimante. Elle se pencha vers lui et le serra fort. Il l'embrassa tendrement et débita tout un tas de bêtises dans un flot de paroles incontrôlées et irréfléchies.

Quand ils s'écartèrent légèrement pour reprendre leur souffle, Butch regarda Viszs. Le frère se tenait près de la porte ouverte à observer le sol, mal à l'aise, le corps tremblant.

— V. ?

Viszs cligna ses yeux de diamant.

— Salut, mon vieux.

Butch tendit la main, mais V. secoua la tête.

— Content de te revoir, flic.

— Putain, viens ici, V. Rapplique !

V. glissa les mains dans ses poches et s'approcha lentement du brancard. Marissa rétablit le contact entre eux en lui prenant le bras pour que Butch puisse toucher la paume du frère.

— Tu vas bien ? demanda Butch en le serrant fort.

V. lui serra aussi la main l'espace d'une seconde, mais il frappa du pied et rompit le contact.

— Ouais, ça va.

— Merci.

— Ouais…

V. était tellement sur les nerfs que Butch eut pitié de lui et détourna la conversation.

— Donc c'est terminé ? C'est tout ?

V. caressa son bouc et consulta l'horloge. Puis il observa de nouveau le corps de Butch.

— Attendons encore dix minutes.

Bon, d'accord. Butch passa le temps en caressant les bras de Marissa, puis ses épaules, son visage, ses cheveux.

— Je crois que c'est fait, murmura enfin V.

La voix du frère exprimait une étrange déception, mais le flic sourit.

— Eh bien, ce n'était pas si mal. Sauf la partie où on frôle la mort, bien sûr. Ce n'était…

Sa voix s'éteignit, puis il fronça les sourcils.

— Qu'est-ce que tu as ? s'enquit Marissa.

— J'en sais rien. Je…

Il s'était passé quelque chose… dans son ventre.

Viszs s'approcha encore.

— Qu'est-ce qui t'arrive, flic ?

— Je…

La déferlante de douleur le submergea comme si un tapis clouté lui enveloppait le corps, le meurtrissant sous toutes les coutures. Il retint son souffle face à cet assaut. Sa vision se troubla avant de redevenir nette.

— *Oh merde, je meurs…*

Le visage de Viszs apparut devant lui. Il souriait, ce salaud. Il souriait avec délectation.

— C'est le changement, mon ami. Maintenant… tu es en mutation.

— Qu'est-ce que… ?

Il n'alla pas plus loin. Une douleur brûlante s'empara de lui, et il s'enfonça au plus profond de lui-même, englouti par le tourbillon de la torture. À mesure qu'elle enflait, il voulut s'évanouir. Dommage.

Après ce qui lui sembla être des millénaires de souffrance, les claquements commencèrent. Les os de ses cuisses furent les premiers à craquer. Il se mit à hurler. Très vite, ce fut le tour de ses bras, puis de ses épaules, de sa colonne vertébrale… ses tibias, ses mains, ses pieds. Son crâne et sa mâchoire lui faisaient horriblement mal. Il se retourna et cracha deux dents.

Marissa l'accompagna à travers la tornade du changement en lui parlant. Il s'accrocha à sa voix et à son image dans sa tête, le seul élément stable de cet univers de souffrance.

Chapitre 39

À l'autre bout de la ville, dans une jolie maison très isolée, John finit sa première bière. Puis sa deuxième, et sa troisième. Il était étonné que son estomac puisse en contenir autant. Or elles descendaient bien et y restaient.

Blaylock et Vhif étaient assis par terre devant le lit, les yeux rivés sur un écran plasma à jouer à Killer, ce jeu vidéo débile qui faisait fureur. Par quelque heureux hasard, John les avait battus tous les deux, alors ils luttaient pour la deuxième place.

Confortablement installé sur la couverture de Blaylock, John porta sa bouteille de Corona à ses lèvres. Elle était vide. Il consulta l'horloge. Fritz venait le chercher dans une vingtaine de minutes, ce qui risquait de poser problème, car il était vibrant et dur.

C'était vraiment bien.

Blaylock rit et s'écroula sur le sol.

— J'arrive pas à croire que tu m'aies battu, salaud !

Vhif prit sa bière et donna une tape sur la jambe de Blaylock.

— Désolé mon vieux, mais tu crains.

John posa la tête sur son menton, savourant cette sensation de torpeur. Il avait été énervé pendant tellement longtemps qu'il avait oublié à quoi ressemblait une vraie détente.

Blay l'observa avec un sourire.

— Bien sûr, c'est le grand taciturne le plus fort, ici. Je te déteste, tu sais.

John sourit et le repoussa. Tandis que les deux garçons écroulés à terre s'esclaffaient, un BlackBerry se mit à sonner.

Vhif répondit et raccrocha au bout de plusieurs « hum ».

— Merde… Flhéau ne va pas revenir avant un bon bout de temps. On dirait que tu lui as fait une peur bleue, dit-il en regardant John.

— Ce gars a toujours été un enfoiré, dit Blay.

— C'est vrai.

Ils se turent un moment et se contentèrent d'écouter *Nasty* de Too $hort. Puis Vhif afficha un air décidé.

Ses yeux, dont l'un était vert et l'autre bleu, se firent curieux.

— Alors, Blay… C'était comment ?

Blay leva vivement les yeux au ciel.

— Perdre contre toi au Killer ? Un vrai bonheur, merci beaucoup.

— Je ne parlais pas de ça et tu le sais très bien.

Blay tendit le bras vers un minibar en jurant et en sortit une autre bière qu'il déboucha. Il en avait déjà bu sept et semblait parfaitement sobre. Naturellement, il avait également dévoré quatre Big Mac, deux grandes frites, un milk-shake au chocolat et deux tourtes aux cerises. Plus un paquet de chips.

— Blay ? Allez… Qu'est-ce qui s'est passé ?

Blaylock avala une gorgée de bière.

— Rien.

— Va te faire foutre.

— Bon, d'accord, concéda Blay en buvant une autre gorgée de bière. Je… j'avais envie de mourir. J'étais certain que j'allais crever. Ensuite, j'ai… enfin… (Il se racla la gorge.) J'ai pris sa veine, et ça a été pire. Bien pire.

— La veine de qui ?

— Celle de Jasim.

— Ouah, elle est chaude.

— Bref, fit Blay en se penchant pour prendre un sweat-shirt qu'il noua autour de ses hanches, comme s'il avait quelque chose à couvrir.

Vhif l'observa, ainsi que John.

— Tu l'as chopée, Blay ?

— Non ! Croyez-moi, au moment de la transition on pense pas au cul.

— Mais j'ai entendu dire qu'après…

— Non, j'ai rien fait avec elle.

— D'accord, c'est cool. (De toute évidence, Vhif pensait que son ami était fou.) Alors, la transition ? Qu'est-ce que tu as ressenti ?

— Je… je me suis écroulé et je me suis reformé. (Blay but avidement.) C'est tout.

Vhif plia ses petites mains, puis crispa les poings.

— Tu te sens différent ?

— Oui.

— Comment ?

— Bordel, Vhif…

— Qu'est-ce que tu nous caches ? On va tous passer par là. Je veux dire… Merde, John, tu dois avoir envie de savoir, non ?

John regarda Blay et acquiesça, espérant qu'ils poursuivent cette conversation.

Dans le silence qui suivit, Blaylock tendit les jambes. Sous son jean tout neuf, les muscles de ses cuisses saillirent.

— Et comment tu te sens, maintenant ? insista Vhif.

— Moi-même, mais… je ne sais pas, bien plus fort.

— Génial ! s'exclama Vhif. J'ai hâte !

Le regard de Blaylock se durcit.

— Y a pas de quoi s'emballer, crois-moi.

Vhif secoua la tête.

— Tu es tellement négatif avec tout ça. (Il s'interrompit.) Tu bandes souvent, maintenant ?

Blay rougit violemment.

— *Quoi ?*

— Allez, tu te doutais qu'on te poserait la question. Alors ? (Le silence se prolongea.) Allô ? Blay ? Réponds ! T'as la trique ?

Blay se frotta le visage.

— Euh… Oui.

— Souvent ?

— Oui.

— Et tu te branles, pas vrai ? Je veux dire… C'est obligé. C'est comment ?

— T'es dingue ou quoi, bordel ? Je…

— Dis-le-nous, juste une fois. On ne te le demandera plus, c'est juré. Hein, John ?

John hocha lentement la tête, conscient de retenir son souffle. Il avait fait des rêves, des rêves érotiques, mais ce n'était pas comme si ces choses s'étaient vraiment produites. Ou comme en entendre parler par quelqu'un qui l'avait fait.

Hélas, Blaylock semblait s'être fermé comme une huître.

— Putain, Blay… C'est comment ? Allez ! Toute ma vie, j'ai attendu ce que tu as. Je ne peux demander ça à personne d'autre. Tu me vois aller voir mon père ? Allez, crache le morceau. Ça fait comment, de jouir ?

Blay tripota l'étiquette de sa bouteille de bière.

— Puissant. Voilà comment on se sent. Ça fait comme un flot qui monte, qui monte… Et puis on explose et on flotte.

Vhif ferma les yeux.

— Bordel, j'en ai envie. Je veux être un mâle.

C'était exactement le désir de John.

Blay but sa Corona, puis s'essuya la bouche.

— Bien sûr, maintenant… Je veux le faire avec quelqu'un.

Vhif esquissa un sourire.

— Et Jasim ?

— Non. Pas mon genre. Je ne veux plus en parler. La conversation est terminée.

John consulta l'horloge, puis il se glissa au bord du lit. Il griffonna quelques mots sur son bloc-notes et le leur tendit. Blay et Vhif acquiescèrent.

— D'accord, concéda Blay.

— Tu es partant pour demain soir ? demanda Vhif.

John acquiesça et se leva. Il chancela aussitôt et dut se rattraper au lit.

Vhif éclata de rire.

— Regarde-toi, crétin ! T'es bourré !

John haussa les épaules et s'efforça de quitter la pièce. Blay l'appela au moment où il ouvrait la porte :

— Hé, J. ?

Il regarda en arrière, un sourcil levé.

— Où est-ce qu'on peut apprendre ta langue des signes ?

Vhif approuva et se déboucha une autre bière.

— Ouais, où est-ce qu'on peut l'apprendre ? fit-il.

John parut étonné, puis il écrivit :

Internet. Cherchez « langue des signes ».

— Bonne idée. Et tu nous aideras, d'accord ?

John hocha la tête.

Les deux garçons revinrent à leur écran et lancèrent une nouvelle partie. John les entendit rire en refermant la porte. Il se mit à sourire, mais ne ressentit que la douleur de la honte.

Tohr et Wellsie étaient morts, songea-t-il. Il ne devrait pas… prendre du bon temps. Un vrai homme ne se laissait pas distraire de son objectif ou de ses ennemis… uniquement pour apprécier la compagnie de ses amis.

John longea le couloir d'un pas incertain, un bras tendu pour garder l'équilibre.

Le problème, c'était… que c'était si bon d'avoir l'impression de faire partie de la bande. Il avait toujours voulu avoir des amis. Pas une bande importante, mais une poignée de bons copains.

Des amis à la vie à la mort. Comme des frères.

Marissa ne comprenait pas comment Butch avait survécu à ce qu'avait subi son corps. Cela semblait tout bonnement impossible. Sauf que c'était manifestement ce que les mâles traversaient, surtout les guerriers. Et comme il faisait partie de la lignée de Kolher, c'était un sang pur qui coulait dans ses veines.

Des heures plus tard, quand tout fut terminé, Butch était allongé sur le brancard, dans la pièce désormais glaciale. Il avait le teint cireux et la peau moite de sueur comme s'il avait couru douze fois le marathon. Il avait l'impression d'être suspendu au bord du brancard. Ses épaules avaient doublé de volume et son boxer était tendu sur ses cuisses.

En revanche, elle était rassurée quant à son visage. Il n'avait pas changé, même s'il était proportionné avec son nouveau corps. Quand il ouvrit les yeux, ils étaient de cette nuance noisette si familière, avec cette vivacité qui n'appartenait qu'à lui.

Il était trop étourdi pour parler, mais il tremblait. Elle posa une couverture sur lui. Il sursauta en sentant son poids, comme si sa peau était irritée. Puis il prononça « Je t'aime » et sombra dans le sommeil.

Brusquement, elle sentit la fatigue s'abattre sur elle comme jamais.

Viszs finissait de nettoyer le sang sur le sol à l'aide d'un jet.

— On va manger, dit-il.

— Je ne veux pas le laisser.

— Je sais. J'ai demandé à Fritz de nous apporter quelque chose. Il a laissé un plateau dehors.

Marissa suivit le frère dans la salle des appareils. Ils s'assirent sur un banc creusé dans le mur. Ils grignotèrent l'en-cas préparé par Fritz, au milieu des nunchakus, des dagues, des épées et des pistolets. Les sandwichs étaient succulents, de même que le jus de pomme et les biscuits aux flocons d'avoine.

Au bout d'un moment, Viszs alluma une cigarette et se pencha en arrière.

— Il va très bien s'en tirer, tu sais.

— Je ne comprends pas comment il a survécu.

— C'était pareil pour moi.

Elle s'interrompit au moment de mordre dans son sandwich au jambon.

— Vraiment ?

— C'était pire, même. J'étais plus petit que lui quand c'est arrivé.

— Il est pareil, à l'intérieur, non ?

— Oui. C'est toujours ton mec.

Quand elle eut fini son sandwich, elle posa les deux jambes sur le banc et s'adossa au mur.

— Merci.

— Pour quoi ?

— Pour m'avoir refermée, répondit-elle en lui montrant son poignet.

Il détourna son regard de diamant.

— Pas de problème.

Elle baissa les paupières dans le silence, puis se réveilla d'un bond.

— Non, laisse-toi aller, murmura Viszs. Je veillerai sur lui. Je te préviendrai dès qu'il reviendra à lui. Vas-y, allonge-toi.

Elle s'installa, puis se recroquevilla sur le côté. Elle ne s'attendait pas à dormir, mais ferma tout de même les yeux.

— Lève la tête, dit Viszs en glissant une serviette roulée sous son crâne. C'est mieux pour ta nuque.

— Tu es très gentil.

— Tu plaisantes ? Le flic me tuerait si je n'assurais pas ton confort.

Elle aurait juré que Viszs lui caressait les cheveux, mais elle se dit qu'elle se méprenait.

— Et toi ? demanda-t-elle doucement tandis qu'il s'asseyait à l'autre bout du banc.

Il devait être aussi épuisé qu'elle.

Il esquissa un sourire lointain.

— Ne t'en fais pas pour moi, femelle. Dors.

Étonnamment, c'est ce qu'elle fit.

V. vit Marissa s'écrouler d'épuisement. Il pencha la tête pour regarder dans la salle de soins. De là, il ne distinguait que les semelles du flic, dont les pieds avaient grandi. Putain… Butch était des leurs, désormais. Un guerrier accompli avec des canines plein la gueule, et qui semblait culminer à près de deux mètres. Le sang de Kolher coulait manifestement dans ses veines. Et V. se demandait s'ils sauraient un jour pourquoi.

Z. ouvrit la porte de la salle des appareils et entra, Fhurie sur les talons.

— Que s'est-il passé ? demandèrent-ils en chœur.

— Chut ! fit V. en désignant Marissa, avant d'ajouter à voix basse : voyez vous-mêmes. Il est là-dedans.

Ils s'arrêtèrent sur le seuil.

— Bon sang, souffla Fhurie.

— Un sacré morceau, marmonna Z. avant de renifler. Pourquoi l'odeur d'union de Kolher flotte dans cette pièce ? Ou bien c'est moi ?

V. se leva.

— Venez dans le gymnase. Je ne veux pas les réveiller.

Le trio foula les tapis bleus, puis V. referma la porte.

— Alors, où est Kolher ? s'enquit Fhurie tandis qu'ils s'asseyaient. Je croyais qu'il était là en tant que témoin.

— Il est occupé.

Sans doute.

Z. observa la porte.

— Il est gros, ce flic. Vraiment gros.

— Je sais, dit V. en s'allongeant sur le dos pour tirer sur sa cigarette.

Il souffla, refusant de regarder ses frères.

— V., il est vraiment gros.

— Attends un peu. Il est trop tôt pour savoir comment il sera.

Z. se frotta le crâne.

— Je disais juste qu'il…

— Je sais.

— Et il a le sang de Kolher en lui.

— Je sais ! Mais écoute, il est trop tôt, Z. Trop tôt ! Et sa mère n'est pas une Élue.

Les yeux verts de Z. exprimèrent de l'agacement.

— C'est une règle vraiment débile, à mon avis.

Chapitre 40

Butch se réveilla sur le brancard alors qu'il prenait une profonde inspiration par le nez. Il… sentait quelque chose. Quelque chose qui le ravit, qui le fit vibrer de puissance. *À moi*, fit une voix dans sa tête.

Il tenta de chasser ces mots, mais au contraire ils s'intensifièrent. Ces deux syllabes résonnaient dans sa tête à chaque souffle, comme les battements de son cœur : involontaires, sources de vie, provenant du plus profond de son âme.

Il s'assit en gémissant et faillit tomber par terre. En se rattrapant, il examina ses bras. Oh non, il y avait un problème, là. Ce n'étaient pas ses bras… ni ses jambes, d'ailleurs. Il avait des cuisses *énormes*.

Ce n'est pas moi, songea-t-il.

À moi, refit la voix.

Il observa les alentours. Bon sang, tout était étincelant dans cette pièce d'une propreté clinique, comme si ses yeux étaient des fenêtres qui venaient d'être nettoyées. Et ses oreilles… il observa les lampes à fluorescence. Il entendait l'électricité parcourir les tubes.

À moi.

Il inhala encore. C'était l'odeur de Marissa. Elle était proche…

Sa bouche s'ouvrit d'elle-même pour émettre un long ronronnement grave qui se termina par un grommellement : *à moi*.

Le cœur battant, il se rendit compte que sa tête n'assurait plus du tout son rôle de tour de contrôle. Il n'avait plus de logique et était gouverné par un instinct de possession qui faisait que ses sentiments d'avant pour Marissa semblaient n'être qu'un béguin à côté de ce qu'il ressentait maintenant.

À moi !

Il regarda ses hanches et comprit ce qui se passait dans son boxer désormais bien trop petit pour lui. Sa queue avait poussé autant que le reste, et elle dépassait du tissu de coton tendu. Elle vibrait comme si elle cherchait à attirer son attention.

Bon sang, son corps voulait s'unir. À Marissa, et tout de suite.

Elle apparut à ce moment précis sur le seuil.

— Butch ?

Sans crier gare, il se transforma en une fusée pointée vers elle et bondit à travers la pièce. Il la plaqua au sol et l'embrassa avec fougue. Il saisit la ceinture de son pantalon et baissa sa braguette. Grognant et pantelant, il dénuda ses jambes douces et les écarta vivement pour enfouir le visage contre sa fente.

C'était comme s'il souffrait d'un dédoublement de personnalité et qu'il se regardait agir à distance. Ses mains levèrent la chemise de la jeune femme et il saisit ses seins sans cesser ses coups de langue. Puis il se rua en avant, canines exposées. Il sut s'en servir pour mordre l'avant de son soutien-gorge. Il voulait arrêter, mais il était emporté par une sorte de force centrifuge tournant autour de Marissa.

Au cœur du tourbillon, il grogna :

— Pardon… Bon sang… Je ne peux pas m'arrêter.

Elle prit son visage entre ses mains… ce qui l'immobilisa. C'était incroyable. Comment avait-elle fait ? Son corps cessa tout simplement de bouger. Il se rendit compte qu'elle avait sur lui un pouvoir étrange. Si elle disait non, il s'arrêtait. Net.

Sauf qu'elle ne l'avait pas refréné. Ses yeux luisaient d'une lueur érotique.

— Prends-moi. Fais de moi ta femelle.

Elle se cambra vers lui, et le corps de Butch se remit frénétiquement en route. Il déchira son boxer et, sans même l'enlever, pénétra Marissa. Il s'enfonça profondément, l'écartelant presque. Il avait l'impression qu'elle enveloppait chaque parcelle de sa peau.

Elle se mit à crier et lui griffa les fesses tandis qu'il accélérait le rythme. Il sentit les deux moitiés de lui-même se réunir dans cette fièvre sexuelle. Tandis qu'il agitait sauvagement les reins, la voix qu'il avait toujours considérée comme la sienne se fondit avec la nouvelle qui lui parlait.

Il regarda Marissa dans les yeux au moment de l'orgasme. Il n'avait jamais rien vécu comme ces jets de semence : plus vifs, plus puissants, ils se prolongèrent longtemps, comme si ses réserves étaient infinies. Elle adorait ça, la tête rejetée en arrière, au sommet du plaisir, les jambes serrées autour de sa taille, engloutissant tout ce qu'il avait à lui donner.

Ensuite Butch s'écroula, pantelant, ruisselant de sueur, ivre. Alors il remarqua que leur étreinte avait changé : il avait la tête plus haut au-dessus d'elle et ses hanches occupaient plus d'espace entre ses jambes. Quant à ses mains, elles étaient plus grosses sur son visage.

Elle l'embrassa sur l'épaule et lui lécha la peau.

— Mmm… Tu sens si bon, aussi.

C'était le cas. Le parfum épicé qui émanait de lui avait envahi la pièce, marquant le corps entier de Marissa, sa peau, ses cheveux… Et il était en elle.

Ce qui était bon, car elle lui appartenait.

Il roula sur le côté.

— Chérie… Je ne sais pas très bien pourquoi j'ai dû faire ça.

Enfin, une moitié de lui-même se le demandait. L'autre avait simplement envie de recommencer.

— Je m'en réjouis, répondit-elle avec un sourire radieux, aussi brillant que le soleil de midi. En le voyant, il prit conscience avec satisfaction qu'il était aussi son homme. La possession était réciproque. Ils s'appartenaient.

— Je t'aime, mon amour.

Elle répéta ces mots, puis son sourire s'évanouit.

— J'ai eu tellement peur que tu meures…

— Mais je suis là. C'est terminé et je suis passé de l'autre côté. Je suis avec toi de l'autre côté.

— Je ne pourrais pas revivre cela.

— Ça ne sera pas nécessaire.

Elle se détendit un peu et lui caressa le visage. Puis elle fronça les sourcils.

— Il fait un peu froid ici, tu ne trouves pas ?

— On va se rhabiller et retourner dans la grande maison.

Il tendit la main pour abaisser sa chemise… mais ses yeux se posèrent sur ses seins, avec leurs mamelons roses parfaits.

Son sexe durcit de plus belle, sur le point d'exploser, brûlant d'une autre libération.

Le sourire particulier de Marissa réapparut.

— Reviens sur moi, *nallum*. Que mon corps apaise le tien.

Il ne se fit pas prier.

Devant la salle des appareils, V., Fhurie et Zadiste se turent et dressèrent l'oreille. À en juger par les sons étouffés, Butch était bel et bien réveillé. Et affairé. Les frères éclatèrent de rire. V. referma totalement la porte, ravi pour le couple. Très… heureux pour eux.

Tous les trois discutèrent de tout et de rien. V. allumait de temps à autre une cigarette dont il faisait tomber les cendres dans une bouteille d'Aquafina. Marissa et Butch apparurent une heure plus tard. Marissa portait un *ji* d'arts martiaux et Butch avait une serviette enroulée autour de la taille. L'odeur d'union les enveloppait. Ils semblaient fatigués et repus.

— Euh… salut, les gars, fit le flic en rougissant.

Il avait l'air en forme, mais se mouvait difficilement, s'appuyant sur sa femme comme sur une béquille.

— Tu as l'air plus grand, commenta V. avec un sourire.

— Oui, je… je ne me déplace pas très bien. C'est normal ?

Fhurie acquiesça.

—Absolument. J'ai mis longtemps à m'habituer à mon nouveau corps. Dans quelques jours, tu auras repris le contrôle, mais tu vas trouver ça bizarre pendant un moment.

Marissa semblait plier sous le poids de son mâle et Butch était chancelant. De toute évidence, il s'efforçait de ne pas trop peser sur elle.

—Tu veux un peu d'aide pour regagner la Fosse? proposa V. en se levant.

—Ce serait super, répondit Butch en hochant la tête. Je vais finir par l'écraser.

V. se plaqua sur son flanc et le redressa.

—On rentre à la maison?

—Oh oui, j'aimerais prendre une douche.

Butch prit Marissa par la main, puis le trio se dirigea lentement vers la Fosse.

Le trajet dans le tunnel se déroula dans un silence que seuls rompaient les pas traînants de Butch. V. songea à sa propre transition. Il s'était réveillé avec des avertissements tatoués sur tout le visage, sa main et ses parties génitales. Au moins, Butch était à l'abri et il avait des gens pour le protéger le temps qu'il reprenne des forces.

V., lui, avait été sorti et laissé pour mort dans les bois, au-delà d'un campement guerrier.

Butch avait un autre élément en sa faveur: une femelle de valeur qui l'aimait. Marissa était radieuse à ses côtés. V. s'efforçait de ne pas trop la regarder. Hélas, il ne pouvait pas s'en empêcher. Le regard qu'elle posait sur Butch était si chaleureux...

V. se demandait quel effet ça faisait.

Butch poussa un long soupir lorsqu'ils entrèrent dans la Fosse. Il était apparemment vidé de toute énergie. Il avait le front moite de sueur et luttait pour rester debout.

—Tu veux aller te coucher? demanda V.

—Non... Une douche. J'ai besoin d'une douche.

— Tu as faim ? s'enquit Marissa.

— Oui… Oh oui ! Je veux du bacon… et…

— Du chocolat, coupa Viszs en portant pratiquement son ami vers la salle de bains.

— Oh… du chocolat. Putain, je donnerais n'importe quoi pour du chocolat, fit Butch en fronçant les sourcils. Sauf que j'aime pas ça, le chocolat.

— Maintenant, si, répondit V. en ouvrant la porte de la salle de bains d'un coup de pied.

Marissa alla tourner le robinet de la douche.

— Autre chose ? demanda-t-elle.

— Des pancakes, et des gaufres, avec du sirop et du beurre. Et des œufs…

V. regarda Marissa.

— Apporte n'importe quoi, du moment que ça se mange. Il en est au point où il mangerait ses chaussures.

— Et de la glace, de la dinde farcie…

Marissa déposa un baiser sur ses lèvres.

— Je reviens…

Butch la saisit par la nuque et l'embrassa avec un gémissement. Une odeur se dégagea aussitôt de lui. Il plaqua de son corps la jeune femme contre le mur, et se mit à la caresser en donnant des coups de reins.

Ah, oui, songea Viszs. *Le mâle qui vient de faire sa transition.* Butch allait bander tous les quarts d'heure pendant un moment.

Marissa se mit à rire, enchantée par ces attentions.

— Plus tard. D'abord, il faut manger.

Butch se calma aussitôt, comme si elle avait éteint son désir charnel pour l'inciter à être sage. Quand elle s'éloigna, le flic la suivit néanmoins avec un regard avide et plein d'adoration.

V. secoua la tête.

— Tu es vraiment pathétique.

— Putain, si je croyais l'aimer avant…

— Être un mâle uni, c'est pas rien, déclara V. en lui ôtant sa serviette pour le placer sous le jet d'eau. Du moins c'est ce qu'on dit.

— Aïe ! fit Butch en foudroyant du regard la pomme de douche. J'aime pas ça.

— Tu auras la peau hypersensible pendant une semaine environ. Appelle-moi en cas de besoin.

V. se trouvait dans le couloir quand il entendit un cri. Il revint sur ses pas et franchit vivement le seuil.

— Quoi ? Qu'est-ce…

— Je deviens tout lisse !

V. tira le rideau de douche et fronça les sourcils.

— Qu'est-ce que tu racontes ? Tu as encore tes cheveux…

— Pas sur la tête, sur mon corps, crétin ! Je perds mes poils !

Viszs baissa les yeux. Les poils du torse et des jambes de Butch tombaient dans l'eau avant d'être emportés dans l'évacuation.

V. se mit à rire.

— Vois les choses du bon côté : au moins tu n'auras pas à te raser le dos en vieillissant ! Tu es dispensé d'épilation !

Sans surprise, il reçut une savonnette de plein fouet.

Chapitre 41

Une semaine plus tard, Van fit une découverte importante sur lui-même.

Son humanité avait disparu.

Tandis qu'un gémissement résonnait dans le sous-sol désert, il regarda le vampire civil attaché sur une table. M. X le travaillait sous le regard de Van qui donnait l'impression de regarder quelqu'un se faire couper les cheveux.

Il aurait dû se dire que c'était mal. Durant toutes ces années de combat, il avait infligé bien des souffrances à ses adversaires, mais il avait évité de blesser un innocent et méprisait ceux qui s'en prenaient à plus faible qu'eux. Désormais, sa seule réaction à cette cruauté de base était l'agacement… Parce que cela ne fonctionnait pas. Tout ce qu'ils avaient appris sur O'Neal, c'était qu'un homme correspondant à son signalement avait été vu parmi des mâles soupçonnés d'être des frères dans certains clubs du centre-ville : le *Screamer's* et le *Zero Sum*, notamment. Mais ils le savaient déjà.

Il commençait à croire que le grand éradiqueur défoulait sa frustration, ce qui était vraiment une perte de temps. Van voulait chasser les vampires, et non jouer les sportifs en fauteuil face à un tel spectacle.

Merde, ce n'était pas comme s'il avait eu l'occasion de tuer un de ces suceurs de sang ! Puisque M. X l'empêchait d'agir sur le terrain, il n'avait éliminé que d'autres putains d'éradiqueurs, depuis son intégration dans la Société. Chaque jour, M. X lui en faisait affronter un autre, et chaque jour, Van battait son adversaire, le soumettait, puis le poignardait. Et chaque jour, M. X était plus énervé. C'était comme si Van ne répondait pas aux attentes du grand éradiqueur. Toutefois, il était difficile de le savoir précisément, au vu de son palmarès.

Il entendit un gargouillis dans l'air chargé de sang. Van jura dans sa barbe.

— Tu t'ennuies ? lança M. X.

— Pas du tout. C'est vraiment génial à regarder.

Il y eut un court silence, puis un sifflement de dégoût.

— Tu es trop sensible.

— Peu importe. Je suis un combattant, moi. C'est pas mon truc, ces passages à tabac de prisonniers, surtout quand ils ne mènent nulle part.

Les yeux pâles et neutres s'enflammèrent.

— Dans ce cas, va patrouiller avec les autres, parce que si je dois te regarder encore longtemps, tu vas te retrouver sur cette table.

— Enfin, fit Van en se dirigeant vers l'escalier.

Lorsqu'il posa une botte de combat sur la première marche, M. X lui cracha :

— Ton manque de tripes est une honte.

— Ce n'est pas une question de tripes, crois-moi, répliqua Van en poursuivant son chemin.

Butch descendit du tapis roulant du gymnase et s'épongea le visage avec sa chemise. Il venait de courir presque vingt kilomètres. En quinze minutes. C'était un rythme soutenu d'environ quatre-vingts kilomètres-heure. Bordel de merde…

— Comment tu te sens ? demanda V. depuis le banc de musculation.

— Comme l'homme qui valait trois milliards.

Dans un tintement, trois cent cinquante kilos retombèrent sur leur socle.

— *L'homme qui valait trois milliards ?* Tes références datent un peu, mon pote.

— J'ai grandi dans les années 1970. Fais-moi un procès.

Butch avala un peu d'eau, puis il regarda vers la porte. Il retint son souffle. Marissa apparut une fraction de seconde plus tard.

Dieu qu'elle était belle dans son pantalon noir surmonté d'une veste crème. Très femme d'affaires, mais féminine. Et ses yeux pâles pétillaient.

— Je me suis dit que je passerais te voir avant de partir, dit-elle.

— Tu as bien fait, chérie.

Il fit de son mieux pour se sécher et s'approcha d'elle, mais elle ne semblait pas se soucier qu'il soit en nage. Pas du tout, même. Elle le prit par le menton tandis qu'il se penchait vers elle pour l'embrasser.

— Tu as l'air en forme, murmura-t-elle en lui caressant le cou et les pectoraux, avant d'effleurer sa croix en or. Très en forme, même.

— Tu trouves ?

Il sourit et sentit son sexe durcir dans son short. Il se rappela que, une heure et demie plus tôt, il l'avait réveillée alors qu'il était en elle.

— Pas autant que toi quand même, ajouta-t-il.

— Ça se discute.

Il siffla en la sentant se blottir contre lui.

Avec un grognement, il étudia mentalement la disposition du centre d'entraînement, cherchant un endroit où ils pourraient s'éclipser pendant dix minutes. Bon, il y avait la salle de cours, dont la porte fermait à clé. C'était l'idéal.

Il regarda V. pour lui dire qu'il revenait tout de suite, quand il croisa le regard fixe de son ami qui les observait intensément, les paupières lourdes, l'expression indéchiffrable. Viszs se détourna aussitôt.

— Je dois y aller, annonça Marissa en reculant. La nuit va être longue.

— Tu ne peux pas rester un peu plus ? Cinq minutes ?

— J'adorerais, mais… non.

Attends une minute, songea-t-il. Il y avait quelque chose de changé dans la façon dont elle le regardait. En fait, ses yeux étaient rivés sur le côté de son cou et elle avait la bouche entrouverte. Elle s'humecta furtivement la lèvre inférieure, comme si elle goûtait un mets délicieux. Ou comme si elle attendait de se régaler.

Un désir fou le transperça.

— Chérie ? fit-il brusquement. Tu as besoin que je te donne quelque chose ?

— Oui…

Elle se hissa sur la pointe des pieds et lui parla à l'oreille.

— Je t'ai tant donné lors de ta transition que je me sens un peu faible. J'ai besoin de ta veine.

Bordel de merde… C'était ce qu'il attendait depuis longtemps : *l'occasion de la nourrir.*

Butch l'attrapa par la taille, la souleva de terre et se précipita vers la porte comme s'il y avait le feu.

— Pas tout de suite, Butch, fit Marissa en riant. Repose-moi. Tu n'as qu'une semaine…

— Non.

— Butch, repose-moi.

Le corps du flic obéit, même si son esprit avait envie de protester.

— Dans combien de temps ?

— Bientôt.

— Je suis fort, maintenant.

— Je peux patienter quelques jours. C'est préférable.

Elle l'embrassa et consulta sa montre. Celle qu'elle portait était la favorite de Butch, une Patek Philippe avec un bracelet en crocodile noir. Il aimait savoir qu'elle l'avait sur elle à tout moment.

— Je passerai la nuit au Refuge, dit-elle. Nous attendons une nouvelle femelle et deux jeunes. Je veux être là pour les accueillir. J'organise aussi ma première réunion du personnel. Mary sera là et nous la mènerons toutes les deux. Je ne rentrerai sans doute pas avant l'aube.

— Je serai là, promit-il en la rattrapant pour la serrer dans ses bras. Sois prudente, dehors.

— D'accord.

Il l'embrassa avec ardeur, les bras autour de son corps svelte. Il était impatient qu'elle revienne. Elle lui manquait déjà.

— Je suis complètement débile, admit-il dès qu'elle eut refermé la porte.

— Je te l'avais bien dit. (V. se leva de son banc de musculation et ramassa une paire d'haltères.) Être un mâle en couple, c'est quelque chose.

Butch secoua la tête et tenta de se concentrer sur ce qu'il pouvait faire au gymnase ce soir-là. Depuis une semaine, pendant que Marissa faisait son nouveau boulot, il restait au complexe et s'entraînait à maîtriser son nouveau corps. Ce n'était pas facile. Au début, il avait dû redécouvrir les fonctions les plus élémentaires : manger, écrire... Il cherchait à présent ses limites physiques pour voir où... si... il pouvait craquer. La bonne nouvelle, c'était que tout fonctionnait dans l'immédiat. Enfin, presque tout. Il avait une main un peu abîmée, mais rien de grave.

Et ses canines étaient fabuleuses.

Tout comme sa force et son endurance. Il pouvait repousser ses limites au maximum dans ce gymnase, son corps réagissait en conséquence. Lors des repas, il mangeait comme Rhage et Z., avalant environ cinq mille calories en vingt-quatre heures... Et il avait encore faim. C'était logique. Il prenait du muscle comme s'il se gavait de stéroïdes.

Deux questions demeuraient : pouvait-il se dématérialiser ? Et supporter la lumière du soleil ? V. lui avait suggéré d'attendre un mois avant de tenter l'expérience, ce qui lui convenait très bien. Il avait assez de soucis pour l'instant.

— Tu n'arrêtes pas, hein ? fit V. en travaillant ses biceps.

Chaque haltère pesait bien vingt kilos.

Butch pouvait en faire autant, désormais.

— Non. J'ai encore la pêche.

Il se dirigea vers un appareil destiné à muscler les jambes et s'y installa.

À propos d'avoir la pêche… Il était totalement repu sexuellement. Marissa avait emménagé dans sa chambre du Trou et il ne pouvait pas s'empêcher de la toucher. Il avait des scrupules et cherchait à dissimuler son désir, mais elle savait toujours quand il avait envie d'elle et ne se refusait jamais à lui, même s'il ne s'agissait que de le finir.

Elle semblait apprécier ce pouvoir qu'elle avait sur lui par le sexe, et lui aussi.

Voilà qu'il bandait de nouveau. Il lui suffisait d'y penser pour avoir envie d'elle, même pour la quatrième ou la cinquième fois de la journée. Le problème, c'est que s'il prenait autant de plaisir, ce n'était pas parce qu'il avait besoin d'être soulagé. C'était elle qu'il aimait. Il voulait être avec elle, en elle, autour d'elle : ce n'était pas le sexe pour le sexe. C'était… faire l'amour. Avec elle.

Là il devenait complètement débile…

Mais pourquoi résister ? Il venait de vivre la plus belle semaine de sa vie de merde. Ils étaient tellement bien, ensemble. Et pas seulement au lit. Il s'entraînait au gymnase, mais il passait aussi beaucoup de temps à aider Marissa dans ses activités sociales. Cet objectif commun les avait rapprochés davantage.

Le Refuge, comme elle surnommait sa maison, était près d'ouvrir. V. avait équipé la bâtisse coloniale d'un système de sécurité. Il restait encore beaucoup de travail, mais ils pouvaient commencer à accueillir des gens. Pour l'heure, il n'y avait que la mère et son enfant à la jambe plâtrée, mais d'autres allaient arriver.

Durant tous ces bouleversements, ces nouveautés, ces défis, Marissa avait été remarquable. Intelligente. Efficace, pleine de compassion. Butch se dit que son côté vampire, qu'il avait gardé enfoui si longtemps, avait fort bien choisi sa femme.

Il se sentait encore coupable de sa frénésie sexuelle. Il songeait à tout ce qu'elle avait perdu : son frère, son ancienne vie, toutes ces conneries avec la *glymera*. Il avait toujours eu l'impression d'être un orphelin après avoir quitté sa famille et la ville qui l'avait vu grandir. Il ne voulait pas qu'elle subisse la même chose. Mais il ne l'abandonnerait jamais.

Il espérait que leur cérémonie d'union se déroulerait bientôt. V. trouvait que ce n'était pas une bonne idée de l'entailler pendant la première semaine. D'accord. Mais ils effectueraient ces entailles dès que possible. Ensuite, Marissa et lui se retrouveraient aussi devant l'autel.

Étrangement, il avait commencé à assister régulièrement à la messe de minuit hebdomadaire. Coiffé de sa casquette des Sox, la tête baissée, il s'asseyait au fond de l'église Notre-Dame et se recueillait, histoire de reprendre contact avec Dieu et l'Église. Ces offices l'apaisaient énormément. Rien d'autre ne pouvait lui procurer cet effet.

Car les ténèbres étaient encore en lui. Il n'était pas seul dans sa peau.

Il y avait une ombre en lui, quelque chose qui errait entre ses côtes et ses vertèbres. Il le sentait en permanence qui traînait, marchait, l'observait. Parfois, cette chose regardait à travers ses yeux. C'était dans ces moments-là qu'il se faisait le plus peur.

Aller à l'église l'aidait. Il aimait à croire que la sainteté de l'air le pénétrait, que Dieu l'écoutait. Il avait besoin de savoir qu'il existait une force en dehors de lui-même et qu'elle pouvait lui permettre de rester connecté à son humanité et à son âme. Parce que sans elles il serait mort, même si son cœur battait encore.

— Hé, flic !

Sans cesser ses tractions des jambes, Butch regarda en direction de la porte de la salle. Fhurie était là, avec son incroyable chevelure rouge, jaune et marron qui étincelait sous les lampes à fluorescence.

— Qu'est-ce qui se passe, Fhurie ?

Le frère entra en boitant à peine.

— Kolher veut que tu assistes à notre réunion ce soir, avant qu'on sorte.

Butch jeta un coup d'œil vers V., qui soulevait ses poids avec concentration, les yeux rivés sur le tapis.

— Pour quoi faire ?

— Il veut que tu viennes, c'est tout.

— D'accord.

Après le départ de Fhurie, il déclara :

— V., tu sais ce qui se passe ?

Son ami haussa les épaules.

— Tu n'as qu'à venir aux réunions.

— Les réunions ? Tous les soirs ?

Viszs gonfla ses biceps dont les veines saillaient sous l'effort.

— Ouais. Tous les soirs.

Trois heures plus tard, Butch et Rhage descendirent de l'Escalade… Que diable s'était-il passé ? se demandait Butch. Il était enveloppé dans une veste en cuir noir, avec un Glock sous chaque bras et un couteau de vingt centimètres sur la hanche.

Ce soir, il était un combattant.

Ce n'était qu'un essai, et il en avait parlé avec Marissa, mais il voulait que ça marche. Il voulait… Oui, il voulait se battre. Et les frères le voulaient aussi. Ils en avaient discuté tous ensemble, surtout à propos de son côté sombre. Ils en avaient conclu qu'il était apte et qu'il voulait tuer des éradiqueurs. La Confrérie avait besoin de renforts pour mener leur guerre. Ils allaient donc tenter le coup.

Pendant que Rhage les conduisait en ville, Butch regardait par la fenêtre en regrettant que V. soit de repos pour la nuit. Il aurait aimé que son coloc soit avec lui pour ce baptême du feu. Mais au moins, Viszs s'absentait parce qu'il était de garde, et non pour s'amuser. Bordel, V. semblait s'en tirer bien mieux avec ses cauchemars. Il ne poussait plus de cris au beau milieu de la journée.

— Tu es prêt pour le terrain ? lui demanda Rhage.

— Oui.

En fait, son corps vibrait du besoin de se battre.

Un quart d'heure plus tard, Rhage gara la voiture derrière le *Screamer's*. Ils marchèrent vers la 10e Rue, mais Butch s'arrêta au milieu de la ruelle et bifurqua vers le côté du bâtiment.

— Butch ?

Frappé par son propre passé, il effleura des doigts la trace noire laissée par l'explosion de la voiture de Audazs. Ouais… C'était là que tout avait débuté, l'été précédent… à cet endroit précis. En sentant la surface rugueuse et humide sous sa peau, il savait que les choses ne faisaient que commencer, en réalité. Sa véritable nature étant dévoilée, il était celui qu'il avait besoin d'être.

— Ça va, mon vieux ?

— Impeccable, Hollywood, répondit-il en se tournant vers son ami. Impeccable.

Le frère lui adressa un sourire désinvolte et Butch se remit en route en souriant lui aussi.

— Alors, comment ça se passe, en général ? demanda-t-il en débouchant sur la 10e Rue.

— En moyenne, sur une nuit, on couvre deux fois un rayon de vingt-cinq rues. C'est tranquille, en fait. Les éradiqueurs nous cherchent et on les cherche aussi. On se bat dès qu'on…

Butch s'arrêta net et tourna la tête instinctivement, relevant sa lèvre supérieure pour révéler ses nouvelles canines.

— Rhage, dit-il doucement.

Le frère émit un petit rire satisfait.

— Où sont-ils, flic ?

Butch se précipita vers le signal qu'il avait perçu. En avançant, il sentait la force brute de son corps, telle une voiture équipée d'un moteur de compétition. Il n'était plus une Ford, mais une Ferrari. En longeant la rue sombre, Rhage sur les talons, il laissa libre cours à cette puissance ; ils avançaient en harmonie.

Comme des tueurs.

Six rues plus loin, ils trouvèrent trois éradiqueurs en train de discuter à l'entrée d'une ruelle. Ils tournèrent la tête tous ensemble. Butch sentit cette horrible vague de reconnaissance dès qu'il posa les yeux sur eux. Le lien était immuable, marqué par la peur du côté de Butch et la confusion du côté des tueurs qui décelèrent en lui à la fois l'un des leurs et un vampire.

La bataille éclata comme un orage d'été dans la ruelle sombre et sordide. La violence monta puis explosa en coups de poings et de pieds. Butch encaissa des impacts à la tête et au corps, mais il n'en tint pas compte. Rien ne lui faisait assez mal pour qu'il s'en soucie, comme s'il avait une armure en guise de peau et des muscles en acier.

Finalement, il plaqua un éradiqueur au sol et s'assit à califourchon sur son corps. Il prit son couteau à sa hanche, mais s'interrompit, submergé par un besoin irrépressible. Laissant sa lame en place, il se pencha et prit le contrôle d'un regard. Les yeux de l'éradiqueur s'écarquillèrent de terreur quand Butch ouvrit la bouche.

La voix lointaine de Rhage lui parvint.

— Butch ? Qu'est-ce que tu fais ? J'ai eu les deux autres, alors tu n'as plus qu'à poignarder celui-là. Butch ? *Poignarde-le !*

Butch se contenta de planer au-dessus des lèvres de l'éradiqueur. L'élan de puissance qui le traversait n'avait rien à voir avec son corps, mais avec la part sombre de lui-même. Il commença à inhaler tout doucement. Son souffle s'éternisa, régulier, de plus en plus fort, jusqu'à ce que la noirceur quitte l'éradiqueur pour entrer en lui, le transfert de la véritable essence du Mal, la nature même de l'Oméga. Tandis que Butch avalait le courant noir et mauvais et le sentait s'insinuer dans son sang et ses os, l'éradiqueur se dissipa dans un brouillard gris.

— Merde, qu'est-ce qui… ? souffla Rhage.

Van cessa de courir à l'entrée de la ruelle et suivit un instinct qui lui dictait de se fondre dans l'ombre. Il était arrivé prêt à se battre, appelé par un tueur qui disait qu'un corps à corps avait été engagé avec deux frères. Mais en arrivant, il vit quelque chose qui n'allait pas du tout.

Un énorme vampire se trouvait sur un éradiqueur. Ils étaient les yeux dans les yeux et il… Merde, il était en train d'aspirer le tueur et de le réduire à néant.

Une nuée de poussière flotta vers le trottoir sale.

— Merde, qu'est-ce qui… ? souffla le frère blond qui se trouvait sur les lieux.

À cet instant, le vampire qui avait consumé le tueur leva la tête et regarda droit vers Van, dont la présence aurait dû être dissimulée par la pénombre.

Bordel de merde… C'était celui qu'ils recherchaient. Le flic. Van avait vu la photo de ce type sur Internet, dans les articles du journal local. Sauf qu'il était humain, alors qu'il ne l'était plus dorénavant. C'était évident.

— Il y en a un autre, dit le vampire d'une voix rauque, en désignant Van d'un geste fatigué. Là-bas.

Van s'enfuit en courant, peu désireux de se faire aspirer.

Il était grand temps d'en parler à M. X.

Chapitre 42

À quelques centaines de mètres de là, dans le loft donnant sur le fleuve, Viszs prit une bouteille neuve de vodka et la déboucha. Il se servit un autre verre et observa les deux bouteilles vides posées sur le bar.

Une autre allait bientôt les rejoindre. Très bientôt.

Sur un fond sonore de musique rap, il prit son verre en cristal et la bouteille, et se dirigea vers la baie vitrée coulissante. Il la déverrouilla mentalement et l'ouvrit en grand.

Un vent froid le frappa de plein fouet. Il rit en sortant, scruta le ciel nocturne, et but avidement.

C'était un sacrément bon menteur. Excellent.

Tout le monde croyait qu'il allait bien parce qu'il avait maîtrisé ses petits problèmes. Il dissimulait son clignement d'œil sous une casquette des Sox. Sa montre sonnait toutes les demi-heures pour désamorcer son cauchemar. Il mangeait même s'il n'avait pas faim. Il riait même si rien ne l'amusait.

Et il avait toujours fumé comme un pompier.

Il était même allé jusqu'à se confronter à Kolher. Quand le roi lui avait demandé comment il allait, V. l'avait regardé droit dans les yeux en disant d'une voix pensive et réfléchie, que s'il luttait encore pour ne pas s'endormir, le cauchemar était « parti » et qu'il se sentait plus « stable ».

Tu parles… Il était comme une vitre aux multiples fissures. Il suffisait d'un léger impact pour que tout s'écroule.

Cette rupture potentielle ne concernait pas seulement sa perte de visions ou son cauchemar de gros calibre. Naturellement, toutes ces histoires ne faisaient qu'empirer les choses, mais il savait qu'il en serait au même point avec ou sans ça.

Regarder Butch et Marissa l'avait tué.

Bordel, ce n'était pas qu'il enviait leur bonheur, non. Il était vraiment ravi que tout se passe bien entre eux, et il commençait même à apprécier un peu Marissa. Mais il souffrait quand il était en leur présence.

Le problème… bien que ce soit totalement déplacé et que ça lui fasse une peur bleue, c'était qu'il considérait Butch comme… à lui. Il avait amené cet homme dans leur monde, il vivait avec lui depuis des mois, il était allé le récupérer quand les éradiqueurs avaient fait leur sale boulot, puis il l'avait soigné.

Et c'étaient ses mains qui l'avaient fait passer de l'autre côté.

Ravalant un juron, Viszs se dirigea vers le mur de plus d'un mètre qui courait le long de la terrasse du loft. La bouteille de Goose tinta légèrement quand il la posa. Il vacilla un peu en portant son verre à sa bouche. Oh… Il avait besoin de refaire le plein. Il mit un peu de vodka à côté en la versant, puis il reposa la bouteille sur le rebord, avec le même bruit.

Il but d'une traite puis se pencha vers la rue, trente étages plus bas. Pris d'un vertige, il vit le monde tourner. Dans ce tourbillon anarchique, il trouva le terme exact pour ce genre de souffrance : il avait le cœur brisé.

Putain… quel bordel.

Il émit un rire dénué de toute joie, il rit de lui-même. Sa voix dure fut emportée par le vent vif de mars.

Il posa un pied nu sur la pierre froide. En tendant les bras pour garder l'équilibre, il baissa les yeux sur sa main gantée. Et se figea de terreur.

— Oh… Seigneur… non…

M. X observa Van. Puis il secoua lentement la tête.

— Qu'est-ce que tu viens de dire ?

Ils se tenaient dans un coin sombre à l'angle de Commerce et de la 4e Rue. M. X se réjouissait qu'ils soient seuls. Il ne parvenait pas à croire ce qu'il entendait et n'aurait pas voulu paraître trop surpris devant les autres.

Van haussa les épaules.

— C'est un vampire. Il en avait l'apparence. Il se comportait comme l'un d'eux. Et il m'a reconnu tout de suite, même si je ne sais pas comment il m'a vu. Mais l'éradiqueur qu'il a éliminé ? Tu vois, c'était ça le plus bizarre. Ce type s'est juste… évaporé. Pas du tout ce qui se passe en général quand l'un de nous se fait poignarder. Et le frère blond était complètement abasourdi. Ce genre de chose se produit souvent ?

Rien de tout cela ne se produisait jamais. Surtout la partie sur ce type qui avait été humain, mais qui avait désormais des canines. C'était tout bonnement contre nature, de même que ce phénomène d'aspiration.

— Et ils t'ont simplement laissé partir ? demanda M. X.

— Le blond était inquiet pour son pote.

La loyauté. Avec les frères, c'était toujours une question de loyauté.

— Tu as remarqué quelque chose, chez O'Neal ? À part qu'il avait apparemment fait sa transition ?

Van s'était peut-être mépris…

— Euh… il avait une main bizarre. Elle avait un problème.

M. X ressentit une vibration familière, comme si son corps était une cloche qui venait de sonner.

— Qu'est-ce qu'elle avait, au juste ? demanda-t-il en s'efforçant de rester calme.

Van leva une main et replia le petit doigt sur sa paume.

— Elle est un peu difforme, comme ça. Le petit doigt est replié et il n'arrive pas à le bouger.

— Quelle main ?

— Euh… la droite. Oui, la droite.

Comme dans le brouillard, M. X s'adossa à la devanture du pressing. La prophétie lui revint :

Il y en aura un qui portera la fin devant le maître,
Un combattant des temps modernes, trouvé dans la septième année du xxie *siècle.*
On le reconnaîtra par les nombres qu'il porte sur lui :
Comme la boussole qu'il voit par perception mentale,
Il n'a que quatre points à droite.
Il possède trois vies,
Deux entailles sur le devant,
Avec son unique œil noir, dans un puits il naîtra et mourra.

La peau de M. X se tendit. Merde. *Merde.*

Si O'Neal pouvait sentir les éradiqueurs, c'était peut-être ça, sa perception mentale. Sans parler des quatre points à droite, les quatre doigts valides qu'il lui restait. Et l'entaille… celle par laquelle l'Oméga avait déposé une partie de lui-même dans O'Neal… Avec son nombril, cela faisait deux cicatrices. Et peut-être que la marque noire laissée par la torture était l'œil cité par les *Manuscrits*. Quant à la naissance et la mort, O'Neal était né à Caldwell en tant que vampire et trouverait sans doute la mort au même endroit.

Tout collait. Mais l'élément essentiel n'était pas cette équation. C'était que personne n'avait jamais entendu parler d'un éradiqueur qui se faisait buter de la sorte.

M. X se concentra sur Van, et tout se mit en place dans son esprit :

— Tu n'es pas le bon.

— Tu aurais dû me laisser, dit Butch tandis que Rhage et lui s'arrêtaient devant le bâtiment de V. Tu aurais dû poursuivre l'autre éradiqueur.

— Ouais, c'est ça. Tu cherchais la bagarre, et il y avait d'autres tueurs en route, je te le garantis. (Rhage secoua la tête tandis qu'ils descendaient de voiture.) Tu veux que je monte avec toi ? Tu as toujours cette lueur meurtrière dans les yeux.

— Peu importe. Retourne te battre contre ces salauds.

— J'adore quand tu me traites aussi durement, fit Rhage avec l'esquisse d'un sourire, avant de recouvrer son sérieux. Écoute, à propos de ce qui s'est pas…

— C'est pour ça que je vais parler à V.

— Tant mieux. V. sait tout.

Rhage remit les clés de l'Escalade à Butch et posa une main sur son épaule.

— Appelle-moi en cas de besoin, conclut-il.

Quand le frère se fut volatilisé, Butch entra dans le hall et fit signe à l'agent de sécurité. Puis il prit l'ascenseur. Le trajet lui parut interminable. Il passa le temps en sentant le Mal dans ses veines. Il avait de nouveau le sang noir, il le savait. Et il empestait le talc pour bébé.

En quittant l'ascenseur, il avait l'impression d'être un lépreux. Il entendit de la musique à fond. *Chicken N'Beer*, de Ludacris.

Il frappa à la porte.

— V. ?

Pas de réponse. Merde. Il avait déjà surpris une fois le frère en pleine action…

Étrangement, la porte s'entrouvrit d'elle-même. Butch la poussa, son instinct de flic en éveil, tandis que le rap se faisait de plus en plus fort.

— Viszs ?

Il entra. Aussitôt, un courant d'air froid traversa le loft, s'engouffrant par l'ouverture béante de la baie vitrée.

— Hé… V. ?

Butch observa le bar. Deux bouteilles vides de Goose et trois verres étaient posés sur le comptoir en marbre. Une vraie cuite.

Il se dirigea vers la terrasse, s'attendant à trouver son ami évanoui sur une chaise longue.

Au lieu de cela, il trouva le chaos. Viszs avait grimpé sur le mur et courait nu, vacillant sous le vent et... entièrement luisant.

—Bon sang... *V.*

Le frère fit volte-face, puis écarta ses bras radieux. Il se mit à tourner lentement en rond avec un sourire dément.

—C'est beau, non ? J'en suis couvert !

Il porta une bouteille de Goose à sa bouche et en prit une bonne rasade.

—Hé, tu crois qu'ils vont vouloir m'attacher et tatouer chaque parcelle de ma peau, maintenant ? reprit-il.

Butch traversa doucement la terrasse.

—V., mon vieux... Et si tu descendais de là ?

—Pourquoi ? Je parie que je suis capable de voler.

V. regarda derrière lui, vers le précipice de trente étages. Il se balança d'avant en arrière dans le vent. Son corps était d'une beauté étonnante.

—Ouais ! Putain, je suis tellement doué que je peux battre la gravité. Tu veux voir ?

—V...

Merde.

—V., mon pote, descends de là.

Viszs tourna la tête et parut soudain recouvrer son sérieux. Il fronça les sourcils.

—Tu empestes l'éradiqueur, mon pote.

—Je sais.

—Comment ça se fait ?

—Je te le dis si tu descends.

—C'est du chantage..., chantonna V. en avalant une gorgée de vodka. Je ne veux pas descendre, Butch. Je veux voler... Je veux m'envoler.

Il leva la tête vers le ciel et eut un sursaut, puis il reprit son équilibre en agitant la bouteille.

— Oups… J'ai failli tomber.

— Viszs, bordel.

— Alors, flic, l'Oméga est de nouveau en toi. Et le sang qui coule dans tes veines est noir.

V. écarta ses cheveux de son visage, révélant ses tatouages sur sa tempe, éclairés par la lueur qui irradiait de sa peau.

— Pourtant, tu n'es pas foncièrement mauvais. Comment l'a-t-elle formulé ? Ah oui… Le Mal est implanté dans ton âme. Et toi, Butch O'Neal, tu as une bonne âme. Meilleure que ce qu'il y a en moi.

— Viszs, descends. Tout de suite.

— Je t'aimais bien, flic. Depuis notre rencontre. Non, pas tout de suite. J'ai eu envie de te tuer la première fois que je t'ai vu. Mais ensuite, je t'ai apprécié. Beaucoup.

Butch n'avait jamais vu une telle expression sur son visage : triste… affectueuse… mais avant tout, pleine de langueur.

— Je t'ai regardé avec elle, Butch. Je t'ai regardé… lui faire l'amour.

— Quoi ?

— Marissa. Je t'ai vu couché sur elle, à la clinique. (V. agita une main incandescente.) C'était mal, je sais, et j'en suis désolé. Mais j'arrivais pas à détacher mon regard. Vous étiez si beaux, tous les deux, et je voulais ce… Je voulais la même chose. Je voulais ressentir ça. Oui, juste une fois. Je voulais savoir quel effet ça faisait de faire l'amour normalement, d'aimer la personne avec qui on jouit. (Il éclata d'un rire amer.) Enfin, ce dont j'ai envie n'est pas tout à fait normal. Tu me pardonneras ma perversion ? Pardonne-moi mon défaut, ce défaut si gênant, si honteux. Putain… comme c'est humiliant pour nous deux.

Butch était prêt à dire n'importe quoi pour qu'il descende du rebord de la terrasse, mais il avait vraiment l'impression que V. éprouvait du dégoût pour lui-même. Cela ne servait à rien. On ne pouvait pas changer ses sentiments. Et Butch n'était pas menacé par la révélation. Et il n'était pas totalement surpris non plus.

— V., c'est cool. Toi et moi, c'est cool.

L'expression de langueur de V. disparut pour faire place à un masque de froideur particulièrement effrayant, au vu de la situation.

— Tu étais mon seul ami.

Encore ce rire atroce.

— Même si j'avais mes frères, reprit-il, tu étais le seul dont j'étais vraiment proche. Je n'y connais pas grand-chose aux relations, tu sais, mais tu étais différent.

— V., je pense comme toi. Mais tu peux des…

— Et tu n'étais pas comme tous les autres, tu ne t'es jamais soucié de ma différence. Les autres… Ils me détestaient parce que je n'étais pas pareil. Ce n'est pas grave, en fait. Ils sont tous morts, maintenant. Morts, morts…

Butch n'avait aucune idée de ce dont il parlait, mais le contenu n'avait pas d'importance. Ce qui l'ennuyait, c'était qu'il parle au passé.

— Je reste ton ami. Je le serai toujours.

— Toujours. Drôle de mot, ça, toujours.

V. plia les genoux, gardant à peine son équilibre en s'accroupissant.

Butch s'avança.

— Non, flic. N'avance pas.

V. posa sa bouteille de vodka et glissa un doigt sur son goulot.

— Cette merde s'est bien occupée de moi, dit-il.

— Et si on partageait ?

— Non. Mais tu peux avoir le reste.

Viszs leva ses yeux de diamant. Le gauche commença à se dilater, jusqu'à absorber tout le blanc. Puis il y eut un long silence. V. se mit à rire.

— Tu sais, je ne vois rien… Pas même quand je m'ouvre, même quand je suis partant, je suis aveugle. Mon avenir est compromis. (Il observa son corps.) Mais je suis toujours une putain de veilleuse. Je suis comme une de ces lampes, tu sais, qu'on branche dans la prise et qui luisent.

— V…

— Tu es un bon Irlandais, non ? (Butch opina.) Irlandais, Irlandais… Laisse-moi réfléchir. Oui…

La lueur dans les yeux de Viszs s'apaisa, puis il reprit d'une voix brisée :

— Que la route se lève pour te rejoindre. Que le vent soit toujours dans ton dos. Que le soleil réchauffe ton visage et que la pluie arrose tes champs. Et… mon plus cher ami… jusqu'à nos retrouvailles, que le Seigneur te tienne dans sa paume.

Sur ces mots, V. plongea en arrière dans l'air léger.

Chapitre 43

— John, il faut que je te parle.

Assis dans le fauteuil de Tohr, John leva les yeux tandis que Kolher entrait dans le bureau et refermait la porte. À en juger par la mine renfrognée du roi, ce devait être grave.

Posant sa feuille de cours de langue ancienne, John se prépara. Seigneur, et si c'était la nouvelle qu'il redoutait chaque jour depuis trois mois ?

Kolher contourna le bureau et déplaça le trône pour faire face à John. Puis il s'installa et prit une profonde inspiration.

Oui, c'était ça. Tohr était mort et ils avaient retrouvé son cadavre.

Kolher fronça les sourcils.

— Je sens ta peur et ta tristesse, fiston. Et je te comprends, au vu des circonstances. Les funérailles auront lieu dans trois jours.

John déglutit et enroula les bras autour de son torse, comme si un tourbillon noir l'enveloppait pour tout emporter.

— La famille de ton camarade tient à ce que tous les élèves soient présents.

John leva vivement la tête.

Quoi ? fit-il.

— Ton camarade de cours, Dhouleur. Il n'a pas survécu à la transition. Il s'est éteint hier soir.

Donc Tohr n'était pas mort ?

John lutta pour se ressaisir, mais il se retrouva au bord d'un autre précipice. Un élève avait donc péri lors de son changement ?

— Je te croyais au courant.

John secoua la tête et se remémora Dhouleur, qu'il ne connaissait pas très bien. Mais quand même.

— Cela se produit parfois, John. Je ne veux pas que cela t'inquiète. Nous prendrons grand soin de toi.

Quelqu'un était *mort* pendant sa transition ? *Merde…*

Il y eut un long silence, puis Kolher posa les coudes sur ses genoux et se pencha en avant. Ses cheveux noirs et soyeux glissèrent sur ses épaules, effleurant ses cuisses gantées de cuir.

— Écoute, John, nous devons commencer à réfléchir sur les personnes présentes pour toi quand viendra le moment de ton changement. Tu sais… celle qui te nourrira.

John pensa à Sarelle, que les éradiqueurs avaient emmenée avec Wellsie. Son cœur se serra. C'était elle qui devait le nourrir…

— On a deux solutions, fiston. Soit on essaie de trouver quelqu'un de l'extérieur. Bella connaît des familles qui ont des filles et l'une d'entre elles… Enfin, elle pourrait même faire une excellente compagne pour toi. (John se crispa.) Toutefois, je préfère être honnête… Cette solution ne me convient guère. Il sera difficile de te trouver quelqu'un de l'extérieur à temps. Fritz devra aller la chercher, et chaque minute compte lors d'un changement. Mais si tu veux…

John posa la main sur l'avant-bras tatoué de Kolher et secoua la tête. Il ignorait quelle était la seconde option, mais il était certain de ne pas vouloir s'approcher d'une femelle disponible. Il signa sans réfléchir : *pas de compagne. Quelle est l'autre solution ?*

— Nous pourrions faire appel à une Élue.

John pencha la tête sur le côté.

— Il s'agit de vampires femelles au service de la Vierge scribe et elles vivent de l'autre côté. Rhage en utilise une, Layla, pour se nourrir parce qu'il ne peut pas vivre du sang de Mary. Layla est sûre et elle est disponible en un clin d'œil.

John tapota le bras de Kolher et hocha la tête.

— Tu veux faire appel à elle ?

Oui, peu lui importait.

— D'accord. Bien joué, fiston. Son sang est très pur, ce qui sera utile.

John se détendit dans le fauteuil de Tohr dont le vieux cuir craqua. Il pensa à Blaylock et Butch, qui avaient tous deux survécu au changement. Surtout à Butch. Le flic était si heureux, désormais. Et grand, et fort.

La transition valait la peine d'être tentée. De plus, il n'avait guère le choix.

Kolher poursuivit :

— Je vais solliciter la Directrix des Élues, mais ce n'est qu'une formalité. C'est drôle, c'était ainsi que cela se passait : ces femelles apportaient le pouvoir aux guerriers. Elles vont être ravies.

Kolher passa une main dans ses cheveux pour les repousser en arrière.

— Naturellement, il faudra que tu fasses sa connaissance, reprit-il.

John acquiesça, déjà nerveux.

— Oh, ne t'en fais pas. Layla va t'apprécier. Ensuite, elle te laissera même la prendre, si tu le veux. Les Élues peuvent être d'excellentes initiatrices de mâles. Certaines, comme Layla, sont même formées pour ça.

John se sentit afficher un air stupide. Kolher venait de parler de sexe ?

— Oui, de sexe. En fonction de la difficulté de ta transition, tu finiras peut-être par en vouloir tout de suite. (Kolher se mit à rire.) Demande à Butch…

Pour toute réponse, John se contenta de considérer le roi en clignant les yeux comme un phare.

— Donc c'est réglé, fit Kolher en se levant.

Il poussa son trône massif vers le bureau sans le moindre effort. Puis il fronça les sourcils.

— Tu pensais que je venais te parler de quoi ?

John baissa les yeux et caressa distraitement l'accoudoir du fauteuil de Tohrment.

— Tu pensais qu'il s'agissait de Tohrment ?

Les yeux de John s'embuèrent de larmes à l'évocation de ce nom. Il refusa de regarder Kolher, qui soupira.

— Tu croyais que je venais t'annoncer sa mort ?

John haussa les épaules.

— Eh bien… je ne pense pas qu'il soit parti pour l'Estompe.

John leva vivement les yeux vers les lunettes de soleil panoramiques.

— Je sens encore son écho dans mon sang. Et quand nous avons perdu Audazs, je ne ressentais plus rien dans mes veines. Oui, Tohr est en vie, selon moi.

John en fut soulagé, mais il se remit à caresser le bras du fauteuil.

— Tu crois qu'il ne tient pas à toi parce qu'il n'a pas donné de nouvelles ?

John acquiesça.

— Écoute, fiston, quand un mâle uni perd sa compagne… c'est comme s'il se perdait lui-même. C'est la séparation la plus douloureuse qu'on puisse imaginer. Il paraît que c'est plus dur que de perdre un enfant, pour un mâle. Une compagne, c'est toute sa vie. Beth est toute ma vie. S'il lui arrivait malheur… Comme je l'ai dit un jour à Tohr, je n'arrive même pas à en envisager l'hypothèse. (Kolher posa une main sur l'épaule de John.) Je vais te dire une chose. Si Tohr revient, ce sera pour toi. Il te considérait comme son enfant. Il pourrait peut-être s'éloigner de la Confrérie, mais pas t'abandonner. Tu peux me croire.

John avait les larmes aux yeux, mais il refusait de pleurer devant le roi. Il se redressa fièrement, serra les dents et ravala ses larmes. Kolher hocha la tête comme s'il approuvait son effort.

— Tu es un mâle de valeur, John. Et il sera fier de toi. À présent, je vais régler la question de Layla.

Le roi se retourna sur le pas de la porte.

— Z. me dit que vous sortez tous les soirs. C'est bien. Je veux que tu continues.

John s'adossa dans le fauteuil après le départ de Kolher. Ces promenades avec Z. étaient si bizarres… Ils ne disaient rien. Ils se contentaient d'enfiler une parka et de sillonner les bois avant l'aube. Il attendait toujours que le frère lui pose des questions, lui tire les vers du nez, mais il ne s'était encore rien produit de tel. Ils se contentaient de marcher en silence parmi les grands pins.

C'était bizarre, mais il avait fini par prendre goût à ces escapades. Il allait en avoir besoin ce soir-là, après cette conversation sur Tohr.

Butch se précipita vers le rebord de la terrasse en s'époumonant. Il se jeta sur le muret pour regarder en bas. Mais il ne vit rien : c'était trop haut et ce côté du bâtiment n'était pas éclairé. Quant au bruit que fait un corps en tombant… Il hurlait assez fort pour couvrir le moindre son sourd.

— *Viszs !*

Seigneur… S'il arrivait en bas assez vite, il pourrait peut-être… merde, conduire V. chez Havers, ou alors… *n'importe quoi*. Il se retourna, prêt à courir vers l'ascenseur.

Viszs apparut devant lui tel un fantôme luisant, reflet parfait de ce qu'il avait été, vision éthérée du seul véritable ami de Butch.

Celui-ci trébucha. Une plainte pathétique s'échappa de sa bouche.

— V…

— Je n'ai pas pu, dit le fantôme.

— V. ? répéta Butch, intrigué.

— J'ai beau me détester… je ne veux pas mourir.

Butch eut soudain très froid. Puis il se mit à brûler comme le corps de son coloc.

— Espèce de salaud ! lança Butch sans réfléchir, en lui sautant à la gorge. Espèce d'enfoiré ! Tu m'as fait une de ces peurs !

Il assena à V. une bonne droite en pleine face. Son poing craqua sur la mâchoire. Il se prépara à une riposte, mais au lieu de frapper à son tour, Viszs le serra dans ses bras. Puis il baissa la tête et… s'écroula. Il tremblait de tout son corps, au point d'en être fragilisé.

Maudissant le frère, Butch soutint son poids, tenant le corps nu et luisant de son ami contre lui, tandis qu'un vent froid tournoyait autour d'eux.

Quand il fut à court d'insultes, il murmura à l'oreille de V. :

— Si jamais tu me refais ce coup-là, je te tue de mes mains, d'accord ?

— Je perds la tête, avoua V. dans son cou. La seule chose qui m'a toujours sauvé la mise, je suis en train de la perdre… Je l'ai perdue… Je suis fichu. C'était la seule chose qui me faisait tenir, et je n'ai plus rien…

Butch le serra plus fort. Il sentit un apaisement en lui, une sensation de soulagement et de paix. Mais il n'y pensa guère, parce qu'une substance chaude et mouillée coulait dans son col. Il crut qu'il s'agissait de larmes, mais il ne tenait pas à attirer l'attention sur ce qui se passait. V. était certainement horrifié par cet aveu de faiblesse, enfin s'il pleurait vraiment.

Butch posa une main sur sa nuque.

— Je veillerai sur toi jusqu'à ce que tu retrouves toute ta tête, murmura-t-il. Je vais te sauver.

Viszs acquiesça enfin. Butch se rendit soudain compte de quelque chose. Merde… Il se trouvait contre la lueur, une immense lueur, mais il ne ressentait ni brûlure ni douleur. En fait… il sentait la noirceur qui était en lui sortir peu à peu de sa peau et de ses os pour s'insinuer dans cette lueur blanche qu'était Viszs. C'était le soulagement qu'il avait remarqué à l'instant.

Mais pourquoi ne brûlait-il pas ?

Surgie de nulle part, une voix féminine déclara :

— Parce que c'est ce qui sera, la lumière et les ténèbres ensemble, deux moitiés ne faisant qu'un.

Butch et Viszs tournèrent vivement la tête. La Vierge scribe flottait au-dessus de la terrasse, sa robe noire immobile malgré les bourrasques glaciales qui soufflaient autour d'elle.

— C'est pourquoi tu ne te consumes pas, dit-elle. Et c'est pourquoi il t'a vu dès le départ.

Elle esquissa un sourire, même s'il ignorait comment il le savait.

— C'est la raison qui a poussé le destin à te conduire vers nous, Butch, descendant de Kolher, fils de Kolher. Le Destructeur est arrivé, et c'est toi. À présent, c'est une nouvelle phase de la guerre qui commence.

Chapitre 44

Marissa acquiesça en plaçant son téléphone portable sur son autre oreille pour consulter le bon de commande posé sur son bureau.

— C'est cela. Il nous faut une gazinière industrielle. Six brûleurs minimum.

Elle leva les yeux en sentant une présence sur le seuil. Son esprit se troubla totalement.

— Puis-je... puis-je vous rappeler ?

Elle mit fin à l'appel sans attendre de réponse.

— Havers, comment nous as-tu trouvés ?

Son frère inclina la tête. Il était vêtu comme de coutume : veste sport Burberry, pantalon gris et nœud papillon. Ses lunettes à monture en écaille de tortue n'étaient pas celles qu'il avait l'habitude de porter, mais elles leur ressemblaient.

— C'est mon personnel soignant qui m'a dit où tu étais.

Elle se leva et croisa les bras.

— Et que fais-tu ici ?

Au lieu de lui répondre, il parcourut la pièce du regard. Sans doute n'était-il guère impressionné. Son bureau ne contenait qu'un secrétaire, une chaise, un ordinateur portable, le tout sur un plancher. Et des feuilles de papier à n'en plus finir, mentionnant les tâches qu'elle devait accomplir. Le bureau de Havers, en revanche, était un antre surgi du vieux continent, plein de culture et de distinction, le sol orné de tapis d'Aubusson et les murs de diplômes de la faculté de médecine de Harvard, sans oublier une partie de sa collection de paysages de l'école de l'Hudson.

— Havers ?

— Tu as bien travaillé, dans ce centre.

— Nous venons de démarrer, et c'est un foyer, pas un centre. Que viens-tu faire ici ?

Il se racla la gorge.

— Je suis là à la demande du Conseil des *princeps*. Nous votons la motion sur la *rehclusion* lors de la prochaine réunion et le *menheur* affirme qu'il essaie de te joindre depuis une semaine. Tu ne réponds pas à ses messages.

— Je suis occupée, comme tu le vois.

— Mais ils ne peuvent pas voter si tous les membres ne sont pas présents.

— Ils n'ont qu'à me renvoyer. En fait, je m'étonne qu'ils n'aient pas encore trouvé un moyen de le faire.

— Tu fais partie des six lignées fondatrices. En l'état actuel des choses, tu ne peux être ni récusée ni dispensée.

— C'est bien ennuyeux pour eux. Toutefois, tu comprendras que je ne sois pas disponible ce soir-là.

— Je ne t'ai pas indiqué de date.

— Je te le répète, je ne suis pas disponible ce soir-là.

— Marissa, si tu n'es pas d'accord avec cette proposition, tu peux exprimer ton opinion pendant la séance de plaidoiries. Tu peux te faire entendre.

— Donc tous ceux qui ont le droit de vote sont pour ?

— Il est important d'assurer la sécurité des femelles.

— Pourtant, tu n'as pas hésité à me mettre à la porte du seul foyer que j'aie jamais eu à une demi-heure de l'aube. Aurais-tu changé d'avis sur ton engagement envers mon sexe ? À moins que tu ne me considères pas comme une femelle…, fit-elle froidement.

Il rougit.

— Sur le moment, j'étais bouleversé.

— Tu me semblais très calme.

— Marissa, je suis désolé…

Elle l'interrompit d'un geste.

— Arrête ! Je ne veux pas l'entendre.

— Comme tu voudras. Mais tu ne devrais pas entraver l'action du Conseil uniquement pour te venger de moi.

Il tripota son nœud papillon. Elle aperçut sa chevalière, symbole de la famille, à son auriculaire. Seigneur… Comment en étaient-ils arrivés là ? Elle se rappelait la naissance de Havers. Elle l'avait regardé, dans les bras de leur mère. Il était si mignon, si…

Marissa se crispa tandis qu'une idée germait dans son esprit. Puis elle dissimula le trouble qui se lisait sans doute sur son visage.

— Très bien. J'irai à cette réunion.

Les épaules de Havers se détendirent. Il lui indiqua la date et l'heure.

— Merci. Merci beaucoup.

— Je t'en prie, rétorqua-t-elle froidement.

Dans le long silence qui s'installa, il observa Marissa, en pantalon et en pull, ainsi que son bureau jonché de papiers.

— Tu as beaucoup changé, dit-il enfin.

— En effet.

Face à ses traits tendus, elle comprit que son frère était toujours le même. Il aurait tellement préféré qu'elle entre dans le moule de la *glymera* : une femelle pleine de grâce régnant sur un foyer distingué. Pas de chance. Elle ne pensait plus qu'à sa règle n° 1 : à tort ou à raison, elle faisait ses propres choix dans la vie. Elle seule.

Elle décrocha son téléphone.

— Si tu veux bien m'excuser…

— Je te proposerais bien mes services. Enfin, ceux de la clinique, gratuitement. (Il remonta ses lunettes sur son nez.) Les femelles et leurs enfants qui viendront ici auront besoin de soins médicaux.

— Je te remercie.

— Je dirai aussi au personnel soignant de guetter les signes de maltraitances. Nous t'enverrons les cas auxquels nous aurons affaire.

— J'apprécierais beaucoup.

— Nous serons ravis de t'être utile, assura-t-il en penchant la tête.

— Au revoir, Havers, conclut-elle en entendant sonner son portable.

Il écarquilla les yeux : c'était la première fois qu'elle le congédiait de la sorte.

Mais le changement avait du bon… Et il allait devoir s'habituer au nouvel ordre des choses.

Le téléphone émit une nouvelle sonnerie.

— Ferme la porte en partant, tu veux bien ?

Après son départ, elle jeta un coup d'œil à l'écran et poussa un soupir de soulagement. Butch. Dieu merci, car elle avait besoin d'entendre sa voix.

— Salut, dit-elle. Tu ne croiras jamais qui vient de…

— Tu peux rentrer à la maison ? Tout de suite ?

Elle crispa les doigts sur son téléphone.

— Qu'est-ce qui se passe ? Tu es blessé ?

— Je vais bien.

Il s'exprimait d'une façon bien trop posée. Ce calme sonnait faux.

— Il faut que tu rentres, et vite.

— Je pars tout de suite.

Elle saisit son manteau, glissa son téléphone dans sa poche et alla trouver sa seule et unique employée.

— Je dois partir, annonça-t-elle à la *doggen* âgée.

— Maîtresse, vous semblez contrariée. Puis-je faire quelque chose ?

— Non, merci. Je reviens très vite.

— Je m'occupe de tout.

Elle lui serra la main et sortit précipitamment. Sur la pelouse, en cette fraîche nuit de printemps, elle s'efforça de se détendre suffisamment pour pouvoir se dématérialiser. Elle n'y parvint pas tout de suite. Allait-elle devoir appeler Fritz pour qu'il vienne la chercher ? Non seulement elle était inquiète, mais elle avait faim. Sans doute n'arriverait-elle pas à son but.

Puis elle se sentit partir. Dès qu'elle se matérialisa devant la Fosse, elle entra dans le vestibule. Le verrou intérieur s'ouvrit avant même qu'elle se place devant la caméra. Kolher l'attendait derrière les épais panneaux de bois et de fer.

— Où est Butch ? demanda-t-elle.

— Je suis là, déclara-t-il en s'avançant, mais en restant à distance.

Entourée par un silence pesant, Marissa entra d'un pas lent. Elle eut du mal à avancer dans l'atmosphère lourde. Elle entendit vaguement Kolher refermer la porte. Du coin de l'œil, elle vit Viszs se lever de derrière ses ordinateurs et faire le tour du bureau. Les trois mâles échangèrent des regards.

— Approche, Marissa, dit Butch en tendant le bras.

Elle lui prit la main et se laissa entraîner vers les ordinateurs. Il désigna un écran présentant un texte, très long et dense, sur deux colonnes séparées.

— Qu'est-ce que c'est ? s'enquit-elle.

Butch la fit doucement asseoir dans le fauteuil et se plaça derrière elle, les mains sur ses épaules.

— Lis le passage en italique.

— Quel côté ?

— N'importe. Ils sont identiques.

Elle fronça les sourcils en déchiffrant ce qui ressemblait à un poème :

Il y en aura un qui portera la fin devant le maître,
Un combattant des temps modernes, trouvé dans la septième année du XXI*e* *siècle.*

On le reconnaîtra par les nombres qu'il porte sur lui :
Comme la boussole qu'il voit par perception mentale,
Il n'a que quatre points à droite.
Il possède trois vies,
Deux entailles sur le devant,
Avec son unique œil noir, dans un puits il naîtra et mourra.

Intriguée, elle observa le reste. Des expressions atroces lui sautèrent aux yeux : Société des éradiqueurs, introduction, maître. Elle frémit en remarquant le titre :

— Dieu du ciel... Il est question des éradiqueurs.

En percevant la panique dans le ton de sa voix, Butch se mit à genoux près d'elle.

— Marissa...

— Qu'est-ce que je suis en train de lire ?

Comment répondre à cette question ? Il avait encore du mal à s'en remettre lui-même.

— Il semblerait que... je sois cette chose.

Il tapota l'écran et regarda son auriculaire difforme, replié sur sa paume, celui qu'il ne pouvait pas tendre...

Marissa s'écarta de lui d'un air méfiant.

— Et cette chose... c'est quoi ?

Dieu merci, V. intervint.

— Tu as sous les yeux deux traductions différentes des *Manuscrits* de la Société des éradiqueurs. Nous avions déjà la première. L'autre provient d'un ordinateur portable que j'ai confisqué chez des tueurs, il y a une dizaine de jours. Ces *Manuscrits* constituent le manuel de référence de la Société. Ce paragraphe précis est ce que nous appelons la prophétie du Destructeur. Nous connaissons son existence depuis des générations, depuis que le premier exemplaire des *Manuscrits* est entré en notre possession.

Marissa porta une main à sa gorge. De toute évidence, elle voyait où il voulait en venir. Elle se mit à secouer la tête.

— Mais ce ne sont que des devinettes. Certainement…

— Butch présente tous les signes.

V. alluma une cigarette et souffla de la fumée.

— Il perçoit les éradiqueurs grâce à sa perception mentale. Son auriculaire est difforme depuis la transition, il n'a donc que quatre doigts à la main droite. Il a eu trois vies : enfant, adulte et à présent vampire. Et on peut dire qu'il a vu le jour ici, à Caldwell, quand nous l'avons changé. Mais le détail essentiel est cette cicatrice sur son ventre. C'est l'œil noir, et l'une des deux entailles qu'il porte sur le devant. L'autre étant son nombril.

Elle observa Kolher.

— Qu'est-ce que cela signifie ?

Le roi respira profondément.

— Cela signifie que Butch est notre meilleure arme dans cette guerre.

— Comment…

La voix de Marissa s'éteignit.

— Il peut empêcher le retour d'un éradiqueur vers l'Oméga. Durant l'intégration, vois-tu, l'Oméga place un morceau de lui-même dans chaque éradiqueur, et il revient au maître à la mort de l'éradiqueur. L'Oméga étant un être fini, ce retour est crucial. Il doit récupérer ce qu'il place en eux s'il veut continuer à habiter ses combattants. (Kolher désigna Butch.) Le flic a rompu cette partie du cycle. Plus Butch consumera d'éradiqueurs, plus il affaiblira l'Oméga, jusqu'à ce qu'il ne reste plus rien de lui. C'est comme découper peu à peu un rocher.

Marissa posa les yeux sur Butch.

— Comment les consume-t-il, au juste ?

Oh, elle n'allait pas aimer cela…

— Je me contente de les… aspirer. Je les inhale.

La terreur qu'il lut dans le regard de Marissa le tua.

—Alors pourquoi ne deviens-tu pas l'un d'eux ? Qu'est-ce qui t'empêche de passer de leur côté ?

—Je ne sais pas.

Butch se mit à genoux, redoutant qu'elle s'enfuie. Il la comprendrait.

—Mais V. m'aide. Comme il m'a soigné avec sa main avant.

—Combien de fois as-tu fait… ça ?

—Trois fois, en comptant ce soir.

Elle ferma vivement les yeux.

—Et quand l'as-tu fait pour la première fois ?

—Il y a environ quinze jours.

—Donc aucun d'entre vous ne connaît les effets à long terme ?

—Mais je vais bien…

Marissa se leva d'un bond et s'éloigna, la tête baissée, les bras croisés. Elle s'arrêta devant Kolher pour le foudroyer du regard.

—Et tu veux l'utiliser ?

—Il s'agit de la survie de l'espèce.

—Et la sienne ?

Butch se releva à son tour.

—Je tiens à servir, Marissa.

Elle posa sur lui un regard dur.

—Dois-je te rappeler que tu as failli mourir de la contamination de l'Oméga ?

—C'était différent.

—Ah oui ? Si tu parles de prendre de plus en plus de ce Mal dans ton organisme, en quoi est-ce différent ?

—Je te l'ai dit, V. m'aide. Ça ne reste pas en moi.

Il ne reçut pas de réponse. Elle demeurait immobile au milieu de la pièce, si distante qu'il ne savait plus comment l'atteindre.

—Marissa, on parle d'une mission. C'est mon rôle.

—C'est drôle. Ce matin, au lit, tu me disais que j'étais ta vie.

—Tu l'es. Mais c'est différent.

—Oui, tout est différent quand cela t'arrange. (Elle secoua la tête.) Tu n'as pas pu sauver ta sœur, et maintenant… tu veux sauver des milliers de vampires. Ton complexe du héros doit être au maximum.

Butch serra les dents.

— Ça, c'était mesquin, dit-il.

— Mais vrai.

Elle en eut soudain assez.

— Tu sais, j'en ai vraiment marre de la violence, des combats, des gens qui se font maltraiter. Tu m'avais dit que tu ne t'impliquerais pas dans cette guerre.

— J'étais humain, à l'époque.

— Je t'en prie !

— Marissa, tu sais de quoi ces éradiqueurs sont capables. Tu étais à la clinique de ton frère quand on a apporté les corps. Comment ne pas me battre ?

— Mais tu ne parles pas seulement de combat d'homme à homme. Il s'agit d'un tout autre niveau. Consumer des éradiqueurs. Comment avoir la certitude que tu n'en deviendras pas un ?

La peur s'insinua en Butch. Intriguée, elle le dévisagea. Il n'avait pas réussi à masquer son angoisse assez vite.

— Toi aussi, tu t'inquiètes pour ça, n'est-ce pas ? demanda-t-elle en secouant la tête. Tu n'es pas certain de ne pas devenir un éradiqueur.

— C'est faux. Je ne me perdrai pas. Je le sais.

— Ah, vraiment ? Alors pourquoi t'accroches-tu à ta croix ?

Il baissa les yeux. Merde, il avait la main crispée sur son crucifix, si fort que ses doigts avaient blanchi et que sa chemise était froissée. Il se força à la lâcher.

— Nous avons besoin de lui, Marissa, déclara Kolher. L'espèce a besoin de lui.

— *Et sa sécurité ?* lâcha-t-elle dans un sanglot qu'elle réprima rapidement. Je suis désolée. Je suis incapable de sourire en disant « vas-y ». J'ai passé des journées à le veiller dans cette chambre stérile. (Elle se tourna vers Butch.) Je t'ai vu frôler la mort. J'ai cru en mourir, moi aussi. Le pire, c'est que tu n'avais rien demandé, à l'époque. Cette fois, tu as le choix.

Elle marquait un point, mais il ne pouvait reculer. Il était ainsi et il devait se croire assez fort pour ne pas sombrer dans les ténèbres.

— Je refuse d'être un animal de compagnie, Marissa. Je veux avoir un but.

— Mais tu en as un…

— Et ce but n'est pas de rester à la maison à attendre que tu rentres. Je suis un homme, pas un meuble. (Comme elle se contentait de le regarder fixement, il ajouta :) Je ne peux pas rester oisif en sachant que je pourrais faire quelque chose pour aider l'espèce… mon espèce. (Il s'approcha d'elle.) Marissa…

— Je ne peux pas… C'est impossible…

Elle leva les mains et s'écarta de lui.

— Je t'ai vu frôler la mort trop souvent. Je ne veux pas… Je ne peux pas, Butch. Je ne peux pas vivre ainsi. Je regrette, mais tu es seul, désormais. Je refuse de te regarder te détruire.

Elle tourna les talons et quitta la Fosse.

À l'intérieur de la grande maison, John patientait dans la bibliothèque. Il avait les nerfs à fleur de peau. En entendant sonner l'horloge, il baissa les yeux vers son petit torse et la cravate qui pendait dessus. Il avait voulu se faire beau, mais il donnait plutôt l'impression de poser pour une photo de classe.

En entendant des pas vifs, il leva les yeux vers la porte ouverte. Il vit passer Marissa en direction de l'escalier, l'air désemparé. Butch la suivait de près, encore plus dévasté.

Oh non… Pourvu qu'ils arrivent à s'entendre. Il les aimait tant, tous les deux…

Il entendit une porte claquer à l'étage. Il s'approcha de la vitre à petits carreaux et regarda dehors. En posant la main sur la vitre, il songea aux paroles de Kolher. Tohr était vivant quelque part.

Il voulait tant y croire.

— Monsieur ?

Il se retourna en entendant la voix de Fritz. Le vieil homme lui sourit.

— Votre invitée est arrivée. Dois-je l'introduire ?

John déglutit. Deux fois. Puis il hocha la tête. Fritz disparut. Quelques instants plus tard, une femme apparut sur le seuil. Elle s'inclina sans regarder John et resta dans cette posture de respect. Elle semblait mesurer un mètre quatre-vingts et portait une sorte de toge blanche. Ses cheveux blonds étaient enroulés en un chignon sur le dessus de sa tête. Il ne discernait pas son visage, mais il garda en mémoire l'aperçu furtif qu'il en avait eu.

Elle était plus que belle. Elle ressemblait à un ange.

Il y eut un long silence, durant lequel John ne put que la dévisager.

— Votre grâce, dit-elle doucement. Puis-je croiser votre regard ?

Il ouvrit la bouche, puis se mit à hocher frénétiquement la tête.

Hélas, elle ne broncha pas. Normal : elle ne le voyait pas. Merde.

— Votre grâce ? reprit-elle d'une voix moins assurée. Peut-être… préféreriez-vous une autre d'entre nous ?

John se dirigea vers elle et leva une main pour l'effleurer. Mais où ? Sa toge était décolletée et fendue sur les manches et aussi sur le devant. Dieu qu'elle sentait bon.

Il lui tapota maladroitement l'épaule. Elle retint son souffle, comme s'il l'avait surprise.

— Votre grâce ?

Il la releva d'une légère pression sur le bras. Ouah. Elle avait les yeux vraiment verts. Comme des raisins d'été. Ou l'intérieur d'un citron vert.

Il désigna sa propre gorge et fit un signe horizontal.

Le visage parfait se pencha sur le côté.

— Vous ne parlez pas, votre grâce ?

Il secoua la tête, un peu surpris. Kolher n'en avait donc pas parlé. Mais le roi avait tant de choses à l'esprit.

En réponse, les yeux de Layla se mirent à pétiller. Son sourire le fascina. Elle avait des dents parfaites et ses canines… étaient exquises.

— Votre grâce, le vœu de silence est très respectable. Quelle maîtrise de soi. Vous serez un valeureux guerrier, vous qui êtes issu de Audazs, fils de la lignée de Marklon.

Seigneur. Elle semblait très impressionnée. Après tout, si elle avait envie de croire qu'il avait fait vœu de silence, pas de problème. Inutile de lui révéler qu'il était handicapé.

— Peut-être aimeriez-vous me découvrir ? proposa-t-elle. Ainsi, vous serez assuré d'obtenir ce que vous souhaitez quand vous en aurez besoin.

Il acquiesça et regarda le canapé. Il se réjouissait d'avoir apporté un calepin. S'ils pouvaient s'asseoir un moment et faire connaissance…

Quand il se retourna, elle était nue, superbe, sa toge blanche à ses pieds.

John écarquilla les yeux. *Nom de Dieu.*

— Suis-je à votre convenance, votre grâce ?

Jésus, Marie, Joseph… Même s'il avait eu une voix, il serait resté muet.

— Votre grâce ?

John hocha la tête. Quand Blaylock et Vhif apprendraient ça…

Chapitre 45

Le lendemain soir, Marissa émergea des pièces du sous-sol du Refuge et fit semblant que le monde ne s'était pas écroulé sur sa tête.

— Mastimon souhaite te parler, fit une petite voix.

En se retournant, elle découvrit la petite à la jambe plâtrée. Elle se força à sourire et s'accroupit face au tigre en peluche.

— Ah bon ?

— Oui. Il dit que tu ne dois pas être triste, parce qu'il est là pour nous protéger. Et il veut te faire un bisou.

Marissa prit le jouet miteux et le posa sur sa joue.

— Il est à la fois féroce et gentil.

— C'est vrai. Et tu devrais le garder un peu, ajouta l'enfant d'un air grave. Je dois aider *mahmen* à préparer le Premier Repas.

— Je ferai attention à lui.

Avec un hochement de tête solennel, la fillette s'éloigna en s'aidant de ses béquilles.

Ce tigre en peluche rappela à Marissa ce qu'elle avait ressenti en emballant ses quelques effets pour quitter la Fosse, la veille au soir. Butch avait essayé de la convaincre de rester, mais elle lisait dans ses yeux qu'il avait fait son choix. Ses paroles n'avaient donc fait aucune différence.

En fait, l'amour qu'elle lui donnait ne l'avait pas guéri de son envie de se tuer ou de son côté casse-cou. Cette séparation était douloureuse, mais rester avec lui aurait été intenable. Des nuits et des nuits à attendre la nouvelle de sa mort. Ou pire, apprendre qu'il était devenu le Mal.

Plus elle y réfléchissait, moins elle le croyait capable de veiller sur lui-même. Pas après cette tentative de suicide à la clinique. Et cette régression qu'il avait acceptée. Sans oublier la transition qu'il s'était imposée. Et désormais la lutte : l'inhalation d'éradiqueurs. Jusqu'à présent, les conséquences étaient positives, mais son profil était inquiétant. Elle ne pouvait se fier qu'à une tendance à l'automutilation qui allait finir tôt ou tard par le détruire.

Elle l'aimait trop pour le regarder se tuer.

Des larmes lui montèrent aux yeux. Elle les chassa vivement et regarda dans le vide. Au bout d'un moment, une pensée lui vint, comme un écho du plus profond de son esprit. Mais elle disparut aussitôt.

Se forçant à se lever, elle se sentit un peu perdue. Elle ne se rappelait pas ce qu'elle faisait ni pourquoi elle se trouvait dans le couloir. Finalement, elle retourna dans son bureau. Là-bas, il y avait toujours une tâche qui l'attendait.

L'avantage d'avoir été flic, c'était qu'on ne perdait jamais son radar à crétins.

Butch marqua un temps d'arrêt dans la ruelle à côté du *Zero Sum*. Près de la sortie de secours du club, il remarqua la racaille demi-portion de blondinet bling-bling qui avait fait tant de cirque à la serveuse, la semaine précédente. Un de ses gorilles se tenait près de lui, et tous deux allumaient une cigarette.

Pourquoi fumaient-ils dehors, dans le froid ?

Butch se plaça en retrait pour les observer. Ce qui lui donna bien sûr le temps de réfléchir. C'était source d'angoisse, comme de coutume. À chaque moment de calme, il revoyait Marissa monter dans la Mercedes de Fritz avant de franchir la grille.

Ravalant un juron, il se frotta le torse en espérant trouver un éradiqueur. Il avait besoin de se battre contre quelque chose ou quelqu'un pour soulager sa souffrance profonde. Comme en cet instant.

Une voiture venant de Trade Street s'engagea dans la ruelle et s'avança vivement. Elle s'arrêta devant l'entrée latérale du club. L'Infiniti noire était assez chromée pour revendiquer le titre de boule à facettes. Naturellement, le blondinet s'en approcha comme si le rendez-vous était prévu.

Le freluquet et le conducteur discutèrent et se tapèrent dans la main. Butch n'arrivait pas à savoir ce qui se passait au juste, mais il était certain qu'ils n'échangeaient pas des recettes de cuisine.

Butch sortit de l'ombre une fois l'Infiniti repartie. Il n'existait qu'un moyen de savoir s'il avait bien deviné. Voir de lui-même.

— Dis-moi que tu ne vas pas dealer cette merde à l'intérieur ? Le Révérend déteste les indépendants.

Le petit blondinet tourna les talons, visiblement énervé et contrarié.

— Qu'est-ce que tu… ? (Il se tut.) Attends, je t'ai déjà vu quelque part, toi… Mais…

— Ouais, j'ai fait changer le moteur. Je roule plus vite, maintenant. Bien plus vite. Alors qu'est-ce que tu…

Butch se figea en se fiant à son instinct.

Des éradiqueurs. Tout proches. Merde.

— Les gars, dit-il calmement. Il faut vous casser, maintenant. Et ne passez pas par cette porte.

Le connard ne l'entendait pas de cette oreille.

— Tu te prends pour qui ?

— Fais-moi confiance sur ce coup-là, et dégage. Vite.

— Va te faire foutre. On peut rester là toute la nuit si on…

Il se figea, puis pâlit en sentant une odeur doucereuse dans la brise.

— Oh, c'est pas vrai !

Mmm… Ce petit connard de blondinet n'était pas humain, il attendait sa transition.

— Je viens de te dire de dégager, gamin !

Ils détalèrent, mais pas assez vite : un trio d'éradiqueurs apparut à l'entrée de la ruelle pour leur barrer la route.

Génial. Il ne manquait plus que ça.

Butch activa sa dernière montre en date, y entrant un signal et des coordonnées. Au bout de quelques instants, V. et Rhage se matérialisèrent près de lui.

— On applique la stratégie prévue, marmonna Butch. Je fais le ménage.

Ils acquiescèrent tandis que les éradiqueurs se rapprochaient.

Vhengeance se leva de son bureau et enfila son manteau de zibeline.

— Faut que j'y aille, Xhex. La réunion du Conseil des *princeps*. Je vais me dématérialiser, alors je n'ai pas besoin de la voiture. J'espère être de retour dans une heure. Mais avant que je parte, donne-moi l'état de notre dernière overdose.

— Il est parti pour les urgences de Saint-François. Il va sans doute s'en tirer.

— Et ce vaurien de dealer ?

Xhex lui ouvrit la porte, comme pour l'encourager à partir.

— Toujours pas retrouvé.

Vhengeance jura et prit sa canne.

Cette situation ne me plaît pas.

— Tu m'étonnes, marmonna-t-elle. Et moi qui pensais que tu en avais fini.

Il riva sur elle un regard dur.

— Ne me prends pas pour un con.

— Ce n'est pas le cas, patron, rétorqua-t-elle. On fait le maximum. Tu crois que ça me fait plaisir d'appeler les urgences pour ces crétins ?

Il respira profondément et s'efforça de se calmer. Bon sang, il avait passé une mauvaise semaine, au club. Tous deux étaient à cran et le reste du personnel du *Zero Sum* était si tendu qu'il était sur le point de se pendre dans les toilettes.

— Désolé, dit-il. Je suis énervé.

Elle passa une main sur sa coiffure d'homme.

— Ouais… moi aussi.

— Comment ça se passe, de ton côté ?

Il ne s'attendait pas à ce qu'elle lui réponde.

— Tu es au courant pour l'humain, O'Neal ?

— Oui. Il est des nôtres. Qui aurait pu le penser ?

Vhengeance devait encore le voir de près, en tête à tête, mais Viszs lui avait narré le miracle qui s'était produit.

Vhengeance souhaitait sincèrement le meilleur à Butch. Il l'aimait bien, avec sa grande gueule. Mais il se rendait également compte qu'il ne nourrirait plus Marissa, dorénavant. Il perdait tout espoir de s'unir à elle. Ça faisait mal, vraiment, même si une telle union aurait été en réalité une mauvaise idée.

— C'est vrai ? demanda Xhex. À propos de lui et Marissa ?

— Oui. Il n'est plus disponible.

Une expression étrange apparut sur les traits de Xhex. De la tristesse, peut-être ? Oui, ce devait être ça.

Il fronça les sourcils.

— J'ignorais qu'il te plaisait à ce point.

Elle redevint aussitôt elle-même, le regard vif, l'apparence de dure à cuire.

— Ce n'est pas parce que j'aimais le baiser que je ne veux pas qu'il ait une compagne.

— C'est sûr. Peu importe

Elle révéla ses canines.

— J'ai l'air du genre à avoir besoin d'un mâle ?

— Non, et c'est tant mieux. Le fait que tu t'attendrisses serait une violation de l'ordre naturel des choses. De plus, tu es la seule dont je puisse me nourrir, alors je tiens à ce que tu restes seule. (Il passa devant elle.) Je te vois dans deux heures.

— Vhengeance ? (Il se retourna.) Moi aussi, je tiens à ce que tu restes célibataire.

Leurs regards se croisèrent. Ils formaient une sacrée paire, tous les deux. Deux menteurs parmi les Normaux… Deux serpents dans la prairie.

— Ne t'en fais pas, murmura-t-il. Je ne prendrai jamais de *shellane*. Marissa était… une saveur que je voulais goûter. Cela n'aurait jamais fonctionné à long terme, entre nous.

Xhex hocha la tête, comme s'ils venaient de conclure de nouveau un accord, puis Vhengeance s'en alla.

En traversant le carré VIP, il demeura dans l'ombre. Il n'aimait pas être vu avec sa canne, et s'il devait s'en servir, il voulait que les gens pensent que c'était par pure vanité. Alors il s'efforçait de ne pas trop y avoir recours. C'était un peu dangereux, compte tenu de son manque d'équilibre.

Devant la porte latérale, il fit appel à la magie pour neutraliser le système d'alarme et actionner l'ouverture. Il sortit, pensant…

Dieu du ciel ! Il y avait une mêlée ouverte dans la ruelle. Des éradiqueurs, des frères. Deux civils accroupis et tremblants au milieu. Et un énorme Butch O'Neal pas content.

La porte se referma derrière Vhengeance qui écarta les jambes. Pourquoi diable les caméras de sécurité n'avaient-elles pas… Ah, la *brhume*. Ils étaient entourés d'une *brhume*. Joli.

Il assista à la bagarre en restant en retrait. Il entendait le bruit sourd des corps heurtant les corps, les grognements, le tintement du métal. Il sentit l'odeur de sueur et de sang de son espèce, mêlée à celle de talc des éradiqueurs.

Bon sang, il avait envie de jouer, lui aussi. Et pourquoi pas, après tout ?

En voyant un éradiqueur trébucher vers lui, il le saisit et le plaqua contre le mur de briques. Il sourit en plongeant dans son regard pâle. Cela faisait si longtemps que Vhengeance n'avait pas tué, et un aspect de lui regrettait cette expérience. Il en avait même envie. Putain, enlever la vie était une chose dont se languissait la partie sombre de sa personne.

Et il comptait nourrir la bête qui était en lui. Sur-le-champ.

Malgré la dopamine qu'il avait dans l'organisme, les capacités de *symphathe* de Vhengeance ressurgirent à sa demande, montant au sommet de son agressivité, troublant sa vision de rouge. Il révéla ses canines en un sourire et céda à sa moitié sinistre avec le plaisir extatique d'un drogué en manque.

De ses mains invisibles, il entra dans le cerveau de l'éradiqueur, le fouilla et en retira toutes sortes de souvenirs amusants. C'était comme déboucher des bouteilles de soda. Ce qui sortait en moussant affaiblissait sa proie, frappant l'éradiqueur si fort qu'il se retrouva sans défense. Putain, tant de laideur dans la tête de ce salaud. Ce tueur-ci avait un côté vraiment sadique. À mesure que chacun de ses actes immondes et ses horribles méfaits troublaient son esprit, il se mit à crier, les mains sur les oreilles, avant de tomber à terre.

Vhengeance brandit sa canne et en ôta l'enveloppe externe, révélant une lame d'acier aussi acérée que sa fureur. Butch le retint par le bras au moment où il se préparait à frapper.

—C'est ici que j'interviens.

Vhengeance le dévisagea.

—Je m'en fous. C'est ma proie.

—Non.

Butch s'agenouilla près de l'éradiqueur et…

Vhengeance referma la bouche et l'observa avec fascination tandis qu'il se penchait pour aspirer quelque chose sur le tueur. Mais ce n'était pas le moment de regarder un épisode de *La Quatrième Dimension*. Un autre éradiqueur voulait s'en prendre à Butch. Vhengeance dut bondir en arrière tandis que Rhage le plaquait au sol.

Vhengeance entendit d'autres pas : un nouvel éradiqueur. Tant mieux. Il se chargerait de celui-là, songea-t-il avec un sourire dur.

C'était fou ce que les *symphathes* aimaient se battre. Ils aimaient vraiment ça. Et il ne faisait pas exception à la règle.

M. X se hâta dans la ruelle où la rixe faisait rage. Il ne pouvait rien voir ni entendre, mais il sentait le bouclier autour des lieux. Il se trouvait donc au bon endroit.

Derrière lui, Van jura.

— C'est quoi, ce bordel ? Je sens la bagarre…

— On va pénétrer la *brhume*. Prépare-toi.

Ils continuèrent à courir et heurtèrent ce qui semblait être une paroi d'eau froide. En transperçant la barrière, ils virent enfin la bagarre : deux frères, six éradiqueurs, deux civils affolés. Un mâle très imposant vêtu d'un long manteau de fourrure… Et Butch O'Neal.

L'ancien flic était en train de se relever, l'air malade comme un chien, et étincelant de la marque du maître. En croisant le regard d'O'Neal, M. X s'arrêta net, submergé par une impression de communion.

Paradoxe suprême, à l'instant précis où cette connexion eut lieu, pendant cette reconnaissance réciproque, l'Oméga l'appela depuis l'autre côté.

Était-ce une coïncidence ? Peu importe. M. X repoussa cette convocation, faisant fi du picotement sur sa peau.

— Van, dit-il doucement, il est temps que tu fasses tes preuves. Va chercher O'Neal.

— C'est pas trop tôt !

Van se précipita vers le vampire fraîchement converti. Ils se toisèrent, tournant en rond comme des lutteurs. Jusqu'à ce que Van cesse de bouger pour n'être plus qu'une statue qui respirait.

Sur la volonté de M. X.

Il ne put que sourire face à l'expression de panique de Van. Oui, perdre le contrôle de tous ces gros muscles, ça devait faire peur, non ?

O'Neal fut tout aussi surpris. Il s'approcha avec prudence ; de toute évidence, il était prêt à profiter du fait que M. X avait pétrifié son subordonné. L'offensive fut rapide. D'un mouvement leste, O'Neal exécuta une prise autour du cou de Van, le retourna et le cloua au sol.

M. X se moquait de sacrifier un atout tel que Van. Il avait besoin de savoir ce qui se passait quand… *Bordel de merde !*

O'Neal… O'Neal venait d'ouvrir la bouche et inhalait… Van Dean se trouva aspiré, absorbé, avalé, possédé, pour ne laisser que le néant. Il était réduit en poussière.

M. X fut soulagé. Oui… la prophétie était accomplie. La prophétie s'était réalisée grâce à un Irlandais passé de l'autre côté. *Dieu soit loué.*

M. X fit un pas hésitant, désespéré. La paix qu'il recherchait était proche. Il aurait bouclé la boucle. Sa liberté était assurée. *O'Neal était celui qu'il attendait.*

Mais M. X fut soudain intercepté par un frère qui portait un bouc et avait des tatouages sur le visage. Ce salaud surgit de nulle part comme une pierre qui déboule et le heurta si fort que ses jambes se dérobèrent. Ils commencèrent à se battre, mais X était terrifié à l'idée d'être poignardé au lieu d'être aspiré par O'Neal. Lorsqu'un autre tueur se joignit à la mêlée et saisit le frère, M. X se dégagea et disparut aux alentours.

L'appel de l'Oméga était désormais une sommation. Les picotements faisaient rage sur la peau de M. X qui refusait de répondre. Il allait se faire tuer ce soir, mais de la bonne façon.

Butch leva la tête du tas de poussière qu'était sa dernière victime et fut pris de violents haut-le-cœur. Son corps lui donnait la même sensation que quand il s'était réveillé à la clinique, il n'y a pas si longtemps. Il était contaminé. Souillé. Sale et irrécupérable.

Bon sang… Et s'il en avait trop absorbé ? Et s'il avait atteint le point de non retour ?

En vomissant, il sentit V. s'approcher de lui. Il se força à le regarder et grommela :

— Aide-moi…

— Je vais le faire, *trahyner.* Donne-moi la main.

Butch obéit, désespéré. Viszs ôta son gant et l'agrippa. L'énergie de V., cette superbe lumière blanche, se déversa dans le bras de Butch et le traversa en un éclair pour le nettoyer et le purifier.

Unis par leurs mains jointes, ils redevinrent les deux moitiés : la lumière et les ténèbres. Le Destructeur et le Sauveur. Une entité.

Butch prit tout ce qu'il put de V. Il refusa de le lâcher ensuite, de peur que, si le lien se rompait, le Mal revienne.

— Ça va ? demanda doucement V.

— Maintenant, oui.

Bon sang, il avait la voix rauque, après cette inhalation. Mais sans doute de gratitude, aussi.

V. tira un coup sec et aida Butch à se relever. Il se laissa aller contre le mur de briques de la ruelle et découvrit que la bagarre était terminée.

— Beau boulot, pour un civil, commenta Rhage.

Butch regarda vers la gauche, pensant que le frère s'adressait à lui. Puis il aperçut Vhengeance. Le mâle se penchait lentement pour ramasser un fourreau gisant à terre. Il saisit son épée à lame rouge d'un mouvement gracieux et la glissa dans son étui. Ah… Cette canne était aussi une arme.

— Merci, répondit Vhengeance, dont les yeux améthyste se portèrent sur Butch.

Ils se toisèrent longuement. Butch se rendit compte qu'ils ne s'étaient pas vraiment revus depuis le soir où il avait nourri Marissa.

— Salut, fit Butch en tendant la main.

Vhengeance s'approcha, s'appuyant sur sa canne. En les voyant se serrer la main, les autres poussèrent un soupir de soulagement.

— Alors, flic, dit Vhengeance, tu veux bien me dire ce que tu as fait à ces éradiqueurs ?

Un gémissement les interrompit. Tous les regards se tournèrent vers la benne à ordure, de l'autre côté de la ruelle.

— Vous pouvez sortir, les gars, dit Rhage. La voie est libre.

Le blondinet en attente de transition et son gorille apparurent dans la lumière. Ils semblaient être passés au lave-vaisselle : en nage malgré le froid, les cheveux et les vêtements en désordre.

Le visage dur de Vhengeance exprima de la surprise.

— Flhéau, pourquoi ne t'entraînes-tu pas, en ce moment ? Ton père va piquer une crise en apprenant que tu étais ici au lieu de…

— Il arrête momentanément les cours, marmonna sèchement Rhage.

— Pour dealer de la drogue, ajouta Butch. Fouille ses poches.

Rhage passa à l'action, prêt à en découdre, mais Flhéau était trop pétrifié pour protester. Il portait sur lui une grosse liasse de billets et une poignée de petits sachets en plastique.

Les yeux de Vhengeance se mirent à scintiller de rage.

— Donne-moi cette merde, Hollywood ! La poudre, pas les biftons.

Rhage obéit. Vhengeance ouvrit un sachet et lécha son auriculaire qu'il glissa ensuite à l'intérieur. En goûtant la substance, il grimaça et cracha. Puis il brandit sa canne vers le gamin.

— Tu n'es plus le bienvenu en ces lieux !

Cette nouvelle parut sortir Flhéau de sa torpeur.

— Pourquoi pas ? On est en démocratie, non ?

— D'abord, tu es chez moi, ici ! Ensuite, même si je n'ai pas à me justifier, la merde qui se trouve dans ces sachets est contaminée. Je parie que tu es responsable de l'épidémie d'overdoses qu'on a eue dernièrement. Donc tu ne remettras plus les pieds au *Zero Sum*. Je refuse que les voyous de ton espèce viennent semer le bordel dans mon commerce.

Vhengeance empocha les sachets et se tourna vers Rhage.

— Qu'est-ce que tu vas faire de lui ?

— Le ramener chez lui.

Vhengeance afficha un sourire froid.

— C'est préférable pour nous tous.

Flhéau se mit soudain à pleurnicher.

— Mais vous ne direz rien à mon père…

— On lui dira tout, coupa Vhengeance. Fais-moi confiance, ton papa va tout savoir dans les détails.

Les genoux de Flhéau se mirent à trembler. Puis le caïd perdit connaissance.

Marissa se présenta à la réunion du Conseil des *princeps*, sans se soucier que, pour une fois, tous les regards soient posés sur elle.

Cela dit, ils ne l'avaient jamais vue en pantalon et les cheveux noués en queue-de-cheval. Surprise !

Elle s'assit, ouvrit sa mallette toute neuve et commença à parcourir les propositions. Cependant, elle ne voyait pas grand-chose, en réalité. Elle était épuisée, pas seulement à cause du travail et du stress, mais aussi parce qu'elle avait grand besoin de se nourrir. Et vite.

Seigneur, cette idée la rendait malade de tristesse. Elle se remit à penser à Butch. Elle se l'imagina, et un écho insistant et brumeux retentit dans son esprit. C'était comme une cloche qui tintait, lui rappelant… quoi, d'ailleurs ?

Elle sursauta en sentant une main sur son épaule. Vhengeance prit place à côté d'elle.

— Ce n'est que moi, dit-il en la dévisageant de ses yeux améthyste. Ça fait plaisir de te voir.

— À moi aussi, répondit-elle en esquissant un sourire.

Elle se détourna aussitôt. Devrait-elle de nouveau boire à sa veine ? Bien sûr que oui, enfin !

— Comment vas-tu, *tahlly* ? Bien ? demanda-t-il d'une voix suave.

Il était si détendu qu'elle eut l'impression troublante qu'il savait parfaitement à quel point elle était bouleversée et pourquoi. Pour une raison étrange, il avait toujours réussi à lire en elle.

Au moment où elle ouvrait la bouche, le *menheur* actionna son marteau à l'autre bout de la table vernie.

— La séance est ouverte !

Les conversations cessèrent. Vhengeance s'adossa sur son siège, affichant une mine blasée sur son visage dur. De ses mains puissantes et élégantes, il replia son manteau de zibeline sur ses jambes, comme s'il faisait -30 °C dans la salle, et non 20 °C.

Marissa referma sa mallette et se concentra. Sans le vouloir, elle avait adopté la même posture que lui, sans la fourrure. *Dieu du ciel*, songea-t-elle. *Les temps changent.* Naguère, ces vampires la terrorisaient. Ils l'intimidaient. À présent, en observant les femelles aux robes exquises et les mâles en tenue de soirée, elle les trouvait… ennuyeux. La *glymera* et le Conseil des *princeps* n'étaient guère plus qu'un cauchemar social d'un autre âge, qui n'avait plus rien à voir avec sa vie actuelle. Dieu merci.

Le *menheur* sourit et fit signe à un *doggen* qui s'avança. Le domestique tenait un parchemin tendu sur une planche en ébène. De longs rubans de soie pendaient du document. Leurs couleurs chatoyantes symbolisaient chacune des six familles fondatrices. Celle de Marissa était bleu pâle.

Le *menheur* balaya l'assemblée des yeux, en prenant soin d'éviter Marissa.

— Puisque tout le Conseil est présent, j'aimerais aborder le premier point inscrit à l'ordre du jour, qui concerne la recommandation faite au roi quant à la *rehclusion* de toutes les femelles célibataires. D'abord, comme l'exige la procédure, nous allons écouter les commentaires des membres non-votants présents dans cette pièce.

Tous approuvèrent le projet, sauf Vhengeance qui se montra très clair sur son point de vue.

Dans le silence qui suivit son rejet brutal, Marissa sentit le regard de Havers rivé sur elle. Elle se tut.

— Très bien, chers membres du Conseil, dit le *menheur*. Je vais maintenant appeler les six *princeps* votants.

À chaque nom cité, un *princeps* se leva, donna le consentement de sa lignée et apposa le sceau de la famille sur le parchemin à l'aide de sa chevalière. Tout se déroula sans heurts pour les cinq premiers. Puis vint l'appel du dernier nom :

— Havers, fils de Wallen, petit-fils de…

En voyant son frère se lever, Marissa tapota la table de sa main. Tous les regards se tournèrent vers elle.

— Erreur de nom.

Le *menheur* écarquilla tellement les yeux qu'elle était certaine qu'il pouvait voir derrière lui. Il semblait si atterré par son interruption qu'il resta sans voix alors qu'elle souriait en regardant Havers.

— Tu devrais t'asseoir, médecin, dit-elle.

— Pardon ? bredouilla le *menheur*.

Marissa se leva.

— Cela fait longtemps que je n'ai pas assisté à un tel vote… Pas depuis la mort du père de Kolher.

Elle s'appuya sur ses mains et soutint le regard du *menheur*.

— À l'époque, reprit-elle, il y a des siècles, mon père était vivant et a voté pour notre famille. D'où la confusion, de toute évidence.

Affolé, le *menheur* se tourna vers Havers.

— Pourriez-vous informer votre sœur qu'elle n'est pas à même…

Marissa l'interrompit.

— Je ne suis plus sa sœur, du moins c'est ce qu'il m'a dit. Mais je crois que nous serons tous d'accord pour dire que notre lignée est immuable. Tout comme le rang de naissance. (Elle esquissa un sourire froid.) Il se trouve que je suis née onze ans avant Havers. Ce qui fait de moi son aînée. Il peut donc se rasseoir, car en tant que membre aîné de la famille, il me revient de voter au nom des miens. Ou pas. En l'occurrence, c'est non.

Ce fut le chaos dans la salle. Un véritable pandémonium.

Vhengeance riait à gorge déployée en applaudissant.

— C'est pas possible ! Tu sais foutre le bordel, toi !

Marissa tira quelque satisfaction de son petit pouvoir, mais elle était surtout soulagée. Le vote devait être unanime, sinon ce projet stupide passait à la trappe. Grâce à elle, c'était la deuxième solution.

— Oh, mon Dieu, dit quelqu'un.

Tout d'un coup, il n'y eut plus un bruit. Marissa se retourna.

Rhage se tenait sur le seuil de la bibliothèque, tenant par le collet un mâle en attente de transition. Viszs se trouvait derrière lui… ainsi que Butch.

Chapitre 46

Sur le pas de la porte, Butch faisait de son mieux pour ne pas épier Marissa, mais il avait du mal. D'autant plus qu'elle était assise à côté de Vhengeance.

Il tenta de regarder ailleurs. Il n'y avait que des personnages haut placés, à cette réunion. On aurait dit un sommet politique, sauf qu'ils étaient tous sur leur trente et un, surtout les femelles. En comparaison, les bijoux d'Elizabeth Taylor faisaient pâle figure.

Puis la bombe explosa.

L'homme qui présidait se retourna et pâlit en apercevant Flhéau. Il se leva lentement. Comme toutes les autres personnes présentes, il demeurait sans voix.

— Nous devons parler, déclara Rhage en secouant Flhéau. Des activités extrascolaires de votre fils.

— Et comment! confirma Vhengeance en se levant.

Cette intervention mit fin à la réunion comme un couperet. Mortifié, le père de Flhéau sortit vivement en entraînant Rhage, Vhengeance et le gamin dans un salon. Pendant ce temps, les élégants invités se levèrent à leur tour et déambulèrent dans la pièce. Aucun ne semblait ravi, et la plupart foudroyaient Marissa du regard.

Butch eut envie de leur apprendre les bonnes manières, quitte à faire couler le sang.

Il crispa les poings, les narines dilatées, et aspira l'odeur de Marissa par chaque pore. Naturellement, cette proximité le rendit fou de désir. Il se mit à brûler comme jamais, à tel point qu'il avait du mal à maîtriser ses membres. D'autant plus qu'il sentait son regard posé sur lui.

Une brise fraîche envahit la maison. La porte d'entrée massive était restée ouverte après leur intrusion. Il observa la nuit. Mieux valait qu'il s'en aille. Ce serait plus propre, plus net, et également moins dangereux. Il avait bien trop envie d'écraser ces snobinards qui avaient dédaigné Marissa.

Il sortit de la maison et foula la pelouse un moment, dans la boue, avant de revenir sur ses pas. Il s'arrêta à la hauteur de l'Escalade, car il sentait qu'il n'était plus seul.

Marissa émergea de derrière le 4x4.

— Bonjour, Butch.

Seigneur, elle était si belle… Surtout d'aussi près.

— Salut, Marissa.

Il glissa ses mains dans les poches de sa veste en cuir. Comme elle lui manquait ! Comme il avait envie d'elle… Il en mourait d'envie, et pas seulement pour le sexe.

— Butch… Je…

Il se crispa soudain. Son regard se porta sur une silhouette qui traversait la pelouse. Un homme… aux cheveux blancs… un éradiqueur.

— Merde, souffla Butch.

Il empoigna Marissa et l'entraîna vers la maison.

— Qu'est-ce que tu fais… ?

Elle cessa toute résistance en apercevant l'éradiqueur.

— Cours ! ordonna Butch. Va dire à Rhage et V. de se ramener vite fait. Et ferme la porte à clé !

Il la poussa et tourna les talons. Il ne respira qu'en entendant la porte se refermer lourdement et les verrous cliqueter.

Tiens, tiens ! Le grand éradiqueur !

Si seulement il n'y avait personne pour les voir ! Avant de tuer ce type, il avait envie de le déchiqueter en représailles. Œil pour œil, dent pour dent, en quelque sorte.

Le tueur leva les mains en signe de reddition tout en s'approchant, mais Butch n'était pas dupe. Il se fiait à son instinct, s'attendant à percevoir un bataillon d'éradiqueurs sur la propriété. Étonnamment, il n'y en avait pas.

Il fut toutefois rassuré de voir V. et Rhage se matérialiser devant lui, dans l'air froid.

— Je crois qu'il n'y a que lui, murmura Butch, prêt à se battre. Et inutile de vous préciser qu'il est pour moi.

Le tueur s'approcha encore. Butch allait bondir, quand il remarqua un détail. Bordel de merde, il avait des visions. L'éradiqueur ne pouvait pas pleurer à chaudes larmes, non ?

— Toi, le flic, dit-il d'une voix nouée par l'angoisse, prends-moi. Achève-moi. Je t'en prie…

— N'y compte pas, intervint Rhage sur sa gauche.

L'éradiqueur observa le frère, puis revint à Butch.

— Je veux juste en finir. Je suis pris au piège… Je t'en prie, tue-moi. Mais il faut que ce soit toi, et non eux.

— Avec plaisir, mon vieux, marmonna Butch.

Il bondit sur lui, s'attendant à une résistance de sa part, mais ce salaud se laissa faire ; il tomba sur le dos comme un sac de sable.

— Merci… Merci…

Cette gratitude démente surgit de la bouche de l'éradiqueur tel un flux sans fin teinté d'un soulagement intense.

Butch sentit monter son besoin d'inhaler. Il prit l'éradiqueur par le cou et ouvrit la bouche. La *glymera* l'observait depuis la grande maison de style Tudor. Au moment où il commençait à aspirer, il ne pensait qu'à Marissa. Il ne voulait pas qu'elle voie ce qui allait se passer.

Sauf que… Rien ne se passa. Il n'y eut pas d'échange. Une sorte de blocage empêchait le transfert du Mal.

L'éradiqueur écarquilla les yeux, en proie à la panique.

— Ça a marché… avec les autres. Ça a marché ! Je t'ai vu…

Butch continua à aspirer jusqu'à ce qu'il devienne évident qu'il ne pourrait pas consumer ce type. Peut-être parce que c'était le grand éradiqueur. Quelle importance ?

— Avec les autres… balbutiait l'éradiqueur. Avec les autres, ça a marché…

— Pas avec toi, apparemment.

Butch sortit le couteau qu'il portait sur la hanche.

— Heureusement, il y a une autre solution.

Il brandit la lame au-dessus de sa tête.

L'éradiqueur se mit à hurler et à s'agiter.

— Non ! Il va me torturer ! Nooooon !

Le hurlement se tut, puis le tueur fut pris de spasmes et s'étiola. Butch poussa un soupir de soulagement, heureux d'avoir accompli sa mission.

Mais il fut parcouru d'un élan de malveillance qui le brûla comme si le feu et la glace se mêlaient. Il retint son souffle. Un rire cruel s'éleva de nulle part et envahit la nuit, le genre de son désincarné qui donnait des idées de mort.

L'Oméga.

Butch saisit sa croix sous sa chemise et se leva d'un bond. L'incarnation du Mal apparut devant lui. Le corps de Butch se révolta mais il ne recula pas. Il sentit vaguement Rhage et V. venir à la rescousse pour le protéger.

— Qu'est-ce qui se passe, flic ? murmura V. Qu'est-ce que tu regardes ?

Merde. Ils ne voyaient pas l'Oméga.

Avant qu'il puisse leur expliquer, la voix si spécifique et résonnante du Mal s'éleva, portée par le vent, et s'insinua jusque dans sa tête.

— Donc c'est toi ? Tu es mon… fils.

— Pas question !

— Butch ? À qui t'adresses-tu ? demanda V.

— Ne t'ai-je donc pas engendré ? insista l'Oméga en riant. Ne t'ai-je pas donné une partie de moi-même ? Si. Et tu sais ce qu'on raconte à mon propos, n'est-ce pas ?

— Je ne veux pas le savoir.

— Tu devrais…

L'Oméga tendit une main fantomatique, et Butch la sentit sur son visage malgré la distance entre eux.

— Je revendique toujours ce qui m'appartient, fils.

— Désolé, mais j'ai déjà un père.

Butch sortit sa croix et la laissa pendre au bout de sa chaîne. Il crut entendre V. jurer, comme si le frère avait compris ce qui se passait, mais il concentra toute son attention sur l'Oméga.

Celui-ci observa l'objet en or, puis se tourna vers Rhage et V., et la maison en arrière-plan.

— Les babioles ne m'impressionnent guère. Pas plus que les frères, les portes ou les verrous les plus robustes.

— Mais moi si.

L'Oméga se retourna vivement.

La Vierge scribe se matérialisa derrière lui, sans robe et luisante comme une supernova.

L'Oméga changea aussitôt de forme. Il se mua en un trou dans le tissu de la réalité : non plus une apparition, mais un orifice de fumée noire.

— Oh, merde ! lança V., comme si Rhage et lui voyaient désormais tout.

La voix de l'Oméga se fit entendre depuis les sombres profondeurs.

— Ma sœur, comment vas-tu, ce soir ?

— Je te renvoie vers *Abhîme*. Pars, maintenant.

Sa lueur s'intensifia pour envelopper le trou qu'était l'Oméga.

Il lâcha un grognement féroce.

— Tu penses que me bannir te soulagera de ma présence ? Tu es bien naïve.

— Va-t'en !

S'ensuivit un flot de paroles dans la nuit, mais pas dans la langue ancienne. C'était un langage que Butch ne connaissait pas.

Juste avant la disparition de l'Oméga, Butch sentit les yeux du Mal se river sur lui, comme l'horrible écho de cette voix :

— Comme tu m'inspires, mon fils ! Je te conseille de rechercher ta lignée. Une famille se doit d'être réunie.

Sur ces mots, l'Oméga disparut dans un éclair blanc. Tout comme la Vierge scribe.

Partis. Tous les deux. Il ne restait qu'un vent sec et froid qui chassa les nuages dans le ciel, telle une main brutale qui tirerait un rideau.

Rhage se racla la gorge.

— Bon… Je ne dormirai pas pendant les dix jours à venir. Et vous deux ?

— Tu vas bien ? demanda V. à Butch.

— Oui.

Non. Seigneur… Il ne pouvait être le fils de l'Oméga…

— Non, reprit V. Tu ne l'es pas. Il veut simplement que tu le penses et il aime à croire que tu l'es. Mais cela n'en fait pas une vérité.

Un long silence s'installa. Puis Rhage posa une main sur l'épaule de Butch.

— De plus, tu ne lui ressembles pas du tout. Je veux dire… Hé, tu es un Irlandais bien blanc, bien costaud. Et lui… il tient plutôt du pot d'échappement d'un bus ou d'une merde de ce genre-là.

Butch se tourna vers Hollywood.

— Tu es taré. Tu le sais, ça ?

— Ouais, mais tu m'adores, pas vrai ? Allez. Je sais ce que tu ressens pour moi.

Butch fut le premier à s'esclaffer. Puis les deux autres l'imitèrent, histoire de se soulager un peu du poids du devoir et de la bizarrerie ambiante. Lorsque les rires s'éteignirent, Butch posa une main sur son ventre.

Il se tourna alors vers la grande maison et scruta les mines pâles et effrayées qui l'observaient derrière les fenêtres à petits carreaux. Marissa se tenait aux premières loges. Ses cheveux blonds scintillaient au clair de lune.

Il ferma les yeux et se détourna.

— Je veux ramener l'Escalade moi-même.

S'il ne passait pas un peu de temps seul, il allait devenir fou.

— Mais d'abord nous devons faire quelque chose à propos de la *glymera* et de tout ce qu'elle a vu ? ajouta-t-il.

— Ils vont certainement se plaindre auprès de Kolher, marmonna V. En ce qui me concerne, qu'ils se débrouillent. En plus, ils ont les moyens de se payer des thérapeutes pour surmonter ce traumatisme. C'est pas notre boulot de les rassurer.

Quand Rhage et V. se furent dématérialisés vers le complexe, Butch se dirigea vers l'Escalade. En désactivant le système d'alarme du 4x4, il entendit des pas précipités sur la pelouse.

— Butch ! Attends !

Il regarda par-dessus son épaule. Marissa courait vers lui. Elle s'arrêta si près qu'il entendait le sang pulser dans son cœur.

— Tu es blessé ? demanda-t-elle en le toisant.

— Non.

— Tu es sûr ?

— Oui.

— C'était l'Oméga ?

— Oui.

Elle respira profondément, comme si elle allait lui tirer les vers du nez, mais elle savait qu'il ne dirait rien sur ce qui s'était passé avec le Mal. Pas au vu de l'état de leurs relations.

— Avant qu'il vienne, je t'ai vu tuer cet éradiqueur. Cet éclat lumineux… C'est ce que tu…

— Non.

— Ah… (Elle baissa les yeux vers ses mains… ou plutôt vers la dague qu'il portait sur la hanche.) Avant de venir ici, tu étais en train de te battre.

— Oui.

— Et tu as sauvé ce garçon, ce Flhéau, n'est-ce pas ?

Il observa le 4x4, conscient d'être sur le point de se jeter sur Marissa, de la serrer fort, de l'implorer de rentrer avec lui. Comme un débile.

— Écoute, je m'en vais, Marissa. Prends soin de toi.

Il se dirigea vers le siège du conducteur. Elle lui emboîta le pas, mais il lui claqua la portière au nez. Toutefois, il ne démarra pas le moteur.

Bordel, à travers le verre et l'acier de la voiture, il la ressentait comme si elle était plaquée contre lui.

— Butch…, entendit-il dans un son étouffé. J'aimerais m'excuser de quelque chose que je t'ai dit.

Il agrippa le volant et regarda droit devant lui. Puis, comme un imbécile, il ouvrit la portière.

— Pourquoi ?

— Je regrette d'avoir abordé l'histoire de ta sœur, le fait que tu aurais pu la sauver. Tu sais, l'autre fois, au Trou. C'était méchant.

— Je… Écoute, tu avais raison. Toute ma vie, j'ai voulu sauver des gens à cause de Janie. Alors ne t'en fais pas pour ça.

Il y eut un long silence, puis il sentit quelque chose de puissant émaner d'elle. Ah oui ! Elle avait besoin de se nourrir. Elle avait même grand besoin d'une veine.

Naturellement, son corps eut envie de lui offrir toutes ses veines…

Pour ne pas descendre du véhicule, il boucla sa ceinture de sécurité et jeta un dernier regard à Marissa. Elle était tendue. Le stress… La faim. Elle luttait contre sa faim, cherchait à la dissimuler pour qu'ils puissent discuter.

— Il faut que j'y aille, dit-il. Tout de suite.

— Oui… moi aussi.

Elle rougit et recula, puis croisa furtivement son regard.

— Enfin… à une prochaine fois…

Elle tourna les talons et s'éloigna d'un pas vif vers la maison. Et qui apparut sur le seuil pour l'accueillir ? Vhengeance.

Vhengeance, si puissant, si fort, si capable de la nourrir.

Marissa ne parcourut pas un mètre de plus.

Butch sauta du 4x4 et la saisit par la taille pour l'entraîner vers le véhicule. Elle n'opposa pas la moindre résistance, bien au contraire.

Il ouvrit la portière arrière et la jeta à l'intérieur. Il regarda Vhengeance tout en montant à bord. Ses yeux violets brillaient comme s'il avait envie de s'en mêler, mais Butch le foudroya du regard et pointa un doigt sur sa poitrine. C'était le signe universel pour dire : si tu tiens à ta peau, ne bouge pas. Les lèvres de Vhengeance esquissèrent un juron, puis il pencha la tête et se dématérialisa.

Butch monta à l'arrière du 4x4 et actionna le hayon arrière. Il se coucha sur Marissa avant même que le plafonnier s'éteigne. Ils étaient à l'étroit : ses jambes se tordirent et il se cogna les épaules, sans doute sur un dossier, peu lui importait. Il s'en moquait et elle aussi. Marissa se jeta sur lui, enroula les jambes autour de sa taille et ouvrit la bouche tandis qu'il l'embrassait avec ardeur.

Butch la prit sur lui et la saisit par les cheveux pour la plaquer contre son cou.

— Mords-moi ! grogna-t-il.

Bordel, pas besoin de lui dire deux fois.

Il sentit ses canines lui trouer la peau. Son corps s'agita, élargissant les plaies. Mais c'était si bon… Elle buvait goulûment à sa veine, et la satisfaction qu'il ressentait à la nourrir était intense.

Il glissa une main entre leurs corps et se mit à lui caresser la fente. Elle émit un gémissement féroce. Aussitôt, de l'autre main, il remonta son chemisier. Elle rompit alors le contact avec son cou assez longtemps pour lui permettre de l'enlever, ainsi que son soutien-gorge.

— Ton pantalon, souffla-t-il d'une voix rauque. Défais ton pantalon.

Elle se dévêtit maladroitement dans cet espace confiné. Quand il ouvrit sa braguette, son sexe dressé jaillit. Il n'osa même pas le toucher car il était proche de l'orgasme.

Elle le chevaucha totalement nue. Ses yeux bleu pâle luisaient dans la pénombre. Ses lèvres étaient maculées de sang quand il se dressa pour l'embrasser. Puis il plaça son corps de façon à ce qu'ils s'emboîtent parfaitement. Il s'unit à elle en rejetant la tête en arrière. Elle perça son cou de l'autre côté. Au rythme des mouvements de reins de Butch, elle se mit à genoux pour mieux boire.

Il explosa de plaisir.

Mais dès que ce fut terminé, il eut envie de recommencer.

Ce qu'il fit.

Chapitre 47

Marissa s'allongea à côté de Butch, rassasiée. Couché sur le dos, il regardait le plafond de l'habitacle, une main sur son torse. Il haletait, les vêtements en désordre, la chemise remontée sur ses pectoraux. Son sexe flasque et luisant reposait sur son ventre ferme. Ses marques de morsure étaient à vif, même après qu'elle les eut léchées.

Elle s'était nourrie de lui avec une férocité dont elle ne se savait pas capable. Ses besoins les avaient menés tous deux vers une frénésie absolue et primaire. À présent, elle sentait que son corps travaillait sur ce qu'il lui avait donné. Elle avait les paupières un peu lourdes.

C'était si bon, si bon…

— Tu m'utiliseras encore ? demanda Butch d'une voix éraillée, presque éteinte.

Marissa ferma les yeux. Elle avait si mal à la poitrine qu'elle avait du mal à respirer.

— Parce que je veux que ce soit moi, et non lui, ajouta-t-il.

Ah… Il s'agissait donc d'un acte d'agressivité contre Vhengeance, et non du désir de la nourrir. Elle aurait dû s'en douter. Elle avait remarqué le regard que Butch avait adressé à Vhengeance, juste avant de monter en voiture. De toute évidence, il lui en voulait encore.

— C'est pas grave, dit-il en enfilant son pantalon. Ça ne me regarde pas.

Elle ne sut que lui répondre. De toute façon, il ne semblait pas attendre de réponse de sa part. Il lui tendit ses vêtements sans la regarder tandis qu'elle se rhabillait. Il ouvrit la portière dès qu'elle fut en tenue décente.

Un air froid s'engouffra dans le 4 x 4. C'est alors que Marissa prit conscience de quelque chose. L'intérieur de la voiture sentait la passion, le sang, des odeurs fortes, entêtantes, attirantes. Mais il n'y avait pas un soupçon d'odeur d'union. Pas un soupçon.

En s'éloignant, elle ne parvint pas à regarder en arrière.

L'aube était proche quand Butch se gara enfin dans la cour du complexe. Il stationna l'Escalade entre la GTO pourpre de Rhage et la fourgonnette Audi de Beth, puis se dirigea vers la Fosse.

Après avoir quitté Marissa, il avait roulé en ville pendant des heures, sans but, à passer devant des maisons qui n'existaient pas. Il s'arrêtait au feu quand il y pensait. Il n'était rentré que parce que le jour allait se lever et que c'était la chose à faire.

En regardant vers l'est, il décela les premières lueurs.

Il s'assit sur le rebord de la fontaine en marbre au milieu de la cour et regarda les volets se fermer sur les fenêtres de la grande maison et du Trou. Il cligna les yeux, d'abord un peu, puis de plus en plus.

Lorsque les yeux lui brûlèrent, il pensa à Marissa, se rappelant chaque détail, de la forme de son visage à ses cheveux, le son de sa voix, le parfum de sa peau. En privé, il pouvait laisser libre cours à ses émotions. Il céda à l'amour douloureux et au désir cruel qui refusait de le quitter.

Et l'odeur d'union réapparut. Il avait réussi à la retenir quand il était en sa présence, se disant que la masquer de la sorte était injuste. Mais ici, tout seul, il n'avait aucune raison de la continuer.

Le soleil se levait. Les joues de Butch commencèrent à lui faire mal, comme après une brûlure, et son corps s'agitait. Il se força à rester parce qu'il avait besoin de voir le soleil, mais ses cuisses tremblaient de l'envie de courir. Il ne tiendrait plus très longtemps.

Merde… Plus jamais il ne verrait la lumière du jour. Et sans Marissa dans sa vie, plus rien ne brillerait pour lui. Jamais.

Il appartenait aux ténèbres, non ?

Comme il n'avait pas le choix, il lâcha prise. Ses jambes se mirent aussitôt à courir à travers la cour, projetant son corps dans le vestibule du Trou. Il claqua la porte intérieure et respira fort.

Il n'entendit pas de rap, mais la veste en cuir de V. était jetée sur une chaise, derrière les ordinateurs. Il devait être là. Sans doute dans la grande maison, en train de faire un bilan avec Kolher.

Seul dans le salon, Butch ressentit l'envie familière de boire. Il ne voyait aucune raison valable de ne pas céder. Il posa son manteau et ses armes et se dirigea vers la bouteille de scotch, dans la cuisine. Il s'en servit un grand verre et garda la bouteille. Il alla s'installer sur son canapé préféré et but une longue rasade. Il posa par hasard les yeux sur un exemplaire du *Sports Illustrated*. Il y avait une photo d'un joueur de base-ball en couverture. À côté de sa tête, en grosses lettres jaunes, un seul mot : HÉROS.

Marissa avait raison. Il avait le complexe du héros. Mais ce n'était pas une question d'ego. C'était parce que, s'il sauvait des gens, il serait peut-être… pardonné.

Voilà de quoi il était question : de l'absolution.

Des flashs de sa jeunesse défilèrent dans sa tête comme s'il zappait à la télécommande, mais il ne s'agissait pas d'un film. Il regarda le téléphone. Il n'y avait qu'une seule personne qui puisse l'apaiser, et elle ne le ferait sans doute pas. Mais bordel, s'il pouvait tendre la main, et que sa mère lui dise, juste une fois, qu'elle lui pardonnait d'avoir laissé Janie monter dans cette voiture…

Butch s'assit sur le canapé en cuir et posa son verre.

Il resta là pendant des heures, jusqu'à ce que l'horloge indique neuf heures. Puis il décrocha et composa un numéro à l'indicatif 617. Son père répondit.

La conversation fut aussi pénible que Butch le redoutait. Et pire, à cause des nouvelles de la famille.

En coupant la communication, il vit que l'appel avait duré, en comptant les six sonneries, une minute et trente-quatre secondes. Et ce serait sans doute la dernière fois qu'il parlerait à Eddie O'Neal.

— Qu'est-ce qui se passe, flic ?

Il sursauta et leva les yeux vers Viszs. Pourquoi lui mentir ?

— Ma mère est malade. Depuis deux ans, apparemment. La maladie d'Alzheimer. C'est grave. Naturellement, personne n'a eu l'idée de me prévenir. Et je ne l'aurais jamais su si je n'avais pas appelé.

— Merde…, fit V. qui vint s'asseoir à côté de lui. Tu veux aller la voir ?

— Non, répondit Butch en secouant la tête, avant de reprendre son scotch. J'ai aucune raison d'y aller. Ces gens-là ne me concernent plus.

Chapitre 48

Le lendemain soir, Marissa serra la main de sa nouvelle responsable. Elle était idéale pour ce poste : intelligente, gentille, douce. Elle était en outre diplômée de l'Université de New York dans le domaine de la santé… grâce à leurs cours du soir, bien sûr.

— Quand voulez-vous que je commence ?

— Ce soir, cela vous convient ? répondit Marissa, un peu gênée.

Elle sourit face au visage enthousiaste de la femelle.

— Parfait… Je vais vous montrer votre bureau.

En revenant de la pièce qu'elle avait attribuée à sa responsable, à l'étage, Marissa interrogea son ordinateur en quête de nouvelles propriétés à vendre dans le quartier.

Très vite, elle fut incapable de voir quoi que ce soit. Butch l'oppressait en permanence, comme un poids invisible qui l'empêchait de respirer. Dès qu'elle n'était pas occupée, elle était assaillie par les souvenirs.

— Maîtresse ?

— Oui, Philippa ? répondit-elle à la *doggen* du Refuge.

— Havers nous envoie quelqu'un. Une femelle et son fils arriveront demain, dès que l'enfant sera stable. L'infirmière vous envoie le dossier par mail dans l'heure qui suit.

— Merci. Vous voulez bien préparer une chambre en bas ?

— Bien, maîtresse, fit la *doggen* en s'inclinant avant de s'éloigner.

Havers avait donc tenu parole…

Marissa fronça les sourcils. Cette impression de passer à côté de quelque chose revenait à la charge. Pour une raison inconnue, l'image de Havers refusait de la quitter. C'est ce qui mit en lumière une pensée jusqu'alors occultée.

Elle entendit sa propre voix, quand elle avait dit à Butch : *je refuse de rester à ne rien faire, à te regarder te détruire.*

Dieu du ciel. C'était ce que son frère lui avait dit quand il l'avait jetée dehors. Par la Vierge scribe… Elle se comportait exactement comme Havers. Elle bannissait Butch sous le prétexte fallacieux d'une réprobation dictée par la prudence. Son objectif n'était-il pas, en réalité, de se protéger elle-même de la peur et de l'impuissance, parce qu'elle l'aimait ?

Mais son désir de mort ?

Elle le revit affrontant cet éradiqueur sur la pelouse du *menheur*. Butch s'était montré prudent, en l'occurrence. Prudent, et non téméraire. Et il avait procédé avec adresse, au lieu de s'agiter comme un dératé.

Seigneur…, songea-t-elle. Et si elle s'était trompée ? Et si Butch était capable de se battre ? Et s'il *devait* se battre ?

Et le Mal ? L'Oméga ?

Eh bien, la Vierge scribe était intervenue pour protéger Butch. Et il était toujours… Butch, même après la disparition de l'Oméga. Et si…

Elle sursauta en entendant frapper à la porte.

— Ma reine !

Beth lui souriait sur le seuil.

— Salut ! lança-t-elle avec un geste de la main.

Tout se mélangea dans l'esprit de Marissa, qui fit la révérence. Beth secoua la tête en riant.

— Arriverai-je un jour à vous faire perdre cette habitude ?

— Probablement pas. Le poids de mon éducation. (Marissa tenta de se concentrer.) Venez-vous voir ce que nous avons réalisé au cours… ?

Bella et Mary se présentèrent à leur tour.

— Nous voulons vous parler, expliqua Beth. C'est à propos de Butch.

Butch remua dans son lit et ouvrit un œil. Il jura en voyant le réveil. Il avait trop dormi, sans doute à cause de ses efforts de la nuit précédente. Trois éradiqueurs, c'était peut-être trop pour une seule nuit. À moins qu'il ne s'agisse du fait d'avoir nourri Marissa.

Oh non ! Il n'y pensait pas ! Il ne s'en souvenait pas !

Il roula sur le dos.

Et bondit sur son matelas.

— Et merde !

Cinq silhouettes portant une cagoule noire entouraient le lit.

La voix de Kolher fut la première à se faire entendre dans la langue ancienne, puis en anglais :

— Il n'y a pas à revenir sur la question qui te sera posée ce soir. Elle ne te sera posée qu'une fois, et ta réponse sera valable pour le reste de ta vie. Tu es prêt ?

La Confrérie, Vierge Marie, mère de Dieu.

— Oui, souffla Butch en saisissant sa croix.

— Alors je te dis, Butch O'Neal, descendant de mon sang, et du sang de mon père, veux-tu nous rejoindre ?

Oh non ! Était-ce bien cela ? Rêvait-il ?

Il observa chacune des silhouettes cagoulées.

— Oui. Oui, je souhaite vous rejoindre.

On lui jeta une robe noire.

— Mets ceci sur ta peau et couvre ta tête. Tu ne parleras que si l'on s'adresse à toi. Tu garderas les yeux baissés, les mains croisées dans le dos. La bravoure et l'honneur de ta lignée seront mesurés dans chacun de tes actes.

Butch se leva et enfila la robe. Il eut l'espace d'un instant envie d'aller aux toilettes.

— Tu as le droit de vider ton corps. Fais-le maintenant.

Butch veilla à baisser la tête et à placer les mains dans son dos en revenant.

Une main se posa lourdement sur son épaule. Celle de Rhage. Nul autre que lui ne possédait une paume de cette taille.

— Suis-nous, maintenant, dit Kolher.

Butch fut emmené hors du Trou et monta dans l'Escalade. Le 4x4 était pratiquement garé dans le vestibule, comme s'ils ne voulaient pas que quelqu'un sache ce qui se passait.

Butch se glissa sur le siège arrière, puis le moteur vrombit. Les portières claquèrent. Ils traversèrent la cour avec une embardée, puis ils avancèrent en cahotant sur ce qui devait être la pelouse, en direction des bois. Nul ne dit mot. Dans le silence, il ne pouvait s'empêcher de se demander ce qu'ils allaient lui faire. En tout cas, ce ne serait pas une promenade de santé.

Le 4x4 s'arrêta enfin et tout le monde descendit. Désireux de suivre les règles, Butch s'écarta et regarda le sol, attendant qu'on le dirige. Quelqu'un s'en chargea pendant que l'Escalade s'éloignait.

Butch marcha d'un pas traînant. Il voyait le clair de lune sur le sol. Puis la source de lumière disparut et ce fut le noir complet. Se trouvaient-ils dans une grotte ? Oui, c'était ça. Une odeur de terre humide lui envahit les narines. Il sentait des petits cailloux meurtrir ses pieds nus.

On le fit arrêter net au bout d'une quarantaine de pas. Il entendit des murmures. Ils marchèrent encore, sur une pente descendante, cette fois. Un nouvel arrêt. Un son léger, comme une grille bien huilée que l'on ouvre.

Puis la chaleur, la lumière. Un sol en marbre poli. Du marbre noir et brillant. En avançant, Butch eut l'impression qu'ils se trouvaient dans un lieu à haut plafond, car chaque son résonnait. Ils s'arrêtèrent de nouveau. Il entendit des bruissements de tissu… Les frères se déshabillaient.

Quelqu'un prit Butch par la nuque. Le grognement grave de Kolher résonna dans son oreille.

— Tu n'es pas digne d'entrer dans cet état. Hoche la tête.

Butch obéit.

— Dis que tu es indigne.

— Je suis indigne.

Les frères se mirent soudain à crier dans la langue ancienne, comme s'ils protestaient.

Kolher poursuivit :

— Bien que tu ne sois pas digne, tu désires le devenir ce soir. Hoche la tête.

Il s'exécuta.

— Dis que tu veux devenir digne.

— Je veux devenir digne.

Encore un cri dans la langue ancienne, cette fois de soutien.

Kolher reprit :

— Il n'existe qu'un seul moyen de le devenir, et c'est le bon moyen. Chair de notre chair, hoche la tête.

Il le fit.

— Dis que tu veux devenir la chair de notre chair.

— Je veux devenir la chair de votre chair.

Un chant s'éleva. Butch eut l'impression qu'une file s'était formée devant et derrière lui. Sans crier gare, ils se mirent à bouger d'avant en arrière, au rythme de leurs puissantes voix masculines. Butch eut du mal à adopter la cadence. Il bouscula quelqu'un devant lui, sans doute Fhurie, à en juger par son subtil parfum de fumée rouge. Puis il fut heurté par-derrière. C'était Viszs. Il le savait d'instinct. Merde, il était en train de tout foirer.

Enfin, son corps trouva le bon rythme et se mut avec les autres… Ils ne formaient plus qu'un, dans le même mouvement, le même chant, d'avant en arrière, de gauche à droite, comme si c'était leur voix, et non les muscles de leurs cuisses, qui dirigeait leurs pieds.

Ils entendirent soudain une explosion acoustique. Le chant se fractura et se reforma dans tous les sens. Ils venaient de pénétrer un vaste espace.

Sur son épaule, une main lui intima de s'arrêter.

Le chant se tut comme si on l'avait débranché. Les sons ricochèrent un instant puis s'évanouirent.

Quelqu'un le prit par le bras et l'entraîna.

À côté de lui, Viszs déclara à voix basse :

— Escalier.

Butch trébucha légèrement, puis gravit les marches. Son corps fut positionné par V. lorsqu'ils arrivèrent à un palier. À sa posture, il eut l'impression de se trouver face à quelque chose de grand. Ses orteils touchaient ce qui semblait être un mur.

Dans le silence qui suivit, une goutte de sueur tomba de son nez pour atterrir entre ses pieds, sur le sol brillant.

V. serra son épaule, comme pour le rassurer. Puis il recula.

— Qui propose ce mâle ? demanda la Vierge scribe.

— Moi, Viszs, fils du guerrier de la dague noire du nom de Saigneur.

— Qui rejette ce mâle ?

Ce fut le silence. Dieu merci.

La voix de la Vierge scribe prit une ampleur épique et emplit l'espace, jusqu'à ce que Butch ne connaisse plus rien que ses paroles.

— Sur la base d'un témoignage de Kolher, fils de Kolher, et sur une proposition de Viszs, fils du guerrier de la dague noire du nom de Saigneur, je déclare que ce mâle, Butch O'Neal, descendant de Kolher, fils de Kolher, est un candidat acceptable au sein de la Confrérie de la dague noire. Comme il est en mon pouvoir et à ma discrétion, et comme il sied à la protection de l'espèce, j'ai renoncé à l'obligation de lignée maternelle pour le cas présent. Vous pouvez commencer.

— Retournez-le et dévoilez-le ! ordonna Kolher.

Butch fut placé face à l'extérieur. Viszs lui ôta sa robe noire. Puis le frère plaça la croix en or dans son dos avant de s'éloigner.

— Lève les yeux, dit Kolher.

Butch retint son souffle et obéit.

Il se tenait sur une estrade en marbre noir, à regarder une grotte souterraine illuminée par des centaines de chandelles noires. Devant lui, il y avait un autel constitué d'un bloc de pierre reposant sur deux épais poteaux, sur lequel se trouvait un crâne ancien. En face de lui, en ligne, la Confrérie dans toute sa splendeur, cinq mâles au visage solennel et au corps puissant.

Kolher rompit les rangs et s'approcha de l'autel.

— Recule contre le mur et tiens-toi aux pitons.

Butch s'exécuta et sentit la pierre lisse et froide contre ses épaules et ses fesses, tandis que ses mains trouvaient les prises.

Kolher leva une main et… Merde, elle était couverte d'un gant ancien en argent, aux jointures dotées de barbelés. Il vit le manche d'une dague dans son poing.

Le roi s'entailla le poignet et plaça la blessure au-dessus du crâne. Celui-ci était surmonté d'une coupelle en argent qui recueillit ce qui coula de la veine de Kolher, formant une petite flaque rouge vif qui capta la lumière des chandelles.

— Ma chair, déclara Kolher avant de refermer son entaille d'un coup de langue.

Il posa sa lame et s'approcha de Butch.

Celui-ci déglutit nerveusement.

Kolher le saisit par la mâchoire et rejeta sa tête en arrière. Puis il lui mordit le cou, très fort. Le corps de Butch fut secoué d'un spasme. Il dut serrer les dents pour ne pas crier. Ses mains serraient les pitons, à tel point que ses poignets semblaient sur le point de se briser. Kolher s'écarta et s'essuya la bouche.

— Ta chair, dit-il avec un sourire féroce.

Le roi crispa le poing dans son gant d'argent et recula le bras pour frapper Butch en pleine poitrine. Les pointes s'enfoncèrent dans sa peau tandis qu'il expirait l'air de ses poumons. Ce son rauque résonna sur les parois de la grotte.

Tandis qu'il reprenait son souffle, Rhage prit le gant et se livra au même rituel que Kolher : il s'entailla le poignet et le tint au-dessus du crâne en prononçant les mêmes mots. Il s'approcha de Butch quand il eut refermé son entaille. Il dit les paroles et enfonça ses canines effrayantes dans le cou de Butch, juste sous la morsure laissée par Kolher. Le coup de poing de Rhage fut rapide, puissant, porté sur le pectoral gauche comme celui de Kolher.

Vint le tour de Fhurie, suivi de Zadiste.

Quand ils eurent terminé, le cou de Butch était si flasque qu'il avait l'impression que sa tête allait tomber de ses épaules et rebondir sur les marches. Les coups en pleine poitrine l'avaient étourdi. Du sang coulait sur son ventre, vers ses cuisses.

Ce fut enfin au tour de V.

Il se présenta sur l'estrade, tête baissée. Il prit le gant d'argent de la main de Z. et l'enfila sur son gant de cuir. Il s'entailla d'un geste vif de sa lame noire et examina le crâne tandis que son sang coulait dans la coupelle, comme celui des autres.

— Ma chair, murmura-t-il.

Au moment de se tourner vers Butch, il parut hésiter. Puis il se retourna et leurs regards se croisèrent. La lueur des chandelles vacilla sur les traits durs de V., rehaussant l'éclat de ses iris de diamant. Butch en eut le souffle coupé. En cet instant, son ami semblait avoir la puissance d'un dieu… voire sa beauté.

Viszs s'avança et fit glisser sa main de l'épaule de Butch à sa nuque.

— Ta chair, souffla-t-il.

Il marqua un temps d'arrêt, comme s'il attendait quelque chose.

Sans réfléchir, Butch leva le menton, conscient de s'offrir, conscient qu'il… Et merde. Il cessa de réfléchir, troublé par la vibration surgie d'il ne savait où.

Viszs se pencha lentement. Son bouc soyeux effleura la gorge de Butch. Il posa ses canines sur la veine de Butch avec une précision délicieuse et perça inexorablement sa peau. Leurs torses se rencontrèrent.

Butch ferma les yeux et absorba cette sensation, la chaleur de leurs corps si proches, la caresse des cheveux soyeux de V.

sur son menton, le contact de son bras puissant autour de sa taille. Les mains de Butch lâchèrent d'elles-mêmes les pitons et vinrent se poser sur les hanches de Viszs, serrant sa chair ferme et les plaquant l'un contre l'autre de la tête aux pieds. L'un d'eux frémit. Ou peut-être... Sans doute avaient-ils frémi tous les deux.

Puis ce fut terminé. Fini. Et cela ne se reproduirait plus.

Lorsque V. s'écarta, ils n'osèrent pas se regarder. Leur séparation était irrévocable et totale. Plus jamais ils ne s'aventureraient sur ce chemin. Jamais.

V. recula la main et percuta le torse de Butch, frappant plus fort que les autres, plus fort même que Rhage. Butch en eut le souffle coupé. Viszs se détourna et rejoignit les autres frères.

Au bout d'un moment, Kolher s'approcha de l'autel et prit le crâne pour le présenter à ses frères.

— Voici le premier d'entre nous ! Salut au guerrier qui a engendré la Confrérie.

Les frères lancèrent un cri de guerre qui emplit la grotte. Kolher se tourna vers Butch.

— Bois et rejoins-nous.

Butch ne se fit pas prier pour saisir le crâne. Rejetant la tête en arrière, il fit couler le sang dans sa gorge. Les frères chantèrent tandis qu'il buvait, de plus en plus fort, leur voix résonnant dans la salle. Il goûta chacun d'eux. La puissance brute et la majesté de Kolher, la force immense de Rhage, la loyauté sans faille de Fhurie, la froide sauvagerie de Zadiste et l'intelligence vive de Viszs.

On lui reprit le crâne, puis il fut poussé contre le mur.

Kolher retroussa sombrement la lèvre supérieure.

— Tu ferais mieux de t'accrocher aux pitons, lui dit-il.

Butch obéit au moment où une vague d'énergie vibrante le frappa de plein fouet. Il serra les dents pour ne pas hurler. Il entendit vaguement les frères grogner en signe d'approbation. Quand le grondement s'intensifia, son corps se mit à ruer comme s'il venait de recevoir une gifle violente. Puis tout partit en vrille. Ses neurones s'enflammèrent, comme ses vaisseaux sanguins. Le cœur battant, pris d'un vertige, le corps tendu, il…

Butch se réveilla nu sur l'autel, recroquevillé sur le côté. Il ressentait une brûlure sur le torse. En posant la main dessus, il effleura une substance granuleuse, pareille à du sel.

Il cligna les yeux et scruta les alentours. Il se trouvait devant un mur de marbre noir sur lequel étaient gravés des noms en langue ancienne. Seigneur, il y en avait des centaines. Abasourdi par ce spectacle, il s'assit, puis se mit debout. En avançant d'un pas hésitant, il retrouva son équilibre avant de toucher ce qu'il savait être sacré.

En regardant les noms, il eut la certitude qu'ils avaient été gravés par la même main, un à un, car ils étaient d'une qualité identique et soignée.

C'était Viszs qui avait fait cela. Butch ignorait comment il le savait, mais il en était certain. Des échos résonnaient à présent dans sa tête, des échos de la vie de ses… frères ? Oui, tous ces mâles dont les noms étaient inscrits étaient ses… frères. Et il connaissait chacun d'eux, étrangement.

Les yeux écarquillés, il parcourut les colonnes jusqu'à… voilà, à droite, en bas de la colonne. Le dernier. C'était son nom ?

Il se retourna en entendant des applaudissements. Les frères avaient remis leurs robes, mais étaient tête nue. Et ils souriaient, radieux, même Z.

— C'est toi, dit Kolher. Tu es désormais le guerrier de la dague noire Dhestructeur, descendant de Kolher, fils de Kolher.

— Mais pour nous tu seras toujours Butch, intervint Rhage. Ou crétin. Gros malin. Chieur. Tu vois le genre, en fonction des circonstances. Tous ces termes sont appropriés en ce qui te concerne.

— Et enfoiré ? suggéra Z.

— Joli. Je le sens bien, celui-ci.

Ils se mirent à rire. La robe de Butch apparut devant lui, dans la main gantée de Viszs.

— Tiens, dit-il sans croiser son regard.

Butch prit la robe, mais il n'avait pas envie de voir son ami s'enfuir, alors il s'empressa d'ajouter :

— V. ?

Ce dernier haussa les sourcils, le regard toujours fuyant.

— Viszs ? Allez, mon vieux. Il faudra bien que tu me regardes, à la longue. V… ?

Viszs prit une profonde inspiration. Enfin, ses yeux de diamant se tournèrent lentement vers Butch. Il y eut un moment très intense, puis V. remit en place la croix en or sur la poitrine de Butch.

— Bien joué, flic. Félicitations.

— Merci de me l'avoir permis… *trahyner.*

Le regard de V. s'enflamma.

— Oui, reprit Butch. J'ai cherché la signification de ce mot. Ami cher te convient à merveille, en ce qui me concerne.

V. rougit et se racla la gorge.

— C'est bien, flic. C'est bien.

Tandis que Viszs s'éloignait, Butch enfila la robe et observa sa poitrine. La marque circulaire sur son pectoral gauche était gravée dans sa peau, indélébile, comme celle de tous les autres frères. Symbole du lien qui les unissait.

Il effleura du bout du doigt la cicatrice refermée et les grains de sel tombèrent à terre. Puis il regarda le mur et s'en approcha. Il s'accroupit et plaça la main au-dessus de son nom. Son nouveau nom.

Maintenant, je suis vraiment né, songea-t-il. *Dhestructeur, descendant de Kolher, fils de Kolher.*

Sa vision se troubla. Il cligna vivement les paupières, en vain. Des larmes ruisselèrent sur ses joues. Il les essuya du revers de sa manche. C'est alors qu'il sentit les mains de ses frères sur ses épaules. *Ses* frères qui l'entouraient. Il les percevait, désormais, il pouvait… les sentir.

Chair de sa chair. Il était de leur chair.

Kolher se racla la gorge, mais sa voix demeurait un peu rauque :

— Tu es le premier introduit depuis soixante-quinze ans, et tu es digne du sang que nous partageons, toi et moi. Butch de ma lignée.

Il baissa la tête et sanglota ouvertement, mais pas de bonheur comme ils devaient le croire.

Il pleura car il ne sentait que le vide.

Tout cela était merveilleux, mais il se sentait vide.

Sans compagne pour partager sa vie, il n'était qu'un écran que les événements franchissaient. Il n'était même pas vide, car il n'était même pas un vaisseau contenant ne serait-ce que de l'air.

Il vivait, sans être vraiment vivant.

Chapitre 49

Lors du trajet de retour vers la grande maison, dans l'Escalade, ils débordaient tous d'énergie et bavardèrent avec animation. Comme d'habitude, Rhage faisait l'imbécile. Kolher se moquait de lui. V. se mit à riposter, de sorte que les vannes fusèrent rapidement, comme entre frères.

Bien calé sur son siège, Butch comprit que ce retour, de même que la cérémonie qu'ils venaient de vivre, était une grande joie pour la Confrérie. Et il s'en réjouissait pour eux, même s'il ne partageait pas leur bonheur.

Ils se garèrent devant la maison. Dès que Butch descendit, les portes du vestibule s'ouvrirent en grand. La Confrérie forma un cercle derrière lui. Les chants reprirent. Ils entrèrent dans le hall aux couleurs de l'arc-en-ciel sous les applaudissements : les *doggen* étaient présents, tous les vingt, avec devant eux les trois femelles du complexe, vêtues de robes époustouflantes. Beth avait revêtu la robe rouge sang de son mariage, Mary était en bleu roi et Bella en argenté chatoyant.

Si seulement Marissa avait été présente… Butch ne supportait pas de regarder les *shellanes*. Une douleur lui enserrait la poitrine. Il était sur le point de s'enfuir vers la Fosse quand la foule s'ouvrit et…

Marissa apparut, dans une robe d'un ton pêche très vif, d'une si belle couleur qu'il se demanda si le soleil n'avait pas soudain pris sa forme. Les chants se turent et elle s'avança. Troublé, incapable de comprendre la raison de sa présence, Butch tendit néanmoins la main vers elle.

Mais elle s'agenouilla devant lui. Sa robe formait une corolle de satin autour d'elle.

Elle baissa la tête.

— Guerrier, dit-elle d'une voix rauque pleine d'émotion, je t'offre ce gage de chance, lors de tes combats.

Elle lui tendit une tresse de ses cheveux, entourée d'un ruban bleu pâle.

— Je serai fière que tu la gardes sur toi lors de tes batailles. Je serais fière de voir mon… *hellren* servir l'espèce. Si tu veux toujours de moi…

Abasourdi, Butch s'agenouilla à son tour et la prit par le menton. Il chassa ses larmes de son pouce, puis accepta la tresse qu'il posa sur son cœur.

— Bien sûr que je veux toujours de toi, murmura-t-il. Mais pourquoi ce revirement ?

Elle regarda les trois femelles de la maison, dans leurs robes somptueuses.

— J'ai discuté avec quelques amies, répondit-elle d'une voix posée. Ou plutôt, ce sont elles qui sont venues me parler.

— Marissa…

Il ne put en dire davantage.

Ayant perdu l'usage de la parole, il l'embrassa sous les acclamations de l'assemblée.

— Je regrette d'avoir été faible, murmura-t-elle dans son oreille. Beth, Mary et Bella sont venues me voir. Je ne serai jamais en paix avec le danger que tu cours en tant que membre de la Confrérie. Je serai inquiète chaque soir. Mais elles ont confiance en la prudence de leurs mâles et je… je crois que tu m'aimes. Tu ne me laisserais pas si tu pouvais faire autrement. Je… je crois que tu feras attention et que tu sauras t'arrêter si le Mal menace de te submerger. Si elles peuvent gérer la peur de la perte, j'y parviendrai aussi.

Il la serra encore plus fort.

— Je ferai attention, je te le jure. *Je te le jure.*

Ils restèrent enlacés sur le sol pendant un long moment. Puis Butch leva la tête et regarda Kolher, qui avait pris Beth dans ses bras.

— Alors, frère, dit Butch, tu as un couteau et du sel ? Il est temps d'achever cette union, tu ne crois pas ?

— On est avec toi.

Fritz s'avança avec le pichet et la cuvette qui avaient servi lors de la cérémonie de Kolher et Beth, de Rhage et Mary, de Zadiste et Bella.

Butch plongea dans le regard bleu pâle de sa *shellane* et murmura :

— Les ténèbres ne m'emporteront jamais car tu es là, lumière de ma vie. Marissa, voilà ce que tu es.

Chapitre 50

Le lendemain soir, Marissa sourit en levant les yeux de son bureau. Butch semblait remplir toute l'embrasure de la porte de sa carrure.

Son cou était encore en train de cicatriser de son intégration, mais il était superbe : fort et puissant. Il était son compagnon.

— Salut, dit-il en révélant sa dent cassée et ses canines.

— Tu es en avance, dit-elle en souriant de plus belle.

— Tu me manquais trop.

Il entra et ferma la porte. Il actionna discrètement le verrou. Marissa sentit aussitôt son corps s'embraser.

Il fit le tour du bureau et fit pivoter le fauteuil pour qu'elle soit face à lui. Puis il s'agenouilla par terre et lui écarta les cuisses. Il s'y nicha, dégageant son odeur d'union qui emplit l'atmosphère tandis qu'il l'embrassait dans le creux de l'épaule. Elle enroula les bras autour de son cou avec un soupir et l'embrassa derrière l'oreille, là où la peau était tendre.

— Comment vas-tu, *hellren* ?

— Bien mieux, femme.

Elle regarda son bureau tout en l'enlaçant. Au milieu des papiers, des dossiers et des stylos, il y avait une petite figurine. Une pièce de marbre délicatement sculptée représentant une femelle assise en tailleur. Dans une main, elle tenait une dague, et sur l'autre poignet, une chouette.

C'était Beth qui avait fait exécuter ces œuvres : une pour Mary, une pour Bella, une pour Marissa. Et la reine en avait conservé une pour elle. Le sens de la dague était évident.

Quant à la chouette blanche, elle représentait le lien avec la Vierge scribe, symbole des prières dites pour la sécurité de leurs compagnons guerriers.

La Confrérie était puissante, unie, forte à jamais. Leurs femelles étaient de même. Fortes. Unies. Une puissance œuvrant pour le bien.

Elles formaient un groupe aussi solide que leurs guerriers.

Butch leva la tête et posa sur elle un regard plein d'adoration. La cérémonie d'union étant terminée, il portait son nom dans son dos. Elle avait un pouvoir sur son corps, à la fois par la loi et par instinct. Une maîtrise qu'il lui cédait volontiers, et avec amour. Il lui appartenait et, comme le répétait la *glymera*, il était beau d'être en couple.

C'était le seul point sur lequel ces imbéciles avaient raison.

— Marissa, j'aimerais te présenter quelqu'un, d'accord ?

— Bien sûr. Maintenant ?

— Non, demain soir.

— D'accord. Qui…

— Tu verras, dit-il en l'embrassant.

Elle plongea dans son regard noisette et caressa ses épais cheveux bruns. Puis elle effleura ses sourcils de ses pouces, avant de descendre vers son nez trop souvent cassé. Elle tapota sa dent brisée.

— Je suis aguerri, non ? fit-il. Tu sais, avec un peu de chirurgie esthétique et quelques implants, je pourrais être un beau gosse comme Rhage.

Marissa observa la figurine et pensa à sa vie. À celle de Butch.

Elle secoua lentement la tête et se pencha pour l'embrasser.

— Je ne changerais rien de toi. Pas un seul détail.

Épilogue

Joyce O'Neal Rafferty était en retard et râlait avec emportement. Elle s'engouffra dans la clinique. Le petit Sean avait vomi toute la nuit et elle avait dû attendre trois heures chez le pédiatre pour obtenir une consultation. Puis Mike lui avait laissé un message disant qu'il travaillait tard et qu'il n'avait donc pas le temps de passer au supermarché en rentrant.

Bon sang, le réfrigérateur et les placards étaient vides.

Joyce prit Sean dans ses bras et courut dans le couloir, heurtant des chariots de repas et plusieurs fauteuils roulants. Au moins, Sean dormait et n'avait plus vomi depuis des heures. S'occuper d'un bébé malade et grognon en plus de sa mère était plus que Joyce ne pouvait gérer. Surtout après une journée pareille.

Elle frappa à la porte de la chambre de sa mère, puis entra. Assise dans son lit, Odell feuilletait le *Reader's Digest*.

— Maman, comment tu vas ?

Joyce se dirigea vers le fauteuil en vinyle près de la fenêtre. Le coussin grinça quand elle s'assit. Sean se réveilla et grogna.

— Je vais bien, fit Odell avec un sourire plaisant, mais les yeux aussi vides que deux billes.

Joyce consulta sa montre. Elle resterait dix minutes, puis se rendrait au supermarché en rentrant.

— J'ai eu de la visite, hier soir.

— Ah bon, maman ?

Et elle ferait des provisions pour une semaine.

— Qui ça ?

— Ton frère.

— Teddy est venu ?

— Butch.

Joyce se figea. Puis se dit que sa mère avait des hallucinations.

— C'est bien, ça.

— Il est venu quand il n'y avait plus personne. Le soir. Avec sa femme. Elle est très jolie. Il a dit qu'ils allaient se marier à l'église, enfin ils sont déjà mari et femme, mais dans leur religion. C'est bizarre. Je n'ai pas su laquelle. Ils sont luthériens, peut-être ?

Elle avait bien des hallucinations.

— C'est bien, répéta Joyce.

— Il ressemble à son père, maintenant.

— Ah oui ? Je croyais qu'il était le seul à ne pas ressembler à papa.

— Je parle de son père à lui, pas du tien.

— Comment ? fit Joyce en fronçant les sourcils.

Sa mère eut l'air rêveur et regarda par la fenêtre.

— Je ne t'ai jamais parlé du blizzard de 1969 ?

— Maman, revenons-en à Butch.

— On est tous restés coincés à l'hôpital, les infirmières et les médecins. Personne ne pouvait entrer ou sortir. J'y suis restée deux jours. Seigneur, ton père était tellement furieux de devoir s'occuper des gosses tout seul.

Odell sembla soudain plus jeune et vive, le regard plus clair.

— Il y avait un chirurgien. Oh, il était tellement… différent de tous les autres. C'était le chef du service de chirurgie. Un personnage très important. Il était… beau, différent et très important. Il faisait peur, aussi. Ses yeux… je les revois encore en rêve.

Son enthousiasme s'envola comme il était venu.

— J'ai été une mauvaise, mauvaise épouse.

— Maman, fit Joyce en secouant la tête. Qu'est-ce que tu racontes ?

Des larmes se mirent à couler sur les joues ridées d'Odell.

— En rentrant à la maison, je suis allée me confesser. J'ai prié. J'ai prié si fort. Mais Dieu m'a punie de mes péchés. Même l'accouchement… a été atroce, pour Butch. J'ai failli mourir. J'ai beaucoup saigné. Tous mes autres accouchements se sont bien passés, mais celui de Butch…

Joyce serra Sean si fort contre elle qu'il se mit à gigoter en signe de protestation. Elle relâcha son emprise et tenta de l'apaiser.

— Continue, maman, murmura-t-elle. Parle.

— La mort de Janie m'a punie parce que j'avais été infidèle et que j'ai eu un enfant d'un autre.

Sean se mit à pleurer. Joyce eut un terrible pressentiment que c'était…

Allons, à quoi pensait-elle ? Sa mère était folle. Elle n'avait pas toute sa tête.

Dommage qu'elle ait l'air si lucide en cet instant.

Odell opina comme si elle répondait à une question.

— Oh oui, j'aime Butch. En fait, je l'aime plus que tout autre de mes enfants parce qu'il est spécial. Mais je n'ai jamais pu le montrer. Leur père payait le prix de ce que j'avais fait. Favoriser Butch aurait été une insulte à Eddie, et je ne pouvais pas… J'ai refusé de faire honte à mon mari. Car il était quand même resté avec moi.

— Papa est au courant ?

Dans le silence qui suivit, tout se mit en place, comme un puzzle atroce. Merde… C'était la vérité. *Bien sûr que papa était au courant. Voilà pourquoi il détestait Butch.*

Sa mère devint nostalgique.

— Butch semblait si heureux, avec sa femme. Jésus Marie, elle est si belle ! Elle est spéciale, comme l'était le père de Butch. Comme Butch. Ils vont très bien ensemble. Ils sont tous si particuliers. Dommage qu'ils n'aient pas pu rester. Il a dit… il a dit qu'il viendrait me dire au revoir.

Voyant Odell fondre en larmes, Joyce lui prit le bras.

— Maman, où est parti Butch ?

Odell regarda la main de sa fille. Puis elle fronça les sourcils.

— Je veux un biscuit salé. Je peux en avoir un ?

— Maman, regarde-moi. Où est-il allé ?

Joyce ignorait toutefois pourquoi c'était si important, soudain.

Elle ne croisa qu'un regard vide.

— Avec du fromage. Je voudrais un biscuit salé avec du fromage.

— On parlait de Butch. Maman, fais un effort.

Tout cela était un tel choc, mais pas vraiment, en fait. Butch avait toujours été différent, non ?

— Maman, où est Butch ?

— Butch ? Oh, merci de me poser la question. Il va si bien… Il semblait tellement heureux. Je suis heureuse qu'il se soit marié. (Elle cligna les yeux.) Qui êtes-vous ? Une infirmière ? J'ai été infirmière, vous savez…

L'espace d'un instant, Joyce fut tentée d'insister.

Mais sa mère se mit à babiller. Joyce regarda par la fenêtre et soupira. Les propos incohérents d'Odell étaient réconfortants. Oui, tout cela ne rimait à rien. Des bêtises.

Laisse tomber, se dit Joyce. *Laisse tomber.*

Sean cessa de pleurer et se blottit contre elle. Elle serra le petit corps chaud. Parmi les propos délirants, elle songea à son amour pour son fils, qu'elle aimerait toujours.

Elle l'embrassa sur la tête. La famille, c'était tout dans la vie.

L'essentiel de la vie.

Lexique des termes et des noms propres

Abbîme **:** enfer.

Brhume **:** dissimulation d'un certain environnement physique, création d'un champ d'illusion.

Chaleurs : période de fertilité des vampires femelles, d'une durée moyenne de deux jours, accompagnée d'intenses pulsions sexuelles. En règle générale, les chaleurs surviennent environ cinq ans après la transition d'un vampire femelle, puis une fois tous les dix ans. Tous les vampires mâles sont réceptifs à des degrés différents s'ils se trouvent à proximité d'un vampire femelle pendant cette période qui peut s'avérer dangereuse, caractérisée par des conflits et des combats entre des mâles rivaux, surtout si le vampire femelle n'a pas de compagnon attitré.

Chaste : vierge.

Cohmbat **:** conflit entre deux mâles revendiquant les faveurs d'une même femelle.

Confrérie de la dague noire : organisation de guerriers vampires très entraînés chargés de protéger leur espèce de la Société des éradiqueurs. Des unions sélectives au sein de la race ont conféré aux membres de la Confrérie une force physique et mentale hors du commun, ainsi que des capacités de guérison rapide. Pour la plupart, les membres de cette Confrérie n'ont aucun lien de parenté et sont admis dans la Confrérie par cooptation. Agressifs, indépendants et secrets par nature, ils vivent à l'écart des civils et n'entretiennent que peu de contacts avec les membres des autres castes, sauf quand ils doivent se nourrir. Ils font l'objet de nombreuses légendes et d'une vénération dans la société des vampires. Seules des blessures très graves – balle ou coup de pieu dans le cœur, par exemple – peuvent leur ôter la vie.

***Doggen*:** dans le monde des vampires, membre de la caste des serviteurs. Les *doggen* obéissent à des pratiques anciennes et suivent un code d'habillement et de conduite extrêmement formel. Ils peuvent s'exposer à la lumière du jour, mais vieillissent relativement vite. Leur espérance de vie est d'environ cinq cents ans.

Élues : vampires femelles élevées au service de la Vierge scribe. Elles sont considérées comme membres de l'aristocratie, mais leur orientation est cependant plus spirituelle que temporelle. Elles ont peu, si ce n'est aucune, interaction avec les mâles, mais peuvent s'accoupler à des guerriers à la solde de la Vierge scribe pour assurer leur descendance. Elles possèdent des capacités de divination. Par le passé, elles avaient pour mission de satisfaire les besoins en sang des membres célibataires de la Confrérie, mais cette pratique est tombée en désuétude au sein de l'organisation.

Éradiqueur : être humain dépourvu d'âme, membre de la Société des éradiqueurs, dont la mission consiste à exterminer les vampires. Seul un coup de poignard en pleine poitrine permet de les tuer ; sinon, ils sont intemporels. Ils n'ont nul besoin de s'alimenter ni de boire et sont impuissants. Avec le temps, leurs cheveux, leur peau et leurs iris perdent leur pigmentation : les éradiqueurs blondissent, pâlissent et leurs yeux s'éclaircissent. Ils dégagent une odeur de talc pour bébé. Initiés au sein de la Société par l'Oméga, les éradiqueurs conservent dans une jarre de céramique leur cœur après que celui-ci leur a été ôté.

Esclave de sang : vampire mâle ou femelle assujetti à un autre vampire pour ses besoins en sang. Tombée en désuétude, cette pratique n'a cependant pas été proscrite.

L'Estompe : dimension intemporelle où les morts retrouvent leurs êtres chers et passent l'éternité.

***Ghardien* :** tuteur d'un individu. Les *ghardiens* exercent différents degrés de tutelle, la plus puissante étant celle qui s'applique à une femme *rehcluse* : le *ghardien* est alors nommé *gharrant.*

***Gharrant* :** protecteur d'une femelle *rehcluse.*

***Glymera* :** noyau social de l'aristocratie, équivalant vaguement au beau monde de la Régence anglaise.

***Hellren* :** vampire mâle en couple avec un vampire femelle. Les vampires mâles peuvent avoir plusieurs compagnes.

***Honoris* :** rite accordé par un offenseur permettant à un offensé de laver son honneur. Lorsqu'il est accepté, l'offensé choisit l'arme et frappe l'offenseur, qui se présente à lui désarmé.

***Leelane* :** terme affectueux signifiant « tendre aimé(e) ».

***Lhige* :** marque de respect utilisée par une soumise sexuelle à l'égard de son maître.

***Mahmen* :** « maman ». Terme utilisé aussi bien pour désigner une personne que comme marque d'affection.

***Menheur* :** personnage puissant et influent.

***Mharcheur* :** un individu qui est mort et est revenu de l'Estompe pour reprendre sa place parmi les vivants. Les *mharcheur* inspirent le plus grand respect et sont révérés pour leur expérience.

Nalla ou ***nallum* :** être aimé.

Oméga : force mystique et malveillante cherchant à exterminer l'espèce des vampires par rancune contre la Vierge scribe. Existe dans une dimension intemporelle et jouit de pouvoirs extrêmement puissants, mais pas du pouvoir de création.

Première famille : roi et reine des vampires, ainsi que leur descendance éventuelle.

***Princeps* :** rang le plus élevé de l'aristocratie vampire, après les membres de la Première famille ou les Élues de la Vierge scribe. Le titre est héréditaire et ne peut être conféré.

Pyrocante **:** point faible d'un individu ; son talon d'Achille. Il peut s'agir d'une faiblesse interne, une addiction par exemple, ou externe, comme un(e) amant(e).

Rehclusion **:** statut conféré par le roi à une femelle issue de l'aristocratie à la suite d'une demande formulée par la famille de cette dernière. La femelle est alors placée sous la seule responsabilité de son *ghardien*, généralement le mâle le plus âgé de la famille. Le *ghardien* est alors légalement en mesure de décider de tous les aspects de la vie de la *rehcluse*, pouvant notamment limiter comme bon lui semble ses interactions avec le monde extérieur.

Revhanche : acte de vengeance à mort, généralement assuré par un mâle amoureux.

Shellane **:** vampire femelle compagne d'un vampire mâle. En règle générale, les vampires femelles n'ont qu'un seul compagnon, en raison du caractère extrêmement possessif des vampires mâles.

Société des éradiqueurs : organisation de tueurs à la solde de l'Oméga, dont l'objectif est d'éradiquer les vampires en tant qu'espèce.

Symphathe **:** désigne certains individus, appartenant à l'espèce des vampires, qui, entre autres, ont la capacité et le besoin de manipuler les émotions d'autrui (afin d'alimenter un échange énergétique). Ils ont de tout temps fait l'objet de discrimination et parfois même de véritable chasse à l'homme. Ils sont aujourd'hui en voie d'extinction.

Tahlly **:** terme d'affection dont la traduction approximative serait « chéri(e) ».

Le Tombeau : caveau sacré de la Confrérie de la dague noire. Utilisé comme lieu de cérémonie et comme lieu de stockage des jarres de céramique des éradiqueurs. Dans le Tombeau se déroulent diverses cérémonies, dont les initiations, les enterrements et les mesures disciplinaires prises à l'encontre des membres de la Confrérie. L'accès au Tombeau est réservé aux membres de la Confrérie, à la Vierge scribe et aux futurs initiés.

***Trahyner* :** terme d'affection et de respect utilisé entre mâles. « Ami cher ».

Transition : moment critique de la vie d'un vampire mâle ou femelle lorsqu'il devient adulte. Passé cet événement, le vampire doit boire le sang d'une personne du sexe opposé pour survivre et ne peut plus s'exposer à la lumière du jour. La transition survient généralement vers l'âge de vingt-cinq ans. Certains vampires n'y survivent pas, notamment les vampires mâles. Avant leur transition, les vampires n'ont aucune force physique, n'ont pas atteint la maturité sexuelle et sont incapables de se dématérialiser.

Vampire : membre d'une espèce distincte de celle de l'*Homo sapiens*. Pour survivre, les vampires doivent boire le sang du sexe opposé. Le sang humain leur permet de survivre, bien que la force ainsi conférée soit de courte durée. Après leur transition, qui survient vers l'âge de vingt-cinq ans, les vampires ne peuvent plus s'exposer à la lumière du jour et doivent s'abreuver de sang à intervalles réguliers. Ils ne sont pas capables de transformer les êtres humains en vampires après morsure ou transmission de sang, mais, dans certains cas rares, peuvent se reproduire avec des humains. Ils peuvent se dématérialiser à volonté, à condition toutefois de faire preuve de calme et de concentration ; ils ne peuvent pendant cette opération transporter avec eux d'objets lourds. Ils ont la faculté d'effacer les souvenirs récents des êtres humains. Certains vampires possèdent la faculté de lire dans les pensées. Leur espérance de vie est d'environ mille ans ou plus dans certains cas.

Vierge scribe : force mystique œuvrant comme conseiller du roi, gardienne des archives vampires et pourvoyeuse de privilèges. Existe dans une dimension intemporelle. Ses pouvoirs sont immenses. Capable d'un unique acte de création, auquel elle recourut pour conférer aux vampires leur existence.

***Vighoureux* :** terme relatif à la puissance des organes génitaux masculins. Littéralement : digne de pénétrer une femelle.

EN AVANT-PREMIÈRE

Découvrez un extrait de la suite des aventures
de la Confrérie de la dague noire :

L'AMANT DÉLIVRÉ
(version non corrigée)

Traduit de l'anglais (État-Unis) par Laurence Murphy

Prologue

École privée Greenwich Country
Greenwich, Connecticut
Vingt ans plus tôt

— Oui… Oui, c'est ça.

— Mais enfin, Jane, prends-le.

Jane Whitcomb saisit le sac à dos.

— Tu vas venir, hein ?

— Je te l'ai *dit* ce matin. *Oui.*

— Chouette !

Jane regarda son amie s'éloigner jusqu'à ce qu'elle entende un coup de klaxon. Rajustant sa veste, elle redressa les épaules et se tourna vers la Mercedes. De derrière la vitre côté conducteur, la mère de Jane, les sourcils froncés, ne la quittait pas des yeux.

Jane se dépêcha de traverser la rue, son sac à dos, qui contenait la marchandise de contrebande, faisant bien trop de bruit à son goût. Elle sauta sur le siège arrière et le posa à ses pieds. La voiture roulait déjà avant qu'elle ait eu le temps de fermer la portière.

— Ton père rentre ce soir.

— Quoi ? Jane remonta ses lunettes sur son nez. Quand ?

— Ce soir. Je crains donc que…

— Non ! Tu as promis !

Sa mère lui jeta un coup d'œil par-dessus l'épaule.

— Qu'est-ce que vous venez de dire, Jane Whitcomb ?

Les larmes brouillèrent la vue de Jane.

— Tu m'as promis, pour mon treizième anniversaire. Katie et Lucy sont censées…

— J'ai déjà prévenu leurs mères au téléphone.

Jane retomba contre le siège.

Sa mère la regarda dans le rétroviseur.

— Ne fais pas cette tête, s'il te plaît. Est-ce que tu t'imagines que tu es plus importante que ton père ? Est-ce que tu te l'imagines vraiment ?

— Bien sûr que non. Tout le monde sait bien que c'est Dieu.

La Mercedes mordit le bord du trottoir, fit une embardée et les freins grincèrent. La mère de Jane se retourna, leva la main et s'immobilisa, le bras tremblant.

Jane, horrifiée, se recroquevilla.

Après cet accès de colère, sa mère se retourna, et lissa sa coiffure impeccable d'un geste nerveux.

— Tu… tu ne te joindras pas à nous pour dîner ce soir. Et ton gâteau sera mis à la poubelle.

La voiture se remit en route.

Jane s'essuya les joues et baissa les yeux sur le sac à dos. Elle n'avait jamais pu inviter de copines à dormir à la maison et avait dû supplier pendant des mois pour y être autorisée.

Fichu. Tout était fichu à présent.

Elles n'échangèrent plus un mot pendant le reste du trajet qui les ramenait à la maison, et une fois la Mercedes dans le garage, la mère de Jane sortit de la voiture et entra dans la maison sans lui jeter un regard. « Tu sais où tu dois aller » furent les seuls mots qu'elle prononça.

Jane resta dans la voiture, essayant de se reprendre. Puis elle ramassa le sac à dos et ses livres et se traîna dans la cuisine. Richard, le cuisinier, penché au-dessus de la poubelle, y poussait un gâteau avec un glaçage à la vanille et décoré de fleurs en sucre rouge et jaune.

Elle ne lui adressa pas un mot car elle avait la gorge nouée. Richard, quant à lui, ne dit rien parce qu'il ne la portait pas dans son cœur. À vrai dire, il n'aimait personne, Hannah mise à part.

Jane poussa la porte de service pour entrer dans la salle à manger, elle espérait ne pas se retrouver nez à nez avec sa jeune sœur et pria pour qu'Hannah soit au lit. Cette dernière avait été malade le matin en se réveillant. Probablement parce qu'elle devait rendre une rédaction.

En gagnant l'escalier, Jane vit sa mère dans la salle de séjour.

Les coussins du canapé. Encore une fois.

Sa mère n'avait pas encore retiré son manteau de laine bleu ciel et tenait son foulard en soie à la main, et il n'y avait aucun doute qu'elle allait rester habillée ainsi tant qu'elle ne serait pas satisfaite de la manière dont les coussins étaient disposés. Ce qui pourrait prendre un bon moment. La norme, c'était la netteté absolue ; exactement comme pour les cheveux.

Jane se dirigea vers sa chambre. Son seul espoir pour l'heure était que son père arrive après dîner. Ainsi, même s'il saurait de toute façon qu'elle était punie, il n'aurait au moins pas à supporter la vue de sa chaise inoccupée. Tout comme sa mère, il ne supportait pas le moindre accroc dans l'ordre établi, et l'absence de Jane au dîner, ce n'était plus un accroc, c'était une catastrophe.

Le sermon qu'il lui ferait en serait rallongé car il s'étendrait aussi sur le fait qu'elle avait déçu toute sa famille en étant absente du repas, en plus d'avoir fait preuve d'insolence envers sa mère.

Au premier étage, la chambre jaune d'or de Jane n'était pas différente du reste de la maison : lisse et nette comme les cheveux et les coussins du canapé. L'ensemble semblait sorti tout droit d'un magazine de décoration, une perfection figée comme une photographie.

La seule chose qui détonnait, c'était Hannah.

Le sac à dos au contenu répréhensible atterrit dans le placard, sur les rangées de mocassins et de babies. Jane retira ensuite son uniforme d'école et enfila une chemise de nuit en pilou. À quoi bon enfiler des vêtements de jour, puisqu'elle n'irait nulle part.

Elle porta sa pile de livres de classe jusqu'à son bureau blanc. Elle avait des devoirs à faire, du français, des maths, de l'anglais.

Elle jeta un coup d'œil à sa table de nuit. *Les mille et une nuits* l'attendait.

C'était encore le meilleur moyen de faire passer le temps pendant qu'elle était punie, mais les devoirs étaient prioritaires. Elle n'avait pas le choix. Elle se sentirait trop coupable autrement.

Deux heures plus tard, elle était installée sur son lit, *Les mille et une nuits* sur ses genoux quand la porte s'ouvrit et Hannah passa la tête à l'intérieur de la chambre. Ses boucles rousses constituaient une autre déviation à l'ordre des choses. Tous les autres membres de la famille étaient blonds.

— Je t'ai apporté à manger.

Jane s'assit, inquiète pour sa jeune sœur.

— Tu vas avoir des ennuis.

— Mais non. (Hannah se glissa dans la chambre, un petit panier contenant une serviette en vichy, un sandwich, une pomme, et un biscuit, à la main.) Richard m'a donné ça pour que j'aie un petit truc à manger ce soir.

— Et toi, tu vas manger quoi ?

— Je n'ai pas faim. Prends.

— Merci, Han.

Jane prit le panier tandis que Hannah s'asseyait au pied du lit.

— Alors, qu'est-ce que t'as fait ?

Jane secoua la tête et mordit dans le sandwich au rosbif.

— Je me suis énervée contre maman.

— Pa'ce que tu pouvais pas avoir ta fête ?

— Uh-huh.

— Ben… J'ai un truc pour te remonter le moral. (Hannah posa une feuille cartonnée pliée en deux sur la couette.) Joyeux anniversaire !

Jane regarda la carte et cligna rapidement des yeux deux ou trois fois.

— Merci… Han.

— Sois pas triste. Je suis là. Regarde ta carte ! Je l'ai faite spécialement pour toi.

Sur le dessus, dessinés de la main maladroite de sa sœur, il y avait deux personnages bâton. L'un avait des cheveux blonds et raides et le nom *Jane* inscrit dessous. L'autre avait des boucles rousses et le nom *Hannah* écrit sous ses pieds. Elles se tenaient les mains et de grands sourires étaient tracés sur les cercles qui représentaient leurs visages.

Au moment où Jane allait ouvrir la carte, le faisceau de deux phares balaya le devant de la maison et remonta l'allée qui menait au garage.

— Papa est rentré, souffla Jane. Tu ferais bien de t'en aller.

Hannah n'avait pas l'air aussi inquiète qu'elle l'aurait été normalement, certainement parce qu'elle ne sentait pas très bien. Ou alors elle était peut-être distraite par… enfin par un des trucs qui lui passait souvent par la tête. Elle passait son temps à rêvasser, ce qui expliquait probablement pourquoi elle était toujours de bonne humeur.

— File, Han. Sérieusement.

— D'accord. Mais je suis vraiment désolée que ta fête ait été disparue.

Hannah se dirigea vers la porte en traînant les pieds.

— Hé, Han ? J'aime beaucoup ma carte.

— T'as pas regardé à l'intérieur.

— Pas besoin. Je l'aime parce que tu l'as faite exprès pour moi. (Le visage d'Hannah s'éclaira d'un de ses sourires rayonnants, ceux qui faisaient penser à Jane à des journées ensoleillées.) C'est une carte qui raconte notre histoire.

La porte se referma et Jane entendit les voix de ses parents qui montaient du vestibule. Elle mangea à toute allure la collation de Hannah, fourra le panier dans les plis des rideaux à côté du lit, et s'approcha de la pile de livres de classe. Elle retourna se coucher avec *Les aventures de M. Pickwick*. Elle se disait que si elle était penchée sur ses devoirs lorsque son père entrerait, cela lui donnerait des bons points.

Ses parents montèrent une heure plus tard et elle se figea, s'attendant que son père frappe à la porte. Mais non.

Ce qui était étrange. Il était, dans sa raideur implacable, aussi précis qu'une horloge, et sa prévisibilité était curieusement réconfortante, même si elle n'aimait pas avoir affaire à lui.

Elle posa *Pickwick*, éteignit la lumière et glissa ses jambes sous le duvet froufrouteux. Elle n'arrivait pas à s'endormir sous le ciel de lit, et au bout d'un moment elle entendit l'horloge Comtoise qui se trouvait en haut des marches frapper douze coups.

Minuit.

Elle se laissa glisser hors du lit et se dirigea vers la penderie, elle sortit le sac à dos et tira la fermeture éclair pour l'ouvrir. Le plateau de Ouija [1] tomba, s'ouvrant et atterrissant par terre face vers le haut. Elle le saisit avec appréhension, craignant qu'il soit cassé ou endommagé, puis elle sortit le truc qui servait de pointeur.

Ses amies et elle avaient été impatientes d'essayer parce qu'elles voulaient toutes savoir avec qui elles allaient se marier. Jane aimait bien un garçon dans son cours de maths qui s'appelait Victor Browne. Ils avaient discuté tous les deux à diverses reprises et elle pensait vraiment qu'ils pourraient sortir ensemble. Le problème était qu'elle ne savait pas quels étaient ses sentiments à son égard. Peut-être qu'il l'aimait bien simplement parce qu'elle lui soufflait les réponses aux contrôles.

Jane disposa le plateau sur son lit, posa les mains sur le pointeur, et inspira profondément.

— Quel est le nom du garçon que je vais épouser ?

Elle ne pensait pas que le truc bougerait. Et il ne bougea pas.

---

1. Plateau en bois utilisé au cours de séances de spiritisme, permettant à l'esprit contacté de s'exprimer intelligiblement. (*NdT*)

Après deux ou trois autres tentatives, elle s'appuya contre le dos du lit, frustrée. Une minute plus tard, elle frappa doucement le mur derrière sa tête de lit. Sa sœur répondit en frappant aussi et un moment plus tard, Hannah entrait subrepticement dans la chambre. En voyant le jeu, elle s'anima et sauta sur le lit, faisant rebondir le pointeur.

—Chut !

Mon Dieu, si elles se faisaient surprendre ainsi, elles seraient privées de sorties, enfin de tout. Pour toujours.

—Pardon. (Hannah replia les jambes et les retint avec les mains pour s'empêcher de gigoter.) Comment on…

—Tu lui poses des questions et il te donne les réponses.

—Qu'est-ce qu'on peut poser comme questions ?

—Avec qui on va se marier. (Bon, à présent Jane ressentait une certaine appréhension. Et si la réponse était Victor ?) Commençons avec toi. Pose le bout de tes doigts sur le pointeur, mais tu ne pousses pas, hein ? Juste… comme ça, oui. Bon… Avec qui Hannah va se marier ?

Le pointeur ne bougea pas. Même après que Jane ait répété la question.

—C'est cassé, affirma Hannah en reculant.

—Je vais essayer de poser une autre question. Repose tes mains sur le pointeur. (Jane inspira profondément.) Avec qui je vais me marier ?

Un petit bruit grinçant s'éleva du plateau comme le pointeur se mettait à se déplacer. Lorsqu'il s'arrêta sur la lettre V, Jane trembla. Le cœur battant, elle le regarda se déplacer sur la lettre I.

—C'est Victor ! s'exclama Hannah. C'est Victor ! Tu vas te marier avec Victor !

Jane ne se préoccupa pas de faire taire sa sœur. C'était trop formidable pour être…

Le pointeur atterrit sur la lettre S. S ?

—Ça ne va pas, fit remarquer Jane. Il doit y avoir un problème…

— N'arrête pas. Voyons qui c'est.

Mais si ce n'était pas Victor, elle ne voyait pas qui ça pourrait être. Et quel genre de garçon portait un nom qui commençait par Vis…

Jane lutta pour rediriger le pointeur, mais il insista pour s'arrêter sur la lettre Z, puis encore une fois sur S.

VISZS.

Le sang de Jane se glaça dans ses veines d'effroi.

— Je t'ai dit que c'était cassé, marmonna Hannah. Qui c'est Viszs ?

Jane leva les yeux du plateau, puis se laissa retomber sur ses oreillers. C'était le pire anniversaire qu'elle ait jamais eu.

— Peut-être qu'on devrait essayer de nouveau, proposa Hannah. (Comme Jane hésitait, elle se renfrogna.) Allez, je veux une réponse moi aussi, c'est pas juste sinon. (Elles reposèrent le bout de leurs doigts sur le pointeur.) Qu'est-ce que je vais avoir comme cadeau de Noël ? demanda Hannah.

Le pointeur ne bougea pas.

— Essaie avec un oui ou un non pour commencer, expliqua Jane, encore troublée par le nom qui lui avait été communiqué. Peut-être que le plateau ne savait pas écrire ?

— Est-ce que je vais avoir quelque chose pour Noël ? s'enquit Hannah.

Le pointeur se mit à grincer.

— J'espère que c'est un cheval, murmura Hannah comme le pointeur effectuait des cercles. J'aurais dû demander ça.

Le pointeur s'arrêta sur « Non ».

Elles rivèrent toutes deux leur regard sur l'objet.

Hannah se serra dans ses propres bras.

— Je veux des cadeaux.

— Ce n'est qu'un jeu, dit Jane en refermant le plateau. Et puis, le truc est vraiment cassé. Je l'ai fait tomber.

— Je veux des cadeaux.

Jane tendit les bras vers sa sœur et la serra contre elle.

— Ne fais pas attention à cet idiot de plateau, Han. Tu recevras toujours quelque chose de moi pour Noël.

Lorsque Hannah partit un peu plus tard, Jane se glissa de nouveau entre les draps.

Stupide plateau. Stupide anniversaire. Stupide tout.

Comme elle fermait les yeux, elle se rendit compte qu'elle n'avait toujours pas ouvert la carte de sa sœur. Elle ralluma la lumière et la prit sur la table de nuit. On pouvait lire à l'intérieur : *Nous nous tiendrons toujours la main ! Je t'aime ! Hannah.*

C'était n'importe quoi la réponse qu'elles avaient eu à propos de Noël. Tout le monde adorait Hannah et lui offrait des cadeaux. Elle arrivait même à faire fléchir leur père de temps en temps, alors que personne d'autre n'en était capable. Elle aurait des cadeaux, c'était certain.

Stupide plateau.

Jane finit par s'endormir. Elle s'était certainement endormie, puisque Hannah la réveilla.

— Ça va ? demanda Jane en s'asseyant.

Sa sœur se tenait debout à côté du lit dans sa chemise de nuit en pilou, une curieuse expression sur le visage.

— Faut que j'y aille.

La voix de Hannah était triste.

— Aux toilettes ? Tu vas vomir ? (Jane repoussa ses couvertures.) Je vais venir avec t…

— Tu ne peux pas. (Hannah poussa un soupir.) Faut que j'y aille.

— Bon, une fois que tu auras fini de faire ce que tu dois faire, tu peux revenir ici et dormir si tu veux.

Hannah regarda vers la porte.

— J'ai peur.

— Ça fait peur d'être malade. Mais je serai toujours avec toi.

— Faut que j'y aille. (Lorsque Hannah se retourna pour la regarder, elle avait l'air… plus âgé. Plus rien à voir avec la petite fille de dix ans qu'elle était.) J'essaierai de revenir. Je ferai de mon mieux.

— Heu… D'accord. (Sa sœur avait peut-être de la fièvre ou quelque chose dans le genre ?) Tu veux aller réveiller maman ?

Hannah secoua la tête.

— Je veux seulement te voir toi. Dors.

Comme Hannah quittait la pièce, Jane retomba sur ses oreillers. Elle se dit qu'elle devrait peut-être se lever et aller voir si tout allait bien pour sa sœur dans la salle de bains, mais le sommeil eut raison d'elle avant qu'elle puisse trouver l'énergie de se lever.

Le lendemain matin, Jane fut réveillée par un bruit de pas lourds dans le couloir. Elle crut d'abord que quelqu'un avait fait tomber quelque chose qui avait laissé une tache sur la moquette, une chaise ou un dessus-de-lit. Mais ensuite elle entendit le bruit des sirènes de l'ambulance remontant l'allée qui menait à la maison.

Jane se leva, regarda par les fenêtres, puis passa la tête dans le couloir. Son père parlait avec quelqu'un en bas, et la porte de la chambre de Hannah était ouverte.

Sur la pointe des pieds, Jane traversa le couloir, orné d'un tapis au motif oriental, en se disant que sa sœur ne se levait en général pas si tôt le samedi. Elle devait vraiment être malade.

Elle s'arrêta sur le seuil de la chambre. Hannah était étendue immobile sur son lit, les yeux grand ouverts et tournés vers le plafond, la peau aussi pâle que le blanc immaculé des draps du lit.

Pas un clignement d'œil.

Dans le coin opposé de la chambre, le plus loin possible de Hannah, leur mère était assise sur la banquette située sous la fenêtre, sa robe de chambre en soie ivoire étalée autour d'elle.

— Retourne te coucher. Immédiatement.

Jane courut à sa chambre. Au moment où elle refermait sa porte, elle vit son père monter l'escalier en compagnie de deux hommes en uniformes bleus. Il parlait avec autorité et elle capta les mots *cardiopathie congénitale* quelque chose.

Jane sauta dans son lit et tira les draps par-dessus sa tête. Tremblante dans l'obscurité, elle se sentit toute petite et terrifiée.

Le plateau avait eu raison. Hannah ne reçut pas de cadeaux de Noël et n'épousa personne.

Mais la petite sœur de Jane tint sa promesse. Elle revint.

CPI
AUBIN IMPRIMEUR

IMPRIM'VERT
Votre imprimeur agit pour l'environnement

Achevé d'imprimer en novembre 2010
N° d'impression L 74093
Dépôt légal, novembre 2010
Imprimé en France
81120399-1